AF495578

LA CASE DU PÈRE TOM.

PRÉFACE.

Jamais roman n'obtint un succès plus incontestable que celui dont nous publions la traduction. Il y en a plus de vingt éditions, tant aux États-Unis qu'en Angleterre. L'auteur, madame Henriette Beecher Stowe, a conquis tout à coup une place honorable dans la littérature. Les journaux anglais ont célébré à l'envi la flexibilité de son talent, la noblesse de son caractère, l'exactitude de ses observations, l'élévation de ses idées. En France, un critique compétent, M. John Lemoine, a donné dans le *Journal des Débats* l'analyse du *Père Tom*, et il l'a jugé en ces termes :

« Voici un petit livre qui contient en quelques centaines de pages tous les éléments d'une révolution. Ce livre, plein de larmes et plein de feu, fait en ce moment le tour du monde ; c'est multiplié par centaines de mille qu'il parcourt les deux hémisphères, arrachant des pleurs à tous les yeux qui le lisent, faisant frémir toutes les oreilles qui l'entendent, et trembler toutes les mains qui le tiennent. C'est le coup le plus profond peut-être qui ait jamais été porté à cette institution impie : l'esclavage ; et ce coup a été porté par la main d'une femme.

« Du haut de la chaire ou du haut de la tribune, dans les livres, dans les journaux, dans tous les pays, dans toutes les langues, des voix éloquentes ont dénoncé le crime de l'esclavage ; mais voici qu'au milieu de cet universel concert, une note aiguë et perçante traverse l'air comme une flèche, et fait frissonner toutes les cordes sensibles de l'humanité ; c'est le cri de la femme et de la mère, le cri des entrailles qui domine les voix les plus hautes et les plus puissantes. Ce petit livre qui est là devant nous fera plus pour l'affranchissement des noirs que n'ont fait tous les discours, tous les sermons, ou tous les traités, ou toutes les croisières. Pourquoi ? Simplement parce qu'il fait pleurer. Et non-seulement il parle aux cœurs, mais il parle aux yeux. Les maximes philosophiques ne touchent que le petit nombre des esprits lettrés et cultivés ; mais la peinture, mais le drame agissent sur la masse, sur tout le monde. Or ce livre est une suite de tableaux vivants, de tableaux de martyrs qui se lèvent l'un après l'autre en montrant leurs blessures, et leur sang, et leurs chaînes, et qui demandent justice au nom de l'humanité, et surtout au nom du Dieu qui a souffert et qui est mort pour eux comme pour nous. Rien ne peut égaler l'effet de cette démonstration brûlante où respire sans cesse et sans repos le souffle sacré de la Bible. Ce que n'avaient pu faire les plus grands philosophes, une chrétienne vient de le faire. Elle a élevé les esclaves au rang des créatures humaines; elle a montré qu'ils avaient une âme, comme il fallut le montrer autrefois, dit-on, pour la femme; elle les a fait parler le même langage, éprouver les mêmes sentiments que les maîtres; elle a montré qu'il y avait chez les noirs des pères, des mères, des maris, des femmes, des enfants, absolument comme chez les blancs. Je sais bien qu'on l'avait dit depuis longtemps, mais on ne l'avait pas encore montré d'une manière aussi saisissante par des images, c'est-à-dire par ce qui instruit le plus vite le peuple comme les enfants. »

Nous ne saurions rien ajouter à ces éloges; mais nous pouvons faire apprécier par quelques détails statistiques l'importance du but que s'est proposé madame Beecher Stowe.

Poursuivi dans le monde entier par la généreuse coalition de la France et de l'Angleterre, l'esclavage s'est réfugié dans l'Amérique du sud, comme dans un dernier retranchement. Il a complétement disparu des États d'Indiana, du Maine, Massachusetts, New-Hampshire, Ohio, Vermont. Il est aboli en principe dans le Connecticut, l'Illinois, la Pensylvanie, le Michigan, l'État de New-York, Delaware, Rhode-Island, la Colombie, New-Jersey : mais on y tolère quelques esclaves qui restaient encore sur les habitations au moment de l'émancipation.

Dans treize États, l'esclavage est sanctionné par la loi. En voici le tableau, d'après le recensement officiel de 1830. La population s'est considérablement accrue depuis; mais la porportion entre les hommes libres et les esclaves n'a pas sensiblement varié.

	Population libre.	Esclaves.
Alabama,	191,700	117,300
Arkansas,	25,800	4,580
Caroline du Nord,	492,010	246,460
Caroline du Sud,	265,790	316,670
Floride,	19,210	15,510
Géorgie,	299,050	217,470
Kentucky,	523,490	165,350
Louisiane,	106,130	109,630
Maryland,	343,320	102,880
Mississippi,	60,000	50,000
Missouri,	115,200	24,990
Tennessee,	542,450	142,380
Virginie,	847,660	363,640

On voit par les notes précédentes la force des partisans de l'émancipation et celle des intéressés à la servitude; et l'on conçoit avec quel enthousiasme le *Père Tom* a dû être accueilli par les uns, avec quels cris de fureur par les autres.

> . . . . . Une femme survint,
> Et voilà la guerre allumée.

Pour nous, Français, qni, sauf quelques rares exceptions, sommes tous d'accord sur les questions de liberté, ce livre n'a pas un intérêt aussi immédiat: mais il ne saurait être indifférent à personne de connaître les mœurs de l'autre hémisphère; de savoir ce qui s'y passe; de suivre les péripéties d'une histoire dramatique et touchante; de voir une société tout entière peinte avec les couleurs les plus vives et les plus variées; d'être ému de mille sensations diverses à la lecture d'un roman tour à tour sérieux et léger, touchant et railleur, triste et joyeux, et toujours original.

Nous n'hésitons pas à regarder le *Père Tom* comme une des productions les plus remarquables qui aient paru depuis longues années. Si cette impression n'est point partagée par nos lecteurs, ce sera la faute du traducteur.

ÉMILE DE LA BÉDOLLIÈRE.

LE PÈRE TOM.

CHAPITRE PREMIER.

Où le lecteur fait connaissance avec un homme humain.

Par un jour glacial de février, à une heure avancée, deux gentlemen buvaient ensemble dans une salle à manger richement meublée d'une petite ville du Kentucky. Aucun domestique n'était présent, et les deux personnages, dont les chaises étaient rapprochées, semblaient s'occuper d'un sujet de plus haut intérêt.

Nous avons cru, par convenance, devoir les qualifier tous deux de gentlemen, ou hommes comme il faut. L'un d'eux cependant, examiné d'un œil critique, n'appartenait pas strictement à cette catégorie. C'était un individu court et épais, aux traits communs, ayant cet air de prétention et de forfanterie qui caractérise un homme de condition inférieure quand il essaye de sortir de sa sphère. Il portait un gilet voyant et bariolé, une cravate bleue parsemée de taches jaunes, et dont le nœud colossal était en rapport avec la physionomie générale du personnage. Ses grosses mains étaient décorées de bagues; sa montre était retenue par une lourde chaîne d'or, à laquelle pendait un paquet de breloques d'une dimension énorme et d'une grande variété de couleurs. Dans la chaleur de la conversation, il avait l'habitude de faire sonner toute cette quincaillerie, et il s'acquittait de ce travail manuel avec une évidente satisfaction. Il parlait un anglais peu grammatical, et assaisonnait parfois ses discours d'expressions profanes que, malgré notre désir d'être exact, nous ne nous permettrons pas de reproduire.

Son compagnon, M. Shelby, avait les manières d'un homme bien élevé; les dispositions intérieures de sa maison, l'ameublement, les arrangements domestiques indiquaient l'aisance et même la fortune. Comme nous l'avons déjà dit, les deux interlocuteurs s'étaient engagés dans une conversation sérieuse.

— Voilà comme j'arrangerais l'affaire, dit M. Shelby.

— En vérité, il m'est impossible d'accepter vos propositions, repartit l'autre en tenant son verre entre ses yeux et la lumière.

— Cependant, Haley, Tom est un sujet rare; il vaudra certainement partout la somme que j'en demande. Sa conduite est irréprochable, sa capacité reconnue, son honnêteté bien évidente; les affaires qu'il dirige marchent avec la régularité d'une horloge.

— Il est honnête comme un nègre peut l'être, reprit Haley en s'administrant un verre d'eau-de-vie.

— Moi, je soutiens que Tom est un brave homme sur lequel on peut compter, et rempli d'une piété sincère. Il y a quatre ans, il assistait aux sermons d'un prédicateur ambulant, et je crois qu'il en a profité. Depuis lors je lui ai confié tout ce que j'avais : argent, maison, chevaux; je l'ai laissé aller et venir dans le pays, et sa fidélité ne s'est jamais démentie.

— Bien des gens croient que les nègres n'ont pas de religion, dit Haley, mais je ne suis point du nombre. Dans le dernier lot de noirs que j'achetai à la Nouvelle-Orléans, il se trouvait un garçon d'une douceur angélique et d'une piété vraiment attendrissante. Il me rapporta une bonne somme; je l'achetai à un propriétaire qui était obligé de s'en défaire, et je gagnai sur lui six cents dollars. Certes, la religion est précieuse chez un nègre, lorsqu'elle est réelle et qu'on ne saurait s'y méprendre.

— Sous ce rapport, Tom est ce qu'il vous faut, répliqua Shelby; je l'ai envoyé seul à Cincinnati, en le chargeant de toucher pour moi cinq cents dollars. Tom, lui ai-je dit, j'ai confiance en vous, parce que je sais que vous êtes un chrétien, incapable de me tromper. Tom est revenu, comme je m'y attendais. Des misérables lui avaient conseillé de s'enfuir au Canada; il a répondu : Mon maître a eu confiance en moi, il faut que je la justifie. On m'a raconté tout cela. J'avoue que je suis fâché de me séparer de Tom, et si vous avez de la conscience, Haley, vous vous contenterez de lui comme équivalent de ce que je vous dois.

— J'ai autant de conscience qu'un homme d'affaires peut en avoir, dit le marchand d'esclaves d'un ton enjoué; je suis prêt à écouter la raison pour obliger mes amis; mais vous en usez trop rigoureusement avec moi.

Et le marchand, après avoir poussé un soupir, se versa encore un verre d'eau-de-vie.

— Eh bien, Haley, quelles sont vos dernières conditions? dit M. Shelby après un moment de pénible silence.

— N'avez-vous pas un garçon ou une fille à me donner avec Tom?

— Hom! je n'ai rien de disponible. A vous parler franchement, c'est la nécessité qui me force à vendre; je n'aime pas à me séparer de mes esclaves : voilà la vérité!

En ce moment la porte s'ouvrit, et un enfant quarteron de quatre à cinq ans entra dans la salle à manger. Son extérieur était remarquable; ses cheveux noirs, fins comme de la bourre de soie, encadraient de leurs boucles lustrées sa figure ronde et potelée; ses grands yeux noirs, pleins de douceur et de feu, étincelaient sous ses longs cils et erraient avec curiosité dans l'appartement; une robe de tartan jaune et rouge, taillée avec soin et bien ajustée, faisait ressortir le caractère original de sa beauté; son air d'assurance comique, mêlé de réserve et de simplicité, prouvait qu'il était en faveur auprès de son maître, et qu'il avait l'habitude d'en être un peu gâté.

— Holà, Henri! ramassez cela, dit M. Shelby en lui jetant une grappe de raisin.

L'enfant bondit de toute sa force pour saisir sa proie, et son maître se mit à rire.

— Venez ici, Henri, lui dit-il.

PARIS. — Impr. LACOUR ET Cⁱᵉ, rue Soufflot, 16.

L'enfant s'approcha ; M. Shelby passa les mains sur sa tête bouclée, et lui donna de légères tapes sur le menton.

— Maintenant, reprit-il, montrez à ce gentleman que vous savez danser et chanter.

L'enfant entonna d'une voix pure et sonore une de ces chansons grotesques et sauvages qui ont cours parmi les nègres ; il remuait en même temps les mains, les pieds et tout le corps de la manière la plus divertissante et en observant parfaitement la mesure.

— Bravo ! s'écria Haley en lui jetant un quartier d'orange.

— A présent, reprit M. Shelby, marchez comme le vieux père Cudjoe quand il a ses rhumatismes.

Aussitôt les membres flexibles de l'enfant se contournèrent ; son dos se voûta, sa figure enjouée grimaça, et, appuyé sur la canne de son maître, il fit quelques pas en trébuchant comme un vieillard.

Les deux gentlemen rirent aux éclats.

— Maintenant, Henri, montrez-nous comment le vieux Robbins conduit le chant à l'église.

L'enfant allongea la face, et entonna un psaume sur un ton nasillard qu'il soutint avec une imperturbable gravité.

— Hurrah ! bravo ! Quel charmant garçon ! s'écria Haley ; il ira loin, je vous le garantis.

Puis, frappant longuement sur l'épaule de Shelby, il ajouta :

— Il me vient une idée. Donnez-moi ce petit drôle, et je termine l'affaire ; on pourra dire alors qu'elle est équitablement réglée.

En ce moment la porte fut doucement entr'ouverte, et une jeune quarteronne d'environ vingt-cinq ans entra dans la salle.

Il n'était pas nécessaire de la regarder longtemps pour s'assurer qu'elle était la mère d'Henri : ils avaient les mêmes yeux noirs et garnis de longs cils, les mêmes boucles de cheveux noirs et soyeux. Ses joues brunes se colorèrent d'un léger incarnat, qui augmenta lorsqu'elle s'aperçut que l'étranger la contemplait avec une audacieuse et franche admiration ; elle portait une robe qui lui allait à merveille ; les contours irréprochables de ses formes, ses mains délicates, ses pieds mignons ne pouvaient échapper à l'attention du marchand, accoutumé à juger du premier coup d'œil les qualités d'un article féminin.

— Que voulez-vous, Elisa ? dit Shelby à la quarteronne, qui le regardait avec hésitation.

— Je cherchais Henri, monsieur.

L'enfant s'élança vers elle, et lui montra son butin, qu'il avait placé dans un pan de sa robe.

— Emmenez-le donc, répondit Shelby.

Elisa se retira précipitamment en emportant l'enfant dans ses bras.

— Par Jupiter ! s'écria le marchand d'esclaves avec enthousiasme, voilà un magnifique sujet ! Quand vous voudrez, vous ferez votre fortune avec cette femme à la Nouvelle-Orléans. J'ai vu donner des milliers de dollars pour des filles qui n'étaient pas aussi belles de moitié.

— Je n'ai pas l'intention de faire ma fortune avec elle, dit sèchement Shelby ; et, pour détourner la conversation, il déboucha une nouvelle bouteille et demanda à son compagnon comment il trouvait le vin.

— Délicieux ! dit le marchand d'esclaves ; mais, allons ! combien voulez-vous de cette femme ?

— Elle n'est pas à vendre, monsieur Haley ; ma femme ne la céderait pas pour son pesant d'or.

— Ah ! les femmes parlent toujours ainsi, parce qu'elles sont étrangères à toute espèce de calcul. Si on leur démontrait ce qu'on peut acheter de bijoux, de plumes et de montres avec le poids d'une esclave en or, elles changeraient bien vite d'avis.

— Je vous le répète, Haley, il n'y faut point songer ; je dis non, et c'est mon dernier mot.

— En ce cas, laissez-moi l'enfant, dit le marchand d'esclaves.

— Que voulez-vous en faire ?

— J'ai un ami qui tient ce genre d'articles, et qui élève de beaux enfants pour les vendre. Ce sont des articles de pure fantaisie, que recherchent des riches capables de bien payer. Ces garçons-là conviennent pour ouvrir les portes, servir à table, monter derrière les voitures. Ils sont très-recherchés, et ce petit diable qui chante et qui danse serait un article d'excellente défaite.

— J'aimerais mieux ne pas le vendre, dit M. Shelby d'un air pensif. Le fait est que je suis un homme humain, et qu'il me répugnerait d'enlever un fils à sa mère.

— En vérité ! Oh ! je comprends parfaitement ; les femmes vous font passer souvent des quarts d'heure désagréables par leurs criailleries, leurs larmes, leurs lamentations ; mais je m'arrange, en général, pour les éviter. Vous n'auriez qu'à envoyer la mère à la campagne pendant quelques jours ; à son retour, tout serait fini. Votre femme lui donnerait des pendants d'oreilles ou une robe neuve, ce qui la consolerait complètement.

— J'ai peur que non.

— Vous verrez, vous verrez, ces créatures-là ne sont pas comme les blancs, vous savez ; on leur remonte le moral en les menant bien. On prétend que le commerce des noirs endurcit le cœur ; je ne m'en suis jamais aperçu ; seulement il y a des gens qui ne savent pas s'y

prendre. J'en ai vu, pour vendre un enfant, l'arracher des bras de sa mère, qui jetait les hauts cris et se débattait comme une folle. C'est une détestable méthode ; elle gâte la marchandise, et parfois même la met hors de service. J'ai vu, à la Nouvelle-Orléans, une fille vraiment belle entièrement avariée de la sorte. L'homme qui l'achetait n'avait pas besoin de son bambin ; elle le serrait contre son sein, elle résistait, elle sanglotait : on le lui ôta, on l'enferma, et elle devint folle. Monsieur, ce fut une perte nette de mille dollars causée par un défaut de conduite : il vaut toujours mieux agir avec humanité, monsieur ; croyez-en mon expérience.

Là-dessus le marchand d'esclaves se renversa sur sa chaise, et croisa les bras d'un air de vertueuse résolution. On aurait dit qu'il se regardait comme un second Wilberforce. La thèse qu'il soutenait paraissait l'intéresser vivement, car, tandis que son compagnon rêvait en pelant une orange, il ajouta de nouvelles considérations, comme s'il eût été entraîné par la force de la vérité.

— Il n'est pas convenable de faire son propre éloge ; mais tout le monde reconnaît que j'ai les troupeaux de nègres les mieux conditionnés, les plus gras, les plus vigoureux, et que j'en perds moins que mes confrères. Cela tient à mon système, dont la base est l'humanité.

Shelby ne savait que dire ; aussi dit-il : — Vraiment !

— On s'est moqué de mes idées, monsieur ; on ne les partage pas généralement ; mais j'y reste fidèle, monsieur ; et grâce à elles, je réalise des bénéfices : on peut dire que je suis payé pour les avoir.

La manière dont le marchand d'esclaves comprenait l'humanité avait quelque chose de si original que Shelby ne put s'empêcher de rire. Ce petit mouvement d'hilarité encouragea l'orateur.

— Il est étrange, reprit-il, que je n'aie pu faire entendre raison à bien des gens : mon ancien associé, Tom Loker, homme capable pourtant, était un diable avec les nègres ! Il avait le meilleur cœur du monde, mais il battait les noirs : c'était son système. Je lui disais souvent : Mon cher Tom, lorsque vos filles sont tristes, qu'elles se mettent à pleurer, pourquoi les frapper sur la tête et leur donner des coups de poing ? c'est ridicule. Il n'y a pas de mal à pleurer ; la nature le veut, et il faut lui céder de manière ou d'autre. Et puis vous gâtez vos négresses ; elles s'affectent, elles enlaidissent, et c'est le diable pour les rétablir. Tâchez au contraire de les amadouer, de les prendre par la douceur. Voilà ce que je lui disais, mais il ne m'a pas écouté, et il m'a détérioré tant de femmes que, bien que ce fût un excellent homme et un bon vendeur, j'ai été obligé de le planter là.

— Et vous croyez que votre système est préférable à celui de Tom ? demanda Shelby.

— Je vous le certifie, monsieur. Toutes les fois que ça m'est possible, j'évite les désagréments. Si je veux vendre un enfant, j'éloigne la mère : hors de vue, hors de souvenir ; et quand le mal est irrémédiable, il faut bien qu'elle l'accepte. Ce n'est pas comme s'il s'agissait de blancs, qui sont élevés dans l'idée de conserver leurs enfants et leurs femmes : les nègres ne peuvent compter là-dessus, quand ils sont bien dressés.

— Je crains que les miens ne soient pas convenablement dressés, dit M. Shelby.

— Ce serait possible ; vous autres habitants du Kentucky, vous gâtez les nègres. Vous avez de bonnes intentions à leur égard, mais votre bienveillance leur est funeste. Un noir, voyez-vous, est fait pour passer de main en main, pour être vendu à Thomas, à Richard, à n'importe qui ; il n'est pas charitable de leur inspirer des désirs qu'ils ne sauraient satisfaire, et qui les détournent de leur vocation. Pour moi, je crois que je les traite comme on doit les traiter.

— Il est bon d'être content de soi, dit M. Shelby en haussant légèrement les épaules.

— Eh bien ! reprit Haley après un moment de silence, quel est votre dernier mot ?

— J'y réfléchirai, et j'en parlerai à ma femme ; mais si vous voulez mener vos affaires avec la tranquillité que vous désirez, gardez-vous bien de les divulguer. Sans cela, tous mes enfants seraient en émoi, et nous aurions de la peine à les calmer.

— Il suffit, *motus !* dit Haley en mettant son pardessus ; mais je suis pressé, et j'aurais besoin de savoir votre réponse le plus tôt possible.

— Eh bien ! revenez ce soir entre six et sept, et je vous ferai part de ma résolution.

Le marchand d'esclaves disparut après avoir salué son hôte ; et quand la porte fut refermée, Shelby se dit à lui-même :

— L'impudence de cet homme m'irritait au point que j'ai été tenté de le jeter du haut en bas de l'escalier ; mais je suis forcé de le ménager. Si quelqu'un m'avait dit que je vendrais un jour le père Tom, j'aurais soutenu qu'on me calomniait ; et pourtant il faudra en passer par là ! Ma femme s'y opposera : elle ne voudra pas surtout qu'on vende le fils d'Elisa ; mais, hélas ! ce marchand d'esclaves est mon créancier, et il profite de ses avantages. Voilà ce que c'est que d'avoir des dettes !

C'est peut-être dans l'Etat de Kentucky que l'esclavage se montre sous sa forme la plus douce. L'agriculture y prédomine. On n'y voit point revenir périodiquement ces époques d'activité industrielle qui nécessitent de si rudes labeurs, dans les contrées plus méridionales,

Les maîtres se contentent d'un revenu régulier, et n'ont pas de ces tentations inhumaines qui triomphent toujours de notre fragile nature lorsque la perspective d'un gain rapide n'a d'autre contre-poids que l'intérêt des malheureux.

Si l'on parcourt le Kentucky, en voyant l'indulgence de certains maîtres et l'attachement dévoué de certains esclaves, on peut croire un moment à la poétique utopie d'une institution patriarcale; mais il est une ombre à ce tableau, l'ombre de la loi. Cette loi regarde une foule d'êtres humains dont les cœurs palpitent, et dont les affections sont vivantes, comme autant de choses appartenant à un maître. Ce maître peut être bienveillant; mais s'il se ruine, s'il vient à mourir, ses esclaves sont exposés à échanger d'un jour à l'autre une vie paisible contre une existence de misère. La meilleure administration possible de l'esclavage ne saurait donc en détruire les inconvénients.

M. Shelby était en somme un brave homme, disposé à rendre heureux tous ceux qui l'environnaient, et s'occupant sérieusement du bien-être matériel des nègres de sa propriété. Il avait eu le malheur de se lancer étourdiment dans des spéculations hasardeuses, et des billets souscrits par lui pour une somme considérable étaient tombés entre les mains de Haley.

Ces explications donnent la clef de la conversation précédente. En approchant de la porte, Elisa en avait saisi quelques mots qui avaient suffi pour lui révéler qu'un marchand d'esclaves faisait des offres à son maître. Elle aurait volontiers écouté à la porte avant de se retirer; mais sa maîtresse l'appelait, et elle fut obligée de se retirer. Toutefois, elle crut comprendre que c'était son fils que le trafiquant convoitait. Son cœur se gonfla; elle serra involontairement le petit Henri avec tant de force qu'il la regarda d'un air stupéfait. En entrant dans l'appartement de madame Shelby, elle renversa le lavabo, heurta la table à ouvrage, et rapporta de la toilette une longue robe de chambre au lieu de la robe du soir qu'on lui demandait.

— Qu'avez-vous donc aujourd'hui, Elisa? lui dit madame Shelby.

— Oh! madame, madame! s'écria la quarteronne; et, fondant en larmes, elle se laissa tomber sur une chaise.

— Qu'est-ce qui vous tourmente, ma chère?

— Oh! madame, un marchand d'esclaves vient de causer avec mon maître dans la salle à manger. Je l'ai entendu.

— Eh bien! quand cela serait?

qui caractérisent souvent les femmes du Kentucky, elle joignait une haute moralité et des principes religieux qu'elle savait mettre en pratique. Son mari, assez indifférent en matière de foi, respectait les convictions de sa femme, dont il redoutait même les jugements. Il la laissait entièrement libre d'améliorer la condition intellectuelle et physique de ses serviteurs, sans vouloir lui-même s'en mêler activement. Il ne pensait pas avec certains sectaires que l'excès des bonnes œuvres de personnes pieuses profitait au reste des fidèles; pourtant il semblait convaincu que sa femme avait assez de charité pour deux, et il se flattait vaguement de gagner le ciel, grâce à la surabondance de qualités dont elle lui offrait l'exemple, et qu'il n'avait pas la prétention d'égaler.

Ce qui embarrassait le plus M. Shelby, après son entretien avec le marchand d'esclaves, c'était la difficulté de faire consentir sa femme à l'arrangement projeté, et de triompher de l'opposition qu'il s'attendait à rencontrer.

Madame Shelby était loin de deviner les préoccupations de son époux. Elle le savait foncièrement honnête, et c'était avec une complète bonne foi qu'elle avait repoussé les soupçons d'Elisa. Elle ne daigna pas s'y arrêter, et s'occupa exclusivement de se préparer à une visite qu'elle voulait faire dans la soirée.

CHAPITRE II.

La Mère.

Élevée dès l'enfance par sa maîtresse, Élisa en était la favorite.

Les voyageurs qui ont parcouru les États-Unis du Sud ont remarqué la grâce, la voix douce, les manières élégantes des quarteronnes et des mulâtresses. Ces dons naturels sont souvent rehaussés par une éblouissante beauté, et presque toujours par un extérieur agréable. Elisa, telle que nous l'avons décrite, n'est pas un portrait de fantaisie. Nous l'avons représentée de souvenir, telle que nous l'avons vue il y a quelques années dans le Kentucky.

Sous la protection de sa maîtresse, Elisa avait évité les séductions qui font de la beauté un héritage si fatal pour une esclave. Elle avait épousé un mulâtre de talent, nommé Georges, esclave sur une propriété voisine.

Ce jeune homme avait été loué par son maître à un fabricant de sacs. Sa capacité l'avait placé au premier rang; et, malgré son défaut d'éducation première, il avait inventé avec succès une machine à teiller

Aussitôt les membres flexibles de l'enfant se contournèrent; son dos se voûta; et, appuyé sur la canne de son maître, il fit quelques pas en trébuchant comme un vieillard.

— Oh! madame, croyez-vous monsieur capable de vendre mon Henri?

Et les sanglots de la pauvre créature redoublèrent.

— Le vendre! Non, c'est impossible. Vous savez que votre maître ne fait jamais d'affaires avec les marchands du Midi, et qu'il ne songe jamais à vendre ses serviteurs tant qu'ils se comportent bien. Pourquoi, folle que vous êtes, pensez-vous qu'on veuille acheter votre Henri? Est-ce que tout le monde a pour lui les mêmes yeux que vous? Allons, consolez-vous; accrochez ma robe au porte-manteau, coiffez-moi, et n'écoutez plus aux portes.

— Vous, madame, vous ne consentirez jamais à ce que....

— Sans doute, je n'y consentirais pas. Pourquoi ces inquiétudes? Je laisserais plutôt vendre un de mes enfants. Mais en vérité, Elisa, vous devenez trop fière de ce petit garçon. Aussitôt qu'un homme entre ici, vous vous imaginez qu'il vient vous l'enlever.

Rassurée par ce langage, Elisa rit de ses alarmes, et procéda avec dextérité à la toilette de sa maîtresse.

Madame Shelby était une femme supérieure, sous le rapport de l'intelligence et des sentiments. A la générosité, à la grandeur d'âme,

le chanvre. Il avait une tournure prévenante, et d'excellentes manières. Néanmoins, comme ce n'était pas un homme aux yeux de la loi, ses qualités supérieures étaient soumises à la domination d'un tyran vulgaire, aux idées étroites. Ce maître, ayant appris l'invention de Georges, se rendit pour la voir à la manufacture. Il fut reçu avec enthousiasme par le directeur, qui le félicita de posséder un esclave aussi précieux. Georges, animé par tant d'éloges unanimes, fit l'explication de sa machine, et s'énonça avec tant de verve et d'abondance que son maître ne put s'empêcher d'avoir conscience de son infériorité. Convenait-il à un demi-noir de courir le monde, d'inventer des machines, et de lever la tête au milieu des blancs? C'était un scandale auquel il fallait mettre un terme en emmenant l'audacieux, en le mettant à bêcher la terre, afin de rabattre son orgueil. En conséquence, le maître demanda à régler le compte de Georges, qu'il voulait reconduire immédiatement chez lui.

— Mais, monsieur Harris, dit le directeur de la fabrique, votre résolution n'est-elle pas un peu brusque?

— Qu'importe? cet homme n'est-il pas à moi?

— Nous serions disposés, monsieur, à augmenter le prix de la location.

—Je n'y tiens pas, monsieur. Je n'ai pas besoin de louer mes domestiques quand je n'en ai pas envie.

—Mais, monsieur, il est très-propre aux fonctions qu'il remplit.

—C'est possible, et je parie qu'il n'a jamais été aussi propre à celles que je lui ai confiées.

—Songez à la machine qu'il a inventée, dit assez mal à propos un des ouvriers.

—Ah! oui, c'est une machine pour épargner du travail. Un nègre est bien capable d'imaginer pareille chose; lui-même est une machine qui économise le travail autant que possible. Je l'ai résolu, il s'en ira.

Georges était resté comme anéanti en entendant sa sentence prononcée par une autorité contre laquelle toute résistance était vaine. Il croisa les bras, se mordit les lèvres; mais la colère brûlait son sein comme un volcan et circulait en torrents de feu dans ses veines. Sa respiration était entrecoupée; ses grands yeux noirs étincelaient, et il aurait éclaté sans l'intervention du directeur de l'usine.

—Cédez, lui dit celui-ci en lui touchant le bras: éloignez-vous momentanément; nous tâcherons de vous faire revenir.

Le tyran remarqua cet aparté. Il en devina le sens, et se fortifia dans la résolution de tenir sa victime en son pouvoir. Georges quitta la fabrique, et fut employé aux plus grossières occupations de la ferme. Il eut assez d'empire sur lui pour ne pas franchir les bornes du respect; mais son air sombre, ses traits contractés, ses regards de courroux exprimaient éloquemment ses pensées, et prouvaient d'une manière indubitable que cet homme ne pouvait jamais devenir une chose.

C'était pendant son séjour à la fabrique que, ayant la liberté d'aller et de venir, Georges avait vu sa femme et l'avait épousée. Cette union obtint l'approbation de madame Shelby, qui avait un peu la manie féminine de faire des mariages. Elle vit avec plaisir sa favorite devenir la femme d'un homme de sa classe, qui semblait lui convenir sous tous les rapports. Elle-même attacha la couronne de fleurs d'oranger, et jeta le voile nuptial sur la tête de la fiancée. De nombreux invités, réunis dans la grande salle de la maison, célébrèrent les grâces de la jeune fille et la libéralité de la maîtresse.

—Il est inutile d'insister, dit M. Harris d'un ton maussade; je sais ce que j'ai à faire.

—Je ne prétends pas vous donner de conseils, monsieur; seulement il serait de votre intérêt de nous abandonner Georges aux conditions qui vous sont proposées.

—Je connais vos projets, monsieur; je vous ai vu échanger des signes d'intelligence avec Georges le jour où je l'ai emmené de la fabrique; mais vous ne l'emporterez pas sur moi. Nous sommes dans un pays libre, monsieur; cet homme m'appartient, et je ferai de lui ce que bon me semblera.

Ce fut ainsi que Georges perdit sa dernière espérance; il n'eut en perspective qu'une vie de privations, rendue plus amère par les persécutions mesquines que pouvait lui imposer un despotisme inventif.

CHAPITRE III.

Époux et Père.

Madame Shelby était partie pour sa visite. Debout sous le vestibule, Elisa suivait des yeux la voiture qui s'éloignait, lorsqu'elle se sentit frapper sur l'épaule. Elle se retourna, et un doux sourire rayonna sur son visage.

—C'est vous, Georges! vous m'avez fait peur. Que je suis contente de vous voir! Madame est sortie pour le reste de la journée; venez dans ma petite chambre, nous avons du temps devant nous.

En disant ces mots, elle le conduisit dans une pièce qui donnait sur le vestibule, et où elle travaillait d'ordinaire.

—Que je suis contente! Pourquoi ne souriez-vous pas? Regardez Henri; comme il est grandi!

L'enfant, à travers les longues boucles de sa chevelure, jeta sur son père un regard furtif, et se cramponna à la robe de sa mère.

—N'est-il pas beau? dit Elisa; et elle lui écarta les cheveux pour l'embrasser.

—Je voudrais qu'il ne fût jamais né! s'écria Georges avec amertume: je voudrais moi-même n'être jamais venu au monde.

Surprise et effrayée, Elisa pencha la tête sur l'épaule de son époux, et fondit en larmes.

—Allons, ma pauvre femme, j'ai tort de vous affliger. Ah! je voudrais que vous ne m'eussiez jamais connu! vous auriez pu être heureuse.

—Georges! Georges!

La mère Chloé déclara qu'on lui cassait la tête; mais, comme elle réitérait cette observation plusieurs fois par jour, on n'y eut aucun égard.

Pendant quelques années, Elisa vit fréquemment son mari, et son bonheur ne fut troublé que par la perte de deux enfants en bas âge, qu'elle pleura au point de s'attirer les douces remontrances de sa maîtresse, qui s'efforça de soumettre cette nature passionnée au frein de la raison et de la religion. Après la naissance du petit Henri, Elisa revint à la tranquillité; les blessures de son cœur se cicatrisèrent, et elle fut heureuse jusqu'au moment où son mari retomba brusquement sous le joug de son propriétaire légal.

Le directeur de l'usine, suivant la promesse qu'il en avait faite, rendit visite à M. Harris quinze jours après le départ de Georges. Il espérait pouvoir le réintégrer dans son premier emploi, maintenant que le mécontentement du maître avait eu le temps de se calmer.

Comment pouvez-vous parler de la sorte? Quel malheur vous menace ou vous est arrivé? N'avons-nous pas été heureux jusque dans ces derniers temps?

—Oui, ma chère amie, répondit Georges; et attirant son fils sur ses genoux, il le contempla avec amour.

—Il vous ressemble, Elisa; et vous êtes la plus belle femme que j'aie jamais vue et la meilleure qu'on puisse désirer; et pourtant je voudrais n'avoir jamais eu de relations avec vous.

—Ah! Georges, est-il possible?

—Oui, Elisa, mon existence est plus pénible que celle d'un misérable insecte; elle me mine, elle me consume! je suis un pauvre valet, et je vous fais partager mon abjection. A quoi bon tenter de

faire quelque chose, de savoir quelque chose, d'être quelque chose?
A quoi bon vivre? je voudrais être mort.

— Quelles mauvaises pensées! Je sais qu'il vous a été pénible de perdre votre place, et que vous avez un maître bien dur; mais ayez de la patience, et peut-être...

— N'en ai-je pas eu? interrompit le jeune mulâtre : ai-je dit un mot quand il m'a fait sortir sans motif de la fabrique où tout le monde était si bon pour moi? Je lui abandonnais tous mes bénéfices, et chacun s'accordait à dire que je travaillais bien.

— C'est affreux, reprit Elisa; mais après tout, c'est votre maître.

— Mon maître! et en vertu de quel titre est-il mon maître? je suis un homme comme lui; je vaux mieux que lui! j'entends mieux que lui les affaires; je suis plus capable de diriger une maison. Je sais lire et écrire beaucoup mieux, et je me suis instruit malgré lui; quels droits a-t-il de faire de moi une bête de somme, de me détourner d'une occupation que je connais, pour m'assujettir à des travaux qu'un cheval peut faire?

— Georges, vous m'épouvantez, je ne vous ai jamais entendu parler ainsi; je crains que vous ne vous laissiez emporter par la colère. Je conçois vos sentiments; mais, de grâce, soyez prudent, pour moi, pour Henri!

— J'ai été prudent; mais le mal empire et devient intolérable. Mon maître saisit toutes les occasions imaginables de m'insulter et de me torturer. En faisant mon ouvrage, et en me tenant tranquille, j'espérais avoir le temps de lire à mes heures de loisir; mais il s'en aperçoit, et il m'accable de travaux avilissants. Il dit que, malgré mon silence, il voit bien que je suis possédé du diable, et qu'il faut le chasser. Eh bien, oui, le diable sortira un de ces jours, mais d'une manière qui ne lui plaira pas.

— Qu'allons-nous devenir? dit douloureusement Elisa.

— Hier je chargeais des pierres sur une charrette. Le jeune Tom était là, et faisait claquer son fouet de manière à effrayer mon cheval. Je le priai doucement de cesser, et il ne tint aucun compte de mes paroles. J'insistai, et il se mit à me frapper. Je lui pris la main; alors il poussa des cris, se débarrassa, et courut dire à son père que je le battais. M. Harris arriva tout en rage, et s'écria qu'il saurait bien m'apprendre qui était mon maître. Il m'attacha à un arbre, coupa des baguettes, et dit à son fils qu'il pouvait me fouetter jusqu'à ce qu'il fût fatigué. C'est ce qu'il a fait, mais je l'en ferai repentir tôt ou tard.

Le front du jeune homme s'assombrit et ses yeux lancèrent des éclairs. — En vertu de quel titre cet homme est-il mon maître? ajouta-t-il : voilà ce que je voudrais savoir.

— J'ai toujours pensé, reprit Elisa d'une voix dolente, que notre devoir de chrétiens était d'obéir à nos maîtres.

— Vous avez raison en ce qui vous concerne. Ils vous ont élevée comme leur enfant; ils vous ont donné la nourriture et le vêtement; vous avez reçu d'eux une bonne éducation; ils peuvent donc prétendre à quelques droits sur vous. Moi, j'ai été battu, outragé, ou pour le moins délaissé! Qu'est-ce que je dois? j'ai payé cent fois mon entretien. Non, je ne veux plus souffrir!

Elisa trembla et garda le silence. Elle n'avait jamais vu son mari dans un pareil accès de colère, et elle pliait comme un roseau sous cette tempête de passions tumultueuses.

— Vous savez bien, reprit Georges ce petit chien que vous m'aviez donné? c'était ma seule consolation. Il couchait auprès de moi, me suivait toute la journée, et semblait compatir à mes peines. L'autre jour, je lui donnais quelques os que j'avais ramassés à la porte de la cuisine, quand mon maître survint, et me dit qu'il ne pouvait tolérer qu'un nègre nourrit un chien à ses dépens. Il m'ordonna de prendre le mien, de lui mettre une pierre au cou, et de le jeter dans la mare.

— Ah! Georges, vous ne l'avez pas fait?

— Non, mais il l'a fait, lui! M. Harris et Tom ont assommé à coups de pierre la malheureuse bête qui se noyait. Pauvre chien! il me regardait comme pour me reprocher de ne pas aller à son secours! Je reçus le fouet pour avoir refusé d'obéir. Mais peu m'importe, je ne suis pas de ceux que le fouet rend plus souples, et si l'on n'y prend garde, j'aurai mon tour!

— Qu'allez-vous faire? Georges, ne commettez pas de mauvaise action. Contenez-vous; ayez confiance en Dieu, et il vous délivrera.

— Je n'ai pas vos sentiments chrétiens, Elisa; mon cœur est plein d'amertume. Je ne puis avoir confiance en Dieu; pourquoi laisse-t-il les choses aller ainsi?

— Georges, il faut avoir de la foi! madame dit que dans nos plus cruelles infortunes, nous devons croire que Dieu veut notre bien.

— C'est facile à dire pour des gens qui galopent en voiture ou qui se reposent sur des sofas; mais s'ils étaient à ma place, je suis sûr qu'ils penseraient autrement. Je voudrais être bon, mais mon cœur brûle, et je ne puis me réconcilier avec personne. Vous-même, vous ne le pourriez pas, surtout si je disais ce que j'ai à dire. Vous ne savez pas encore la vérité.

— Qu'ai-je donc à attendre?

Hier, mon maître disait qu'il avait eu tort de me laisser marier avec une femme étrangère à l'habitation; qu'il détestait M. Shelby et toute sa bande, parce qu'ils étaient fiers, qu'ils affectaient une supériorité insupportable, et qu'ils m'avaient donné de l'orgueil. Il ajoutait qu'il ne me laisserait plus venir ici, et que je prendrais une femme sur l'habitation. Ce matin, il m'a annoncé que j'eusse à épouser Mina, à m'établir avec elle dans une cabane, ou qu'il me vendrait à un marchand des autres Etats.

— Mais, reprit naïvement Elisa, nous avons été mariés par un ministre, à la manière des blancs.

— Ignorez-vous qu'un esclave ne peut se marier? la loi s'y oppose; je ne puis vous avoir pour femme, si mon maître désire nous séparer. Voilà pourquoi je voudrais ne vous avoir jamais vue; pourquoi je voudrais n'être jamais venu au monde; cela vaudrait mieux pour nous, et pour ce pauvre enfant qui est destiné à souffrir de notre misère.

— Mon maître est si bon!

— Qui sait? il peut mourir, et alors mon fils sera vendu au premier venu. A quoi lui sert d'être beau et plein de qualités? Toutes celles qu'il possède peuvent lui être fatales. Je vous l'ai prédit, Elisa, il a trop de prix pour que vous le gardiez.

Ces mots renouvelèrent les angoisses de la jeune femme. Elle vit passer devant ses yeux le spectre du marchand d'esclaves, et devint aussi pâle que si elle eût reçu le coup mortel. Elle jeta un regard inquiet du côté du vestibule, où son fils, à cheval sur la canne de M. Shelby, se promenait d'un air de triomphe. Elle fût tentée un moment de dévoiler ses inquiétudes; mais elle pensa que son mari avait assez à souffrir, et qu'il ne fallait pas l'accabler. D'ailleurs sa maîtresse n'était-elle point là?

— Maintenant, mon amie, reprit Georges, je vous fais mes adieux, car je m'en vais.

— Où allez-vous?

— Au Canada, dit-il en maîtrisant son émotion; et quand j'y serai, je vous achèterai, c'est toute l'espérance qui me reste. Vous avez un bon maître, qui ne refusera pas de vous vendre; je vous achèterai, ainsi que mon fils, avec l'aide de Dieu!

— Ah! c'est horrible!... si vous étiez pris!

— Je ne serai pas pris, Elisa! je me ferai tuer auparavant. Je serai libre, ou je mourrai.

— Vous ne vous tuerez pas!

— Ce n'est pas à craindre. Ma mort sera l'œuvre d'autrui, si elle arrive; mais on ne me livrera pas vivant aux marchands étrangers.

— Georges, je vous en supplie, soyez prudent! repoussez les tentations qui vous assiégent; agissez avec sagesse, et invoquez l'assistance du Seigneur.

— Elisa, voici mon plan. M. Harris m'a chargé d'une commission qui devait me mener par ici. Il a supposé que je viendrais vous conter mes peines, et qu'il mettrait ainsi les Shelby de mauvaise humeur. Je retourne à l'habitation avec une résolution bien arrêtée, mes préparatifs sont faits, et je me suis assuré du concours de quelques amis. Dans huit ou dix jours on me comptera au nombre des absents. Priez pour moi, et que le bon Dieu vous entende!

— Priez vous-même, Georges, et confiez-vous à la Providence.

— Adieu, répliqua le jeune mulâtre en serrant sa femme dans ses bras; et après avoir confondu leurs larmes, les deux époux se séparèrent.

CHAPITRE IV.

Une soirée dans la case du père Tom.

La case du père Tom était un petit bâtiment en troncs d'arbres attenant à la principale habitation. Elle était précédée d'un jardin où venaient en abondance, grâce à une culture soignée, divers légumes, des fraises, des framboises et autres fruits. La façade était entièrement couverte de rosiers et de bignonias qui en dissimulaient la grossière construction. En été, des chrysanthèmes, des pétunias, des volubilis et autres plantes annuelles trouvaient moyen d'y étaler leurs fleurs, et faisaient les délices de la mère Chloé.

Entrons dans la maison. Le repas des maîtres était achevé, et la mère Chloé, qui avait la surintendance de la cuisine, avait laissé à ses subalternes le soin de laver la vaisselle, pour aller préparer dans son modeste asile le souper de son vieil époux. C'était bien elle qu'on voyait devant le feu, occupée à faire frire différents comestibles, et levant de temps en temps le couvercle de casseroles dont la vapeur annonçait quelque chose de bon. Sa figure avait un tel luisant qu'on aurait pu croire qu'elle avait été nettoyée avec des blancs d'œufs, de même que sa théière. Sa physionomie rayonnait sous un turban empesé, et il y régnait la fierté qui convenait à une femme universellement reconnue pour le cordon bleu du canton. Elle méritait assurément ce titre. Les poulets, les dindons et les canards de la basse-cour prenaient un air grave en la voyant approcher, et semblaient réfléchir sur leur fin dernière, car elle rêvait constamment aux moyens de les rôtir, de les farcir, ou de les accommoder, et l'expression de ses traits était faite pour inspirer la terreur à tous les volatiles. Elle excellait aussi dans la préparation des gâteaux, et les efforts de ses rivales pour atteindre à sa perfection ne lui inspiraient que des airs de triomphe. Les dîners de cérémonie stimulaient son amour-propre, et elle redoublait d'ardeur toutes les fois que des malles de voyage entassées sous le vestibule lui promettaient de nouveaux convives à traiter.

Nous laisserons la mère Chloé se livrer à ses travaux culinaires pour compléter la description de sa demeure.

Dans un coin était un lit couvert d'une courte-pointe blanche comme la neige, au bas duquel s'étendait un tapis d'une certaine dimension. C'était pour ainsi dire le salon du logis; ce coin était traité avec une considération particulière, et mis, comme un lieu sacré, à l'abri de l'invasion des petites gens. En face se trouvait un second lit plus modeste où l'on couchait. Au-dessus de la cheminée figuraient de belles gravures, entre autres un portrait du général Washington, dessiné et peint d'une manière dont ce héros aurait été certainement surpris s'il était revenu au monde.

Sur un banc se tenaient quelques enfants aux yeux noirs, aux joues rebondies, à la tête crépue, qui surveillaient les premiers pas d'une jeune sœur. Celle-ci, comme toutes les créatures humaines de son âge, se dressait sur ses pieds, se balançait pendant quelques instants, et finissait par rouler à terre. Chacune de ses malheureuses tentatives était saluée par des acclamations comme une preuve d'habileté consommée.

Devant le feu était une table un peu boiteuse, mais couverte d'une nappe et d'un service complet. Le père Tom y avait déjà pris place, et comme c'est le héros de notre histoire, nous devons en offrir le daguerréotype à nos lecteurs. Ce nègre, le plus estimé de tous ceux de M. Shelby, était un homme d'une haute stature, à large poitrine; il avait une expression de bienveillance, de bon sens et de gravité. On voyait à son air qu'il se respectait lui-même, et que, malgré son apparence de simplicité, il avait la conscience de ses talents. Il tenait à la main une ardoise sur laquelle il essayait de copier quelques lettres que lui montrait le petit Georges, enfant de treize ans, fils de M. Shelby.

— Père Tom, lui dit l'enfant, qui avait toute la dignité d'un pédagogue, la queue de votre g est tournée du mauvais côté, et vous en faites un q. Et maître Georges, saisissant le crayon, se mit à tracer une quantité innombrable de g et de q avec une rapidité dont le père Tom fut ébahi.

— Comme les blancs sont habiles! s'écria la mère Chloé en levant sa fourchette garnie d'un morceau de lard; ce petit homme sait lire et écrire, et il veut bien venir tous les soirs nous donner des leçons!

— Mère Chloé, je meurs de faim, dit maître Georges, est-ce que votre galette n'est pas cuite?

— Dans un instant, répondit la mère Chloé; elle est d'une couleur brune magnifique. Madame avait permis l'autre jour à Sally d'essayer de faire un gâteau, pour lui apprendre, comme elle disait. J'ai été obligée de m'en mêler; ça me faisait mal au cœur de voir ainsi gaspiller de bonnes choses. Le gâteau montait tout d'un côté; il n'avait pas plus de forme que ma savate. Fi donc!

Après avoir exprimé en ces termes son mépris pour l'ignorance de Sally, la mère Chloé tira du feu une magnifique galette et diverses pâtisseries qu'elle empila sur une assiette.

— Décampez, Moïse et Pierre, s'écria-t-elle, et vous aussi, Dolly: maman donnera quelque chose à sa petite. Maintenant, monsieur Georges, ôtez vos livres et mettez-vous là, je vais vous servir.

— On voulait me retenir à souper à la maison, dit Georges, mais je savais trop bien ce qui m'attendait ici.

— Vous deviniez que je vous réservais les meilleurs morceaux, et vous aviez raison. Allons, mettez-vous à l'œuvre.

— Attaquons la galette, dit Georges en brandissant un grand couteau.

— Prenez garde! dit la mère Chloé en lui saisissant le bras, vous ne pourrez pas la couper avec ce gros et lourd couteau; vous l'aplatiriez! J'ai un vieux couteau mince et bien affilé que je réserve tout exprès... La!... voyez, elle se fend comme une plume. Mangez à présent.

— Les Lincoln, dit Georges parlant la bouche pleine, prétendent que leur Jenny est meilleure cuisinière que vous.

— Les Lincoln sont loin de compte! repartit la mère Chloé avec mépris. Ce sont des gens respectables sans doute; mais si je les compare aux nôtres, ce n'est plus rien. Mettez M. Lincoln à côté de M. Shelby, qu'est-ce que c'est? Et madame Lincoln, peut-elle figurer dans un salon avec autant d'avantage que madame Shelby? Allons donc! qu'on ne me parle plus de ces Lincoln!

Et la mère Chloé secoua la tête en femme qui se flattait d'avoir une certaine connaissance du monde.

— Pourtant, reprit Georges, je vous ai entendu dire que Jenny était une assez bonne cuisinière.

— Je ne le conteste pas, dit la mère Chloé; elle sait faire les plats vulgaires; elle va jusqu'aux galettes de maïs; mais quand il s'agit de mets recherchés, elle n'y est plus. Elle fait des pâtés, mais elle n'entend rien à la croûte. Est-ce qu'elle est capable de faire de ces pâtés moelleux qui fondent dans la bouche? Quand miss Marie se maria, Jenny fit les pâtés pour le banquet de noce; elle me les montra, et elle fut jugée. Jenny et moi sommes bonnes amies, vous savez; je ne veux pas en dire de mal; mais je ne fermerais pas l'œil de toute une semaine si je fabriquais des pâtés comme les siens.

— Pourtant, reprit Georges, Jenny doit les trouver parfaits.

— Certainement, elle me les a présentés comme tels; mais, voyez-vous, elle ne sait rien. Elle est dans une famille ignorante, et il est impossible qu'elle sache quelque chose. Monsieur Georges, vous ne connaissez pas quels sont les avantages de votre famille et de votre éducation!

Ici la mère Chloé soupira et roula les yeux avec émotion.

— Je suis sûr, mère Chloé, de connaître les avantages de mes pâtés et de mes puddings. Demandez à Tom Lincoln si, toutes les fois que je le rencontre, je ne lui en vante pas la supériorité. Ah! comme je lui chante pouille!

Ces mots excitèrent chez la mère Chloé une si vive hilarité, qu'elle se renversa sur sa chaise pour rire à son aise, et que les larmes coulèrent le long de ses joues noires et lustrées. Elle varia ses exercices en donnant des coups de coude à maître Georges, en le pinçant, en lui disant qu'il finirait par le tuer un de ces jours. Chacune de ces sanguinaires prédictions était coupée par des éclats de rire de plus en plus sonores:

— Ah! vous chantez pouille à Tom Lincoln! Oh! mon Dieu! quel jeune homme vous ferez! En vérité, vous feriez rire un hanneton!

— Oui, reprit Georges, je lui dis: Tom Lincoln, si vous veniez voir les pâtés de la mère Chloé; voilà des pâtés!...

— Pauvre homme! dit la mère Chloé, sur le cœur bienveillant de laquelle la malheureuse condition de Tom Lincoln semblait produire une vive impression, vous devriez l'inviter à dîner de temps en temps, monsieur Georges; ce serait bien de votre part. Vous savez qu'il ne faut vous croire au-dessus de personne à cause de vos avantages; souvenez-vous-en.

— Eh bien, un jour de la semaine prochaine j'inviterai Tom Lincoln. Vous vous distinguerez, mère Chloé, et nous l'éblouirons. Nous le ferons tant manger, qu'il en aura une indigestion de quinze jours.

— C'est ça! s'écria la mère Chloé avec enthousiasme. Ah! quand je pense à quelques-uns de nos dîners! Vous rappelez-vous le pâté de poulets que je servis au général Knox? Madame et moi nous eûmes une discussion à propos de la croûte. Je ne sais quelles lubies ont les dames; mais quelquefois, quand on est chargé de la plus lourde responsabilité, elles choisissent ce moment pour vous importuner. Madame voulait ceci, puis cela; je finis par m'impatienter, et lui dis: Regardez vos belles mains blanches, madame, vos longs doigts étincelants de bagues, comme mes lis blancs quand ils sont couverts de rosée; et puis, regardez mes grosses mains noires et solides: n'est-il pas clair que le Seigneur m'a faite pour pétrir des croûtes de pâté, et vous pour rester au salon? Voilà ce que je lui dis... Ah! monsieur Georges, j'étais d'une colère!...

— Et que répondit ma mère?

— Elle fixa sur moi ses beaux yeux pleins de douceur, et dit: Eh bien, mère Chloé, je crois que vous avez raison; et elle rentra au salon. Elle aurait dû me casser la tête pour me punir de mon impertinence; mais c'est un fait, je ne puis souffrir les dames à la cuisine.

— Ce dîner vous fit honneur, je me souviens que tout le monde en parla, dit Georges.

— Je le sais bien, ma foi! N'étais-je pas derrière la porte de la salle à manger? N'ai-je pas vu le général Knox redemander trois fois de ce pâté en disant: Vous avez une fameuse cuisinière, madame Shelby? Comme je me rengorgeais! Et le général est expert en cuisine!... C'est un homme de talent; il est d'une des meilleures familles de la vieille Virginie. Il s'y entend aussi bien que moi, le général! Il y a divers points à remarquer dans tous les pâtés, monsieur Georges, et tout le monde ne les connaît pas; mais le général les connaît, je l'ai vu aux observations qu'il a faites.

Cependant le jeune Georges était arrivé au point de ne plus pouvoir manger un morceau de plus, il avait donc le loisir de remarquer les têtes laineuses et les yeux brillants qui, d'un coin de la chambre, suivaient avidement ses opérations.

— Venez ici, Moïse, Pierre, dit-il en leur distribuant des vivres; vous voulez quelque chose, n'est-ce pas? Allons, mère Chloé, faites-leur des gâteaux.

Georges et Tom s'installèrent sur des chaises au coin de la cheminée; la mère Chloé, après avoir préparé une bonne pile de gâteaux, prit sur ses genoux sa petite fille, dont elle remplit la bouche alternativement avec la sienne; elle servit aussi Moïse et Pierre, qui mangèrent sous la table, se chatouillant par intervalles et tirant à l'occasion les pieds de leur sœur.

— Voulez-vous finir? disait la mère en décochant au hasard un coup de pied sous la table, quand l'agitation y était trop bruyante. Ne pouvez-vous vous conduire décemment quand un blanc vient vous voir? Ne m'impatientez pas, ou je vous déferai un bouton de plus quand M. Georges sera parti.

Il est difficile de dire quel était le sens caché de cette terrible menace; mais il est certain qu'elle produisait peu d'effet sur les jeunes pécheurs.

— Voyez-moi ces drôles! dit le père Tom.

Les deux enfants, les mains et la figure couvertes de mélasse, sortirent de dessous la table, et se mirent à embrasser tendrement leur sœur.

— Détalez! s'écria la mère en repoussant leurs têtes laineuses; vous allez tout poisser, tout salir; allez vous laver à la fontaine!

La mère Chloé termina ses exhortations par une tape qui retentit d'une façon formidable, mais qui servit seulement à augmenter les rires des jeunes gars. Ils sortirent en se culbutant, et poussèrent dehors de véritables cris de joie.

— A-t-on jamais vu d'aussi méchants diables? dit la mère Chloé avec une satisfaction cachée. Puis elle prit une vieille serviette qu'elle avait mise de côté pour de semblables circonstances; elle versa un peu d'eau dans une théière fêlée, et débarbouilla sa fillette. Quand elle lui eut bien poli le visage, elle la déposa sur les genoux de Tom, et s'occupa d'enlever les reliefs du souper. Cependant l'enfant s'amusa à tirer le nez de Tom, à lui égratigner la face, à lui passer ses mains grasses dans les cheveux : cette dernière opération semblait lui procurer une satisfaction spéciale.

— N'est-elle pas charmante? dit Tom en l'éloignant de lui pour mieux la voir. Ensuite il se leva, la plaça sur ses larges épaules, et se mit à danser. Pendant ce temps Georges lui portait de petits coups avec son mouchoir de poche, et les deux garçons, qui étaient de retour, cabriolaient en criant. La mère Chloé déclara qu'on lui cassait

— Conduisez-vous donc décemment! s'écria la mère Chloé; n'avez-vous pas de honte?

Georges partagea la gaieté du délinquant, et déclara que Moïse était décidément un farceur. L'admonition maternelle manqua donc complétement son but.

— Eh bien! mon vieux, dit Chloé à son époux, il faut disposer vos tonneaux.

— Ces tonneaux, dit Moïse, sont aussi bons que ceux dont parle l'Ecriture, que M. Georges nous lisait l'autre jour.

Pendant ce colloque on avait roulé dans la case deux tonneaux vides, que l'on avait assujettis avec des pierres. Pour compléter l'arrangement, on retourna des barils et des baquets, et on rangea le long du mur quelques chaises écloppées.

— M. Georges lit à merveille, dit la mère Chloé, et j'espère qu'il voudra bien rester ici pour nous faire la lecture.

Georges y consentit avec empressement, car un enfant est toujours disposé à faire ce qui peut lui donner de l'importance. La chambre se remplit bientôt d'un assemblage bigarré qui comprenait tous les âges, depuis l'octogénaire aux cheveux blancs jusqu'aux jeunes gens d'une quinzaine d'années. On débuta par échanger quelques innocents

M. Harris et Tom ont assommé à coups de pierres la malheureuse bête qui se noyait.

la tête; mais, comme elle réitérait cette observation plusieurs fois par jour, on n'y eut aucun égard, et les danses et les cris se prolongèrent jusqu'à satiété.

— J'espère que vous avez fini, dit la mère Chloé, qui venait de tirer d'un coffre plusieurs matelas, allons, couchez-vous; voici l'heure du meeting.

— Nous voulons en être, ma mère!

— C'est si curieux!

— Laissez-les assister à la réunion, mère Chloé, dit Georges en rejetant les matelas dans le coffre.

Ayant ainsi sauvé les apparences, la mère Chloé consentit volontiers à ne pas dresser le lit. — Au fait, dit-elle, il est possible que ça leur fasse du bien.

On tint conseil pour aviser aux préparatifs du meeting.

— Je ne sais comment nous nous procurerons des chaises, dit la mère Chloé; mais, comme la réunion religieuse qui allait avoir lieu se tenait chaque semaine chez le père Tom depuis très-longtemps, on trouvait toujours moyen de placer tout le monde.

— Le vieux père Pierre a cassé les pieds de cette vieille chaise la semaine dernière, dit Moïse.

— Je crois plutôt que c'est vous, repartit la mère Chloé.

— On l'appuiera contre la muraille, et elle tiendra à merveille, ajouta Moïse.

— Alors, dit le second fils, il ne faudra pas y asseoir le père Pierre, qui se balance toujours en chantant.

— Ah! mon Dieu! reprit Moïse, s'il s'asseyait là, il serait sûr de tomber par terre dès qu'il entonnerait : « Venez, pécheurs, venez m'entendre. » Et après avoir imité exactement les intonations nasales du vieillard, Moïse se jeta à plat ventre pour figurer la catastrophe qu'il supposait.

commérages. On raconta que la mère Sally avait acheté un mouchoir de poche rouge; que madame avait l'intention de donner à Elisa sa vieille robe de mousseline; que M. Shelby songeait à acheter un cheval alezan qui lui ferait honneur. Quelques-uns des assistants appartenaient à des habitations voisines, et ils rapportèrent les cancans qui circulaient dans la localité. La réunion des noirs se conformait aux usages établis dans les cercles d'un ordre plus élevé.

Au bout de quelques instants les chants commencèrent, et certaines intonations nasales ne détruisirent point l'effet de voix naturellement belles. Les paroles étaient tantôt empruntées à la collection des hymnes de l'Eglise, tantôt recueillies dans les *meetings* tenus en plein air; elles avaient quelque chose de sauvage et d'indéfini. Le chœur entonna avec autant d'onction que d'énergie le refrain que voici :

> Dans la paix du Seigneur quand un homme s'endort,
> Les anges lui font signe à l'heure solennelle;
> Il se revêt de gloire, et la ville éternelle
> Ouvre pour lui ses portes d'or.

D'autres chants mentionnaient sans cesse les rives du Jourdain, les champs de Canaan et la nouvelle Jérusalem, car l'imagination impressionnable des nègres recherche toujours les expressions tirées de la nature pittoresque. Tout en chantant, les uns riaient, d'autres battaient des mains, ou témoignaient leur satisfaction par une pantomime animée.

Aux hymnes succédèrent de pieuses exhortations. Une vieille femme qu'on vénérait comme une chronique vivante se leva et s'exprima en ces termes :

— Je suis heureuse de vous voir encore, mes enfants, car d'un moment à l'autre je puis être appelée à la gloire du ciel. Je suis toute prête, mes chers amis; j'ai fait mon petit paquet, et j'ai mis mon chapeau, comme un voyageur qui attend la voiture, et qui croit par intervalles entendre le bruit des roues. Soyez prêts comme moi, mes enfants, car vous ignorez quand viendra l'heure du départ.

Après avoir prononcé ces paroles dans un patois assez incorrect, la vieille femme se mit à pleurer, et les assistants répétèrent en chœur :

Terre de Canaan, toi seule es mon espoir;
Terre de Canaan, je vais bientôt te voir.

A la demande générale, Georges lut quelques chapitres d'un livre de piété; et il fut interrompu à plusieurs reprises par des exclamations telles que : — Ecoutez cela! — Songez-y bien! — Il est certain que tout cela arrivera!

Georges, qui avait de l'esprit, et auquel sa mère avait donné une éducation religieuse, se voyant l'objet de l'admiration générale, se permit des observations de son cru. Il les exposa avec un sérieux et une gravité qui lui valurent les suffrages de tout l'auditoire. On convint généralement qu'il était étonnant, et qu'un ministre ne parlerait pas mieux.

Le père Tom avait sur ses compagnons l'influence d'un patriarche. La simplicité, la chaleur et la conviction qu'il mettait dans ses exhortations auraient pu édifier même des personnes plus instruites; mais il était surtout remarquable dans la prière. Il était tellement familiarisé avec le langage de l'Ecriture, que les plus poétiques images se trouvaient naturellement sur ses lèvres. Il excitait au plus haut degré la dévotion de ses auditeurs, et ils mettaient tant d'empressement à dire les répons, que souvent on ne l'entendait pas.

Tandis que cette assemblée religieuse se tenait dans la cabane du vieux Tom, une scène toute différente se passait dans la salle à manger du maître. Il était assis avec Haley devant une table couverte de papiers, et tous deux comptaient une liasse de billets.

— Tout est en règle, dit le marchand d'esclaves; à présent, il ne vous reste plus qu'à signer notre arrangement.

M. Shelby signa à la hâte, comme un homme pressé de finir une affaire désagréable; ensuite, Haley tira d'une vieille valise un parchemin, et le présenta à Shelby, qui s'en saisit avec une vivacité mal dissimulée.

— Voilà qui est fait, dit le marchand.

— C'est fait, répéta Shelby d'un ton rêveur; et après avoir poussé un profond soupir, il redit encore : — C'est fait!

— On dirait que vous n'êtes pas content de la négociation?

— Haley, répliqua le maître, j'espère que vous vous rappellerez vos promesses, et que vous ne vendrez pas Tom sans bien savoir à qui vous le livrerez.

— Vous pouvez y compter.

— Les circonstances, vous le savez, m'ont mis dans la nécessité de prendre ce parti, reprit Shelby d'un ton hautain.

— Elles peuvent être aussi impérieuses pour moi, repartit le trafiquant; néanmoins, je ferai tous mes efforts pour procurer à Tom une bonne place, et, pour ma part, vous n'avez pas à craindre que je le maltraite; s'il y a quelque chose dont je doive remercier le Seigneur, c'est de n'avoir jamais été cruel.

Comme le marchand d'esclaves avait antérieurement fait connaître la manière dont il entendait l'humanité, Shelby ne fut pas très-rassuré par cette protestation; mais il fallut bien qu'il s'en contentât. Il laissa son hôte s'éloigner en silence, et, pour se distraire, il alluma un cigare.

CHAPITRE V.

Émotions de la marchandise humaine en changeant de propriétaire.

Monsieur et madame Shelby s'étaient retirés dans leur appartement. Le mari s'était étalé sur une chaise longue, et parcourait quelques lettres qui étaient arrivées par les courriers du soir, tandis que sa femme travaillait à défaire les nattes compliquées de sa chevelure. Elle avait dispensé de reparaître la pauvre Élisa, dont elle avait remarqué la pâleur et les yeux hagards. Cette occupation inaccoutumée lui rappela naturellement la quarteronne, et le langage que celle-ci avait tenu dans la matinée.

— A propos, Arthur, dit-elle d'un air d'insouciance, quel est donc cet homme mal élevé que vous avez eu à dîner aujourd'hui?

— Il se nomme Haley, dit Arthur en s'agitant sur sa chaise et en tenant les yeux fixés sur la lettre qu'il examinait.

— Haley! quel est-il? quel motif l'amène ici?

— C'est un homme avec lequel j'ai fait des affaires pendant mon séjour à Natchez.

— Et il s'est installé chez nous sans façon, et il est venu prendre place à notre table!

— Je l'avais invité : nous avions des comptes à régler ensemble.

— Serait-il marchand de nègres? demanda madame Shelby en remarquant un certain embarras dans les manières de son mari.

— Qui a pu vous mettre cela en tête? dit M. Shelby en levant les yeux.

— Rien; seulement Elisa est venue me trouver après dîner pour me dire que vous étiez en conférence avec un marchand d'esclaves, et qu'il vous faisait des offres pour son fils.

— En vérité! dit Arthur Shelby; et il baissa les yeux sur sa lettre, qu'il parut lire avec attention, sans s'apercevoir qu'il la tenait à l'envers.

— J'ai dit à Elisa, reprit madame Shelby, qu'elle était folle de s'inquiéter, et que vous n'aviez jamais rien à démêler avec ces sortes de gens. Je suis que vous n'avez pas de nègres à vendre, et que vous ne voudriez pas surtout vous défaire du petit Henri.

— Emilie, répliqua Shelby,

Un méchant homme était venu pour enlever le petit Henri à sa mère; mais elle ne l'abandonnera pas.

vous appréciez bien mes sentiments; mais je dois vous avouer que mes affaires me forcent à vendre quelques-uns de mes noirs.

— A cet homme? C'est impossible; vous ne parlez pas sérieusement.

— Ce n'est que trop vrai! Je me suis décidé à vendre Tom.

— Quoi! votre Tom! ce fidèle serviteur qui a été élevé sur l'habitation, et dont le dévouement ne s'est jamais démenti! Oh! monsieur Shelby! Mais vous lui aviez promis la liberté, et nous lui en avions parlé plus de cent fois. A présent je puis tout croire, je puis vous croire capable de vendre le petit Henri, le fils unique de la pauvre Elisa.

— Puisqu'il faut tout vous dire, j'ai consenti à vendre Tom et Henri, et je ne conçois pas votre indignation, car je ne fais que ce qu'on voit faire chaque jour à tout le monde.

— Mais pourquoi avoir précisément choisi ceux-ci entre tous?

— Parce qu'ils valaient davantage; voilà pourquoi. Si vous le préférez, je céderai Elisa, dont le marchand m'a offert un bon prix.

— Le misérable! dit madame Shelby avec véhémence.

— Par égard pour vous, je n'ai pas voulu l'écouter; ainsi vous devez m'en savoir quelque gré.

— Mon ami, dit madame Shelby d'un ton plus doux, pardonnez-moi, je me suis emportée en apprenant cette nouvelle; mais vous me permettrez d'intercéder pour ces malheureuses créatures. Tom est un noble cœur qui, j'en suis sûre, donnerait au besoin sa vie pour vous.

— Eh! mon Dieu, je le sais; mais qu'y puis-je faire? je ne suis pas libre.

— Consentez à un sacrifice pécuniaire, et j'en supporterai volontiers ma part. Je crois avoir rempli en chrétienne mes devoirs envers ces êtres simples et asservis : je leur ai donné de l'instruction, j'ai veillé sur eux, j'ai sympathisé depuis de longues années avec leurs joies et avec leurs douleurs ; comment oserais-je me représenter au milieu d'eux si, pour un misérable gain, nous abandonnons l'honnête Tom, si nous le séparons brusquement de ceux auxquels nous avons appris à l'aimer? Mes nègres connaissent, grâces à moi, les obligations de la famille; comment leur avouer qu'il n'est point de relations, de devoirs, de liens sacrés pour nous, comparativement à l'argent? J'ai dirigé l'éducation du petit Henri, et vous allez le vendre, corps et âme, à un homme sans moralité! J'ai dit à Elisa que l'âme était plus précieuse que tous les trésors du monde : quelle confiance aura-t-elle en nous lorsqu'elle nous verra vendre son enfant ?

— Je suis fâché de vous affliger, Emilie, répondit M. Shelby, mais je vous assure que le mal était inévitable. Il fallait vendre ces deux esclaves, ou les vendre tous. Haley était devenu possesseur d'une hypothèque, et, si je ne l'avais apaisé par un compromis, il m'aurait exproprié. J'avais réuni toutes mes économies, emprunté de toutes parts, presque mendié, et le prix de ces deux esclaves était nécessaire pour m'acquitter complétement. J'ai dû les abandonner. Haley avait un caprice pour l'enfant; il consentait à transiger, à la condition que je le lui vendrais, et non autrement. J'étais en son pouvoir, et il a fallu me résigner. Si vous regrettez que j'aie vendu deux de mes serviteurs, seriez-vous consolée parce que je les aurais vendus tous?

Madame Shelby mit la tête entre ses mains, et poussa un gémissement plaintif.

— Alors, s'écria-t-elle, malédiction sur l'esclavage! malédiction sur le maître et sur l'esclave! J'étais folle de m'imaginer qu'on pouvait tirer quelque bon parti d'une aussi désastreuse institution. C'est un péché que d'avoir des esclaves, j'en ai toujours eu la pensée; mais je m'étais flattée de rendre la servitude plus douce que la liberté à force de bontés, de soins et d'enseignements : folle que j'étais!

— Ma femme, vous devenez abolitionniste.

— Je l'ai toujours été; je n'ai jamais considéré l'esclavage comme légitime.

— Vous différez en cela de beaucoup de gens dont on vante la sagesse. Vous vous rappelez le sermon que le ministre a prononcé dimanche dernier.

— J'en ai été indignée! Les ecclésiastiques ne sont peut-être point dans le cas de détruire le fléau; mais qu'ils le défendent, cela révolte mon bon sens. Vous-même, vous vous étiez prononcé contre ce sermon.

— Oui, sans doute, reprit Shelby; mais ce qui arrive m'a prouvé qu'il n'était pas dépourvu de vérité. Je vous le répète, ma chère amie, j'ai été victime de la fatalité, et je me suis conduit aussi bien que les circonstances me le permettaient.

— Hélas! dit madame Shelby en tournant entre ses doigts sa montre d'or, je ne possède point de bijoux de valeur, mais cette montre ne pourrait-elle être utilisée? Elle a coûté cher. Si je pouvais au moins sauver le fils d'Elisa, je sacrifierais tout ce que j'ai.

— Je suis désolé de vous voir en cet état, Emilie; mais ne vous faites point d'illusions : tout est fini, le contrat de vente est signé, et vous devez rendre grâces au ciel que l'affaire ne se soit pas terminée plus malheureusement. Haley pouvait me ruiner, et maintenant m'en voilà délivré. Si, comme moi, vous connaissiez cet homme, vous comprendriez combien il importait de nous en débarrasser, pour sauver notre fortune.

— Il est donc bien cruel?

— Pas précisément; mais il ne songe qu'à ses intérêts; il calcule froidement sans jamais hésiter; il est infatigable comme la mort. Sans vouloir le moindre mal à sa mère, il la vendrait s'il y trouvait quelque bénéfice.

Et ce sera le propriétaire du fidèle Tom et du fils d'Elisa!

— C'est affreux sans doute, et je voudrais n'y point songer. Demain de bonne heure je vais monter à cheval et m'éloigner, car Haley, qui mène rondement les affaires, veut entrer immédiatement en possession. J'éviterai de revoir Tom; de votre côté, arrangez une partie n'importe où, et emmenez Elisa, pour que son fils disparaisse en son absence.

— Non, non, dit madame Shelby, je ne veux pas être complice de cette barbarie. J'assisterai le vieux Tom dans sa détresse; il verra que sa maîtresse ne l'abandonne pas. Quant à Elisa, je n'ose pas y songer. Que le Seigneur nous pardonne! qu'avons-nous fait pour qu'il nous impose cette cruelle nécessité?

Cette conversation avait été entendue par une personne dont les deux époux ne soupçonnaient pas la présence. L'appartement communiquait à un grand cabinet, dont la porte s'ouvrait sur le corridor. Quoique ayant obtenu la permission de se coucher, Elisa s'y était cachée, et, appuyant l'oreille aux fentes de la porte, elle n'avait pas perdu un mot de l'entretien. Lorsque le silence s'établit, elle s'éloigna sans bruit. Pâle, frémissante, les lèvres contractées, ce n'était plus cette douce et timide créature que nous avons vue dans les premiers chapitres de cette véridique histoire. Elle s'avança avec précaution dans le couloir, s'arrêta un moment à la porte de sa maîtresse; puis, levant les mains vers le ciel comme pour l'implorer, elle se glissa dans sa chambre. C'était une petite salle proprement tenue, exposée au soleil, éclairée par une fenêtre près de laquelle elle s'était souvent assise pour coudre en chantant. Il y avait là une petite bibliothèque, divers petits objets qu'elle avait reçus en cadeaux d'étrennes; une modeste garde-robe disposée dans un cabinet et dans des tiroirs. Sur le lit sommeillait le petit Henri. Les longues boucles de ses cheveux tombaient négligemment autour de sa figure insoucieuse; ses lèvres de rose étaient entr'ouvertes, ses mains potelées s'allongeaient sur la couverture, et ses traits rayonnaient d'un doux sourire.

— Pauvre enfant! dit Elisa, ils t'ont vendu!... mais ta mère te sauvera !

Aucune larme ne tomba sur le lit. Dans des moments aussi critiques, le cœur n'a pas de pleurs à donner; il ne verse que du sang, qui tombe goutte à goutte en silence. Elisa prit un morceau de papier et écrivit à la hâte.

« Chère dame, ne me croyez pas ingrate, et ne me jugez pas sévè-
» rement. J'ai entendu tout ce que vous avez dit ce soir avec mon
» maître; je vais tâcher de sauver mon fils, et vous ne sauriez m'en
» blâmer. Que Dieu vous bénisse, et vous récompense de toutes vos
» bontés ! »

Après avoir écrit ce billet, Elisa prit dans un tiroir les hardes de son fils et les enveloppa d'un mouchoir. Telles sont les préoccupations maternelles, que, malgré sa terreur, elle n'oublia pas de mettre dans le petit paquet quelques-uns des jouets qu'il affectionnait. Elle réserva un perroquet peint de vives couleurs, pour le distraire quand elle serait forcée de le réveiller. Elle eut beaucoup de peine à tirer le petit dormeur de son engourdissement ; mais, grâce à ses efforts, il ouvrit les yeux, et se mit à jouer avec son oiseau pendant que sa mère s'habillait pour sortir.

— Où allons-nous, maman? dit-il en la voyant s'approcher du lit, et se préparer à lui mettre sa petite veste.

La mère le regarda si fixement, qu'il devina qu'il allait se passer quelque chose d'extraordinaire .

— Silence ! lui dit-elle; il ne faut point parler si haut, de peur qu'on nous entende. Un méchant homme était venu pour enlever le petit Henri à sa mère, et l'emporter dans les ténèbres; mais sa mère ne l'abandonnera pas. Elle va lui mettre sa veste et son chapeau, et se sauver avec lui, pour que le vilain homme ne puisse les attraper.

En disant ces mots, elle boutonna le vêtement de l'enfant, qu'elle prit dans ses bras après lui avoir recommandé de se tenir tranquille, et, ouvrant la porte qui donnait sur le vestibule, elle s'éloigna précipitamment.

La nuit était froide, les étoiles brillaient au ciel. Paralysé par une vague terreur, l'enfant se cramponna silencieusement au cou de sa mère, qui l'enveloppa dans son châle.

Un gros chien de Terre-Neuve appelé Bruno, qui reposait au bas de l'escalier, se leva en grognant. Elisa le caressa, et l'animal se mit en devoir de la suivre, tout en paraissant réfléchir instinctivement sur l'inconvenance de cette promenade nocturne. Il semblait n'avoir point de résolution bien arrêtée; il regardait alternativement la quarteronne et la maison : puis enfin il prit son parti, et marcha derrière la fugitive. Au bout de quelques minutes ils arrivèrent à la case du père Tom, et Elisa frappa légèrement aux carreaux. L'assemblée religieuse s'était prolongée, et comme le père Tom avait médité seul après le départ de ses coreligionnaires, les hôtes du logis n'étaient pas encore endormis, quoiqu'il fût plus de minuit.

— Bon Dieu ! qu'est-ce que cela ? dit la mère Chloé en tirant précipitamment le rideau. Sur mon âme ! c'est Elisa avec Bruno, qui gratte à la porte ! Vite, rhabille-toi, mon homme; je vais ouvrir.

La porte roula sur ses gonds, et la clarté de la chandelle, que Tom avait allumée à la hâte, tomba sur la figure bouleversée de la fugitive.

— Ah ! ciel ! qu'y a-t-il? vous avez une mine effrayante, Elisa. Etes-vous malade ?... Que vous est-il arrivé ?

— Mes amis, je m'évade en emportant mon enfant... Mon maître l'a vendu !

— Il l'a vendu ! répétèrent le père Tom et la mère Chloé avec l'accent du désespoir.

— Oui, vendu ! répondit Elisa d'un ton affirmatif. Je me suis glissée ce soir dans le cabinet de madame, et j'ai entendu monsieur lui dire qu'il avait vendu Henri ainsi que vous, père Tom; qu'il allait monter à cheval demain, et que le marchand entrerait en possession le jour même.

Pendant ce discours, Tom était resté les mains levées, les yeux écarquillés, comme en proie à une hallucination. Il s'affaissa lentement sur sa chaise, et laissa tomber sa tête sur ses genoux.

— Que le bon Dieu ait pitié de nous! dit la mère Chloé; est il bien possible que ce soit vrai? Qu'a-t-il fait pour que son maître le vende?

— Il n'a rien fait; ce n'est pas pour cela : mon maître ne voulait pas le vendre, et madame, qui est toujours bonne, a plaidé en votre faveur. Mais il lui a répondu que c'était inutile; que le marchand était son créancier, et avait plein pouvoir sur lui; enfin, que s'il ne le payait pas jusqu'au dernier denier, il serait contraint de vendre l'habitation avec tous les noirs. Oui, je lui ai entendu dire qu'il était dans la nécessité d'en vendre deux ou de les vendre tous. Oh! si vous saviez comme madame lui a parlé! Si ce n'est pas un ange sur la terre, il n'y en a jamais eu. J'ai tort de la quitter, mais je ne puis faire autrement.

— Eh bien, mon vieux! dit la mère Chloé, pourquoi ne partez-vous pas aussi?... Attendez-vous qu'on vous transporte au bas de la rivière, où l'on tue les nègres à force de travail et de privations? Il est temps de déguerpir; vous avez un passe-port qui vous permet d'aller et de venir en tout temps. Profitez-en, et sauvez-vous.

— Non, non, je ne pars point, répondit Tom en levant lentement la tête. Qu'Elisa s'en aille, c'est son devoir. Je ne voudrais pas lui conseiller de rester, ce ne serait pas dans la nature. Mais vous avez entendu ce qu'elle a dit. S'il est nécessaire de me vendre, ou de vendre tous les nègres du domaine, eh bien, qu'on se défasse de moi. Je suis capable de supporter le malheur aussi bien qu'un autre. Mon maître m'a toujours trouvé à mon poste, il m'y trouvera toujours. Je n'ai jamais abusé de sa confiance; je n'ai jamais employé ma passe contrairement à sa volonté, et je ne commencerai pas aujourd'hui. Il vaut mieux que je sois sacrifié pour le salut de tout le monde. Mon maître n'est pas à blâmer, Chloé; il prendra soin de vous et des pauvres enfants.

A ces mots, il se tourna du côté du lit grossier d'où sortaient de petites têtes crépues, et il éclata en sanglots. Appuyé sur le dos de sa chaise, et la figure couverte de ses larges mains, il poussa des gémissements qui soulevèrent sa poitrine, et de grosses larmes ruisselaient à travers ses doigts. C'étaient des larmes pareilles à celles que vous pourriez verser sur le cercueil de votre premier-né, monsieur! c'était une douleur semblable à celle que vous causerait l'agonie de votre enfant, madame! Car, malgré les distinctions du rang, de la couleur ou de la fortune, les affections sont les mêmes pour tous les mortels.

— J'ai vu mon mari ce soir, reprit Elisa après un moment de pénible silence, et je ne me doutais guère de ce qui allait arriver. On l'a poussé à bout, et il m'a dit qu'il avait l'intention de s'enfuir. Tâchez de lui faire parvenir de mes nouvelles; dites-lui pourquoi je m'en vais. Je me dirige du côté du Canada, et si je ne le revois jamais...

Elisa détourna la tête, et reprit d'une voix étouffée :

— Recommandez-lui de se bien conduire pour me retrouver dans le royaume des cieux... Appelez Bruno, et fermez la porte; il ne doit pas me suivre.

Après quelques simples adieux entremêlés de larmes, Elisa s'éloigna emportant dans ses bras son enfant effrayé.

CHAPITRE VI.

Découverte de l'évasion.

Monsieur et madame Shelby, après leur discussion prolongée, ne s'endormirent pas immédiatement, et se réveillèrent par conséquent assez tard.

— Je suis étonnée de ne pas voir Elisa, dit madame Shelby, qui avait sonné plusieurs fois inutilement.

M. Shelby était devant une glace et repassait son rasoir, lorsqu'un jeune domestique de couleur lui apporta de l'eau.

— André, dit la maîtresse, allez appeler Elisa; voilà trois fois que je la sonne. Pauvre fille! ajouta-t-elle tout bas avec un soupir.

André s'acquitta promptement de la commission, et rentra tout effaré.

— Ah! mon Dieu, madame, la commode d'Elisa est ouverte; tous ses effets sont dispersés; je crois qu'elle est partie.

Les deux époux devinèrent en même temps la vérité.

— Elle a eu des soupçons, et elle s'est enfuie, dit M. Shelby.

— Le ciel en soit loué! dit madame Shelby.

— Etes-vous folle, ma femme? Si elle avait réellement disparu, je me trouverais dans la situation la plus embarrassante. Haley a vu que j'hésitais à vendre cet enfant, et il me croira de connivence avec la mère. Mon honneur est compromis.

Et M. Shelby sortit aussitôt de la chambre.

Pendant le quart d'heure suivant, on vit des nègres ou mulâtres de toutes nuances courir çà et là en poussant des cris. Une seule personne restait silencieuse : c'était la cuisinière en chef, la mère Chloé. Un nuage de tristesse couvrait sa physionomie d'ordinaire si joyeuse,

et elle prépara le déjeuner d'un air morne, comme si elle eût été étrangère au tumulte qui régnait autour d'elle.

Bientôt une douzaine de négrillons, noirs comme des corbeaux, se rassemblèrent sur le perron pour se disputer le plaisir d'apprendre au maître étranger sa déconvenue.

— Il en deviendra fou, dit André.

— Je suis sûr qu'il va jurer, s'écria le petit Jacques.

— Je le crois bien, qu'il jure, répondit la jeune Amanda, je l'ai entendu hier pendant le dîner. J'étais près de la salle à manger, dans l'endroit où l'on serre la vaisselle, et je n'ai pas perdu un seul mot.

Amanda, qui n'avait jamais compris le sens d'une conversation, prit, en prononçant ces paroles, un air d'intelligence supérieure.

Quand Haley parut, botté et éperonné, la fatale nouvelle lui fut annoncée de toutes parts. Les négrillons l'entendirent jurer, comme ils l'avaient espéré. S'amusant de sa colère, dont ils redoutaient toutefois les effets, ils se mirent hors de la portée de son fouet, et allèrent se rouler sur le gazon de la cour. Leurs gambades étaient accompagnées de cris de joie et d'immenses éclats de rire.

— Oh! petits démons, si je vous tenais! murmura Haley.

— Vous ne nous tenez pas! dit André avec un geste de triomphe; et dès que l'infortuné marchand eut le dos tourné, il lui fit les grimaces les plus grotesques.

— Voilà une affaire bien extraordinaire, dit Haley en entrant brusquement au salon; il paraît que la quarteronne est partie avec son enfant.

— Monsieur Haley, vous ne voyez pas ma femme? dit Arthur Shelby.

— Je vous demande pardon, madame, reprit Haley en s'inclinant légèrement; mais, comme je vous le disais, voilà une singulière nouvelle! Est-elle vraie?

— Monsieur, si vous voulez conférer avec moi, il faut observer les convenances. André, prenez le chapeau et le fouet de monsieur. Asseyez-vous. Oui, monsieur, je vous annonce avec regret que cette femme, à laquelle des rapports exagérés avaient sans doute monté la tête, a pris la fuite avec son enfant.

— J'espérais qu'on agirait franchement avec moi, dit le marchand d'esclaves.

— Monsieur, répliqua Shelby d'un ton aigre, que signifie cette remarque? Quand un homme met en question mon honneur, je n'ai qu'une réponse à lui faire.

Le trafiquant devint plus humble, et murmura qu'il était bien pénible d'avoir conclu loyalement un marché, et d'être désappointé de la sorte.

— Monsieur Haley, dit Arthur, si je n'avais pas compris le désagrément que vous devez éprouver, je n'aurais pas souffert que vous vous permettiez d'entrer dans mon salon avec aussi peu de cérémonie; j'ajouterai que je ne saurais tolérer vos insinuations malveillantes. Afin de dissiper d'injurieux soupçons, je suis prêt à mettre à votre disposition mes domestiques et mes chevaux, pour vous aider à retrouver votre propriété. Le meilleur moyen de vous conserver de bonne humeur, c'est de déjeuner, et nous aviserons ensemble au plan que nous devrons adopter.

En prononçant ces derniers mots, Shelby quitta le ton de la froideur et de la dignité pour prendre l'air de franchise et d'aisance qui lui était habituel.

Madame Shelby se leva, et sortit après avoir déclaré que ses occupations ne lui permettaient pas d'assister au déjeuner.

— La vieille dame n'aime pas votre humble serviteur, dit Haley, qui voulait montrer de la familiarité.

— Je ne suis pas accoutumé à ce qu'on me parle ainsi de ma femme, dit sèchement Arthur Shelby.

— Excusez-moi; ce n'était qu'une plaisanterie.

— Il y a des plaisanteries plus ou moins heureuses.

— Diable! se dit Haley, il est devenu bien fier depuis que j'ai signé ses papiers!

Pendant ce temps, toute la maison s'entretenait de la fuite d'Elisa et de la vente de Tom, dont le sort produisait autant de sensation que la chute d'un premier ministre peut en produire dans une cour. Parmi ceux qui réfléchissaient le plus profondément sur cette aventure était Samuel le noir, ainsi appelé parce qu'il était trois fois plus foncé que ses camarades.

— Il y a un mauvais vent qui souffle, se disait-il, Tom est à bas, et quelque nègre doit monter à sa place; pourquoi ne serait-ce pas moi? C'est un bon métier que de se promener à cheval, d'avoir des bottes cirées et un passe-port dans sa poche; pourquoi Samuel ne le ferait-il pas?

— Ohé! lui cria André interrompant ce soliloque, monsieur vous charge de seller Bill et Jerry.

— Pourquoi ça?

— Vous savez qu'Elisa a décampé : nous allons tous deux monter à cheval, et courir après elle avec M. Haley.

— Voilà une mission de confiance! et je saurai bien faire voir qu'on a eu raison de m'en charger. Vous verrez si je ne la rattrape pas.

— Oh! dit André, vous ferez bien d'y regarder à deux fois, car notre maîtresse ne veut pas qu'on la rattrape.

— Bah ! comment savez-vous cela ?

— Je l'ai entendu de mes propres oreilles, en portant de l'eau à monsieur. Madame m'a envoyé savoir pourquoi Élisa ne venait pas l'habiller ; et quand je lui ai dit qu'elle était partie, elle s'est écriée tout à coup : Dieu en soit loué ! Monsieur était comme enragé, il a même dit à sa femme qu'elle était folle ; mais elle le ramènera, soyez-en sûr. Je sais comment ça se passe, et je vous garantis qu'il vaut mieux pour nous nous mettre du côté de madame.

Samuel le noir se gratta la tête, qui, sans être amplement garnie de sagesse, contenait du moins une idée très en vogue parmi les hommes politiques de tous les pays : c'est qu'avant de prendre un parti, il faut savoir « quel est le côté beurré de la tartine. » Puis il releva son pantalon par un mouvement machinal, qui était toujours chez lui l'indice d'une grande perplexité.

— Cela ne me paraît pas clair, dit-il ; j'aurais cru que madame mettrait tout le monde en rumeur pour retrouver Élisa.

— Sans doute, répondit André ; mais ne voyez-vous pas que madame n'entend point laisser le fils d'Élisa à M. Haley ?

— Je comprends, reprit Samuel.

— Maintenant que vous êtes au fait, vous ferez bien d'aller vite seller vos chevaux, car j'ai entendu madame demander après vous, et il y a assez longtemps que vous jasez.

Là-dessus Samuel se mit à son ouvrage, et bientôt après il amenait Bill et Jerry au petit galop, et les attachait au pieu destiné à cet usage. Le cheval d'Haley, jeune poulain ombrageux, se mit à ruer et à tirer son licou.

— Oh ! dit Samuel, vous êtes farouche ? et son noir visage s'éclaira d'un malin sourire.

Un grand hêtre ombrageait ce lieu, et des faines triangulaires étaient éparpillées sur le sol. Samuel en prit une et s'approcha du jeune cheval en le caressant, sous le prétexte de le calmer. Il feignit d'arranger la selle, et glissa dessous le petit fruit à pointes aiguës ; de sorte que le moindre poids placé sur la selle devait nécessairement irriter l'animal.

— Nous verrons maintenant si vous vous tiendrez tranquille, dit-il en se frottant les mains.

En ce moment madame Shelby parut au balcon et lui fit signe de venir. Samuel s'approcha, aussi déterminé à faire sa cour qu'un solliciteur qui se présente dans un ministère pour demander une place vacante.

— Pourquoi avoir tant tardé, Samuel ? J'avais envoyé André vous dire de venir de suite.

— Dieu me garde, madame ! les chevaux étaient au bout de la prairie ; il fallait plus d'une minute pour les aller chercher.

— Samuel, combien de fois vous ai-je recommandé de ne pas répéter à tout propos : Dieu me garde ! C'est une expression qu'on doit employer avec ménagement.

— Dieu me garde, madame ! je ne le dirai plus.

— Mais vous venez de le redire encore.

— Vraiment ! c'est sans intention.

— Soyez circonspect et réservé, Samuel. Vous allez accompagner M. Haley pour lui montrer la route et lui prêter main-forte. Ayez soin des chevaux ; vous savez que Jerry boitait un peu la semaine dernière, ne le faites pas marcher trop vite.

Madame Shelby appuya sur ces derniers mots, qu'elle prononça à voix basse.

— Je n'y manquerai pas, dit Samuel en faisant un signe d'intelligence. Dieu me garde !... Qu'allais-je dire encore !

Et Samuel montra une crainte si comique d'être réprimandé, que sa maîtresse ne put s'empêcher de rire. Après avoir réitéré la promesse de veiller sur les chevaux, il alla retrouver André sous le hêtre.

— Je ne serais pas surpris, dit-il, si la bête de ce gentleman caracolait au moment où il la montera. Ça arrive quelquefois, vous savez.

Et il accompagna ces mots d'un coup de coude dans les côtes d'André.

— Bon ! s'écria celui-ci.

— Madame veut gagner du temps, et je lui en donnerai un peu. Détachez les trois chevaux, et laissez-les se promener tranquillement sous les arbres. Si la monture de M. Haley est rétive, nous quitterons les nôtres pour le secourir. Vous entendez ?

Les deux noirs, ravis de leur complot, ricanèrent à voix basse en gesticulant et en faisant claquer leurs doigts.

En ce moment Haley parut sur le perron. Quelques tasses d'un excellent café lui avaient rendu sa bonne humeur, et il souriait agréablement. Samuel et André ramassèrent les coiffures de feuilles de palmier, qu'ils avaient l'habitude de considérer comme leurs chapeaux, et coururent à leurs montures.

Le bonnet de feuilles qui couvrait la tête de Samuel avait été primitivement tressé, mais les nattes étaient défaites sur les bords, et les palmes s'en allaient de côté et d'autre, ce qui lui donnait un air de fierté et d'indépendance. La coiffure d'André n'avait plus de bords, mais d'un coup de poing adroitement dirigé il en enfonça les débris sur son crâne, et jeta autour de lui un regard de satisfaction, comme pour dire : Qui ose prétendre que je n'ai point de chapeau ?

— Allons, mes enfants, s'écria Haley, hâtons-nous ; nous n'avons pas de temps à perdre.

— Nous n'en perdrons pas, monsieur, répondit Samuel en lui présentant la bride et en lui tenant l'étrier.

Aussitôt qu'Haley eut touché la selle, son cheval fit un bond si brusque, que le malheureux marchand alla tomber à quelques pieds de là sur le gazon. Samuel s'élança pour saisir la bride, mais il ne réussit qu'à mettre les pointes de son chapeau de palmier dans les yeux de l'animal, qui, plus irrité que jamais, renversa le nègre et partit comme un trait,

La clarté de la chandelle tomba sur la figure bouleversée de la fugitive.

en se dirigeant vers l'extrémité de la pelouse. Bill et Jerry, qu'André s'était empressé de lâcher, prirent la même route, stimulés par les exclamations des noirs. Il s'ensuivit une scène de désordre : les chiens aboyèrent, les nègres crièrent ; et tous, hommes, femmes ou enfants, coururent, battirent des mains, et montrèrent un zèle plus nuisible qu'utile. Le cheval d'Haley parut entrer avec plaisir dans l'esprit de la scène : il se laissa approcher, et toutes les fois qu'on crut le tenir, il reprit sa course au galop. Il était dans les intentions de Samuel de ne le ressaisir que le plus tard possible, et il fit dans ce but des efforts héroïques. Quand il voyait le cheval en danger d'être repris, il brandissait son chapeau de palmier, qu'on remarquait toujours au plus fort de la mêlée, comme l'épée de Richard Cœur-de-lion. Cette manœuvre ne l'empêchait pas de crier à pleins poumons : Attrapez-le ! attrapez-le ! Haley s'était relevé, il jurait et frappait du pied avec emportement. M. Shelby essayait en vain de donner des ordres du haut du perron ; et madame Shelby, placée à la fenêtre de sa chambre, riait de ce désordre, dont elle devinait la cause.

Enfin, vers midi, Samuel reparut triomphalement, monté sur Jerry, et tenant par la bride le cheval échappé. L'animal était baigné de sueur : ses yeux étincelants et ses narines dilatées prouvaient que ses idées d'indépendance ne l'avaient pas complétement abandonné.

— Le voici ! s'écria Samuel ; sans moi, on n'aurait jamais pu en venir à bout.

— Sans vous, grommela Haley, cela ne serait pas arrivé.

— Dieu me garde, monsieur ! s'écria douloureusement Samuel, peut-on me recevoir ainsi, quand j'ai couru comme un dératé après le bidet !

— C'est bien, c'est bien ! dit Haley. Vous m'avez fait perdre plus de trois heures, avec vos sottises. En route, maintenant, et plus de folies.

— Ah ! monsieur, dit Samuel d'un ton suppliant, vous voulez donc nous tuer, hommes et bêtes ? Vous nous voyez exténués, et les chevaux sont en nage ; vous ne pouvez songer à partir avant le dîner. Jenny boite, votre poney a besoin d'être bouchonné, et je ne suppose pas que madame veuille nous laisser partir ainsi. Nous avons le temps d'attraper Lisa, elle ne fut jamais grande marcheuse.

Madame Shelby, qui entendait cette conversation, résolut de jouer son rôle. Elle descendit, exprima la part qu'elle prenait à l'accident d'Haley, et le pressa de rester à dîner, en disant qu'il serait servi

CHAPITRE VII.

La Fuite.

On ne saurait concevoir une créature humaine plus désolée que l'était Elisa au moment où elle sortit de la chaumière du père Tom. Elle quittait la seule maison qu'elle eût jamais connue : elle était séparée de celui qu'elle aimait, et l'idée des dangers qui la menaçaient, elle et son fils, se mêlait au souvenir des souffrances de son époux. En outre, elle était poursuivie par l'image de mille objets qui lui étaient chers, des arbres sous lesquels elle avait joué, des allées où elle s'était promenée le soir en des temps plus heureux. Les étoiles brillantes, dans la froide atmosphère de la nuit, lui montraient des sites bien connus, et elle croyait entendre sortir du fond des massifs des voix qui lui reprochaient son abandon. Mais l'amour maternel l'emportait sur tous ses autres sentiments. Son enfant était assez fort pour marcher auprès d'elle, et dans une autre circonstance elle l'aurait tenu par la main ; mais la seule pensée de le mettre à terre la faisait frissonner, et elle le pressait contre son sein dans une étreinte

Il s'ensuivit une scène de désordre : les chiens aboyèrent, les nègres crièrent...

immédiatement. Tout bien considéré, le marchand d'esclaves céda, quoique d'assez mauvaise grâce, et Samuel le noir, après l'avoir suivi des yeux avec une expression ironique, reconduisit gravement les chevaux à l'écurie.

— L'avez-vous vu ? demanda-t-il à André ; n'était-ce pas aussi amusant qu'au meeting, de le voir se rouler sur l'herbe et jurer après nous ? Jure, mon vieux, me disais-je à moi-même ; pour retrouver ton cheval, tu voudras bien attendre que je le ramène. Quelle bonne farce ! Il me semble encore le voir.

Samuel et André, appuyés contre la muraille, rirent à gorge déployée.

— Vous avez remarqué comme il était furieux, quand je suis revenu ?... Il m'aurait tué, s'il l'avait osé ; et moi, j'étais humble et innocent comme un mouton. Avez-vous vu aussi madame, qui riait à la fenêtre ?

— Je n'ai rien vu, dit André ; j'étais en train de courir.

— Pour ma part, reprit Samuel en étrillant le poney, j'ai acquis ce qu'on peut appeler l'habitude de l'observation. C'est une habitude importante, André, et je vous conseille de la cultiver pendant que vous êtes jeune..... Levez donc ce pied de derrière... L'observation, voyez-vous, établit des distinctions entre les nègres. N'ai-je pas deviné ce matin d'où soufflait le vent, et ce que madame désirait ? J'espère que c'est là une faculté. Les facultés varient suivant les gens, mais la culture y ajoute beaucoup.

— Il me semble, répliqua André, que si je n'avais pas aidé votre esprit d'observation, vous n'auriez pas été si clairvoyant.

— André, vous êtes un jeune homme plein d'avenir, c'est indubitable. J'ai bonne opinion de vous, et je ne rougis pas de vous emprunter des idées. Allons, retournons ensemble à la maison, où je parie que notre maîtresse nous réserve de bons morceaux.

convulsive. Le sol glacé craquait sous ses pieds, et elle tremblait à ce bruit. Le frémissement des feuilles, le mouvement des ombres sur la terre, lui causaient des palpitations violentes, et accéléraient sa marche. Elle s'étonnait de l'énergie qui lui était venue subitement. Son fils ne pesait pas plus dans ses bras qu'une plume, et ses alarmes mêmes semblaient augmenter sa force surnaturelle. De ses lèvres pâles s'échappaient de fréquentes invocations à son protecteur suprême : Seigneur, assistez-moi ! Seigneur, sauvez-moi !

Pour l'enfant, il dormait. D'abord, la nouveauté de sa situation l'avait tenu éveillé ; mais sa mère lui avait tellement répété qu'elle le sauverait s'il voulait se tenir bien tranquille, qu'il s'était doucement suspendu à son cou. Seulement, il lui avait demandé avant de fermer les yeux :

— Je n'ai pas besoin de rester éveillé, n'est-ce pas ?

— Non, mon ami ; dormez, si vous en avez envie.

— Mais, ma mère, si je dors, vous ne me laisserez pas emporter par le méchant homme ?

— Non, tant que Dieu m'assistera ! dit la mère en pâlissant.

— Vous en êtes bien sûre ?

— J'en suis sûre, répondit Elisa avec un accent de conviction dont elle fut étonnée, car il lui semblait provenir d'une mystérieuse inspiration.

Et, posant sur l'épaule maternelle sa petite tête fatiguée, l'enfant fut bientôt plongé dans un doux sommeil. En sentant la chaleur de ses bras et le souffle de sa respiration paisible, Elisa redoublait d'ardeur, et le moindre mouvement de ce petit être plein de confiance lui communiquait une sorte de commotion électrique. Tel est l'empire de l'esprit sur le corps, qu'il rend la chair insensible, fait des nerfs autant de ressorts d'acier, et donne aux faibles une puissance supérieure.

Elisa eut promptement dépassé les bornes de l'habitation, et elle ne s'arrêta que sur la grande route, au moment où l'orient commença à se colorer. Elle était souvent allée avec madame Shelby rendre des visites dans un petit village située sur les bords de l'Ohio ; elle en connaissait le chemin ; son plan était de s'y rendre, et d'y traverser la rivière ; après cela elle se confiait à la grâce de Dieu.

Quand les chevaux et les voitures se mirent à rouler sur la grande route, Elisa, avec la finesse de perception presque inséparable d'une surexcitation puissante, reconnut que sa marche précipitée et son air égaré pourraient attirer les soupçons. Elle mit son fils à terre, rajusta sa toilette, et s'avança d'un pas moins rapide. Son paquet contenait une petite provision de fruits et de gâteaux. Afin de tromper Henri sur la distance, elle imagina de jeter devant lui des pommes qu'il courait ramasser avec empressement. Elle arriva ainsi près d'un épais taillis que traversait un clair ruisseau. Comme l'enfant se plaignait de la faim et de la soif, elle enjamba la haie, et le fit déjeuner derrière un quartier de rocher, qui la cachait aux yeux des passants. L'enfant s'étonna de ne pas la voir manger, et, lui passant un bras autour du cou, il essaya de lui glisser un peu de gâteau dans la bouche.

— Non, lui dit-elle, votre mère n'aura pas faim tant que vous serez en danger. Il faut marcher et arriver à la rivière.

Et elle l'entraîna de nouveau sur la route, où elle s'efforça de prendre une allure calme et régulière. Elle était à plusieurs milles du district où elle avait des amis. Si elle était reconnue par quelqu'un, elle réfléchit qu'elle avait été notoirement traitée avec trop de bienveillance pour qu'on pût avoir un seul instant l'idée qu'elle s'évadait.

Ce qui la rassurait encore, c'était la blancheur de son teint, où les caractères d'une origine métisse ne pouvaient être constatés que par un examen attentif. Elle jugea donc sans danger de s'arrêter à midi dans une ferme, et d'y acheter à dîner pour elle et son fils. Comme le péril diminuait en raison de l'éloignement, les émotions qui l'avaient soutenue se calmaient, et elle se trouvait fatiguée. La bonne fermière chez laquelle elle se reposa parut enchantée d'avoir à qui parler, et accepta sans examen toutes les déclarations de la fugitive, qui lui dit qu'elle allait passer une semaine avec des amis.

Une heure avant le coucher du soleil, Elisa entra dans le petit village qu'elle avait pris pour but de sa course. Ses regards se portèrent d'abord sur l'Ohio : la liberté était sur l'autre bord ; c'était le Jourdain qui la séparait de la terre promise.

On était au commencement du printemps : les glaçons flottants se balançaient lourdement sur les eaux tumultueuses. Les sinuosités de la rive, du côté du Kentucky, avaient retenu d'énormes amas de glace qui formaient un grand radeau, et ralentissaient la rivière dans son cours. Elisa contempla tristement ce spectacle, qui lui donnait lieu de croire que toute navigation était interrompue. Puis elle entra dans une auberge pour prendre des informations. L'hôtesse, qui préparait le repas du soir, suspendit ses opérations en entendant la voix douce et plaintive d'Elisa.

— N'y a-t-il pas un bac pour passer de l'autre côté ?

— Non, répondit l'hôtesse, le bateau ne va plus.

L'expression de désespoir de la fugitive frappa l'aubergiste, qui lui demanda :

— Vous auriez besoin de passer ? vous allez peut-être voir quelqu'un de malade ? vous paraissez bien inquiète.

— J'ai un petit enfant qui est en danger, reprit Elisa. Je l'ai appris hier au soir, et je suis venue ici tout d'une traite dans l'espoir d'y trouver le bac.

— C'est fâcheux, reprit l'hôtesse, dont les sympathies maternelles furent éveillées ; en vérité, je prends part à vos peines. Salomon !

A cet appel, un homme qui portait un tablier de cuir se montra sur le seuil de la porte.

— Dites-moi, cet homme va-t-il transporter ses tonneaux ce soir ?

— Il va essayer, pour peu qu'il y ait moyen, répondit Salomon.

— Nous avons ici un individu qui veut passer l'eau ce soir avec des marchandises. Il va venir souper ici, et vous ferez bien de l'attendre. Vous avez là un petit garçon bien gentil.

L'hôtesse offrit un gâteau à Henri ; mais l'enfant, accablé de fatigue, ne lui répondit qu'en pleurant.

— Pauvre enfant ! dit Elisa ; il n'est pas habitué à marcher, et je l'ai tant pressé !

— Eh bien ! emmenez-le dans cette chambre, dit l'hôtesse en ouvrant la porte d'un cabinet où était un bon lit.

Elisa y déposa l'enfant et lui tint les mains dans les siennes jusqu'à ce qu'il fût endormi. Pour elle il n'y avait point de repos. Elle songeait sans cesse à ceux qui la suivaient, et elle regardait d'un œil d'envie la rivière enflée par les neiges qui s'allongeait comme une barrière entre elle et la liberté.

Nous allons la quitter pour nous occuper de son persécuteur.

M. Shelby avait promis qu'on se mettrait à table tout de suite ; divers incidents retardèrent l'exécution de son engagement. L'ordre de hâter le dîner avait été donné devant Haley, et transmis à la mère Chloé par une demi-douzaine de jeunes messagers ; cependant cette dignitaire, se contentant pour toute réponse de pousser quelques sons inarticulés, poursuivit ses travaux avec une héroïque tranquillité. Tous les domestiques avaient l'idée que leur lenteur ne déplai-

rait pas à leur maîtresse ; aussi le festin fut-il différé par toutes sortes d'accidents. Un marmiton renversa la sauce ; la mère Chloé fut obligée de la recommencer, et elle dit à ceux qui la pressaient qu'elle ne voulait pas faire de mauvaise cuisine pour aider les gens à rattraper quelqu'un. Un autre domestique laissa tomber la carafe, et il se trouva dans la nécessité d'aller la remplir à la fontaine. De temps en temps, on venait en ricanant apporter à la cuisine la nouvelle que M. Haley était dans une inquiétude mortelle, qu'il ne pouvait se tenir tranquille sur sa chaise, et qu'il mettait sans cesse le nez à la fenêtre.

— C'est bien fait, s'écriait la mère Chloé avec indignation : un de ces jours, il sera bien plus inquiet, s'il ne se corrige pas. Son maître l'enverra chercher, et nous verrons quelle mine il fera.

— Il ira en enfer, c'est sûr, dit le petit Jacques.

— Il le mérite ! reprit la mère Chloé ! il a trop fait de mal ! Rappelez-vous ce que M. Georges vous a lu ; la vengeance du Seigneur menace de pareils êtres, et elle viendra.

La mère Chloé, qui était très-respectée dans la cuisine, fut écoutée bouche béante, et comme le dîner était enfin servi, les domestiques se rassemblèrent autour d'elle pour écouter ses observations.

— Il sera brûlé dans l'éternité, dit André.

— Et j'en serai bien aise, ajouta le petit Jacques.

— Mes enfants, dit une voix qui les fit tous tressaillir, vous ne savez guère ce que vous dites. L'éternité est un mot terrible, et vous ne devriez rien souhaiter de semblable à une créature humaine.

Celui qui parlait ainsi était le père Tom, qui venait d'entrer, et avait écouté la conversation à la porte.

— Nous ne souhaitons du mal qu'aux marchands d'hommes, dit André, ils sont si méchants !

— Est-ce que la nature même ne s'élève pas contre eux ? reprit la mère Chloé : est-ce qu'ils n'arrachent pas les enfants à leurs mères, et les maris à leurs femmes ? et pourtant ces meurtriers insensibles boivent et fument et prennent leurs aises. Si le diable ne les emporte pas, à quoi est-il bon ?

Et la mère Chloé, se couvrant la figure avec son tablier, se mit à sangloter.

— Le bon livre nous recommande de prier pour ceux qui nous persécutent.

— Prier pour eux ! s'écria la mère Chloé, ça me serait impossible.

— Songez pourtant, reprit Tom, à l'affreux état de l'âme d'un marchand d'esclaves, et remerciez Dieu de ne pas lui ressembler. J'aimerais mieux être vendu dix mille fois que d'avoir sur la conscience toutes les mauvaises actions dont il aura à répondre.

— Et moi aussi, dit Jacques. Il ne faudra pas la reprendre, André.

André haussa les épaules, et siffla en signe d'assentiment.

— Je suis content, reprit Tom, que mon maître ne soit pas sorti ce matin comme il en avait l'intention. C'eût été plus cruel encore que d'être vendu. Je l'ai vu, et je commence à me résigner à la volonté du ciel. Mon maître a cédé à la nécessité, et il a eu raison ; mais je crains que les choses n'aillent pas très-bien pendant mon absence. Monsieur ne peut exercer la même surveillance que moi sur toute la maison. Les jeunes gens ont des dispositions, mais ils sont tous bien dissipés. Voilà ce qui m'inquiète.

La sonnette retentit, et Tom fut mandé au salon.

— Tom, lui dit son maître affectueusement, je vous prie de remarquer que je devrai à M. Haley un dédit de mille dollars si vous ne vous trouvez pas au rendez-vous qu'il vous assignera. Il doit s'occuper aujourd'hui de son autre affaire, et vous avez la journée à vous. Allez où vous voudrez.

— Merci, monsieur.

— Faites-y bien attention, ajouta le trafiquant, et ne nous jouez pas un de vos tours de nègre. Car si je ne vous retrouve pas ici, j'exigerai le dédit intégralement. S'il m'écoutait, votre maître ne se fierait à aucun de vous ; vous glissez entre les mains comme des anguilles.

— Maître, dit Tom en se redressant, j'avais huit ans et vous aviez un an à peine quand votre mère vous mit dans mes bras. Voilà votre jeune maître, me dit-elle et il faudra prendre bien soin de lui. Je vous demande maintenant si je vous ai jamais manqué de parole, surtout depuis que je suis chrétien ?

Monsieur Shelby fut ému, et les larmes lui vinrent aux yeux.

— Mon bon ami, dit-il, j'atteste que vous ne dites que la vérité, et si c'était en mon pouvoir, je ne vous vendrais pas pour tout l'or du monde.

— Je vous promets, ajouta madame Shelby, de vous racheter aussitôt que j'en aurai le moyen. Monsieur Haley, prenez note de la personne à laquelle vous le vendrez, et faites-le-moi savoir.

— Mon Dieu, madame, répondit le marchand, je puis vous le ramener dans un an, si vous le désirez.

— Je vous le rachèterai en vous accordant un bénéfice, dit madame Shelby.

— Je ne demande pas mieux, madame. Peu m'importe à qui je vende, pourvu que je fasse une bonne affaire ; je cherche à vivre, comme tout le monde.

Les deux époux étaient fatigués de l'impudente familiarité du marchand, mais ils comprenaient qu'il était important de se contenir. Plus il se montrait insensible, plus madame Shelby appréhendait qu'il ne s'emparât d'Élisa, et plus elle employait d'artifices pour le retenir. Elle flattait le marchand sordide, lui souriait gracieusement, lui parlait avec affabilité, et faisait tous ses efforts pour qu'il ne s'aperçût pas de la marche du temps.

A deux heures, Samuel et André amenèrent les chevaux, qui semblaient avoir été fortifiés par leur escapade du matin.

— Votre maître n'a pas de chiens ? dit Haley en se préparant à se mettre en selle.

— Il en a en masse, répondit Samuel, qui venait de dîner copieusement. Vous voyez là-bas Bruno ; et il n'y a guère de nègre sur l'habitation qui ne possède quelque petit chien.

— Fi donc ! reprit Haley ; votre maître n'a-t-il pas de chien dressé à la poursuite des nègres ?

Samuel l'avait parfaitement compris, mais il répliqua avec une simplicité désespérante :

— Nos chiens ont le flair excellent. Je les crois propres à la chasse dont vous parlez, quoiqu'ils n'aient jamais essayé. Ils ont aussi de bonnes jambes ; ici, Bruno !

Et il siffla le chien de Terre-Neuve, qui sortit de sa somnolence pour accourir auprès du groupe.

— Que le diable vous emporte ! dit Haley ? Allons, en route !

En montant à cheval, Samuel trouva moyen de chatouiller son camarade, qui partit d'un éclat de rire, dont le marchand d'esclaves fut indigné.

— Votre conduite m'étonne, André, dit Samuel avec une imperturbable dignité, c'est une affaire sérieuse et vous ne devez pas en faire un jeu.

Ils s'éloignèrent ; et quand ils furent arrivés aux limites de la propriété, le marchand manifesta l'intention de se rendre directement à la rivière.

— Quelle route prendrons-nous ? demanda Samuel : vous savez qu'il y en a deux, la vieille et la nouvelle.

André regarda son compagnon avec surprise, mais il se hâta de corroborer son assertion.

— Je serais tenté de croire, reprit Samuel, que Lisa a suivi la vieille route, parce que c'est la moins fréquentée.

Quoique rempli d'expérience et naturellement soupçonneux, Haley fut la dupe de cette observation.

— Si vous n'étiez pas d'effrontés menteurs ! dit-il.

L'air de méditation et de rêverie avec lequel ces mots étaient prononcés divertit considérablement André. Il resta un peu en arrière, et dans l'excès de son hilarité il fut sur le point de se laisser tomber de cheval ; la physionomie de Samuel était au contraire impassible et lugubre.

— Monsieur fera ce qu'il voudra, dit-il ; il prendra la nouvelle route s'il le juge convenable, ça nous est égal. En y réfléchissant, je crois que c'est le meilleur parti.

— Elle aura naturellement suivi un chemin écarté, se dit Haley.

— Ce n'est pas sûr, reprit Samuel ; les femmes sont capricieuses, elles ne font jamais ce qu'on croit qu'elles feront. Elles se plaisent à contrarier, et quand on croit qu'elles sont par ici, on est certain de les trouver par là.

Cette appréciation philosophique du caractère féminin eut peu d'influence sur la résolution du marchand d'esclaves, qui annonça l'intention de prendre la vieille route et demanda à Samuel si on y arriverait bientôt.

— Dans quelques instants, répondit le noir en clignant de l'œil ; mais j'ai étudié l'affaire, et je suis d'avis que nous ne devrions pas aller par là, la route est isolée, et nous pourrions nous égarer.

— Néanmoins, mon parti est bien arrêté.

— J'ai entendu dire que cette route abandonnée était encombrée de haies et d'échaliers. N'est-ce pas, André ?

André répondit qu'il n'en était pas sûr, mais qu'il l'avait également entendu dire.

Haley était accoutumé à peser dans son esprit des affirmations plus ou moins mensongères : il se figura que c'était par mégarde que Samuel avait d'abord fait mention de la route abandonnée, et il considéra ce qu'on lui disait pour le dissuader, comme suggéré par le désir de sauver Élisa.

On prit la vieille route, qui était frayée pendant l'espace de quelques milles et coupée ensuite par des haies et par des barrières. Elle était délaissée depuis si longtemps qu'André en ignorait l'existence, il suivit ses deux compagnons d'un air de soumission respectueuse ; en criant de temps en temps que le terrain était raboteux et mauvais pour les pieds de Jerry.

— Je vous connais, drôles ! dit Haley, mais je vous en avertis, vous essayez en vain de me détourner de cette route avec toutes vos inventions.

— Monsieur est libre, repartit humblement Samuel ; et il lança à la dérobée un coup d'œil sur André, dont la gaieté était sur le point de faire explosion.

Samuel montrait un zèle et une vigilance incroyables : tantôt il s'écriait qu'il apercevait un chapeau de femme au sommet d'une éminence lointaine ; tantôt il demandait à André si ce n'était pas Elisa qu'on voyait là-bas dans un fond. Il choisissait, pour faire ses exclamations, des parties de la route rocailleuses et difficiles, et tenait Haley dans un constant émoi.

Au bout d'une heure de marche, les trois voyageurs descendirent précipitamment dans la cour d'une grande ferme. Tous les cultivateurs étaient occupés dans les champs, et il n'y avait pas une âme dans la grange dont cette cour dépendait ; mais comme les bâtiments barraient la route, il était évident qu'elle se terminait là.

— Ah ! coquins, s'écria Haley, vous le saviez ?

— Ne vous l'ai-je pas dit, monsieur ? Je vous ai répété que le chemin n'était pas praticable, qu'il était coupé par des barrières ; mais vous n'avez point voulu m'écouter.

C'était une vérité incontestable, et le malheureux marchand fut obligé de ronger son frein ; il retourna sur ses pas, et les trois voyageurs prirent enfin la grande route.

Par suite de tous ces délais, il y avait trois quarts d'heure environ qu'Élisa était arrivée dans l'auberge lorsque le trio fit son entrée dans le village. La fugitive était à la fenêtre, et regardait d'un autre côté ; Samuel fut le premier qui l'aperçut : il fit semblant d'avoir son chapeau emporté par le vent, et poussa un grand cri. Élisa tressaillit, recula, et, pendant ce temps, les voyageurs s'arrêtèrent à la grande porte.

En ce moment la vie de la pauvre mère était pour ainsi dire centuplée. La chambre où elle se trouvait avait une porte qui donnait sur la rivière, elle prit son fils entre ses bras et descendit précipitamment les marches ; le marchand d'esclaves la vit au moment où elle arrivait sur la berge, et, se jetant à bas de son cheval, il se mit à la poursuivre comme le limier poursuit un daim. Samuel et André l'accompagnèrent. Élisa se crut perdue ; elle poussa un cri sauvage, et elle franchit l'espace qui la séparait du radeau de glace. C'était un bond qui n'était possible qu'au délire et au désespoir ; et quand il la vit sauter, Haley lui-même leva instinctivement les mains en criant.

L'énorme morceau de glace sur lequel elle tomba s'enfonça avec un craquement sinistre, mais elle ne s'y arrêta point ; elle s'élança successivement de glaçon en glaçon, trébuchant et se relevant tour à tour. Elle perdit ses souliers, les pointes anguleuses de la glace lui déchirèrent les pieds, elle laissa des traces de sang sur son passage ; mais elle ne sentait rien, n'entendait rien. Enfin elle aperçut vaguement, comme dans un rêve, la rive de l'Ohio, et un homme qui lui tendait la main.

— Vous êtes une brave fille, qui que vous soyez ! dit cet homme.

Élisa reconnut le propriétaire d'une ferme voisine de l'habitation Shelby.

— Oh ! monsieur Symmsee ! sauvez-moi, cachez-moi !

— Qu'est-ce ? dit M. Symmsee.

— Je suis la femme de chambre de madame Shelby ! Ils ont voulu vendre mon fils. Voilà son maître, là-bas ! Oh ! monsieur Symmsee, vous avez un enfant ?

— Oui, parbleu ! reprit le fermier en l'aidant à gravir la berge escarpée. D'ailleurs, vous avez du courage, et cela me plaît toujours.

Lorsqu'ils furent arrivés sur la rive, il ajouta :

— Je voudrais faire quelque chose pour vous, mais je ne sais où vous recueillir. Je vous conseille d'aller là-bas, à cette grande maison blanche que vous voyez isolée au bout de la grande rue du village. Elle est habitée par d'honnêtes gens, et je vous y promets une bonne réception.

— Que Dieu vous bénisse ! dit Elisa avec ferveur.

— Cela n'en vaut pas la peine, répondit le fermier. Vous avez bien gagné votre liberté, et vous l'aurez si cela dépend de moi.

Élisa s'éloigna, et M. Symmsee la suivit des yeux en se disant :

— Shelby trouvera sans doute que je ne fais pas acte de bon voisinage ; mais que m'importe ? Si l'une de mes esclaves s'échappe dans les mêmes circonstances, je lui permets de me rendre la pareille. Je ne pouvais m'empêcher de porter secours à une femme qui souffre et qu'on poursuit ; et puis, je n'ai pas mission de courir après les esclaves d'autrui.

Pendant le monologue de l'honnête fermier, Haley était resté comme pétrifié. Quand Elisa eut disparu, il porta les yeux sur ses deux acolytes.

— Voilà une belle affaire, dit Samuel.

— Je crois que cette fille est enragée, murmura Haley.

— J'espère, reprit Samuel, que vous nous excuserez de ne l'avoir pas suivie, mais nous n'avons pas eu le cœur de prendre cette route.

— Je crois que vous riez, dit le marchand d'esclaves en fronçant le sourcil.

— Dieu me garde ! je ne puis m'en empêcher. C'était si curieux de la voir sauter, faire craquer la glace, enfoncer, reparaître... Mon Dieu ! comme elle s'en est bien tirée !

Et donnant un libre cours à leur vive satisfaction, Samuel et André rirent aux larmes.

— Ah, coquins ! vous ne rirez pas toujours, s'écria le marchand en brandissant son fouet.

Les deux nègres l'évitèrent, remontèrent sur la berge et furent à cheval en un clin d'œil.

— Bonsoir, monsieur, lui dit Samuel, vous n'avez plus besoin de nous, et nous allons reconduire les chevaux à l'écurie. Notre maîtresse ne voudrait pas qu'on fît passer ce soir les pauvres bêtes sur le pont d'Elisa.

A ces mots il donna un coup de coude dans les côtes d'André et partit au galop, suivi de ce dernier. Pendant quelques minutes, le vent apporta au marchand le bruit de leurs éclats de rire lointains.

CHAPITRE VIII.

Les Chasseurs d'hommes.

C'était au milieu des vagues ténèbres du crépuscule qu'Elisa avait traversé l'Ohio. Quand elle disparut, sur la rive, le bouillard grisâtre du soir l'enveloppa, et les masses flottantes de glace opposèrent un obstacle infranchissable aux desseins de son persécuteur. Il retourna donc tristement à l'auberge pour réfléchir à ce qu'il avait à faire. L'hôtesse lui ouvrit la porte d'un petit salon dont le sol était couvert d'un tapis déchiré. Cette chambre était meublée de quelques chaises à grands dossiers de bois, d'un banc placé devant le feu et d'une table sur laquelle s'étendait une vieille toile cirée. Des figures de plâtre, peintes de vives couleurs, décoraient le manteau de la cheminée. Haley s'allongea sur le banc et se mit à ruminer sur l'instabilité des choses humaines.

— Pourquoi ai-je eu envie de ce petit bonhomme? se dit-il à lui-même. Me voilà aussi honteux qu'un renard pris au piége!

Il accompagna ces mots d'une série peu choisie d'imprécations contre lui-même. Le bon goût nous empêche de les reproduire; mais nous devons reconnaître qu'elles étaient parfaitement appliquées. Il fut tiré de sa rêverie par la voix discordante d'un voyageur qui s'arrêtait à la porte.

— Par le ciel! s'écria-t-il après avoir regardé par la fenêtre, c'est un effet de ce que certaines gens appellent la Providence. Je crois que voilà Tom Loker.

Haley se rendit précipitamment dans la salle commune de l'auberge. Devant le comptoir se tenait un homme au teint bronzé, aux formes musculeuses; il avait près de six pieds, et il était large en proportion. Son costume se composait d'une redingote de peau de bison, dont les poils hérissés augmentaient la physionomie sauvage de l'individu. Tous ses traits exprimaient au plus haut degré la violence brutale, nos lecteurs se feront une idée exacte de son physique en se représentant un bouledogue métamorphosé en homme. Il avait un compagnon de voyage qui formait avec lui un contraste frappant. C'était un être chétif, aux yeux noirs et perçants, et dont les mouvements ressemblaient à ceux d'un chat. Son long nez indiquait la pénétration, ses rares cheveux noirs laissaient voir un front étroit mais plein de finesse, et tous les traits de son visage étaient anguleux. L'homme athlétique se versa un grand verre d'eau-de-vie, et l'avala sans dire un mot. Le petit homme s'avança sur la pointe du pied, en promenant autour de lui des yeux inquiets; et remarquant dans un coin plusieurs bouteilles, il demanda d'une voix grêle de la liqueur de menthe. Il prit son verre avec précaution, l'examina complaisamment et se disposa à le savourer à loisir.

— C'est ma bonne étoile qui vous amène ici! Et tendant la main au gros homme : Comment vous portez-vous, Loker?

— Tiens, c'est vous! que diable faites-vous en ce village?

Le petit homme, qui s'appelait Marks, cessa de boire pour regarder Haley de l'air dont un chat regarde une souris.

— Je suis heureux de vous voir, reprit Haley; je me trouve dans un embarras terrible, et vous pouvez m'en tirer.

— Hom! dit en grognant Tom Loker, quand vous êtes content de voir les gens, on peut être sûr que vous avez besoin d'eux. De quoi s'agit-il?

— Vous avez un compagnon! reprit Haley en regardant le petit homme avec incertitude.

— Oui, c'est Marks, qui m'aide à faire des affaires. Marks, c'est avec monsieur que j'ai parcouru le Natchez.

— Je serai ravi de faire votre connaissance, dit Marks allongeant une main noire et maigre comme la patte d'un corbeau. Vous êtes monsieur Haley, je crois?

— Lui-même, monsieur; et puisque nous nous sommes si heureusement rencontrés, je vais vous exposer ce qui m'occupe. Entrons dans cette salle; qu'on nous donne de l'eau chaude, du sucre, des cigares, beaucoup d'eau-de-vie, et nous allons jaser.

On alluma les chandelles; on raviva le feu de charbon qui brûlait dans la grille, et les trois personnages s'assirent autour d'une table garnie des divers objets de consommation qu'ils avaient demandés. Haley leur fit un récit pathétique de ses infortunes. Loker l'écouta d'un air morne, avec une attention soutenue. Marks, qui se préparait artistement un verre de punch, s'interrompit par intervalles pour avancer son nez et son menton pointus. La conclusion de l'histoire parut l'amuser à l'excès, et les contractions de ses lèvres plissées trahirent une satisfaction intérieure.

— Ainsi, dit-il, elle a eu gain de cause. Hi! hi! hi! c'est une gaillarde!

— Ce commerce d'enfants cause bien des embarras, reprit Haley d'un ton lamentable.

— Il faudrait habituer les femmes à ne pas se soucier de leurs enfants, dit Marks; ce serait le plus grand progrès de la civilisation moderne.

— On croirait qu'elles doivent être heureuses de s'en dépêtrer, repartit Haley; eh bien non! plus un bambin est ennuyeux, gênant, inutile, plus elles y tiennent!

— Nous sommes tous à même d'apprécier la justesse de votre observation, monsieur Haley... Passez-moi l'eau chaude... J'avais jadis acheté une fille solide, de bonne tournure; elle avait un petit garçon maladif, tortu, bancal, dont je ne voulus pas m'embarrasser, croiriez-vous qu'elle ne put jamais se consoler d'en être séparée? Elle paraissait y attacher d'autant plus de prix qu'il n'était bon à rien! Elle le demandait sans cesse, et elle finit par s'évader pour aller le rejoindre. C'est vraiment drôle! comme les femmes ont de singulières idées!

— Je le sais par expérience, dit Haley; l'été dernier, en descendant la Rivière-Rouge, j'achetai une négresse qui avait un enfant bien constitué, dont les yeux semblaient aussi brillants que les vôtres. En l'examinant, je vis qu'il était atteint de la cataracte. Je voulus l'échanger contre un baril de whisky; mais quand on essaya de l'enlever à sa mère, elle entra dans une rage de tigresse. Nous étions encore à l'ancre, et on n'avait pas enchaîné les noirs. Elle grimpa comme une chatte sur une balle de coton, prit un couteau des mains d'un matelot, et tint tout le monde en échec. Voyant enfin que la résistance était inutile, elle se jeta à l'eau avec son enfant, la tête la première, et on ne l'a jamais revue.

Elisa poussa un cri sauvage, et franchit l'espace qui la séparait du radeau de glace.

—Bah! s'écria Tom Loker, vous n'y entendez rien! mes négresses ne me font jamais de pareilles farces.

—Comment l'empêchez-vous? demanda Morks avec vivacité.

— Comment je l'empêche! Lorsque j'achète une femme, et qu'elle a un enfant destiné à être vendu, je lui mets le poing sous le nez, et lui dis : Faites-y attention; si vous bronchez, je vous aplatis la figure. Je ne veux pas entendre un mot, pas le commencement d'un mot. Votre enfant est à moi, et non pas à vous; vous n'avez pas à vous en occuper. Je vais le vendre; gardez-vous bien de pleurnicher, ou sinon!... Avec ça je rends mes négresses muettes comme des poissons; mais si l'une d'elles s'avise de crier, alors...

Et Tom Loker compléta sa pensée en laissant tomber lourdement son poing sur la table.

—Voilà ce qui s'appelle mener les gens tambour battant! dit Marks en poussant du coude Haley. Quel original que ce Tom Loker! hi! hi! hi! les nègres ont beau être têtus, je suis sûr qu'ils vous comprennent, Tom! Si vous n'êtes pas le diable, vous êtes son frère jumeau, j'en réponds!

Tom Loker reçut ce compliment avec une modestie convenable, et sa physionomie exprima toute l'affabilité compatible avec son caractère maussade.

Haley avait bu coup sur coup, il commençait à devenir sensible; ses facultés morales se développaient sous l'influence de l'alcool : phénomène que l'ivresse produit souvent chez les hommes sérieux et réfléchis.

—Tom, dit-il, vous êtes vraiment trop dur. Je vous l'ai déjà reproché plusieurs fois dans notre campagne du Natchez; et je vous ai démontré qu'il était profitable en ce monde de bien traiter les nègres, sans compter que l'on se ménageait une chance pour aller au ciel.

—Chansons! dit Tom Loker en engloutissant un verre d'eau-de-vie.

Haley se renversa sur sa chaise, et reprit avec de grands gestes : — Je m'occupe autant qu'un autre de gagner de l'argent, c'est mon premier souci, mais je ne néglige pas mon âme. J'ai de la religion, et tôt ou tard, quand j'aurai fait ma fortune, je penserai à faire mon salut. N'est-il pas prudent d'éviter les cruautés qui ne sont pas absolument nécessaires?

—Vous voulez prendre soin de votre âme! répliqua Tom Loker d'un ton de mépris; mais d'abord êtes-vous sûr d'en avoir une?

—Vous prenez mal la chose; vous devriez comprendre que je ne vous parle que pour votre bien.

Haley fit un récit pathétique de ses malheurs.

—Ce n'est pas la première que vous faites, dit Tom d'un ton maussade.

—Allons, dit Marks, n'injuriez pas M. Haley, vous voyez qu'il vous met sur la voie d'une bonne affaire. Soyez calme, et prêtez l'oreille; ces arrangements sont mon fort. Comment est la femme en question, monsieur Haley?

—Blanche, jolie, bien élevée. J'en aurais donné à Shelby huit cents ou mille dollars, et j'aurais gagné sur elle.

—Blanche, jolie, bien élevée! s'écria Marks, dont la figure s'anima; quelle magnifique spéculation s'offre à nous, Loker! nous nous chargeons de l'entreprise; nous reprenons les fugitifs; nous restituons l'enfant, comme de juste, à M. Haley, et nous gardons la femme, que nous allons vendre à la Nouvelle-Orléans. N'est-ce pas un plan superbe?

Tom, qui avait la bouche béante pendant ce discours, la referma brusquement, de même qu'un gros chien ferme ses mâchoires sur un bon morceau.

— Voyez-vous, dit Marks à Haley en remuant son punch avec sa cuiller, les tribunaux de ce pays sont vétilleux, mais nous savons les amadouer. Je parais devant eux en grande toilette, les bottes bien cirées, la cravate mise avec soin : tantôt je suis M. Twickem de la Nouvelle-Orléans, tantôt j'arrive de ma plantation sur la rivière de la Perle, où j'ai sept cents nègres à mon service; d'autres fois je suis un parent éloigné de Henri Clay ou de tout autre gros bonnet du Kentucky. Tom a des talents différents; il est bon quand il faut se battre, mais il ne sait point mentir. Pour moi, je n'ai point d'égal, dès qu'il faut prêter des serments, parler à des juges et les mettre dedans.

Tom Loker, qui pensait toujours lentement, interrompit l'orateur en donnant un coup de poing sur la table.

— Je fais l'affaire! s'écriat-il.

—Mon Dieu! Tom, dit Marks, il est inutile de casser les verres, gardez vos coups pour une meilleure occasion.

— Mais, messieurs, reprit Haley, est-ce que vous ne me laisserez point une part dans les bénéfices?

— Nous reprenons l'enfant pour vous, répliqua Loker; que voulez-vous de plus?

— C'est moi qui vous apporte l'affaire, elle vaut quelque chose, donnez-moi dix pour cent du produit net.

— Est-ce que vous espérez nous faire aller? s'écria Loker en frappant de nouveau sur la table; Marks et moi nous faisons métier de reprendre les esclaves marrons : croyez-vous que ce soit pour votre avantage et non pour le nôtre? Non, morbleu! nous aurons la femme, et vous ne réclamerez pas, ou sinon nous prenons tout! Vous nousavez montré le gibier, ne sommes-nous pas libres aussi bien que vous de lui donner la chasse?

— Eh bien, soit, dit Haley effrayé, vous me rendrez l'enfant : pourvu que vous promettiez de me l'amener dans huit jours, c'est tout ce que je demande.

— Mais ce n'est pas là tout ce que je demande, s'écria Loker avec emportement. J'ai appris à vous connaître à Natchez, Haley, et à ne pas lâcher l'anguille quand je la tiens. Vous allez m'avancer cinquante dollars, ou vous ne reverrez jamais l'enfant.

— Quoi! lorsque je vous procure une spéculation qui peut vous rapporter au moins six cents dollars! Ah! Loker, vous n'êtes pas raisonnable.

— Nous avons de la besogne au moins pour six semaines; si nous

— Eh! fichez-moi la paix! je ne puis supporter ces pieux bavardages; ils m'assomment! Après tout, quelle différence y a-t-il entre vous et moi? vous avez un peu plus de sentiment; c'est de l'hypocrisie! Vous voulez sauver votre peau; vous avez fait un pacte avec le diable, vous le tenez scrupuleusement, et vous espérez vous esquiver au moment de l'échéance! fi donc!

— Allons, allons, messieurs, dit Marks; il ne s'agit pas de cela : chacun, vous le savez, a sa manière de voir. M. Haley suit les inspirations de sa conscience, et vous, Tom, vous avez votre système, et il est excellent; mais nous ne gagnerons rien à nous quereller; occupons-nous d'affaires! Voyons, monsieur Haley, de quoi est-il question? vous voulez que nous vous aidions à reprendre cette femme?

—La femme m'importe peu, elle appartient à Shelby; je ne tiens qu'à l'enfant; j'ai fait la folie de l'acheter.

y renonçons pour courir après votre bambin, et qu'en définitive nous ne trouvions ni lui ni sa mère, qui nous dédommagera? est-ce vous? Allons, aboulez vos dollars! si nous réussissons je vous les rendrai; dans le cas contraire, ce sera pour nos frais. Est-il rien de plus juste, ami Marks?

— Sans doute, sans doute, dit Mark d'un ton de conciliation, c'est tout simplement une avance d'honoraires. Hi! hi! hi! nous connaissons cela, nous autres hommes de loi. Tom conduira l'enfant partout où vous voudrez.

— Si je le trouve, dit Loker, je le mènerai à Cincinnati, et je le laisserai chez Granny Belcher, au débarcadère.

Marks tira de sa poche un portefeuille gras, et y prit une longue feuille de papier sur laquelle il fixa ses yeux noirs.

— Voyons, dit-il, quelles sont nos affaires, et si nous pouvons expédier celle-ci : A reprendre, mort ou vif, le jeune Jim; mise à prix : trois cents dollars. Dick et Lucy, homme et femme : six cents dollars. La négresse Polly, avec ses deux enfants : pour elle ou pour sa tête, six cents dollars. Il faudra mettre Adams et Springer aux trousses de tous ces nègres-là, Tom Loker.

— Non, répondit Tom, ils sont trop exigeants.

— Je m'entendrai avec eux; ils débutent dans la carrière, et il faut qu'ils consentent à travailler à bon marché. Je trouve là trois individus dont la poursuite est facile, puisqu'il s'agit de les tuer ou de jurer qu'on les a tués. Il est évident qu'on ne peut demander grand' chose pour cela. Laissons là nos anciennes affaires, et occupons-nous de la nouvelle. Monsieur Haley, vous avez vu débarquer cette femme?

— Aussi bien que je vous vois.

— Et un homme l'a aidée à monter sur la berge? demanda Loker.

— Je puis l'affirmer.

— Probablement, reprit Marks, on l'a emmenée quelque part; mais où? voilà la question. Qu'en dites-vous, Tom?

— Il faut traverser la rivière ce soir même, répondit Tom.

— Mais il n'y a pas de bateau, et les glaces rendent le passage dangereux.

— Ça n'y fait rien, il le faut, dit Tom d'un ton résolu.

— Je le conçois; pourtant, le ciel est bien noir.

— Dites donc tout de suite que vous avez peur, Marks; néanmoins il faut vous décider à marcher : si vous vous arrêtez ici, la femme ne tardera pas à disparaître, et vous ne la retrouverez jamais.

— Ce n'est pas que j'aie peur, répliqua Marks.

— Mais quoi?

— Mais il n'y a point de bateau.

— J'ai entendu dire à l'aubergiste qu'il y en avait un ce soir, et qu'un homme avait l'intention de passer. Il ne s'agit pas d'hésiter, nous devons tenter l'aventure avec lui.

— Je suppose que vous avez de bons chiens, dit Haley.

— Des chiens de première qualité, répondit Marks : mais à quoi serviront-ils? vous n'avez rien à leur faire sentir.

— Si fait, reprit Haley d'un air de triomphe : dans sa précipitation, elle a laissé sur le lit un châle et un chapeau.

— Quelle chance! dit Loker. Toutefois si vos chiens se jettent sans ménagement sur la femme, n'est-il pas à craindre qu'ils l'endommagent?

— C'est une considération, repartit Marks. Nos chiens ont mis un homme en pièces à Mobile avant que nous ayons eu le temps de les rappeler.

— En ce cas, ils ne conviennent nullement; car la fugitive n'a de prix que par sa jolie figure.

— Je comprends, dit Marks; d'ailleurs, si elle est dans une maison, ils seront entièrement inutiles. Les chiens ne sont bons que dans les plantations, où les nègres rôdent sans asile au milieu des champs.

Cependant Loker adressait des questions à l'aubergiste, et il revint annoncer que le bateau était prêt.

Marks se leva avec répugnance, en jetant un regard douloureux sur la chambre bien chauffée qu'il abandonnait. Haley compta les cinquante dollars à Loker, et les trois chasseurs sortirent de la maison.

Quelques-uns de nos lecteurs pourront nier l'exactitude du tableau que nous venons de leur offrir; mais nous leur rappellerons que dans certaines parties des États-Unis la chasse aux esclaves marrons est élevée à la dignité d'une profession légitime et patriotique. Si l'esclavage fait des progrès dans la vaste contrée qui s'étend entre le Mississipi et l'Océan Pacifique, le marchand et le chasseur d'esclaves pourront figurer dans les rangs de l'aristocratie américaine.

Tandis que cette conférence avait lieu dans l'auberge, Samuel et André poursuivaient leur route. Le premier était dans un état d'exaltation qui se manifestait par les plus bizarres contorsions : de temps en temps il se retournait sur son cheval, et se remettait en selle en faisant une sorte de saut périlleux; d'autres fois il se livrait à des accès d'hilarité dont les échos des bois retentissaient. Malgré toutes ses évolutions, il marchait avec assez de vitesse pour qu'entre dix et onze heures le sabot des chevaux résonnât sur le sable au bas du perron. Madame Shelby courut à leur rencontre.

— Eh bien! Samuel, quelle nouvelle?

— M. Haley se repose dans une auberge, il est horriblement fatigué.

— Et Elisa?

— Elle a traversé le Jourdain et touché la terre de Canaan.

Samuel affectait toujours une grande piété en présence de sa maîtresse, et employait autant que possible des images tirées de l'Écriture.

— Expliquez-vous mieux, dit madame Shelby.

— Eh bien, madame, le Seigneur préserve les siens. Lisa a passé la rivière d'une manière aussi étonnante que si elle eût été emportée dans un chariot de feu attelé de deux chevaux.

— Montez, dit M. Shelby, qui avait suivi sa femme, et dites à votre maîtresse ce qu'elle désire savoir; rentrez, Emilie, vous avez froid et vous grelottez, vous vous laissez trop émouvoir.

— Ne suis-je pas femme? ne suis-je pas mère? ne sommes-nous pas responsables envers Dieu de cette pauvre fille?

— Nous avons agi comme nous le devions, Emilie.

— Cependant je me sens coupable; j'ai tort peut-être, mais je ne raisonne pas.

— Holà, André! cria Samuel du haut du perron; menez les chevaux à l'écurie, pendant que je vais parler à nos maîtres.

— Maintenant, Samuel, dit M. Shelby, contez-nous la chose telle qu'elle s'est passée. Où est Elisa?

— Je l'ai vue de mes propres yeux passer sur la glace flottante, ce n'est ni plus ni moins qu'un miracle.

— Ce miracle me semble bien apocryphe.

— C'est pourtant l'exacte vérité. Nous étions arrivés sur le bord de la rivière, Elisa était à la fenêtre d'une auberge. Ayant tout à coup perdu mon chapeau, je poussai un cri à réveiller les morts; Elisa l'entendit, et elle courut sur la rive. Nous nous mîmes tous trois à courir après elle; mais, baste! elle fit un saut de dix pieds, et alla tomber sur une grande île de glaçons : nous les entendions faire crac, crac; elle bondissait dessus comme une biche! Dieu me garde! il y a dans cette femme une force qui n'est pas ordinaire, voilà mon opinion.

Madame Shelby, pâle d'émotion, garda le silence pendant le récit de Samuel.

— Dieu soit loué! elle n'est pas morte. Mais où est le pauvre enfant?

— Le Seigneur l'a sauvé, répondit pieusement Samuel. On voit là dedans le doigt de la Providence, dont madame nous a si souvent parlé dans ses instructions. Nous ne sommes tous que des instruments pour faire la volonté du ciel. Sans moi, Elisa était prise deux fois plutôt qu'une. N'est-ce pas moi qui ai lâché les chevaux ce matin? N'est-ce pas moi qui ai fait faire cinq milles à M. Haley sur la vieille route? C'est la Providence qui l'a voulu.

— Vous auriez pu vous dispenser d'en être l'agent, dit M. Shelby avec toute la sévérité nécessaire. Je n'admets pas que l'on se moque des personnes que je reçois dans ma maison.

Il est aussi difficile de simuler la colère avec un nègre qu'avec un enfant. Malgré l'affectation qu'on y met, tous deux devinent aisément les véritables dispositions de leurs interlocuteurs. Samuel ne fut nullement découragé par les reproches de son maître; cependant il feignit une componction profonde, et les coins de sa bouche s'abaissèrent piteusement en signe de repentir.

— Maître a raison, dit-il, c'était mal de ma part, je le comprends; mais un pauvre nègre est souvent exposé à mal faire, surtout quand il est mis en colère par une conduite comme celle de ce M. Haley.

— Eh bien, dit madame Shelby, puisque vous semblez avoir le sentiment de vos erreurs, vous pouvez aller dire à la mère Chloé de vous servir le reste du jambon que vous avez eu à dîner.

— Madame est trop bonne pour nous, dit Samuel en s'inclinant.

On a pu remarquer que Samuel avait un talent naturel, qui, dans la vie politique, l'aurait indubitablement élevé au pinacle. Il faisait de toutes choses un capital qu'il plaçait au bénéfice de son amour-propre et de sa réputation. Après avoir prouvé sa piété et son humilité à la satisfaction du salon, il posa crânement sur sa tête son chapeau de feuilles de palmier, et se dirigea vers les domaines de la mère Chloé, dans l'intention d'obtenir les suffrages de la cuisine.

— Maintenant, se dit Samuel à lui-même, je vais étonner les nègres et les frapper d'admiration.

L'un des plus grands plaisirs de Samuel le noir était d'accompagner son maître à toutes sortes de réunions politiques. Perché sur un arbre ou sur une barrière, il écoutait avidement les orateurs; ensuite, descendant au milieu des gens de sa couleur, il s'attachait à reproduire avec une imperturbable solennité les discours qu'il avait entendus. Ces imitations, souvent burlesques, mais quelquefois assez exactes, avaient valu à Samuel une réputation d'éloquence, et il ne manquait jamais l'occasion de l'agrandir.

Il avait toujours existé entre lui et la mère Chloé une sorte de froideur dont la cause n'était pas clairement déterminée; mais comme Samuel, en commençant ses opérations, se proposait de faire d'abord une brèche aux provisions de bouche, il prit le parti de se montrer conciliant. Il savait que les ordres de madame seraient suivis à la lettre, mais la bonne volonté de la cuisinière pouvait en étendre considérablement les avantages. Il parut donc devant la mère Chloé avec un air de résignation touchante, comme un homme qui avait souffert cruellement pour l'innocence persécutée. En s'adressant directement à l'illustre fonctionnaire, il rendit hommage à sa supériorité hiérarchique. Ses cajoleries lui réussirent, et jamais candidat à la députation n'exerça sur un électeur naïf l'empire que le noir obtint sur la mère Chloé. Quand même il eût été l'enfant prodigue, on ne l'aurait pas traité avec une libéralité plus maternelle. Il eut bientôt le bonheur d'être assis devant une grande assiette d'étain, où se trouvaient réunis en macédoine les restes de tout ce qui avait paru sur la table depuis trois jours. On y voyait figurer dans une confusion pittoresque des ailes de poulets, des tranches de jambon, des galettes dorées, et des reliefs de pâté qui affectaient toutes les formes géométriques imaginables. Samuel, couronné de son chapeau, disposait en souverain de tous ces comestibles, et André était son premier ministre.

On accourut de toutes les cases pour entendre le récit des exploits de la journée : ce fut une heure de gloire pour Samuel, qui raconta ses aventures, à plusieurs reprises, en les enrichissant de toutes sortes d'ornements. Des éclats de rire prolongés accueillirent sa narration ; mais Samuel n'en conserva pas moins la gravité sentencieuse qui convenait à son rôle :

— Vous voyez, mes chers compatriotes, dit-il en brandissant une cuisse de dindon, que dans cette circonstance j'ai pris la défense de tous. Essayer de tirer un de nous d'embarras, c'est absolument comme si on se dévouait pour tous ; le principe est le même. Lorsque des marchands d'esclaves viendront rôder encore autour de nous, adressez-vous à moi, mes frères, je les mettrai à la raison ; je soutiendrai vos droits jusqu'à mon dernier soupir.

— Pourtant, dit André, vous paraissiez disposé ce matin à reprendre Elisa, si je ne vous avais pas prévenu.

— Ne parlez pas de ce que vous ignorez, répondit Samuel d'un ton de supériorité. Les enfants comme vous, André, ont de bonnes intentions, mais ils ne pénètrent pas les motifs profonds qui peuvent diriger la conduite d'un homme.

André parut confus de s'être avancé.

— J'ai pensé consciencieusement à reprendre Elisa, ajouta Samuel, quand j'ai cru que c'était le désir de mon maître. En m'apercevant que madame voulait le contraire, j'ai changé d'avis plus consciencieusement encore. Ainsi, vous le voyez, je suis avec persistance les inspirations de ma conscience, et je m'attache toujours aux principes, oui, aux principes ; car à quoi serviraient-ils, si ce n'est à nous donner de la persévérance ? Prenez cet os, André ; il y reste encore quelque chose.

L'auditoire écoutait en silence les paroles philosophiques de l'orateur, qui, ne trouvant personne pour lui répondre, se vit forcé de continuer sa harangue.

— La persistance, mes chers amis, est une vertu essentielle. Les individus qui soutiennent une chose un jour et l'autre le lendemain n'ont aucun droit au titre d'hommes persévérants... André, passez-moi ce gâteau ; je vais me servir d'une comparaison vulgaire, et j'espère que mesdames et messieurs m'excuseront. J'ai envie de monter sur une meule de foin, j'applique mon échelle d'un côté, et elle se trouve insuffisante. Alors, sans faire de nouveaux efforts sur ce point, je porte mon échelle d'un autre côté. Peut-on m'accuser de manquer de persistance ? Non sans doute, car j'en mets à vouloir monter. Est-ce clair ?

— Vous n'avez jamais employé votre persistance à grand'chose de bon, dit la mère Chloé, que la gaieté des autres assistants avait fatiguée, et qui devenait assez maussade.

— Oui, dit Samuel en se levant pour sa péroraison, oui, mes concitoyens, et vous, dames de l'autre sexe, j'ai des principes, et je suis trop fier pour les mettre dans ma poche ; je les défendrais même quand on voudrait me brûler vivant, et l'on graverait sur mon tombeau que j'ai versé la dernière goutte de mon sang pour mes principes, pour mon pays, pour les intérêts généraux de la société.

— Eh bien, dit la mère Chloé, en vertu de vos principes, il faut vous aller coucher, et ne pas tenir tout le monde éveillé jusqu'à demain matin. Nos jeunes gens n'ont pas besoin d'être dérangés.

— Nègres, dit Samuel en agitant son chapeau, je vous bénis. Allez au lit, et soyez bons enfants.

Après cette bénédiction pathétique, l'assemblée se dispersa.

CHAPITRE IX.

Où l'on voit qu'un sénateur n'est qu'un homme.

Les lueurs d'un bon feu, allumé dans un salon proprement tenu, se reflétaient sur le métal d'un brillant service à thé. Le sénateur Bird ôtait ses bottes et se préparait à mettre à ses pieds une paire de belles pantoufles neuves que sa femme venait d'achever. Madame Bird rangeait les tasses sur la table, en réprimant par intervalles les gambades de trois enfants pleins d'effervescence.

— Tom, laisse donc le bouton de la porte... Marie, ne tirez pas la queue du chat ; pourquoi tourmenter ce pauvre animal ? Jim, il ne faut pas monter sur la table... Vous ne savez pas, mon cher ami, combien nous sommes surpris de vous voir ce soir.

— J'ai cru à propos de prendre un petit congé pour venir goûter un peu les douceurs du foyer domestique. Le voyage m'a fatigué horriblement, et j'ai grand mal aux dents.

Madame Bird jeta les yeux sur un flacon de camphre qu'elle apercevait au fond d'un placard entr'ouvert, et fit mine de s'en approcher.

— Non, non, Marie, point de médecines. Une bonne tasse de thé, voilà tout ce qu'il me faut. Ah ! comme il est pénible de siéger à la législature, et que j'ai besoin de me refaire !

Le sénateur sourit comme s'il se fût complu dans l'idée qu'il se sacrifiait pour sa patrie.

— Qu'avez-vous donc tant fait au sénat ?

La bonne petite dame Bird s'occupait habituellement fort peu de ce qui se passait dans les chambres, elle croyait sagement qu'il lui suffisait de se mêler de son ménage. Sa question inusitée étonna M. Bird, qui répondit :

— Il n'y a rien eu de bien important.

— Mais est-il vrai qu'on ait voté une loi pour défendre de donner à boire ou à manger à ces pauvres gens de couleur qui errent dans les campagnes ? J'ai entendu parler de cette loi, mais je ne supposais pas des chrétiens capables de l'adopter.

— Ah ! ah ! Marie ! vous devenez une femme politique, à ce qu'il paraît ?

— Non : en général, je ne donnerais pas un fétu de toutes vos discussions ; mais je regarde la loi en question comme cruelle et contraire à la religion, et j'espère qu'elle n'a point passé.

— Vous vous trompez : les abolitionistes ont tellement bouleversé le Kentucky que les propriétaires de cet Etat sont dans de continuelles alarmes. Pour les rassurer et leur donner quelques garanties, on a défendu par une loi de secourir les esclaves qui se réfugient dans notre Etat.

— Défend-on d'abriter pour une seule nuit ces pauvres créatures, de leur faire un bon repas, de leur abandonner quelques vieilles loques, et de les congédier ensuite ?

— Oui, ma chère, ce serait se rendre leur complice.

Madame Bird était une femme timide et de frêle apparence. Son teint avait le duvet de la pêche, sa voix et ses yeux bleus étaient pleins de douceur. Sous le rapport du courage, le gloussement d'un coq d'Inde suffisait pour la mettre en déroute, et un chien de garde la tenait en respect rien qu'en lui montrant les dents. Son mari et ses enfants étaient pour elle le monde entier. Elle régnait dans son intérieur plutôt par la persuasion que par l'énergie. Si elle s'animait parfois, c'était quand on blessait les douces sympathies de son caractère. La moindre cruauté la mettait en colère, et ses emportements, contrastant avec sa mansuétude habituelle, semblaient inquiétants et inexplicables. C'était en général la plus indulgente des mères. Cependant ses enfants conservaient le souvenir du châtiment rigoureux qu'elle leur avait infligé parce qu'ils s'étaient ligués avec plusieurs gamins du voisinage pour accabler de pierres un chat sans défense.

— J'en ai porté les marques, racontait à ce sujet l'aîné des enfants. Ma mère était si furieuse que je la crus folle ; elle me fouetta et m'envoya au lit sans souper avant que j'eusse le temps de me reconnaître. Après cela, je l'entendis pleurer derrière la porte, ce qui me fit plus de peine que tout le reste. A partir de ce moment, il ne nous est jamais arrivé de jeter des pierres aux chats.

Dans la présente occasion, madame Bird se leva avec vivacité ; ses joues se colorèrent, et sa physionomie s'embellit d'une noble indignation. Elle s'avança vers son mari d'un air résolu :

— John, lui dit elle, je désirerais savoir si vous trouvez cette loi juste et chrétienne ?

— Il ne faut pas me tuer, Marie, si je réponds affirmativement.

— Je n'aurais jamais cru cela de vous, John ! Auriez-vous **voté** pour ?...

— Oui, ma belle politique.

— Vous devriez rougir, John ! Prendre des mesures contre de pauvres innocents privés de pain et d'abri ! Votre loi est honteuse, abominable, et je l'enfreindrai la première fois que j'en trouverai l'occasion ; elle ne se fera pas attendre, je l'espère. Quoi ! une femme n'aurait pas le droit de donner un souper et un lit à des malheureux exténués, parce qu'ils sont esclaves et qu'ils ont été opprimés toute leur vie ?

— Mais, Marie, écoutez-moi. Vos sentiments vous honorent, et augmentent l'estime que j'ai pour vous ; pourtant il ne faut jamais laisser nos impressions l'emporter sur notre jugement. Réfléchissez qu'il ne s'agit pas ici de consulter son opinion personnelle ; on doit, au contraire, la mettre de côté pour n'avoir en vue que l'intérêt public et les exigences d'une situation difficile.

— John, je n'entends rien à la politique ; mais j'ai lu la sainte Ecriture. Elle me recommande de nourrir les affamés, de vêtir ceux qui sont nus, et de consoler ceux qui sont dans l'affliction. Ce sont ses préceptes que j'entends suivre.

— Mais si, en les suivant, vous jetiez le désordre dans la société ?

— Il ne peut jamais être nuisible d'obéir à Dieu, et l'on a toujours raison de faire ce qu'il nous commande.

— Veuillez m'accorder votre attention, Marie, et je vais vous démontrer par un argument irréfutable...

—A quoi bon? vous parleriez toute la nuit sans me convaincre. Je vous pose une question : Chasseriez-vous de votre maison une pauvre créature mourante de froid et de faim, parce qu'elle se serait évadée de l'habitation de son maître?

Il faut dire à la louange de notre sénateur qu'il était humain, accessible à tous et incapable d'éconduire un homme dans l'embarras. Sa femme le savait, et l'attaquait par son côté vulnérable. Avant de répondre à l'hypothèse, il employa les procédés qu'on met ordinairement en usage pour gagner du temps. Il toussa plusieurs fois, tira son mouchoir de sa poche, et se mit à essuyer ses lunettes. Voyant chanceler son adversaire, madame Bird ne se fit aucun scrupule de profiter de ses avantages.

—Je voudrais bien vous voir commettre une semblable action! Chasser, par exemple, une pauvre femme par un temps de neige, ou la faire mener en prison!

—Ce serait sans doute un pénible devoir à remplir, dit M. Bird d'un ton mélancolique.

—Ça ne saurait être un devoir. Si les propriétaires veulent empêcher les esclaves de s'enfuir, qu'ils les traitent bien; voilà ma doctrine. Si j'avais des esclaves, et j'espère n'en avoir jamais, je suis sûre qu'ils n'auraient pas envie de me quitter. Les nègres ne s'évadent point quand ils sont heureux; et lorsqu'ils se sauvent, ils souffrent assez de privations et de tortures morales pour qu'on ne se ligue pas contre eux.

—Ma chère Marie, laissez-moi raisonner avec vous.

—Je déteste les raisonnements, John, surtout quand ils roulent sur de pareils sujets. Vous autres hommes politiques, vous avez l'art d'obscurcir les choses les plus claires et d'embrouiller les questions les moins compliquées; mais vous n'êtes pas conséquent avec vous-même quand vous arrivez à la politique. Je vous connais bien; au fond, vous n'êtes pas plus que moi partisan de cette loi.

En ce moment critique, le vieux Cudjoé, factotum noir du logis, entr'ouvrit la porte pour prier madame de passer un moment à la cuisine. Le sénateur fut ravi de cette interruption. Il regarda s'éloigner sa petite femme avec un mélange comique de satisfaction et de dépit; puis il s'assit dans un fauteuil pour lire les journaux.

Au bout de quelques instants, il entendit sa femme crier : John, John! venez un moment ici!

M. Bird se rendit à la cuisine, et demeura stupéfait du spectacle qui s'offrit à ses yeux. Une jeune femme, dont les vêtements étaient en lambeaux et roidis par la gelée, gisait sans connaissance sur deux chaises. Elle n'avait qu'un soulier, et ses bas déchirés étaient tachés de sang. En l'examinant de près, on reconnaissait sur son visage les indices de la race détestée! Cependant on ne pouvait s'empêcher d'admirer sa beauté touchante, que ne diminuaient ni la rigidité de ses traits ni le désordre de ses vêtements. Le sénateur la contempla en silence. Sa femme et la vieille Dinah, domestique de couleur, s'efforçaient de rappeler à la vie l'étrangère, dont l'enfant reposait sur les genoux du vieux Cudjoé.

—Pauvre femme! dit la vieille Dinah : c'est la chaleur qui l'a fait trouver mal. Elle était pleine de vie quand elle est entrée ici, et m'a demandé la permission de se chauffer. Je lui adressais une question, quand elle est tombée évanouie. Elle n'a jamais travaillé à de rude besogne, si j'en juge par ses mains.

L'étrangère ouvrit lentement ses grands yeux noirs, et les promena autour d'elle d'un air égaré. Tout à coup le désespoir se peignit sur ses traits, et elle se leva en criant : Oh! mon Henri! me l'ont-ils pris?

L'enfant à ces mots s'échappa des bras de Cudjoé, qui lui réchauffait les pieds après lui avoir ôté ses bas, et il courut auprès de sa mère.

—Le voici! le voici! dit-elle : oh! madame, protégez-le! ne le laissez pas emmener.

—Personne ne vous fera de mal ici, pauvre femme! dit madame Bird avec douceur. Ne craignez rien; vous êtes en sûreté.

—Que Dieu vous récompense! dit la femme en sanglotant, tandis que le petit Henri, la voyant pleurer, essayait de la presser entre ses bras.

Grâce aux soins assidus de madame Bird, Elisa ne tarda pas à devenir plus calme. On lui dressa un lit auprès du feu, et elle tomba bientôt dans un profond sommeil. Elle ne voulut pas abandonner son fils, qui reposa sur son sein, et qu'elle sembrait continuer à défendre même en cédant à la fatigue.

Quand les époux retournèrent au salon, ils ne firent aucune allusion à la conversation qu'ils avaient eue. Madame Bird prit son ouvrage, et M. Bird feignit de lire les journaux.

—Je suis curieux de savoir qui elle est, dit celui-ci au bout d'une demi-heure.

—Nous la questionnerons quand elle se réveillera.

—Elle ne pourrait porter une de vos robes, reprit M. Bird après un silence prolongé : elle est plus grande que vous.

Un sourire presque imperceptible effleura les lèvres de madame Bird.

Après un nouveau silence, M. Bird reprit : —Dites donc, ma femme?

—Eh bien! quoi?

—Vous savez, ce vieux manteau d'alépine, que vous jetez sur moi quand je fais ma sieste, vous pourriez le lui donner, elle a besoin de vêtements.

En ce moment, Dinah vint annoncer que la femme était réveillée, et désirait voir madame.

M. et madame Bird se rendirent à la cuisine, suivis de leurs deux aînés. Elisa était assise devant le feu, qu'elle regardait fixement. Elle avait une expression d'abattement et de calme sinistre, qui contrastait avec son agitation première.

—Vous voulez me parler, demanda madame Bird : j'espère que vous vous trouvez mieux, à présent.

Elisa ne répondit que par un long soupir; mais elle leva les yeux, et ils peignaient tant de détresse, tant de supplication, que madame Bird fut émue jusqu'aux larmes.

—N'ayez aucune inquiétude, pauvre femme! nous avons ici des amis; dites-moi d'où vous venez, et ce que vous désirez.

—Je viens du Kentucky.

—Quand êtes-vous arrivée? dit M. Bird reprenant l'interrogatoire.

—Ce soir.

—Comment?

—J'ai traversé la rivière sur la glace.

—Sur la glace! répétèrent tous les assistants.

—Oui, avec l'assistance de Dieu, j'ai passé sur la glace. Ils étaient à ma poursuite; ils allaient mettre la main sur moi, et je n'avais que ce chemin de libre.

—Ah! mon Dieu! dit Cudjoé, la glace est en grands morceaux qui se balancent sur l'eau!

Elle prit un couteau des mains d'un matelot, et tint tout le monde en respect.

— Je les voyais, répondit Elisa; mais ils ne m'ont pas arrêtée. Je n'avais pas l'espoir d'arriver; mais je m'étais résignée à mourir, si je n'avais pas réussi. Le Seigneur m'a secourue : on ne sait pas à quel point il assiste ceux qui osent.

— Vous étiez esclave? demanda M. Bird.

— Oui, monsieur, j'appartenais à un habitant du Kentucky.

— Vous traitait-il mal ?

— Non, monsieur; c'était un bon maître.

— Votre maîtresse se conduisait-elle mal à votre égard ?

— Non, monsieur, non! elle s'est toujours montrée excellente pour moi.

— Qui peut donc vous avoir décidée à quitter une bonne maison, et à braver tant de dangers?

Elisa fixa sur madame Bird un regard scrutateur, et remarqua qu'elle était vêtue de noir.

— Madame, dit-elle brusquement, avez-vous eu le malheur de perdre un enfant?

La question était inattendue et rouvrit une récente blessure; car il y avait un mois à peine qu'un fils chéri avait été déposé dans la tombe.

M. Bird tourna le dos et s'avança du côté de la fenêtre, sa femme fondit en larmes; mais elle se remit de son trouble, pour répondre:

— Oui, j'ai perdu un enfant. Pourquoi me demandez-vous cela ?

— Pour être sûre que vous compatirez à mes peines. Lorsque je me suis évadée, j'avais perdu deux enfants l'un après l'autre. Celui-ci me restait seul, et ne m'avait jamais quittée. C'était mon orgueil et ma consolation. Eh bien, madame, on voulait le séparer de moi, pour le vendre, pour l'emmener dans les États du Sud, un enfant qui n'avait jamais passé un seul jour loin de sa mère! je n'ai pu m'habituer à cette idée. Je savais qu'il m'était impossible de vivre sans lui, et quand je sus que le contrat était signé, que l'enfant était vendu, je le pris avec moi, et je partis pendant la nuit. L'homme qui l'avait acheté me poursuivit avec quelques gens de mon maître; ils allaient me saisir, je m'élançai sur la glace... Comment je traversai, je l'ignore; mais je sais qu'un homme m'aida à monter sur la rive.

Ces explications excitèrent une vive sympathie parmi les auditeurs. Les deux petits garçons, après avoir cherché leurs mouchoirs dans leur poche, où il n'y en avait jamais, se cachèrent la figure dans les plis de la robe maternelle, et essuyèrent ainsi leurs yeux humides. Madame Bird sanglota, tandis que Dinah s'écriait avec ferveur: — Que Dieu ait pitié de nous ! Le vieux Cudjoé exprima son émotion par une multitude de grimaces singulières et en se frottant les yeux sur ses manches. Notre sénateur, en sa qualité d'homme politique, ne pouvait montrer la sensibilité des autres mortels. Il tourna le dos à la compagnie, et s'occupa de nettoyer ses lunettes, tout en se mouchant par intervalles avec bruit.

— Et vous m'avez dit que vous aviez un bon maître? s'écria-t-il en se retournant à l'improviste.

— Je le répète, répondit Elisa; mais il devait de l'argent, et il était obligé d'en passer par les caprices de son créancier. Je l'ai entendu donner ces raisons à ma maîtresse, qui intercédait pour moi, et quand j'ai su que la vente était consommée, j'ai pris le seul parti que j'eusse pour conserver mon unique trésor.

— Etes-vous mariée?

— Oui; mais mon mari appartient à un autre maître, qui est très-dur envers lui, et qui lui permet à peine de me voir. Il est question de le vendre, et il est probable que je ne le reverrai jamais.

La tranquillité avec laquelle Elisa prononçait ces paroles aurait pu faire croire à un observateur superficiel qu'elle était complétement apathique; mais ses yeux prouvaient le contraire, et décelaient de poignantes angoisses.

— Et où voulez-vous aller, ma pauvre femme? demanda madame Bird.

— Je voudrais aller au Canada, si je savais où c'est, dit-elle en regardant madame Bird avec confiance et simplicité : est-ce bien loin, le Canada ?

— Malheureuse femme! murmura madame Bird presque involontairement.

— Y a-t-il beaucoup de chemin à faire?

— Beaucoup plus que vous ne pensez, pauvre enfant! Mais nous aviserons aux moyens de vous tirer d'embarras. Dinah, faites un lit dans votre chambre, auprès de la cuisine, et demain matin je verrai ce que je puis faire pour cette femme... En attendant, ne craignez rien; mettez votre confiance en Dieu, et il vous protégera.

Les époux rentrèrent au salon; madame Bird s'assit devant le feu, dans sa petite chauffeuse à bascule, et se balança en rêvant. M. Bird arpenta la chambre à grands pas, en grommelant: — Voilà une fâcheuse affaire ! Enfin, il s'approcha de sa femme, et lui dit : — Il faut qu'elle parte d'ici, ce soir même. Son maître serait sur sa piste demain matin dès l'aurore. Si elle était seule, elle pourrait se cacher tranquillement ici; mais il faudrait une armée, je le parie, pour forcer ce petit drôle à se tenir tranquille. Il ne manquerait pas de mettre la tête à la fenêtre ou à la porte, et tout serait découvert. Que dirait-on de moi si on les trouvait ici en ce moment? Non, non, on ne les trouvera pas : il faut qu'ils partent ce soir.

— Ce soir! comment est-ce possible? où les conduire?

— J'ai mes projets, dit le sénateur; et il commença à mettre ses bottes. Quand elles furent entrées à moitié, il étreignit ses genoux de ses deux mains, et s'enfonça dans une profonde méditation.

— Je ne m'en dédis pas, reprit-il enfin, c'est une vilaine affaire! pourtant je conçois que c'est un plan qui peut réussir.

Elisa chez le sénateur Bird.

Après avoir quelque temps fixé les yeux sur les dessins du tapis, il reprit ses tire-bottes, acheva de se chausser, et alla regarder à la fenêtre.

Madame Bird, qui était une femme discrète et prudente, se garda bien d'interrompre la rêverie de son mari; elle continua à se balancer en attendant patiemment qu'il daignât s'expliquer.

— Vous vous rappelez, dit-il, mon ancien client Van Trompe. Il habitait le Kentucky; et après avoir mis tous ses esclaves en liberté, il est venu s'établir dans les bois de l'État de l'Ohio. Sa maison est isolée et difficile à trouver. Cette femme y sera en sûreté; mais le malheur, c'est que moi seul suis capable d'y conduire ce soir une voiture.

— Mais Cudjoé est un excellent cocher.

— Sans doute; mais la route est difficile, il y a des gués et des endroits dangereux à passer. Je l'ai suivie cent fois à cheval, et je sais tous les détours qu'il faut prendre. Ainsi, je me dévoue. Cudjoé attellera vers minuit, et nous partirons. Pour donner un prétexte à mon voyage, je me ferai conduire à une auberge, où j'attendrai la diligence qui passe entre trois et quatre heures, et qui mène à Columbus. J'y ai des affaires, dont je m'occuperai demain. Je ne sais trop quelle figure je ferai devant mes collègues. Ma conscience me reprochera de violer la loi que j'ai votée ; mais, ma foi, je ne puis m'en empêcher !

— Votre cœur vaut mieux que votre tête, John, dit sa femme en lui serrant la main, vous aurais-je jamais aimé si je ne vous avais connu mieux que vous ne vous connaissez vous-même ?

La petite femme était si charmante, avec ses yeux humides, que le sénateur s'applaudit d'avoir inspiré tant d'affection à une aussi parfaite créature. Pour lui complaire, il s'empressa d'aller donner des ordres à son cocher ; mais avant de franchir le seuil de la porte, il se retourna avec hésitation.

— Marie, dit-il, j'ignore quelles sont vos idées à ce sujet ; mais il y a un tiroir rempli des effets du pauvre petit Henri.

A ces mots, il sortit précipitamment, et ferma la porte après lui.

— Madame Bird entra dans une chambre à coucher voisine, y prit une clef, et la mit à la serrure d'un tiroir, tandis que ses deux fils, qui l'avaient suivie avec une curiosité enfantine, la regardaient silencieusement et d'un air d'intelligence.

Mères, qui lisez ces lignes, n'y a-t-il pas chez vous un tiroir ou un cabinet dont l'ouverture soit pour vous comme celle d'un tombeau ? Si vous n'êtes pas dans ce cas, vous êtes d'heureuses mères ?

Madame Bird ouvrit lentement le tiroir. Il s'y trouvait de petits vêtements de différentes formes, des tabliers, des bas. On voyait même sortir d'une enveloppe de papier de petits souliers usés aux talons. Dans un coin, on remarquait une balle, une toupie, une petite charrette : souvenirs qui avaient été rassemblés avec bien des serrements de cœur. Madame Bird pencha la tête sur la commode ouverte, et ses larmes tombèrent à travers ses doigts dans le tiroir ; puis, se relevant tout à coup, elle choisit avec une précipitation nerveuse les effets les meilleurs pour en faire un paquet.

— Maman, dit un des enfants en lui touchant doucement le bras, est-ce que vous allez abandonner toutes ces choses ?

— Mes chers amis, répondit la mère d'un ton grave, si notre cher petit Henri nous regarde du haut du ciel, il sera content de ce que nous faisons. Je n'aurais pas le cœur de donner ces vêtements à une personne aisée ; mais j'y renonce volontiers pour une mère plus malheureuse et plus désolée que moi, et j'espère que ce don sera accompagné des bénédictions de Dieu.

Il y a dans ce monde des âmes d'élite dont les chagrins sont une source de joies pour les autres, et qui se consolent de la perte de leurs espérances terrestres en répandant un baume salutaire sur les plaies des affligés. Telle était la jeune femme, qui, à la lueur d'une lampe, préparait pour le fils de la fugitive errante les vêtements de l'enfant qu'elle avait perdu.

Au bout de quelques instants, madame Bird ouvrit une garde-robe ; elle en tira deux ou trois robes qui étaient encore en état de servir, et, se plaçant à sa table à ouvrage, elle se mit à les agrandir activement, comme son mari le lui avait recommandé. Son aiguille et ses ciseaux ne s'arrêtèrent que lorsque sa vieille horloge sonna minuit, et que le bruit des roues retentit à la porte.

— Marie, lui dit son mari, qui entra son pardessus à la main, il faut la réveiller maintenant ; nous allons partir.

Madame Bird déposa à la hâte dans une malle les divers objets qu'elle avait recueillis, la fit placer dans la voiture, et se rendit ensuite auprès d'Elisa. Celle-ci, tenant son enfant dans ses bras, parut bientôt, portant un manteau, un chapeau et un châle qui avaient appartenu à sa bienfaitrice. M. Bird la fit entrer précipitamment dans la voiture, et madame Bird s'avança à sa suite sur le marche-pied. Elisa se pencha en dehors, et tendit une main aussi douce et aussi belle que celle qui lui fut donnée en échange ; elle fixa sur madame Bird ses yeux noirs pleins d'intelligence, et fit des efforts pour parler, mais aucun son ne s'échappa de ses lèvres. Elle se contenta de montrer le ciel d'un geste qu'on ne pouvait jamais oublier ; et puis elle retomba sur les coussins : la portière se ferma, et la voiture partit.

Quelle situation pour un sénateur qui toute la semaine avait appuyé dans l'assemblée législative de l'Ohio les résolutions les plus énergiques contre les esclaves marrons et leurs complices ! Son éloquence avait égalé celle qui vaut tant de réputation aux membres du sénat de Washington ; il avait raillé avec une sanglante ironie les beaux sentiments des philanthropes qui prétendaient sacrifier au salut de quelques misérables vagabonds les grands intérêts de l'Etat. Il était parvenu à communiquer ses convictions à tous ses auditeurs. Mais l'idée d'un fugitif n'était éveillée en lui que par les lettres qui composent ce mot, il ne s'était jamais vu en face du malheur réel ; il n'avait jamais senti trembler une main humaine, entendu les supplications du désespoir, vu des yeux d'homme se tourner vers lui pour l'implorer. Il n'avait jamais songé qu'un fugitif pouvait être une mère infortunée, un enfant sans défense, comme celui sur la tête duquel il reconnaissait en ce moment le chapeau de son fils qui n'était plus. Notre pauvre sénateur n'était ni d'acier ni de marbre : c'était un homme au noble cœur, et il le prouvait.

Au reste, si M. Bird se rendait coupable d'une infraction à la loi, s'il mettait sa conduite en contradiction avec son vote, il allait l'ex-

pier sévèrement. Le temps avait été pluvieux depuis quelques mois, et le sol fertile de l'Ohio était détrempé sur toutes les routes. Celle que suivaient nos voyageurs était faite à la mode du bon vieux temps : on y avait posé des rails, mais quels rails ! Dans ces Etats de l'Ouest, où la boue forme des abîmes d'une profondeur incalculable, on met transversalement côte à côte des troncs d'arbre revêtus de leur écorce ; on les recouvre de terre, de pierres ou de gazon, et, après cette opération, l'indigène s'enorgueillit de posséder une route nouvelle. Dans la suite, les pluies balayent la terre et le gazon : les troncs d'arbre se dérangent et prennent diverses positions pittoresques, et les ornières atteignent des proportions inconnues dans les régions plus civilisées.

C'était sur une pareille route que roulait notre sénateur, en faisant des réflexions morales que les cahots interrompaient à chaque instant. Tantôt la voiture plongeait dans un gouffre de fange noirâtre, tantôt elle montait sur une pile de bois. M. Bird, la femme et l'enfant étaient sans cesse ballottés d'un côté à l'autre ; ils se heurtaient, se meurtrissaient ; l'enfant criait ; le sénateur se croyait perdu, et le chapeau d'Elisa n'avait plus de forme. Au dehors Cudjoé faisait claquer son fouet, et apostrophait énergiquement ses chevaux rebelles. Il y avait toutefois des instants de répit, dont les voyageurs profitaient pour rajuster leurs vêtements ; puis la voiture recommençait à rouler d'ornière en ornière.

Tout à coup elle s'arrêta, et Cudjoé parut à la portière. — Monsieur, dit-il, voilà un endroit bien mauvais, et je ne sais comment nous pourrons en sortir. Je crois que nous serons obligés de poser des rails.

Dans son désespoir, le sénateur voulut mettre pied à terre, et il entra dans la boue jusqu'aux genoux ; en cherchant à se dégager, il perdit l'équilibre, et tomba tout de son long sur la route : il fut repêché, non sans peine, par le cocher, dans un état pitoyable.

Pour épargner la sensibilité de nos lecteurs, nous abrégerons le récit des souffrances de notre infortuné héros ; puissent-ils toujours ignorer combien il est pénible de passer une partie de la nuit à arracher des morceaux de bois aux barrières des champs pour boucher les trous du chemin !

Ce ne fut qu'à une heure de la nuit très-avancée que la voiture s'arrêta à la porte d'une ferme considérable. Il fallut une certaine persévérance pour réveiller les habitants du logis ; mais enfin le propriétaire vint ouvrir. C'était un homme de grande taille, vêtu d'une blouse de flanelle rouge ; sa chevelure épaisse, d'un blond fade, et sa barbe, qui n'avait pas été faite depuis plusieurs jours, ne donnaient rien de bien prévenant à sa physionomie. Pendant quelques minutes, il promena sa chandelle en contemplant les nouveaux venus avec une stupéfaction vraiment plaisante ; et il eut peine à comprendre ce dont il s'agissait.

L'honnête John Van Trompe avait possédé autrefois un domaine considérable dans l'Etat de Kentucky. Extérieurement, il avait l'air d'un ours ; mais c'était un homme juste, qui n'avait pu voir sans horreur un régime également funeste aux oppresseurs et aux opprimés. Enfin, las de sa situation, il acheta dans l'Etat de l'Ohio une propriété importante ; il affranchit tous ses esclaves, les entassa sur des charrettes, et les installa sur son nouveau territoire. Après avoir complété l'organisation de sa colonie, il s'était retiré dans une ferme solitaire pour s'y livrer en paix à ses réflexions.

— Etes-vous homme à donner asile à une femme et un enfant que poursuivent les chasseurs d'esclaves ? lui demanda franchement le sénateur.

— Je crois que oui, dit l'honnête John Van Trompe avec fierté.

— Je l'avais présumé.

— S'il se présente un de ces scélérats, reprit le brave homme en développant ses formes musculeuses, je suis prêt à le recevoir. S'ils sont plusieurs, j'ai sept fils, de solides gaillards, qui me prêteront main-forte. Offrez mes respects aux chasseurs d'esclaves, et dites-leur que nous les attendons.

John passa les doigts dans les touffes de ses cheveux et partit d'un grand éclat de rire.

Elisa, demi-morte, se traîna jusqu'à la porte, étreignant son enfant endormi avec le peu de force qui lui restait. Van Trompe la regarda fixement à la lueur de la chandelle, fit entendre une exclamation de pitié, et introduisit la fugitive dans une petite chambre à coucher voisine d'une grande cuisine.

— Vous êtes en sûreté ici, dit-il à Elisa en lui montrant les carabines qui étaient attachées au-dessus du manteau de la cheminée ; je suis familiarisé avec les dangers, et l'on sait généralement qu'il y aurait de l'imprudence à venir m'attaquer chez moi. Dormez donc aussi paisiblement que si votre mère vous berçait.

A ces mots il la laissa une lumière sur la table, et il se retira.

— Elle est d'une rare beauté, dit-il à M. Bird ; mais la beauté est souvent un motif de persécution, qu'une esclave évite en s'évadant pour peu qu'elle ait des sentiments honnêtes.

Le sénateur raconta brièvement l'histoire d'Elisa.

— Ah ! ah ! dit Van Trompe d'un ton lamentable ; elle est poursuivie pour avoir écouté les sentiments de la nature, pour avoir fait ce que toute autre mère aurait fait à sa place. Ce sont de ces choses qui m'irritent au point que je suis prêt à jurer. Autrefois, monsieur le sénateur, je ne fréquentais pas l'église, parce que les ministres de nos contrées parlaient toujours en faveur de l'esclavage, avec force citations du grec et de l'hébreu; j'en ai trouvé un qui dit tout le contraire, et j'assiste religieusement à ses sermons.

Tout en tenant ce langage, Van Trompe débouchait une bouteille de bon cidre, dont il offrit un verre à son interlocuteur.

— Vous ferez bien d'attendre le jour ici, ajouta-t-il; je réveillerai ma vieille, et je vous ferai un lit.

— Je vous remercie, mon bon ami, dit le sénateur, il faut que j'aille attendre la diligence de Columbus.

— En ce cas, je vais vous accompagner un bout de chemin; et je vous indiquerai une route qui vaut mieux que celle par laquelle vous êtes venu.

John Van Trompe prit une lanterne, et conduisit la voiture dans un chemin de traverse qui passait derrière l'habitation. Au moment de s'éloigner, le sénateur lui mit dans la main un billet de dix dollars.

— C'est pour elle, dit-il laconiquement.

— Bien, répondit van Trompe avec une égale concision.

Ils se donnèrent une poignée de main et se séparèrent.

CHAPITRE X.

Livraison de la marchandise.

Les lueurs grisâtres d'une matinée de février éclairaient la cabane du père Tom, et faisaient voir des figures désolées. La mère Chloé repassait des chemises, qu'elle plaçait successivement sur le dos d'une chaise devant le feu, et de temps en temps elle portait la main à ses yeux pour essuyer ses larmes. Tom avait la tête appuyée sur la main, et tenait sur ses genoux une Bible ouverte; mais il gardait le silence. Il était encore de bonne heure, et les enfants reposaient tous ensemble sur leur grossier lit de sangle. Tom possédait au plus haut degré cet amour de la famille, qui caractérise malheureusement sa race. Il se leva, et alla regarder ses enfants.

— C'est pour la dernière fois, dit-il.

La mère Chloé ne répondit pas; seulement elle frotta de nouveau une chemise déjà suffisamment repassée. Enfin, laissant brusquement tomber son fer, elle s'assit, et fit entendre ces plaintes :

— Peut-être devrions-nous nous résigner; mais, en vérité, est-ce possible? Au moins, si je savais où vous allez, et comment on vous traitera? Madame promet de vous racheter dans un an; mais sait-on si l'on reviendra jamais quand on s'en va dans les États du Sud? On assure que, dans les plantations de la Louisiane, du Mississipi, on tue les esclaves à force de les faire travailler.

— Il y a un Dieu là-bas comme ici, Chloé!

— Je n'en doute pas; mais le Seigneur laisse parfois d'affreux crimes se commettre. Je n'attends pas de consolation de ce côté.

— Je me remets entre ses mains, Chloé. Rien ne peut arriver sans sa permission; et il y a une chose dont je le remercie, c'est que je parte et que vous restiez. Ici, vous vivrez tranquille avec les enfants; tout le malheur sera pour moi.

Tom parlait d'une voix rauque et entrecoupée, mais avec énergie. Il contenait l'explosion de ses chagrins pour ne pas accroître ceux de sa famille.

— Ne songeons qu'aux bienfaits du ciel! ajouta-t-il en frissonnant.

— Ses bienfaits! je ne les vois guère. Ce n'est pas juste! non, ce qui se passe n'est pas juste! Notre maître n'aurait pas dû souffrir qu'on vous emmenât pour payer ses dettes. Vous lui avez gagné dix fois le prix de votre vente. Il vous avait promis la liberté, et il aurait dû vous la donner depuis longtemps. Il est possible qu'il soit gêné; mais je trouve qu'il a tort, et vous ne me prouverez pas le contraire. Vous lui avez été toujours fidèle, vous avez terminé pour lui un tas d'affaires importantes, vous vous êtes plus occupé de lui que de votre femme et de vos enfants, et il vous vend! Ah! ceux qui vendent ainsi le sang du cœur, l'affection du cœur, pour se tirer d'embarras, méritent la colère céleste!

— Chloé, si vous m'aimez, ne parlez pas ainsi, surtout au moment où nous allons nous séparer pour toujours. Je vous le dis, attaquer mon maître, c'est m'attaquer. Ne l'ai-je point porté dans mes bras quand il était enfant? N'est-il pas meilleur que tous les autres? Je suis convaincu qu'il ne m'aurait jamais abandonné s'il avait pu faire autrement.

— N'importe, dit la mère Chloé, qui avait au plus haut degré le sentiment de la justice, il a tort en quelque chose; je ne saurais dire en quoi, mais j'en suis sûre.

— Portons nos regards vers Dieu; il est au-dessus de tout, et il ne tombe pas même un passereau sans sa permission.

— Je le sais, et pourtant ça ne me console pas beaucoup. Mais à quoi bon parler? La galette est cuite, et je vais vous servir un bon déjeuner. Personne ne sait quand vous en ferez un autre.

Pour bien comprendre les souffrances des nègres, qui sont emmenés dans les États situés près de l'embouchure du Mississipi, il faut se rappeler leur attachement instinctif pour les localités qu'ils habitent.

La nature leur a refusé l'esprit d'aventure; ils aiment le foyer domestique, et ne le quittent jamais volontiers. En outre le nègre est habitué dès l'enfance à considérer sa translation dans les États du Sud comme le plus sévère des châtiments. Le fouet et la torture l'épouvantent moins que la menace d'être vendu en aval du Mississipi. Dans leurs heures de loisir, les esclaves du Kentucky ou du Tennessée parlent avec horreur des atrocités qui s'accomplissent dans les contrées plus voisines de la mer; ce sont pour eux des régions inconnues, d'où tous les voyageurs ne reviennent jamais. Des missionnaires du Canada assurent que la plupart des fugitifs qu'ils ont confessés ne se plaignaient point de leurs maîtres, et que le seul motif de leur évasion avait été la crainte d'être vendus au Sud. Elle suffisait pour inspirer un courage héroïque à des Africains, naturellement timides et indolents.

Le repas du matin fumait sur la table. Madame Shelby avait dispensé la mère Chloé de remplir ce jour-là ses fonctions habituelles à la grande maison, et la pauvre négresse avait consacré tous ses talents à ce banquet d'adieux. Elle avait tué et préparé ses meilleurs poulets; elle avait fait cuire à point, au goût de son mari, un magnifique gâteau de maïs, et l'on voyait sur le manteau de la cheminée des cruchons qui ne paraissaient que dans les occasions les plus solennelles.

— Quel déjeuner! dit Moïse aussitôt qu'il eut ouvert les yeux.

Et il étendit la main pour saisir une cuisse de poulet; mais sa mère le repoussa en lui donnant un bon coup de poing sur l'oreille.

— Voilà! s'écria-t-elle; ça vous apprendra à mettre au pillage le dernier déjeuner que votre pauvre papa fait à la maison.

— Oh! Chloé! dit Tom avec douceur.

— Ma foi, je n'ai pu me retenir, dit la mère Chloé en se cachant la face avec son tablier; je suis si tourmentée que je ne suis pas dans mon assiette naturelle.

Moïse et Pierre se tinrent tranquilles, les yeux fixés sur leurs parents; mais le plus jeune des enfants, s'accrochant à la robe de sa mère, fit entendre les cris les plus impérieux.

— On va vous donner à manger, dit la mère Chloé en prenant l'enfant dans ses bras; vous aurez du poulet, et maman ne vous grondera plus.

Sans attendre une seconde invitation, les enfants se jetèrent avec vivacité sur les comestibles.

— Je vais à présent m'occuper des bagages, dit la mère Chloé quand le repas fut achevé; votre nouveau maître ne vous les laissera peut-être pas emporter, mais n'importe. Voici dans ce coin de la flanelle pour vos rhumatismes; tâchez de la bien conserver, parce que personne ne vous en fera plus d'autre. Voici de vieilles chemises, et en voici de nouvelles. J'avais pris vos bas hier au soir, et j'y avais mis la boule pour les raccommoder. Hélas! qui les raccommodera?

Et la mère Chloé, accablée de douleur, mit sa tête sur le coffre et pleura.

— Dire que personne ne s'occupera de vous, malade ou bien portant! Oh! il me sera bien difficile d'être bonne dorénavant!

Les enfants, après avoir dévoré tout ce qui était sur la table, commencèrent à concevoir une idée vague de la situation. Voyant leur père triste et leur mère en larmes, ils se mirent à geindre et à se frotter les yeux. La petite, étrangère à l'émotion générale, monta sur les genoux de son père, dont elle s'amusa à tirer les cheveux et à égratigner la figure, en accompagnant cet exercice de bruyants accès d'hilarité.

— Réjouis-toi, ma pauvre amie, dit la mère Chloé, tu auras ton tour. Tu verras un jour vendre ton mari, et tu seras vendue toi-même, ainsi que tes frères, s'ils deviennent jamais bons à quelque chose.

En ce moment, un des enfants s'écria :

— Voilà madame qui vient.

— Que désire-t-elle? Sa présence peut nous faire du bien, dit la mère Chloé.

Madame Shelby entra; la mère Chloé lui offrit une chaise d'un air brusque et maussade, auquel sa maîtresse ne parut pas faire attention. Elle était pâle et troublée.

— Tom, je viens pour... Elle s'arrêta tout à coup, et, après avoir regardé le groupe silencieux, elle s'assit, et se couvrit la figure de son mouchoir.

— Calmez-vous, madame! reprit la mère Chloé éclatant à son tour en sanglots.

Pendant quelques instants tous pleurèrent ensemble, et cette douleur, commune aux serviteurs et à la maîtresse, éteignit tout ressentiment dans le cœur des opprimés.

O vous qui visitez les affligés, sachez que l'argent donné froidement ne vaut pas une larme de sympathie.

— Mon brave Tom, dit madame Shelby, je ne puis rien faire pour vous en ce moment. Si je vous remettais de l'argent, on vous le prendrait; mais je vous réitère devant Dieu la promesse solennelle de suivre vos traces, et de vous racheter le plus tôt possible. En attendant, ayez confiance en Dieu.

Les enfants annoncèrent l'arrivée de M. Haley, qui poussa la porte d'un coup de pied, sans cérémonie. Il était de très-mauvaise humeur, ayant fait la veille une longue route à cheval, et n'étant pas encore consolé de son échec.

— Allons, nègre, êtes-vous prêt? Votre serviteur, madame, ajouta le marchand en saluant madame Shelby.

La mère Chloé ferma le coffre, l'entoura d'une corde, et, en se relevant, elle regarda fixement Haley. On aurait dit que ses larmes s'étaient subitement transformées en étincelles de feu.

Tom chargea ses bagages sur son épaule, et se prépara à suivre son nouveau maître. Celui-ci fut retenu un moment par madame Shelby, qui lui parla avec chaleur. Pendant ce colloque, toute la famille se dirigea vers une charrette qui était tout attelée vers la porte. Une foule de nègres, jeunes ou vieux, s'était rassemblée pour faire ses adieux à Tom, qui était aimé de tous, tant comme intendant de l'habitation que comme instructeur religieux. Il y avait plusieurs femmes dans le groupe.

— Ah! Chloé, vous avez plus de courage que nous! dit une d'elles en remarquant le calme sombre avec lequel Chloé se tenait auprès de la charrette.

— J'ai rentré mes larmes, dit la négresse; je ne veux pas pleurer devant ce misérable.

se réconcilier avec lui-même. Pour n'être pas témoin de la prise de possession, il avait prétexté des affaires, et s'était éloigné, dans l'espoir que tout serait fini avant son retour.

Haley maintint son cheval au galop jusqu'à ce qu'il eut dépassé les limites de la propriété. Après avoir fait un mille environ sur la grande route, il s'arrêta devant la boutique d'un maréchal, où il entra pour faire arranger une paire de menottes.

— Elles sont trop petites pour un homme de sa taille, dit Haley en montrant Tom du doigt.

— Ah! grand Dieu! s'écria le forgeron, c'est l'intendant de M. Shelby! Est-ce qu'il l'a vendu?

— Sans doute, dit Haley.

— Ma foi, je ne l'aurais jamais cru. Mais vous n'avez pas besoin de l'enchaîner de la sorte; c'est le meilleur, le plus fidèle...

— Fort bien, interrompit Haley; mais les bons nègres sont précisément ceux qui s'évadent le plus facilement. Les brutes se laissent mener où l'on veut; mais les hommes d'intelligence détestent leur nouveau maître, et le plus sûr est de les enchaîner.

— Je conçois, dit le maréchal, que les nègres du Kentucky ne se soucient pas d'être transplantés dans les plantations du Sud. Il paraît qu'ils y meurent comme des mouches.

Un murmure d'indignation circula dans la foule...

Elle désignait ainsi Haley, qui arrivait.

— Montez, dit-il à Tom.

Tom monta, et son maître, prenant dans la charrette de lourds anneaux de fer, les lui attacha aux pieds.

Un murmure d'indignation circula dans la foule, et madame Shelby cria du haut de son balcon:

— Monsieur Haley, je vous assure que cette précaution est entièrement inutile.

— Je ne sais, madame; j'ai perdu ici même un esclave de cinq cents dollars, et je ne veux plus courir de risques.

— Pouvait-on attendre autre chose de cet homme? dit la mère Chloé avec indignation, tandis que ses deux aînés, qui comprenaient enfin la destinée de leur père, poussaient des cris lamentables.

— Je suis fâché, dit Tom, que M. Georges soit absent.

Le fils de M. Shelby était allé passer quelques jours dans une propriété voisine, et il était parti avant que le malheur de Tom eût été rendu public. — Assurez M. Georges de mon affection, répéta le vieux noir.

Haley fouetta le cheval, et Tom s'éloigna en jetant un regard douloureux sur sa famille et ses amis.

M. Shelby n'était pas à la maison. Il avait vendu Tom pour s'affranchir de la puissance d'un homme qu'il redoutait, et il s'était senti tout d'abord soulagé après la conclusion du marché; mais les remontrances de sa femme et le désintéressement de l'esclave avaient éveillé ses remords. Il avait beau se dire qu'il agissait suivant son droit, comme tout le monde, et que quelques propriétaires se comportaient de même sans avoir l'excuse de la nécessité, il n'avait pu réussir à

— Oui, répondit Haley, ils ont de la peine à s'acclimater, et il en meurt assez pour faire aller le commerce.

— C'est bien dommage, reprit le maréchal, d'envoyer un brave homme comme celui-ci périr dans une sucrerie.

— Il a des chances en sa faveur. J'ai promis de le bien traiter. Je le placerai comme domestique dans quelque bonne famille, et, s'il supporte la fièvre et le climat, il aura autant de bonheur qu'un nègre peut en désirer.

— Il laisse une femme et des enfants?

— Oui, mais il en trouvera d'autres. On ne manque de femmes nulle part.

Pendant cette conversation, Tom était assis tristement dans la charrette, à la porte de la boutique. Tout à coup il entendit derrière lui les pas d'un cheval, et avant qu'il fût remis de sa surprise, le jeune Georges Shelby se jetait à son cou.

— Je déclare que c'est une infamie! s'écria-t-il avec énergie; peu m'importe ce qu'on dira; c'est odieux! et si j'étais homme, cela ne se passerait pas ainsi!

— Oh! monsieur Georges, vous me faites du bien! Il m'était pénible de partir sans vous voir. Je ne saurais dire quel bien vous me faites.

Ici Tom fit un mouvement de pieds, et Georges aperçut les chaînes.

— Quelle honte! dit-il en levant les mains au ciel. Il faut que j'assomme ce vieux scélérat!

— Contenez-vous, monsieur Georges, et ne parlez pas si haut. Vous ne réussiriez qu'à le mettre en colère.

— Eh bien, je me tairai à cause de vous; mais quand j'y pense, c'est une horreur! On ne m'en a pas averti, on ne m'a pas envoyé chercher, et sans un de vos amis, je n'aurais rien su. J'ai mis toute la maison en révolution !

— Je crois que vous avez eu tort, monsieur Georges.

— Je n'ai pu me retenir !... Mais, voyez, père Tom, ajouta-t-il d'un ton mystérieux en tournant le dos à la boutique, je vous ai apporté mon dollar !

— Excellent cœur ! dit Tom avec émotion.

— Il faut que vous le preniez ! reprit Georges. Regardez ! J'ai dit à la mère Chloé que je vous le donnerais. Elle m'a conseillé de faire un trou au milieu et d'y passer une ficelle, pour que vous puissiez vous le pendre au cou. Vous le cacherez, car ce vil coquin vous l'ôterait. En vérité, Tom, il faut que je l'assomme, cela me fera du bien.

— Non, monsieur Georges, cela ne me ferait pas de bien.

— Allons, j'y renonce, par égard pour vous, reprit Georges en lui attachant le dollar au cou. Boutonnez votre habit, conservez bien cette pièce, et, toutes les fois que vous la regarderez, souvenez-vous que je viendrai vous chercher, et que je vous ramènerai chez nous. Je m'en suis expliqué avec la mère Chloé ; je lui ai dit de ne rien

de son temps et l'orgueil de ses parents. Soyez bon maître comme votre père, et ayez de la religion comme votre mère.

— Je me conformerai à vos avis, père Tom ; mais ne vous découragez pas ; comme je l'ai dit ce matin à votre femme, je vous ferai revenir chez nous ; je rebâtirai votre maison, et vous aurez un salon avec un tapis quand je serai plus grand. Espérez ; vous aurez encore de beaux jours.

Haley reparut à la porte avec les menottes à la main.

— Faites-y attention, monsieur, dit Georges en affectant une grande supériorité, j'instruirai mon père et ma mère de la manière dont vous traitez le père Tom.

— Soyez le bienvenu ! dit le marchand d'esclaves.

— Il me semble que vous devriez être honteux de passer votre vie à acheter des hommes, et à les enchaîner comme des animaux. C'est un bien vilain métier !

— Tant que l'on achètera des hommes et des femmes, je ne trouverai pas déshonorant de les vendre.

— Je ne ferai ni l'un ni l'autre lorsque j'aurai atteint ma majorité. J'étais fier autrefois d'être du Kentucky, mais j'en rougis à présent.

Intérieur d'une taverne du Kentucky.

craindre. J'y veillerai ; et si mon père ne se presse pas de s'employer pour vous, je le tourmenterai jusqu'à ce qu'il le fasse.

— N'ayez pas ces projets à l'égard de votre père, monsieur Georges.

— Mon Dieu, je n'ai point de mauvaises intentions.

— Tant mieux ! reprit Tom. Comportez-vous toujours bien ; songez combien il y a de personnes dont le bonheur dépend de vous ; ne vous éloignez jamais trop de votre mère ; n'imitez pas ces jeunes gens qui oublient leurs mères au milieu de leurs folies. Souvenez-vous-en, monsieur Georges ; il y a beaucoup d'excellentes choses que le Seigneur nous donne deux fois, mais il ne nous donne qu'une fois une mère. Attachez-vous à la vôtre, et soyez sa consolation. Vous me le promettez, n'est-ce pas ?

— Oui, dit Georges d'un ton sérieux.

— Prenez bien garde à ce que vous direz, monsieur Georges ! Les jeunes gens deviennent volontaires en grandissant, la nature le veut ainsi ; mais quand ils sont bien élevés comme vous, ils ne laissent jamais échapper de paroles contraires au respect qu'ils doivent à leurs parents. Vous ne vous fâchez pas de mes observations, monsieur Georges ?

— Non vraiment, père Tom ; vous me donnez toujours de bons conseils.

Tom caressa de sa main large et puissante la belle tête bouclée de l'enfant, et il ajouta d'une voix aussi affectueuse que celle d'une femme :

— Je suis plus vieux que vous, et je comprends toutes vos obligations. Vous savez lire, je vois ; vous avez de l'instruction, des privilèges, et vous deviendrez un homme remarquable, qui sera l'honneur

A ces mots, Georges se redressa sur son cheval et prit une attitude imposante. Il semblait que son opinion dût produire une sensation profonde sur tous ses concitoyens.

— Adieu, dit-il, père Tom ! bon courage !

— Adieu, monsieur Georges ! répondit Tom en le regardant avec admiration. Que le Tout-Puissant vous bénisse ! Ah ! le Kentucky n'a pas beaucoup d'hommes comme vous !

Le fils de M. Shelby s'éloigna, et l'esclave le suivit des yeux et regarda du même côté jusqu'à ce que le bruit des sabots du cheval se fut perdu dans le lointain. C'étaient les derniers sons, la dernière vue, qui lui rappelaient le foyer domestique ; mais il lui semblait qu'il y avait sur son cœur une place chaude à l'endroit où les mains du généreux enfant avaient placé le précieux dollar. Tom y porta la main, et le serra contre sa poitrine.

— Maintenant, écoutez-moi, dit Haley en remontant dans la charrette, où il jeta les menottes : mon intention est de me bien conduire avec vous, comme avec tous mes nègres ; mais, pour commencer, il faut agir convenablement avec moi. Je ne suis jamais dur envers mes esclaves ; je m'efforce de les traiter le mieux possible. Répondez donc à ma bienveillance par une bonne conduite, et n'essayez pas de me jouer des tours. Les nègres font toutes sortes de farces ; mais j'y suis habitué, et elles sont inutiles avec moi. Lorsqu'ils se tiennent tranquilles, et qu'ils n'essayent pas de décamper, ils ont du bon temps avec moi ; dans le cas contraire, c'est leur faute, et non la mienne.

Tom protesta qu'il ne songeait nullement à s'évader. Les recommandations de son maître étaient assez superflues, car elles s'adressaient à un homme qui avait les fers aux pieds ; mais Haley avait coutume d'entrer en relation avec sa marchandise humaine par des exhortations de cette nature. Il croyait lui inspirer ainsi la confiance, et prévenir des discussions désagréables.

Nous prendrons un moment congé de Tom pour nous occuper des autres personnages de notre histoire.

CHAPITRE XI.

Sortie de la Propriété contre le Propriétaire.

Vers la fin d'une soirée brumeuse, un voyageur s'arrêta à la porte d'une auberge du village de N..., dans le Kentucky. Il trouva réunie dans la salle commune une société mélangée que l'inclémence du temps avait attirée vers ce lieu de refuge. De grands Kentuckiens décharnés, vêtus de blouses de chasse, s'étendaient sur des chaises avec la nonchalance particulière à leur race. Des carabines, des poires à poudre, des carnassières, étaient jetées pêle-mêle dans les coins, sous la garde de chiens de chasse. Çà et là se roulaient de petits nègres. De chaque côté du foyer s'était assis un individu à longues jambes, la tête penchée en arrière, les pieds sur le manteau de la cheminée. Il faut savoir que les habitués des tavernes de l'ouest affectionnent cette position, qu'ils considèrent comme favorable aux réflexions d'un ordre supérieur.

L'hôte, placé au comptoir, avait, comme la plupart de ses compatriotes, une haute taille, une mine joviale, des articulations souples, et une épaisse chevelure surmontée d'un grand chapeau.

En général, les coiffures, qu'elles fussent de castor, de soie, de paille ou de palmier, pouvaient servir à caractériser ceux qui les portaient. Les jeunes gens d'humeur folâtre et goguenarde les penchaient sur l'oreille, les enfonçant à peine. Les hommes résolus, qui entendaient être libres de se coiffer à leur fantaisie, les enfonçaient, au contraire, jusqu'au nez. Les hommes vifs, alertes, qui voulaient tout voir, les rejetaient en arrière. Les indifférents leur donnaient sans y prendre garde toutes les inclinaisons imaginables.

Des nègres, qui avaient des pantalons très-larges et des chemises très-étriquées, circulaient de tous côtés, et manifestaient l'intention louable d'employer au bénéfice de leur patron ou de ses hôtes tous les objets de la création ; mais leur zèle avait peu de résultats. Pour compléter ce tableau, représentez-vous un feu qui flambait joyeusement, une porte et des fenêtres ouvertes, des rideaux qui flottaient au gré d'une forte brise, et vous aurez une idée de la physionomie d'une taverne kentuckienne.

Quelques savants ont pensé que les instincts et les penchants se transmettent héréditairement. L'habitant du Kentucky semble en fournir la preuve. Ses ancêtres étaient de grands chasseurs, qui vivaient dans les bois, et qui dormaient sous la voûte des cieux, à la clarté des étoiles. Digne de marcher sur leurs traces, il s'étend sur des canapés comme sur l'herbe ; il prend les maisons pour des camps, n'ôte jamais son chapeau, met ses bottes crottées sur le dossier des chaises, comme son père les plaçait sur les troncs d'arbres des forêts. Il ouvre les portes et les croisées, été comme hiver, afin d'avoir assez d'air pour ses larges poumons. Il appelle tout le monde « étranger, » avec une nonchalante bonhomie, et c'est en somme la plus franche, la plus commode et la plus joviale des créatures vivantes.

Le voyageur qui entra dans la salle que nous avons décrite se nommait M. Wilson. C'était un homme d'un certain âge, ramassé, proprement vêtu, dont la figure ronde avait quelque chose de prévenant et d'original. Il n'avait voulu confier à personne le soin de porter sa valise et son parapluie, et résista obstinément aux tentatives que les domestiques firent pour l'en débarrasser. Il promena à la ronde des yeux inquiets, se retira avec ses bagages dans le coin le plus chaud, les plaça sous sa chaise, et regarda avec une certaine appréhension un maquignon dont les talons ornaient le manteau de la cheminée : cet homme crachait à droite et à gauche avec une pétulance bien faite pour effrayer un bourgeois susceptible et minutieux.

— Vous allez bien, étranger ? dit-il ; et, en manière de salve honorifique, il envoya dans la direction du nouveau venu le suc du tabac qu'il chiquait.

— Je l'espère, répondit M. Wilson en s'écartant.

— Quelles nouvelles ?

— Je n'en connais pas.

Le maquignon, s'armant d'un couteau de chasse, enleva un morceau d'une carotte de tabac qu'il tira de sa poche, et le présenta à l'étranger.

— Chiquez-vous ? lui dit-il du ton le plus fraternel.

— Je vous remercie, repartit M. Wilson en reculant : cela me fait mal.

— Tant pis, dit le maquignon ; et il fourra le morceau de tabac dans sa bouche. S'étant aperçu qu'à chaque fois qu'il crachait, l'étranger faisait un mouvement rétrograde, il dirigea obligeamment son artillerie d'un autre côté.

Un groupe s'était formé autour d'une grande affiche.

— Qu'est-ce que cela ? demanda M. Wilson.

— Une annonce relative à un nègre évadé, lui répondit-on.

M. Wilson se leva, et, après avoir serré sa valise et son parapluie, il posa ses lunettes sur son nez ; puis il lut ce qui suit :

« Un mulâtre, nommé Georges, s'est enfui de l'habitation de M. Harris. Il est de grande taille, d'un teint presque blanc ; il a les cheveux bruns et frisés naturellement. Il est très-intelligent, s'exprime à merveille, sait lire et écrire. Il tâchera probablement de se faire passer pour un blanc. Il a de profondes cicatrices sur le dos et sur les épaules, sa main droite a été marquée au feu de la lettre H.

» On donnera quatre cents dollars à celui qui le ramènera vivant, et la même somme à celui qui donnera la preuve qu'il a été tué. »

M. Wilson lut cet avis d'un bout à l'autre à voix basse, comme pour l'étudier. Le maquignon se leva, cambra ses longues jambes, et alla regarder l'affiche, sur laquelle il cracha audacieusement.

— Voilà mon opinion là-dessus, dit-il laconiquement, et il se rassit.

— Pourquoi cela, étranger ? demanda l'aubergiste.

— J'en ferais autant au rédacteur de cette annonce, s'il était ici, reprit le maquignon. Un homme qui possède un esclave aussi remarquable, et qui ne sait pas le mieux traiter, mérite de le perdre. De pareilles annonces sont la honte du Kentucky ; voilà mon avis, si quelqu'un désire le savoir.

— C'est évident, fit l'aubergiste.

— Monsieur, reprit le maquignon, j'ai des nègres, et je leur dis toujours : « Allez où vous voudrez, je ne me soucie pas de courir après vous ; » c'est ainsi que je les conserve. Persuadez-leur qu'ils sont libres de s'enfuir quand ils en auront envie, et ils n'y songent pas. Bien plus, dans le cas où je viendrais à passer l'arme à gauche, j'ai préparé pour eux des lettres d'affranchissement ; ils le savent, et me sont attachés jusqu'au dernier soupir. Je les ai envoyés à Cincinnati pour y vendre des chevaux ; ils m'en ont rapporté le prix sans retard, et je le conçois. Qu'on les traite comme des chiens, ils agissent et travaillent comme des chiens. Traitez-les comme des hommes, et vous aurez des hommes à votre service.

L'honnête maquignon, pour terminer sa harangue, cracha sur la grille du foyer avec une sorte de fureur.

— Ami, dit M. Wilson, je crois que vous avez raison. L'homme dont le signalement est donné dans cet avertissement est certes très-estimable. Il a travaillé plus de six ans dans ma manufacture de sacs, et c'était mon meilleur ouvrier. Il est ingénieux ; la machine qu'il a inventée pour teiller le chanvre est réellement admirable ; elle est employée dans plusieurs fabriques, et son maître en a pris le brevet.

— Le mulâtre lui a fait gagner de l'argent ! s'écria le maquignon, et en récompense il l'a marqué à la main droite ! Ah ! si je tenais cet infâme propriétaire, je lui ferais de telles marques qu'il les porterait toute sa vie !

— Ces mulâtres intelligents donnent toujours de l'embarras, dit un individu de mauvaise mine, qui se tenait à l'autre extrémité de la salle : voilà pourquoi on est obligé de les marquer, ce qui n'arriverait pas s'ils se conduisaient bien.

— C'est-à-dire, repartit sèchement le maquignon, que Dieu en a fait des hommes, et qu'on s'efforce de les ravaler à l'état de bêtes.

— Les nègres remarquables n'offrent aucun avantage à leurs maîtres, reprit le même individu : à quoi bon leurs talents, si l'on ne peut s'en servir soi-même ? Ils ne l'emploient que pour nous éclipser ou pour s'enfuir. Si j'avais des esclaves de ce genre, je les vendrais pour la Nouvelle-Orléans ; sinon, je serais exposé à les perdre tôt ou tard.

— Mieux vaudrait les tuer, dit le maquignon ; leurs âmes au moins seraient entièrement délivrées.

La conversation fut interrompue par l'approche d'un boguey à un seul cheval. Il en descendit un homme d'une tournure élégante, qui entra dans la salle, suivi d'un domestique de couleur. Toute la compagnie l'examina avec l'attention que des oisifs, retenus au logis par un temps pluvieux, accordent d'ordinaire à un nouveau venu. Il était de riche taille ; il avait le teint espagnol, les yeux noirs et expressifs, les cheveux d'un noir très-foncé. Son nez aquilin, ses lèvres minces, les belles proportions de ses membres, impressionnèrent la société, qui ne douta pas qu'elle eût devant les yeux un personnage de distinction. Il s'avança d'un air d'aisance ; indiqua à son domestique l'endroit où il fallait placer sa malle, salua la compagnie, et, le chapeau à la main, s'avança tranquillement vers le comptoir, où il se présenta sous le nom de Butler, d'Oaklands, comté de Shelby. Se retournant ensuite avec indifférence, il aperçut l'avis et se mit à le lire.

— Jim, dit-il à son valet, il me semble que nous avons vu à Bernon un individu dont le signalement était à peu près le même.

— En effet, monsieur, dit Jim ; mais il n'avait pas de marque à la main.

— Au reste, peu m'importe, reprit l'étranger ; et se rapprochant de l'hôte, il le pria de lui donner une chambre, et tous les objets nécessaires pour écrire.

— L'aubergiste s'empressa de le satisfaire. Une douzaine de nègres des deux sexes et de différents âges se mirent aussitôt à courir comme une couvée de perdrix, se pressant, se poussant, se marchant sur les talons, tant ils avaient hâte de préparer une chambre à l'étranger.

Celui-ci s'assit sur une chaise au milieu de la salle, et entra en conversation avec son voisin.

Depuis l'arrivée de cet inconnu, le manufacturier Wilson l'avait contemplé avec une avide curiosité. Il croyait le reconnaître, mais il lui était impossible de se rappeler où il l'avait vu. Il fixait les yeux sur lui, mais il les baissait brusquement toutes les fois qu'il rencontrait ceux de l'étranger, qui paraissait être exempt de toute préoccupation.

Après avoir observé le nouveau venu dans toutes ses allures, le manufacturier, saisi d'une idée subite, s'avança vers lui d'un air d'inquiétude et de stupéfaction.

— Vous êtes monsieur Wilson, dit l'inconnu d'un ton familier en tendant la main. Je vous demande pardon, je ne vous avais pas remis tout d'abord. Je vois que vous vous souvenez de moi, Henri Butler, d'Oaklands, comté de Shelby.

— Oui, oui, monsieur, dit Wilson comme un homme qui parle en rêve.

Au moment même un nègre vint annoncer que la chambre était prête.

— Jim, ayez soin des bagages, dit négligemment Butler : puis, s'adressant à Wilson, il ajouta : Je désirerais vous entretenir un instant dans ma chambre sur des affaires importantes.

Wilson le suivit machinalement; et ils montèrent dans une vaste chambre, où pétillait un feu récemment allumé, et que des serviteurs achevaient de ranger. Quand tout fut terminé, le prétendu Butler ferma résolûment la porte, mit la clef dans sa poche, et croisant les bras sur sa poitrine, il regarda en face le manufacturier.

— Georges! s'écria M. Wilson.

— Oui, Georges, répondit le jeune homme.

— Je ne l'aurais jamais cru !

— Je suis assez bien déguisé, ce me semble, reprit le jeune homme en souriant. Avec une décoction de noix vertes, j'ai donné à mon teint jaune la couleur de celui d'un Espagnol; j'ai noirci mes cheveux; et, comme vous voyez, je ne ressemble pas à l'esclave que désigne l'affiche.

— O Georges! vous jouez là un jeu bien dangereux, que je ne vous aurais pas conseillé.

— J'en assume la responsabilité, dit Georges avec un fier sourire.

Nous remarquerons en passant que Georges était de race blanche par son père. Sa mère était une de ces infortunées que leur beauté personnelle condamne à servir les passions du maître, et à donner le jour à des enfants qui ne connaîtront jamais leur père. Il tenait d'une des plus orgueilleuses familles du Kentucky de beaux traits européens, une âme élevée, un caractère indomptable. Il avait de sa mère un teint légèrement jaunâtre, amplement racheté par de magnifiques yeux noirs. En modifiant la nuance de sa peau et la couleur de ses cheveux, il s'était métamorphosé en Espagnol. La grâce de ses mouvements, l'aménité de ses manières, qui lui étaient parfaitement naturelles, l'avaient aidé à remplir avec succès la partie scabreuse de son rôle, celle de gentleman voyageant avec son domestique.

M. Wilson avait un cœur d'or; mais il s'alarmait facilement, et sa prudence allait à l'excès. Bouleversé par l'apparition inattendue de son ancien employé, il parcourait la chambre à grands pas, partagé entre le désir d'obliger Georges et la velléité de faire observer les lois et de maintenir l'ordre public. En se promenant de long en large, il s'exprima en ces termes :

— Eh bien ! Georges, je suppose que vous vous êtes évadé, que vous avez quitté votre maître légitime. Je ne m'en étonne nullement; mais en même temps j'en suis fâché... car, décidément, je dois vous le dire... j'en suis excessivement fâché.

— De quoi êtes-vous fâché, monsieur? dit Georges avec calme.

— Mais... de vous voir vous mettre en opposition avec les lois de votre pays.

— Mon pays ! dit Georges avec amertume : je n'ai d'autre pays que la tombe, et je voudrais y être déjà.

— Ah ! Georges, ce langage est inconvenant, contraire à l'Écriture sainte. Votre maître s'est très-mal conduit; je ne chercherai pas à le défendre; mais vous savez que l'Ange a commandé à Agar de retourner auprès de sa maîtresse, et que l'apôtre a renvoyé Onésime à son maître.

— Ne me citez pas la Bible mal à propos, monsieur Wilson, dit Georges avec impatience; je suis aussi chrétien que vous, mais je ne suis guère d'humeur à entendre en ce moment des sermons tirés de la Bible. J'en appelle à Dieu tout-puissant, je suis prêt à plaider ma cause devant lui, et à lui demander si j'ai tort de vouloir la liberté!

— Ces sentiments sont naturels, reprit M. Wilson en se mouchant; mais il est de mon devoir de ne pas les encourager en vous. Oui, mon enfant, je suis fâché de votre situation, elle est mauvaise, très-mauvaise. L'Apôtre dit : « Nous devons rester dans la condition à laquelle nous sommes appelés. » Il faut nous soumettre aux indications de la Providence; est-ce que vous ne le savez pas?

Georges restait la tête penchée en arrière, les bras serrés contre sa poitrine, et un sourire ironique effleurait ses lèvres.

— Monsieur Wilson, dit-il, si les Indiens vous faisaient prisonnier, s'ils vous séparaient de votre femme et de vos enfants, s'ils voulaient vous garder toute votre vie à cultiver la terre, croiriez-vous devoir rester dans la condition à laquelle vous seriez appelé? Il me semble plutôt que le premier cheval qui vous tomberait sous la main serait regardé par vous comme une indication de la Providence.

Le vieillard fut frappé de ce raisonnement; mais quoiqu'il ne fût pas grand raisonneur, il se distinguait de bon nombre de logiciens en ce qu'il avait le bon esprit de ne rien dire quand il n'y avait rien à dire. Il se contenta de promener la main sur son parapluie, dont il rabattit les plis avec soin.

— Vous savez, reprit-il en même temps, que j'ai toujours été votre ami, et que je n'ai jamais eu en vue que votre bien. Or il me semble que vous courez un danger terrible, auquel vous n'échapperez pas. Si vous êtes pris, vous serez plus malheureux que jamais; on vous accablera de mauvais traitements; on vous tuera plus d'à moitié, et on finira par vous vendre en aval du Mississipi.

— Monsieur Wilson, je sais à quoi je m'expose, mais j'ai pris mes précautions.

Et entr'ouvrant son pardessus, Georges laissa voir un coutelas et une paire de pistolets.

— Voilà de quoi recevoir mes agresseurs, ajouta-t-il ; je n'irai jamais dans les États du Sud. Si l'on voulait m'y contraindre, je saurais m'assurer six pieds de terre libre, que je posséderais dans le Kentucky pour la première et la dernière fois.

— En vérité, Georges, l'état de votre esprit m'effraye, m'inquiète, me désespère! vouloir violer les lois de votre pays!

— Encore mon pays ! Monsieur Wilson, vous avez une patrie, mais en ai-je, moi, dont la mère était esclave? Quelles lois y a-t-il pour nous? nous ne les faisons pas; nous ne les ratifions pas, nous n'avons rien à démêler avec elles. Elles ne servent qu'à nous écraser, qu'à nous maintenir sous le joug. N'ai-je pas entendu les discours que vous prononciez le 4 juillet, jour anniversaire de la proclamation de votre indépendance? Ne dites-vous pas tous les ans à la même époque que les gouvernements tiennent leur autorité du consentement des gouvernés? De telles paroles ne donnent-elles pas lieu de réfléchir et de comparer?

L'esprit de M. Wilson était un de ceux pour image desquels on pourrait prendre une balle de coton, douce, moelleuse, embrouillée et sans consistance. Il plaignait Georges de tout son cœur; il avait une idée vague et nébuleuse des émotions qui devaient animer l'esclave révolté; mais, par un sentiment de devoir, il persistait à vouloir le ramener dans le droit chemin.

— Georges, dit-il en mordant convulsivement la poignée de son parapluie, vous ne devriez pas nourrir de ces pensées; elles ne peuvent qu'être nuisibles aux gens de votre condition.

Georges vint s'asseoir résolûment en face de lui. —Regardez-moi, monsieur Wilson, s'écria-t-il; ne suis-je pas un homme comme vous? Voyez ma figure, voyez mes mains, voyez mon corps ! — Et il se releva avec fierté. — Ne suis-je pas un homme comme un autre? Eh bien, mon père, un de vos planteurs du Kentucky, n'a pas daigné, avant de mourir, prendre des mesures pour m'empêcher d'être vendu avec ses chevaux et ses chiens. J'ai vu ma mère mise aux enchères avec ses sept enfants; ils ont été vendus devant elle, un à un, à différents maîtres. J'étais le dernier; elle s'agenouilla devant l'acquéreur, en le suppliant de l'acheter avec moi, afin qu'il lui restât au moins un enfant; et il la repoussa d'un coup de botte. J'étais présent; il me fit attacher au cou de son cheval, et tandis qu'on m'emportait, les gémissements de ma mère retentirent à mes oreilles pour la dernière fois.

— Eh bien, après?

— Mon maître s'arrangea avec un des acquéreurs pour acheter ma sœur aînée. C'était une bonne fille, pieuse, appartenant à la secte des anabaptistes, et aussi belle que ma pauvre mère. Elle était bien élevée, elle avait de bonnes manières. D'abord je fus bien aise qu'on l'eût achetée, j'avais une amie auprès de moi; mais bientôt j'en fus désolé. Je la vis fouetter, et il me sembla que chaque coup retombait à nu sur mon cœur, et je ne pouvais rien pour la secourir. Elle fut fouettée, monsieur, pour avoir voulu se conduire honorablement, ce que vos lois ne permettent pas aux femmes esclaves. Enfin elle fit partie de la troupe d'un marchand de chair humaine; on l'envoya à la Nouvelle-Orléans pour la punir de sa vertu, et je n'en ai plus entendu parler. Je grandis, longuement, péniblement, sans père, sans mère, sans sœur, sans personne qui s'intéressât à moi, toujours grondé, battu, privé de tout. Parfois, j'avais si faim, que j'aurais volontiers dévoré les os qu'on jetait aux chiens. Pourtant, lorsque j'étais enfant et que je passais des nuits blanches à me lamenter, ce n'était pas la faim, ce n'était pas le fouet qui me faisait pleurer; non, monsieur; c'était de n'avoir ni mère ni sœur; c'était de n'avoir aucun ami pour m'aimer sur la terre. Je n'en avais jamais connu le bonheur, je n'avais jamais obtenu une seule parole bienveillante avant l'heure où je vins travailler dans votre fabrique. Je fus bien traité par vous, monsieur Wilson; grâce à vous j'appris à lire, à écrire; j'eus la noble ambition de me bien conduire et de devenir quelque chose; et Dieu sait combien je vous en suis reconnaissant. Ce fut chez vous que je trouvai ma femme; vous l'avez vue; vous savez qu'elle est belle. Quand je sus qu'elle m'aimait, quand je l'épousai, je croyais à peine à mon existence, tant j'étais heureux. Elle est aussi bonne que belle! Mais à quoi ont servi ses qualités? Mon maître est venu; il m'a arraché à mes travaux, à mes amis, à tout ce que j'aimais; il m'a rejeté dans la poussière. J'oubliais ce que j'étais, disait-il; il voulait m'apprendre que je n'étais qu'un nègre. Il se mit entre ma femme et moi, et prétendit que je devais la quitter pour en épouser une autre!... Et toutes ces infamies, vos lois lui donnent le droit de les commettre, malgré l'honneur, malgré Dieu! Oui, songez-y, monsieur Wilson; il n'y en a pas une seule qui ne soit autorisée par vos lois; il peut briser le cœur des mères, des sœurs, des femmes, des époux, et il n'est permis à personne de lui dire non! Et vous soutenez que ce sont les lois de mon pays!... Monsieur, je n'ai pas plus de pays que je n'ai de père; mais je vais me créer une patrie. Quant à la vôtre, tout ce que je demande, c'est de pouvoir en sortir. Lorsque je serai au Canada, où les lois me protégeront comme citoyen, ce sera ma patrie, et j'obéirai à ses lois. Mais si quelqu'un tente de m'arrêter, qu'il prenne garde à lui, car je suis déterminé! Je combattrai pour ma liberté jusqu'à mon dernier soupir. Vous dites que vos pères ont pris les armes pour être libres; c'était leur droit, c'est aussi le mien!

Georges entremêla ce discours de larmes, de gestes animés, tantôt s'asseyant devant Wilson, tantôt marchant à pas précipités. Le vieillard auquel il s'adressait ne put se défendre d'attendrissement, et il porta son grand foulard jaune à ses yeux humides.

— Que le diable emporte les maîtres! s'écria-t-il brusquement. Maudite soit leur infernale conduite!.... Dieu me pardonne, je crois que je jure!.... Allons, Georges, suivez votre route; mais soyez prudent, mon ami. Ne tuez les gens qu'en cas de légitime défense, ou plutôt ne tuez personne, cela vaut mieux. Où est votre femme?

— Elle est partie, emportant son enfant dans ses bras, pour aller Dieu seul sait où : elle a pour guide l'étoile du nord. Dans quel lieu la reverrai-je? Nous retrouverons-nous jamais en ce monde? C'est ce que j'ignore.

— Est-il possible! la famille Shelby était si bonne!

— Les bonnes familles ont des dettes, et les lois de votre pays leur donnent la facilité d'arracher l'enfant du sein de la mère pour payer les dettes du maître.

— Il suffit, reprit l'honnête Wilson en fouillant dans sa poche; je ne veux pas discuter là-dessus. Tenez, Georges, voilà pour vous.

Et il tira de son portefeuille une liasse de billets qu'il offrit au mulâtre.

— Non, mon bon monsieur, répondit Georges; vous avez déjà fait beaucoup pour moi, et ce don pourrait vous gêner. J'avais des économies que je suis parvenu à dérober à la rapacité de M. Harris. J'ai assez d'argent, je l'espère, pour achever mon voyage.

— Acceptez, mon ami. L'argent est d'un grand secours; on ne saurait trop en avoir, pourvu qu'on l'emploie honnêtement. Prenez, prenez, mon garçon.

— A condition que je vous le rendrai plus tard, à titre d'emprunt, dit Georges; et il prit les billets.

— Maintenant, Georges, combien de temps comptez-vous voyager de la sorte? Pas longtemps, je le présume; vous soutenez admirablement votre rôle, mais votre hardiesse est imprudente. Qu'est-ce que ce noir qui vous accompagne?

— Un homme dévoué, qui a passé au Canada il y a un an. Il a appris que, furieux de sa fuite, son maître torturait sa pauvre vieille mère : il est revenu pour la consoler et pour l'emmener avec lui, s'il le pouvait.

— A-t-il réussi?

— Pas encore; il rôde autour de l'habitation, mais il n'a pas encore trouvé d'occasion favorable. En attendant, il m'accompagnera jusqu'à l'Ohio, pour me confier à des amis qui l'ont secouru; ensuite, il reviendra chercher sa mère.

— C'est dangereux, très-dangereux, dit le vieillard.

Georges releva la tête et sourit dédaigneusement. Wilson le regarda avec une stupéfaction naïve. — Vous vous êtes singulièrement développé, mon garçon. Vous avez un air d'assurance, vous parlez, vous agissez en homme.

— Parce que je suis libre! répliqua fièrement le mulâtre. Oui, monsieur, c'est pour la dernière fois que j'ai appelé quelqu'un mon maître; je suis libre!

— Prenez garde! vous n'êtes pas encore sauvé; vous pouvez être pris.

— Tous les hommes sont libres et égaux dans la tombe, monsieur Wilson, et j'y descendrai, s'il le faut.

— En vérité, votre audace me confond. Entrer dans une auberge aussi proche!

— Monsieur Wilson, ma démarche est si hardie et cette auberge est si proche, que je ne saurais inspirer de soupçons. On ira me chercher plus loin; et puis, ne suis-je pas bien déguisé? Le maître de Jim n'habite pas ce comté; il n'est point connu dans ces parages. Jim a cessé d'être poursuivi, et personne ne s'avisera, je le pense, de me confronter avec le signalement donné sur l'affiche.

— Mais cette marque, cette lettre H?

Le mulâtre ôta son gant, et montra sur sa main droite une cicatrice récemment guérie.

— C'est une dernière preuve d'attention de M. Harris. Il y a une quinzaine, il lui prit fantaisie de me marquer de son initiale, parce qu'il croyait que je voulais m'évader. C'est bien effacé, n'est-ce pas?

— Je déclare que mon sang se glace dans mes veines, quand je songe à vos dangers.

— Mon sang est resté glacé pendant longues années; mais à présent il bouillonne.

Il y eut quelques instants de silence, et Georges ajouta:

— J'en appelle à Dieu tout-puissant!

— Je me suis aperçu que vous me reconnaissiez, et j'ai cru qu'il fallait avoir cette conférence avec vous, de peur d'être trahi par votre surprise. Je pars demain matin, avant le jour; demain soir, j'espère me reposer en santé dans l'État de l'Ohio. Je voyagerai en plein jour, je logerai dans les meilleurs hôtels. Je dînerai avec les maîtres de la terre. Adieu, donc; si vous entendez dire que je suis pris, vous pourrez être certain que je serai mort.

L'homme de couleur tendit la main avec la majesté d'un prince. Le petit vieillard la serra cordialement, recommanda de nouveau de la prudence à son ancien ouvrier, prit son parapluie, et sortit. Georges se tint un moment d'un air pensif à la porte, que le vieillard venait de fermer; tout à coup une idée lui traversa l'esprit : il ouvrit la porte, et cria dans l'escalier :

— Monsieur Wilson, encore un mot!

Le manufacturier rentra, et Georges, après avoir refermé la porte, demeura quelques minutes irrésolu, la tête inclinée.

— Monsieur Wilson, dit-il avec effort, vous m'avez traité en chrétien... souffrez que je vous demande encore un acte de charité chrétienne...

— Loquel ?

— Vous avez raison ; je cours de grands risques... Si je meurs, personne ne s'en inquiétera ; je serai enterré dans le premier fossé venu, comme un chien. Au bout de quelques jours, tout le monde m'aura oublié, excepté ma pauvre femme !.... Pauvre amie ! elle me pleurera, et je désirerais, monsieur Wilson, lui faire parvenir cette épingle, qu'elle m'avait donnée en étrenne. Ayez la complaisance de vous en charger, envoyez-la-lui, et dites-lui que je l'ai aimée jusqu'à ma dernière heure... Le voulez-vous ? le voulez-vous ?

— Très-certainement, mon brave ami, dit le manufacturier d'une voix tremblante d'émotion.

— Dites-lui aussi qu'elle fasse en sorte de se rendre au Canada. Sa maîtresse est affectueuse, la maison où elle est née lui est chère, mais, qu'importe ? Qu'elle ne retourne pas en arrière, car l'esclavage aboutit toujours à la misère. Recommandez-lui d'élever notre fils en homme libre, et alors il ne souffrira pas comme j'ai souffert... Vous me le promettez ?

— Oui, Georges ; mais j'espère que vous ne mourrez pas. Prenez courage ; vous êtes un brave garçon ; je souhaite de tout mon cœur que vous arriviez sain et sauf au terme de votre voyage.

— Peut-on avoir confiance en Dieu ? s'écria Georges avec un accent de désespoir si profond, que Wilson en fut troublé. Oh ! j'ai vu toute ma vie des choses si affreuses, que je doute parfois qu'il y ait un Dieu. Ces idées ne peuvent vous venir, à vous autres, heureux du monde ; il y a un Dieu pour vous, mais y en a-t-il un pour moi ?

— Ne parlez pas ainsi, mon ami, dit le vieillard d'une voix entrecoupée. Dieu existe : les nuages et les ténèbres nous le cachent ; mais la justice et la vérité sont les deux piliers de sa demeure céleste. Il y a un Dieu, Georges ; croyez-en lui, confiez-vous à lui, et je suis convaincu qu'il vous assistera. Le bien triomphe toujours, sinon dans cette vie, au moins dans l'autre.

La piété réelle et la bienveillance de cet homme simple donnèrent à son visage une dignité momentanée, et à ses paroles une autorité imposante. Le mulâtre, qui allait et venait dans la chambre, s'arrêta pour méditer, et dit avec tranquillité :

— Merci de m'avoir dit cela, mon bon ami ; j'y réfléchirai.

Je la vis fouetter, et il me sembla que chaque coup retombait sur mon cœur.

CHAPITRE XII.

Curieux détails d'un commerce légal.

M. Haley et Tom continuèrent leur route, en méditant chacun de son côté. C'est une chose curieuse que les réflexions de deux hommes assis sur le même banc. Ils ont les mêmes organes ; les mêmes objets leur passent devant les yeux ; et pourtant leurs réflexions diffèrent essentiellement.

Pour en citer un exemple, Haley s'occupait de la taille de son esclave, et du prix qu'on lui en donnerait s'il parvenait à l'entretenir en bon état jusqu'au marché. Il se demandait de combien de têtes il composerait sa troupe, il évaluait en imagination la valeur des hommes, des femmes et des enfants qui devaient la composer. Il admirait ensuite son humanité ; tandis que les autres marchands enchaînaient leurs nègres aux pieds et aux mains, il laissait à Tom l'usage de celles-ci tant que l'esclave se comportait bien. Il soupirait en pensant à l'ingratitude de la nature humaine. ingratitude si profonde que peut-être elle empêchait Tom d'apprécier ses bontés. Il avait été trompé de la même manière par bien des nègres qu'il avait traités avec égard, et il s'étonnait d'être encore aussi rempli de philanthropie.

Quant à Tom, il ruminait ces mots, qui s'offraient sans cesse à son esprit : « Nous n'avons pas ici d'habitation fixe, mais nous en cherchons une à venir. Dieu lui-même n'a pas honte d'être appelé notre Dieu, car il nous a préparé une cité. »

Ces paroles d'un livre sacré que consultent principalement les hommes sans instruction, ont eu de tout temps une étrange influence sur les gens pauvres et simples comme Tom. Elles remuent l'âme, l'arrachent au désespoir, et la remplissent de courage et d'enthousiasme.

Haley tira de sa poche des journaux et se mit à parcourir les annonces avec un vif intérêt. Comme il épelait assez péniblement, après avoir étudié les phrases, il les lisait lentement à demi-voix. Ce fut ainsi qu'il récita l'avis ci-dessous :

VENTE DE NÈGRES PAR AUTORITÉ DE JUSTICE.

Conformément à l'arrêt de la Cour, seront vendus, le mercredi 20 février, devant la porte du Tribunal, dans la ville de Washington, les nègres suivants :

Agar, âgée de soixante ans ;
John, âgé de trente ans ;
Ben, âgé de vingt et un ans ;
Saül, âgé de cinquante-cinq ans ;
Albert, âgé de quatorze ans.

Ils seront vendus au bénéfice des créanciers et héritiers de Jesse Blatchford, esquire.

Les exécuteurs testamentaires,
Signé : Samuel Morris,
Thomas Flint.

— Il faudra voir ça, dit Haley s'adressant à Tom faute d'un autre interlocuteur. J'ai l'intention d'emmener avec vous un assortiment de premier choix ; vous serez en bonne compagnie. Nous allons donc d'abord nous rendre à Washington, où je vous ferai mettre en prison jusqu'à ce que j'aie terminé mes affaires.

Tom reçut avec douceur cette agréable nouvelle. Il se demanda seulement si un grand nombre de ces malheureux avaient femme et enfants, et s'ils souffriraient autant que lui en les quittant. Il faut avouer aussi qu'il n'apprit pas sans peine qu'on se proposait de le jeter en prison comme un criminel. Il s'était toujours conduit honorablement : il était fier de sa probité, et il se rendait ce témoignage à lui-même, que, s'il avait appartenu à une classe élevée de la société, il n'aurait jamais mérité une condamnation infamante. Quoi qu'il en soit, vers la fin du jour, Haley et Tom s'installèrent à Washington, l'un dans une taverne, l'autre dans un cachot.

Le lendemain, vers onze heures, une foule bigarrée se réunit au bas de l'escalier du tribunal. En attendant l'heure des enchères, les amateurs fumaient, juraient ou conversaient, selon leurs goûts respectifs. Les hommes et les femmes à vendre formaient un groupe à part. La femme désignée dans les annonces sous le nom d'Agar avait le type africain. Il était possible qu'elle n'eût que soixante ans ; mais elle paraissait beaucoup plus âgée. Elle était presque aveugle, couverte de rhumatismes, et prématurément vieillie par le travail et les maladies. Auprès d'elle se tenait Albert, garçon de quatorze ans, seul reste d'une famille nombreuse dont tous les membres avaient été successivement emmenés à la Nouvelle-Orléans. Sa vieille mère le tenait à deux mains par le pan de sa veste, et contemplait avec anxiété tous ceux qui s'approchaient pour l'examiner.

— Ne craignez rien, mère Agar, dit le plus âgé des noirs. J'ai parlé à l'exécuteur testamentaire, et il croit pouvoir s'arranger pour vous vendre tous deux en un seul lot.

— Je ne suis pas encore à dédaigner, répondit Agar en levant ses mains tremblantes; je puis faire la cuisine et laver la vaisselle. Je vaux la peine qu'on m'achète, d'autant plus que ce sera bon marché.

En cet instant, Haley fendit la presse et s'avança vers le vieillard. Il lui ouvrit la bouche, lui examina les mâchoires, et pour juger du jeu de ses muscles, il lui ordonna tour à tour de se tenir droit, de courber le dos, et d'exécuter diverses évolutions. Il passa à un autre esclave, qu'il soumit aux mêmes épreuves. Il regarda Albert en dernier lieu, lui tâta les bras, et lui enjoignit de sauter, afin d'apprécier son agilité.

— Il est trop jeune pour être vendu sans moi, dit la vieille mère avec impétuosité. Lui et moi nous ne faisons qu'un lot, monsieur; je suis encore forte, et capable de faire bien de la besogne.

— Sur une plantation? dit Haley; comme c'est probable!

Puis, satisfait de son examen, il se promena dans la cour, les mains dans ses poches, le cigare à la bouche et le chapeau sur l'oreille.

— Comment les trouvez-vous? lui demanda un amateur qui l'avait suivi pas à pas pour se former une opinion d'après la sienne.

— Ma foi, je miserai sur les jeunes gens, et surtout sur ce petit garçon.

— Il paraît qu'on veut vendre ensemble le fils et la mère?

— Elle? s'écria Haley : c'est un vieux squelette, qui ne vaudrait pas sa nourriture.

— Vous n'en voulez donc pas?

— Il faudrait que je fusse fou... Elle ne voit pas clair, et paraît idiote...

— Il y a pourtant des gens qui achètent ces vieilles commères, et qui en tirent un bon parti, dit l'amateur d'un ton pensif.

— C'est possible, mais je n'en voudrais pas pour rien!

— Ce serait pitié que de ne pas emmener la mère avec l'enfant..... Elle semble lui être très-attachée, et ne sera pas vendue cher.

— Ce serait toujours de l'argent perdu, dit Haley; j'achèterai le jeune homme pour le revendre dans une plantation.... Que diable voudriez-vous que je fisse de la mère?

— Elle sera désespérée...

— Naturellement, répondit froidement Haley.

La conversation fut interrompue par un brouhaha, et le commissaire-priseur, petit homme trapu à l'air important et affairé, se fraya un passage à travers la foule. La vieille poussa un soupir, et appela instinctivement son fils.

— Albert, tenez-vous près de moi, on nous adjugera ensemble.

— Ah! maman, j'ai peur que non!

— Ils le doivent, mon enfant; je ne saurais vivre s'ils n'y consentent pas, dit la vieille avec véhémence.

Le commissaire-priseur annonça d'une voix de stentor qu'on allait procéder à la vente de plusieurs nègres, par lots ou séparément, à la volonté des acquéreurs. Les enchères commencèrent. Les nègres compris dans la liste furent adjugés à des prix élevés, qui prouvaient que l'offre ne répondait pas encore à la demande. Haley en eut deux pour sa part.

— Allons, mon gars, dit le commissaire-priseur en frappant Albert d'un léger coup de son marteau, debout! et montrez votre souplesse.

— Mettez-nous ensemble, monsieur, ensemble, s'il vous plaît, dit la vieille en s'accrochant à l'enfant.

— Au large! répondit le commissaire-priseur; vous venez la dernière. Allons, enfant, sautez!

Il poussa en arrière la vieille mère, et en avant le fils, qui se retourna un moment au bruit des sanglots maternels, et s'avança ensuite au milieu du cercle. Sa belle figure, ses proportions exactes, ses membres agiles, excitèrent aussitôt la concurrence, et plusieurs enchères parvinrent en même temps aux oreilles du commissaire-priseur. Presque effrayé par toutes ces voix qui se croisaient, Albert promenait autour de lui des regards inquiets. Il fut adjugé à Haley, que la vieille, tremblante, se mit à implorer à mains jointes.

— Achetez-moi aussi, monsieur, au nom de notre cher bon Dieu! achetez-moi, sinon, j'en mourrai!

— Vous auriez plus de chances de mourir si je vous achetais...... Non!...

On expédia sommairement les enchères de la pauvre vieille. L'homme qui avait conseillé Haley, et qui ne semblait pas dépourvu de compassion, l'acheta pour une bagatelle, et les assistants se dispersèrent. Les victimes de la vente, qui vivaient ensemble depuis plusieurs années, se réunirent autour de la vieille, dont le désespoir faisait peine à voir.

— Ne pouvait-on m'en laisser un? On m'avait promis de m'en laisser un, répétait-elle avec un son de voix déchirant.

— Ayez foi dans le Seigneur, mère Agar, dit le plus âgé des noirs.

— Quel bien ça me fera-t-il?

— Consolez-vous, maman; on dit que vous avez un bon maître.

— Je n'y tiens pas; peu m'importe. O Albert! vous étiez mon dernier enfant! Comment vivre sans vous?

— Est-ce qu'on ne peut emmener cette femme? dit sèchement Haley; ça ne lui sert à rien de crier comme ça.

Quelques-uns des assistants, moitié par persuasion, moitié par force, firent lâcher prise à la vieille, qui retenait toujours Albert, et cherchèrent à la consoler, tout en la conduisant à la charrette de son nouveau maître.

— Marchons! dit Haley; et réunissant ses trois acquisitions, il mit à chacune d'elles des menottes, qu'il attacha à une longue chaîne; puis il chassa devant lui son bétail humain jusqu'à la prison.

Au bout de quelques jours, Haley s'embarqua sur l'Ohio avec les premières recrues de sa troupe. Il devait, chemin faisant, en recueillir d'autres, dont il s'était assuré la propriété par lui-même ou par ses agents, et qui l'attendaient à diverses escales.

La Belle-Rivière, un des plus beaux bateaux qui eussent jamais sillonné les eaux de l'Ohio, descendait gaiement ce fleuve sous un ciel éclatant; les raies et les étoiles du drapeau américain flottaient à l'avant; le pont était couvert de belles dames, d'élégants cavaliers qui jouissaient d'une belle journée. Tout était riant, animé, plein de vie; mais dans la cale gémissait la troupe d'Haley, arrimée avec les autres marchandises; les membres qui la composaient étaient groupés ensemble et se parlaient à voix basse.

— Enfants, leur cria Haley, j'espère que vous vous maintenez en belle humeur; point de maussaderie, s'il vous plaît; relevez la tête; conduisez-vous bien avec moi, et je me conduirai bien avec vous.

Suivant la coutume invariable des noirs, les esclaves répondirent : — Oui, monsieur. Mais on était obligé de reconnaître que leur belle humeur n'avait rien de très-évident. Ils avaient certains préjugés en faveur de leurs femmes, de leurs mères, de leurs enfants, qu'ils avaient vus pour la dernière fois, et la gaieté qu'on exigeait d'eux se produisait assez difficilement.

L'article catalogué sous la rubrique de « John, âgé de trente ans, » posa ses mains enchaînées sur les genoux de Tom, et lui dit : — J'avais une femme, et elle ne sait rien de mon sort, la pauvre créature!

— Où demeure-t-elle? dit Tom.

— Dans une auberge à quelques milles d'ici; je voudrais bien la revoir encore en ce monde.

Pauvre John! ce vœu était naturel, et les larmes coulèrent aussi naturellement sur ses joues que si c'eût été un blanc. Un long soupir s'échappa de la poitrine oppressée de Tom, qui essaya tant bien que mal de consoler son compagnon.

Au-dessus de leurs têtes, dans la cabine, étaient assis d'heureux couples, autour desquels gambadaient des enfants joyeux comme des papillons.

— Maman, dit un enfant qui venait de faire une excursion dans la cale, il y a à bord un marchand de nègres avec cinq ou six esclaves.

— Les malheureux! dit la mère d'un ton de douleur et d'indignation.

— De quoi s'agit-il? demanda une autre dame.

— D'esclaves qui sont en bas.

— Et ils ont des chaînes, ajouta l'enfant.

— Quelle honte pour notre pays qu'on y voie de pareils spectacles! dit une troisième dame.

— Oh! s'écria une quatrième, qui cousait à la porte de sa chambre entre ses deux enfants, il y a du pour et du contre. J'ai voyagé dans le Midi, et je crois franchement que les nègres sont plus heureux que s'ils étaient libres.

— Quelques-uns jouissent du bien-être matériel, je ne le conteste pas, reprit la première dame; ce qu'il y a de plus révoltant dans l'esclavage, c'est qu'il outrage les plus saintes affections; c'est qu'il sépare les familles.

— C'est fâcheux, sans doute, répondit la quatrième dame en examinant l'effet d'une robe d'enfant qu'elle venait de terminer; mais cela n'arrive pas souvent.

— Ça se voit tous les jours! s'écria la première dame. J'ai passé plusieurs années dans le Kentucky et la Virginie, et j'ai été témoin de misères qui font saigner le cœur. Supposez, madame, qu'on vous enlève vos deux enfants pour les vendre.

— Nous ne pouvons juger par nos propres sentiments de ceux des gens de cette classe.

— Vous ne les connaissez pas, madame, repartit la première dame avec chaleur. J'ai été élevée au milieu d'eux, et je sais qu'ils ont des sentiments aussi vifs, peut-être même plus vifs que les nôtres.

— Vraiment! s'écria la quatrième dame; puis elle bâilla, regarda par la fenêtre de la cabine, et termina comme elle avait commencé, en disant : — Après tout, je dis que les nègres sont plus heureux que s'ils étaient libres.

Un jeune ecclésiastique en habit noir, qui était assis près de la porte de la cabine, glissa un mot dans la conversation. — Indubitablement, dit-il, l'intention de la Providence est que la race africaine soit en servitude. « Que Chanaan soit maudit! qu'il soit à l'égard de ses frères l'esclave des esclaves. Que Dieu multiplie la postérité de Japhet, et qu'il habite dans les tentes de Sem, et que Chanaan soit son esclave. »

— Etranger, dit un homme de grande taille, interprétez-vous le texte dans son véritable sens?

— Assurément. Il a plu à la Providence, pour quelques motifs impénétrables, de condamner cette race à la servitude, il y a des siècles, et nous ne devons pas nous opposer à ses décrets.

— En ce cas, reprit l'homme de grande taille, j'irai de l'avant, et j'achèterai des nègres, puisque c'est la volonté du ciel, auquel il faut obéir. Les nègres sont faits pour être vendus, troqués, opprimés : voilà une manière de voir rassurante! N'est-ce pas votre avis, étranger?

Ces mots s'adressaient à Haley, qui, les mains dans ses poches, appuyé contre le poêle, prêtait une oreille attentive à l'entretien.

— Je n'y ai jamais réfléchi, répondit Haley; je n'ai pas d'instruction; j'ai embrassé la profession de marchand d'esclaves pour avoir des moyens d'existence. Si j'ai eu tort, j'aurai soin de m'en repentir à propos.

— A quoi bon! reprit l'homme de grande taille; n'avez-vous pas entendu ce que dit l'Ecriture? Voyez combien il est utile de la connaître! Si vous aviez étudié votre Bible, comme ce brave ministre, vous seriez depuis longtemps débarrassé de tout scrupule, et vous vous seriez épargné bien des inquiétudes. Vous n'auriez eu qu'à dire : Maudit soit... le nom m'échappe; et vous auriez continué votre commerce avec une tranquillité parfaite.

Celui qui s'énonçait ainsi était John le maquignon, que nous avons déjà présenté à nos lecteurs dans l'auberge du Kentucky. Sa longue face anguleuse rayonna d'un sourire ironique, et il se mit à fumer.

Un jeune homme frêle et maigre, dont les traits exprimaient autant de sensibilité que d'intelligence, prit la parole et dit : — Il y a dans l'Ecriture un autre passage : « Ne faites pas aux autres ce que vous ne voudriez pas qu'on vous fît. » N'est-ce pas aussi concluant que la malédiction de Chanaan?

— Cela nous semble tel, à nous autres pauvres gens, dit John en fumant comme un volcan.

Ce jeune homme le considéra, et allait ajouter quelque chose, quand le bateau s'arrêta. Toute la compagnie s'élança sur le pont pour savoir où l'on arrivait. Aussitôt qu'on eut jeté la planche, une négresse traversa la foule, descendit précipitamment à fond de cale, et se jeta au cou de l'esclave désigné sous la rubrique de « John, âgé de trente ans. »

C'était sa femme; mais pourquoi raconter leur entrevue? Il y a tous les jours des exemples de misères semblables, de faibles séparés les uns des autres et réduits au désespoir pour le plus grand avantage des forts. Il n'est nécessaire de les redire ni pour les hommes, ni pour Celui qui n'est jamais sourd aux plaintes des malheureux, quoiqu'il ne le manifeste pas toujours.

Le jeune homme qui avait plaidé la cause de l'humanité contemplait cette scène les bras croisés. — Mon ami, dit-il à Haley, comment pouvez-vous, comment osez-vous exercer un métier pareil? Regardez ces deux infortunés! Je me réjouis en mon cœur d'aller retrouver chez moi ma femme et mon enfant; et la même cloche dont le signal me rapprochera d'eux va sonner pour cette femme et cet homme l'instant d'une séparation éternelle. Soyez-en convaincu, Dieu vous jugera!

Le marchand d'esclaves s'éloigna en silence.

— Dites donc! lui cria le maquignon, il paraît que tout le monde n'est pas du même avis. Cet étranger ne semble pas grand partisan de la malédiction de... le nom m'échappe.

Haley fit entendre un grognement sourd.

— Et il n'en est pas moins estimable, ajouta John le maquignon; puisse sa prédiction ne pas se réaliser quand vous serez cité devant le grand tribunal!

Haley s'en alla en réfléchissant à l'autre bout du bateau.

— Si je me défais avantageusement de trois ou quatre troupes, pensait-il, je quitterai le métier; il a vraiment ses dangers.

Puis il prit son portefeuille et se mit à repasser ses comptes; procédé employé par bien d'autres pécheurs que lui comme spécifique contre les remords.

Le bateau s'éloigna majestueusement du rivage; les hommes recommencèrent à causer, à lire, à fumer; les femmes à coudre, les enfants à jouer, et le steamer poursuivit sa route.

Un jour il s'arrêta devant une petite ville du Kentucky, et Haley débarqua pour affaires.

Tom, quoiqu'il eût les fers aux pieds, avait la faculté de prendre de temps en temps l'air sur le pont. Il s'approcha du bord du bateau, et regarda sans but par-dessus le parapet. Il vit le marchand revenir à grands pas, en compagnie d'une femme de couleur qui portait un jeune enfant dans ses bras. Elle était proprement vêtue, et un homme de couleur la suiv...t, une petite malle à la main. La femme avait l'air gaie; elle babillait avec son compagnon, et passa d'un pied léger sur la planche. La cloche sonna, la vapeur siffla, la machine mugit, et le bat... au descendit la rivière.

La femme s'installa à l'avant, au milieu des bagages, et s'occupa de badiner avec son fils.

Haley fit quelques tours sur le pont, vint s'asseoir auprès d'elle, et lui parla à voix basse.

Tom remarqua qu'un nuage sombre passait sur les traits de la femme, qui répondit avec emportement : — Je ne le crois pas! je ne le crois pas! Vous vous jouez de moi!

— Si vous ne le croyez pas, regardez ce papier, dit le marchand d'esclaves; c'est le contrat de votre vente, signé du nom de votre maître; je vous ai payée en espèces bien sonnantes, je vous le garantis.

— Mon maître ne m'aurait pas trompée ainsi; c'est impossible! reprit la femme avec une agitation toujours croissante.

— Puisque vous doutez encore, puisque vous ne vous en rapportez pas à mon témoignage, vous pouvez interroger le premier venu... Holà! monsieur, ayez la complaisance de me lire cet acte.

— C'est, dit le voyageur interpellé, un contrat de vente, dont le signataire, John Fosdick, vous abandonne la fille Lucie et son enfant. L'acte est en bonne forme, à ce qu'il me semble.

Les exclamations de la femme attirèrent la foule autour d'elle, et le marchand d'esclaves expliqua brièvement les motifs de son agitation.

— Il m'a dit que j'allais à Louisville pour servir comme cuisinière dans l'auberge où mon mari travaille. Voilà ce que mon maître m'a dit lui-même, et je ne puis me persuader qu'il a menti.

— Mais il vous a vendue, ma brave femme; il n'y a pas à en douter, dit un homme à physionomie bienveillante, après avoir examiné les papiers.

— C'est inutile de parler, reprit la femme s'apaisant tout à coup; et, devenue calme en apparence, elle tourna le dos aux curieux. Elle s'assit sur un coffre, son enfant entre ses bras, et fixa des regards mornes sur la rivière.

— Elle se tranquillise, dit le marchand d'esclaves, elle prend son mal en patience.

La femme ne bougea pas; le souffle bienfaisant de la brise vint rafraîchir sa tête. Elle vit les derniers feux du soleil lancer des sillons d'or sur les eaux; elle entendit des rires joyeux; mais son cœur était comme écrasé sous une pierre. Son enfant se dressa sur son sein, et lui caressa les joues; il sautait, se renversait en arrière, bégayait des mots inintelligibles; on aurait dit qu'il avait résolu de le consoler. Il semblait étonné de sentir des larmes tomber une à une sur son visage. Son petit babil, ses grâces naïves finirent par dérider sa mère, qui oublia un moment ses peines en lui prodiguant des soins.

Cet enfant n'avait pas onze mois; mais il était, pour son âge, d'une force et d'une taille extraordinaires; il ne restait pas un seul instant en repos; il fallait que sa mère s'occupât sans cesse de le retenir et de réprimer sa pétulance.

— Voilà un beau garçon! dit un homme qui s'arrêta brusquement devant lui les mains dans ses poches; quel âge a-t-il?

— Dix mois et demi, dit la mère.

L'homme appela le bambin, et lui offrit un morceau de sucre candi dont celui-ci s'empara, et qu'il eut bien vite mis dans le garde-manger ordinaire des enfants, c'est-à-dire dans sa bouche.

— Quel petit gaillard! dit l'homme; et il s'éloigna en sifflant. Quand il fut à l'autre bout du bateau, il passa devant Haley, qui fumait perché sur une pile de colis.

— Etranger, vous avez fait là une assez bonne acquisition, lui dit l'homme en tirant une mèche de sa poche pour allumer un cigare.

— Je m'en flatte, répondit Haley.

— Vous l'emmenez à la Nouvelle-Orléans?

Haley fit un signe affirmatif, et suivit des yeux les ondulations de sa fumée.

— Elle est destinée à une plantation?

— Oui, dit Haley. Je suis chargé de faire des emplettes pour une plantation, et je pourrai l'y colloquer. On m'a assuré qu'elle était bonne cuisinière; elle peut servir en cette qualité, ou éplucher du coton : ses doigts sont propres à cette sorte de travail, je les ai examinés. En tout cas, je la vendrai bien.

Et Haley reprit son cigare.

— On n'aura pas besoin de l'enfant dans une plantation, dit l'homme.

— Je le vendrai à la première occasion, répondit Haley.

Et il alluma un second cigare.

— Vous le vendrez bon marché, dit l'homme en montant sur la pile de caisses, où il s'établit commodément.

— Je ne crois pas; c'est un joli sujet, droit comme un jonc, gras, vigoureux, des chairs dures comme de la brique!

— C'est vrai; mais que de tracas et de dépenses pour l'élever!

— Bah! bah! reprit Haley : il s'élèvera aussi aisément qu'un petit chien. D'ici à un mois, on le verra courir partout.

— J'ai une propriété à laquelle je donne quelque extension, et où il trouverait sa place. Ma cuisinière a perdu un enfant la semaine dernière; il s'est noyé dans le cuvier pendant qu'elle étendait du linge. On ne ferait pas mal de lui donner celui-ci à élever.

Haley et l'étranger fumèrent un moment en silence. Aucun d'eux ne semblait disposé à aborder franchement la question. Enfin le dernier s'exécuta :

— Puisque votre intention est de vous défaire de ce bambin, vous ne comptez pas le vendre plus de dix dollars?

Haley secoua la tête et cracha d'un air dédaigneux.

— Allons donc! dit-il; et il se remit à fumer.

— Eh bien! étranger, qu'en demandez-vous?

— Je pourrais l'élever moi-même ou le faire élever; il a bonne mine, il est plein de santé, et j'en trouverais cent dollars; dans six mois au plus tard, je le vendrais deux cents sur tous les marchés : ainsi, présentement, je n'en accepterai pas moins de cinquante dollars.

— O étranger! s'écria l'homme, c'est complétement ridicule.

— Je n'en rabattrai pas un centime.

— Je vous en offre trente dollars, mais pas un centime de plus.

— Entrons en arrangement, reprit Haley : coupons le différend par la moitié, et donnez-moi quarante-cinq dollars; c'est tout ce que je puis faire.

— Ça va! dit l'homme après un moment de réflexion.

— Tope! repartit Haley; où débarquez-vous?

— A Louisville.

— Fort bien; nous y arriverons à la brune. Le petit dormira, c'est à merveille. Emmenez-le tranquillement, en prenant garde de le faire crier. J'aime à prendre les gens par la douceur; je hais le bruit, le scandale, les émotions fortes.

Quelques instants après, des billets passaient de la poche de l'acquéreur dans celle du marchand d'esclaves, qui se remit à fumer.

cris et à provoquer une émeute à bord; mais Lucie resta muette, le coup lui avait passé trop droit à travers le cœur pour qu'elle eût la force de jeter un cri, de verser une larme.

Frappée de vertige, elle demeurait immobile. Ses mains inanimées pendaient le long de son corps; ses yeux étaient fixes, mais elle ne voyait rien. Les gémissements de la machine, le mouvement des voyageurs, le bruit de leurs conversations arrivaient à ses oreilles comme des sons vagues créés par un rêve. Son émotion était trop profonde, trop réelle pour se traduire par des signes extérieurs.

Elle était calme.

Le marchand d'esclaves se crut obligé de remplir le rôle de consolateur.

— Lucie, dit-il, je sais que cette perte est cruelle pour vous; mais vous avez du bon sens, et vous ne vous laisserez pas abattre. C'était nécessaire, inévitable.

— Oh! monsieur, de grâce!... répondit-elle d'une voix étouffée.

Il persista.

— Vous avez des qualités, Lucie : je suis bien disposé en votre faveur; je vous placerai bien en arrivant; vous trouverez un autre époux, car une fille comme vous...

— Allons, messieurs, la vente va commencer!

La soirée était belle et paisible quand le bateau s'arrêta au quai de Louisville. L'enfant dormait profondément dans les bras de sa mère. Dès qu'elle entendit nommer la ville, elle le déposa entre deux caisses comme dans un berceau, en ayant soin de placer sous lui son manteau. Elle courut ensuite se placer près du garde-feu, et chercha des yeux son mari parmi les nombreux garçons d'hôtel qui encombraient le quai. Elle se pencha en avant, et toute son attention fut absorbée par la contemplation des groupes qu'on distinguait sur le rivage à la vague clarté du crépuscule.

— Voilà le moment! dit Haley prenant l'enfant endormi et le présentant à l'étranger : ne le réveillez pas! ça ferait une affaire du diable!

L'homme emporta sa proie, et se perdit dans la foule.

Lorsque le bateau eut quitté la rive avec ses grondements accoutumés, Lucie retourna à sa place.

— Où est-il? où est-il?... s'écria-t-elle avec égarement.

— Lucie, dit le marchand d'esclaves, votre enfant est parti; autant vaut que vous le sachiez tout de suite. Je savais que vous ne pouviez l'emmener dans le Sud, et j'ai saisi l'occasion de le vendre à une riche famille, qui l'élèvera mieux que vous n'auriez pu le faire.

Le marchand d'esclaves était arrivé à cet état de perfection chrétienne et politique que recommandent certains prédicateurs : il avait triomphé de toutes les faiblesses humaines. Le regard de désespoir que Lucie jeta sur lui aurait troublé un homme moins expérimenté; mais il avait le cœur revêtu d'une triple cuirasse. Il avait vu cent fois le même regard. Les mortelles angoisses qui bouleversaient le visage sombre de la malheureuse mère, sa respiration haletante, ses mains crispées, il les considérait comme des incidents nécessaires du commerce. Il appréhendait seulement qu'elle se mît à pousser des

— Ah! monsieur, si seulement vous vouliez ne pas me parler! dit Lucie.

Il y avait tant de douleur, tant d'énergie dans ces accents que le marchand d'esclaves comprit que la maladie résisterait à ses moyens curatifs.

Il s'éloigna; Lucie lui tourna le dos et se cacha la tête dans son manteau. Haley se promena de long en large, s'arrêtant par intervalles pour la regarder.

— Elle a de la peine, se dit-il; pourtant elle est tranquille. Quand elle aura pleuré un peu, elle reviendra à la raison.

Tom avait tout observé; il trouvait infâme la conduite de Haley; car c'était un pauvre noir ignorant qui n'avait pas appris à généraliser, à étendre la sphère des idées, à sacrifier tout à de grandes vues. S'il eût écouté les instructions de quelques ministres du culte, il n'aurait point été choqué de cet épisode d'un commerce qui, suivant le docteur Joel Parker, de Philadelphie, n'entraîne que des maux inséparables de toutes relations sociales. Mais Tom n'avait point d'instruction; il n'avait jamais lu que le Nouveau Testament, et l'impression qu'il ressentait n'était point neutralisée par de hautes considérations. Il déplorait les tortures de cette pauvre femme, qui courbait la tête comme une plante flétrie. Il comprenait la misère de cette créature humaine, que les lois confondaient froidement avec les paquets, les caisses et les ballots sur lesquels elle était assise.

Tom se rapprocha, et voulut lui parler; elle ne répondit que par des gémissements. Il l'entretint des cieux, d'un Dieu miséricordieux, d'un refuge éternel; mais l'affligée était sourde; son cœur paralysé battait à peine.

La nuit vint, pure, belle, étincelante d'innombrables étoiles qui ressemblaient à des yeux d'anges abaissés vers la terre; mais elle était silencieuse, et de ce firmament splendide ne descendait aucune parole de consolation.

Les bruits s'éteignirent graduellement à bord de *la Belle-Rivière*. Tous les voyageurs s'endormirent. Tom s'étendit sur un coffre, et avant de s'abandonner au sommeil il entendit par intervalles les sanglots étouffés de Lucie. « Oh ! que faire ? disait-elle ; ô mon Dieu, Seigneur, assistez-moi ! »

Vers le milieu de la nuit, Tom fut réveillé en sursaut. Quelque chose de noir passa rapidement devant lui, et il entendit un clapotement dans l'eau. Il leva la tête : Lucie avait disparu ; il la chercha vainement autour de lui. Elle avait trouvé le terme de ses maux, et la rivière qui l'avait engloutie coulait avec autant de calme et de limpidité qu'auparavant.

Patience ! patience ! vous que révoltent de pareilles scènes : pas un soupir, pas une larme des opprimés ne sont oubliés par le divin Consolateur. Il les recueille dans son sein, et il en tient compte. Supportez la douleur avec la résignation dont il vous a donné l'exemple ; car, aussi certainement qu'il est Dieu, l'heure de la rédemption viendra !

Haley se réveilla de bonne heure, et vint donner le coup d'œil du maître à sa marchandise vivante. Ce fut à son tour d'avoir l'air inquiet et troublé.

— Où est cette fille ? dit-il à Tom.

Tom connaissait l'inutilité de la discussion ; il ne crut pas devoir faire part au marchand de ses observations, et répondit simplement : — Je n'en sais rien.

— Il est impossible qu'elle soit descendue cette nuit à l'une des escales. J'étais debout et sur le qui-vive toutes les fois que le bateau s'arrêtait. C'est une surveillance dont je me charge toujours en personne.

Le ton de ce discours était fait pour provoquer la confiance de Tom ; mais il n'y répondit pas.

Le marchand d'esclaves fouilla le bateau de l'avant à l'arrière, au milieu des ballots, des coffres, des tonneaux, autour de la machine près des cheminées. Après une recherche infructueuse, il vint retrouver Tom.

— Voyons, lui dit-il, soyez franc : vous savez quelque chose. Ne me soutenez pas le contraire ; vous pouvez me fournir des renseignements. J'ai vu Lucie à dix heures ; je l'ai revue à minuit, à une heure. A quatre heures elle n'était plus à sa place ; et, pendant ce temps, vous n'avez pas quitté la vôtre. Vous savez quelque chose, c'est incontestable.

— Eh bien ! monsieur, vers le matin une figure noire a passé près de moi ; j'ai ouvert à moitié les yeux, et j'ai entendu le bruit d'un corps qui tombait à l'eau. Je me suis réveillé, et la fille n'y était plus. Voilà tout ce que je sais.

Le marchand d'esclaves ne fut ni troublé ni étonné ; il était familiarisé avec tant de catastrophes dont nous avons à peine l'idée ! La présence de la mort elle-même ne lui causait aucune émotion solennelle. Dans le cours de ses pérégrinations commerciales, il avait vu maintes fois la mort ; il ne la regardait que comme une visiteuse exigeante, qui le gênait souvent mal à propos dans ses opérations. Ne voyant dans Lucie qu'un colis, il se disait qu'il avait du guignon, et que si ce train-là continuait, il ne tirerait pas un centime de sa cargaison. C'était un homme décidément malheureux, et d'autant plus à plaindre que Lucie avait passé dans un pays qui ne rend jamais les fugitifs, quelles que soient les réclamations.

Le négociant désespéré prit donc son livre de comptes, et inscrivit l'âme et le corps absents à la colonne des pertes.

CHAPITRE XIII.
Les Quakers.

Une scène paisible s'offre maintenant à nos regards. Nous entrons dans une vaste cuisine, dont les murs sont proprement peints, et dont le carrelage en briques jaunes n'a pas un atome de poussière. Le fourneau, d'une fonte noire et lustrée, est entretenu avec un soin minutieux. La vaisselle d'étain, rangée sur de hauts dressoirs, excite l'appétit en éveillant dans l'imagination mille pensées gastronomiques. Les chaises de bois sont antiques, mais solides et luisantes de propreté. Une d'elles est à bascule, flanquée de grands bras qui semblent offrir l'hospitalité, et garnie de moelleux coussins. Une femme y est assise, et tient les yeux baissés sur un ouvrage de couture : c'est notre ancienne amie Elisa, oui, c'est bien elle, à la vérité plus pâle et plus maigre que chez M. Shelby. Une douleur latente a plus fortement accentué les contours de sa bouche et bruni les ombres de ses longs cils noirs ; mais le chagrin lui a donné en même temps plus d'énergie et de maturité. Quand elle lève ses grands yeux pour suivre les joyeux ébats de son petit Henri, on y voit une fermeté et une résolution qu'elle n'avait pas connues dans ses jours de bonheur.

Auprès d'elle est une femme qui tenant sur ses genoux un plat d'étain, y dispose symétriquement des pêches sèches. Elle peut être âgée de cinquante-cinq à soixante ans ; mais ses traits sont de ceux auxquels le temps semble ne toucher que pour les embellir. Son chapeau de crêpe lisse, le mouchoir de mousseline blanche qui dessine des plis réguliers sur sa poitrine, sa simple robe de droguet, indiquent la communauté à laquelle elle appartient. C'est une quakeresse. Elle a la figure ronde, le teint couvert d'un léger duvet, le coloris de la santé. Ses cheveux, en partie argentés par l'âge, encadrent un front élevé, où les années n'ont gravé qu'une inscription : « Paix sur la terre aux hommes de bonne volonté. » Ses yeux bleus sont clairs et limpides ; il n'est pas nécessaire de les examiner attentivement pour lire au fond d'une âme droite, aimante et loyale.

On a cent fois célébré la beauté des jeunes filles ; pourquoi ne parlerait-on pas de celle des vieilles femmes ? Si quelqu'un avait besoin d'inspirations pour chanter cette beauté méconnue, il lui suffirait de voir la bonne Rachel Halliday, telle que nous venons de la décrire.

Elle était assise, de même qu'Elisa, sur une de ces chaises à bascule si communes aux Etats-Unis. Cette chaise, dont les services remontaient à une époque reculée, et qui avait peut-être été exposée dans sa jeunesse aux intempéries des saisons, avait contracté, pour ainsi dire, une sorte d'affection asthmatique. Elle faisait entendre quand on la remuait un craquement que des indifférents auraient trouvé intolérable ; mais il semblait harmonieux au vieux Siméon Halliday, et les enfants disaient que pour rien au monde ils ne voudraient renoncer au plaisir d'entendre crier la chaise de leur mère. Pourquoi ? Parce que, depuis plus de vingt ans, c'était de ce

John posa ses mains enchaînées sur les genoux de Tom.

siége vénérable que partaient, comme d'une chaire, les paroles de
tendresse, les douces admonitions. D'innombrables peines de l'âme
et du corps avaient été guéries, des difficultés spirituelles ou tempo-
relles avaient été résolues par celle qui l'occupait, par elle seule, la
brave femme : que Dieu la bénisse !

— Elisa, dit-elle en arrangeant ses pêches, penses-tu toujours à
t'en aller au Canada ?

— Oui, madame, répondit Elisa d'un ton ferme ; il faut que je
parte ; je n'ose m'arrêter.

— Et que feras-tu quand tu seras là-bas ? Y as-tu songé, ma fille ?

« Ma fille » était un mot qui venait naturellement sur les lèvres de
Rachel Halliday, car sa physionomie était toute maternelle.

Les mains d'Elisa tremblèrent, et une larme tomba sur son ouvrage.

— Je chercherai à m'occuper, dit-elle ; j'espère trouver quelque
chose.

— Tu sais que tu peux rester ici aussi longtemps qu'il te plaira.

— Je vous remercie, mais je ne puis dormir, reprit Elisa en montrant son fils ; je n'ai pas un instant de repos. Cette nuit, je rêvais
que cet homme entrait dans la cour.

— Pauvre fille ! Mais tu ne dois pas t'inquiéter ainsi ; le Seigneur
a permis qu'il n'y eût jamais de fugitif repris dans notre village.

La porte s'ouvrit, et l'on vit entrer une petite femme d'environ
vingt-cinq ans, ronde comme une pelote, fraîche comme une pomme
mûre. Elle était vêtue d'une modeste étoffe grise ; un fichu de mousseline serrait sa poitrine rebondie ; son petit chapeau de quakeresse
n'était jamais d'aplomb sur sa tête, malgré les tentatives qu'elle faisait pour l'assujettir.

— Ruth Stedman ! dit Rachel courant à sa rencontre et lui tendant les deux mains. Comment vas-tu, ma chère ?

— A merveille ! dit Ruth. Puis elle ôta son chapeau, qu'elle essuya
avec son mouchoir. Le bonnet qu'elle portait par-dessous laissait passer çà et là des mèches de cheveux frisés qu'elle remit à leur place.
Elle s'arrangea devant une glace, et parut avoir d'elle-même une
opinion favorable, que tout le monde aurait partagée. C'était décidément une femme agréable, à l'air ouvert, à la figure rayonnante, et
dont l'aspect réjouissait le cœur.

— Ruth, cette amie est Elisa Harris, et voici le petit dont je t'ai
souvent parlé.

Ruth donna une poignée de main à la quarteronne comme à une
ancienne amie qu'elle revoyait après une longue absence. — Elisa,
dit-elle, je suis enchantée de te voir ! C'est là ton fils ? je lui ai apporté
un gâteau.

En disant ces mots, elle présenta un cœur de pâtisserie au petit
Henri, qui l'accepta timidement en contemplant la donatrice à travers les boucles de ses cheveux.

— Où est ton fils ? demanda Rachel à Ruth Stedman.

— Il va venir ; ta Marie l'a saisi au passage, et l'a emporté dans la
grange pour le montrer aux enfants.

Marie, fraîche jeune fille, qui avait la physionomie ouverte et les
grands yeux bruns de sa mère, entra sur ces entrefaites. Rachel prit
dans ses bras l'enfant blanc et potelé :

— Ah ! ah ! dit-elle, quelle bonne mine il a ! comme il grandit !

— C'est vrai, dit Ruth tout en débarrassant l'enfant d'un capu-
chon de soie bleue et de divers autres vêtements complémentaires.
Après l'avoir arrangé, attifé, elle l'embrassa tendrement, et le mit à
terre. Il semblait habitué à ce procédé, car il porta silencieusement
le doigt à sa bouche, et parut absorbé dans ses réflexions, pendant
que sa mère tricotait activement une paire de bas chinés.

— Mets la chaudière sur le feu, dit Rachel à sa fille.

Marie alla remplir la chaudière au puits, la déposa sur le fourneau,
et la fumée s'en exhala bientôt, comme un encens en l'honneur de
l'hospitalité et de la bonne chère. La même main plaça sur le feu les
pêches sèches, pour obéir aux indications de Rachel, qui, après avoir
mis devant elle un tablier, prit une planche éblouissante de blancheur, et confectionna dessus des biscuits.

— Abigaïl Peters est-elle toujours malade ? demanda Rachel.

— Elle va mieux, dit Ruth ; je suis allée la voir ce matin, j'ai fait
le ménage, j'ai tout rapproprié. Lia Hill s'y est rendue dans l'après-
midi, et a fait assez de pains et de pâtés pour la provision de plusieurs jours. J'ai promis d'y retourner ce soir.

— J'irai demain, dit Rachel, j'examinerai le linge.

— Tu feras bien, dit Ruth. Il paraît qu'Anna Stanwood est également malade. John, mon mari, a passé la nuit chez elle, et j'y dois
aller demain.

— Si tu es trop occupée, John peut venir prendre ses repas ici.

— Merci, Rachel ; nous verrons. Mais voici Siméon.

Siméon Halliday, l'époux de Rachel, était d'une force herculéenne,
d'une haute stature, vêtu d'un habit et d'un pantalon de drap grossier, et coiffé d'un chapeau à larges bords. Il serra dans sa large
main les doigts effilés de Ruth, en lui disant : — Comment vas-tu, et
comment va John Stedman ?

— Parfaitement bien, ainsi que toute la maisonnée, répondit Ruth
d'un ton joyeux.

— Quelles nouvelles, père ? dit Rachel en mettant ses biscuits au
four.

— Pierre Stebbins m'a fait savoir qu'il viendrait ici ce soir avec
des amis, dit Siméon du fond d'un cabinet où il était entré pour se
laver les mains.

— Vraiment ! dit Rachel d'un air pensif en regardant Elisa.

— Ne m'as-tu pas dit que tu t'appelais Harris ? demanda Siméon
à la quarteronne.

— Oui, répondit Élisa d'une voix tremblante ; car les inquiétudes
qui ne la quittaient jamais, lui firent entrevoir la possibilité qu'on
eût placardé des affiches relatives à son évasion.

— Mère ! un mot, s'il te plaît ! dit Siméon à sa femme.

— Que me veux-tu, père ?

— Le mari de cette femme est dans la colonie, murmura Siméon ;
il sera ici ce soir.

— Bah ! est-ce bien sûr ? dit Rachel rayonnante de joie.

— C'est positif. Pierre, étant hier en campagne, a rencontré une
vieille femme et deux hommes, dont l'un a déclaré se nommer
Georges Harris. D'après ce qu'il a raconté de ses aventures, je suis
certain de l'identité. C'est un garçon bien découplé, à ce qu'il paraît,
et d'une rare intelligence.

— Il faut le dire à Ruth. Holà, Ruth, approche un peu ! Père dit
que le mari d'Elisa vient d'arriver, et que nous le verrons ce soir.

La petite quakeresse, dans le transport de sa joie, fit un bond en
battant des mains ; et deux boucles de sa chevelure, s'échappant de
dessous son bonnet, tombèrent sur son blanc fichu.

— Doucement, ma chère ! reprit Rachel. Crois-tu qu'il faille le lui
dire à présent ?

— Sans doute, à l'instant même ! Je me mets à sa place ; je me
figure que c'est mon John qui revient.

— Toutes tes pensées se rattachent à l'amour du prochain, dit Siméon en regardant Ruth avec attendrissement.

— N'est-ce pas pour cela que nous sommes sur terre ? Si je n'aimais
pas mon mari et mon fils, je ne devinerais point les sentiments d'Elisa.
Va lui dire, va ! Et, par un geste persuasif, elle posa les mains sur
le bras de Rachel : — Emmène-la dans ta chambre ; pendant votre
entrevue, je me charge du souper.

Rachel s'approcha d'Elisa, et lui dit avec douceur : — Suis-moi, ma
fille ; j'ai des nouvelles à t'apprendre.

Le sang monta aux joues blêmes de l'esclave ; un tremblement nerveux la saisit, et elle jeta sur Henri un regard plein d'anxiété.

— N'aie pas peur, lui dit la petite Ruth. Ce sont de bonnes nouvelles, Elisa ; entre, et rassure-toi.

En disant ces mots, elle la poussa doucement vers la porte de la
chambre à coucher, et se retourna pour prendre Henri dans ses bras.

— Petit, lui dit-elle en le caressant dès que la porte fut fermée,
sais-tu que tu vas voir ton père ?

Elle répéta plusieurs fois ces paroles à l'enfant, qui la regardait
d'un air étonné. Pendant ce temps, Rachel Halliday invitait la quarteronne à s'approcher d'elle, et lui disait : — Le Seigneur a eu pitié
de toi, ma fille ; ton mari s'est échappé de la maison de servitude.

Le sang d'Elisa lui monta au visage et lui revint au cœur avec une
rapidité subite. Pâle et troublée, elle se laissa tomber sur une chaise.

— Prends courage, ajouta Rachel en lui posant la main sur la tête ;
il est au milieu d'amis, qui l'amèneront ici ce soir.

— Ce soir ?.. ce soir ? balbutia Elisa ; mais elle ne comprenait pas
bien le sens des mots qu'elle articulait. Ses idées étaient boulever-
sées, confuses, enveloppées d'un brouillard. Quand elle revint à elle,
elle était étendue sur le lit, et la petite Ruth lui frottait les mains
avec de l'eau-de-vie camphrée. La femme de Georges se trouvait
dans un état de délicieuse langueur, comme une personne qui, après
avoir porté longtemps un lourd fardeau, en est tout à coup délivrée.
Ses nerfs, qui n'avaient jamais cessé d'être surexcités depuis sa fuite,
subirent une douce réaction. Un étrange sentiment de repos et de sé-
rénité s'était emparé d'elle. Quoiqu'elle eût les yeux ouverts, elle
saisit, comme dans un rêve, les mouvements de ceux qui l'environnaient. Elle vit dans la pièce voisine la table dressée et couverte
d'une nappe blanche ; elle entendit le joyeux bouillonnement de la
théière ; elle aperçut Ruth Stedman, qui portait des assiettes de pâtisseries et des pots de confitures. La petite quakeresse s'arrêtait dans
ses allées et venues pour mettre un gâteau dans la main d'Henri, lui
taper sur la tête, ou lui passer ses doigts blancs dans les cheveux.
Par intervalles, Rachel s'approchait du lit, arrangeait les oreillers,
bordait la couverture, lissait les draps çà et là pour faire preuve de
bonne volonté ; et le regard de ses yeux bruns descendait sur la
malade comme un rayon de soleil. Il y eut un moment où John Stedman entra ; Ruth courut au-devant de lui, et lui parla bas, mais avec
vivacité, en indiquant du doigt la chambre à coucher. On se mit à
table pour prendre le thé ; le petit Henri se percha sur une grande
chaise, à l'ombre de Rachel Halliday. Les murmures de la conversation, le cliquetis musical des tasses, les sons argentins parvinrent vaguement aux oreilles d'Elisa ; puis elle dormit comme elle n'avait pas
dormi depuis la nuit terrible où elle avait passé l'Ohio sur un pont
de glace.

Elle rêva d'une terre riante, avec de vertes prairies, des îles om-
breuses, des eaux qui étincelaient au soleil. Là, dans une maison où
des voix affectueuses lui disaient qu'elle était chez elle, jouait son

Paris. — Impr. Lacour et Cie, rue Soufflot, 16.

enfant libre et heureux. Elle reconnut les pas de son mari ; il approcha, la serra dans ses bras, lui mouilla le visage de ses larmes, et elle se réveilla. Ce n'était pas un songe. Le jour avait depuis longtemps disparu ; Henri reposait tranquillement auprès d'elle ; une lumière mourante vacillait dans le chandelier, et Georges sanglotait au chevet du lit.

———————

Le lendemain fut un jour d'allégresse. Rachel fut debout dès l'aube, et environnée de filles et de garçons que nous n'avons pas eu l'occasion de présenter à nos lecteurs, et qui s'occupaient activement, sous la surintendance maternelle, des préparatifs du déjeuner. Dans les riches vallées de l'État d'Indiana, un déjeuner est une affaire compliquée qui nécessite les soins de nombreux travailleurs. John courait à la fontaine chercher de l'eau fraîche ; Siméon *junior* criblait de la farine de maïs ; Marie s'occupait à moudre le café ; la mère établissait l'harmonie entre les jeunes auxiliaires, donnait de l'unité à leurs opérations, et les empêchait de se fourvoyer par excès de zèle.

Dans un coin, Siméon *major*, en manches de chemise, se rasait devant un miroir.

La paix et la concorde régnaient dans la grande cuisine ; on y respirait comme une atmosphère de confiance mutuelle et de fraternité. Les fourchettes et couteaux eux-mêmes se choquaient avec un bruit amical quand on les posait sur la table. Le jambon et le poulet qu'on fricassait dans la casserole semblaient s'y trouver à merveille. Quand Georges, Elisa et le petit Henri sortirent de leur chambre, ils reçurent un accueil si cordial qu'ils croyaient rêver.

On déjeuna ; Marie fit griller des galettes, et, après les avoir amenées à cette belle couleur brun-doré qui caractérise leur perfection, elle les servit au fur et à mesure sur la table. Rachel n'avait jamais paru plus heureuse ; elle mettait dans ses moindres actions, dans ses gestes les plus insignifiants, une animation qu'on ne lui avait jamais vue ; il y avait, même dans la manière dont elle passait ses plats dont elle servait le café, un empressement tout maternel.

C'était la première fois que Georges s'asseyait sur le pied de l'égalité à la table d'un homme blanc. Il éprouva d'abord de la contrainte et de l'embarras ; mais l'affection qu'on lui témoignait les dissipa comme les feux de l'aurore chassent les brouillards. Il avait enfin l'idée de ce que c'était qu'une maison ; il commençait à croire en Dieu, à prendre confiance dans la Providence. Son humeur misanthropique, ses doutes d'athée, son désespoir, se fondaient aux clartés d'un Evangile vivant, respirant sur de riantes figures, mis en action par une charité qui se décelait jusque dans les plus infimes détails du ménage.

— Père, dit Siméon *junior*, si on te poursuit, que feras-tu ?

— Je payerai l'amende, répondit tranquillement Siméon *major*.

— Mais si l'on te met en prison ?

— Ta mère et toi, n'êtes-vous pas capables de diriger la ferme ? dit Siméon en souriant.

— Ma mère est capable de tout ; mais n'est-ce pas une honte de faire de pareilles lois ?

— Tu ne dois point mal parler des lois, Siméon, dit gravement le père. Le Seigneur nous donne les biens terrestres pour que nous puissions accomplir des actes de justice et de miséricorde. Si le gouvernement nous les fait payer, résignons-nous.

— Que je déteste les propriétaires d'esclaves ! s'écria Siméon *junior*.

— Je suis surpris de t'entendre ainsi parler, reprit le père : tu n'as guère profité des leçons que ta mère t'a données. J'agirais de même envers un esclave ou un propriétaire d'esclaves s'il venait à ma porte implorer ma pitié.

Siméon *junior* rougit jusqu'aux tempes ; mais sa mère dit en souriant :

— Siméon est mon bon fils ; en grandissant, il deviendra semblable à son père.

— J'espère, mon bon monsieur, dit Georges avec anxiété, que ma présence ne vous suscitera pas de difficultés.

— Ne crains rien, Georges ; nous remplissons les devoirs qui nous sont imposés en ce monde ; et si nous ne savions souffrir un peu pour la bonne cause, nous ne serions pas dignes de notre renommée.

— Mais c'est pour moi que vous vous exposez, dit Georges ; je ne saurais le souffrir.

— Ne crains donc rien, ami Georges ; ce n'est point pour toi, c'est pour Dieu et l'homme. Passe tranquillement la journée ici ; ce soir, à dix heures, Phinéas Fletcher te conduira avec ta famille jusqu'au plus proche relais. Tes persécuteurs te suivent de près ; il ne faut point de retard.

— En ce cas, pourquoi attendre jusqu'à ce soir ?

— Tu es en sûreté parmi nous pendant le jour ; tous les habitants de cet établissement sont de la secte des amis, et ils font bonne garde. En outre, on court moins de risques en voyageant la nuit.

CHAPITRE XIV.

Évangéline.

Le Mississipi ! comme il a changé depuis le jour où Chateaubriand, dans sa prose poétique, a décrit le fleuve arrosant d'interminables solitudes où l'homme n'avait jamais pénétré !

En peu d'années, une métamorphose immense s'est opérée ; mais pour être connu, le fleuve n'a rien perdu de son prestige et de sa splendeur. Aucun autre ne porte à l'Océan tant de richesses ; car toutes les productions des tropiques jusqu'aux pôles se confondent dans le pays dont il facilite les relations commerciales. Ses eaux troubles, écumantes, qui écornent leurs bords dans leur course précipitée, sont l'image du courant d'affaires où est entraînée une race plus active et plus énergique que celles du vieux monde. Plût au ciel que le Mississipi cessât de recevoir sur ses vagues des cargaisons humaines, opprimées et gémissantes, dont les yeux se tournent avec amertume vers un Dieu invisible et muet, sans que jusqu'à ce jour il soit venu, selon sa promesse, pour sauver les pauvres de la terre !

Le soleil couchant illumine le fleuve large comme une mer ; il dore de grandes cannes à sucre qui frémissent au vent, et de sombres cyprès recouverts de mousse d'un aspect funèbre. Un bateau à vapeur lourdement chargé s'avance en éparpillant l'eau vers ses rives. Des balles de coton, produit de plusieurs plantations, encombrent les ponts de leurs masses grisâtres. Nous sommes obligés de nous livrer à un examen minutieux pour découvrir notre humble ami Tom au milieu des marchandises et des voyageurs ; enfin nous l'apercevons dans un coin sur le second pont.

Soit que les recommandations de M. Shelby eussent produit leur effet, soit par son caractère doux et inoffensif, Tom s'était insensiblement concilié la confiance d'Haley. D'abord le marchand d'esclaves l'avait surveillé de près durant le jour, et lui avait mis des chaînes au coucher du soleil ; mais la patience, la satisfaction apparente de Tom avaient désarmé son maître, qui s'était par degrés relâché de ses rigueurs. Depuis quelque temps, Tom était en quelque sorte prisonnier sur parole ; il avait la liberté d'aller et de venir sur le bateau. Toujours obligeant, toujours disposé à donner un coup de main aux matelots toutes les fois que l'occasion s'en présentait, il avait acquis l'estime de tout l'équipage. Il aidait aux manœuvres avec autant de complaisance qu'il en avait montré dans l'habitation Shelby. Quand il n'avait rien à faire, il montait dans une retraite qu'il s'était ménagée entre les balles de coton, et s'occupait à étudier sa Bible. C'est là que nous le retrouvons.

Avant d'arriver à la Nouvelle-Orléans, le Mississipi a un niveau plus élevé que le pays qu'il traverse. Il roule majestueusement entre des levées massives de vingt pieds de hauteur. Le voyageur, du pont du bateau à vapeur, comme de la plate-forme d'une tour flottante, domine toute la contrée à plusieurs milles à la ronde. Tom, en voyant se succéder les plantations, avait donc sous les yeux comme une carte de l'existence qui l'attendait. Il voyait de loin les esclaves au travail ; il remarquait sur plus d'une plantation leurs cases rangées en longues files, et séparées des maisons imposantes et des parcs du propriétaire. Pendant que ce panorama mouvant se déroulait devant lui, il revenait en imagination à la ferme du Kentucky, au feuillage épais des vieux hêtres, aux appartements vastes et frais de la maison du maître, à sa cabane ombragée de multiflores et de bignonias. Il lui semblait revoir les camarades qui avaient grandi avec lui depuis l'enfance ; son active compagne occupée à préparer le souper ; ses aînés entremêlant leurs jeux d'éclats de rire ; son dernier enfant babillant sur ses genoux. Puis cette vision s'évanouissait ; il n'avait devant lui que des cannes et des cyprès ; il entendait les grincements de la machine ; tous ses sens lui rappelaient trop clairement que la première phase de sa vie était à jamais terminée.

En pareil cas, on écrit à sa femme ; on donne de ses nouvelles à ses enfants ; mais Tom ne savait pas écrire. La poste n'existait point pour lui ; il ne pouvait rien faire parvenir à sa famille ; il n'y avait point de pont jeté sur l'abîme qui l'en séparait. Faut-il s'étonner des larmes qui tombèrent parfois sur les pages de sa Bible, qu'il parcourait en suivant les lettres d'un doigt patient ? Ayant appris tard, Tom lisait difficilement, et passait avec lenteur d'un verset à l'autre. Heureusement pour lui, le livre qu'il déchiffrait était de ceux qui ne perdent rien à être épelés, et dont les paroles, comme des lingots d'or, ont souvent besoin d'être pesées séparément, afin que l'esprit puisse en juger l'inestimable valeur. Suivons-le un moment, pendant qu'il désigne les mots avec l'index, et les prononce à demi voix :

— Que... votre... cœur... ne soit pas... troublé... Dans... la maison... de mon... père... sont... diverses... demeures... Je... vais... préparer... une place... pour... vous.

Les hommes instruits, quand ils lisent l'Ancien et le Nouveau Testament, sont arrêtés par des doutes nombreux. Ils se demandent si le texte n'a pas été altéré, si la traduction est exacte, si certains faits ne peuvent pas être contredits, si certains passages ne sont pas apocryphes ; mais pour notre pauvre Tom, la Bible était tout entière si authentique et si divine, que la pensée d'une négation n'était jamais entrée dans son cerveau. Il fallait que les promesses de l'Evangile fussent vraies, car si elles ne l'avaient pas été, comment aurait-il pu vivre ?

La Bible de Tom n'avait point d'annotations marginales dues à de savants commentateurs ; cependant elle était enrichie de remarques et d'accolades de l'invention du pauvre lecteur. Le jeune Georges et lui avaient fait à la plume des traits à côté des passages qui avaient spécialement charmé son oreille ou son cœur. Grâce à cette précaution, il trouvait immédiatement, sans prendre la peine d'épeler les lignes intermédiaires, tous ses versets favoris qui réveillaient en lui des souvenirs du foyer domestique. Il lui semblait que sa Bible ôtait tout ce qui lui restait de sa vie passée, tout ce qui pouvait lui promettre un meilleur avenir.

Parmi les passagers était un jeune homme d'une famille riche et distinguée, nommé Saint-Clare, et demeurant à la Nouvelle-Orléans. Il avait avec lui une fille, âgée d'environ six ans, et une de ses parentes à laquelle elle était confiée.

Tom avait souvent remarqué cette petite fille; c'était une de ces créatures vives, célestes, infatigables, qu'il est aussi impossible de contenir qu'un rayon de lumière en un souffle de la brise. C'était un type complet de beauté enfantine. Elle avait la grâce aérienne que l'on prête aux créations mythologiques. Sa figure était moins remarquable par la régularité de ses traits que par une singulière expression de rêverie qui frappait les hommes d'imagination, et impressionnait même à leur insu les hommes matériels. La forme de sa tête, les contours de son cou et de son buste, avaient une noblesse toute particulière; ses longs cheveux dorés flottaient comme un nuage autour de ses tempes; ses yeux d'un bleu violet, ombragés par de longs cils, avaient une étrange gravité. Tout la distinguait des autres enfants et attirait les regards sur elle. Ce n'était pas toutefois une fille triste et sérieuse; au contraire, l'enjouement de l'innocence voltigeait sur son visage, comme l'ombre tremblante d'un feuillage d'été. Elle était toujours en mouvement; sa bouche de rose était toujours effleurée d'un sourire; elle chantonnait en marchant, comme dans un heureux songe. Son père et sa gouvernante étaient sans cesse occupés à la suivre; mais à peine l'avaient-ils saisie qu'elle leur échappait. Elle parcourait à son gré tout le bateau sans qu'on cherchât à l'arrêter par un mot de reproche ou de mauvaise humeur. Toujours vêtue de blanc, elle traversait comme une ombre les diverses parties du bâtiment sans en rapporter jamais une seule tache. Il n'y avait pas un coin du second ou du premier pont qu'elle n'eût examiné avec ses yeux bleus, qu'elle n'eût charmé de son apparition féerique. Quand le chauffeur essuyait la sueur de son front, il la voyait parfois devant lui, étonnée des dangers auxquels il s'exposait, et des profondeurs de l'ardente fournaise où il jetait le combustible. Le timonier souriait à l'enfant qui passait un moment la tête à la fenêtre de sa cabine. Vingt fois par jour de rudes voix l'avertissaient; des figures basanées et sévères s'égayaient à son approche; et lorsqu'elle s'aventurait sans crainte sur un passage dangereux, des mains calleuses et noircies se tendaient pour la protéger et lui aplanir la route.

Tom avait le caractère impressionnable de sa race, qu'attirent instinctivement l'innocence et la naïveté. Il contemplait cette petite fille avec un intérêt toujours croissant; il la trouvait presque céleste, et toutes les fois qu'il apercevait cette tête blonde derrière une balle de coton, ces yeux éclatants qu'elle fixait sur lui par-dessus un monceau de paquets, il lui semblait voir un des anges que mentionnait l'Evangile.

Souvent la fille de Saint-Clare se promenait tristement autour de la place où gisaient les esclaves mâles et femelles d'Haley. Elle se glissait au milieu d'eux, les passait tristement en revue, soulevait leurs chaînes avec ses mains délicates, et s'en éloignait en soupirant. Souvent encore elle paraissait subitement dans la cale, les mains pleines de noix, d'oranges, de sucre candi, qu'elle distribuait avec empressement à ces malheureux.

Tom observa longtemps la petite fille avant de tâcher de lier connaissance avec elle. Il avait une multitude de moyens pour attirer les enfants, et il résolut de les mettre en usage. Il savait faire des paniers avec des noyaux de cerise, des figures grotesques avec des noix d'Amérique, des sifflets avec des roseaux. Ses poches étaient remplies d'objets de ce genre qu'il avait jadis confectionnés pour les offrir aux enfants de M. Shelby; il les exhiba un à un, avec une louable économie, comme préliminaires d'amitié.

La petite se tenait sur la réserve; il était difficile de fixer son imagination mobile. Pendant quelques instants, elle se perchait comme un oiseau sur le haut d'un coffre, tandis que Tom donnait la dernière façon aux produits de son industrie; et elle les acceptait timidement. Tous deux finirent bientôt par se parler.

— Comment s'appelle la petite demoiselle? demanda Tom quand il se crut assez avant dans les bonnes grâces de l'enfant pour se permettre une question.

— Evangéline Saint-Clare; mais papa et tout le monde m'appellent Eva. Et vous, comment vous nommez-vous?

— Tom: mais les petits enfants ont l'habitude de m'appeler le père Tom.

— En ce cas, je veux vous appeler le père Tom, parce que, voyez-vous, je vous aime. Ainsi donc, père Tom, où allez-vous?

— Je ne sais, miss Eva.

— Vous ne savez?

— Non; je suis destiné à être vendu à quelqu'un; j'ignore à qui.

— Papa peut vous acheter, dit Eva précipitamment, et s'il vous achète, vous ne serez pas malheureux. Mon intention est de le lui demander aujourd'hui même.

— Merci, ma petite demoiselle.

Le steamer s'était arrêté pour faire du bois, et Eva, entendant la voix de son père, s'esquiva avec agilité. Tom alla à l'avant pour offrir ses services, et se mêla aux gens de l'équipage.

Eva et son père étaient ensemble près des lisses de plat-bord, pour voir le bateau quitter le débarcadère. La roue avait fait quelques tours, quand, par un mouvement subit, l'enfant perdit l'équilibre et tomba à l'eau. Son père, sans savoir ce qu'il faisait, allait s'y précipiter après elle, quand il fut retenu par un passager qui s'aperçut qu'elle pouvait compter sur un secours plus efficace.

Tom, en ce moment occupé sur le premier pont, vit Eva disparaître, et plongea aussitôt. Il avait la poitrine large et les bras forts; il se soutint sur l'eau jusqu'à ce que l'enfant fût remontée à la surface, la saisit dans ses bras, et la remit entre les mains qui s'apprêtaient à la recevoir. On la transporta sans connaissance dans la cabine des dames, où, comme il est d'usage en pareil cas, des femmes rivalisant de zèle, employèrent, avec les meilleures intentions du monde, tous les moyens possibles pour retarder le rétablissement de la malade.

Le lendemain, le bateau était en vue de la Nouvelle-Orléans. Un mouvement général s'opérait à bord. Dans la cabine, les voyageurs rassemblaient leurs effets, et faisaient leur toilette. Le maître d'hôtel et la femme de chambre nettoyaient, fourbissaient et rangeaient dans le magnifique bateau, afin de lui préparer une entrée triomphale.

Sur le premier pont, notre ami Tom, les bras croisés, regardait avec inquiétude un groupe placé en face de lui. Là se trouvait Evangéline, plus pâle que la veille, mais ne se ressentant en rien de son accident. Son père se tint auprès d'elle, appuyé sur une balle de coton, et tenant un portefeuille ouvert. Il avait des manières élégantes et gracieuses. Ses traits, ses yeux bleus, ses cheveux châtains aux reflets dorés, ressemblaient à ceux de sa fille; mais l'expression de sa physionomie était toute différente. Il y régnait un air de fierté, de sarcasme, de supériorité qui n'avait rien de hautain ni de désagréable. Ses yeux, exactement pareils de forme et de couleur à ceux d'Eva, brillaient d'un feu tout terrestre; la rêverie vaporeuse en était absente. Il écoutait négligemment, un peu dédaigneusement peut-être, le marchand d'esclaves Haley, qui énumérait avec volubilité les qualités rares de l'article dont il voulait se débarrasser.

— En somme, dit Saint-Clare, c'est un recueil complet de toutes les vertus chrétiennes, relié en maroquin noir. Eh bien! mon brave, combien le vendez-vous? voyons; ne me surfaites pas trop.

— Ma foi, dit Haley, si j'en demandais treize cents dollars, je rentrerais à peine dans mes déboursés.

— Pauvre homme! dit Saint-Clare en le regardant d'un air moqueur; et pourtant vous me le laisseriez à ce prix, uniquement par égard pour moi.

— Oui, monsieur; votre demoiselle pourrait en raffoler, ce qui est bien naturel.

— Je n'en disconviens pas, mon ami; elle implore votre bienveillance. Maintenant, par charité chrétienne, quel rabais feriez-vous sur ce nègre, en faveur d'une demoiselle qui en raffole?

— Examinez-le bien, reprit le marchand : voyez ces membres, ce coffre, cette force de cheval, cette tête développée. Les fronts hauts dénotent toujours des nègres calculateurs, capables de tout. Un noir de cette carrure vaut toujours très-cher, quand même ce serait un idiot; mais s'il a l'esprit de calcul et d'autres talents, le prix augmente en proportion. Or, je puis le prouver, cet homme est doué d'une intelligence supérieure; il a administré les domaines de son maître; il a des capacités extraordinaires pour les affaires.

— Tant pis, tant pis, répliqua ironiquement Saint-Clare : il en sait trop, et ne réussira jamais dans le monde. Ces gaillards habiles sont toujours prêts à s'évader, à voler des chevaux, à faire le diable. Vous devez diminuer au moins deux cents dollars sur le prix, à cause des talents du sujet.

— Ce que vous dites est assez fondé en général; mais il faut tenir compte du caractère de Tom. Je suis à même de vous montrer des certificats qui établissent qu'il est vraiment pieux, dévoué, plein de vertus. Dans son pays, on l'avait surnommé le prédicateur.

— Je pourrais donc en faire mon chapelain; c'est une idée. La religion est une denrée assez rare dans ma maison.

— Vous plaisantez.

— Comment le savez-vous? ne me donnez-vous pas comme prédicateur? Je suis curieux de savoir devant quel synode ou quel concile il a passé des examens. Montrez-moi donc vos papiers.

Le marchand d'esclaves aurait pu perdre patience; mais aux clignements d'œux de son interlocuteur, il devinait que les railleries dont il était tenté de s'offenser tourneraient au profit de sa caisse. Il étala donc tranquillement son portefeuille gras sur les balles de coton, et étudia les papiers que ce portefeuille renfermait, tandis que Saint-Clare le contemplait d'un air goguenard.

Evangéline monta sur un colis, et se jeta au cou de son père en disant :

— Papa, achetez-le, n'importe à quel prix; vous avez assez d'argent; je le sais; je veux l'avoir.

— Pourquoi, ma mie? votre intention est-elle de l'employer en guise de poupée ou de cheval de bois?

— Je veux le rendre heureux.

— Voilà, certes, un motif original.

Le marchand d'esclaves présenta une attestation signée de M. Shelby; Saint-Clare la prit du bout des doigts, et la parcourut avec indifférence.

— C'est bien rédigé, dit-il, et par un homme d'éducation; mais la piété du sujet m'inquiète. Le pays est encombré de blancs d'une excessive piété; nous avons des hommes pieux pour candidats aux élections prochaines; il y a tant de religion dans toutes les classes, qu'on ne sait plus à qui se fier. N'ayant pas lu les journaux depuis quelque temps, j'ignore si la religion est cotée, et ce qu'elle se vend; mais enfin, à combien estimez-vous la religion de votre Tom?

— Vous vous moquez de moi, reprit le trafiquant; mais il y a une distinction qu'il y a une distinction qu'il faut établir. On voit des congrégations, des assemblées, des chants et des prières, dont la prétendue piété n'est que de l'hypocrisie; mais on trouve des noirs comme des blancs, remplis d'une foi sincère, honnêtes, fermes dans leurs convictions, que tous les trésors du monde ne détermineraient pas à une mauvaise action; et comme l'atteste la lettre de M. Shelby, c'est précisément le caractère de Tom.

— Si vous me le garantissez, reprit gravement Saint-Clare; si je puis acheter la véritable espèce de piété, et la faire inscrire là-haut à compte comme quelque chose qui m'appartient, je ne regarderai pas à un surcroît de dépense; qu'en dites-vous?

— Je ne réponds de rien, répondit Haley; je crois que dans le ciel, chacun est responsable de ses actes, et ne profite jamais de ceux d'autrui.

— C'est dommage, quand on achète un nègre, de payer tant pour sa religion, et de ne pouvoir en trafiquer dans la contrée où elle est le plus indispensable.

Malgré cette observation, Saint-Clare tira de son portefeuille des billets qu'il présenta au marchand.

— Voilà! reprit-il : comptez votre argent, mon vieux.

— Le compte y est, dit Haley enchanté de son marché; et prenant dans sa poche une vieille écritoire de corne, il remplit les blancs d'un contrat de vente, qu'il remit à l'acquéreur.

— Si j'étais inventorié, je me demande quelle somme je rapporterais, reprit Saint-Clare après avoir jeté les yeux sur le papier. Tant pour la figure, tant pour les bras, les mains et les jambes; tant pour l'éducation, l'instruction, les talents, l'honnêteté, la religion. Il n'y aurait pas grande augmentation de prix pour ce dernier article, je le parie!... Allons, Éva, mettons-nous en route!

En passant devant Tom, il lui mit le bout du doigt sous le menton.

— Regardez bien, lui dit-il, et voyez si votre nouveau maître vous convient.

Il était impossible de voir cette belle figure pleine de jeunesse et de gaieté, sans un sentiment de plaisir. Tom avait les larmes aux yeux quand il répondit du fond de son cœur :

— Dieu vous bénisse, monsieur!

— Je le souhaite, répondit Saint-Clare. Vous vous appelez Tom, n'est-ce pas? Savez-vous conduire?

— Je suis habitué aux chevaux, car mon maître en élevait.

— Vous serez mon cocher, à la condition que vous ne vous griserez qu'une fois par semaine, sauf les grandes occasions.

Tom parut surpris et même offensé, en répliquant : — Je ne me grise jamais, monsieur.

— Tout le monde dit cela, Tom; mais nous sommes à l'épreuve. Si vous usez modérément du vin, ce sera un avantage pour vous comme pour moi. Quoi qu'il en soit, mon garçon, je suis persuadé que vous avez l'intention de bien faire.

— Vous pouvez compter sur moi, monsieur.

— Vous serez content de papa, dit Evangéline; il est bienveillant pour tous; seulement il aime à se moquer des gens.

— Papa vous remercie de la manière dont vous faites son éloge, dit Saint-Clare en riant; et pirouettant sur ses talons, il se mit en mesure de descendre à terre.

CHAPITRE XV.

Le Nouveau Maître de Tom.

Le fil de l'existence de notre héros se trouve désormais mêlé à celui de la vie de Saint-Clare, dont il est par conséquent indispensable de dire quelques mots.

Augustin Saint-Clare était fils d'un riche planteur de la Louisiane. Sa famille était originaire du Canada. De deux frères, dont le caractère offrait une grande analogie, l'un avait fondé dans l'État de Vermont un établissement considérable, l'autre s'était fixé à la Louisiane. La mère d'Augustin descendait de protestants français qui avaient émigré à l'époque où s'était formée la colonie. Elle n'avait eu que deux fils. Celui dont nous nous occupons tenait de sa mère une constitution très-délicate, et d'après le conseil des médecins, il avait été confié de bonne heure aux soins de son oncle, et avait passé ses premières années dans l'État de Vermont, dont le climat froid et salubre avait fortifié son tempérament.

Dans son enfance, Augustin Saint-Clare se faisait remarquer par une sensibilité extrême, qui participait de la douceur féminine plutôt que de l'énergie virile. Toutefois le temps, en respectant ces dispositions, les avait recouvertes d'une rude écorce, sous laquelle il était difficile de les deviner. Doué de talents supérieurs, Augustin aimait à se lancer dans le monde idéal, et ne s'occupait qu'avec répugnance des affaires de la vie. Presque au sortir du collége, il avait éprouvé toute l'effervescence d'une passion romanesque pour une jeune fille d'un des États du Nord, aussi distinguée par son esprit que par sa beauté. Son heure avait sonné, cette heure d'amour profond qui ne vient qu'une fois; son étoile lui était apparue, mais elle devait s'éclipser bien vite. Après s'être fiancé, il retourna dans le Sud, afin d'y prendre des arrangements pour son mariage; mais au moment où il formait des projets de bonheur, ses lettres lui furent renvoyées, et le tuteur de sa future lui écrivit qu'elle était sur le point de devenir la femme d'un autre. Sa douleur alla jusqu'au délire; mais il se flatta de chasser un jour de son cœur l'image de sa maîtresse. Trop fier pour demander des explications, il se jeta dans le tourbillon du monde; et, quinze jours après avoir reçu la lettre fatale, il était l'amant en titre de la *belle* de la saison. Elle avait une figure gracieuse, de beaux yeux noirs pleins de feu, et cent mille dollars. Il épousa tout cela, et on le crut généralement heureux.

Les nouveaux époux passèrent la lune de miel au milieu d'un

Vers le milieu de la nuit, Tom fut réveillé en sursaut.

brillant cercle d'amis, dans leur magnifique villa, sur les bords du lac Pontchartrain. Un jour, on apporta à Saint-Clare une lettre dont il reconnut aussitôt l'écriture, et qui lui fut présentée au salon, en présence d'une société nombreuse, pendant une conversation dont il tenait le dé. Il devint d'une pâleur mortelle; mais il conserva son sang-froid, et poursuivit de galants badinages avec une admirable aisance. Quelques instants après, il disparaissait et montait dans sa chambre pour y lire la lettre désormais plus qu'inutile. Son ex-fiancée lui mandait qu'elle avait été en butte à une longue persécution. Son tuteur avait un fils pour lequel il avait rêvé la main de la riche héritière; une trame avait été ourdie; on avait supprimé les lettres d'Augustin. Après lui avoir écrit à plusieurs reprises, elle avait fini par douter de son amour et par tomber malade de douleur. Enfin elle avait découvert le complot. La lettre se terminait par des protestations d'éternelle tendresse, qui furent plus cruelles que la mort pour l'infortuné jeune homme. Il répondit immédiatement :

« J'ai reçu votre lettre, mais trop tard. J'avais cru tout ce qu'on m'écrivait; j'étais au désespoir. Je suis marié, et tout est fini. Oublions-nous. Hélas! c'est tout ce qui nous reste à faire! »

Ainsi finirent pour Augustin Saint-Clare l'idéal et le roman de la vie; il se trouvait désormais réduit au positif. Il était comme le voyageur qui contemple du haut du rivage les vagues argentées sur lesquelles flottent des vaisseaux aux blanches ailes ou de légères embarcations. L'instant d'après, le reflux les emporte; le bruit cadencé des avirons cesse de se faire entendre; les flots se retirent, et il ne reste à leur place qu'une vase nue, morne, nauséabonde, dont la triste réalité détruit les poétiques rêveries!

Dans un roman, les héros qui ont le cœur brisé succombent d'ordinaire à leur amoureux martyre; mais, dans la vie réelle, nous ne mourons pas lorsque meurt en nous ce qui fait le charme de l'existence. Il faut manger, boire, s'habiller, se promener, faire des visites, vendre, acheter, causer, lire, et ces occupations importantes absorbent notre temps; nous vivons encore de la vie extérieure quand la partie morale de notre être a été mortellement frappée. L'affliction ne tua pas Augustin. Si sa femme eût eu les qualités qu'on trouve parfois dans le beau sexe, elle aurait pu renouer les fils brisés de son existence pour en faire un tissu de soie et d'or; mais elle ne supposait pas même qu'ils fussent brisés. Comme nous l'avons dit, de jolis traits, des yeux noirs, et cent mille dollars, c'était là Marie Saint-Clare tout entière. Elle n'avait rien de ce qu'il fallait pour guérir les blessures d'un esprit malade. Lorsqu'on trouva Augustin étendu sur le canapé de sa chambre, et que, afin d'expliquer sa pâleur livide, il prétexta une violente migraine, elle lui recommanda de respirer de la corne de cerf. La pâleur et la migraine persistèrent pendant plusieurs jours, pendant plusieurs semaines; Marie se contenta de dire qu'elle n'aurait jamais cru M. Saint-Clare aussi maladif; qu'il paraissait sujet aux maux de tête; que c'était bien malheureux pour elle, parce qu'il ne pouvait la conduire en société, et qu'il semblait étrange de la voir toujours seule après un mois de mariage.

Augustin se félicitait en son cœur d'avoir une compagne aussi peu clairvoyante, il ne lui souhaitait pas plus de discernement; mais quand les fêtes et les visites de la lune de miel furent passées, il s'aperçut qu'une jeune beauté, adulée et gâtée dès son enfance, pouvait être une maîtresse assez tyrannique dans un ménage. Marie n'avait jamais été susceptible d'une vive affection. Le peu de sensibilité qu'elle eût avait été absorbé par un égoïsme d'autant plus grand que, incapable d'apprécier la valeur d'autrui, elle ne voyait qu'elle, ne connaissait qu'elle. Elle avait toujours été entourée de domestiques qui ne songeaient qu'à satisfaire ses caprices, et l'idée qu'ils pouvaient avoir des sentiments ou des droits ne lui était jamais venue, même vaguement. Son père, dont elle était la fille unique, ne lui avait jamais rien refusé de ce qui était dans les limites de la puissance humaine. Quand elle était entrée dans le monde, belle, riche, accomplie, elle avait vu soupirer à ses pieds l'élite de l'autre sexe, et elle était convaincue qu'en obtenant sa main Augustin avait été le plus fortuné des mortels.

C'est une grande erreur que de supposer qu'une femme sans cœur se montrera de composition facile en matière d'affection. Elle exige l'amour en créancière impitoyable; moins elle est aimable, plus elle veut être aimée. Elle est aussi jalouse qu'égoïste. Saint-Clare était galant auprès des dames; il leur prodiguait par habitude des attentions délicates. Sa sultane s'en formalisa. Il y eut des pleurs, des bouderies, des orages, des accès de colère. Saint-Clare, qui avait un bon caractère, essaya de calmer sa femme par des flatteries ou par des présents; et quand elle devint mère, il éprouva momentanément pour elle une sorte de tendresse.

La mère de Saint-Clare avait été remarquable par la pureté de son cœur et l'élévation de ses idées. Il espéra qu'elle revivrait dans sa petite-fille, à laquelle il donna le nom qu'elle avait porté. Le dévouement qu'il témoigna à la petite Evangéline excita le mécontentement de sa femme. Elle semblait croire que la tendresse accordée à l'enfant était ravie à la mère. Depuis la naissance de cette fille, sa santé déclina sensiblement : l'inaction constante de l'esprit et du corps, l'ennui, la mauvaise humeur, l'état valétudinaire qui suit la parturition transformèrent promptement la jeune belle en une femme jaune et fanée, assaillie d'une multitude de maladies imaginaires, et disposée à se regarder comme la plus misérable des créatures humaines. Elle se plaignit de toutes sortes de maux, et surtout de la migraine, qui la prenait régulièrement au moins trois fois par semaine. Alors elle gardait la chambre, et tous les soins du ménage retombaient exclusivement à la charge des domestiques. La maison de Saint-Clare était mal tenue et peu agréable. Sa fille unique, excessivement délicate, pouvait être victime de l'incapacité d'une mère indifférente. Dans un voyage qu'il avait fait à Vermont, il avait emmené Evangéline, et il avait décidé sa cousine, miss Ophélia Saint-Clare, à revenir avec lui. Il rentrait dans sa résidence du Sud quand nous l'avons présenté à nos lecteurs.

Maintenant que les dômes et les clochers de la Nouvelle-Orléans sont en vue, il est temps d'esquisser le portrait de miss Ophélia.

Quiconque a voyagé dans les Etats de la Nouvelle-Angleterre doit avoir vu dans quelque frais village plus d'une grande ferme, précédée d'une cour herbeuse, ombragée par l'épais feuillage de l'érable à sucre. Rien n'est perdu ni en désordre; il n'y a pas un piquet de travers dans les barrières, pas une parcelle de litière sur le gazon de la cour. Des buissons de lilas croissent sous les fenêtres. La maison se divise en vastes pièces, où tout est rigoureusement à sa place, où tous les soins du ménage s'accomplissent avec la ponctualité de la vieille horloge qui tinte dans un coin; contre les murs de la salle où se tient la famille, se dresse un corps de bibliothèque vitré, qui renferme l'*Histoire ancienne* de Rollin, le *Paradis perdu* de Milton, la *Marche du pèlerin* de Bunyan, l'abrégé de la Bible, et quelques autres livres également respectables. On ne voit point de domestiques errer dans la maison; la maîtresse du logis, coiffée d'un bonnet blanc, les lunettes sur le nez, coud dans l'après-midi au milieu de ses filles, comme si elles n'avaient pas autre chose à faire. Elles ont achevé leur ouvrage durant la première partie de la matinée, à une heure qu'elles ont eu déjà le temps d'oublier. Qu'on les visite n'importe à quel instant du jour, elles ont toujours fini. Le pieux carrelage de la cuisine semble n'avoir jamais été souillé d'une seule tache : les tables, les chaises, les ustensiles de cuisine semblent n'avoir jamais été dérangés; et pourtant on fait en ce lieu quatre repas par jour, on y lave la vaisselle, on y fourbit des casseroles, on y fabrique du beurre et du fromage; mais quand? comment? c'est un mystère.

C'était dans une ferme de ce genre que miss Ophélia avait vécu pendant quarante-cinq ans environ, lorsque son cousin l'invita à l'accompagner. Aînée d'une nombreuse famille, elle était encore regardée comme une enfant par ses parents, et la proposition de l'emmener à la Nouvelle-Orléans fut accueillie avec stupeur. Son vieux père à tête grise prit dans la bibliothèque un atlas, pour calculer exactement la longitude et la latitude d'une contrée aussi lointaine; et afin de connaître les mœurs et les coutumes, il lut un recueil de voyages dans le Sud-Ouest. La bonne mère demanda, inquiète si Orléans n'était pas une ville de perversité. Elle n'hésitait pas à la comparer aux îles Sandwich, ou à tout autre pays occupé par des païens.

Le ministre, le médecin, la marchande de modes, surent bientôt que miss Ophélia Saint-Clare partait avec son cousin pour la Nouvelle-Orléans, et tout le village ne manqua pas de suivre son exemple en parlant de ce projet. Le ministre, qui était partisan de l'abolition de l'esclavage, se demanda si la présence d'une habitante de l'Etat de Vermont parmi les colons du Sud ne les autoriserait pas à persister dans leur déplorable système. Le docteur, auquel l'esclavage était loin de déplaire, fut d'avis que miss Ophélia devait aller à Orléans, pour faire savoir aux indigènes qu'en définitive l'Etat de Vermont ne les jugeait pas trop défavorablement. Il ajouta que les gens du Sud avaient besoin d'être encouragés. Quand on apprit que le voyage était décidé, les amis et voisins de miss Ophélia l'invitèrent à prendre le thé pendant quinze jours consécutifs, et l'interrogèrent à tour de rôle sur ses intentions. Miss Moseley, qui était venue à la maison pour contribuer à la confection de divers ajustements, remarqua l'accroissement prodigieux de la garde-robe de miss Ophélia. On découvrit que Saint-Clare avait donné cinquante dollars à sa cousine pour acheter les vêtements qu'elle désirerait, et qu'il était déjà venu de Boston un chapeau avec deux robes de soie. Tant de faste était-il convenable? Sur ce point l'opinion publique se partagea. Les uns prétendaient que les circonstances excusaient cet étalage, que c'était bon pour une fois. D'autres soutenaient qu'on aurait mieux fait d'envoyer les cinquante dollars à la société des missions. On s'accordait à admirer une des robes de soie, qui se tenait toute seule, et un parasol envoyé de New-York. On citait aussi un mouchoir de poche orné de dentelle, on ajoutait même que les coins en étaient brodés; mais ce dernier fait n'a jamais été constaté, et reste obscur encore aujourd'hui.

Miss Ophélia, telle que nous la voyons à bord du steamer, était vêtue d'un habit de voyage de toile brune. Elle était grande, carrée, anguleuse. Elle avait des traits maigres et pointus, des lèvres serrées, indiquant des résolutions bien arrêtées; ses yeux noirs et perçants erraient sur tout ce qui l'environnait, avec une expression d'inquiétude perpétuelle, comme si elle eût cherché quelque chose à mettre en ordre. Tous ses mouvements étaient secs, décidés, énergiques.

Elle ne causait pas volontiers, mais ses paroles allaient droit au but. C'était dans toutes ses habitudes un type d'ordre, de méthode, d'exactitude. Elle était réglée comme une pendule, inexorable comme une locomotive, et elle avait un souverain mépris pour tous les caractères contraires au sien. Le plus grand des péchés, à ses yeux, l'abomination des abominations, c'était la légèreté. Quand elle avait dit de quelqu'un qu'il était léger, inconséquent, il était perdu à ses yeux. Elle dédaignait quiconque ne marchait pas en droite ligne, sans se détourner, vers un but déterminé d'avance. Les gens qui ne faisaient rien, qui ne savaient pas exactement ce qu'ils allaient faire, ou qui ne prenaient pas le plus court chemin pour réaliser leurs desseins, étaient indignes de son estime. Elle ne daignait pas même leur témoigner verbalement sa mauvaise humeur ; mais elle était avec eux d'une froideur glaciale, d'une roideur de statue.

Sous le rapport intellectuel, miss Ophélia avait l'esprit actif, clair et vigoureux. Elle était instruite en histoire ; elle connaissait à fond les anciens classiques anglais, et ses pensées avaient de la force dans les étroites limites qui les circonscrivaient. Ses opinions religieuses étaient nettement formulées, étiquetées et inventoriées avec minutie, disposées en paquets comme ses bagages. Elle en avait juste un certain nombre qui ne devait jamais être dépassé. Elle avait encore des idées faites sur la vie pratique, sur les diverses branches de l'économie domestique, sur les affaires politiques, restreintes à son village natal. Sa principale qualité était d'être consciencieuse ; c'était le principe dominant de son être, comme de celui de la plupart des femmes de la Nouvelle-Angleterre. C'était, dans sa conformation morale, ce qu'est dans notre globe la couche de granit, dont on constate la présence à la plus grande profondeur, et qui se retrouve sur le sommet des plus hautes montagnes.

Miss Ophélia était l'esclave absolue du devoir. Lorsqu'elle était sûre de marcher, suivant son expression favorite, dans le sentier du devoir, le feu et l'eau n'auraient pas été capables de l'en détourner. Elle serait allée se jeter dans un puits, ou à la bouche d'un canon chargé, s'il lui avait été démontré que ce sentier y passait. Elle s'était créé un idéal de justice et de perfection si élevé, si complet, qu'elle ne l'avait jamais atteint malgré ses efforts héroïques, et qu'elle était constamment tourmentée du sentiment de son insuffisance. Jamais elle ne faisait de concessions à la fragilité humaine. Aussi ses dispositions ordinaires donnaient-elles à sa piété une tournure sévère et même un peu sombre.

Mais comment pouvait-elle sympathiser avec Augustin Saint-Clare, homme sceptique, railleur, tolérant, irrégulier dans toutes ses habitudes ? La raison en est simple ; elle l'aimait sincèrement. Lorsqu'il était enfant, c'était elle qui lui avait enseigné le catéchisme, qui avait raccommodé ses habits, qui lui avait donné tous les soins qu'exige le jeune âge. Elle avait pour lui une affection réelle, dont Augustin avait su profiter pour lui persuader que le sentier du devoir allait dans la direction de la Nouvelle-Orléans ; qu'elle devait s'y rendre, afin de veiller à l'éducation d'Evangéline, et de sauver la maison de la ruine à laquelle l'exposaient les fréquentes indispositions de sa femme. L'idée d'un ménage dont personne ne prenait soin toucha le cœur de miss Ophélia. Quoiqu'elle regardât Augustin comme une espèce d'idolâtre, elle lui portait intérêt, riait de ses saillies, prévoyait ses erreurs, les empêchait même plus souvent qu'auraient pu le supposer ceux qui le connaissaient.

Nos lecteurs jugeront mieux encore du caractère de miss Ophélia par ses actions. Nous la revoyons assise dans la chambre qu'elle occupait pendant la traversée ; elle est environnée d'une multitude de sacs de nuit, de boîtes, de paniers, qu'elle se hâte d'attacher ensemble avec des ficelles.

— Allons, Eva, dit-elle, comptez vos affaires ; vous n'y avez pas songé, j'en suis sûre ; vous êtes étourdie comme tous les enfants. Le sac en tapisserie taché, le carton bleu qui contient votre beau chapeau, ça fait deux ; la malle de caoutchouc, trois ; mon nécessaire, mon carton, ma boîte de cols, six ; la petite malle de cuir, sept. Où avez-vous mis votre ombrelle ?... Donnez-la-moi, que je l'enveloppe de papier, et que je l'attache avec la mienne.

— Mais, ma cousine, à quoi bon tout cela ?... nous sommes à notre porte...

— Il faut prendre soin de ses effets, ma chère, si on veut les conserver. Qu'est devenu votre dé ?

— Je ne sais pas, ma cousine.

— Retrouvons-le ; examinons votre boîte à ouvrage. Un dé, de la cire, deux cuillers, des ciseaux, un couteau, un paquet d'aiguilles... c'est bien tout. Que faisiez-vous, mon enfant, quand vous voyagiez avec votre papa ?... Je suis sûre que vous perdiez la moitié de vos affaires ?

— C'est vrai, ma cousine ; mais papa m'en achetait d'autres, lorsque nous nous arrêtions quelque part.

— Miséricorde ! quelle manière d'agir !

— Elle était très-commode, ma cousine,

— C'était une légèreté impardonnable, repartit miss Ophélia.

— Mais, cousine, reprit l'enfant, comment allez-vous faire ? Cette malle est trop pleine pour se fermer...

— Il faut qu'elle se ferme, dit miss Ophélia d'un ton impérieux en pesant de toutes ses forces sur le couvercle. Cependant, en dépit de ses tentatives réitérées, une légère ouverture bâillait entre le dessus et la partie inférieure.

— Eva, montez ici ! s'écria la courageuse Ophélia. Ce qu'on a fait déjà peut se recommencer. Cette malle doit être fermée à clef, il n'y a pas à dire !

Intimidée sans doute par tant de résolution, la malle céda. Le loquet craqua en entrant dans le trou de la serrure. Miss Ophélia tourna la clef, et la mit triomphalement dans sa poche.

— Maintenant, nous voilà prêtes. Où est votre papa ?... Je crois qu'il serait temps de faire emporter ces bagages... Voyez-vous votre papa, mon enfant ?

— Oui ; il est là-bas dans la cabine des messieurs, en train de manger une orange.

— Il ignore que nous approchons. Ne feriez-vous pas bien d'aller lui parler ?

— Papa n'est jamais pressé, dit Evangéline ; et puis nous ne sommes pas encore au débarcadère. Mettez-vous à la fenêtre, cousine, voilà notre maison en haut de cette rue.

Le steamer, en poussant de sourds grondements comme un monstre fatigué, se frayait un passage à travers les bateaux qui encombraient les abords du quai. Evangéline indiquait avec joie les clochers, les monuments, les édifices, qui lui faisaient reconnaître sa ville natale.

— Oui, oui, ma chère, dit miss Ophélia, c'est magnifique, assurément ; mais, miséricorde ! le bateau est arrêté... où est votre père ?

Le tumulte ordinaire d'un débarquement succéda à ces paroles. Des domestiques coururent de tous côtés, des hommes enlevèrent les malles, les caisses, les sacs de nuit ; des femmes appelèrent avec anxiété leurs enfants, et tout le monde se rua sur la planche qui menait à terre.

— Faut-il prendre votre malle, madame ?

— Voulez-vous me charger de ces paquets ?

— C'est à moi que ça revient, madame.

— Non, madame, c'est moi qui vais porter ça pour vous.

Telles furent les paroles qui assaillirent miss Ophélia, qui, après avoir rangé tous ses effets en bataille, semblait disposée à les défendre jusqu'à la mort. Elle fit la sourde oreille. Droite comme une aiguille piquée dans une planche, tenant à la main son paquet d'ombrelles, elle répondit négativement, avec une résolution propre à déconcerter un cocher de fiacre.

— Mais à quoi donc pense votre papa ? disait-elle à Evangéline : il ne peut être tombé à l'eau, et, partant, il faut qu'il lui soit arrivé quelque chose. En vérité, je commence à m'inquiéter.

Sur ces entrefaites, Saint-Clare s'avança d'un pas indolent, et donna à sa fille un quartier d'orange en disant :

— Eh bien, ma cousine, je suppose que vous êtes prête ?

— Si je le suis ! Il y a près d'une heure que je vous attends.

— La voiture nous attend ; la foule s'est écoulée, et nous pouvons maintenant nous en aller tranquillement, sans être bousculés. Ici, cocher ! emportez ces bagages...

— Je vais veiller à ce qu'on les place dans la voiture, dit miss Ophélia.

— Bah ! à quoi bon ? reprit Saint-Clare.

— En tout cas, je vais emporter ceci, cela, et puis cela, dit miss Ophélia en mettant à part trois boîtes et un sac de tapisserie.

— Ma chère cousine, il ne faut pas nous apporter ainsi les habitudes des montagnes vertes. Adoptez un peu les mœurs du Sud, et ne vous promenez pas avec tous ces fardeaux, qui vous feraient prendre pour une femme de chambre. Donnez-les au cocher ; il les emportera aussi doucement que des œufs.

Miss Ophélia jeta un coup d'œil de désespoir sur Augustin, qui lui ravissait ses trésors : mais elle fut consolée par la pensée d'être auprès d'eux dans la voiture.

— Où est Tom ? dit Evangéline.

— Sur le siége, répondit Saint-Clare. Je veux lui donner la place de l'ivrogne qui nous a versés il y a quelque temps.

— Oh ! Tom fera un excellent cocher, dit Evangéline ; je sais qu'il ne boit jamais.

La voiture s'arrêta en face d'une ancienne maison, bâtie dans ce style moitié français, moitié espagnol, dont il reste encore des échantillons dans diverses parties de la Nouvelle-Orléans. La cour, où l'on pénétrait par une porte cintrée, était un carré parfait, environné d'arcades mauresques. De frêles piliers soutenaient des galeries ornées d'arabesques, et portaient la pensée aux romanesques splendeurs de la domination orientale en Espagne. Cette cour avait évidemment été disposée pour satisfaire les caprices d'un homme voluptueux et ami du pittoresque. Au centre, un jet d'eau s'élevait en pluie argentée, et retombait dans un bassin de marbre entouré d'une large bordure d'odorantes violettes. Dans l'eau du bassin, limpide comme le cristal, nageaient des milliers de poissons dorés, qui étincelaient comme autant de joyaux vivants. La fontaine était encadrée d'une mosaïque qui formait des dessins fantastiques ; un gazon, uni comme du velours vert, s'étendait à l'entour, et une voie carrossable régnait le long des portiques. Deux grands orangers, couverts de fleurs, jetaient sur cet ensemble une ombre délicieuse. Des vases de marbre, rangés en cercle autour du gazon et ciselés comme ceux de l'Alhambra, contenaient les plus belles plantes du tropique. D'énormes grenadiers aux feuilles lustrées, aux fleurs écarlates; des géraniums, des rosiers courbés sous le faix de leurs touffes embaumées; des jasmins d'Arabie au feuillage sombre, semé d'étoiles d'argent; des jasmins jaunes, des verveines, confondaient leurs parfums et leurs ombrages. Çà et là, d'antiques aloès dressaient bizarrement leurs pointes massives, mystérieux et sombres comme de vieux enchanteurs, regardant du haut de leur grandeur la végétation moins durable qui les entourait.

Toutes les arcades étaient festonnées de tentures en tapisserie orientale, qu'on pouvait baisser à volonté pour intercepter les rayons du soleil. La résidence tout entière avait un aspect somptueux et romantique.

Au moment où l'on mit pied à terre, Evangéline en extase avait l'air d'un oiseau prêt à s'enfuir de sa cage.

—Ma maison n'est-elle pas magnifique? dit-elle à sa cousine.

—Elle est jolie, sans doute, répondit miss Ophélia, mais je ne puis m'empêcher de la trouver un peu païenne.

Tom, en descendant du siége, promena autour de lui des regards pleins d'admiration. Il jouit avec calme des beautés qui lui étaient offertes. Le nègre, il faut se le rappeler, est originaire des plus fécondes et des plus belles contrées du monde. Il aime avec ardeur l'éclat, la richesse, l'étrangeté. Cette passion à laquelle il s'abandonne sans réserve, et qui n'est point réglée par le goût, lui attire même les railleries de la race blanche, plus froide et plus méthodique.

Saint-Clare, qui avait l'imagination poétique, sourit du jugement que miss Ophélia avait porté sur sa propriété, et se tournant vers l'esclave, dont la physionomie était radieuse de plaisir, il lui dit:

—Tom, mon ami, cela paraît vous convenir?

—Oui, monsieur, ça me paraît comme il faut.

Cependant, une foule de serviteurs de tout âge et de toute taille se montraient dans les galeries, au rez-de-chaussée et au premier, pour voir rentrer leur maître. Au premier rang était un jeune mulâtre, qu'on reconnaissait pour un personnage de distinction à sa toilette recherchée, à ses habits coupés suivant la dernière mode, et au mouchoir de batiste parfumé qu'il tenait avec grâce à la main. Ce dignitaire, nommé M. Adolphe, faisait tous

ses efforts pour repousser la multitude qui encombrait le vestibule.

—En arrière! en arrière, tous! criait-il d'un ton impérieux. Vous me faites honte, en vérité! Osez-vous bien vous immiscer aux affaires de votre maître dans les premiers instants de son retour?

Etonnés de cette phrase élégante, les esclaves reculèrent tous à une distance respectueuse, excepté deux robustes porteurs, occupés au transport des bagages. Grâce à l'arrangement systématique de M. Adolphe, au moment où Saint-Clare se retourna après avoir payé le cocher, il n'eut devant lui que M. Adolphe en personne, remarquable par sa veste de satin, sa chaîne d'or, son pantalon blanc, et l'exquise délicatesse de ses manières.

—Ah! c'est vous, Adolphe, dit son maître en lui tendant la main; comment allez-vous, mon garçon?

Adolphe débita avec volubilité un discours improvisé, qu'il ruminait dans sa tête depuis une quinzaine.

—C'est bien, c'est bien, dit Saint-Clare avec son air habituel de négligence et de moquerie, votre harangue est digne d'éloges, Adolphe. Veillez à ce qu'on mette les bagages en place; dans une minute, je vais être auprès des domestiques.

Il introduisit miss Ophélia dans un vaste salon, pendant qu'Eva, légère comme un oiseau, courait ouvrir la porte d'un boudoir où était couchée, sur un lit de repos, une grande femme blême aux yeux noirs.

—Maman! dit Eva transportée d'aise en se jetant à son cou et en l'embrassant à plusieurs reprises.

La mère l'embrassa languissamment, et lui dit ensuite:

—C'est assez, mon enfant; prenez garde de me faire mal à la tête.

Survint Saint Clare, qui embrassa sa femme d'une façon tout orthodoxe et maritale, et lui présenta miss Ophélia. Marie Saint-Clare examina sa cousine avec une certaine curiosité, et la reçut avec une indolente politesse.

Un groupe de domestiques se pressait à la porte du vestibule; on y voyait entre autres une mulâtresse d'un âge mûr, d'une physionomie prévenante, que l'attente et la joie faisaient trembler.

—Voilà Mammy! s'écria Evangéline en se précipitant dans les bras de la mulâtresse. Celle-ci ne dit pas qu'elle avait mal à la tête: elle étreignit la petite fille en riant, en pleurant, de manière à faire douter de sa raison. De Mammy, Eva passa à une autre, distribuant des poignées de main et des baisers.

—Ma foi, dit miss Ophélia, les enfants du Sud font des choses dont je serais incapable.

—Quoi? demanda Augustin.

—Je suis bonne avec tout le monde, et je ne voudrais nuire à personne; mais, quant à embrasser...

—Des nègres? vous ne sauriez vous y résoudre?

—Vous l'avez dit. Comment peut-elle faire?

Saint-Clare se mit à rire, et se présenta aux nombreux serviteurs qui l'attendaient.

—Holà! venez tous, Mammy, Jimmy, Polly, Sukey! cria-t-il en donnant la main aux uns et aux autres; vous êtes donc contents de voir votre maître? Gare, les enfants, ajouta-t-il en heurtant un petit garçon fuligineux qui se traînait sur les pieds et les mains. Si je marche sur quelqu'un, qu'on m'avertisse!

Les esclaves rirent aux larmes et remercièrent Saint-Clare, qui leur distribua de menues pièces de monnaie; puis ils s'éloignèrent, suivis d'Evangéline, qui portait dans son sac des pommes, des noix, des rubans, du sucre candi, des dentelles, des jouets de toute espèce, recueillis pendant son voyage.

Tom, assez embarrassé de sa personne, se tenait dans un coin, et Adolphe, appuyé contre la rampe de l'escalier, le regardait avec une lorgnette, d'un air qui eût fait honneur à un dandy.

—Eh bien, faquin, lui dit Saint-Clare en lui enlevant la lorgnette, est-ce ainsi que vous vous permettez de traiter ma compagnie?... Qu'est-ce que c'est que cette belle veste de satin brodé? Il me semble qu'elle est à moi?

—Oh! maître, dit Adolphe, elle était toute tachée de vin, et vous n'auriez pas décemment pu la porter. Elle ne convenait plus qu'à un pauvre noir comme moi.

En prononçant ces mots, Adolphe balança la tête avec grâce, et passa la main dans ses cheveux parfumés.

—Ce qui est fait est fait, reprit Saint-Clare. Je vais présenter Tom à sa maîtresse, et vous le conduirez ensuite à la cuisine. Ayez bien soin de ne pas prendre de grands airs avec lui, il vaut deux freluquets comme vous.

— Maître aime toujours à plaisanter, dit Adolphe en riant : je suis enchanté de le voir d'aussi bonne humeur.

— Venez, Tom, dit Saint-Clare.

Tom entra dans l'appartement. Les tapis moelleux, les glaces, les tableaux, les statues, les rideaux, le frappèrent d'étonnement. Il resta stupéfait, comme la reine de Saba devant Salomon. Il osait à peine poser le pied sur le sol.

— Marie, dit Saint-Clare à sa femme, je vous ai enfin acheté un bon cocher. Il n'a pas son pareil pour la sobriété ; il est aussi noir et vous mènera aussi doucement qu'un corbillard. Ouvrez les yeux, regardez-le, et ne dites plus que je ne songe jamais à vous quand je suis absent.

Marie leva les yeux, et les fixa sur Tom.

— Je suis sûre qu'il se grisera, dit-elle.

— On m'a garanti sa piété et sa tempérance.

— Je souhaite qu'on ne vous ait pas trompé ; mais j'en doute.

— Adolphe, reprit Saint-Clare, menez Tom en bas, et souvenez-vous de ma recommandation.

Adolphe se retira en sautillant, et Tom le suivit d'un pas lourd.

— C'est un vrai mastodonte, dit Marie.

— Allons, ma chère, fit Saint-Clare s'asseyant sur un tabouret auprès du sofa, soyez gracieuse, et dites quelque chose d'agréable à votre ami.

— Vous êtes resté dehors quinze jours de plus que le temps fixé.

— Je vous en ai écrit les motifs.

— Votre lettre était si courte, si froide !

— Mon Dieu ! la malle partait ; il fallait donner cette lettre telle quelle ou rien.

— On a toujours des prétextes pour allonger les voyages et raccourcir les lettres.

— Tenez, dit Saint-Clare en montrant à Marie une boîte de velours, voici un présent que je vous ai apporté de New-York ; c'est un daguerréotype, aussi fini qu'une gravure, où je suis représenté avec Eva.

Marie regarda le portrait d'un air mécontent.

— Pourquoi avoir pris une position si gauche ? dit-elle.

— La position peut n'être pas du goût de tout le monde ; mais que dites-vous de la ressemblance ?

— Si mon opinion vous est indifférente dans un cas, je suppose qu'elle doit l'être également dans l'autre, dit la dame en remettant le daguerréotype dans sa boîte.

— Que le diable t'emporte ! pensa Saint-Clare ; mais il ajouta tout haut : — Allons, Marie, point de mauvaises chicanes, que pensez-vous de la ressemblance ?

— Vous avez grand tort, Saint-Clare, d'exiger de moi que je m'occupe de pareilles bagatelles. Vous savez que j'ai eu la migraine toute la journée ; et il y a eu tant de vacarme ici depuis votre arrivée, que je suis à moitié morte.

— Vous êtes sujette à la migraine, madame ? dis miss Ophélia sortant brusquement des profondeurs d'un fauteuil où elle était assise, occupée à dresser l'inventaire des meubles et à en calculer le prix.

— Oui, répondit Marie, j'en souffre comme une martyre.

— Le thé de genièvre est excellent contre cette affection, dit miss Ophélia ; c'est du moins ce que m'a souvent affirmé la femme d'Abraham Perry, et elle savait soigner les malades.

Saint-Clare sonna gravement, en disant : — Je ferai récolter tout exprès les premières baies de genévrier qui mûriront dans mon jardin et sur les bords du lac. En attendant, cousine, vous devez avoir besoin de vous reposer des fatigues du voyage...Adolphe, dites à Mammy de venir.

La mulâtresse qu'Evangéline avait si tendrement embrassée parut, coiffée d'un grand turban rouge et jaune dont l'enfant venait de lui faire présent.

— Mammy, dit Saint-Clare, je confie cette dame à vos soins. Elle est lasse, et désire se reposer. Conduisez-la à sa chambre, et veillez à ce qu'il ne lui manque rien.

Et après avoir pris congé des deux époux, miss Ophélia suivit la mulâtresse.

CHAPITRE XVI.

La Maîtresse de Tom.

— A présent, Marie, dit Saint-Clare, des jours heureux vont luire pour vous. Votre cousine de la Nouvelle-Angleterre est une femme positive, entendue. Elle vous dispensera de tous les soins du ménage ; elle réglera votre budget, vous permettra de vous reposer, vous donnera le temps d'être jeune et belle. Il faudra d'abord lui remettre les clefs en cérémonie.

Ces observations étaient faites à déjeuner quelques jours après l'arrivée de miss Ophélia.

— Elle est la bienvenue, dit Marie appuyant nonchalamment sa tête sur sa main. Elle s'apercevra, je crois, d'une chose, c'est que ce sont les maîtresses qui sont les esclaves ici.

— Oh ! certes, elle s'en apercevra, et découvrira bien d'autres vérités.

— On nous reproche de garder des esclaves, comme si nous les avions pour notre avantage, dit Marie. Si nous ne consultions que notre intérêt, nous leur donnerions à tous la liberté.

Evangéline fixa ses grands yeux pleins de gravité sur les traits de sa mère, et dit avec simplicité :

— Pourquoi donc les gardez-vous, maman ?

— Je ne sais trop ; car ils font le malheur de ma vie. Ce sont eux surtout, j'en suis convaincue, qui me rendent malade. Ah ! les êtres insupportables !

— Quelle mouche vous a piquée ce matin ? s'écria Saint-Clare. Vous ne rendez pas justice à vos noirs. Est-ce que Mammy, par exemple, n'est pas la meilleure des créatures ? Vous serait-il possible de vous en passer ?

— Je reconnais les qualités de Mammy ; mais, comme tous les gens de couleur, elle est d'un égoïsme !...

— Ah ! l'égoïsme est un grand défaut, dit gravement Saint-Clare.

— N'est-ce pas une horreur, reprit Marie, de dormir si profondément toutes les nuits ? Mammy sait qu'il me faut des soins presque à toute heure, et pourtant elle ne se décide jamais à se lever. Si je suis ce matin plus malade qu'à l'ordinaire, c'est à cause des efforts que j'ai dû faire pour la réveiller.

— N'a-t-elle point dernièrement passé plusieurs nuits blanches auprès de vous ? demanda Evangéline.

— Comment le savez-vous ? dit Marie avec aigreur : elle se plaint donc à vous ?

— Elle ne se plaint pas ; seulement elle m'a dit que vous aviez passé successivement de fort mauvaises nuits.

Il la saisit, et la remit entre les mains de ceux qui s'apprêtaient à la recevoir.

— Pourquoi Jeanne ou Rosa ne la remplacent-elle pas, dit Saint-Clare, afin de la laisser reposer ?

— Comment pouvez-vous faire une proposition pareille? En vérité, Saint-Clare, vous êtes bien irréfléchi. Je suis si nerveuse, que le moindre souffle m'agace, et la présence d'une personne à laquelle je ne serais pas habituée me donnerait des convulsions. Si Mammy avait de l'intérêt pour moi, elle se réveillerait plus aisément. J'ai entendu parler de gens qui avaient des serviteurs dévoués; mais j'en suis réduite à envier leur sort.

Marie soupira. Miss Ophélia avait écouté ce dialogue d'un air de finesse et de dignité, sans y prendre part. Avant d'exprimer une opinion, elle voulait observer les positions et savoir à quoi s'en tenir.

— Mammy a quelques qualités sans doute, reprit Marie : elle est douce et respectueuse, mais foncièrement égoïste. Elle ne peut se consoler d'être séparée de son mari. Voyez-vous, lorsque, après mon mariage, je vins habiter la Nouvelle-Orléans, j'ai été obligée de l'emmener, et mon père ne pouvait se passer de son mari, habile forgeron, dont les services étaient indispensables. Je tâchai de décider Mammy à rompre franchement son union. Je suis fâchée de n'avoir pas insisté, car je l'aurais mariée à un autre ; mais j'ai tant d'indulgence ! Je dis à Mammy qu'elle ne devait pas s'attendre à revoir son époux plus d'une ou deux fois dans sa vie; que l'air du pays de mon père étant contraire à ma santé, je n'y retournerais pas. Je lui conseillai de se pourvoir ailleurs; croyez-vous qu'elle s'y refusa ? Moi seule sais à quel point elle est entêtée.

— A-t-elle des enfants ? demanda miss Ophélia.

— Oui, elle en a deux.

— Elle doit être privée de ne plus les voir.

— Je ne pouvais pas les emmener. C'étaient deux petits êtres malpropres, dont la vue me faisait horreur, et qui d'ailleurs lui prenaient trop de temps; mais je crois que Mammy a toujours conservé un chagrin secret de toute cette affaire. Elle n'a pas voulu prendre un autre époux; et quoiqu'elle sache combien elle m'est nécessaire, combien ma santé est délabrée, je crois que demain, si elle pouvait, elle retournerait auprès de son mari. Ah ! les meilleurs nègres sont d'un épouvantable égoïsme.

— On ne peut y songer sans frémir, dit sèchement Saint-Clare.

Miss Ophélia le regarda d'un œil pénétrant. Il avait la figure animée par un dépit concentré, et un sourire sarcastique plissait ses lèvres.

— Mammy a toujours été ma favorite, dit Marie. Je voudrais pouvoir montrer à vos domestiques du Nord ses robes de soie et de mousseline, ses mouchoirs de batiste. J'ai passé quelquefois la moitié de la journée à lui arranger ses chapeaux. Toujours bien traitée, elle n'a pas reçu le fouet plus de quatre ou cinq fois dans sa vie. Elle a tous les matins du thé ou du café très-forts, avec du sucre blanc. C'est un grand abus sans doute ; mais Saint-Clare veut qu'on mène grand train à la cuisine, où chacun fait ce qu'il lui plaît. La vérité est que nos esclaves sont gâtés; et si on a tant d'égoïsme à leur reprocher, c'est un peu de notre faute. Mais j'en ai si souvent parlé à Saint-Clare, que j'en suis fatiguée.

— Et moi aussi, dit Saint-Clare en prenant un journal.

Évangéline avait écouté sa mère avec l'expression de mystérieuse rêverie qui lui était particulière. Elle s'approcha doucement de Marie, et se mettant sur ses genoux, elle lui dit : — Maman, ne pourrais-je prendre soin de vous une seule nuit, rien qu'une seule? Je sais que je n'irriterais pas vos nerfs, et que je ne dormirais pas. Je passe souvent des nuits sans dormir, à penser...

— Quelle folie! dit Marie. Vous êtes une étrange enfant!

— Me le permettez-vous, maman? reprit timidement la petite fille. Mammy ne se porte pas bien, elle m'a dit hier qu'elle avait mal à la tête.

— Encore un caprice de Mammy! Tous ces nègres se croient morts quand ils ont le moindre mal à la tête ou au doigt. Je ne le supporterai jamais, non, jamais! J'ai des principes bien arrêtés là-dessus, miss Ophélia, et vous comprendrez que c'est de toute nécessité. Si vous encouragez vos serviteurs à se plaindre des plus légères indispositions, à exprimer les moindres désagréments qu'ils éprouvent, ils vous en rebattront les oreilles du matin au soir. Pour ma part, je ne me plains jamais ; personne ne sait ce que j'endure; je crois que mon devoir est de supporter patiemment mes peines, et c'est aussi ce que je fais.

A cette étrange péroraison, les yeux ronds de miss Ophélia peignirent sans détour un étonnement si comique, que Saint-Clare ne put retenir un éclat de rire.

— Saint-Clare rit toujours, reprit Marie d'une voix d'agonisante, quand je fais allusion à ma mauvaise santé ! Je souhaite qu'il ne vienne pas trop tôt un jour où mes plaintes soient justifiées.

Marie porta languissamment un mouchoir à ses yeux, et il y eut un moment pendant lequel Augustin se leva. Il consulta sa montre, et dit qu'il était obligé de sortir pour une affaire importante. Évangéline le suivit; Marie et miss Ophélia restèrent seules à table. La première, dès que l'époux fut parti, se hâta de retirer son mouchoir, désormais inutile, puisque le coupable pour lequel elle posait avait disparu.

— Voilà bien Saint-Clare! dit-elle. Il ne se rendra jamais compte de ce que je souffre, de ce que j'ai souffert depuis longues années. Si j'étais de ces femmes qui gémissent sans cesse, qui crient pour la moindre indisposition, je le concevrais, un homme se lasse bien naturellement d'une femme qui se plaint toujours; mais j'ai gardé le silence sur toutes mes douleurs, je les ai courageusement étouffées, et mon mari a fini par s'imaginer que j'étais capable de tout supporter.

Miss Ophélia ne savait pas précisément quelle réponse elle devait faire. Pendant qu'elle y rêvait, Marie essuya ses larmes et rajusta ses vêtements, à peu près de même qu'une colombe lisse ses plumes après un orage. Elle entra ensuite dans de longues explications sur les armoires, les commodes, le linge, les garde-mangers, les fruitiers, dont il était convenu que miss Ophélia prendrait soin. Ses recommandations, observations, injonctions, furent tellement multipliées, qu'elles auraient bouleversé le cerveau d'une femme moins systématique que l'indigène de Vermont.

— Je crois que je vous ai tout dit, ajouta Marie. La première fois que je tomberai malade, vous pourrez agir sans me consulter. Seulement, ayez l'œil sur Eva; elle a besoin de surveillance.

— Il me semble qu'elle a le meilleur caractère du monde.

— Elle est très-originale, dit ma mère. Il y a chez elle des particularités si excentriques, que je n'y comprends absolument rien. Elle ne me ressemble pas du tout.

Marie poussa un profond soupir, comme si c'eût été réellement une circonstance des plus fâcheuses. Miss Ophélia se dit qu'il était heureux pour l'enfant de ne pas ressembler à sa mère; mais la prudence l'empêcha d'exprimer tout haut cette opinion.

— Eva a toujours aimé la société des domestiques, et cela n'a peut-être pas d'inconvénients. Moi-même je jouais avec les petits nègres de mon père, et je n'y voyais aucun mal. Mais Eva se met sur le pied de l'égalité avec tous ceux qui l'approchent; c'est une étrange manie dont je n'ai pu la déshabituer, et que son père a l'air d'approuver. Le fait est que Saint-Clare gâte tout ce qui est chez lui, excepté sa femme.

Miss Ophélia continua à garder le silence de la tombe.

— Voyez-vous, reprit Marie, il n'y a qu'une chose à faire avec les esclaves, c'est de leur faire sentir leur infériorité, et de les mater solidement; cela m'était naturel dès mon enfance. Mais Eva est capable de jeter le désordre dans toute une maison; quand elle sera à la tête de celle-ci, je ne sais ce qui arrivera. Je ne demande pas mieux que d'être bonne avec mes domestiques; mais il faut savoir les mettre à leur place. Eva ne le sait point; il n'y a pas même moyen de lui faire comprendre ce que c'est que de mettre un domestique à sa place. Vous l'entendez me proposer de me veiller la nuit pour laisser dormir Mammy! voilà un échantillon de la conduite qu'elle tiendrait si on l'abandonnait à elle-même.

— Mais, dit miss Ophélia, je suppose que vous regardez vos esclaves comme des créatures humaines qui doivent avoir quelque repos quand elles sont fatiguées.

— Assurément; je leur accorde volontiers tout ce qui peut contribuer à leur bien-être sans les éloigner de leur devoir. Je ne m'oppose pas à ce que Mammy dorme dans un temps ou dans un autre; elle ne mourra jamais faute de sommeil, car elle dort assise, debout, en marchant, à toute heure et partout. Mais il est vraiment ridicule de traiter des esclaves comme des fleurs exotiques ou des vases de porcelaine.

Marie se plongea dans les profondeurs d'un volumineux coussin, respira un flacon d'odeurs en cristal taillé, et reprit d'une voix faible :

— Vous voyez, cousine Ophélia, que je ne parle pas souvent de moi; ce n'est pas mon habitude, cela ne m'est pas agréable, et je n'ai pas même la force de le faire. Mais je ne suis pas d'accord avec Saint-Clare sur les points que je vous ai indiqués. Saint-Clare ne m'a jamais comprise, jamais appréciée, et c'est la principale cause de mes souffrances. Il a de bonnes intentions, j'en suis convaincue; mais les hommes sont tous foncièrement égoïstes et inconsidérés envers les femmes : telle est du moins mon impression.

Miss Ophélia, comme la plupart de ses compatriotes de la Nouvelle-Angleterre, craignait à l'excès de s'immiscer dans des discussions de famille. Elle prévit qu'elle était menacée d'une fâcheuse confidence; aussi se composa-t-elle un visage impassible. Pour mieux prouver sa neutralité, elle tira de sa poche un bas qu'elle tenait en réserve comme spécifique contre l'oisiveté, et se mit à tricoter avec énergie. Ses lèvres serrées disaient aussi clairement que ses paroles : N'essayez pas de me faire causer; je ne veux pas me mêler de vos affaires. Elle témoignait aussi peu de sympathie qu'un sphinx de pierre; mais Marie ne s'en inquiéta pas; elle trouvait à qui parler, elle croyait de son devoir de parler, et elle poursuivit son discours après avoir respiré de nouveau son flacon pour se donner des forces.

— Voyez-vous, dit-elle, lorsque j'ai épousé Saint-Clare, je lui ai apporté une bonne part de mes esclaves, et j'ai légalement le droit d'en user à ma fantaisie. Saint-Clare a sa fortune et ses esclaves, je serais charmée qu'il appliquât sur eux seuls son système; mais il s'occupe aussi des miens. Il a des idées extravagantes sur beaucoup de sujets, et particulièrement sur la manière de mener des esclaves. On dirait qu'il les met au-dessus de lui et au-dessus de moi. Ils lui donnent souvent de l'embarras, et il le tolère. Sous certains rapports, Saint-Clare a réellement des opinions qui m'épouvantent; il a décidé, quoi qu'il advienne, que pas un coup ne serait donné dans la maison, à moins que ce ne soit de sa main et de la mienne. Qu'en résulte-t-il? Vous le voyez! Mon mari ne frapperait pas ses nègres, quand même ils lui marcheraient sur le corps, et pour moi il y aurait de la barbarie à me demander un pareil effort physique. Ces esclaves, vous le savez, ne sont que de grands enfants.

— Je n'en sais rien et j'en rends grâces au ciel, dit laconiquement miss Ophélia.

— Vous l'apprendrez à vos dépens, si vous restez ici. Vous ne pouvez vous figurer la stupidité irritante, la négligence, l'ingratitude de ces misérables.

En traitant ce sujet, Marie semblait recouvrer miraculeusement ses forces et oublier son état valétudinaire.

— Vous n'avez pas idée, reprit-elle, des épreuves journalières auxquelles ils soumettent une maîtresse de maison. Je m'en plains à Saint-Clare; mais à quoi bon? Il prétend que nous les avons faits ce qu'ils sont, et qu'il faut les accepter tels quels. Il soutient que leurs défauts viennent de nous, et qu'il serait cruel de punir des fautes dont nous sommes complices. Il dit encore que nous n'agirions pas mieux à leur place; comme si l'on pouvait les juger d'après nous!

— Est-ce que vous ne croyez pas que le Seigneur les ait créés du même sang que les blancs?

— Non vraiment! La plaisante doctrine! Ils sont d'une race dégradée.

— Est-ce que vous ne croyez pas qu'ils aient des âmes immortelles? repartit miss Ophélia avec une indignation croissante.

— Si fait, répliqua Marie en bâillant, personne n'en doute; mais vouloir les comparer à nous, les regarder comme nos égaux, c'est une utopie chimérique. Saint-Clare s'est permis d'avancer que séparer Mammy de ses enfants, c'était absolument la même chose que me séparer des miens. Quelle absurdité! Mammy ne peut avoir les mêmes sentiments que moi; nous différons essentiellement, quoi qu'en dise mon époux. Est-ce que Mammy peut aimer ses vilains petits gamins comme j'aime Eva? Et pourtant Saint-Clare a voulu me persuader qu'il était de mon devoir, avec ma faible santé, de renvoyer Mammy dans sa famille! C'en était trop!... Je ne fais pas toujours connaître ce que j'éprouve : je souffre en silence, avec résignation; mais quand il m'a fait cette proposition, oh! alors, je n'ai pu m'empêcher d'éclater. Il ne m'en a plus reparlé, mais il y revient, de temps en temps, par allusion; je m'aperçois qu'il y pense toujours, et j'en suis révoltée!

Miss Ophélia n'osa pas répliquer à cette sortie; mais la précipitation avec laquelle elle conduisait ses aiguilles avait une éloquence que Marie était incapable de comprendre.

— Vous voyez donc, continua-t-elle, quelle maison vous avez à administrer. Point de règles, point d'ordre; des esclaves qui font toutes leurs volontés, excepté quand je me sens assez de force pour m'occuper du ménage. Quelquefois je prends le nerf de bœuf; mais la plupart du temps je suis trop faible pour en user. Ah! si Saint-Clare voulait imiter les autres propriétaires!...

— Que font-ils?

— Ils envoient leurs nègres à la Calebasse, où on les fouette. C'est le seul moyen d'en venir à bout : si je n'étais pas une pauvre et faible créature, comme je les ferais marcher!

— Mais comment Saint-Clare parvient-il à obtenir l'obéissance? Vous m'avez dit qu'il ne frappait jamais.

— Les hommes ont quelque chose de plus imposant que nous, vous le savez; il leur est plus facile de commander le respect. D'ailleurs, si vous avez remarqué ses yeux, on dirait qu'ils dardent des étincelles quand il parle d'un ton résolu. J'obtiens moins en me mettant en colère que Saint-Clare avec un coup d'œil; mais vous vous apercevrez qu'il est de toute impossibilité de dompter les nègres sans sévérité, ils sont si méchants, si fourbes, si paresseux!

— Vieille chanson! dit Saint-Clare apparaissant tout à coup. Quel compte ils auront à régler au dernier jour, surtout à cause de leur paresse! Ils sont vraiment inexcusables, car Marie et moi sommes loin de leur en donner l'exemple.

En disant ces mots, il s'étendit sur un canapé en face de sa femme.

— Que vous êtes méchant, Saint-Clare!

— Moi! je croyais, au contraire, bien parler, car j'abonde dans votre sens; je me suis donc trompé?

— En vérité, il semble que vous vouliez me mettre de mauvaise humeur.

— Dieu m'en préserve! Il fait chaud, et je viens d'avoir avec Adolphe une longue querelle qui m'a fatigué à l'excès. Soyez donc aimable, je vous prie, et honorez votre ami d'un sourire.

— Qu'a fait encore Adolphe? dit Marie. L'impudence de ce mulâtre devient intolérable; et s'il était un moment sous ma direction absolue, je me chargerais de le réduire!

— Ce que vous dites, ma chère, est marqué au coin de votre perspicacité habituelle. Voici ce qui a excité mon mécontentement : Adolphe s'est étudié si longtemps à imiter mes grâces et mes perfec-

tions, qu'il a fini par se prendre pour son maître, et j'ai été obligé de l'avertir de son erreur.

— Comment cela? demanda Marie.

— J'ai dû le prévenir que je tenais à conserver au moins quelques-uns de mes habits pour mon usage personnel. Je l'ai invité à être moins prodigue d'eau de Cologne, et à se contenter d'une douzaine de mes mouchoirs de batiste. Adolphe les portait avec une arrogance que j'ai dû réprimer par des reproches tout paternels.

— O Saint-Clare, quand donc traiterez-vous convenablement vos domestiques? Votre indulgence envers eux est une abomination!

— Après tout, si ce pauvre diable cherche à ressembler à son maître, où est le mal? Si, faute d'une éducation suffisante, il fait consister son bonheur en eau de Cologne et en mouchoirs de batiste, pourquoi ne lui en donnerais-je pas?

— Mais pourquoi son éducation a-t-elle été négligée? dit résolûment miss Ophélia.

— Parce que ses maîtres sont paresseux, ma cousine; la paresse perd plus d'âmes que vous ne pouvez en corriger. Sans la paresse, je serais moi-même presque un ange. Le vieux docteur Botherem, votre compatriote, qualifie la paresse d'essence de mal moral, et il a raison.

— Les propriétaires d'esclaves assument une lourde responsabilité, je ne l'accepterais pas pour tous les trésors du monde! repartit miss Ophélia incapable de déguiser plus longtemps les pensées qui l'assiégeaient. Vous devez instruire vos esclaves, les traiter en créatures raisonnables, douées d'une âme immortelle, avec lesquelles vous comparaîtrez devant le tribunal de Dieu.

— Allons, allons, dit Saint-Clare en se levant précipitamment, avant de nous juger attendez que vous nous connaissiez.

Il se mit au piano, et joua un air vif et sautillant. Il avait un doigter brillant; ses mains couraient sur les touches avec une légèreté d'oiseau, sans que son jeu perdît rien sous le rapport de la fermeté. Il exécuta successivement divers morceaux, comme un homme qui cherche à se mettre de bonne humeur; puis, fermant ses cahiers, il dit gaiement : — Ma cousine, vous nous avez donné une bonne leçon, et je ne vous en estime que mieux. C'est une perle de vérité que vous m'avez jetée au nez; mais elle a touché si juste, que j'ai été un moment étourdi du coup.

— Pour ma part, reprit Marie, je ne partage pas entièrement cet avis; personne ne fait plus que nous pour ses esclaves, mais ils n'en profitent pas : au contraire, je leur ai parlé si souvent de leurs devoirs, que j'en ai été maintes fois enrouée; je leur permets d'aller à l'église, quoiqu'ils ne comprennent pas une syllabe du sermon; ils ont donc tous les moyens possibles de s'améliorer : mais, comme je l'ai dit, c'est et ce sera toujours une race dégradée. Vous n'en ferez jamais rien, malgré tous vos efforts. Je le sais par expérience, cousine Ophélia, moi qui suis née et qui ai été élevée avec eux.

Miss Ophelia, croyant en avoir dit assez, jugea à propos de se taire, et Saint-Clare siffla un air.

— Saint-Clare, dit Marie, je vous prie de ne pas siffler; vous augmentez ma migraine.

— Je cesse, ma chère; y a-t-il encore quelque chose que vous désiriez que je fasse?

— Je vous prierai d'avoir un peu de sympathie pour mes souffrances; vous ne les avez jamais comprises!

— Oh! cher ange accusateur!

— Vous m'irritez en me parlant de la sorte.

— Alors, comment voulez-vous que je vous parle? Je suis disposé à prendre le ton qui vous plaira.

Le bruit de rires joyeux qui partaient de la cour pénétra à travers les rideaux de soie. Saint-Clare alla soulever la draperie, et fut aussi saisi d'un accès d'hilarité.

— Qu'y a-t-il? dit miss Ophélia en courant au balcon.

Tom était assis dans la cour sur un siége de mousse, il avait des bouquets de jasmin à toutes ses boutonnières; Evangéline lui passa en riant une guirlande de roses autour du corps, et s'assit sur ses genoux en riant toujours.

— O Tom, lui dit-elle, quelle drôle de figure vous avez!

Tom prenait autant de plaisir que sa jeune maîtresse à la plaisanterie, et souriait d'un air de bienveillance. Quand il aperçut son maître, ses yeux semblèrent réclamer de l'indulgence.

— Comment pouvez-vous tolérer cela? demanda miss Ophélia.

— Et pourquoi pas? dit Saint-Clare.

— Je ne sais, mais cela m'effraye!

— Vous verriez sans inquiétude un enfant caresser un gros chien; mais si, à la place d'un animal, c'est un être capable de penser, de raisonner, de sentir, vous frémissez. Quelle inconséquence! Je vous connais bien, vous autres, Américains du Nord! vous détestez l'esclavage, mais vous avez involontairement des préjugés contre les esclaves; vous en avez même plus que nous, en qui l'habitude opère ce que devrait opérer le christianisme. Vous êtes indignés de l'oppression des noirs, et pourtant ils vous inspirent autant d'horreur que des crapauds ou des serpents. Vous ne voudriez pas les voir maltraiter, et pourtant vous répugneriez à avoir le moindre rapport avec eux. Il faudrait, pour vous complaire, les envoyer en Afrique, bien loin de vos yeux, et leur dépêcher quelques missionnaires, qui se chargeraient de leur éducation. N'est-ce pas ainsi?

— Il y a quelque vérité dans ce que vous dites, répliqua miss Ophélia après avoir rêvé un instant.

Saint-Clare se pencha sur le balcon pour regarder Evangéline, qui se promenait en tenant Tom par la main.

— Que feraient les pauvres et les malheureux sans les enfants? dit-il. Les enfants sont les seuls vrais démocrates. Tom est un héros pour Eva; les histoires qu'il raconte sont des merveilles à ses yeux; les hymnes méthodistes qu'il chante sont préférables pour elle à un opéra; les petits jouets qu'il a dans sa poche valent pour elle les plus précieux bijoux. Eva est une de ces roses de l'Eden que le Seigneur a semées sur la terre pour les hommes de condition inférieure.

— C'est étrange, mon cousin, dit miss Ophélia, en vous entendant on croirait parfois que vous avez de la religion.

— Malheureusement je ne pratique pas. Shakspeare fait dire à l'un de ses personnages : « J'aime mieux enseigner le bien à vingt personnes que d'être une des vingt qui suivront mes enseignements. » Il n'y a rien de tel que la division du travail : mon fort est de parler, ma cousine, et le vôtre de pratiquer.

Comme on le voit par ce qui précède, la situation de Tom était tolérable. L'amitié que lui portait Evangéline, cette reconnaissance instinctive d'un caractère généreux, l'engagèrent à demander à son père que le nouvel esclave l'accompagnât toutes les fois qu'elle avait besoin d'escorte dans ses promenades. Tom reçut l'ordre de négliger ses autres occupations pour se mettre à la disposition de miss Eva, et l'on se figure sans peine que cet ordre ne lui fut nullement désagréable. On l'habilla proprement des pieds à la tête. Les services qu'il eut à rendre à l'écurie, réduits à une inspection quotidienne, furent une véritable sinécure. Marie déclara qu'elle n'entendait pas qu'il apportât avec lui une odeur de fumier; elle demanda qu'on le dispensât de toute fonction capable de le lui rendre désagréable; elle dit que si elle respirait des odeurs nauséabondes, la secousse imprimée à ses nerfs mettrait infailliblement un terme à ses souffrances terrestres. En conséquence, Tom eut un habit de drap brossé avec soin, un chapeau de castor, des bottes cirées, un col, des manchettes irréprochables; et ainsi vêtu, avec sa bonne figure noire, il avait l'air assez respectable pour occuper le siége épiscopal de Carthage, qu'obtinrent autrefois des gens de sa couleur.

Et puis, il habitait un charmant séjour : considération à laquelle sa race n'est jamais indifférente. Il jouissait doucement des fleurs, des oiseaux, des fontaines, de la lumière, des tentures de soie, des tableaux, des lustres, des statuettes, des dorures, qui faisaient du salon une sorte de palais d'Aladin.

L'Afrique aura son tour dans la marche de la civilisation, et quand elle se sera relevée dans l'échelle humaine, la vie s'y éveillera avec une splendeur et une magnificence inconnues aux froides tribus de l'Occident. Sur cette terre de l'or et des pierreries, des épices et des palmiers, des fleurs merveilleuses, de la prodigieuse fécondité, naîtront de nouvelles formes d'art. La race nègre, cessant d'être méprisée et foulée aux pieds, nous apportera peut-être les dernières et les plus belles révélations de l'activité humaine. On verra fructifier les qualités qui distinguent les noirs, leur douceur, leur docilité, leur simplicité enfantine, leur caractère affectueux, leur facilité à

pardonner, leur déférence pour la supériorité de l'intelligence. Dieu, qui châtie ceux qu'il aime, a peut-être imposé tant de misères à la pauvre Afrique pour en faire un jour, après la chute des royaumes et des empires, la plus grande et la plus noble des nations.

Ce n'était pas de ces idées que se préoccupait Marie Saint-Clare en finissant sa toilette, un dimanche matin, pour se rendre à l'église; elle s'était couverte de diamants, de soie, de dentelle. Marie se faisait un devoir de montrer beaucoup de piété tous les dimanches. Elle était si bien dans sa stalle! Elle avait tant d'élégance et de souplesse dans les mouvements; elle se drapait avec tant de goût dans l'écharpe de dentelle qui l'enveloppait comme un brouillard! Miss Ophélia formait avec elle un parfait contraste : l'indigène de Vermont avait aussi une robe de soie et un mouchoir brodé; mais elle était roide, guindée, anguleuse, tandis que sa compagne possédait toutes les grâces, à l'exception de la grâce de Dieu.

— Où est Eva? dit Marie.

— L'enfant, répondit miss Ophélia, s'est arrêtée sur l'escalier pour dire quelque chose à Mammy.

Voici ce que l'enfant disait:

— Chère Mammy, je sais que vous avez bien mal à la tête; cette sortie va vous faire du bien, mais prenez mon flacon de sels.

— Quoi! répliqua la mulâtresse, ce joli bijou d'or si brillant! Ah! miss, je ne puis accepter votre offre.

— Pourquoi? vous avez besoin de ce flacon, qui ne me sert à rien. Ma mère l'emploie toujours contre le mal de tête. Prenez-le pour me plaire.

A ces mots, Evangéline lui mit le flacon dans le sein, l'embrassa et courut rejoindre sa mère.

— Vous êtes en retard, dit celle-ci.

— Je me suis arrêtée pour remettre à Mammy mon flacon, qu'elle va emporter à l'église.

— Votre flacon d'or à Mammy! s'écria Marie en frappant du pied; quand saurez-vous donc ce qui est convenable? Allez le lui reprendre tout de suite.

Eva prit une mine piteuse en se disposant à retourner sur ses pas.

— Marie, dit Saint-Clare, laissez-la libre.

— Ah! Saint-Clare, comment fera-t-elle son chemin dans le monde?

— Dieu le sait! mais elle fera son chemin dans le ciel mieux que vous ou moi.

Évangéline lui passait en riant une guirlande de roses autour du cou.

— Oh! papa, dit Evangéline, vous faites de la peine à ma mère.

— Eh bien, cousin, dit miss Ophélia en se tournant vers Saint-Clare avec la roideur d'un soldat qui fait un demi-tour à droite, êtes-vous prêt à partir pour l'église?

— Je vous remercie, je n'y vais pas.

— Je voudrais que Saint-Clare se décidât à venir aux offices, dit Marie, mais il n'a pas un atome de religion; c'est vraiment déplorable et contraire aux usages des gens comme il faut.

— Je le sais, dit Saint-Clare; vous autres dames, vous allez à l'église pour y apprendre comment on se conduit dans le monde et pour vous y faire remarquer. Si j'assistais au service divin, ce serait dans le même temple que Mammy; il y a là du moins de quoi tenir un homme éveillé.

— Quoi! s'écria Marie, vous aimeriez entendre brailler les méthodistes?

— Leur animation vaut mieux que le calme plat des églises à la mode, où je ne mettrai jamais le pied. Tenez-vous à y paraître, Eva? restez à la maison et jouez avec moi.

— Merci, papa, mais je préfère aller à l'église.

— Pourtant vous vous y ennuyez, reprit Saint-Clare.

— Quelquefois, dit Evangéline; mais je tâche de résister au sommeil.

— Pourquoi donc y allez-vous?

— Ma cousine, murmura la petite fille, me dit que Dieu désire nous y voir; comme c'est de lui que nous tenons toutes choses, vous le savez, il est tout simple que nous fassions ce qu'il désire. Après tout, ce n'est pas trop ennuyeux.

— Vous avez un excellent caractère, reprit Saint-Clare en embrassant sa fille; partez donc, et priez pour moi.

— C'est ce que je ne manque jamais de faire, dit l'enfant en sautant dans la voiture à côté de sa mère.

Pendant que les trois femmes s'éloignaient, Saint-Clare se tint debout sur les degrés du perron, et envoya à sa fille des baisers avec la main. Il avait les larmes aux yeux.

— Ah! Evangéline! dit-il, tu es bien nommée; tu es pour moi comme une incarnation de l'Evangile!

Il se déroba bientôt à cette impression en fumant un cigare et en lisant le journal du matin.

— Voyez-vous, Eva, dit Marie chemin faisant, il faut toujours montrer de la bienveillance à l'égard des esclaves, mais il n'est pas convenable de les traiter comme des parents ou comme des personnes de notre condition. Par exemple si Mammy était malade, vous ne voudriez pas la mettre dans votre lit.

— Pourquoi pas? dit Evangéline; elle y serait mieux que dans le sien, et il serait plus facile de lui donner des soins.

Marie fut désespérée de l'absence totale de sentiment moral que dénotait cette réponse.

— Que puis-je faire, s'écria-t-elle, pour que cette enfant me comprenne?

— Rien, répliqua miss Ophélia.

Evangéline fut un moment déconcertée; mais par bonheur les enfants ne conservent pas longtemps leurs impressions, et au bout de quelques instants elle riait de différents objets qu'elle apercevait à travers les glaces de la voiture.

— Eh bien, mesdames, dit Saint-Clare pendant le dîner, quel était le programme de l'église aujourd'hui?

— Le docteur Goodway nous a prêché un sermon magnifique que vous auriez dû entendre, qui répond parfaitement à toutes mes idées.

— Il traitait donc bien des sujets à la fois? dit Saint-Clare.

— Je parle des idées que j'ai sur la société, répondit Marie. Il avait choisi pour texte : « Le Seigneur a fait toutes choses belles dans leur saison. » Il a prouvé que les distinctions sociales venaient de Dieu; que tout était ordonné de telle sorte qu'il y avait nécessairement des classes supérieures et des classes inférieures, des êtres nés pour gouverner et d'autres nés pour servir. Il a réfuté victorieusement les calomnies ridicules qu'on dirige contre l'esclavage; il a prouvé que la Bible était pour nous, et venait à l'appui de toutes nos institutions. C'est dommage que vous ne l'ayez pas entendu.

— Je n'en avais pas besoin; j'ai là mon journal et je fume mon cigare, ce qu'il m'eût été impossible de faire dans une église.

— Mais, dit miss Ophélia, est-ce que vous ne croyez pas à ces assertions?

— Moi! j'avoue à ma honte que je ne suis pas très-édifié de la tournure religieuse qu'on donne à de pareilles questions. Si j'avais à

— Je combattrai jusqu'au dernier soupir avant qu'on m'enlève ma femme et mon enfant.

parler de l'esclavage, je dirais carrément : Nous l'avons, nous en profitons, et nous voulons le maintenir pour notre convenance et notre intérêt. Voilà le problème résolu en deux mots et dégagé de tous les pieux arguments dont on affecte de l'étayer.

— Vraiment, dit Marie, vous manquez de respect pour les choses les plus sacrées.

— Je dis la vérité. Pourquoi ne pousse-t-on pas plus loin les explications religieuses? Toutes choses sont belles en leur saison : pourquoi ne pas démontrer, en vertu de ce texte, qu'on fait bien de boire parfois un coup de trop, de passer la nuit à jouer aux cartes, et de s'adonner à d'autres distractions que la Providence nous a ménagées! Il nous serait agréable d'entendre dire qu'elles sont justifiées par le texte de l'Écriture.

— En définitive, dit miss Ophélia, pensez-vous que l'esclavage soit juste ou injuste?

— Dans la Nouvelle-Angleterre, ma cousine, vous avez une droiture effrayante. Si je répondais à votre question, vous m'en poseriez immédiatement une demi-douzaine d'autres, plus compliquées, auxquelles il faudrait dire oui ou non.

— Vous n'en tirerez jamais rien, reprit Marie; il s'esquive toujours par des faux-fuyants, et c'est, je crois, parce qu'il n'a pas de religion.

— De religion! s'écria Saint-Clare d'un ton qui fit lever les yeux aux deux dames. Est-ce une religion que la doctrine qui peut se plier à tous les caprices d'une société égoïste? Est-ce une véritable religion que celle qui a moins de générosité, moins de justice, moins de considération pour l'homme, qu'un être comme moi, ignorant et sujet à l'erreur? Pour trouver une religion, je dois regarder au-dessus de moi, et non au-dessous.

— Vous ne pensez donc pas que la Bible justifie l'esclavage? demanda miss Ophélia.

— La Bible était le livre de ma mère, dit Saint-Clare. Elle en a suivi les préceptes pendant sa vie et à l'heure de sa mort, et j'apprendrais avec peine que ce livre sanctionne l'esclavage. Ce serait comme si j'y cherchais la preuve qu'il était permis à ma mère de jurer et de boire de l'eau-de-vie pour me convaincre que j'ai le droit de l'imiter. Sans changer d'opinion sur ces défauts, je perdrais le respect que j'ai pour la mémoire de ma mère; et c'est une douceur en ce monde d'avoir quelque chose à respecter. Ce que je veux, en somme, c'est que chacun tienne le langage qu'il doit tenir. L'édifice social, en Europe ou en Amérique, se compose de parties qui ne supportent pas l'examen, au point de vue de la moralité abstraite. On s'accorde à reconnaître que les hommes n'aspirent pas à la justice absolue, mais qu'ils essayent seulement de se maintenir à un certain niveau. Qu'un homme vienne me dire : « L'esclavage nous est nécessaire, nous ne pouvons nous en passer; sans lui, nous serions réduits à la mendicité. » C'est clair et net, j'honore sa franchise. Mais qu'un hypocrite me fasse à ce propos des citations de l'Évangile, je suis disposé à le juger défavorablement.

— Vous n'avez point de charité, dit Marie.

— Eh bien! reprit Saint-Clare, si, par une circonstance fortuite, le prix des cotons venait à baisser pour toujours, si les esclaves perdaient leur valeur vénale, croyez-vous qu'on ne fabriquerait pas immédiatement d'autres versions de l'Écriture? Que l'esclavage devienne inutile, et vous verrez l'Église, éclairée de nouvelles lumières, découvrir qu'il était condamné par la Bible et par la raison.

— En tout cas, dit Marie penchée sur une chaise longue, je m'estime heureuse d'être née dans un pays où règne l'esclavage ; je le trouve légitime, je sens qu'il doit l'être, et je ne voudrais m'en passer sous aucun prétexte.

— Qu'en pensez-vous, petite ? demanda Saint-Clare à Évangéline, qui entrait une fleur à la main.

— De quoi s'agit-il, papa ?

— Aimeriez-vous mieux vivre comme votre oncle de Vermont, ou avoir comme nous un grand nombre d'esclaves ?

— Notre manière de vivre est plus agréable.

— Pourquoi ? dit Saint-Clare en frappant doucement sur la tête de sa fille.

— Parce que nous avons plus de monde à aimer.

— Je reconnais bien Éva à cette réponse, dit Marie ; elle tient toujours d'étranges propos.

— Est-ce un étrange propos ? murmura Évangéline en grimpant sur les genoux de son père.

— Assez étrange aux yeux du monde, reprit Saint-Clare. Mais où donc étiez-vous pendant le dîner ?

— Dans la chambre de Tom, à l'entendre chanter ; et la mère Dinah m'a servi à manger.

— Vous avez entendu Tom chanter ?

— Oui ; il sait de belles hymnes sur la nouvelle Jérusalem, les anges, la terre de Canaan.

— Je suis sûr que vous les aimez mieux qu'un opéra.

— Oui, et il va me les apprendre. En revanche, je lui lis la Bible, et il m'en explique le sens.

— Sur ma parole, dit en riant Marie, c'est la meilleure plaisanterie de la saison.

— Je parierais, réplique Saint-Clare, que Tom n'est pas un mauvais commentateur de l'Écriture. Il a des dispositions naturelles à la piété : j'avais besoin des chevaux ce matin de bonne heure, je me suis glissée dans la chambre où il couche, au-dessus des écuries, et je l'ai entendu tenir un *meeting* à lui seul. Sa prière était pleine d'onction, il m'y recommandait à Dieu avec un zèle vraiment apostolique.

— Il devinait peut-être que vous écoutiez, le tour ne serait pas nouveau.

— En ce cas, ce n'est pas un fin politique ; car il exprimait très-librement son opinion sur mon compte. Il semblait croire que j'avais besoin de m'améliorer, et priait avec ardeur pour ma conversion.

— J'espère que vous y penserez, dit miss Ophélia.

— Je soupçonne que vous partagez ses idées, reprit Saint-Clare. Eh bien, nous verrons ; n'est-ce pas, Éva ?

CHAPITRE XVII.
La Défense de l'homme libre.

Retournons maintenant chez les quakers. Dans l'après-midi du jour où eut lieu la réunion de Georges et d'Élisa, Rachel Halliday chercha dans ses grandes armoires tout ce qui pouvait être utile aux fugitifs, qui devaient partir dans la nuit. Les ombres du soir s'étendaient à l'est. L'orbe rouge du soleil se tenait pensif aux bords de l'horizon, et ses rayons jaunes brillaient avec calme sur la petite chambre où Georges et sa femme étaient assis. Le mulâtre tenait la main de la quarteronne, et avait un enfant sur ses genoux. Tous deux avaient l'air grave, et l'on voyait sur leurs joues des traces de pleurs.

— Oui, Élisa, dit Georges, je sais que ce que vous dites est vrai. Vous valez mieux que moi, et j'essayerai de suivre la conduite que vous me tracez. Je veux qu'elle soit digne d'un homme libre et d'un chrétien. Dieu tout-puissant sait que mes intentions sont bonnes !

— Quand nous serons au Canada, dit Élisa, je pourrai contribuer aux charges du ménage. Je sais faire des robes, blanchir, repasser, et j'espère que nous trouverons à vivre.

— Oui, Élisa, nous serons heureux tant que nous ne serons pas séparés. Ah ! si nos ennemis savaient seulement quelle joie éprouve un homme en se disant que sa femme et ses enfants sont à lui ! Je me suis souvent étonné de voir des gens qui ont femme et enfants à eux, bien à eux, se tourmenter d'autre chose. Je me sens riche et fort, quoique nous n'ayons que mes bras. Je ne demande pas davantage à Dieu. Je travaille depuis vingt-cinq ans avec une ardeur infatigable, et je n'ai ni argent, ni toit pour me couvrir, ni coin de terre qui m'appartienne ; mais si l'on me laisse désormais ma liberté, je serai content de mon sort. Quant à mon ancien maître, je lui ai remboursé amplement ce qu'il a dépensé pour moi ; je ne lui dois rien.

— Nous ne sommes pas encore hors de danger, dit Élisa ; le Canada est loin.

— C'est vrai, reprit Georges ; mais il me semble que je respire un air libre qui me fortifie.

En ce moment, on entendit des voix dans la grande cuisine ; une minute après on frappa à la porte, qu'Élisa ouvrit en tressaillant.

Siméon Halliday était en compagnie d'un frère quaker, qu'il présenta sous le nom de Phinéas Fletcher. Phinéas était de haute taille, mince comme une latte ; il avait les cheveux rouges ; la finesse et la perspicacité étaient peintes sur sa figure. Il n'avait pas l'air calme, placide et rustique de Siméon Halliday ; au contraire il semblait rempli d'assurance, de résolution ; il connaissait son mérite, et il en était fier ; dispositions qui s'accordaient mal avec son chapeau à larges bords et sa phraséologie de sectaire.

— Notre ami Phinéas, dit Siméon, a découvert quelque chose d'important pour toi, et il est bon que tu le saches.

— Voici le fait, dit Phinéas ; il prouve qu'il est bon d'être toujours aux aguets, même en dormant. Hier au soir, j'étais dans une petite taverne isolée. Tu te la rappelles, Siméon, c'est celle où nous vendîmes des pommes, l'an dernier, à une grosse femme qui avait de grands pendants d'oreilles. J'étais harassé de la route ; après souper, en attendant que mon lit fût prêt, je me suis étendu dans un coin sur une pile de sacs ; j'ai pris pour couverture une peau de bison, et je me suis endormi.

— Rien que d'un œil ? fit Siméon.

— Non, ma foi ! des deux yeux, et j'ai ronflé pendant plus d'une heure, car j'étais mort de fatigue. En revenant à moi, j'ai aperçu quelques hommes attablés au milieu de la chambre ; ils causaient et buvaient ; et comme il était question des quakers, j'ai prêté l'oreille sans faire semblant de rien. « Ils sont réfugiés dans l'établissement des quakers, a dit un des convives. — Ils n'y resteront pas longtemps, a dit un autre. Nous renverrons le jeune homme dans le Kentucky, chez son maître, qui en fera un exemple. — Moi, dit un troisième, je me charge de la femme ; j'irai la vendre à la Nouvelle-Orléans, et j'espère en tirer seize ou dix-huit cents dollars. Quant à l'enfant, il est déjà vendu. » Ils ont en outre parlé de l'esclave Jim et de sa mère, qu'on devait reconduire dans le Kentucky. Ils ont dit que deux constables allaient arriver pour diriger les opérations. Un de ces coquins, être chétif, à la parole mielleuse, est chargé de réclamer la jeune femme devant le juge, affirmer par serment que c'est sa propriété, et se la faire remettre pour l'emmener au Sud. Ils connaissent la route que nous devons prendre ce soir, et nous poursuivront au nombre de six ou huit. Maintenant, que faire ?

Le groupe qui se tenait en diverses attitudes, après cette communication, aurait mérité d'être reproduit par un peintre. Rachel Halliday, qui venait de préparer une fournée de biscuits, levait au ciel ses mains parsemées de farine. Siméon était tombé dans une profonde rêverie ; Élisa s'était jetée au cou de son mari ; Georges, les poings serrés, les yeux étincelants, manifestait une indignation bien naturelle de la part d'un homme dont la femme et l'enfant sont menacés d'être vendus aux enchères publiques, sous la protection des lois d'une nation chrétienne.

— Que ferons-nous, Georges ? dit Élisa d'une voix éteinte.

— Je sais ce que je ferai, répondit Georges ; et passant dans l'autre pièce, il en rapporta ses pistolets.

— Tu vois ce qui se prépare, Siméon, dit Phinéas.

— Je le vois, répliqua Siméon en soupirant : je souhaite qu'il n'en vienne pas à cette extrémité.

— Je ne veux compromettre personne, dit Georges ! si vous voulez me prêter une voiture et m'indiquer le chemin, j'irai seul jusqu'au prochain relais. Jim a la force d'un géant, le courage du désespoir ; et je suis comme lui.

— Fort bien, ami, dit Phinéas ; cependant, pour cela même tu as besoin d'un guide. Tu es libre de combattre, si bon te semble ; mais il y a des parties de la route que nous connaissons et que tu ne connais pas.

— Phinéas est un homme sage, ajouta Siméon : tu feras bien, Georges, de t'en rapporter à lui. Surtout garde-toi bien d'employer tes armes mal à propos.

— Je n'attaquerai personne, répondit Georges. Tout ce que je demande à ce pays, c'est de me laisser tranquille ; alors j'en sortirai en paix ; mais ma sœur a été vendue à ce marché de la Nouvelle-Orléans, où je sais pourquoi l'on vend les femmes ; et je laisserais mettre la mienne aux enchères, quand il me reste une paire de pistolets pour la défendre ! Mais, Dieu m'en garde ! je combattrai jusqu'à mon dernier soupir, avant qu'on m'enlève ma femme et mon enfant ; qui oserait m'en blâmer ?

— Aucun mortel ne saurait te blâmer, dit Siméon. Tu suis les impulsions de la chair et du sang. Malheur au monde, à cause de ses péchés ! mais malheur surtout à ceux qui sont les auteurs du mal !

— N'agiriez-vous pas de même à ma place ?

— Je désire ne pas être mis à l'épreuve, dit Siméon : la chair est faible.

— Je crois que, dans un cas semblable, ma chair serait d'une force suffisante, dit Phinéas en agitant ses bras musculeux, comme les ailes d'un moulin à vent. Si tu as des comptes à régler avec quelqu'un, ami Georges, je ne me charge de te prêter assistance.

— On voit bien que tu n'as pas été dès ta naissance dans la société des quakers, dit Siméon en souriant ; ton naturel prend le dessus par intervalles.

De fait, Phinéas avait longtemps vécu dans les bois, adonné à la chasse, et redoutable aux bêtes fauves; mais ayant épousé une jolie quakeresse, il s'était décidé à s'enrôler dans la colonie des amis. Il s'y montrait honnête et laborieux, on n'avait aucune accusation précise à formuler contre lui; mais ceux qui avaient atteint le plus haut degré d'élévation spirituelle lui reprochaient de n'être pas à leur hauteur.

— L'ami Phinéas a des manières à lui, dit Rachel Halliday; mais, en définitive, il a le cœur bien placé.

— Eh bien, reprit Georges, n'est-il pas urgent de hâter notre fuite?

— Je me suis levé à quatre heures du matin, dit Phinéas, et j'ai trois heures d'avance sur nos persécuteurs, s'ils mettent leurs plans à exécution. En tout cas, il serait dangereux de partir avant la brune; il y a dans les villages de mauvaises gens, qui nous inquiéteraient peut-être et retarderaient notre marche. Mieux vaut attendre ici, et nous embarquer dans deux heures. Je vais aller trouver Michaël Crass; je le prierai de nous suivre sur sa jument, d'avoir l'œil au guet, et de nous avertir dès qu'il verra une bande s'approcher. Sa jugement est excellente, capable de distancer tous les autres chevaux, et il nous rattrapera sans peine au moindre danger. Nous avons des chances pour atteindre la première porte avant d'être attaqués. Bon courage donc, ami Georges! ce n'est pas la première évasion que j'ai favorisée.

À ces mots, Phinéas ferma la porte derrière lui.

— Phinéas est rusé, dit Siméon; laisse-toi mener par lui, il se mettra en quatre pour toi.

— Ce qui m'attriste, c'est le risque auquel vous vous exposez.

— Tu nous obligeras beaucoup en n'en parlant plus, ami Georges. Notre conscience nous dicte notre conduite, nous ne saurions agir autrement. Allons, mère, hâte tes préparatifs, il ne faut pas renvoyer ces amis à jeun.

Pendant que Rachel et ses enfants faisaient cuire du poulet et du jambon, et boulangeaient des galettes de maïs, Georges et sa femme se retirèrent dans leur petite chambre, et ils confondirent leurs larmes en songeant qu'ils pouvaient être bientôt séparés pour jamais.

— Elisa, dit l'époux, les gens qui ont des amis, des maisons, des terres, de l'argent, ne peuvent s'aimer comme nous nous aimons, nous dont l'un n'a rien plus que l'autre. Avant de vous connaître, je n'avais été aimé par personne, excepté par ma mère et ma sœur. Le matin du jour où le marchand emmena Emilie, elle vint me trouver dans le coin où je couchais, et me dit: Georges, votre dernière amie s'en va; que deviendrez-vous, pauvre enfant? Je me levai, je lui sautai au cou en sanglotant, et elle pleurait aussi. Je passai dix ans sans entendre de nouvelles paroles d'affection; mon cœur s'était racorni, il était devenu sec comme des cendres. Quand je vous rencontrai, je fus, grâce à votre amour, comme ressuscité d'entre les morts. Et maintenant, Elisa, je verserai la dernière goutte de mon sang, mais on ne vous arrachera pas de mes bras; pour vous enlever, il faut marcher sur mon cadavre.

— Que le Seigneur nous prenne en pitié! dit Elisa; qu'il nous accorde de quitter ce pays ensemble! c'est tout ce que nous lui demandons.

— Dieu est-il du côté des blancs? reprit Georges, moins pour répondre à sa femme que pour épancher ses amères pensées. Voit-il tout ce qu'ils font? Pourquoi laisse-t-il arriver de pareilles choses? Certes la puissance est de leur côté; mais l'Evangile y est-il comme ils le disent? Ils sont riches et heureux; ils sont membres d'une Eglise, et s'attendent à aller au ciel, tout en vivant doucement dans ce monde; et de pauvres et honnêtes chrétiens, des chrétiens aussi bons ou meilleurs qu'eux-mêmes, sont couchés dans la poussière à leurs pieds. Ils les vendent et les achètent; ils font trafic de leur sang, de leurs gémissements, de leurs larmes, et Dieu les laisse faire!...

— Ami Georges, cria Siméon du fond de la cuisine, écoute ce psaume, et fais-en ton profit.

Georges et sa femme se rapprochèrent, et Siméon lut le commencement du psaume 72:

« Mais pour moi, mes pieds m'ont pensé manquer, et je suis presque tombé en marchant,

» Parce que j'ai été rempli d'indignation en voyant la prospérité des méchants.

» Ils ne participent point aux travaux et aux fatigues des hommes, et n'éprouvent point les fléaux auxquels les autres hommes sont exposés.

» C'est pourquoi l'orgueil les lie comme une chaîne, la violence les entoure comme un vêtement.

» Leurs yeux sont bouffis de graisse. Ils ont plus que leur cœur ne peut désirer.

» Ils sont corrompus, et parlent méchamment en faveur de l'oppression. Leur langage est hautain.

» C'est pourquoi mon peuple, tournant la vue vers eux, et leur trouvant une coupe pleine d'abondance,

» Se laisse aller à dire: Comment est-il possible que Dieu sache ce qui se passe? Le Très-Haut a-t-il réellement la connaissance de toutes choses? »

— Voilà le langage que tu tiens, ami Georges.

— Je serais prêt à signer ces lignes, repartit Georges.

— Eh bien! écoute la suite, dit Siméon:

« Quand j'ai réfléchi là-dessus, c'était pénible pour moi; mais je suis entré dans le sanctuaire de Dieu, et j'y ai compris quelle devait être leur fin.

» Il est très-vrai, ô Dieu, que cette prospérité où tu les as établis leur est devenue un piége; tu les as renversés dans le temps même qu'ils s'élevaient.

» Oh! comment sont-ils tombés dans la dernière désolation? Ils ont manqué tout d'un coup, et ils ont péri à cause de leur iniquité.

» Seigneur, tu réduis au néant dans ta cité la vaine image de leur bonheur, comme le songe de ceux qui s'éveillent...

» Cependant je ne me suis point éloigné de toi.

» Tu m'as tenu par la main droite, tu me guideras par ton conseil, et tu m'admettras ensuite à la gloire.

» C'est mon avantage de demeurer attaché à Dieu, et de mettre mon espérance dans celui qui est le Seigneur mon Dieu. »

Ces paroles de vérité, proférées d'un ton solennel par le bon vieillard, produisirent sur l'esprit troublé de Georges l'effet d'une musique sacrée. La douceur et l'humilité remplacèrent la colère qui animait ses traits.

— S'il n'y avait que ce monde, reprit Siméon, tu pourrais demander avec raison: Où est le Seigneur? Mais ce sont souvent ceux qui ont le moins sur cette terre qu'il choisit pour peupler son royaume. Aie confiance en lui; quoi qu'il t'arrive en ce monde, il te rendra plus tard justice.

Si ces mots étaient venus de quelque sermonnaire à l'éloquence facile, accoutumé à débiter aux malheureux des lieux communs, des phrases de réthorique creuses et sonores, ils n'auraient excité aucune émotion; mais l'orateur, avec une intrépidité calme, s'exposait chaque jour à l'amende et à la prison pour la cause de Dieu et de l'homme, son langage fut compris et communiqua une énergie nouvelle aux fugitifs désolés.

Rachel prit affectueusement Elisa par la main, et la conduisit à table. On commençait à souper, lorsque Ruth entra.

— Je viens, dit-elle, apporter des bas pour l'enfant; il y en a trois paires en laine, et très-chauds: il fait si froid au Canada! J'ai encore des friandises pour le petit Henri; les enfants, tu le sais, mangent du matin au soir.

En disant ces mots elle glissa un gâteau dans la main du fils, et secoua cordialement celle de la mère.

— Oh! merci! vous êtes trop bonne! dit Elisa.

— Allons, Ruth, mets-toi à table, dit Rachel.

— Je m'y refuse absolument. J'ai laissé John à la maison avec l'enfant et des biscuits au four; si je m'arrête un seul instant, John laissera brûler tous les biscuits et donnera à l'enfant tout le sucre du sucrier; voilà sa manière! Ainsi donc, adieu, Elisa! adieu, Georges! que le Seigneur vous accorde un heureux voyage!

La petite quakeresse disparut en sautillant. Le souper s'acheva, et bientôt une grande charrette couverte s'arrêta devant la porte. Phinéas quitta précipitamment sa place pour s'occuper de disposer l'intérieur du véhicule. Georges sortit tenant son enfant d'une main et sa femme de l'autre. Il avait la démarche ferme, l'air calme et résolu. Rachel et Siméon le suivaient.

— Sortez un moment, dit Phinéas à ceux qui étaient installés dans la voiture; laissez-moi arranger le fond pour les femmes et pour l'enfant.

— Voici deux peaux de bison, dit Rachel; recouvre les bancs avec soin, car les cahots seront durs cette nuit.

Jim descendit de la charrette, et en fit descendre avec précaution sa vieille mère, qui promenait autour d'elle des regards inquiets, s'attendant sans cesse à voir ses persécuteurs à ses trousses.

— Jim, demanda Georges à voix basse, nos pistolets sont-ils en bon état?

— Oui vraiment.

— Et vous savez l'usage qu'il en faut faire si l'on nous attaque?

— Sans aucun doute, répliqua Jim en se rengorgeant; pensez-vous que je le laisserai reprendre ma mère?

Pendant ce court dialogue, Elisa prit congé de sa bonne amie Rachel, monta en voiture, et s'assit avec Henri sur les peaux de bison. On plaça la vieille à côté d'elle; Georges et Jim se mirent devant elles, et Phinéas se campa au premier rang.

— Adieu, mes amis! dit Siméon.

— Dieu vous garde! répondirent tous les voyageurs.

La charrette roula sur le sol glacé, et le bruit des roues empêcha toute conversation. La route était bordée de grands bois, de plaines stériles, de vallées onduleuses. Le petit Henri ne tarda pas à s'endormir, et tomba pesamment sur le sein de sa mère. La pauvre vieille oublia ses frayeurs, et les yeux d'Elisa même se fermèrent. Phinéas était le plus alerte de la compagnie, et charmait les ennuis de sa longue conduite en sifflant des airs un peu profanes pour un quaker.

Vers trois heures, Georges entendit bien clairement le sabot d'un cheval qui arrivait derrière la charrette. Il donna un coup de coude à Phinéas, qui arrêta ses chevaux pour écouter.

— Ce doit être Michaël, dit-il ; il me semble reconnaître l'allure de sa jument.

Il se leva et allongea la tête du côté d'où partaient les sons. Il aperçut dans la pénombre, à la cime d'une colline lointaine, un homme qui accourait au galop.

— C'est lui, je le crois ! dit Phinéas.

Georges et Jim sautèrent à bas de la charrette avant de réfléchir à ce qu'ils avaient à faire. Tous les voyageurs, dans un profond silence, tournèrent les yeux vers le messager qu'ils attendaient. Il approchait, il disparut dans un fond ; mais on entendait de plus en plus distinctement les pas précipités de son cheval. Enfin on le vit surgir au sommet d'une éminence, à portée de la voix.

— Oui, c'est Michaël, dit Phinéas. Holà ! Michaël, par ici !

— Phinéas, est-ce toi ?

— Oui. Quelles nouvelles ? Est-ce qu'ils arrivent ?

— Ils sont derrière nous, au nombre de huit ou dix, échauffés par l'eau-de-vie, jurant et écumant comme des loups.

En ce moment même, la brise apporta le son lointain du galop de plusieurs chevaux.

— Remontez, mes amis, remontez vite, s'écria Phinéas. Si vous devez combattre, allons un peu plus loin.

Georges et Jim rentrèrent dans la voiture ; Phinéas fouetta les chevaux ; la charrette courut rapidement sur le sol glacé ; mais le bruit des cavaliers qui arrivaient devenait plus distinct. Les femmes l'entendirent, mirent la tête en dehors, et virent sur le penchant d'une côte plusieurs individus dont la silhouette se détachait en noir sur le ciel rougeâtre de l'orient. Bientôt les persécuteurs signalèrent la charrette, que sa couverture de toile blanche faisait reconnaître de loin, et poussèrent de féroces cris de victoire. Elisa se sentit défaillir en serrant son enfant contre son sein. La vieille pria et sanglota. Georges et Jim étreignirent d'une main convulsive la crosse de leurs pistolets.

La troupe ennemie gagnait du terrain. La charrette tourna subitement et s'arrêta devant un rocher escarpé, qui s'élevait solitairement au milieu de la plaine. Ce bloc isolé, sorte de forteresse naturelle, était bien connu de Phinéas, qui s'y était souvent arrêté pendant ses chasses, et c'était pour l'atteindre qu'il avait fait diligence.

— Mettez pied à terre et gravissez avec moi ces rochers, dit Phinéas : Michaël, attache ton cheval à la charrette ; va trouver Amariah, et dis-lui d'accourir avec ses enfants pour parler à ces coquins.

En un clin d'œil tout le monde fut en route.

— Je me charge de l'enfant, reprit Phinéas en prenant Henri dans ses bras ; veillez sur les femmes, et courez de toutes vos jambes.

On n'avait pas besoin d'exhortation. Les fugitifs escaladèrent une haie, et se dirigèrent en toute hâte vers le rocher. Les clartés mélangées des étoiles et de l'aurore leur firent voir les traces d'un sentier qui menait au sommet du bloc.

— Avançons ! cria Phinéas ; et tenant l'enfant dans ses bras, il grimpa avec l'agilité d'une chèvre. Jim monta le second, portant sur ses épaules sa vieille mère tremblante. Georges et Elisa formèrent l'arrière-garde.

Les persécuteurs s'arrêtèrent au pied de la haie, et descendirent de cheval en vociférant.

Les fugitifs étaient parvenus en haut du plateau, et marchaient un à un dans un étroit défilé. Tout à coup, ils trouvèrent le sentier barré par un ravin ou une crevasse profonde d'environ quatre pieds de largeur. Phinéas la franchit aisément. Il y avait au delà une masse ro-

Élisa, les gens qui ont des maisons, des terres, de l'argent, ne peuvent s'aimer comme nous nous aimons.

cheuse, dont les flancs droits et perpendiculaires, comme ceux d'un château, étaient séparés du reste du bloc. Elle était couronnée par une plate-forme couverte de mousses blanchâtres et de lichens crépus.

— Sautez, cria-t-il, il s'agit de la vie.

L'espace fut franchi ; et les fuyards s'empressèrent de construire avec des pierres un ouvrage avancé qui les dérobait aux regards des assiégeants.

— Nous voilà tous réunis, dit Phinéas : qu'ils nous attaquent s'ils le peuvent ! Il faudra qu'ils passent un à un entre ces deux rochers sous le feu de nos pistolets.

— Je le vois, dit Georges ; mais comme cette affaire est la nôtre, laissez-nous en courir seuls les risques.

— Tu es libre de combattre, Georges, dit Phinéas en mâchant quelques feuilles de mûrier sauvage, mais tu permettras que je surveille les opérations. Nos ennemis délibèrent entre eux et lèvent la tête en l'air comme des poules qui s'apprêtent à voler sur le juchoir. Ne ferais-tu pas bien de les haranguer avant qu'ils tentent leur ascension, pour les avertir qu'ils seraient canardés à bout portant ?

La bande assaillante se composait de nos vieilles connaissances Tom Loker et Marks, de deux constables, et de quelques chenapans recrutés à la taverne, qui, séduits par l'appât d'un peu d'eau-de-vie, avaient consenti volontiers à s'employer pour rattraper des nègres.

— Eh bien ! Tom, dit un des satellites, voilà vos lapins pris au gîte.

— Oui ; je les ai vus monter sur ce roc, et voici un sentier. Je vais les suivre ; ils ne peuvent m'échapper, et dans quelques minutes ils seront tous dépistés.

— Mais, dit Marks, s'ils tiraient sur nous du haut de leur forteresse, ce serait fâcheux.

— Comme ça vous ressemble ! s'écria Tom d'un ton railleur : vous êtes toujours d'avis de sauver votre peau ; mais ne craignez rien, ils sont morts de peur.

— Je ne vois pas pourquoi je ne penserais pas à sauver ma peau : je n'ai que celle-là : et les nègres se battent quelquefois comme des diables.

En ce moment Georges parut sur le plateau, au-dessus de leur tête, et cria d'une voix assurée :

— Messieurs, qui êtes-vous, et que cherchez-vous ?

— Nous cherchons une bande de nègres marrons, répondit Tom Loker : Georges Harris, sa femme et leur fils, Jim Selden et une vieille femme. Nous avons contre eux un mandat d'arrêt, et des officiers de justice nous accompagnent. Etes-vous Georges Harris, qui appartient à M. Harris, du comté de Shelby, dans l'État de Kentucky ?

— Je suis Georges Harris. Un certain Harris, du Kentucky, me réclamait comme sa propriété ; mais à présent je suis un homme libre ; je foule un sol libre ; ma femme et mon enfant, mon ami Jim et sa mère, sont ici : nous avons des armes et l'intention de nous défendre. Vous pouvez monter, si vous le voulez ; mais le premier qui vient à portée de nos balles est un homme mort, et ses compagnons auront successivement le même sort.

— Allons, allons, jeune homme, dit un personnage gros et poussif en se mettant en avant ; votre langage est inconsidéré. Nous sommes officiers de justice, nous avons de notre côté la loi et la force ; vous feriez donc mieux de vous rendre tranquillement sans attendre qu'on vous y contraigne.

— Je sais bien que vous avez de votre côté la loi et la force, reprit Georges avec amertume. Vous voulez emmener ma femme à la Nouvelle-Orléans pour la vendre, étaler mon fils comme un veau sur le marché, renvoyer la mère de Jim à la brute qui la rouait de coups, parce qu'il ne pouvait pas maltraiter son fils. Vous voulez nous remettre, Jim et moi, sous le talon de ceux qui se disaient nos maîtres, et qui nous préparent le fouet et les tortures. Si vos lois vous soutiennent dans vos projets, c'est une honte pour vous et pour elles! mais vous ne nous tenez pas encore. Nous ne reconnaissons pas vos lois, nous renions votre pays; nous sommes libres, et, par le Dieu qui nous a créés, nous combattrons pour notre liberté jusqu'à la mort.

En faisant sa déclaration d'indépendance, Georges était debout sur la cime du rocher. Les lueurs de l'aube coloraient ses joues basanées, l'indignation et le désespoir étincelaient dans ses yeux. Comme s'il en eût appelé de l'homme à la justice divine, il leva les mains vers le ciel. Sa hardiesse, son regard, sa voix, son attitude impressionnèrent les agresseurs, à l'exception de Marks. Celui-ci, armant résolûment son pistolet, tira sur Georges, pendant que ses compagnons demeuraient plongés dans le silence de la stupeur.

— Peu importe qu'on le ramène mort ou vif dans le Kentucky, dit-il froidement en essuyant son pistolet sur la manche de son habit.

Elisa poussa un cri. Georges recula involontairement; la balle lui avait effleuré les cheveux, et, passant à peu de distance des joues d'Elisa, elle était allée se loger dans un tronc d'arbre.

— Ce n'est rien, dit Georges avec calme.

— Au lieu de discourir, tu devrais plutôt te mettre à l'abri, dit Phinéas, ce sont de francs coquins.

— Allons, Jim, reprit Georges, ayez en même temps que moi l'œil sur cette passe : le premier qui paraîtra, je m'en charge; vous tirerez sur le second, et ainsi de suite. Il ne faut pas user deux balles pour un seul de ces misérables.

— Mais si vous ne touchez pas?

— Je toucherai, répliqua Georges avec assurance.

— Il y a de l'étoffe dans ce garçon-là, murmura Phinéas entre ses dents.

Cependant les assiégeants manifestaient de l'indécision.

— Il faut que vous ayez blessé quelqu'un, dit un officier de justice: j'ai entendu un cri.

— Je vais m'assurer du fait, dit Tom Loker: je n'ai jamais eu peur des nègres, et je ne commencerai pas aujourd'hui. A l'assaut! Qui veut me suivre?

Georges entendit ces mots, et braqua son arme vers l'issue du défilé.

Un des plus courageux de la bande suivit Tom Loker; et, l'avant-garde s'étant ainsi formée, tout le détachement entreprit l'ascension, les derniers poussant les premiers plus vite que ceux-ci ne l'auraient désiré. Au moment où la figure massive de Tom Loker se montra au bord de la ravine, Georges fit feu; mais, quoique blessé au côté, Tom ne recula pas. Il fit entendre un mugissement de taureau en furie, et sauta sans hésitation pour tomber au milieu des assiégés; mais Phinéas s'était avancé, et, le repoussant avec ses longs bras: — Ami! lui dit-il, on n'a pas besoin de toi ici.

Tom tomba dans la ravine d'une hauteur de trente pieds, en roulant au milieu des pierres, des broussailles et des arbustes. Il se serait tué, si sa chute n'avait été amortie par les branches d'un gros arbre auxquelles ses habits s'accrochèrent.

— Miséricorde! ce sont des démons! s'écria Marks en dirigeant la retraite avec plus d'activité qu'il n'en avait mis à monter. Toute la bande se culbuta sur ses traces, et le gros officier de justice se

distingua spécialement par une précipitation qui le mit hors d'haleine.

— Camarades, dit Marks, allez ramasser Tom Loker pendant que je vais chercher du renfort.

Et, sans prendre garde aux railleries ou même aux huées de ses complices, il remonta à cheval et s'éloigna.

— Quelle vermine! dit un des auxiliaires recrutés dans la taverne : nous faire agir pour ses intérêts, et nous abandonner lâchement!

— En tout cas, reprit un autre, il faut relever son ami; mais le diable m'emporte si je m'inquiète qu'il soit mort ou vivant!

Guidés par les gémissements de Tom Loker, les auxiliaires se frayèrent un passage à travers les buissons, les souches, les arbres abattus, jusqu'à l'endroit où le héros gisait tout éclopé, passant alternativement des plaintes aux jurons avec une égale véhémence.

— Vous criez bien fort, dit un d'eux : votre blessure est-elle grave?

— Est-ce que je sais? Emportez-moi... Au diable cet infernal quaker! Sans lui je faisais dégringoler quelqu'un avec moi.

On aida le blessé à se lever, on le soutint sous les aisselles, et on parvint ainsi à le mener auprès des chevaux.

— Tout ce que je demanderais, ce serait de retourner à la taverne. Donnez-moi un mouchoir, un linge quelconque pour étancher le sang...

Georges était au guet, il vit les gens qui assistaient le blessé essayer de le mettre en selle; mais, après d'inutiles tentatives pour s'y maintenir, il chancela, et tomba lourdement sur le sol.

— J'espère qu'il n'est pas tué! dit Elisa.

— Pourquoi pas? repartit Phinéas; il n'aurait que ce qu'il mérite.

— Mais après la mort vient le jugement, reprit Elisa.

— Oui, dit la vieille négresse, qui pendant cette rencontre n'avait cessé de prier suivant les rites des méthodistes, c'est une conjoncture bien terrible pour l'âme d'un être humain.

— Sur ma parole, je crois qu'ils l'abandonnent! reprit Phinéas.

C'était la vérité. Après s'être concertés entre eux, tous les hommes de la bande enfourchèrent leurs montures et partirent au galop. Dès qu'on les eut perdus de vue, Phinéas proposa de descendre.

— Nous allons, dit-il, être obligés de faire un bout de chemin à pied pour retrouver Michaël, qui nous attend plus loin avec la charrette. Nous le rejoindrons bientôt; nous ne sommes pas à plus de deux milles de notre destination, où nous serions déjà si la route n'était pas mauvaise.

Après avoir escaladé la haie, les fugitifs aperçurent leur charrette qui revenait sous l'escorte de quelques cavaliers.

— Bravo! s'écria joyeusement Phinéas, voilà Michaël, Stephen, Amariah! Maintenant nous sommes aussi en sûreté que si nous avions atteint notre gîte.

— En ce cas, arrêtons-nous, dit Elisa, et tentons quelque chose pour ce pauvre homme; il semble souffrir beaucoup.

— Notre devoir est de le secourir, dit Georges. Emmenons-le.

— Pour le faire panser par des quakers! dit Phinéas; soit, je ne m'y oppose nullement. Voyons comment il va.

A l'époque où le quaker avait mené la vie de chasseur dans les forêts, il avait acquis de grossières notions de chirurgie; il s'agenouilla à côté du blessé pour examiner la plaie.

— Marks, est-ce vous? demanda Tom Loker d'une voix faible.

— Tu l'appellerais vainement, ami; Marks s'inquiète peu de toi.

pourvu qu'il tire ses grègues sauves. Il y a longtemps qu'il a décampé.

— Je crois que je suis flambé, dit Tom Loker; la vile canaille me laissera mourir seul! Ah!... ma mère m'avait toujours prédit ce qui m'arrive!

— Entendez-vous ce pauvre homme? dit la vieille négresse : il appelle sa mère. Je ne puis m'empêcher de le plaindre.

— Doucement, doucement, dit Phinéas au blessé, qui se débattait et le repoussait avec un reste d'énergie , ne fais pas le méchant. Tu es perdu si je ne réussis à arrêter le sang.

— C'est vous qui m'avez jeté du haut du rocher, répondit Tom Loker.

— Tu nous aurais jetés tous à bas si l'on ne t'avait prévenu. Point de récriminations ; laisse-moi t'appliquer un bandage ; nous n'avons pas de rancune ; nous voulons te transporter chez une personne qui te prodiguera des soins maternels.

Tom poussa un soupir et ferma les yeux ; la vigueur et la résolution des hommes de son espèce tiennent essentiellement au physique, et s'écoulent avec le sang. L'abattement de ce colosse était vraiment digne de pitié.

La seconde troupe de quakers approcha. On dégarnit les bancs de la charrette ; les peaux de bison, pliées en quatre, furent disposées d'un côté, et quatre hommes, non sans peine, étendirent sur ce lit Tom Loker. Pendant qu'on le transportait, il perdit complétement connaissance. La vieille négresse, dans l'excès de sa compassion, lui appuya la tête contre son sein. Elisa, Georges et Jim s'arrangèrent comme ils purent de l'autre côté du véhicule, et l'on se remit en route.

— Que pensez-vous de lui? dit Georges, qui était assis auprès de Phinéas sur le siége de son docteur.

— Les chairs seules sont entamées ; mais les contusions et les écorchures qu'il s'est faites en tombant ont aggravé son état. Il est épuisé par le sang qu'il a perdu ; mais il en reviendra, et la leçon lui sera peut-être salutaire.

— Je suis content de ce que vous me dites, répondit Georges ; il m'eût été pénible de l'avoir tué, même pour une cause juste.

— Oui, dit Phinéas, tuer un homme ou même une bête, c'est toujours une vilaine opération. J'ai été grand chasseur dans le temps, et je te dirai que j'ai vu des daims blessés et mourants me regarder avec des yeux qui me faisaient vraiment repentir de les avoir tués. S'il s'agit d'un homme, l'affaire est plus grave encore ; car, comme le disait ta femme, le jugement vient après la mort. Je ne trouve donc pas que les idées de notre secte soient trop sévères là-dessus.

— Que ferons-nous de ce pauvre diable? demanda Georges.

— On va le porter chez Amariah. Sa vieille grand'mère, qu'on appelle Dorcas, est étonnante pour soigner les malades. C'est naturel, chez elle, et elle n'est bien à sa place qu'au chevet d'un homme qu'il faut médicamenter. Grâce à cette bonne vieille, sois sûr que ton blessé sera sur pied dans une quinzaine.

Au bout d'une heure nos voyageurs fatigués s'arrêtèrent dans une ferme, où on leur offrit un déjeuner copieux. Tom Loker fut déposé avec soin sur une couche plus propre et plus moelleuse que celle qu'il avait coutume d'occuper. On mit un appareil sur sa blessure, et il resta couché sur le dos comme un enfant fatigué, ouvrant et fermant languissamment les yeux, les promenant sur les rideaux blancs et sur les figures qui glissaient sans bruit dans la chambre.

Nous le laisserons momentanément dans cette situation pour retourner auprès du père Tom.

CHAPITRE XVIII.

Tribulations de miss Ophélia.

Notre ami Tom, dans ses naïves rêveries, comparait souvent sa destinée à celle de Joseph en Égypte. En effet, son sort s'améliorait de jour en jour, et l'analogie était par conséquent plus sensible.

Saint-Clare était indolent, et ne tenait pas à l'argent. Jusqu'alors l'achat des provisions avait été fait par Adolphe, qui était aussi négligent que son maître, et tous deux gaspillaient à l'envi. Accoutumé depuis longues années à administrer les biens de M. Shelby, le père Tom remarqua avec une douleur réelle les folles dépenses qui se faisaient dans la maison de Saint-Clare, et il se permit quelques observations indirectes et timides.

D'abord Saint-Clare l'employa accidentellement ; puis, frappé de sa capacité, de la solidité de son esprit, il lui confia des affaires en plus grand nombre, et finit par le charger du marché. Adolphe plaignit en vain d'être dépossédé.

— Laissez faire Tom, lui répondit le maître ; vous achetez à tort et à travers tout ce dont vous croyez avoir besoin, Tom calcule la dépense et m'empêche de me ruiner.

Investi de la confiance illimitée d'un maître insouciant qui lui remettait des billets sans les regarder, et qui empochait la monnaie sans compter, Tom avait toute facilité pour être un malhonnête homme ; mais sa franchise et sa foi chrétienne le préservèrent des tentations. Il se croyait astreint à une fidélité d'autant plus scrupuleuse, qu'il avait la libre disposition des deniers.

Adolphe avait un caractère tout différent. Irréfléchi, personnel, gâté par un maître qui trouvait plus commode de tolérer que de diriger, il établissait entre le mien et le sien une confusion dont Saint-Clare lui-même s'inquiétait parfois. Son bon sens lui disait qu'il montrait à l'égard de ses esclaves une indulgence dangereuse. Il était poursuivi d'une espèce de remords chronique, qui n'était pas toutefois assez fort pour amener une révolution dans l'économie domestique. Il excusait les fautes les plus graves, parce qu'il comprenait que ses serviteurs n'y seraient point tombés s'il eût rempli convenablement son rôle.

Tom éprouvait pour son jeune maître un étrange mélange de dévouement, de respect et de sollicitude paternelle. Saint-Clare ne lisait jamais de livres de piété, n'allait jamais à l'église, plaisantait librement sur tous les sujets qui se présentaient. Il passait les soirées du dimanche à l'Opéra, fréquentait les clubs, assistait à des soupers où l'on buvait outre mesure. De toutes ces circonstances, Tom avait conclu que son maître n'était pas chrétien ; aussi priait-il souvent Dieu de le convertir. Il osait même, avec le tact qu'on remarque chez les nègres, dire à l'occasion sa façon de penser.

Ainsi, huit jours après le dimanche dont nous avons parlé, Saint-Clare, à la suite d'un festin prolongé, fut reporté chez lui vers deux heures du matin dans un état où la matière dominait évidemment l'intelligence. Tom et Adolphe l'aidèrent à se coucher ; ce dernier trouvait l'aventure très-plaisante, et riait de la simplicité de son compagnon, qui manifestait une profonde horreur.

Le lendemain, Saint-Clare, en robe de chambre et en pantoufles, était assis dans son cabinet ; il venait de charger Tom de diverses commissions, et le voyant immobile devant lui, il lui dit :

— Eh bien, Tom? qu'attendez-vous encore? Tout n'est-il pas en règle?

— J'ai peur que non, mon maître.

Saint-Clare posa sa tasse de café sur la table, et regarda fixement l'esclave.

— Qu'y a-t-il, ami Tom? vous êtes grave et solennel comme un tombeau.

— J'ai de la peine, mon maître ; j'avais toujours cru que vous étiez bon pour tout le monde.

— Ne le suis-je pas? Allons, que voulez-vous? vous avez quelque chose à me dire, et c'est la préface.

— Monsieur a toujours été bon pour moi ; je n'ai pas à me plaindre sous ce rapport ; mais il y a quelqu'un pour lequel monsieur n'est pas bon.

— Qu'entendez-vous par là? Quelle lubie vous prend? Expliquez-vous.

— Cette nuit, sur les deux heures, j'ai fait mes observations ; j'y ai réfléchi depuis. Mon maître n'est pas bon pour lui-même.

En disant ces mots, Tom tourna le dos et mit la main sur le bouton de la porte. Saint-Clare rougit jusqu'aux oreilles, mais il se mit à rire en même temps.

— Est-ce tout? dit-il gaiement.

— Tout! répondit Tom, et il se retourna brusquement pour tomber à genoux. — Oh! mon cher jeune maître, je crains que vous n'alliez à votre perte corps et âme. Le bon livre l'a dit : « Le péché mord comme un serpent et pique comme une couleuvre, » mon cher jeune maître!

Les sanglots étouffèrent la voix de Tom.

— Pauvre insensé! dit Saint-Clare, qui avait lui-même les larmes aux yeux. Levez-vous, Tom! je ne vaux pas la peine qu'on pleure pour moi.

Mais Tom refusa de se lever, et prit un air suppliant.

— Je ne veux plus partager leurs folies, reprit Saint-Clare ; je ne sais pourquoi j'en ai été si longtemps complice. J'ai toujours méprisé ces débauches, et je m'en suis voulu d'y prendre part. Consolez-vous, Tom, et allez vous acquitter de vos commissions. Je vous donne ma parole d'honneur que vous ne me reverrez plus dans cet état.

Tom s'essuya les yeux, et sortit enchanté.

— Je lui tiendrai parole, se dit Saint-Clare resté seul.

Jamais en effet Saint-Clare ne manqua à sa promesse ; le sensualisme grossier n'était pas son défaut prédominant.

Occupons-nous maintenant des nombreuses tribulations de miss Ophélia, qui était entrée dans l'exercice de ses fonctions de gérante.

Il y a une différence sensible entre les esclaves des établissements du Sud, suivant le caractère et la capacité des maîtresses de maison. Dans les États du Midi comme dans ceux du Nord, certaines femmes, douées d'une aptitude extraordinaire, soumettent à leur volonté, sans rigueur, avec une facilité apparente, les divers membres de leur domesticité. Elles savent établir entre eux l'harmonie, utiliser leurs spécialités, compenser l'inexactitude des uns par le zèle des autres. Si elles ne sont pas communes dans les États du Sud, c'est qu'elles sont rares dans le monde entier ; mais on les y rencontre aussi souvent que partout ailleurs, et l'organisation sociale particulière à ces États offre à ces maîtresses de maison une occasion brillante de développer leurs talents domestiques.

PARIS. — Impr. LACOUR et Cⁱᵉ, rue Soufflot, 16.

Telle était madame Shelby; telle n'était pas Marie Saint-Clare. Indolente et puérile, sans esprit de conduite et sans prévoyance, cette dernière ne pouvait avoir que des serviteurs semblables à elle. Le tableau qu'elle avait fait à miss Ophélia de la confusion qui régnait au logis était de la plus complète exactitude, mais Marie s'était bien gardée de dire qu'elle était la cause première du désordre.

Le premier jour miss Ophélia se leva à quatre heures, et après avoir fait sa chambre elle-même, au grand étonnement de la femme de chambre, elle se mit en devoir d'inspecter les armoires, les cabinets, le garde-manger, la cuisine, la cave, la buanderie, les magasins dont elle avait les clefs. La découverte de mystères cachés dans les ténèbres alarma les puissances de la domesticité, et il y eut à l'office des murmures contre les dames du Nord. La vieille Dinah, cuisinière en chef, fut surtout exaspérée de ce qu'elle considérait comme une atteinte à ses priviléges. Elle fut saisie d'une rage pareille à celle que les empiétements de la couronne auraient pu faire éprouver, du temps de la grande Charte, à un baron féodal.

Dinah avait un caractère original, et ce serait manquer de respect à sa mémoire que de ne pas en donner une idée à nos lecteurs. Elle était née cuisinière, comme la mère Chloé, comme un grand nombre de femmes de la race africaine; mais Chloé était une femme méthodique qui accomplissait sa tâche avec une invariable régularité; Dinah était une femme d'inspiration, sujette à l'erreur, entière dans ses opinions. Comme certains philosophes modernes, elle avait un souverain mépris pour la raison et la logique; elle n'écoutait que son intuition. Il n'y avait point de talent, d'autorité, d'explications capables de lui persuader qu'un autre système fût meilleur que le sien, ou que le sien pût être modifié. Son ancienne maîtresse, la mère de Marie, s'était inclinée devant cette conviction inébranlable; et miss Marie, pour nous servir du nom que Dinah lui avait conservé, même après son mariage, aima mieux céder que de combattre.

Dinah possédait à fond cet art diplomatique qui consiste à unir la plus complète soumission apparente à la plus grande inflexibilité. Elle ne manquait jamais d'excuses; elle établissait comme un axiome que la cuisinière en chef ne peut jamais avoir tort; et elle était entourée d'assez de pécheurs pour les rendre responsables de tout également et se maintenir immaculée. Si quelque partie du dîner venait à manquer, elle avait pour se justifier cinquante raisons irréfutables; et c'était incontestablement la faute de cinquante autres personnes dont elle cherchait en vain à stimuler le zèle. Mais il était rare qu'on eût à se plaindre des résultats définitifs du travail de Dinah. Elle suivait des routes sinueuses, détournées; elle dédaignait les unités de temps et de lieu; on aurait dit qu'un ouragan s'était chargé en passant d'arranger sa cuisine; elle avait pour chaque ustensile autant d'emplacements divers que l'on comptait de jours dans l'année; et pourtant, pour peu qu'on eût la patience d'attendre, le dîner était servi avec un ordre parfait, et tous les mets étaient de nature à ravir un épicurien.

C'était l'heure où commençaient les préparatifs du dîner. Dinah, qui avait besoin de repos et de réflexion, et qui cherchait toujours ses aises, était assise sur le plancher de la cuisine. Elle fumait un vieux tronçon de pipe, auquel elle tenait beaucoup, et qu'elle allumait comme une sorte d'encensoir toutes les fois qu'elle éprouvait le besoin d'inspiration. C'était de cette manière que Dinah invoquait les muses domestiques.

Autour d'elle étaient assis divers membres de cette florissante jeunesse qui abonde dans les habitations de l'Amérique du Sud. Ils travaillaient à écosser des pois, à peler des pommes de terre, à ôter le duvet des volailles; pendant ces préparatifs, Dinah interrompait par intervalles ses méditations pour donner un coup de cuiller à pot sur la tête d'un de ses jeunes coadjuteurs. Dinah les tenait tous sous une verge de fer; elle croyait qu'ils n'étaient venus au monde que pour lui épargner de la peine. C'était là la base du régime dont elle avait vu l'application dans son enfance, et dont elle avait poursuivi le développement.

Après avoir fait sa tournée de réforme dans les autres parties de l'établissement, miss Ophélia parut à la cuisine. Dinah, ayant appris ce qui se passait, avait résolu de se tenir sur la défensive, de se mettre à la tête du parti conservateur, et d'opposer à toute mesure nouvelle une force d'inertie.

La cuisine était une vaste pièce carrelée en briques, dont l'antique cheminée garnissait tout un côté. Attachée à tout ce qui était incommode mais consacré par le temps, Dinah avait obstinément refusé d'échanger contre un fourneau moderne l'âtre construit à la vieille mode. Quand Saint-Clare était revenu des États du Nord, sous l'impression de l'ordre admirable qui régnait chez son oncle, il avait abondamment pourvu la cuisine d'armoires et de buffets. Il se figurait que Dinah en tirerait parti; mais il aurait moins perdu son temps en important du Nord une pie ou un écureuil. Plus on augmenta le nombre des tiroirs, plus il y eut de cachettes où Dinah enfouit des chiffons, des savates, des peignes, des rubans, des fleurs artificielles et autres objets de fantaisie.

À l'apparition de la surintendante, Dinah ne daigna pas se lever. Elle continua à fumer avec une tranquillité sublime, feignant de surveiller les préparatifs culinaires, et suivant miss Ophélia du coin de l'œil.

Miss Ophélia commença ses investigations.

— Que met-on dans ce buffet? dit-elle.

— Toutes sortes de choses, missis.

Cette assertion était exacte, à en juger par ce que renfermait le susdit buffet. Miss Ophélia y prit d'abord une belle nappe damassée, tachée de sang et qui avait évidemment servi à envelopper de la viande crue.

— Qu'est-ce que cela, Dinah? Est-ce que vous avez l'habitude d'envelopper votre viande dans les plus belles nappes?

— Mon Dieu, non, missis, mais je n'avais plus de serviettes; j'ai pris cette nappe et je l'ai mise là pour l'envoyer au blanchissage.

— Étourdie! se dit miss Ophélia; et furetant de nouveau dans le buffet, elle y trouva deux muscades, un recueil d'hymnes méthodistes, une râpe à muscade, des madras déchirés, un paquet de tabac et une pipe, du fil et un dé à coudre, quelques pétards, deux saucières de porcelaine dorée contenant de la pommade, des escarpins, de petits oignons blancs soigneusement enfermés dans un morceau de flanelle, des torchons, plusieurs serviettes damassées, des aiguilles à tricoter, et des enveloppes de papier d'où s'échappaient des herbes odoriférantes.

— Où mettez-vous vos muscades, Dinah? demanda miss Ophélia de l'air d'une femme qui demandait au ciel la patience.

— Tantôt ici, tantôt là, missis; il y en a dans cette tasse fêlée, dans cette armoire... Eh bien, Jacques, pourquoi vous arrêtez-vous? occupez-vous donc de vos affaires.

Et Dinah administra au criminel un coup de sa cuiller à pot.

— Qu'est-ce que cela? demanda miss Ophélia, en montrant une saucière remplie de pommade.

— C'est de la graisse pour mes cheveux; je l'ai mise là pour l'avoir sous la main.

— Et vous employez pour cela des saucières de porcelaine dorée!

— Mon Dieu! missis, j'étais si pressée! mon intention était de l'enlever dès aujourd'hui.

— Voici deux serviettes damassées.

— Je les ai mises là pour les faire laver un jour ou l'autre.

— Est-ce que vous n'avez aucun endroit pour serrer le linge sale?

— M. Saint-Clare a acheté ce coffre pour ça; mais le couvercle n'est pas facile à lever, et je m'en sers d'ailleurs pour pétrir ma pâte dessus.

— Pourquoi ne pétrissez-vous pas votre pâte sur la pâtissoire que voilà?

— Mon Dieu! missis, elle est si encombrée de vaisselle et d'autres choses qu'il n'y a pas de place.

— Vous pourriez bien laver votre vaisselle et l'emporter.

— Laver ma vaisselle! s'écria Dinah, qui, dans sa fureur, commençait à perdre ses habitudes de respect; est-ce ainsi que des dames sont au fait de l'ouvrage? S'il me fallait passer mon temps à laver et à empiler des plats, comment se ferait le dîner? Miss Marie ne m'a jamais parlé ainsi.

— Bien, bien. Pourquoi ces oignons sont-ils là?

— Je ne m'en souviens plus; je crois que je les avais mis de côté pour une étuvée, et que je les ai oubliés dans cette vieille flanelle.

— Et ces herbes?

— Je prierai missis de ne pas y toucher; j'aime à garder les choses là où je sais les trouver au besoin.

— Mais le papier est tout troué.

— C'est afin de les prendre plus vite.

— Mais vous voyez qu'elles se répandent dans le buffet.

— Oui, parce que vous les avez dérangées, dit la cuisinière en s'approchant avec inquiétude. Vous avez mis le désordre là dedans, miss Phélia! Si vous vouliez bien monter au salon jusqu'à l'heure où viendra le temps de ranger, je mettrais tout en place; mais il m'est impossible de rien faire quand une dame rôde autour de moi.... De quoi vous avisez-vous, Samuel, de donner le sucrier à cette grille! Tenez-vous bien, ou sinon!...

— Je vais mettre l'ordre dans la cuisine, Dinah, et j'espère que vous le maintiendrez.

— Mon Dieu! miss Phélia, les dames ne se comportent jamais ainsi; ni mon ancienne maîtresse, ni miss Marie n'ont eu ces manières, et je ne vois pas à quoi elles servent!

Là-dessus, la cuisinière indignée s'éloigna du buffet. Sans se déconcerter, miss Ophélia assortit des assiettes, vida dans un seul réceptacle les morceaux de sucre épars dans une douzaine de bols, tria le linge sale et nettoya tout avec une rapidité dont Dinah fut stupéfaite.

— Ah! dit-elle tout bas à une de ses satellites, si les dames du Nord ont de telles habitudes, ce ne sont pas des dames. Je fais mon affaire aussi bien qu'une autre les jours de rangement général; mais je n'aime pas que les dames viennent flâner ici, et fourrer les choses dans des endroits où je ne les trouverai jamais.

Pour rendre justice à Dinah, elle avait des paroxysmes périodiques de réforme et de coordination, qu'elle appelait les jours de rangement général. Alors elle vidait tous les tiroirs en les renversant sens dessus dessous, et augmentait encore la confusion. Ensuite elle allumait sa pipe et procédait à loisir au classement. Elle examinait les objets les uns après les autres en dissertant sur leur emploi; elle faisait récurer vigoureusement le fer-blanc et l'étain par la jeune génération, et entretenait tout pendant plusieurs heures dans un état de bouleversement qu'elle expliquait à la satisfaction de tous les questionneurs, en disant que c'était le jour de rangement général. Elle faisait valoir les obstacles que lui opposait la négligence de ses collaborateurs, car, dans ses illusions, Dinah se persuadait qu'elle était le prototype de l'ordre, et que si le ménage n'était pas admirablement rangé, c'était uniquement la faute des autres.

Quand les casseroles étaient fourbies, les tables frottées avec du grès, les ustensiles qui pouvaient gêner relégués dans des coins ou sur des rayons, Dinah mettait une robe voyante, un tablier blanc, un turban de madras, et ordonnait aux jeunes maraudeurs de déguerpir, afin qu'elle pût entretenir l'ordre. Ces nettoyages périodiques n'étaient pas sans inconvénients; Dinah s'éprenait d'un si grand amour pour ses casseroles récurées, qu'elle refusait de s'en servir, du moins jusqu'à ce que l'époque du rangement général fût définitivement expirée.

dîner soit servi une heure plus tôt ou plus tard à qui n'a rien à faire qu'à s'étendre sur un canapé? Dinah est un vrai cordon bleu; ses potages, ses ragoûts, ses rôtis, ses crèmes glacées sont irréprochables; et elle tire tout cela du chaos et des ténèbres de sa cuisine, avec un talent qui me semble vraiment sublime. Maintenant, si nous descendions souvent près d'elle, si nous la voyions, la pipe à la bouche, commander son armée de noirs marmitons, nous ne voudrions plus manger. Dispensez-vous-en, ma cousine; c'est une pénitence inutile, qui ne peut que vous mettre en colère et dérouter Dinah : laissez-la tranquille.

— Mais, Augustin, vous ignorez dans quel désordre j'ai tout trouvé.

— Moi! Est-ce que je ne sais pas qu'elle met la râpe à muscade dans sa poche avec du tabac; que le rouleau pour la pâte est sous son lit; qu'il y a soixante-cinq sucriers dans soixante-cinq trous différents; qu'elle essuie la vaisselle un jour avec une serviette de table, un autre jour avec les restes d'un vieux jupon? Mais, ce qu'il y a d'incontestable, c'est qu'en somme elle fait d'excellents dîners, du café exquis. Il faut la juger comme on juge les guerriers et les hommes d'Etat : par le succès.

— Mais le gaspillage, les dépenses?

Mort de la mère Prue.

En quelques jours, miss Ophélia eut établi dans toute la maison un plan systématique; par malheur, elle ne pouvait recueillir le fruit de ses travaux sans la coopération d'esclaves qui ressemblaient à Sisyphe ou aux Danaïdes. Dans son désespoir, elle en appela à Saint-Clare.

— Il est impossible, dit-elle, d'introduire de la régularité dans cette famille.

— C'est vrai, dit Saint-Clare.

— Quelle légèreté! quel gaspillage! quelle prodigalité! Je n'ai jamais rien vu de pareil.

— Je le crois sans peine.

— Vous n'en parleriez pas à votre aise si vous aviez le ménage à diriger.

— Ma chère cousine, je vous dirai une fois pour toutes que, nous autres maîtres, nous nous partageons en deux classes : les oppresseurs et les opprimés. Ceux qui sont d'un bon naturel et qui détestent la sévérité s'exposent à de graves inconvénients. Puisque nous croyons devoir entretenir chez nous une bande de lourdauds sans instruction, il faut en subir les conséquences. On a vu, quoique rarement, des maîtres doués d'un tact particulier établir l'ordre sans mesures sévères; mais je n'en suis pas. Aussi ai-je pris depuis longtemps la résolution de laisser aller les choses comme elles vont. Je ne veux pas faire battre et tailler en pièces de pauvres diables; ils le savent, et ils en abusent parfois.

— Mais il n'y a point de temps déterminé, point de règles fixes, point de méthode!

— Ma chère cousine, vous autres indigènes du Nord, vous donnez au temps une valeur extravagante. Qu'importe le temps à un homme qui en a deux fois plus qu'il n'en peut dépenser? Qu'importe que le

— Oh! vous pouvez tout enfermer, garder les clefs, ne livrer les provisions qu'au fur et à mesure; mais ne vous inquiétez pas des menus morceaux.

— Je ne puis m'empêcher, Augustin, de croire que ces domestiques ne sont pas rigoureusement honnêtes. Etes-vous sûr qu'on puisse compter sur eux?

Augustin rit aux éclats de la mine grave et inquiète qu'avait sa cousine en lui posant cette question.

— C'est trop bon! s'écria-t-il; vous demandez s'ils sont honnêtes? Non, certes; pourquoi le seraient-ils? qui aurait pu les rendre tels?

— L'éducation.

— L'éducation! Et quelle éducation puis-je leur donner? Ai-je l'air d'un pédagogue? D'ailleurs, me serait-il possible de les empêcher de me tromper?

— Il n'y en a donc point d'honnêtes?

— On en voit par intervalles que la nature a créés si simples, si fidèles, que les plus détestables influences ne peuvent les corrompre. Mais, voyez-vous, dès le berceau, l'enfant de couleur reconnaît qu'il ne peut arriver que par des voies clandestines. Il est artificieux avec ses parents, sa maîtresse, les enfants du maître qui l'admettent à leurs jeux. La déception devient chez lui une habitude invétérée. On ne peut en attendre autre chose. On ne saurait l'en punir. Relativement à la probité, l'esclave est tenu dans un tel état de minorité et de dépendance, qu'il ne peut se former une idée exacte des droits de la propriété, et comprendre que les biens de son maître ne lui appartiendraient pas, même s'il parvenait à s'en emparer. Je ne vois pas comment les nègres peuvent être honnêtes, et un individu tel que Tom est un... est un miracle moral.

— Et que deviennent leurs âmes?

— Ce n'est pas mon affaire, reprit Saint-Clare; je ne m'occupe que du présent. Toute la race est vouée au diable ici-bas pour le plus grand avantage des blancs, et il est possible qu'elle change de condition dans l'autre monde.

— C'est affreux! dit miss Ophélia; vous devriez rougir de votre conduite.

— Je ne sais trop : nous nous conformons à des principes généralement adoptés. Regardez ce qui se passe sur la terre : partout les classes inférieures sont sacrifiées, âme, intelligence et corps, au bien-être des hautes classes. L'Angleterre en offre un exemple; et pourtant les colons de l'Amérique du Sud sont signalés à l'indignation de toute la chrétienté, parce que notre manière d'opprimer est un peu différente de celle des autres.

— Tout le monde est libre dans l'État de Vermont.

— Ah! j'en conviens; dans la Nouvelle-Angleterre et les États libres, vous êtes mieux organisés que nous. Mais j'entends la cloche; ainsi donc, ma cousine, oubliez un moment vos préoccupations, et venez dîner.

Vers le soir, miss Ophélia était dans la cuisine, quand un des négrillons cria :

— Vous le méritez, dit Jeanne; vous détournez l'argent pour vous enivrer. Oui, missis, voilà ce qu'elle fait.

— Et c'est ce que je ferai toujours. Je ne puis vivre autrement : boire, et oublier ma misère.

— C'est bien mal de votre part, dit miss Ophélia, de voler votre maître pour vous abrutir.

— Vous avez raison, missis, mais j'agirai toujours comme ça.... Je voudrais être morte et délivrée de ma misère. Oui, je le voudrais.

La vieille femme se releva tout d'une pièce, remit son panier sur sa tête; mais, avant de sortir, elle regarda la quarteronne, qui continuait à jouer avec ses pendants d'oreilles.

— Vous vous croyez bien belle avec ces colifichets, vous secouez la tête, et vous méprisez tout le monde; n'importe, vous pourrez devenir une pauvre vieille maltraitée comme moi, et vous verrez si vous ne buvez pas!

Et la vieille Prue sortit en poussant un ricanement satanique.

— Quelle ignoble bête! dit Adolphe, qui préparait l'eau pour la barbe de Saint-Clare. Si j'étais son maître, elle serait battue encore plus qu'elle ne l'est.

— Ce ne serait guère possible, dit Dinah; elle a le dos criblé de cicatrices, et ne peut supporter même une chemise dessus.

Il fait tête aux chiens, et les écarte à droite et à gauche.

— Voici la mère Prue; elle arrive en grommelant.

Une femme de couleur, grande et osseuse, entra portant sur sa tête un panier de biscottes et de petits pains chauds.

— Bonjour, Prue, lui dit la cuisinière.

Prue avait l'air maussade et la voix rauque; elle déposa son panier, s'accroupit à terre, et appuya ses coudes sur ses genoux en disant : — O mon Dieu! je voudrais être morte!

— Pourquoi voudriez-vous être morte? demanda miss Ophélia.

— Je serais délivrée de mes misères, répliqua Prue sans lever les yeux.

— Pourquoi vous grisez-vous toujours? dit Jeanne, jolie femme de chambre quarteronne, qui faisait tinter en parlant ses pendants d'oreilles de corail.

Prue lui lança un regard farouche en répondant : — Vous y viendrez un de ces jours, et je serai charmée de vous y voir. Alors, vous prendrez, comme moi, plaisir à boire une goutte pour oublier votre misère.

— Allons, Prue, reprit la cuisinière, occupez-vous de vos petits pains; madame va les payer.

Miss Ophélia en prit une douzaine.

— Il doit y avoir des bons dans cette vieille cruche fêlée, sur la planche d'en haut, dit Dinah; grimpez, Jacques, et descendez-la.

— A quoi servent ces bons? demanda la surintendante.

— Ils nous sont donnés pour de l'argent par le maître de Prue, et nous les échangeons contre du pain.

— Et quand je retourne à la maison, il compte mes bons et mon argent pour voir si j'ai bien toute ma monnaie; et si je ne l'ai pas, on m'assomme.

— On ne devrait pas laisser entrer d'aussi viles créatures dans des maisons comme il faut, dit miss Jeanne : qu'en pensez-vous, monsieur Saint-Clare?

Il faut savoir qu'Adolphe ne se contentait pas de s'approprier les hardes de son maître, il lui prenait jusqu'à son nom; dans les cercles des gens de couleur de la Nouvelle-Orléans il s'appelait monsieur Saint-Clare.

— Je suis certainement de votre avis, miss Benoir.

Benoir était le nom de famille de Marie Saint-Clare, au service de laquelle était Jeanne.

— Dites-moi, miss Benoir, ajouta Adolphe, oserai-je vous demander si ces pendants d'oreilles figureront au bal de demain?... Ils sont ravissants !

— En vérité, dit Jeanne en faisant cliqueter de nouveau le corail, les hommes se permettent à présent des réflexions bien audacieuses! Si vous m'interrogez encore, je ne danserai pas avec vous de toute la soirée.

— Oh! vous n'auriez pas cette cruauté. Je meurs d'envie de savoir si vous aurez votre robe de tarlatane rose ?

— De quoi s'agit-il? dit Rosa, petite quarteronne piquante et éveillée qui descendait en ce moment l'escalier.

— Monsieur Saint-Clare est d'une impudence !...

— Est-il possible ? s'écria Adolphe; j'en fais juge miss Rosa.

— Je sais qu'il est toujours impertinent, dit Rosa en sautillant sur la pointe du pied. Je suis souvent en colère contre lui.

— Ah! mesdames, mesdames, vous finirez par me briser le cœur, s'écria M. Saint-Clare; un de ces matins on me trouvera mort dans mon lit, et vous en serez la cause.

— L'entendez-vous, le monstre? dirent les deux dames en riant aux éclats.

— Allons, décampez!... dit Dinah; je n'aime pas qu'on vienne bavarder dans ma cuisine.

— La mère Dinah grogne parce qu'elle ne va pas au bal, dit Rosa.

— Je me soucie bien de ces fêtes, où vous tâchez de singer les blancs! En définitive, vous n'êtes que des nègres comme moi.

— Ça n'empêche pas, dit Jeanne, que Dinah met de la pommade à ses cheveux crépus, pour les faire tenir droits.

— Et c'est toujours de la laine! ajouta Rosa en secouant avec malice les boucles soyeuses qui couvraient sa tête.

— Ma foi, reprit Dinah, aux yeux de Dieu la laine vaut les cheveux. Je voudrai que missis décidât ce qui vaut mieux, d'un couple comme vous ou d'une femme comme moi. Allons, filez vite!

La conversation fut doublement interrompue. Du haut de l'escalier, le vrai Saint-Clare demanda à son homonyme si l'eau pour la barbe serait prête ce soir; et miss Ophélia, reparaissant tout à coup, dit à Jéanne et à Rosa :

— Pourquoi perdre le temps ici?... Allez travailler à vos rideaux.

Notre ami Tom, qui avait entendu la porteuse de pain exhaler ses plaintes, l'avait suivie dans la rue. Il la vit continuer sa route en poussant par intervalles un gémissement étouffé. Enfin elle déposa son panier sur le pas d'une porte, et arrangea le vieux châle fané qui lui couvrait les épaules.

— Voulez-vous que je porte un peu votre panier? dit Tom d'un ton de compassion.

— Pourquoi?... je n'ai pas besoin d'aide.

— Vous semblez malade ou agitée...

— Je ne suis pas malade, dit laconiquement la mère Prue.

— Je voudrais pouvoir vous déterminer à ne plus boire. Savez-vous où cela vous conduira?

— A la mort, à l'enfer, reprit la femme d'un air sombre, vous n'avez pas besoin de me le dire; je le sais bien, mais je le souhaite.

— Que Dieu ait pitié de vous! s'écria Tom en frissonnant. N'avez-vous jamais entendu parler de Jésus-Christ?

— Jésus-Christ?... Qui est-il?

— C'est le Seigneur, répliqua Tom.

— Je crois avoir entendu parler du Seigneur, du jugement dernier, de l'enfer... J'ai idée de ça.

— Mais ne vous a-t-on pas dit que le Christ nous avait aimés, nous, pauvres pécheurs, et qu'il était mort pour nous?

— Je n'en sais rien. Personne ne m'a jamais aimée, depuis que mon vieil homme est mort!

— Où avez-vous été élevée?

— Dans le Kentucky. Mon premier maître nourrissait pour le marché des enfants qu'il vendait sitôt qu'ils étaient assez grands. J'étais chargée d'en prendre soin. Il finit par me vendre à un spéculateur, auquel mon maître actuel m'a achetée.

— Pourquoi avez-vous contracté l'habitude de boire?

— Pour me délivrer de ma misère. Après mon arrivée à la Nouvelle-Orléans, j'eus un enfant, et je crus que je l'élèverais, puisque mon maître n'était pas spéculateur. C'était bien le plus joli de tous les êtres, et ma maîtresse le trouvait charmant. Il ne criait jamais; il avait bonne mine. Mais ma maîtresse tomba malade. Je la soignai, j'attrapai la fièvre; tout mon lait s'en alla, mon enfant n'eut bientôt plus que la peau et les os, et madame ne voulut pas acheter du lait pour le nourrir. Elle ne m'écouta pas quand je lui dis que je n'avais plus de lait. Elle soutint que je pouvais le nourrir avec ce que les autres mangeaient. L'enfant souffrit, cria, cria jour et nuit, se réduisit à rien; et madame se mit en colère contre lui, en disant qu'il était d'une maussaderie insupportable. « Je voudrais qu'il fût mort, » dit-elle. Elle ne me le laissait pas pendant la nuit, disant qu'il me tenait éveillée, et que je n'étais plus bonne à rien. Elle me faisait coucher dans sa chambre, et j'étais obligée de laisser l'enfant dans un grenier, où il mourut une nuit. Je commençai à boire pour m'étourdir, pour empêcher ses cris de me poursuivre.... J'ai bu, et je boirai toujours, dussé-je aller pour ça en enfer!

— Pauvre femme!... Ne vous a-t-on pas dit que le Seigneur était mort pour vous..... qu'il veillerait à votre salut.... que vous pouviez aller au ciel, et y trouver enfin le repos?...

— Le ciel! reprit la vieille; n'est-ce pas là où vont les blancs?... Si je m'y rencontrais avec eux..... Oh! j'aime mieux aller en enfer... être loin de mon maître et de ma maîtresse!

Elle accompagna ces mots de son gémissement ordinaire, replaça son panier sur sa tête, et s'éloigna à pas lents.

Tom retourna tristement au logis. Dans la cour, il trouva la petite Évangéline le front ceint d'une couronne de tubéreuses et les yeux rayonnants de plaisir.

— Oh! Tom, vous voilà?... Je suis ravie de vous rencontrer. Papa m'a chargée de vous dire que vous pouviez atteler les poneys à ma petite voiture neuve, et me mener à la promenade... Mais, qu'avez-vous donc, vous êtes tout rêveur?...

— Je ne me sens pas bien, miss Eva; mais je vais harnacher les chevaux.

— Enfin, qu'avez-vous?... Je vous ai vu causer avec la vieille Prue...

Tom, avec une éloquente simplicité, raconta l'histoire de la porteuse de pain. Évangéline ne proféra aucune exclamation; elle ne pleura pas, ne manifesta point d'étonnement, comme un autre enfant. Ses joues pâlirent, un nuage sombre passa sur ses yeux, elle croisa les mains sur sa poitrine, et poussa un profond soupir.

CHAPITRE XIX.

Continuation des expériences de miss Ophélia.

— N'attelez pas, Tom, je ne veux pas sortir, dit Évangéline.

— Pourquoi, miss Eva?

— Ces misères me déchirent le cœur; je ne veux pas sortir.

A ces mots, elle rentra dans la maison.

Quelques jours après, une autre femme vint à la place de la vieille Prue apporter les biscottes. Miss Ophélia était dans la cuisine.

— Mon Dieu! s'écria Dinah, qu'est devenue la mère Prue?

— Elle ne reviendra plus, dit la femme d'un ton mystérieux.

— Comment! est-ce qu'elle est morte?

— Nous n'en savons rien, elle est en bas, dans la cave, dit la porteuse en jetant un coup d'œil sur miss Ophélia.

Lorsque celle-ci eut pris les biscottes, Dinah accompagna la porteuse jusqu'à la porte.

— Qu'a donc la mère Prue? Voyons, confiez-moi ça.

La femme avait envie de parler; cependant elle hésitait.

— Vous ne le direz à personne, répondit-elle à voix basse : Prue s'est encore enivrée; on l'a enfermée dans la cave, et on l'y a laissée toute la journée. On assure que les mouches se sont mises après elle, et qu'elle est morte.

Dinah leva les mains au ciel; en se retournant, elle vit à son côté Évangéline, dont les grands yeux mystiques étaient dilatés d'horreur, et dont le sang avait abandonné les lèvres et les joues.

— Dieu nous garde! miss Eva s'évanouit! Aussi, à quoi bon débiter devant elle des choses si terribles?

— Je ne m'évanouis pas, dit l'enfant d'un ton ferme : pourquoi n'entendrais-je pas ces choses-là? Je suis aussi capable de les entendre que la pauvre Prue l'a été de les souffrir.

Miss Ophélia demanda avec anxiété l'histoire de la vieille. Dinah la raconta avec de longs détails, auxquels Tom ajouta ceux qu'il connaissait.

— C'est abominable! s'écria miss Ophélia en entrant dans la chambre où Saint-Clare lisait le journal.

— De quelle iniquité parlez-vous?

— On a fouetté Prue à tel point qu'elle en est morte! dit miss Ophélia; et elle fit le récit de ce qui s'était passé en insistant sur les détails les plus révoltants.

— Je pensais bien qu'on finirait par là, dit Saint-Clare en reprenant son journal.

— Vous le pensiez, et vous n'avez rien fait pour vous y opposer! N'avez-vous pas ici de notables, dont l'intervention puisse empêcher d'aussi odieux forfaits?

— On suppose en général que l'intérêt de la propriété suffit pour les prévenir. S'il y a des gens qui veuillent se ruiner, je ne vois aucun moyen d'action contre eux. La pauvre vieille était, dit-on, voleuse et adonnée à l'ivrognerie. Elle excitera par conséquent peu de sympathie.

— C'est horrible, Augustin! Il y a certes de quoi attirer sur vous la vengeance céleste.

— Ma chère cousine, je n'ai pas commis le crime, et je n'ai pu l'empêcher. Si quelques misérables obéissent à la brutalité de leurs instincts, qu'ai-je à y voir? Ils ont une autorité absolue; ce sont des despotes irresponsables. Il serait inutile d'intervenir en l'absence de toute loi positive. Ce que nous avons de mieux à faire, c'est de fermer les yeux et les oreilles, et de laisser les choses aller leur train.

— Vous est-il possible de fermer les yeux et les oreilles?

— Ma chère amie, qu'attendez-vous de nous? Une classe avilie, indolente, dénuée d'instruction, est livrée sans conditions à des blancs, qui en immense majorité ne savent pas se maîtriser, qui ne sont pas même éclairés sur leurs véritables intérêts. Dans une pareille organisation sociale, que peut faire un homme d'honneur, si ce n'est de fermer les yeux et de s'endurcir le cœur? Je ne puis acheter tous les pauvres malheureux que je vois; je ne puis m'ériger en chevalier errant, et entreprendre le redressement de tous les torts : j'essaye du moins de me tenir à l'écart.

La figure de Saint-Clare s'assombrit un moment; mais, reprenant tout à coup son joyeux sourire : — Allons, cousine, dit-il, n'ayez pas cette physionomie de fée en colère. Vous n'avez encore soulevé qu'un coin du rideau; mais si vous voulez sonder les mystères de la scène du monde, vous n'aurez plus de cœur à rien. C'est comme lorsqu'on examine en détail la cuisine de Dinah.

Et Saint-Clare, s'étendant sur un canapé, reprit la lecture de son journal. Miss Ophélia se mit à tricoter avec un mouvement presque convulsif. Elle rêva quelque temps en silence ; ses réflexions accrurent son indignation, et enfin elle éclata :

— Je vous le dis, Augustin : il est affreux de défendre un pareil système ; voilà mon opinion.

— Quoi ! dit Saint-Clare levant la tête, voilà que vous recommencez ?

— Je vous le répète, il est affreux de votre part de défendre un pareil système ! reprit miss Ophélia avec une chaleur toujours croissante.

— Moi le défendre, ma chère dame ! Qui vous a jamais dit que je le défendais ?

— Est-ce que tous les habitants du Sud ne le défendent pas ? Autrement, pourquoi le pratiqueraient-ils ?

— Avez-vous la naïveté de croire qu'on ne fait en ce monde que ce que l'on croit conforme à la justice ? Ne vous êtes-vous jamais permis d'action que vous sentiez n'être pas complètement irréprochable ?...

— Si cela m'est arrivé, je m'en repens ! dit miss Ophélia entre-choquant ses aiguilles avec énergie.

— Et moi aussi ! dit Saint-Clare.

— En ce cas, pourquoi continuez-vous ?

— Il a dû vous arriver parfois de faire le mal après vous être repentie, ma bonne cousine ?

— Oui, mais lorsque j'ai été exposée à de fortes tentations.

— Eh bien ! j'ai été exposé à de fortes tentations.

— Mais j'ai toujours résolu de ne pas retomber dans mes fautes.

— J'ai pris depuis dix ans la même détermination, mais en vain. Êtes-vous parvenue à vous exempter de tout péché, cousine ?

— Augustin, dit gravement miss Ophélia mettant de côté son tricot, je mérite que vous me reprochiez mes écarts, dont je ne cherche pas à disconvenir ; il y a pourtant une différence entre vous et moi. Il est vrai que ma conduite n'est pas toujours d'accord avec mes principes ; mais il me semble que je me couperais la main droite plutôt que de persister dans une route que je croirais mauvaise.

Saint-Clare s'assit sur le parquet aux pieds de sa cousine : — Ne prenez pas un air si sérieux, lui dit-il ; vous savez que je suis un être bizarre et imparfait. Je me plais à reconnaître, malgré mes railleries, que vous êtes une femme excellente ; mais, de grâce, ne m'accablez pas de votre supériorité.

— Vous avez beau plaisanter, le sujet est grave, Augustin.

— D'une gravité désolante, trop grave pour être traité quand il fait chaud. Peut-on s'élever à des considérations sublimes lorsqu'on est tourmenté par le soleil et les moustiques ? Quelle idée ! ajouta-t-il en se levant : je comprends maintenant pourquoi les nations du Nord sont toujours plus vertueuses que celles du Sud.

— Quel écervelé vous faites !

— C'est possible ; mais je veux être sérieux au moins une fois dans ma vie. Permettez-moi d'abord de mettre à ma portée cette corbeille d'oranges, afin de me réconforter au besoin. Quand le cours des événements exige qu'un homme garde en captivité deux ou trois douzaines de ses frères, il faut tenir compte de l'opinion publique ; et...

— Je ne remarque pas que vous deveniez plus sérieux, dit miss Ophélia.

— M'y voici, reprit Saint-Clare, dont la figure prit tout à coup une expression de gravité. Il ne peut y avoir qu'une opinion sur cette question abstraite de l'esclavage. Les planteurs qui en profitent, les prêtres qui veulent plaire aux planteurs, les politiques qui cherchent à dominer, pourront dénaturer la morale, démentir la nature, fausser le sens de l'Evangile ; mais ils ne font illusion à personne. L'esclavage vient du diable, qui a prouvé en l'instituant ce dont il était capable.

Miss Ophélia fut étonnée ; et Saint-Clare, qui semblait jouir de sa surprise, continua en ces termes :

— Qu'est-ce que cette institution, maudite de Dieu et de l'homme ? Dépouillez-la de son prestige, soumettez-la à une scrupuleuse analyse, qu'est-ce que c'est ? Quoi ! parce que mon frère noir est ignorant et faible, et que je suis intelligent et fort, je lui volerai tout ce qu'il a ! La besogne trop rude, trop sale, trop désagréable, je l'imposerai au noir ! Parce que je n'aime pas à travailler, le noir travaillera ! Parce que le soleil me brûle, le noir supportera l'ardeur du soleil ! Le noir gagnera l'argent, et je le dépenserai ! Le noir s'enfoncera dans les marécages pour que je puisse marcher à sec ! Le noir, durant toute son existence mortelle, fera ma volonté et non la sienne, et il n'aura de chances pour gagner le ciel qu'autant que je lui en laisserai ! Toutes ces injustices découlent de l'institution. Je défie qui que ce soit de lire notre code noir et d'en tirer autre chose. On parle des abus de l'esclavage ; mais l'esclavage même est un monstrueux abus ! S'il ne disparaît pas de la surface de la terre comme Sodome et Gomorrhe, c'est parce qu'on ne l'applique pas dans toute sa rigueur. Par pitié, par pudeur, parce que nous sommes des hommes nés de la femme, et non des bêtes fauves, nous n'usons pas de toute la puissance que des lois cruelles ont mise en nos mains. Celui qui montre le plus d'insensibilité et de barbarie ne sort pas des limites de la légalité.

Saint-Clare s'était levé, et, comme il en avait l'habitude quand il était animé, il marchait à pas précipités. Sa belle figure classique, pareille à celle d'une statue grecque, rayonnait d'une noble ardeur ; ses grands yeux bleus lançaient des étincelles ; il gesticulait involontairement avec vivacité. Miss Ophélia, qui ne l'avait jamais vu ainsi, garda un profond silence.

— Je vous le déclare, reprit-il en s'arrêtant brusquement devant sa cousine, je me suis dit parfois que si, pour cacher un jour tant d'injustice et de misère, ce pays s'abîmait dans les entrailles de la terre, je consentirais à être englouti avec lui. Lorsque, dans le cours de mes voyages, je voyais de vils coquins investis d'une autorité légale sur des hommes, des femmes, des enfants, qu'ils avaient achetés avec des deniers souvent extorqués, cent fois j'ai été sur le point de maudire ma patrie, de maudire la race humaine !

— Augustin ! Augustin ! c'en est trop ! s'écria miss Ophélia ; je n'ai jamais entendu rien de semblable, même dans le Nord.

— Dans le Nord ! dit Saint-Clare, qui, par une subite métamorphose, retrouva tout à coup son ton d'insouciance habituel. Bah ! vos gens du Nord ont le sang froid. Ils ne peuvent, comme nous, se décider à maudire.

— Mais la question est de savoir...

— Oui, de savoir comment j'ai accepté l'iniquité !... Il m'est facile de répondre : elle m'est venue par héritage. Mes esclaves appartenaient à mon père et à ma mère ; maintenant ils sont à moi avec leur postérité, qui commence à former un contingent considérable. Mon père, vous le savez, était originaire de la Nouvelle-Angleterre ; c'était un tout autre homme que le vôtre, un vieux Romain altier, énergique, doué d'une volonté de fer. Votre père s'établit dans la Nouvelle-Angleterre pour régner sur des rochers et des pierres, pour fertiliser le sol ; le mien s'établit dans la Louisiane pour gouverner des hommes et des femmes. Ma mère — et Saint-Clare contempla avec vénération un portrait suspendu à la muraille — ma mère était divine !... Ne vous offensez pas de cette épithète ; vous savez ce que je veux dire. Certes, elle était née mortelle ; mais, autant que j'ai pu en juger, il n'y avait en elle aucune trace des erreurs et des faiblesses humaines. Tous ceux qui l'ont connue, libres ou esclaves, parents ou amis, l'attesteront comme moi. Ma mère m'a seule empêché d'être complétement incrédule ; c'était une incarnation du Nouveau Testament, une morale vivante, une émanation de l'éternelle vérité. O ma mère ! ma mère !...

Saint-Clare joignit les mains avec transport ; puis, se calmant soudain, il s'assit sur une ottomane.

— Mon frère et moi, nous étions jumeaux, reprit-il : on dit, vous le savez, que les jumeaux doivent se ressembler, et pourtant nous formions un parfait contraste. Il avait des yeux noirs, des cheveux de jais, un teint brun, un profil romain fortement accentué : j'avais les yeux bleus, la chevelure dorée, le teint blanc, le profil grec. Il était actif : j'étais rêveur. Il montrait de la générosité à l'égard de ses amis et de ses égaux, mais de la fierté, de l'insolence, envers ses inférieurs. Il n'avait aucune pitié pour ceux qui se déclaraient contre lui. Nous nous aimions l'un l'autre comme des enfants, tantôt plus, tantôt moins. J'étais le favori de ma mère ; c'était celui de mon père.

J'avais une sensibilité morbide que mon père et lui ne comprenaient pas, mais qui m'assurait les sympathies de ma mère. Lorsque je me disputais avec Alfred, et que mon père me regardait sévèrement, je me réfugiais auprès de ma mère. Je la vois encore avec ses joues pâles, ses yeux doux et profonds, sa robe blanche. Elle s'habillait toujours de blanc ; ce qui me faisait penser aux saints dont les livres saints décrivent le costume. Elle avait des talents de toute espèce ; elle cultivait surtout la musique avec succès ; souvent elle jouait sur l'orgue ces vieux airs grandioses de l'Eglise catholique, en chantant d'une voix qui se rapprochait de celle des anges ; je posais alors ma tête sur ses genoux, je pleurais, je rêvais, j'éprouvais des sensations indéfinissables, que le langage ne saurait exprimer.

A cette époque la question de l'esclavage n'avait pas été abordée, personne ne songeait à l'attaquer.

Mon père était né aristocrate. Peut-être, dans une existence antérieure, avait-il occupé une position élevée, et il avait conservé toute l'arrogance des vieilles cours, quoiqu'il fût de famille pauvre et roturière. Mon frère était sa fidèle image.

Un aristocrate, vous le savez, n'a point de sympathies pour les hommes qui vivent en dehors d'une certaine classe. La ligne de démarcation varie suivant les pays ; mais on ne la dépasse jamais. Aux yeux de mon père, c'était la couleur qui la déterminait. Juste et généreux avec les blancs, il regardait les nègres, métis, mulâtres et quarterons, comme des êtres qui tenaient le milieu entre l'homme et les animaux, et il basait sur cette hypothèse toutes ses idées d'équité. Dans le cas où on lui aurait demandé s'ils avaient des âmes, peut-être aurait-il répondu affirmativement ; mais il ne se mêlait guère de spiritualisme. Il n'avait point de sentiments religieux ; seulement il vénérait Dieu comme le chef des classes supérieures.

Mon père avait environ cinquante nègres à mener ; inflexible, exigeant, vétilleux, il voulait que tout marchât chez lui avec une précision et une régularité infaillibles. Si vous réfléchissez qu'il avait pour agents des travailleurs indolents, hébétés, pleins de mollesse, vous concevrez qu'il se passait sur sa plantation beaucoup de choses de nature à faire gémir un enfant sensible comme moi.

Le gérant de l'habitation était un fils renégat de l'État de Vermont, grand gaillard de mauvaise mine, qui avait fait un long apprentissage de la brutalité, et avait pris ses degrés avant d'être admis à la pratique. Ma mère ni moi ne pouvions le souffrir; mais il avait acquis sur mon père un ascendant complet, et gouvernait en despote absolu.

J'étais bien jeune alors; mais j'avais déjà une sorte de passion pour l'étude de l'humanité. On me voyait souvent dans les cases et dans les champs de cannes; j'étais aimé des noirs; je recevais leurs plaintes, et les transmettais à ma mère; car nous avions formé à nous deux une sorte de comité pour le redressement des torts. Nous étions parvenus à réprimer bien des cruautés; nous nous félicitions d'avoir fait quelque bien; mais trop de zèle nous perdit; Stubbs déclara à mon père qu'il n'était plus maître des esclaves, et qu'il était forcé de donner sa démission. Mon père était un mari bon et intelligent; mais il ne cédait jamais sur les points qu'il jugeait nécessaires, et il mit une barrière insurmontable entre nous et les ouvriers des champs. Il dit à ma mère, sans lui manquer de respect et de déférence, qu'elle avait sur les esclaves de la maison une autorité absolue, mais qu'elle ne devait s'occuper en rien de ceux qui travaillaient au dehors. Il la plaçait au-dessus de toutes les femmes; mais il aurait fait une déclaration pareille à la Vierge même, si elle avait contrarié son système.

J'entendais parfois ma mère discuter avec lui, et l'implorer en termes pathétiques en faveur des nègres. Il lui répondait poliment, mais avec une désespérante froideur. « Toute la question est là : disait-il : dois-je me séparer de Stubbs ou le garder ? Stubbs est exact, honnête, expérimenté, et aussi humain qu'il peut l'être; on ne saurait prétendre à la perfection : si je le garde, il faut que je soutienne son administration dans son ensemble quand même elle serait entachée de quelques sévérités inséparables de tout gouvernement. Les règles générales dominent les cas particuliers. » Cette dernière maxime semblait, aux yeux de mon père, justifier les moins excusables barbaries. Quand il l'avait émise, il s'étendait sur un canapé, comme un homme qui a terminé un différend, et se mettait à faire un somme ou à lire un journal.

En réalité, mon père avait les talents qui conviennent à un homme d'État. Il aurait partagé la Pologne aussi facilement qu'une orange, et opprimé l'Irlande avec une magnifique impassibilité. Ma mère finit par renoncer à ses projets. On ne saura jamais, jusqu'au compte définitif, ce qu'ont souffert des natures nobles et sensibles comme la sienne, jetées dans un abîme d'injustice et de cruauté, dont elles seules apprécient la profondeur. Il y a pour elles de longues et poignantes douleurs dans ce monde voué à l'enfer. Tout ce que pouvait faire ma mère, c'était d'inspirer à ses enfants ses idées et ses sentiments; mais, malgré ce qu'on dit de l'éducation, les enfants restent ce que la nature les a faits. Alfred, dès le berceau, inclinait vers l'aristocratie; il conserva son caractère en grandissant, et suivit sa route en dépit des exhortations maternelles. Pour moi, je les recueillis avidement. Ma mère ne contredisait jamais ouvertement ce que disait mon père, elle ne lui faisait point d'opposition directe; mais elle imprimait en traits de feu dans mon cœur l'idée de la di-

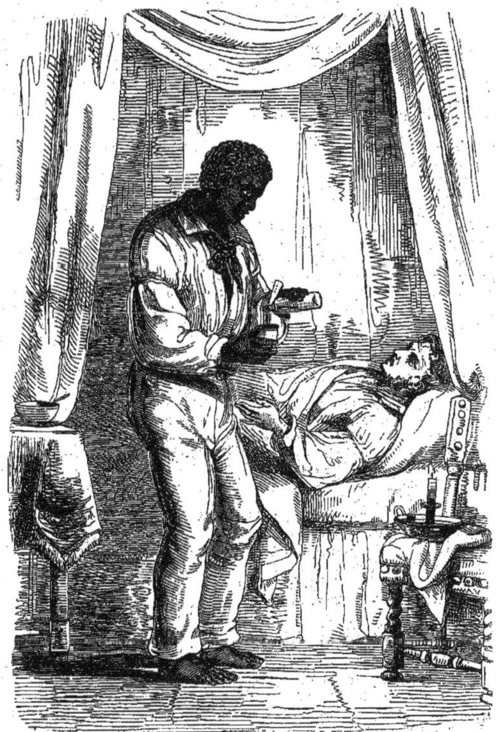

gnité de l'âme des plus vils humains. Je la contemplais avec une pieuse vénération, quand le soir elle me disait en me montrant les étoiles : « Voyez, Augustin ! les âmes des plus pauvres vivront encore lorsque ces astres se seront éteints; elles vivront autant que Dieu ! »

Elle avait de beaux tableaux anciens, entre autres un *Jésus-Christ guérissant un aveugle*. « Songez-y, me disait-elle, l'aveugle était un misérable mendiant, aussi le Sauveur ne voulut-il pas le guérir de loin; il l'appela, et lui imposa les mains. » Si j'avais grandi sous ses ailes, elle aurait excité en moi un incroyable enthousiasme; je serais devenu un saint, un réformateur, un martyr !... Mais, hélas ! hélas ! je lui fus enlevé à l'âge de treize ans, et je ne l'ai jamais revue !

Saint-Clare appuya la tête sur ses mains, et devenant silencieux pendant quelques minutes :

— Qu'est-ce que la vertu humaine ? reprit-il : souvent un hasard, un accident, une affaire de position géographique, de latitude et de longitude, combinés avec les dispositions natives. Votre père, par exemple, s'établit à Vermont, dans une ville dont tous les habitants sont libres et égaux; il devient diacre de l'église, entre dans une société abolitionniste, et nous regarde presque comme des païens : et pourtant c'est, sous bien des rapports, le double de mon père. J'ai vu maintes fois percer en lui la même énergie, la même arrogance, le même esprit de domination. Il est tombé au milieu d'une population démocratique, il a embrassé des théories démocratiques; mais il est au fond du cœur aussi aristocrate que l'était mon père, qui tenait sous ses lois cinq ou six cents esclaves.

Miss Ophélia allait se récrier, et mettait de côté son tricot pour répondre; mais Saint-Clare lui coupa la parole :

— Je devine ce que vous allez m'objecter; je ne prétends pas qu'ils fussent positivement semblables. L'un, se trouvant dans un ordre de choses en opposition constante avec les tendances naturelles, devint un implacable tyran. L'autre, dans une condition conforme à la nature, s'est rangé sous le drapeau de la démocratie. Si tous deux avaient possédé des plantations à la Louisiane, ils auraient été aussi semblables que deux balles fondues dans le même moule.

— Que vous êtes peu respectueux envers vos parents ! dit miss Ophélia.

— Ce n'est pas mon intention, reprit Saint-Clare, quoique le respect ne soit pas mon fort. Pour en revenir à mon histoire, quand mon père mourut, ses biens furent partagés entre mon frère et moi : il n'existait pas d'homme plus noble, plus désintéressé qu'Alfred avec tous ceux de sa caste; nous nous entendîmes à merveille sur les questions de propriété. Nous entreprîmes d'exploiter ensemble la plantation; et Alfred, qui avait deux fois plus d'activité que moi, devint un planteur enthousiaste, et réussit admirablement.

Deux années d'expérience me convainquirent que je ne pouvais m'associer utilement à ses travaux. Avoir à gouverner sept cents esclaves que je ne connaissais pas, dont aucun ne m'inspirait d'intérêt spécial; les faire travailler, manger ou dormir avec une précision militaire; les conduire comme un troupeau de bêtes; leur mesurer le repos et les jouissances; employer toujours le fouet comme dernier argument : quel métier intolérable et révoltant ! Il m'effrayait même, quand, me rappelant les paroles de ma mère, je songeais au prix d'une âme humaine.

Je ne puis entendre sans indignation certains philosophes de nos États du Nord, animés de l'envie de nous excuser, parler du bonheur des esclaves. Je sais à quoi m'en tenir. Peut-il exister un homme heureux de travailler tous les jours, depuis l'aube jusqu'à la brune, sous l'œil d'un maître irresponsable; de poursuivre incessamment le même labeur triste et monotone; de n'avoir pour salaire que deux pantalons et une paire de souliers par an; d'être à peine abrité; de n'avoir que juste assez de nourriture pour ne pas succomber sous le poids de la fatigue? Je voudrais que quiconque s'imagine qu'un homme peut s'accommoder d'un pareil régime, y fût soumis en personne. Je l'achèterais et je le ferais travailler sans scrupule.

— J'ai toujours supposé, dit miss Ophélia, que vous autres, habitants du Sud, vous approuviez l'esclavage comme conforme aux textes saints.

— Erreur! nous n'en sommes pas réduits là? Alfred, qui est un despote déterminé, n'adopte point ce mode de justification. Non; il s'appuie fièrement sur ce vieux principe : le droit du plus fort. Il dit, avec assez de raison, que les planteurs américains font, sous une autre forme, la même chose que l'aristocratie et les capitalistes anglais; c'est-à-dire qu'ils approprient à leur usage les classes inférieures. Il ajoute qu'il n'y a point de grande civilisation sans asservissement des masses. Il doit y avoir, dit-il, une basse classe condamnée au travail matériel et une classe supérieure qui jouisse d'assez d'aisance et de loisir pour développer son intelligence. C'est ainsi qu'il raisonne, parce qu'il est né aristocrate, et c'est ce que je ne crois pas, parce que je suis naturellement démocrate.

— Est-il possible, dit miss Ophelia, de comparer l'Angleterre à l'Amérique? L'ouvrier anglais n'est pas vendu, séparé de ses enfants, battu de verges!

— Il dépend de celui qui l'emploie, presque autant que si celui-ci l'avait acheté. Le propriétaire d'esclaves peut les faire périr sous le fouet, le capitaliste peut faire mourir de faim le prolétaire. Vous dites qu'il jouit en paix de sa famille; mais est-il plus pénible de voir vendre ses enfants que de les voir mourir de faim à la maison?

— Mais vous ne justifiez pas l'esclavage en prouvant que ses résultats ne sont pas plus désastreux que ceux d'une autre institution également mauvaise.

— J'essaye d'écrire à ma pauvre vieille femme et à mes petits enfants.

struction. Il consentit à leur donner un chapelain, qui faisait le catéchisme tous les dimanches; mais il pensait intérieurement, je crois, que ce pieux personnage eût tout aussi bien employé son temps en sermonnant des chiens ou des chevaux. En effet, l'homme abruti depuis son enfance, et qui travaille machinalement, sans réflexion, pendant toute la semaine, ne saurait tirer grand profit de quelques heures de culture intellectuelle. Les directeurs des écoles du dimanche, dans les plantations de l'Amérique, ou dans les districts manufacturiers de l'Angleterre, attesteraient peut-être qu'ils ont obtenu, ici et là, les mêmes résultats négatifs. Il y a cependant parmi nous des exceptions frappantes, parce que le nègre est plus accessible que le blanc aux sentiments religieux.

— Eh bien, dit miss Ophélia, comment avez-vous quitté votre plantation?

— Au bout de quelque temps, Alfred reconnut que je n'étais pas fait pour être planteur. Lorsque, pour me complaire, il eut introduit des changements et des améliorations, il trouva mauvais que je ne fusse pas encore satisfait. Ce que je haïssais en réalité, c'était l'esclavage même, l'exploitation de ces hommes et de ces femmes, la perpétuation de tant d'ignorance, de vices et de brutalité.

Et puis, étant moi-même le plus paresseux des mortels, j'éprouvais trop de sympathie pour la paresse. Quand de pauvres nègres mettaient des pierres au fond de leurs corbeilles de coton pour les rendre plus lourdes, quand ils recouvraient de coton des sacs remplis de poussière, il me semblait que j'en aurais fait autant à leur place, et je m'opposais à ce qu'on les fouettât. La discipline n'était plus observée; j'étais en contradiction perpétuelle avec Alfred, comme autrefois avec mon père. Il me disait que j'étais un rêveur, étranger à la vie pratique. Il finit par m'offrir la maison patrimoniale et les fonds que nous possédions à la Nouvelle-Orléans, et me conseilla d'aller m'y établir et de le laisser seul à la tête de la plantation. Nous nous séparâmes, et je vins ici.

— Mais pourquoi n'avez-vous pas affranchi vos esclaves?

— Je n'en ai pas eu le courage. Il m'avait répugné de m'en servir comme d'instruments pour gagner de l'argent, il me sembla plus honnête de dépenser mon argent avec eux; quelques-uns étaient d'anciens serviteurs, auxquels j'étais attaché; les plus jeunes étaient leurs enfants; tous étaient contents de leur sort.

Saint-Clare s'arrêta; puis, après avoir fait quelques pas en réfléchissant, il reprit :

— Il y a eu un temps où j'avais le projet et l'espoir de faire quelque chose en ce monde, au lieu de me laisser entraîner à la dérive. J'éprouvais un désir vague d'être une espèce d'émancipateur, de délivrer ma terre natale de cette souillure. Tous les jeunes gens, je le suppose, ont de pareils accès de fièvre; mais...

— Il fallait mettre la main à la charrue, et ne pas regarder en arrière.

— Ma foi! rien n'allait à ma guise, et, de même que Salomon, je pris la vie en dégoût. C'était, sans doute, chez moi comme chez lui, une condition de la sagesse. Quoi qu'il en soit, renonçant à m'occuper de la régénération sociale, je me laissai aller au courant, comme une pièce de bois flotté. Alfred me gronde toutes les fois que nous nous voyons, et il a sur moi un avantage incontestable. Il fait quelque chose; sa vie est la conséquence logique de ses opinions, la mienne est sans but.

— Mon cher cousin, pouvez-vous vous complaire dans cette existence inactive?

— Je n'ai pas la prétention de le justifier; je dirai seulement que nous enfreignons avec plus d'audace les droits de l'humanité. Ici, on achète un homme comme un cheval; on lui regarde les dents, on lui fait craquer les articulations, on essaye son allure, et on le paye. Nous avons des spéculateurs, des éleveurs, des usuriers, qui trafiquent de la chair humaine. Le mal se présente donc, aux yeux du monde civilisé, sous une forme plus palpable, mais en définitive il est essentiellement le même. Ici comme ailleurs, on sacrifie une partie du genre humain au bien-être d'une autre partie.

— Je n'avais jamais envisagé la chose à ce point de vue, dit miss Ophélia.

— J'ai voyagé en Angleterre, et j'ai recueilli bon nombre de documents sur les classes inférieures de ce pays. Je crois en vérité qu'Alfred a raison quand il dit que ses esclaves sont mieux traités que la majorité des travailleurs anglais. Vous voyez par là qu'on ne saurait mettre Alfred au nombre des maîtres barbares. Il est sans pitié pour l'insubordination, il tuerait un esclave rebelle comme un daim, sans plus de remords, mais en général il se fait un point d'honneur d'avoir des esclaves bien nourris et convenablement installés. Quand je demeurais avec lui, je le priai de faire quelque chose pour leur in-

— Moi ! je la déteste !... Mais, pour en revenir à la question, les idées que j'ai émises sur l'esclavage ne me sont point personnelles. Un grand nombre d'hommes ont, à cet égard, la même opinion que moi. C'est un fléau pour tous, non-seulement pour tant d'êtres dégradés, vicieux, imprévoyants, mais encore pour les maîtres qui sont forcés de vivre avec eux. L'aristocratie anglaise n'éprouve point ce que nous éprouvons ; elle n'est pas confondue avec la classe qu'elle dégrade. Les nègres sont dans nos maisons ; ce sont les compagnons de nos enfants, dont ils forment l'esprit avant nous : car ils appartiennent à une race dont les enfants se rapprochent volontiers. Si Eva n'avait pas des qualités supérieures, elle serait perdue. Autant vaudrait laisser la petite vérole se propager parmi les esclaves, avec l'idée que nos enfants ne l'attraperont pas, que de les laisser sans instruction et sans principes, et de se persuader que nos enfants n'en subiront pas l'influence funeste. Cependant nos lois défendent formellement qu'on organise pour les esclaves un système général d'éducation, et elles font bien. Qu'une seule génération soit éclairée, et tout l'édifice s'écroulera. Si nous ne leur donnons pas la liberté, ils la prendront.

— Et quelle sera, selon vous, la fin de tout ceci ? demanda miss Ophélia.

— Je l'ignore. Ce qu'il y a de certain, c'est que les masses se remuent dans le monde entier, et qu'un *dies iræ* viendra tôt ou tard. La même agitation règne en Europe, en France, en Angleterre et dans ce pays. Ma mère avait coutume de me dire que nous touchions à une époque millénaire où le Christ régnerait, où tous les hommes seraient libres et heureux. Quand j'étais enfant, elle me faisait répéter : *Que votre règne arrive.* Il approche sans doute, mais qui peut prédire le jour où il arrivera ?

— Augustin, dit miss Ophélia en regardant fixement son cousin, je crois parfois que vous n'êtes pas loin du royaume de Dieu.

— Merci de votre bonne opinion, mais j'ai des hauts et des bas ; je monte en théorie jusqu'aux portes du ciel, et je descends en réalité dans la poussière de cette terre... Mais la cloche sonne ; allons prendre le thé, et j'espère que vous ne direz plus maintenant que je n'ai jamais eu avec vous de conversation sérieuse.

A table, Marie fit allusion à la mort de Prue. — Je suppose, dit-elle, ma cousine, que vous nous regardez tous comme des barbares.

— Je crois seulement, répondit miss Ophélia, que c'est un acte de barbarie.

— Il y a, reprit Marie, des créatures dont il est impossible de venir à bout. Leur perversité ne cesse qu'avec leur existence. Je n'ai pour elles aucune sympathie ; elles sont leurs propres victimes.

— Mais, maman, dit Evangéline, cette pauvre vieille était malheureuse, c'est pour cela qu'elle buvait toujours.

— Allons donc ! comme si c'était une excuse ! Je suis bien souvent malheureuse ; mes tribulations sont, je le présume, plus grandes que celles dont cette vieille avait à se plaindre. La misère de ces noirs provient de leur méchanceté ! Il y en a qu'on ne peut dompter, même par les traitements les plus rigoureux. Je me rappelle que mon père avait un esclave si paresseux qu'il s'enfuyait pour ne pas travailler, et qu'il errait dans les savanes, vivant de maraude et commettant toutes sortes de déprédations. On le reprit, on le fouetta ; mais en vain ; il recommença plusieurs fois, et on le fouettait régulièrement après chacune de ses évasions. À la fin, sanglant et meurtri, il se traîna dans les savanes, où il mourut. Il n'avait aucune raison plausible pour s'évader, car mon père traitait toujours ses nègres avec bienveillance.

— Il m'est arrivé, dit Saint-Clare, de soumettre un homme qui avait déjoué les efforts de tous les maîtres et de tous les commandeurs.

— Vraiment ! s'écria Marie. Je serais charmée de savoir comment vous vous y êtes pris.

— C'était un indigène de l'Afrique, d'une taille herculéenne, d'une force de lion. On l'appelait Scipion. Il avait au plus haut degré l'instinct de l'indépendance. On n'en pouvait rien faire. Il avait passé de mains en mains, quand Alfred l'acheta, espérant être plus heureux que ses devanciers. Un jour, Scipion rosse un commandeur et se sauve dans les savanes. C'était après la dissolution de notre indivis, et j'étais venu rendre visite à mon frère. Alfred était dans un état d'exaspération terrible ; mais je lui dis que c'était sa faute, et je lui pariai que je materais le rebelle. Il fut convenu que si on le rattrapait, il me laisserait tenter l'expérience. Nous entrâmes en chasse au nombre de six ou sept, avec des fusils et des chiens. Vous concevez qu'on met autant d'ardeur à chasser un homme qu'un cerf, pour peu qu'on en ait l'habitude. J'étais moi-même un peu animé, quoique je dusse agir comme médiateur dans le cas où l'esclave marron serait repris. Nous lançons nos chevaux ; les chiens aboient en flairant, et nous finissons par le débusquer. Il court avec la rapidité d'un chevreuil, et conserve de l'avance sur nous pendant quelque temps ; mais, acculé dans un massif impénétrable de cannes, il se retourne pour combattre. Il fait tête aux chiens, les écarte à droite et à gauche, en tue deux rien qu'avec ses poings ; mais un coup de fusil l'abat presque à mes pieds. Le pauvre diable me lançait des regards où se peignaient la fierté de l'homme et le désespoir du vaincu. J'écartai les chiens et les chasseurs, et je réclamai mon prisonnier. Ils voulaient

l'achever, dans l'enivrement de leur triomphe ; mais j'insistai pour qu'il eût la vie sauve, et Alfred me le vendit. Je m'en chargeai, et au bout d'une quinzaine je l'avais rendu aussi soumis et aussi traitable qu'on pouvait le désirer.

— Quels procédés avez-vous donc employés ? demanda Marie.

— Des procédés tout simples. Je l'installai dans ma chambre ; je lui fis faire un bon lit, je pansai ses blessures, et je lui prodiguai des soins jusqu'à ce qu'il fût guéri. Cependant j'avais préparé pour lui un acte d'affranchissement, et dès qu'il fut rétabli, je lui dis qu'il pouvait aller où bon lui semblerait.

— Et il partit ? dit miss Ophélia.

— Non ; il eut la folie de déchirer l'acte en morceaux, et refusa absolument de me quitter. Je n'ai jamais eu de serviteur plus brave, plus fidèle, plus dévoué. Dans la suite, il embrassa le christianisme, et devint doux comme un enfant. Il était chargé de la gestion de mon habitation du Lac, et il s'en acquittait à merveille. Je le perdis pendant le choléra, et de fait, il sacrifia sa vie pour sauver la mienne. J'étais atteint de l'épidémie ; saisis d'une terreur panique, tous mes domestiques s'étaient enfuis. Scipion m'assista avec un zèle infatigable, et je lui dois d'être encore de ce monde. Pauvre garçon ! il fut frappé bientôt après, et il n'y eut pas moyen de le sauver. Jamais perte ne m'a été plus sensible !

Pendant que Saint-Clare racontait son histoire, Evangéline s'était graduellement rapprochée de lui. Elle écoutait avidement ; ses lèvres étaient entr'ouvertes ; ses grands yeux exprimaient un profond intérêt. Quand il eut achevé, elle lui passa les bras autour du cou, et fondit en larmes. La violence de ses émotions faisait trembler tout son corps.

— Eva, ma chère fille, qu'avez-vous ? dit Saint-Clare. Cette enfant, ajouta-t-il, ne devrait jamais entendre de semblables récits ; elle est trop nerveuse.

— Non, papa, je ne suis pas nerveuse, dit Evangéline se contenant avec une force de résolution extraordinaire chez un enfant ; je ne suis pas nerveuse, mais ces choses-là me fendent le cœur !

— Expliquez-vous, Eva.

— Je ne le puis. Il me vient une foule d'idées ; peut-être vous les dirai-je quelque jour.

— À votre aise, mon enfant ; mais ne pleurez pas... Voyez quelle belle pêche je vous ai apportée.

Evangéline la prit en souriant ; cependant les coins de sa bouche étaient toujours contractés par un mouvement convulsif.

— Allons, poursuivit Saint-Clare en lui prenant la main, venez voir les poissons rouges.

Au bout de quelques minutes, un bruit de rires joyeux pénétra à travers les rideaux de soie : Evangéline et Saint-Clare se lançaient des roses à la tête, et couraient l'un après l'autre dans les allées de la cour.

Il est à craindre que nous négligions notre ami Tom en nous occupant de personnages plus distingués ; mais nos lecteurs auront de ses nouvelles s'ils veulent bien nous suivre au-dessus des écuries. Là se trouvait une petite chambre, meublée d'un lit, d'une chaise, et d'un grand pupitre où Tom déposait sa Bible et son recueil d'hymnes. Notre héros était assis ; il avait devant lui son ardoise, et s'appliquait à un travail qui semblait au-dessus de ses forces.

Les aspirations de Tom vers le foyer domestique étaient devenues si impérieuses, qu'il avait demandé une feuille de papier à lettre à Evangéline. Réunissant toutes les connaissances littéraires qu'il tenait de Georges Shelby, il avait conçu l'idée hardie d'écrire une lettre, et il en traçait le brouillon sur son ardoise. Il était assez embarrassé, car il avait oublié la forme de certaines lettres, et ne savait pas au juste comment employer celles dont il avait souvenir. Pendant qu'il suait à la peine, Evangéline arriva, monta sur le dos de sa chaise, et regarda par-dessus son épaule :

— Oh ! père Tom, quels drôles de griffonnages !

— J'essaye d'écrire à ma pauvre vieille femme et à mes petits enfants, dit Tom en s'essuyant les yeux avec le revers de la main ; mais je désespère d'y réussir.

— Je voudrais pouvoir vous aider, Tom ! J'ai appris à écrire ; l'année dernière je savais former toutes mes lettres, mais j'ai peur d'avoir oublié.

Evangéline mit sa petite tête blonde près de celle du nègre, et tous deux, également pleins d'ignorance et de bonne volonté, tinrent une grave consultation. Après avoir délibéré sur chaque mot, ils produisirent une composition qui, à leur grand plaisir, ressemblait à de l'écriture.

— Ça commence à prendre bonne tournure, père Tom ! dit Evangéline avec transport. Que votre femme et vos petits enfants seront contents ! Oh ! c'est une honte de vous en avoir séparés ! J'ai l'intention de demander à papa de vous renvoyer dans quelque temps.

— Ma maîtresse m'a dit qu'elle enverrait de l'argent pour me racheter dès qu'elle en aurait ; je compte sur sa promesse. Le jeune M. Georges a dit qu'il viendrait me chercher, et il m'a donné ce dollar en témoignage.

Et Tom tira de sa veste le précieux dollar.

— Oh ! il viendra certainement ! dit Evangéline. Que je suis contente !

— Je veux leur adresser une lettre, voyez-vous, pour leur faire savoir ce que je fais, et dire à Chloé que je suis bien, parce qu'elle doit avoir du chagrin, la pauvre femme !

— Tom ! cria Saint-Clare, qui venait de se présenter à la porte.

Tom et Evangéline tressaillirent.

— Que faites-vous là ? reprit le maître en jetant un coup d'œil sur l'ardoise.

— Une lettre pour Tom ; il m'a priée de l'aider. N'est-ce pas bien écrit ?

— Je ne veux vous décourager ni l'un ni l'autre ; mais vous auriez mieux fait, Tom, de vous adresser à moi. J'écrirai votre lettre en revenant de la promenade.

— Il est très-important qu'il écrive, dit Evangéline, parce que sa maîtresse doit envoyer de l'argent pour le racheter ; il m'a dit qu'elle s'y était engagée.

Saint-Clare pensa que c'était une de ces promesses en l'air que les maîtres bienveillants feignaient sans intention de les réaliser, dans l'unique but de diminuer chez les esclaves la douleur d'être vendus. Toutefois, s'abstenant de tout commentaire, il dit à Tom de seller les chevaux.

La lettre de Tom fut écrite et mise à la poste le soir même.

Cependant miss Ophélia persévérait dans ses travaux. Tous les domestiques, depuis Dinah jusqu'aux plus jeunes bambins, s'accordaient à dire qu'elle était décidément curieuse. C'est une épithète que les esclaves des Etats du Sud emploient pour donner à entendre que leurs supérieurs ne leur conviennent guère.

L'élite de la domesticité, c'est-à-dire Adolphe, Jeanne et Rosa, avaient prononcé que ce n'était pas une dame, qu'elle n'avait pas de grands airs, qu'elle travaillait comme il n'est pas permis à une dame de travailler, et qu'il était surprenant qu'elle fût parente des Saint-Clare. De son côté, Marie déclarait qu'il était fatigant de trouver sa cousine toujours occupée. Miss Ophélia cousait et raccommodait depuis le point du jour jusqu'à la nuit, comme une personne pressée par un besoin immédiat. Quand les ombres s'épaississaient, elle pliait le linge, prenait son tricot, et se remettait à l'œuvre avec une recrudescence d'activité. C'était vraiment un supplice de la voir.

CHAPITRE XX.

Topsy.

Un matin, tandis que miss Ophélia vaquait aux soins du ménage, Saint-Clare l'appela du bas de l'escalier.

— Descendez au salon, cousine ; j'ai quelque chose à vous montrer.

— Qu'est-ce ? dit miss Ophélia, qui descendit aussitôt, son ouvrage à la main.

— J'ai fait une acquisition pour vous ; voyez !

Et il lui présenta une petite négresse de huit à neuf ans.

C'était une des plus noires de sa race. Ses yeux ronds, brillants comme des grains de verroterie, erraient avec une vivacité incessante d'objets en objets. Sa bouche, entr'ouverte par l'étonnement que lui causaient les richesses du salon, déployait deux rangées de dents étincelantes. Sa chevelure laineuse était divisée en plusieurs tresses qui s'éparpillaient dans tous les sens. Sur sa physionomie pleine de finesse était jetée comme un voile une expression de mélancolie et de gravité solennelle. Elle portait pour tout vêtement une chemise de toile à sacs, sale et déchirée. Elle se tenait immobile, les mains croisées sur sa poitrine. Il y avait dans son extérieur quelque chose d'étrange et de fantastique qui déconcerta complétement miss Ophélia.

— Mon cousin, dit-elle, pourquoi m'avez-vous amené cette créature ?

— Pour que vous fassiez son éducation. J'ai pensé que c'était un assez drôle d'échantillon de son espèce. Ici, Topsy ! ajouta-t-il en sifflant, comme s'il eût eu affaire à un chien ; chantez-nous une chanson, et montrez-nous que vous savez danser.

Les yeux de la négresse prirent une expression malicieuse, et elle entonna d'une voix claire et perçante une bizarre mélodie nègre. Pour marquer la mesure, elle gesticulait, battait des mains, entre-choquait les genoux ; par intervalles, elle émettait des sons gutturaux qui caractérisent la musique africaine. A la fin, elle fit deux ou trois culbutes, donna une dernière note aussi surhumaine que le sifflement d'une locomotive, et se jeta tout à coup sur le tapis. Elle y resta les mains jointes, dans une attitude de pieux recueillement. Une douceur béate était peinte sur son visage ; seulement il y avait une certaine astuce dans les regards furtifs qu'elle lançait du coin de l'œil.

Miss Ophélia demeura muette et paralysée par l'étonnement. Saint-Clare, qui s'en amusait, adressa de nouveau la parole à l'enfant.

— Topsy, voici votre nouvelle maîtresse ; je vous laisse entre ses mains ; comportez-vous bien.

— Oui, monsieur, dit Topsy avec une gravité solennelle, mais en remuant ses yeux pleins de malice.

— Vous comprenez, Topsy, il faut être bonne, dit Saint-Clare.

— Oh ! oui, monsieur, répliqua Topsy avec un autre clignement d'yeux, et tenant toujours les mains jointes.

— Augustin, dit miss Ophélia, qu'est-ce que cela signifie ? votre maison est si remplie de ces petites pestes, qu'on ne peut faire un pas sans marcher dessus. Le matin, en me levant, je trouve un négrillon endormi derrière la porte ; un autre est étendu sur le paillasson ; je vois une tête noire sortir de dessous la table. Au nom du ciel, pourquoi m'avoir amené cette fille ?

— Pour faire son éducation, ne vous l'ai-je pas dit ? Vous prêchez toujours qu'il faut instruire les enfants de l'Afrique. J'en ai choisi un complétement ignorant, et je vous le confie.

— Je n'en ai pas besoin ; j'en ai déjà bien assez.

— Voilà comme vous êtes, vous autres bons chrétiens ! vous formez des associations, et vous chargez quelques pauvres missionnaires d'aller passer leurs jours au milieu des païens ; mais personne ne daigne en recueillir un chez lui et prendre la peine de le convertir. On trouve ces Africains trop repoussants, d'une intelligence trop obtuse, et ainsi de suite.

— L'affaire ne se présentait point à moi sous ce point de vue, dit miss Ophélia d'un ton radouci. C'est en effet une œuvre de missionnaire à remplir.

Saint-Clare avait touché la corde sensible, et miss Ophélia commençait à croire qu'un devoir lui était imposé. Cependant elle ajouta :

— Il était inutile d'acheter cette petite ; j'en ai tant d'autres pour m'occuper.

— Ma cousine, dit Saint-Clare en la prenant à part, je dois vous demander pardon de mes méchants propos ; vous êtes si bonne qu'ils ne sauraient vous atteindre. Le fait est que cette enfant appartenait à deux individus qui tiennent une gargote devant laquelle je passe tous les jours. La malheureuse était grondée et battue du matin au soir, et j'étais las de l'entendre crier. J'ai jugé d'après sa physionomie qu'on pouvait en tirer quelque chose, et je l'ai achetée à votre intention. Donnez-lui une bonne éducation orthodoxe à la mode de la Nouvelle-Angleterre, et vous la verrez se développer. Vous savez que je n'ai point de dispositions pour l'enseignement, mais je voudrais vous voir essayer.

— Je ferai de mon mieux, dit miss Ophélia.

Et elle s'approcha de l'enfant comme on approcherait d'une araignée noire pour laquelle on aurait des intentions bienveillantes. — Elle est à moitié nue et d'une saleté effrayante, dit-elle.

— Eh bien, faites-la nettoyer, et donnez-lui des habits.

Miss Ophélia l'emmena dans les régions de la cuisine.

— Allons, s'écria Dinah d'un ton peu amical, M. Saint-Clare avait bien besoin d'une négresse de plus !

— Pouah ! dirent Jeanne et Rosa avec un suprême dégoût ; qu'elle ne se montre point sur notre passage, nous avons déjà trop de ces misérables noirs.

— Elle n'est pas plus noire que vous, miss Rosa, dit la cuisinière, qui sentait l'observation lui était applicable. Vous avez l'air de vous croire blanche, mais vous n'êtes ni blanche ni noire, et il vaut mieux être l'un ou l'autre.

Miss Ophélia s'aperçut que personne ne se souciait de procéder à la toilette de la nouvelle venue, et elle fut forcée de s'en occuper elle-même, avec l'assistance de Jeanne, qui s'y prêta de mauvaise grâce.

Pour ménager la sensibilité de nos lecteurs, nous n'insisterons pas sur les détails de la première toilette d'un enfant négligé et maltraité. Miss Ophélia s'acquitta de sa tâche avec répugnance, mais avec une héroïque résolution. Elle s'attendrit quand elle vit sur les épaules de l'enfant des cicatrices et des callosités, marques ineffaçables du régime sous lequel elle avait vécu jusqu'alors.

— Regardez ! dit Jeanne en les montrant, cela prouve qu'elle a besoin de corrections. Oh ! elle nous donnera du mal, j'en suis sûre ! Je m'étonne que monsieur l'ait achetée.

La jeune fille écouta ces commentaires d'un air de tristesse et de résignation qui semblait lui être habituel ; seulement elle regardait à la dérobée les ornements de corail que Jeanne portait aux oreilles. Lorsqu'elle eut les cheveux coupés court et qu'elle fut décemment vêtue, miss Ophélia la contempla avec satisfaction en disant qu'elle avait un air un peu plus chrétien. La bonne dame se mit dès lors à méditer divers plans d'instruction, et elle débuta par l'interroger.

— Quel âge avez-vous, Topsy ?

— Je ne sais pas, madame, répondit l'enfant en ricanant.

— Comment ! vous ne savez pas l'âge que vous avez ? Est-ce qu'on ne vous l'a jamais dit ? Quelle était votre mère ?

— Je n'en ai jamais eu.

— Vous n'avez jamais eu de mère ? Que voulez-vous dire ? Où êtes-vous née ?

— Je ne suis jamais née.

Topsy accompagna ces mots d'un ricanement si diabolique, que miss Ophélia aurait pu s'imaginer qu'elle avait devant les yeux quelque gnome arrivé du pays des sorciers ; mais miss Ophélia était une femme positive. Aussi dit-elle d'un ton sévère : — Il ne faut pas me répondre ainsi, mon enfant, je ne plaisante pas avec vous. Dites-moi où vous êtes née, et ce que faisaient votre père et votre mère ?

— Je ne suis jamais née, répéta Topsy avec assurance, je n'ai jamais eu ni père ni mère, ni rien. J'ai été élevée par un spéculateur, avec une masse d'autres, et c'était la vieille mère Sue qui prenait soin de nous.

Evidemment l'enfant parlait avec sincérité. — Il y en a beaucoup comme cela, dit Jeanne; les spéculateurs les achètent bon marché lorsqu'ils sont petits, pour les revendre ensuite avec avantage.

— Combien de temps avez-vous passé auprès de votre dernier maître?

— Je ne sais, madame.

— Y a-t-il un an ou davantage?

— Je ne saurais vous dire.

— Voyez ces nègres, s'écria Jeanne; ils ne savent pas ce que c'est qu'une année; ils ne savent même pas leur âge.

— Avez-vous jamais entendu parler de Dieu?

L'enfant eut l'air étonné, et ne répondit que par son ricanement habituel.

— Savez-vous qui vous a créée?

— Personne, répliqua Topsy, que cette question parut divertir : je ne crois pas que personne m'ait jamais créée.

— Savez-vous coudre? demanda miss Ophélia, qui crut devoir faire porter son interrogatoire sur un sujet plus facile à saisir.

— Non, madame.

— De quoi êtes-vous capable?

— De puiser de l'eau, laver la vaisselle, frotter des couteaux, et servir à table.

Après ce colloque encourageant, miss Ophélia se leva, et trouva Saint-Clare appuyé sur le dossier de sa chaise.

— Vous avez à cultiver un sol vierge, lui dit-il, semez-y vos idées, elles y pousseront!

Les idées de miss Ophélia en matière d'éducation comme en toute autre étaient nettement déterminées, c'étaient celles qui prévalaient il y a un siècle dans la Nouvelle-Angleterre, et qui se conservent encore dans certaines parties reculées où les chemins de fer sont inconnus. L'enseignement n'était pas compliqué; les enfants apprenaient le catéchisme, la couture et la lecture; on leur recommandait de ne jamais parler sans réflexion, et on les fouettait quand ils mentaient. Cette méthode a été naturellement éclipsée par les lumières qu'on a versées depuis sur l'éducation; mais il est positif que nos grand'-mères élevaient ainsi des hommes et des femmes assez fortement trempés. Miss Ophélia ne connaissait que ce régime, et elle se disposa à l'appliquer à la païenne avec toute la diligence possible.

Topsy fut considérée dans la famille comme la fille de miss Ophélia. Celle-ci voyant sa pupille mal accueillie à la cuisine, résolut de limiter à sa propre chambre la sphère de ses opérations. Par un sacrifice que quelques-uns de nos lecteurs apprécieront, au lieu de faire son ménage comme auparavant, en repoussant avec dédain toute proposition d'assistance, elle se condamna au supplice de le faire faire par Topsy.

Dès le lendemain la petite fille était introduite dans le sanctuaire. Débarrassée de ses nattes, lavée avec soin, vêtue d'une robe propre, ayant un tablier bien empesé, elle se tenait devant miss Ophélia avec une gravité qui n'aurait pas été déplacée dans un enterrement.

— Je vais vous montrer, dit miss Ophélia, comment on fait un lit. Je suis difficile, et il faut me prêter toute votre attention.

— Oui, madame, répondit Topsy avec un profond soupir.

— Remarquez bien : voici le drap de dessus, et voilà celui de dessous.

— Oui, madame.

— C'est le drap de dessous que vous rabattez sous le traversin; pour border, vous vous y prenez comme cela.

— Oui, madame, dit l'enfant profondément attentive.

— Vous ramenez le drap de dessus, et vous le bordez solidement aux pieds.

— Oui, madame.

Miss Ophélia ne s'était pas aperçue que pendant qu'elle avait le dos tourné, la jeune élève s'était emparée d'une paire de gants et d'un ruban, et les avait adroitement glissés dans sa manche; après quoi elle joignit les mains comme auparavant.

— Voyons, Topsy, essayez, dit miss Ophélia en s'asseyant après avoir enlevé les draps.

Topsy se mit à l'œuvre avec autant d'adresse que de gravité, et réussit, à la complète satisfaction de son institutrice. Son sérieux, dont cette dernière fut très-édifiée, ne se démentit pas un seul instant pendant l'opération, qu'elle termina en aplanissant la courte-pointe et en faisant disparaître les moindres rides. Par malheur, le bout du ruban qu'elle avait dérobé s'échappa de sa manche et attira l'attention de miss Ophélia, qui bondit pour s'en emparer.

— Qu'est-ce que cela, méchante enfant? vous l'avez volé!

Quoique le ruban eût été tiré de sa manche, Topsy, sans se déconcerter, la regarda d'un air de surprise et d'insouciance.

— Il est à vous? fit-elle; comment se trouve-t-il dans ma manche?

— Topsy, ne me faites pas de mensonge; vous avez volé ce ruban?

— Madame, je vous déclare que non; je viens de le voir à l'instant pour la première fois.

— Topsy, vous savez qu'il est vilain de mentir.

— Je ne mens jamais, miss Phélia, reprit Topsy du ton de la vertu calomniée; c'est la vérité que je vous ai dite, et pas autre chose.

— Topsy, je vous donnerai le fouet si vous mentez.

— Quand même vous me fouetteriez toute la journée, balbutia Topsy, qui commençait à se troubler, je n'avais pas vu ce ruban avant qu'il se trouvât dans ma manche. Miss Phélia a dû le laisser sur le lit; il s'est entortillé dans ma robe et est entré dans ma manche.

Cet impudent mensonge indigna tellement l'institutrice, qu'elle saisit l'enfant par les bras et la secoua rudement.

— Oserez-vous bien le soutenir?

La secousse fit tomber les gants de l'autre manche.

— La, s'écria miss Ophélia, me direz-vous maintenant que vous n'avez pas volé le ruban?

Topsy avoua qu'elle avait pris les gants, mais elle persista à nier le vol du ruban.

— Allons, Topsy, dit miss Ophélia, si vous avouez tout, je ne vous donnerai pas le fouet pour aujourd'hui.

Topsy se rendit; elle confessa qu'elle avait volé le ruban et les gants, et elle protesta de son repentir.

— Dites-moi maintenant; je sais que vous avez dû voler autre chose depuis que vous êtes dans la maison, car je vous ai laissée courir hier toute la journée. Dites-moi ce que vous avez pris, et vous ne serez pas fouettée.

— Eh bien, madame, j'ai pris le collier que miss Éva porte à son cou.

— O la vilaine! et puis, quoi encore?

— J'ai pris les pendants d'oreilles de Jeanne.

— Rapportez-moi tout cela à la minute.

— Je ne puis, madame; j'ai jeté au feu le collier et les pendants d'oreilles.

— Vous les avez jetés au feu? quel conte! Allez les chercher, ou je vous fouetterai.

Topsy déclara en sanglotant qu'elle ne le pouvait pas, qu'elle les avait jetés au feu.

— Pourquoi? dans quel but? demanda miss Ophélia.

— Parce que je suis méchante, très-méchante.

En ce moment Évangéline entra innocemment dans la chambre; elle avait son collier au cou.

— Où avez-vous retrouvé votre collier? dit miss Ophélia.

— Je l'ai eu toute la journée.

— Et vous l'aviez hier?

— Certainement, et ce qu'il y a de singulier, c'est que j'avais oublié de l'ôter et que je l'ai gardé toute la nuit.

Miss Ophélia fut comme étourdie; et ce qui augmenta sa stupéfaction, ce fut l'entrée de Jeanne qui venait apporter du linge nouvellement repassé, et qui faisait tinter ses pendants d'oreilles de corail.

— En vérité, dit la bonne dame au désespoir, je ne ferai jamais rien d'un pareil enfant. Pourquoi m'avez-vous déclaré que vous aviez volé ces objets?

— Madame m'avait dit d'avouer; j'ai avoué tout ce qui m'a passé par la tête.

— Mais je ne vous disais pas d'avouer des vols que vous n'aviez pas commis. C'est mentir comme auparavant.

— Vous croyez? dit Topsy d'un air d'innocence.

— Est-ce qu'on peut attendre une vérité de cette espèce? s'écria Jeanne avec indignation; si j'étais à la place de M. Saint-Clare, je la fouetterais jusqu'au sang.

— Ne parlez pas ainsi, dit Évangéline d'un ton de commandement qu'elle prenait quelquefois, je ne saurais le souffrir.

— Vous êtes trop bonne, miss Éva, vous ne savez pas comment il faut traiter les nègres : on n'en vient à bout qu'à force de coups.

— Silence, Jeanne! pas un mot de plus, reprit Évangéline, dont les yeux étincelèrent et dont le teint se colora.

Jeanne n'osa répliquer, mais elle murmura en sortant : —Miss Éva est bien du sang de son père; elle parle absolument comme lui.

Évangéline examina Topsy. Les deux enfants qui se trouvaient en présence personnifiaient les deux extrêmes de la société. C'était d'un côté la fille blonde aux yeux intelligents, au front noble, à l'allure princière; de l'autre, la négresse timide, ignorante, mais fine et artificieuse. La première représentait la race saxonne, développée par des siècles de culture, de domination, de supériorité morale et physique. La seconde représentait l'Afrique dégradée par des siècles d'oppression, de misère et de rudes labeurs. Ce contraste frappait peut-être l'imagination d'Évangéline; mais les pensées d'un enfant ne sont guère que des instincts vagues et indéfinis, et la fille de Saint-Clare en avait souvent qu'elle aurait été incapable de formuler. En entendant sa cousine blâmer la conduite de Topsy, elle parut attristée, et dit avec douceur : — Pauvre Topsy, pourquoi chercher à voler? on va maintenant prendre bien soin de vous. J'aime mieux pour ma part vous donner mes affaires que de vous les laisser prendre.

C'était la première parole de bonté que la négresse eût entendue de sa vie. La voix et les manières insinuantes de sa jeune maîtresse produisirent une étrange impression sur son cœur sauvage; on eût dit même qu'une larme perlait dans ses yeux ronds et brillants; mais cette émotion fut passagère, et Topsy se mit à rire. L'être qui a été constamment en butte à de mauvais traitements est d'une incrédulité singulière quand on vient à lui témoigner de la bienveillance. Topsy trouvait dans le langage d'Eva quelque chose de drôle et d'inexplicable : elle n'y croyait pas.

Mais que pouvait-on faire de Topsy? Miss Ophélia y perdait sa science, et ne trouvait pas moyen de mettre en pratique son système d'éducation. Elle pensa qu'il fallait prendre le temps de réfléchir; et dans l'espoir que les cabinets noirs étaient favorables au développement des vertus morales, elle enferma Topsy jusqu'à nouvel ordre.

— Je ne vois pas, dit-elle à Saint-Clare, qu'il soit possible de conduire cette enfant sans lui donner le fouet.

— A votre aise, cousine; je vous donne plein pouvoir.

— Il faut toujours fouetter les enfants, reprit miss Ophélia; jamais on ne les a élevés autrement.

— Faites comme vous l'entendrez, ma cousine; je vous ferai seulement observer que j'ai vu frapper cette enfant avec la pelle, les pincettes, ou tout autre ustensile qui tombait sous la main de son maître; et quand je songe aux traitements auxquels elle est habituée, je me dis qu'il vous faudra la battre avec bien de l'énergie pour produire la moindre impression.

— Que faut-il donc en faire? dit Ophélia.

— Vous me posez là une question grave, reprit Saint-Clare; que faire d'un être humain qu'on ne peut gouverner qu'avec un nerf de bœuf?

— Je ne sais; je n'ai jamais vu de pareil enfant.

— Ils sont pourtant communs parmi nous, et il y a bien des hommes qui leur ressemblent. Comment en viendriez-vous à bout?

— J'éprouverais un grand embarras, dit miss Ophélia.

— Et moi aussi, repartit Saint-Clare. D'où viennent les cruautés horribles que rapportent parfois les journaux? par exemple, le meurtre de Prue? Elles viennent d'un endurcissement graduel des deux parts : le maître se montre de plus en plus cruel, et l'esclave de plus en plus indocile. Le fouet et les mauvais traitements sont comme le laudanum : il faut en augmenter la dose à mesure que la sensibilité décline. Je m'en suis aperçu de bonne heure, et j'ai pris le parti de ne jamais commencer, parce que j'ignorais où je m'arrêterais. J'ai résolu de conserver au moins mon caractère moral; il en résulte que mes esclaves se conduisent en enfants gâtés; mais je crois que cela vaut mieux que de nous abrutir ensemble. Vous m'avez souvent parlé de la responsabilité qui pesait sur nous; vous m'avez reproché de ne pas instruire mes esclaves : j'espérais que vous feriez une expérience utile sur cette enfant, qui compte parmi nous des milliers de semblables.

— C'est votre système qui crée de tels enfants, dit miss Ophélia.

— Je le sais; mais enfin ils sont créés, ils existent : quel parti prendre à leur égard?

— J'y réfléchirai, reprit miss Ophélia; car il est de mon devoir de persévérer.

En effet, la bonne dame ne renonça pas à son entreprise; elle imposa à son élève des occupations régulières, et lui donna des leçons de lecture et de couture. Topsy apprit ses lettres comme par enchantement, et fut bientôt en état de lire couramment; mais, souple comme un chat et remuante comme un singe, elle avait en horreur l'immobilité qu'exigeait la couture : elle brisait ses aiguilles, les jetait par les fenêtres, les glissait dans les fentes de la muraille; ou bien elle cassait son fil, le mêlait, et faisait subtilement disparaître des bobines tout entières. Ses mouvements étaient si rapides, et elle était si maîtresse du jeu de sa physionomie, que miss Ophélia ne pouvait la prendre en défaut, quoiqu'elle fût étonnée que tant d'accidents pussent successivement arriver.

Topsy fut bientôt remarquée dans la maison; elle avait des talents merveilleux pour la pantomime, les grimaces et les drôleries : elle dansait, chantait, faisait des cabrioles, sifflait, imitait tous les sons qui la frappaient; aux heures de récréation, tous les enfants du logis la suivaient la bouche béante d'admiration. Evangéline elle-même était fascinée par l'enchanteresse, comme une colombe est parfois charmée par les ondulations d'un serpent. Miss Ophélia, alarmée, vint supplier Saint-Clare d'interdire à sa fille la fréquentation de Topsy.

— Bah! laissez-la tranquille; cela n'a pas d'inconvénient.

— J'ai peur qu'une enfant aussi dépravée lui enseigne quelque méchanceté.

— Elle peut pervertir les autres, reprit Saint-Clare, mais le mal glisse sur le cœur d'Eva comme la rosée sur une feuille.

— N'ayez pas trop de confiance, dit miss Ophélia; je sais que je ne laisserais jamais un de mes enfants jouer avec Topsy.

— Je le permets aux miens, répliqua Saint-Clare; si Eva avait dû se corrompre, ce serait fait depuis bien longtemps.

Topsy avait été d'abord méprisée par les principaux serviteurs : mais ils furent bientôt obligés de changer d'avis. On s'aperçut bientôt que quiconque décriait la négrillonne était sûr d'éprouver peu de temps après de fâcheuses mésaventures. C'était quelque bijou favori qui lui manquait, ou quelque ajustement qui se trouvait tout à coup hors de service; d'autres fois l'ennemi de Topsy trébuchait contre un baquet rempli d'eau chaude, ou recevait sur la tête un déluge d'eau sale, au moment où il était en grande toilette. On fit des recherches pour découvrir l'auteur de ces embûches; Topsy fut citée à la barre, et comparut devant tous les degrés de juridiction; mais elle soutint constamment l'interrogatoire avec une imperturbable gravité. Tout le monde était convaincu qu'elle était coupable; mais, faute de preuves matérielles, on dut abandonner les poursuites.

L'individu qui se permettait ces mauvais tours avait soin de bien choisir son temps. Ainsi, pour se venger de Jeanne et de Rosa, il profitait d'un jour où elles étaient en disgrâce, et où leur maîtresse n'était nullement disposée à écouter leurs plaintes. Bref, Topsy fit bientôt comprendre à tous qu'il importait de la laisser en paix, et on ne la contraria plus.

Topsy apprenait tout ce qu'on lui enseignait avec une célérité prodigieuse, et montrait une rare adresse dans toutes les opérations manuelles. En quelques leçons, elle sut mettre dans la chambre de miss Ophélia un ordre irréprochable. Il était impossible d'ajuster avec plus de soin les oreillers, de mieux unir la surface du lit, d'enlever plus exactement la poussière. Topsy rangeait tout admirablement, quand elle le voulait; mais elle ne le voulait pas tous les jours. Si, après quelque temps de patiente surveillance, miss Ophélia se persuadait que son élève pouvait être abandonnée à elle-même, celle-ci faisait régner dans la chambre la confusion du carnaval. Au lieu de faire le lit, elle s'amusait à ôter les taies d'oreiller; elle boutait entre les oreillers sa tête crépue, qui se couronnait d'un grotesque diadème de plumes; elle montait sur le ciel de lit, et s'y tenait suspendue la tête en bas; elle bouleversait les draps, revêtait le traversin du costume de nuit de miss Ophélia, et jouait avec lui diverses scènes comiques qu'elle accompagnait de chants, de sifflements et de grimaces devant la glace.

Un jour que miss Ophélia, par une négligence inusitée, avait laissé la clef de sa commode à la serrure, elle trouva son plus beau châle rouge de crêpe de Chine roulé, en guise de turban, autour du front de Topsy. La négresse, tragiquement drapée, poursuivait devant la glace le cours de ses répétitions.

— Topsy! disait parfois l'institutrice à bout de patience, pourquoi vous conduire ainsi?

— Je ne sais, madame; je suppose que c'est parce que je suis méchante.

— Je ne sais vraiment que faire avec vous, Topsy.

— Ah! madame, il faut me fouetter. Mon ancienne maîtresse me fouettait toujours : je ne travaillais qu'après avoir été battue.

— Mais, Topsy, je n'ai pas envie de vous donner le fouet. Vous faites bien quand vous le voulez; pourquoi ne voulez-vous pas?

— J'étais habituée au fouet, madame; je présume que ça me faisait du bien.

Miss Ophélia essayait de la recette, et Topsy ne manquait jamais d'entrer en convulsions, de crier, de gémir, de demander grâce; mais une demi-heure après, quand elle était sur le balcon, au milieu des négrillons, elle tournait en dérision son supplice :

— Miss Ophélia m'a donné le fouet!... ça m'est bien égal; ses coups ne tueraient pas une mouche. Il fallait voir comment mon ancien maître enlevait la chair; il s'y entendait.

Topsy aimait à faire parade de ses égarements. — Nègres, disait-elle quelquefois à ses auditeurs, vous savez que vous êtes tous pécheurs; les blancs le sont aussi, à ce que prétend miss Ophélia; mais personne n'a commis plus de fautes que moi; je suis intraitable; mon ancienne maîtresse passait sa vie à jurer après moi. Je crois que je suis la plus méchante créature du monde.

A ces mots, Topsy faisait une gambade, montait sur quelque grillage élevé, et s'y pavanait, fière de ses méfaits comme d'une distinction.

Miss Ophélia s'occupait sérieusement tous les dimanches d'apprendre à Topsy le catéchisme. L'enfant avait une mémoire rare, et récitait ses leçons couramment, ce qui encourageait l'institutrice.

— Quel bien croyez-vous lui faire? demanda Saint-Clare.

— Le catéchisme, répondit miss Ophélia, a toujours été enseigné aux enfants, et leur a toujours fait du bien.

— Même quand ils ne le comprennent pas?

— Oh! ils ne le comprennent jamais tout d'abord, mais ils se le rappellent en grandissant.

— Ma foi, je ne me le rappelle pas, et pourtant vous me l'avez appris dans mon enfance.

— Oh! vous aviez de grandes dispositions, Augustin, et j'avais fondé sur vous bien des espérances.

— Est-ce que je ne les ai pas réalisées?

— Plût au ciel que vous fussiez aussi bon que dans vos premières années!

— Je ne crois pas avoir changé, ma cousine. Eh bien, poursuivez votre œuvre, et catéchisez Topsy; peut-être finirez-vous par lui débrouiller les idées.

Pendant cette discussion, Topsy était restée immobile comme une statue, les mains jointes, et, sur un signe de sa maîtresse, elle continua à réciter : « Nos premiers parents, ayant abusé de leur liberté, sortirent de l'état où ils avaient été créés. »

En prononçant ces mots, Topsy parut désirer une explication.

— Qu'y a-t-il, Topsy? demanda miss Ophélia.

— Dites-moi, madame, était-ce l'Etat de Kentucky?

— Quel Etat?

— L'Etat d'où ils sortirent. J'ai entendu mon maître dire que nous venions du Kentucky.

Saint-Clare se mit à rire en disant :

— Vous lui indiquez un sens, et elle en trouve un autre. Il semble qu'elle veuille établir une théorie de l'émigration.

— De grâce, Augustin, gardez le silence; comment puis-je arriver à bien si vous riez?

— Soit : je ne troublerai plus vos exercices.

Saint-Clare se mit à lire son journal, tandis que Topsy répétait sa leçon; elle la savait à merveille; seulement elle transposait parfois des mots importants, et persistait dans ses erreurs, malgré toute remontrance contraire. Saint-Clare prenait un malin plaisir à ses méprises, et faisait répéter à la négresse les passages qu'elle avait dénaturés.

— Comment voulez-vous que je m'acquitte de ma tâche, Augustin? dit miss Ophélia; vous contrariez mes efforts.

— C'est qu'il est vraiment comique de voir cette petite fille s'embarrasser dans ces grands mots!

— Mais vous la soutenez dans ses écarts; vous devriez vous rappeler qu'elle est douée de raison, et que vous pouvez exercer sur elle une influence.

— Sans doute; mais je suis si méchant! pour me servir de l'expression de Topsy.

L'éducation de la négresse se poursuivit de la sorte pendant plusieurs mois. Miss Ophélia ne se rebuta point; elle s'habitua à son métier de pédagogue comme d'autres personnes s'accoutument à la névralgie ou à une maladie chronique. L'enfant procurait à Saint-Clare les mêmes distractions qu'un perroquet ou un épagneul. Toutes les fois que Topsy était persécutée, elle se réfugiait auprès de son maître, qui parvenait à conjurer la tempête. Il lui donnait de temps en temps quelques pièces de monnaie, qu'elle employait à acheter des noix ou du sucre candi. Elle les distribuait avec prodigalité aux enfants du logis; car, pour lui rendre justice, nous devons dire qu'elle était généreuse, et qu'elle avait le cœur excellent. Maintenant que la voilà introduite dans notre corps de ballet, elle y figurera à son tour avec nos autres acteurs.

CHAPITRE XXI.

Le Kentucky.

Nos lecteurs ne seront pas fâchés de retourner dans la case du père Tom, et de savoir ce qui se passait parmi ceux que nous avons un moment négligés.

C'était vers la fin d'une soirée d'été; les portes et les fenêtres du salon étaient ouvertes, pour livrer passages aux brises égarées qui pouvaient avoir envie d'entrer. M. Shelby était étendu sur une chaise; il avait les pieds sur une autre, et fumait le cigare de l'après-dîner. Madame Shelby travaillait à la porte, et semblait préoccupée d'une communication qu'elle désirait faire au premier moment favorable.

— Savez-vous, dit-elle, que la mère Chloé a reçu une lettre de Tom?

— En vérité, il paraît que Tom a trouvé des amis là-bas! Comment se porte-t-il?

— Il a été acheté par une famille estimable; il est traité avec égards, et n'a pas grand'chose à faire.

— Tant mieux, tant mieux! reprit M. Shelby. Il s'habitue sans doute à sa nouvelle résidence, et ne songe plus à revenir ici.

— Au contraire, il demande avec instance quand on lui enverra l'argent pour le racheter.

— Je ne le sais pas moi-même, dit M. Shelby. Une fois qu'on est embarqué dans les mauvaises affaires, on ne s'en tire jamais. On est comme dans une savane, tombant sans cesse d'un bourbier dans un autre. Il faut emprunter à celui-ci pour payer celui-là, et les billets vous arrivent avant qu'on ait eu le temps de fumer un cigare. Les réclamations des créanciers pleuvent comme de la grêle.

— Il me semble, mon cher, que vous pourriez sortir d'embarras. Si vous vendiez vos chevaux et une de vos fermes, est-ce que vous n'arriveriez pas à payer?

— Que vous êtes ridicule, Emilie! Vous êtes la femme la plus charmante du Kentucky, mais vous ressemblez à vos compagnes en cela que vous n'entendez absolument rien aux affaires.

— Vous devriez au moins m'initier aux vôtres, dit madame Shelby. Faites un état de votre actif et de votre passif, et permettez-moi d'examiner si la situation est réellement désastreuse.

— Ce que vous me demandez est impossible, Emilie; je sais à quoi m'en tenir, mais je ne puis établir mon bilan en chiffres muets. Vous n'y entendez rien, je le répète.

Ne sachant comment soutenir son opinion, M. Shelby éleva la voix, moyen concluant que les maris emploient assez volontiers lorsqu'ils parlent d'affaires avec leurs femmes.

Madame Shelby n'insista pas; elle avait cependant un esprit lucide et pratique, et une force de caractère très-supérieure à celle de son époux; la proposition qu'elle avait faite était donc loin d'être aussi absurde que M. Shelby le supposait. Renonçant pour le moment à son grand projet de bilan, elle ne s'occupa que d'un seul point :

— N'avez-vous aucun moyen de trouver de l'argent? Cette pauvre mère Chloé rêve sans cesse à la promesse que vous lui avez faite.

— Promesse imprudente! s'écria M. Shelby. Ce qu'il y a de mieux à faire, je crois, c'est d'engager Chloé à prendre son parti. Dans quelques années, Tom se remariera, et elle ferait bien de convoler aussi en secondes noces.

— Monsieur Shelby, je me garderais bien de donner un tel conseil à Chloé. J'ai appris à mes gens que leurs mariages étaient aussi sacrés que les nôtres.

— C'est dommage! Vous leur avez enseigné une morale au-dessus de leur position sociale.

— C'est tout simplement la morale de l'Evangile.

— Allons, Emilie, je ne prétends pas contrarier vos idées religieuses, seulement elles ne conviennent pas à des gens de cette condition.

— Elles ne leur conviennent pas, c'est vrai, et c'est pourquoi j'ai leur condition en horreur. Je vous le déclare, mon cher, je ne puis me dispenser de remplir les promesses que j'ai faites à ces infortunés; s'il m'est impossible de me procurer de l'argent d'une autre manière, je donnerai des leçons de musique, et je sais que j'en aurai assez pour gagner de quoi racheter Tom.

— Je ne souffrirais jamais, Emilie, que vous vous avilissiez ainsi.

— M'avilir! n'est-ce pas plutôt mieux que de ne pas tenir ma parole envers des malheureux?

— Vous êtes toujours d'un héroïsme transcendant, dit M. Shelby; mais j'espère que vous réfléchirez avant de céder à cet accès de donquichotisme.

Ici la conversation fut interrompue par l'apparition de la mère Chloé.

— Madame, dit-elle, voudriez-vous venir un moment?

— De quoi s'agit-il? dit madame Shelby en se levant.

— Madame voudrait-elle jeter un coup d'œil sur les provisions qui viennent d'arriver?

Madame Shelby descendit, et Chloé lui montra gravement un lot de poulets et de canards.

— Je me demandais s'il fallait en faire un pâté.

— Peu m'importe, mère Chloé; accommodez cette volaille comme vous l'entendrez.

Chloé toucha les poulets d'un air rêveur; il était facile de voir que son esprit était ailleurs. Enfin, elle fit entendre ce rire dont les nègres font souvent précéder une proposition hardie.

— Monsieur, dit-elle, cherche partout de l'argent, et il ne profite pas des moyens qu'il a entre les mains pour en trouver.

— Je ne vous comprends pas, dit madame Shelby devinant aux manières de Chloé que celle-ci n'avait pas perdu un seul mot de la précédente conversation.

— Mon Dieu, madame, reprit Chloé en riant, il y a des maîtres qui gagnent de l'argent en louant leurs nègres. Pourquoi garder à la maison tant de bouches inutiles?

— Est-ce que vous désirez que nous cherchions à vous louer au dehors, Chloé?

— Je ne désire rien, madame ; seulement Samuel m'a dit qu'il y avait à Louisville des pâtissiers qui avaient besoin de serviteurs expérimentés, et qui leur donnaient quatre dollars par semaine.

— Eh bien! Chloé?

— Eh bien, madame, je pense qu'il est temps que Sally se mette à l'œuvre; elle est sous ma direction depuis quelque temps, et elle réussit presque aussi bien que moi. Si madame voulait me laisser partir, j'irais gagner de l'argent là-bas.

— Vous voudriez donc quitter vos enfants?

— Ils sont assez grands pour travailler, et Sally se chargerait de la petite.

— Louisville est bien loin d'ici?

— Ça ne m'effraye pas, c'est en aval de la rivière, pas trop loin de l'endroit où demeure mon vieil homme.

Chloé prononça ces derniers mots d'un ton interrogateur, en regardant madame Shelby.

— Non, Chloé; il habite à plus de cent milles au delà.

Le visage de la négresse s'assombrit.

— N'importe, vous serez toujours rapprochée, Chloé. Oui, vous pouvez partir, et votre salaire tout entier sera mis de côté pour le rachat de votre mari.

Le visage de Chloé s'éclaircit comme un nuage noir qu'argente un rayon de soleil.

— Ah! madame, vous êtes trop bonne! j'avais songé à cela. N'ayant besoin ni d'habits ni de souliers, je pourrai économiser jusqu'au dernier centime. Combien y a-t-il de semaines dans une année, madame?

— Cinquante-deux.

— Ah! ah! et quatre dollars par semaine, combien cela fait-il?

— Deux cent huit.

— Huie! s'écria Chloé d'un ton de surprise et de ravissement : et combien de temps faudrait-il travailler pour gagner la somme ronde?

— Quatre ou cinq ans; mais j'abrégerai la durée de votre épreuve.

— Je n'entends pas du tout que madame donne des leçons; mon maître a parfaitement raison en cela; ce serait inconvenant. Personne de la famille ne sera réduit à cette extrémité tant que j'aurai des bras.

— Ne craignez rien, Chloé, dit madame Shelby en souriant, je veillerai sur l'honneur de la famille. Mais quand comptez-vous vous en aller?

— Je suis prête; Samuel va descendre la rivière, pour conduire des poulains au marché, et il m'a proposé de m'emmener. Mon paquet est fort, et je partirai demain avec Samuel, si madame veut me signer une passe, et me donner des lettres de recommandation.

— Je m'en occuperai, si M. Shelby ne s'y oppose pas. Je vais lui parler.

Madame Shelby remonta, et la mère Chloé rentra dans sa case pour achever ses préparatifs et ranger les effets de sa petite fille.

— Vous ne savez pas, dit-elle à Georges, qui vint lui rendre visite, je pars demain pour Louisville, j'y gagnerai quatre dollars par semaine, et madame les mettra de côté pour racheter mon vieil homme!

— Quelle aventure! s'écria Georges; comment partez-vous?

— Avec Samuel; et maintenant, monsieur Georges, j'espère que vous allez vous asseoir là et écrire à mon vieil homme, et lui dire tout ce qui arrive.

— Volontiers, dit Georges; le père Tom sera charmé d'avoir de nos nouvelles; je cours chercher du papier et de l'encre, et nous nous mettrons à la besogne.

— Allez, monsieur Georges, et je vais vous tenir en réserve quelque friandise. Ah! vous ne ferez plus de soupers avec votre vieille cuisinière!

CHAPITRE XXII.

L'herbe flétrie, la fleur fanée.

L'existence passe vite; et en vivant au jour le jour, notre ami Tom compta deux années de plus. Quoique séparé de ceux qui lui étaient chers, et souvent préoccupé de l'avenir, il n'était pas absolument malheureux. La sensibilité humaine est comme une harpe dont l'harmonie n'est complètement détruite que lorsqu'un choc terrible brise à la fois toutes les cordes. Si nous nous reportons aux époques de notre vie où nous avons le plus souffert, nous nous rappelons que chaque heure amenait ses distractions, ses consolations, et que notre misère n'était jamais complète.

Tom avait appris à être content de son sort. Il avait puisé dans ses lectures la doctrine de la résignation, en même temps que des habitudes de réflexion et de régularité.

Comme nous l'avons raconté dans le dernier chapitre, le jeune Georges répondit à la lettre de Tom en belle écriture ronde et moulée, qu'on pouvait lire d'un bout de la chambre à l'autre. Après avoir dit que la mère Chloé était louée comme pâtissière à Louisville, où son talent lui valait des sommes fabuleuses, Georges ajoutait que le prix du rachat ne tarderait pas à se compléter. Moïse et Pierre étaient laborieux. La petite trottait dans toute la maison, sous la surveillance de la famille en général, et de Sally en particulier.

La case de Tom était fermée provisoirement, mais on y devait faire des embellissements extraordinaires lorsque Tom reviendrait. Le reste de la lettre donnait la liste des travaux scolastiques de Georges, et la mention de chacun commençait par une magnifique capitale. On y trouvait aussi les noms de quatre nouveaux poulains qui étaient nés dans l'habitation, et Georges disait à ce propos que le père et la mère se portaient bien. Le style était plein d'élégance et de concision; mais Tom s'en exagéra les beautés, et regarda cette lettre comme le chef-d'œuvre des temps modernes. Il ne se lassait pas de la regarder, et il demanda même à Eva s'il n'était pas possible de la faire encadrer pour la pendre aux murailles de son cabinet. Il ne fut arrêté que par la difficulté d'arranger la page de manière qu'on en vît les deux côtés à la fois. L'amitié de Tom et d'Eva avait grandi avec l'enfant. Le fidèle serviteur éprouvait pour elle un sentiment indéfinissable; il l'aimait comme une créature frêle et terrestre; mais en même temps il l'adorait presque comme un être céleste et divin. Il la contemplait avec ce mélange de tendresse et de vénération que les marins italiens ressentent à la vue d'une image de l'enfant Jésus; son grand plaisir était aussi de satisfaire les gracieuses fantaisies d'Eva, ces mille petits besoins qui assiégent l'enfance et qui varient comme les couleurs de l'arc-en-ciel. Au marché, le matin, il cherchait pour elle sur les étalages les fleurs les plus rares, les pêches ou les oranges les plus belles. Ce qui le charmait le plus au monde, c'était de voir la jeune fille guetter de loin son arrivée et lui adresser cette question enfantine : — Eh bien! père Tom, qu'est-ce que vous m'apportez aujourd'hui?

Évangéline, de son côté, n'était pas moins prodigue de bons offices. Malgré son jeune âge, elle lisait d'une manière remarquable; elle avait l'oreille musicale, le goût de la poésie, et une sympathie instinctive pour tout ce qui était noble et grand. Ces qualités en faisaient la meilleure lectrice de la Bible que Tom eût jamais entendue. D'abord, elle lut pour complaire à son humble ami; mais ces idées

s'épanouirent, et s'attachèrent au livre sacré, comme les pousses d'une jeune vigne s'enlacent autour d'un arbre puissant. L'Écriture lui procurait de fortes et vagues émotions, lui inspirait des aspirations étranges, que caressait son ardente imagination.

Les parties qui lui plaisaient davantage étaient l'Apocalypse et les Prophéties, dont le langage figuré la charmait d'autant plus qu'elle en cherchait vainement la signification. Elle et son naïf ami, le jeune et le vieil enfant, éprouvaient la même impression. Tout ce qu'ils devinaient, c'était qu'il était question d'une gloire future, d'une région merveilleuse où leurs âmes nageraient dans des délices inconnues. Dans les sciences physiques, il importe qu'un fait soit clairement démontré; mais, en science morale, ce qui est incompréhensible n'est pas toujours inutile. L'âme se réveille tremblante entre deux éternités, celle du passé et celle de l'avenir. La lumière ne brille autour de nous que dans un espace limité; nous avons besoin de chercher l'inconnu, et les voix mystérieuses qui sortent d'une colonne de nuages trouvent en nous des échos et des voix qui leur répondent. Les images mystiques sont comme des talismans couverts d'hiéroglyphes. Nous les gardons sur notre sein, avec l'espérance de pouvoir les déchiffrer un jour.

À ce moment de notre histoire, Saint-Clare avait transféré ses pénates à sa maison de campagne, sur les bords du lac Pontchartrain. Les chaleurs de l'été avaient chassé de la cité poudreuse tous ceux qui étaient à même de la quitter, et ils étaient allés respirer les fraîches brises du lac.

La villa de Saint-Clare était bâtie à la mode des habitations de l'Inde. Elle était environnée de légères galeries en bambou, et s'ouvrait de tous côtés sur des parcs et des promenades. Le salon donnait sur un grand jardin embelli de toutes les plantes pittoresques des tropiques. Des sentiers sinueux conduisaient au bord du lac, dont la nappe argentée étincelait aux rayons du soleil. Chaque heure prêtait de nouveaux aspects au tableau, mais il était toujours admirable.

Le coucher du soleil illuminait l'horizon de magiques splendeurs, et faisait des eaux un second ciel. Le lac était rayé de pourpre et d'or; des navires aux ailes blanches le parcouraient, et glissaient sur les vagues comme des fantômes. Çà et là brillaient des étoiles, dont le reflet tremblait dans l'eau.

Tom et Eva étaient assis sur un siége de mousse, au bas du jardin. C'était le dimanche soir; la bible d'Évangéline était ouverte sur ses genoux. Elle lisait : « Et je vis une mer de verre, mêlée de feu. »

— C'est bien cela, dit-elle en s'interrompant tout à coup pour montrer le lac.

— Que voulez-vous dire, miss Eva?

— Ne voyez-vous pas? reprit l'enfant en montrant les vagues, où se réflétaient les clartés du ciel; c'est une mer de verre, mêlée de feu...

— C'est assez vrai, miss Eva, dit Tom; puis il se mit à chanter :

> Oh! si des beaux matins j'avais les ailes d'or,
> Je partirais bientôt pour la sphère éternelle,
> Et les anges de Dieu guideraient mon essor
> Vers la Jérusalem nouvelle.

— Où croyez-vous que soit la Jérusalem nouvelle, père Tom?

— Au-dessus des nuages, miss Eva.

— Il me semble la voir. Regardez ces nuages; on dirait de grandes portes de perle; et au delà, bien au delà, tout est doré. Tom, chantez-moi les bienheureux?

Tom chanta cette hymne méthodiste bien connue :

> Je vois des bienheureux, au regard surhumain,
> Savourant une gloire immense, illimitée;
> Ils sont vêtus de blanc, et tiennent à la main
> La palme qu'ils ont méritée.

— Père Tom, je les ai vus, dit Évangéline.

Tom n'en douta pas, et ne fut pas surpris le moins du monde. Si Évangéline lui avait dit qu'elle était allée au ciel, il aurait cru le fait très-probable.

— Ces bienheureux me visitent parfois dans mon sommeil.

Ses yeux prirent une expression rêveuse, et elle murmura :

> Ils sont vêtus de blanc, et tiennent à la main
> La palme qu'ils ont méritée.

— Père Tom, ajouta Évangéline, c'est là que je vais.

— Où, miss Eva?

L'enfant se leva et indiqua le ciel, qu'elle regarda fixement. Les clartés du soir entouraient ses joues animées et sa chevelure d'or d'une sorte d'auréole qui n'avait rien de terrestre.

— Je vais là, dit-elle, au séjour des bienheureux... J'y serai avant peu!...

Le fidèle serviteur fut frappé d'un coup subit. Il avait remarqué que depuis six mois Évangéline avait les mains plus maigres, la peau plus diaphane, la respiration plus courte. Quand elle courait dans le jardin, elle se fatiguait plus vite qu'autrefois. Miss Ophélia avait parlé d'une toux opiniâtre que ses médicaments ne pouvaient guérir. En ce moment même, la fièvre hectique rendait brûlantes les joues et les petites mains de la jeune fille ; et pourtant l'idée qu'elle venait d'exprimer ne s'était jamais offerte à l'esprit du vieil esclave.

A-t-il existé un enfant comme Eva ?... Sans doute ; mais les noms de pareils êtres sont presque toujours gravés sur des pierres tumulaires ; leurs doux sourires, leurs yeux célestes, leurs paroles singulières, sont des souvenirs enfouis au fond des cœurs comme un trésor. Dans combien de familles n'entendez-vous pas dire que la bonté et les grâces des vivants ne sont rien comparativement aux charmes d'un enfant qui n'est plus ? Il semble que le ciel est une légion d'anges dont la mission spéciale est de passer un moment sur la terre pour attendrir le cœur humain ? Quand vous remarquez dans les yeux d'un enfant une lumière spirituelle, quand ses paroles révèlent une sagesse et une sensibilité prématurées, on doit, hélas! s'attendre à le perdre. Il est marqué du sceau du ciel, et la clarté qui luit dans ses regards est celle de l'immortalité. Ainsi, douce et bonne Eva, tu allais être bientôt rappelée vers ton séjour natal ; mais ceux qui t'aimaient l'ignoraient encore !

La conversation de Tom et d'Eva fut interrompue par la voix de miss Ophélia.

— Mon enfant, la rosée tombe ; vous ne devriez pas être dehors à cette heure.

Les deux amis s'empressèrent de rentrer.

La bonne et vieille indigène de la Nouvelle-Angleterre avait souvent rempli les fonctions de garde-malade. Elle connaissait la marche lente de cette affection, qui emporte tant de charmantes créatures, et les condamne irrévocablement à la mort avant qu'un seul fil de leur existence semble être brisé. Elle avait remarqué l'éclat des joues de la jeune fille, sa toux sèche, et cette ardeur inusitée que la fièvre lui communiquait. Elle fit part de ses craintes à Saint-Clare ; mais il les repoussa avec un emportement qui n'était pas dans ses habitudes.

— Abstenez-vous de ces sinistres présages, ma cousine, je les déteste. C'est tout simplement une maladie de croissance ; ne savez-vous pas que les enfants perdent leurs forces quand ils grandissent ?

— Mais, cette toux ?

— Ce n'est rien ; elle aura pris froid, peut-être.

— Ce fut ainsi que débuta la maladie d'Elisa Jane, d'Hélène et de Maria Sanders.

— Épargnez-moi ces sinistres légendes !... Les femmes acquièrent tant de prudence en vieillissant, qu'un enfant ne peut tousser ou éternuer sans qu'elles le croient perdu. Tout ce que vous avez à faire, c'est de préserver Eva de l'air du soir, et de ne pas la laisser trop jouer.

Ainsi parla Saint-Clare : mais il conçut des inquiétudes. Il continua à soutenir que sa fille se portait bien, qu'elle avait tout au plus l'estomac dérangé ; mais il la surveilla assidûment, et l'emmena plus souvent à la promenade avec lui. Souvent il apportait à la maison des recettes de médecine ou des mixtures fortifiantes.

— Ce n'est pas, disait-il, que l'enfant en ait besoin, mais cela ne peut pas lui faire de mal.

Il faut le dire, ce qui frappait le plus douloureusement le cœur du père, c'était la maturité toujours croissante de l'enfant. Evangéline avait toutes les grâces de son âge ; mais elle laissait échapper à son insu des réflexions d'une telle profondeur, qu'elle semblait les devoir à l'inclination. Alors Saint-Clare frissonnait. Il serrait sa fille entre ses bras, comme s'il eût pu la sauver par cette étreinte passionnée. Il prenait la résolution de la conserver à tout prix.

Eva semblait se consacrer entièrement à des œuvres d'amour et de charité. Elle avait toujours eu des instincts généreux, mais elle y mêlait depuis quelque temps une touchante prévoyance et une gravité féminine. Elle aimait encore à jouer avec Topsy et les autres enfants de couleur ; mais elle assistait à leurs ébats sans y prendre part. Après s'être amusée une demi-heure des gambades de Topsy, elle devenait rêveuse ; un nuage passait sur ses yeux, et ses pensées s'égaraient ailleurs.

— Maman, dit-elle un jour à Marie, pourquoi n'apprenez-vous pas à lire à vos esclaves ?

— Quelle question ! mon enfant, ce n'est pas l'usage.

— Pourquoi ?

— Parce qu'ils n'ont pas besoin d'instruction : ils n'en travailleraient pas mieux, et ils sont faits pour travailler.

— Mais, maman, il faut bien qu'ils lisent la Bible pour apprendre la volonté de Dieu.

— Ils peuvent se la faire lire, répondit Marie.

— Il me semble, maman, que c'est un livre que chacun doit savoir consulter lui-même quand il en a besoin.

— Eva, vous êtes bien singulière.

— Miss Ophélia a appris à lire à Topsy, poursuivit Evangéline.

— Oui, et vous voyez comment elle en a profité. Topsy est l'être le plus pervers que j'aie jamais vu.

— Voici la pauvre Mammy : elle aurait bien envie de lire l'Evangile ; et je ne vois pas ce qu'elle perdrait à réaliser ses vœux.

Marie, qui fouillait dans une commode, se retourna pour répondre : — Il faut penser à autre chose qu'à faire lire la Bible aux esclaves ; il est possible que cela leur soit avantageux, et moi-même je leur en faisais autrefois la lecture quand j'étais en bonne santé ; mais vous n'en aurez pas le temps dès que vous entrerez dans le monde, et qu'il faudra vous habiller. Regardez les bijoux que je vous donnerai à cette époque. Je les portais à mon premier bal, et je puis vous dire que j'y fis sensation.

Evangéline prit l'écrin, et en tira un collier de diamants sur lequel ses grands yeux s'arrêtèrent sans qu'elle parût en être émerveillée.

— N'admirez-vous pas ce collier ? lui dit Marie.

— Vaut-il beaucoup d'argent, maman ?

— Assurément; c'est presque une fortune ; mon père l'avait fait venir de France.

— Je voudrais l'avoir pour en disposer à mon gré.

— Qu'en feriez-vous ?

— Je le vendrais ; j'achèterais une propriété dans les Etats libres ; j'y emmènerais tous vos gens, et je payerais des instituteurs pour leur apprendre à lire et à écrire.

Marie partit d'un éclat de rire.

— Vous voudriez donc fonder pour eux une pension ; vous leur apprendriez peut-être à jouer du piano et à peindre sur velours ?

— Je leur apprendrais à écrire leurs lettres, et à lire celles qui leur sont adressées, repartit Eva d'un ton ferme. Je sais qu'il leur est pénible de ne pas le savoir. Tom, Mammy et beaucoup d'autres en souffrent !

— Vous n'êtes qu'un enfant ! vous n'entendez rien à ces choses-là ; et puis votre bavardage augmente mon mal de tête.

Marie mettait toujours en avant son mal de tête à la suite des conversations dont le sujet ne lui convenait pas. Evangéline s'éloigna : et, malgré les remontrances de sa mère, elle donna assidûment des leçons de lecture à Mammy.

Les deux enfants qui se trouvaient en présence personnifiaient les deux extrêmes de la société.

CHAPITRE XXIII.

Henrique.

En ce temps-là, Alfred et son fils aîné, âgé de douze ans, vinrent passer quelques jours à la villa du lac Pontchartrain.

Rien n'était plus singulier et plus remarquable que le contraste de ces frères jumeaux. Loin d'établir entre eux une ressemblance, la nature les avait complétement opposés l'un à l'autre ; toutefois ils paraissaient unis par les liens d'une étroite amitié. Ils se promenaient bras dessus, bras dessous, dans les allées du jardin. Augustin avait les yeux bleus, les cheveux blonds, la physionomie vive, les formes souples et flexibles. Alfred avait l'air hautain, l'allure décidée, les yeux noirs, les articulations accentuées. Ils se disputaient sans cesse sur la théorie et sur la pratique, sans trouver moins de charme dans la société l'un de l'autre. Leur antagonisme semblait les unir.

Henrique, fils aîné d'Alfred, était plein d'ardeur et de vivacité ; et, dès la première entrevue, il fut fasciné par la grâce de sa cousine Evangéline.

Asseyons-nous sur ce banc jusqu'à ce qu'il revienne. Mais, qu'avez-vous donc ? vous paraissez triste.

— Comment pouvez-vous être aussi cruel et aussi méchant pour ce pauvre Dodo ?

— Cruel, méchant ! répéta Henrique avec une surprise qui n'était pas affectée : que voulez-vous dire, ma chère Eva ?

— Je ne veux pas qu'un jeune homme qui se conduit ainsi m'appelle sa chère Eva.

— Ma cousine, vous ne connaissez pas Dodo ; c'est le seul moyen de le conduire, et mon père le traite toujours ainsi.

— Le père Tom a expliqué comment le cheval s'était sali ; et il ne ment jamais.

— C'est un nègre extraordinaire, dit Henrique. Dodo ment toutes les fois qu'il ouvre la bouche.

— Vous le rendez fourbe par la terreur, en le malmenant ainsi.

— En vérité, cousine, vous avez pour Dodo une affection dont je serais jaloux.

— Vous le battez, et il ne le mérite pas.

— Il y a des jours où il le mérite et où je ne le bats point, cela

Eva avait un joli poney blanc, aussi doux qu'elle, et facile à monter. Tom l'amène devant la maison, pendant qu'un jeune mulâtre d'environ treize ans conduisait un petit cheval arabe qu'on avait importé à grands frais pour Henrique. Celui-ci était fier de sa nouvelle acquisition : en prenant la bride de la main de son groom, il examina avec soin le cheval, et sa figure s'assombrit.

— Qu'est-ce que cela veut dire, Dodo ? vous n'avez pas étrillé mon cheval ce matin.

— Si fait, maître, répondit Dodo d'un ton soumis, je ne sais où il a attrapé de la poussière.

— Taisez-vous, drôle ! dit Henrique en levant sa cravache : comment osez-vous parler ?

Le groom était un beau mulâtre, de la taille d'Henrique. Ses cheveux bouclés encadraient un front noble et élevé. Il avait du sang blanc dans les veines, comme on pouvait en juger par la rougeur de ses joues et les étincelles que lançaient ses yeux.

— Monsieur Henrique, dit-il.

Sans lui laisser le temps de s'expliquer, Henrique le frappa au visage avec sa cravache ; puis, le saisissant par les bras, il le renversa, et le battit tant qu'il eut de force.

— Cela vous apprendra, impudent coquin, à me répondre quand je parle ; remmenez ce cheval, et pansez-le avec soin.

— Mon jeune monsieur, dit Tom, il avait raison, j'ai assisté au pansage ; mais ce cheval plein d'ardeur, s'est roulé sur le sable en sortant de l'écurie.

— Retenez votre langue jusqu'à ce qu'on vous interroge, dit Henrique ; et il s'avança vers sa cousine, qui était près de là en costume d'amazone.

— Je suis fâché, dit-il, que cet imbécile vous ait fait attendre.

fait compensation ; mais je ne le frapperai plus devant vous, si cela vous fait de la peine.

Evangéline était loin d'être satisfaite, mais elle jugea qu'il serait inutile d'essayer de se faire comprendre par son beau cousin.

Dodo reparut bientôt avec les chevaux.

— Vous avez bien fait votre besogne cette fois, dit son jeune maître d'un air plus gracieux ; allons, tenez le cheval de miss Éva tandis que je vais la mettre en selle.

Dodo se plaça près du poney. Il avait la figure bouleversée et semblait sur le point de pleurer. Henrique, qui se targuait d'adresse et de galanterie, donna la main à sa cousine et lui présenta les rênes ; mais Éva, se penchant du côté opposé, dit au mulâtre : — Vous êtes un bon garçon, Dodo ; je vous remercie.

Dodo regarda avec étonnement cette douce physionomie. Le sang lui monta aux joues, et les larmes lui vinrent aux yeux.

— Ici, Dodo ! dit Henrique d'un ton impérieux. Dodo obéit, et tint le cheval pendant que son maître montait dessus.

— Voici, reprit Henrique, un picaillon pour acheter du sucre candi. Dodo suivit des yeux les deux enfants qui s'éloignaient. L'un lui avait donné de l'argent, l'autre lui avait fait un présent plus précieux en lui parlant avec bonté. Il n'y avait que quelques mois que Dodo était séparé de sa mère. Son maître l'avait acheté dans un entrepôt d'esclaves, à cause de sa belle figure, et il débutait sous la direction d'Henrique. La scène précédente avait eu pour témoins les deux frères Saint-Clare, qui se promenaient dans une autre partie du jardin. Augustin fut indigné ; mais il se contenta de dire avec son ironie habituelle : — C'est là sans doute ce qu'on peut appeler une éducation républicaine.

— Henrique est un diable quand il est monté, répondit Alfred.

— Je suppose que vous approuvez sa conduite, dit Augustin.

— Je ne saurais m'y opposer; il a un caractère irritable que sa mère et moi avons vainement tenté de calmer.

— Et voilà comment il met en pratique le premier article du catéchisme républicain : « Tous les hommes sont libres et égaux. »

— Bah! s'écria Alfred, ce sont de ces sentences ridicules que Jefferson a empruntées aux Français, et qu'on devrait retirer de la circulation. Il est facile de voir, par ce qui se passe, que les hommes ne sont pas nés libres et que l'égalité est une chimère. C'est la classe des gens intelligents, riches et civilisés, qui doit avoir des droits égaux, et ce n'est pas la canaille.

— Fort bien, reprit Augustin, si vous parvenez à maintenir la canaille dans vos idées. Elle a eu son tour en France.

— Il faut la tenir sous le joug avec persistance, avec fermeté! dit Alfred en appuyant le pied sur le sol, comme pour marcher sur quelqu'un.

— Les blancs ou les noirs sont terribles quand ils se soulèvent! voyez Saint-Domingue.

— Nous saurons prévenir l'insurrection dans notre pays, dit Alfred. Il faut nous élever contre cette monomanie d'éducation générale qu'on cherche à faire prévaloir; la basse classe ne doit pas être instruite.

— Quoi que vous fassiez, dit Augustin, elle recevra toujours une éducation quelconque. Vous avez pour système de l'élever dans la barbarie et la brutalité. Vous faites de vos inférieurs des bêtes brutes; vous brisez tous les liens qui les rattachent à l'humanité; et ils se conduiront en bêtes brutes s'ils ont le dessus.

— Ils n'auront jamais le dessus! dit Alfred.

— Vous avez raison, dit Augustin; chauffez la machine, fermez la soupape de sûreté, asseyez-vous dessus, et vous verrez où vous irez.

— Eh bien! nous verrons. Je ne crains pas de m'asseoir sur la soupape tant que la chaudière est solide, et que la chaudière fonctionne bien.

— La noblesse de Louis XVI a pensé comme vous, l'Autriche et Pie IX se croient maîtres de l'Italie; et, par un beau matin, vous pourrez vous rencontrer tous en l'air quand la chaudière éclatera.

— *Dies declarabit*, dit Alfred en riant.

— Je vous le dis, Alfred, si quelque chose se manifeste de nos jours avec la force d'une loi divine, c'est la tendance des masses à s'élever. La basse classe deviendra la classe supérieure.

— Quel orateur vous faites, Augustin! vous êtes de l'école des républicains rouges. Quant à moi, j'espère que je serai mort avant de voir le triomphe de votre populace.

— Elle vous gouvernera un de ces jours, reprit Augustin, et vous aurez des dominateurs tels que vous les aurez faits. L'aristocratie française avait voulu commander à un peuple de sans-culottes, et elle a eu un gouvernement de sans-culottes. Le peuple d'Haïti...

— Ne me parlez pas de cet abominable Haïti. Les événements auraient pris une autre tournure dans ce pays s'il avait eu affaire à la race anglo-saxonne.

— Savez-vous, reprit Augustin, que le sang anglo-saxon n'est pas mal infusé dans les veines de nos esclaves : il y a parmi eux beaucoup de gens qui ne conservent de leur origine africaine qu'une espèce de chaleur tropicale qu'ils apportent dans les affaires. Si jamais le tocsin d'Haïti sonne parmi nous, ce sera la race anglo-saxonne qui dirigera l'insurrection. Des fils de pères blancs, avec leur fierté native, se lasseront enfin d'être vendus à la criée. Ils se soulèveront, et soulèveront en même temps la race de leur mère.

— Sottise! folie!

— Il y a longtemps que l'on a répondu ainsi pour la première fois. Tout se passera comme au siècle de Noé. On mangeait, on buvait, on plantait, on bâtissait, et le déluge arriva.

— Ma foi, Augustin, dit Alfred en riant, vous auriez de grands talents pour la propagande. Mais ne craignez rien pour nous, nous avons le pouvoir; nous en usons énergiquement; et la race qui nous est soumise restera soumise. Nous n'aurons pas besoin d'user notre poudre.

— Des fils élevés comme votre Henrique conviendraient bien vraiment pour garder vos magasins à poudre! Ils ont tant de sang-froid! Le proverbe dit : Ceux qui ne peuvent se gouverner eux-mêmes sont incapables de gouverner les autres.

— Il y a là une difficulté, dit Alfred d'un air pensif; certes, notre système abandonne trop les enfants à leurs passions, qui sont assez vives dans notre climat, l'éducation d'Henrique m'embarrasse. Il a bon cœur; mais lorsqu'il est en colère, il part comme un feu d'artifice. Je crois que je l'enverrai dans le Nord, où il sera plus tenu, où il fréquentera davantage ses égaux et vivra moins avec ses inférieurs.

— Puisque l'éducation est l'œuvre la plus importante de la vie humaine, dit Augustin, de ce que notre système d'éducation est défectueux il faut conclure que notre société est mal ordonnée.

— Il a ses avantages, dit Alfred; il rend les enfants plus mâles et plus courageux, les vices mêmes d'une race abjecte tendent à fortifier en eux les vertus contraires. Je pense qu'Henrique a un amour plus vif de la vérité en voyant que le mensonge et la perfidie sont le signe caractéristique de l'esclavage.

— Voilà une manière bien chrétienne d'envisager l'éducation, s'écria Augustin.

— Elle est aussi chrétienne que la plupart des choses de ce monde. Mais à quoi bon discuter? C'est peut-être la centième fois que nous revenons sur le même sujet. N'aimeriez-vous pas mieux faire une partie de trictrac?

Les deux frères s'installèrent sous une des galeries de bambous, devant une table de trictrac, et Alfred dit, tandis qu'ils plaçaient leurs dames : — Si je pensais comme vous, mon frère, je ferais quelque chose.

— Je vous reconnais à ce conseil : vous êtes de la race des hommes essentiellement actifs. Mais de quoi s'agit-il?

— De tenter un essai, en donnant à quelques-uns de vos esclaves la possibilité de s'élever.

— Vous pourriez tout aussi bien me conseiller de les mettre sous une montagne, et de leur dire ensuite de marcher. Comment voulez-vous que mes esclaves s'élèvent, écrasés qu'ils sont partout la masse sociale? Un homme ne peut rien contre l'action d'une communauté. L'éducation, pour qu'il en profite, doit lui être donnée avec l'assentiment ou du moins avec la tolérance de l'État.

— A vous à jeter les dés, dit Alfred; et les deux frères furent absorbés par le jeu jusqu'au retour des enfants.

— Voilà nos promeneurs, dit Augustin en se levant; regardez-les, Alfred; ne sont-ils pas beaux?

Cette observation était justifiée, et l'on pouvait y répondre affirmativement.

Henrique, le front hautain, les joues colorées, se penchait en riant vers sa cousine. Celle-ci portait une amazone bleue et un chapeau de même couleur. L'exercice avait donné des teintes brillantes à son visage, et augmenté l'effet de la transparence singulière de sa peau.

— Elle est d'une beauté éblouissante, dit Alfred. Un de ces jours, mon frère, elle causera du tourment à bien des cœurs.

— Ce n'est que trop vrai, j'en ai peur, dit Saint-Clare avec une soudaine amertume; et il courut auprès de sa fille.

— Ma chère Éva, n'êtes-vous pas trop fatiguée? dit-il en la serrant dans ses bras.

— Non, répondit-elle; mais sa respiration pénible inquiéta son père.

— Pourquoi galoper, ma chère? Vous savez que cela vous fait mal.

— Je le sens bien, papa, mais j'y prends tant de plaisir que je l'ai oublié.

Saint-Clare la porta dans le salon et la déposa sur un canapé.

— Henrique, vous auriez dû avoir soin d'Éva, et ne pas la faire courir si vite.

— Je la prends sous ma garde, dit Henrique en s'asseyant auprès d'elle.

Éva se trouva bientôt beaucoup mieux. Son père et son oncle se remirent à jouer, et les enfants restèrent seuls ensemble.

— Je suis fâché, dit Henrique, que mon père parte dans deux jours, car je ne vous reverrai plus de longtemps. Si je demeurais avec vous, je tâcherais de me bien conduire et de ne pas maltraiter Dodo. Je suis vif, mais je n'ai pas de mauvaises intentions à son égard. Je lui donne de temps en temps un picaillon, et vous voyez qu'il est bien habillé. En somme, il doit être content de son sort.

— Seriez-vous content de votre sort si vous n'aviez personne auprès de vous pour vous aimer?

— Moi, non sans doute.

— Vous avez enlevé Dodo à tous ses amis; il n'a pas un être au monde pour l'aimer; c'est ce qui fait qu'il a des défauts; c'est inévitable, à ce qu'il me semble.

— Je ne saurais remplacer sa mère, et il me serait impossible de l'aimer.

— Pourquoi pas? dit Evangéline.

— Aimer Dodo! vous ne le voudriez pas. Il me plaît assez; mais vous n'aimez pas vos esclaves?

— Si fait.

— C'est bizarre.

— La Bible ne nous recommande-t-elle pas d'aimer tout le monde?

— Ah! elle recommande bien d'autres choses encore; mais personne ne songe à s'y conformer.

Éva ne répondit pas, et réfléchit pendant quelques instants.

— En tout cas, reprit-elle, aimez Dodo, et soyez bon pour lui par égard pour moi.

— J'aimerai n'importe qui par égard pour vous, ma chère cousine; car vous êtes vraiment la plus aimable enfant que j'aie jamais vue.

Éva reçut ce compliment avec simplicité, sans changer de visage, et se contenta de dire : — Je suis ravie satisfaite de votre promesse, mon cher Henrique, et j'espère que vous la tiendrez.

La cloche du dîner mit fin à l'entrevue.

CHAPITRE XXIV.

Tristes présages.

Deux jours après, Alfred et Augustin se séparèrent; et Evangéline, qui avait fait avec son jeune cousin des courses au-dessus de ses

PARIS. — Impr. LACOUR et Cⁱᵉ, rue Soufflot, 16

forces, commença à décliner rapidement. Saint-Clare se décida à réclamer l'assistance d'un médecin, qu'il avait jusqu'alors refusé d'appeler, parce que c'était admettre la funeste vérité.

Marie Saint-Clare ne s'était pas aperçue de l'affaiblissement graduel de l'enfant; elle était exclusivement occupée d'étudier deux ou trois maladies nouvelles dont elle se croyait elle-même attaquée. Le premier article de foi de Marie, c'était que personne ne pouvait souffrir plus qu'elle; aussi repoussait-elle avec indignation l'idée que d'autres eussent la moindre indisposition. Elle attribuait leurs plaintes à l'indolence, au manque d'énergie. — S'ils avaient eu, disait-elle, tous les maux qui l'accablaient, ils auraient bien vite senti la différence.

Miss Ophélia tenta vainement, à plusieurs reprises, d'éveiller la sollicitude maternelle.

— Je ne vois pas qu'Eva soit le moins du monde indisposée, répondit Marie; elle est toujours à courir et à jouer.

— Mais elle tousse.

— Qu'est-ce que cela fait? J'ai toussé toute ma vie. Quand j'étais à l'âge d'Eva, on me croyait phthisique, et Mammy me veillait toutes les nuits. La toux d'Eva n'a rien d'inquiétant.

— Mais elle s'affaiblit, et respire avec avec peine.

— Mon Dieu, j'ai été comme elle pendant des années entières; ce n'est qu'une affection nerveuse.

— Mais elle a des sueurs nocturnes.

— J'en ai eu pendant dix ans. Mes vêtements étaient parfois tout mouillés; il n'y avait pas un fil de sec dans ma toilette de nuit, et Mammy était obligée d'étendre mes draps pour les faire sécher.

Miss Ophélia se résigna au silence; mais lorsque le mal empira, et que le docteur fut mandé, les idées de Marie prirent un autre biais. Elle dit hautement qu'elle avait toujours pressenti qu'elle était destinée à être la plus malheureuse des mères. Fallait-il qu'avec sa pauvre santé elle fût condamnée à voir sa fille unique descendre au tombeau?

— Ma chère Marie, lui dit Saint-Clare, tout n'est pas encore désespéré.

— Ah! Saint-Clare, vous n'avez pas les sentiments d'une mère: vous ne me comprendrez jamais!

— Ne parlez pas ainsi; le mal n'est pas sans remède.

— Je ne saurais partager votre indifférence, Saint-Clare. Vous n'éprouvez rien quand votre fille unique est dans un état aussi alarmant; mais je ne suis pas comme vous: c'est un coup fatal qui vient augmenter mes misères.

— Il est vrai, répondit Saint-Clare, qu'Eva est très-délicate; que sa croissance rapide a épuisé ses forces, et que sa situation est critique; mais elle est surtout accablée par les chaleurs de l'été et par l'exercice qu'elle a pris pendant la visite de son cousin. Le docteur assure qu'on peut encore la sauver.

— Libre à vous de voir les choses par leur beau côté. On est heureux en ce monde de n'être pas sensible, et je voudrais pouvoir vous imiter. Je voudrais avoir votre tranquillité, à vous tous.

Tous les habitants de la maison avaient des motifs pour former le même vœu, car Marie faisait parade de ce nouveau chagrin, et s'en servait comme d'un prétexte pour tourmenter ceux qui l'environnaient. Dans leurs paroles, dans leurs actions, elle voyait la preuve de leur dureté de cœur; aucun d'eux ne compatissait à ses peines! Évangéline entendait parfois ces propos, et pleurait de douleur de causer à sa mère tant d'affliction.

Quinze jours amenèrent dans son état une amélioration notable; car l'inexorable maladie ralentit parfois sa marche, et fait naître de trompeuses illusions au moment même où la tombe va s'ouvrir. Évangéline reparut dans le jardin; elle recommença ses jeux, et son père la crut hors de danger. Seuls, miss Ophélia et le docteur ne s'abusèrent point. Il y avait encore une autre personne qui partageait leur conviction: c'était Évangéline. Quelle voix calme se fait donc parfois entendre pour annoncer à une créature humaine que son séjour sur la terre sera de courte durée? Est-ce le secret instinct de la nature qui décline, ou l'aspiration de l'âme vers l'immortalité qui s'approche? Quoi qu'il en soit, Eva prévoyait qu'elle allait mourir; elle en avait la certitude, et cette conviction, douce comme les derniers rayons du soleil, ne troublait point son jeune cœur. Seulement elle pensait avec amertume à la douleur de ses amis. Elle n'avait point de regrets pour elle, bien qu'elle eût été environnée de soins assidus, et que toutes les jouissances du luxe eussent embelli son existence. Dans le livre qu'elle avait tant de fois parcouru avec son ami Tom, elle avait vu le Christ appeler à lui les petits enfants, et ce récit d'un passé lointain était devenu pour elle une réalité prochaine. Elle répondait à la tendresse divine, et elle avait prête à en goûter les douceurs. Toutefois el ne pensait pas sans tristesse à son père, dans le cœur duquel il lui semblait occuper tant de place. Elle aimait sa mère, parce qu'elle était naturellement aimante; mais l'égoïsme de Marie l'affligeait. Elle ne savait comment le concilier avec cette conviction d'enfant que sa mère ne pouvait jamais avoir tort. Il y avait là une contradiction qui l'embarrassait; et pour dissiper ses doutes, elle se disait qu'après tout c'était sa mère, et qu'elle l'aimait tendrement.

Évangéline s'apitoyait aussi sur le sort des fidèles serviteurs dont elle faisait la joie. Les enfants ont peu d'idées générales; mais la fille de Saint-Clare, dont l'intelligence était d'une rare précocité, n'avait pu voir sans en être frappée les inconvénients du régime sous lequel gémissent les esclaves. Elle avait le désir vague de s'employer pour eux, et même pour tous ceux qui se trouvaient dans la même condition.

— Père Tom, dit-elle un jour pendant une de leurs lectures, je comprends enfin pourquoi Jésus-Christ a voulu mourir pour nous.

— Pourquoi, miss Eva?

— Parce que je l'ai senti.

— Expliquez-vous mieux, miss Eva.

— Je ne puis guère m'expliquer; mais quand j'ai entendu ces malheureux qui étaient avec nous sur le bateau redemander, les uns leur mère, les autres leurs enfants, quand on m'a raconté la fin horrible de la mère Prue, j'ai senti que je voudrais mourir pour eux si ma mort pouvait mettre un terme à tant de misère. Oui, Tom, je mourrais pour eux si je le pouvais!

En disant ces mots, elle posa ses petites mains grêles sur celles du nègre. Celui-ci la contempla avec vénération; et lorsqu'elle sortit en entendant la voix de son père, il s'essuya les yeux plusieurs fois en la suivant du regard.

— Il est inutile de chercher à retenir ici miss Eva, dit-il à Mammy, qu'il rencontra un moment après, elle a sur le front le sceau du Seigneur.

— Je l'ai toujours dit, s'écria Mammy en levant les mains au ciel: elle n'a jamais été destinée à vivre; il y a toujours eu quelque chose de profond dans ses yeux.

Eva retrouva son père sous la galerie de bambous. C'était le soir; elle avait une robe blanche; son visage et ses yeux brillaient d'un feu surnaturel, et les rayons du soleil formaient derrière elle une espèce de gloire.

Saint-Clare l'avait appelée pour lui montrer une statuette qu'il lui avait achetée; mais, à son aspect, il éprouva une impression soudaine et douloureuse. Il y a une sorte de beauté si complète, en même temps si fragile, que nous ne pouvons en supporter la vue. Saint-Clare serra sa fille dans ses bras, et oublia le sujet dont il voulait l'entretenir.

— Vous êtes mieux aujourd'hui, n'est-ce pas?

— Mon père, dit Évangéline d'un ton assuré, il y a des choses que je veux vous dire depuis longtemps, et dont je vais vous parler avant de devenir plus malade.

Saint-Clare trembla; Eva s'assit sur ses genoux, et posa la tête sur son sein.

— Il est inutile, papa, de me donner des soins plus longtemps; le moment approche où je vais vous quitter pour ne plus revenir...

— Chère petite, dit Saint-Clare d'une voix tremblante, mais en affectant un ton enjoué, ne vous abandonnez pas à ces sombres pensées. Voyez la jolie statuette que je vous ai apportée.

— Ne vous abusez pas, reprit Eva sans la regarder, je ne suis pas mieux, je le sais, et je m'en irai avant peu. Je n'en ai pas de chagrin; et sans vous, sans mes amis, je ne regretterais rien.

— D'où peut venir cette tristesse, ma chère amie? Vous avez eu tout ce qu'il fallait pour être heureuse.

— Pourtant, j'aimerais mieux être au ciel; je ne tiens à la vie qu'à cause de vous. Il y a ici beaucoup de choses qui m'affligent; j'aimerais mieux ne pas les voir! Mais il m'est pénible de vous quitter.

— Quel est donc le sujet de vos peines?

— C'est ce qui se passe tous les jours. Je suis triste de voir nos pauvres serviteurs qui m'aiment sincèrement, et qui ont tant d'attentions pour moi. Je voudrais qu'ils fussent tous libres.

— Pensez-vous, Eva, qu'ils ne soient pas bien traités?

— Mais que deviendraient-ils, papa, s'il vous arrivait quelque chose? Il y a peu d'hommes tels que vous; mon oncle Alfred et ma mère ne vous ressemblent pas, les maîtres de la vieille Prue ne vous ressemblent pas non plus... De quelles horreurs les hommes sont capables! ajouta Eva en frémissant.

— Ma chère enfant, vous êtes trop sensible; je suis fâché qu'on vous fasse part de semblables histoires.

— Voilà ce qui me tourmente, papa, vous voulez que je vive heureuse, que je ne souffre jamais, que je n'entende jamais d'histoires désagréables, quand tant de pauvres gens passent leur vie dans la douleur: c'est de l'égoïsme. Je dois connaître leur misère et y compatir; elle m'a toujours pesé sur le cœur, elle a été constamment l'objet de mes réflexions. N'y aurait-il pas moyen d'affranchir tous les esclaves?

— C'est une question difficile, mon amie. Sans doute notre système est détestable; c'est l'avis de beaucoup de gens éclairés, et c'est aussi le mien; je voudrais de tout mon cœur que l'esclavage fût aboli, mais je ne sais comment y parvenir.

— Papa, vous êtes un brave homme, et vous avez toujours une manière agréable de dire les choses. Ne pourriez-vous parcourir les habitations, et tâcher de persuader aux maîtres d'affranchir leurs noirs? Je le ferais si je le pouvais; faites cela pour moi, papa, quand je serai morte,

— Quand vous serez morte, Eva? Enfant, ne parlez pas ainsi; vous êtes mon seul bien sur la terre.

— L'enfant de la vieille Prue était aussi son seul bien, et pourtant elle l'entendit crier sans pouvoir lui porter secours! Ces pauvres gens aiment leurs enfants presque autant que vous pouvez m'aimer. Ah! faites quelque chose pour eux! Mammy aime ses enfants; je l'ai vue pleurer en en parlant; Tom aime aussi les siens; et il est affreux qu'ils en soient séparés.

— Allons, mon amie, dit Saint-Clare avec tendresse, ne vous désolez pas, ne parlez pas de mourir, et je ferai tout ce que vous voudrez.

— Promettez-moi, mon père, que Tom aura sa liberté aussitôt que...

Elle s'interrompit, et ajouta avec hésitation : — Aussitôt que je ne serai plus.

— Oui, ma chère, je souscrirai à tous vos désirs.

— Cher papa, dit l'enfant appuyant ses joues brûlantes sur celles de son père, je voudrais que nous pussions faire le voyage ensemble.

— Où, mon amie?

— Au séjour du Sauveur, où règnent la paix et l'amour. Est-ce que vous ne voudriez pas y aller?

— L'enfant parlait du ciel comme d'un lieu qu'elle avait souvent visité.

Saint-Clare l'étreignit dans ses bras, mais il garda le silence.

— Vous viendrez à moi, reprit Evangéline avec l'accent de la conviction.

— Je vous suivrai, je ne vous oublierai pas.

Les ombres solennelles du soir s'épaississaient autour de Saint-Clare; il voyait à peine la frêle créature qui reposait sur son sein; mais la voix qui lui parlait était comme celle d'un esprit : elle évoquait le passé; il eut en un moment devant les yeux les prières de sa mère, les bonnes résolutions qu'il avait prises dans sa jeunesse, les années de scepticisme et de dissipation qu'il avait passées dans le monde. On peut penser beaucoup en un moment : Saint-Clare fit d'importantes réflexions; mais il ne parla pas. Comme la nuit était venue, il emporta sa fille dans sa chambre à coucher; quand elle fut disposée à dormir, il congédia les domestiques, la berça dans ses bras, et chanta jusqu'à ce qu'elle eut fermé les yeux.

CHAPITRE XXV.

La Leçon.

Un dimanche, après dîner, Saint-Clare était étendu sur une chaise longue de bambou, sous la galerie extérieure. Dans une salle dont la fenêtre était voisine, Marie reposait sur un canapé, environnée d'une tente de gaze pour se garantir des piqûres des moustiques. Elle tenait négligemment à la main un livre de prières élégamment relié. Elle l'avait pris parce que c'était dimanche, et s'imaginait l'avoir lu; mais, en réalité, elle s'était seulement assoupie à diverses reprises, en le tenant ouvert devant elle. Miss Ophélia, à force de recherches, avait fini par découvrir, à quelque distance de la ville, un meeting de méthodistes. Elle s'y était rendue, conduite par Tom, et accompagnée d'Eva.

— Augustin, dit Marie après avoir un moment rêvé, il faudra que j'envoie chercher mon vieux docteur Posey; je suis sûre d'avoir une maladie de cœur.

— Pourquoi l'envoyer chercher? le docteur qui soigne Eva me paraît capable.

— Je ne me fierais pas à lui dans un cas critique, et je crois que le mien est de cette nature. Voilà deux ou trois nuits que j'y songe, et que je souffre horriblement.

— Vous rêvez, Marie; je ne crois pas à votre maladie de cœur.

— J'étais sûre que vous n'y croiriez pas, dit Marie; je m'y attendais. La moindre toux d'Eva vous alarme, mais vous ne songez jamais à moi.

— Puisqu'il vous plaît d'avoir une maladie de cœur, j'y consens volontiers.

— Je souhaite que vous ne vous repentiez pas de votre incrédulité quand il sera trop tard; mais les inquiétudes que j'éprouve pour Eva, les fatigues que j'ai affrontées pour cette chère enfant ont développé le germe d'une dangereuse maladie.

Il aurait été difficile de dire quelles fatigues Marie avait affrontées; Saint-Clare en fit à part lui l'observation, et se dirigea vers la voiture qui ramenait sa fille et miss Ophélia. Celle-ci marcha droit à sa chambre pour y déposer son châle et son chapeau, suivant son usage. Eva vint se placer sur les genoux de son père, et lui raconta ce qui s'était passé dans la congrégation des méthodistes.

On entendit bientôt de violentes exclamations qui partaient de la chambre de miss Ophélia, et de violents reproches adressés à quelqu'un.

— Encore quelque farce de Topsy! dit Saint-Clare.

Un moment après, miss Ophélia, pleine d'indignation, parut traînant avec elle la coupable.

— De quoi s'agit-il? dit Augustin.

— Je ne veux plus garder cette peste auprès de moi! elle dépasse les bornes, et ma patience est à bout. Je l'avais enfermée en lui donnant un hymne à étudier; qu'a-t-elle fait? elle a découvert où je mettais ma clef; elle a pris dans ma commode une garniture de chapeau, et l'a taillée en pièces pour faire des habits de poupée! Jamais de ma vie je n'ai rien vu de pareil!

— Je vous en avais avertie, ma cousine : ces êtres-là ne peuvent être réduits que par la sévérité... Si on me laissait faire, ajouta-t-elle en regardant Saint-Clare d'un air de reproche, j'enverrais cette enfant dehors et je la ferais fouetter jusqu'à ce qu'elle tombât.

— Je n'en doute pas, dit Saint-Clare. Parlez-moi de la douceur du beau sexe! Je n'ai guère vu de femme qui ne fût disposée à tuer un cheval ou un domestique si on l'avait laissée faire.

— Trêve de railleries, Saint-Clare; ma cousine est une femme de sens, et elle juge la position comme moi.

Miss Ophélia était susceptible de s'indigner comme pourrait l'être une ménagère de mœurs pacifiques et réglées. Elle avait été justement irritée des ruses et des gaspillages de Topsy, et la plupart de nos lectrices auraient, en pareille circonstance, partagé son mécontentement; mais elle se calma en écoutant Marie, qui avait dépassé le but.

— Pour rien au monde, dit-elle, je ne voudrais traiter ainsi cette enfant; mais j'en désespère. Je lui ai réitéré les leçons et les remontrances, je lui ai donné le fouet, je l'ai punie de toutes les manières, et elle est aussi vicieuse qu'auparavant.

— Venez ici, petite guenon!

Topsy s'avança; ses yeux conservaient leur expression de malice, mais l'appréhension les faisait clignoter.

— Pourquoi vous comporter ainsi? dit Saint-Clare, que la figure comique de la négrillonne amusait malgré lui.

— Parce que j'ai mauvais cœur, à ce que prétend miss Phélia, dit Topsy d'un air piteux.

— Ne tenez-vous aucun compte de ce que miss Ophélia a fait pour vous? Elle assure qu'elle a employé tous les moyens possibles.

— C'était là ce que disait mon ancienne maitresse. Elle me fouettait plus fort, me tirait les cheveux, et me cognait la tête contre la porte; mais je n'en profitais pas. Quand même on m'aurait arraché tous les cheveux, je crois que ça n'aurait abouti à rien, je suis si méchante, j'ai tous les défauts d'une négresse!

— Je ne veux plus m'en mêler, dit miss Ophélia.

— Permettez-moi de vous adresser une question, reprit Saint-Clare.

— Laquelle?

— Si vous n'avez pas la force de convertir une païenne qui est entièrement à votre discrétion, à quoi sert d'envoyer quelques missionnaires au milieu d'un peuple abruti?

Miss Ophélia ne répondit pas immédiatement, et Evangéline, qui avait assisté à la scène, fit signe à Topsy de la suivre dans un petit cabinet vitré situé au bout de la galerie.

— Quel peut être le projet d'Eva? se demanda Saint-Clare.

Il s'avança sur la pointe du pied, leva un rideau qui cachait la porte vitrée, et regarda dans l'intérieur du cabinet. Un moment après, posant le doigt sur ses lèvres, il invita du geste miss Ophélia à venir le rejoindre. Les deux enfants étaient assises sur le sol. Topsy avait son air habituel d'insouciance et de malice. Evangéline était en proie à une vive émotion.

— Pourquoi vous conduisez-vous si mal, Topsy? Est-ce que vous n'aimez personne?

— Je ne sais trop : j'aime le sucre candi et les confitures, voilà tout.

— Mais vous aimez votre père et votre mère?

— Je n'en ai jamais eu, je vous l'ai déjà dit, miss Eva.

— En effet, reprit Eva tristement; mais n'avez-vous pas de frère, de sœur, de tante?

— Rien de tout cela.

— Mais si vous vouliez être bonne, vous le pourriez.

— Je ne pourrais jamais être bonne que comme une négresse. Si l'on pouvait m'écorcher et me rendre blanche, j'essayerais.

— Mais on vous aimerait quoique noire, si vous étiez bonne.

Topsy exprima son incrédulité par un ricanement.

— Vous ne me croyez pas?

— Non; miss Ophélia ne peut me souffrir parce que je suis noire: elle a autant d'horreur pour moi que pour un crapaud; les nègres ne sont aimés de personne, et ne sont capables de rien. Mais je m'en moque.

Topsy se mit à siffler.

— Ah! Topsy, pauvre enfant! je vous aime! dit Eva, dans un transport subit, en posant sa main blanche sur l'épaule de la négresse. Je vous aime parce que vous n'avez eu ni père ni mère, ni amis; parce que vous êtes une pauvre fille maltraitée. Je vous aime, et je désire que vous soyez bonne. Je suis très-malade, Topsy, et je crois que je ne vivrai pas longtemps. Votre conduite me fait de la peine; je désire que vous en changiez pour moi, qui ai peu de temps à rester avec vous.

Les yeux ronds et perçants de la négresse se remplirent de larmes, qui tombèrent une à une sur la petite main blanche et effilée. Un rayon d'amour céleste, de foi véritable, traversa les ténèbres de son âme ignorante. Elle posa la tête sur ses genoux et se mit à sangloter. Sa belle compagne, penchée sur elle, avait l'air d'un ange qui s'incline pour relever un pécheur.

— Pauvre Topsy! dit Eva, ne savez-vous pas que Dieu nous aime tous également? Il est aussi bien disposé pour vous que pour moi. Il vous aime comme je vous aime; un peu plus seulement, parce qu'il vaut mieux. Il vous secondera dans vos bonnes résolutions, et vous finirez par aller au ciel, et par être un ange, tout comme si vous étiez blanche. Réfléchissez-y, Topsy; vous pouvez être un de ces esprits bienheureux dont il est question dans les chants du père Tom.

— Oh! chère miss Eva! chère miss Eva! dit la négrillonne. j'essayerai! j'essayerai! je ne m'en étais pas occupée jusqu'alors.

En ce moment Saint-Clare baissa le rideau.

— Elle me rappelle ma mère, dit-il à miss Ophélia. Ce qu'elle me disait est vrai: si nous voulons rendre la vue aux aveugles, il faut faire comme le Christ, les appeler à nous, et leur imposer les mains.

— J'ai toujours eu un préjugé contre les nègres, dit miss Ophélia, et je ne pouvais souffrir que cette enfant me touchât; mais je ne croyais pas qu'elle l'eût remarqué.

— C'est que vous ne connaissez pas les enfants. Vous aurez beau les combler de bienfaits, vous n'exciterez jamais leur reconnaissance tant que vous manifesterez de la répugnance pour eux.

— Je ne sais comment je parviendrai à surmonter mon dégoût.

— Eva y est bien parvenue.

— Elle est si aimante! Je voudrais lui ressembler; elle est capable de me donner des leçons.

— S'il en était ainsi, dit Saint-Clare, ce ne serait pas la première fois qu'un petit enfant aurait instruit un vieil élève.

CHAPITRE XXVI.

La Mort.

Ne pleurons point celui qui dès
    [l'aube succombe,
Et que cache à nos yeux le voile
    [de la tombe.

La chambre à coucher d'Evangéline était un vaste appartement, qui, comme toutes les autres pièces de la maison, donnait sur la galerie extérieure. Elle communiquait d'un côté avec l'appartement

Pauvre Topsy, je vous aime, parce que vous n'avez ni père ni mère, ni amis!

des maîtres du logis, et de l'autre avec la demeure de miss Ophélia. Saint-Clare s'était attaché à mettre le mobilier de la chambre de sa fille en harmonie avec les goûts qu'il lui supposait. Les rideaux des fenêtres étaient de mousseline blanche et rose; le tapis, qu'on avait exécuté à Paris sur ses dessins, avait pour pièce de milieu des touffes de roses, et pour bordure des boutons et des feuilles. Le bois de lit, les chaises et les fauteuils de bambou avaient des formes élégantes et originales. Au-dessus du chevet, sur une console d'albâtre, était posé un ange admirablement sculpté, les ailes repliées, et tenant une couronne de feuilles de myrte. De cette couronne partaient des rideaux de gaze rose, rayée d'argent, qui, sans intercepter l'air, opposaient à l'invasion des moustiques une barrière indispensable dans ce climat. Les fauteuils de bambou étaient garnis de coussins de damas, et des figures sculptées planant sur les dossiers laissaient échapper de leurs mains des tentures de gaze pareilles à celles du lit. Au milieu de la chambre, sur une table de bambou, était un vase en marbre de Paros, taillé en forme de lis et toujours rempli de fleurs. Sur cette table étaient les livres et les bijoux d'Eva, avec un pupitre d'albâtre, que son père lui avait donné pour l'encourager à écrire. Le manteau de marbre de la cheminée était orné d'un groupe représentant Jésus et les petits enfants. Il y avait de chaque côté des vases de marbre, où tous les matins Tom se plaisait à mettre des bouquets. Quelques tableaux suspendus au mur représentaient des enfants dans diverses attitudes. Bref, les yeux rencontraient partout dans cette retraite l'image de l'enfance, de la grâce et de la paix. Eva ne pouvait se réveiller sans apercevoir, aux premières clartés du jour, quelque chose qui lui inspirât de bonnes et consolantes pensées.

Eva perdit bientôt les forces qu'elle avait semblé reprendre; elle se montra plus rarement au jardin; on la vit plus souvent assise dans une chaise longue, auprès de sa fenêtre ouverte, les yeux fixés sur le lac. C'était là qu'elle était installée un soir, quand elle entendit tout à coup la voix de sa mère retentir sous la galerie.

— Encore un de vos tours, petite coquine! vous avez cueilli mes fleurs!

Eva entendit le bruit d'un vigoureux soufflet.

— Mon Dieu! maîtresse, c'est pour miss Eva, dit une voix qu'Eva reconnut pour celle de Topsy.

— La belle excuse! Croyez-vous qu'elle ait besoin de vos fleurs, vilaine négresse!

Evangéline descendit aussitôt sous la galerie.

— Ne la maltraitez pas, ma mère! J'aime les fleurs; donnez-les-moi.

— Mais, Eva, votre chambre en est pleine.

— Je ne saurais trop en avoir. Topsy, apportez-les ici.

Topsy, qui se tenait à l'écart, présenta ses fleurs avec une timidité et une hésitation bien opposées à son audace accoutumée.

— Voilà un bouquet magnifique! dit Evangéline.

Il était plutôt singulier. On y voyait un géranium d'un rouge vif accouplé avec une rose blanche du Japon. Topsy avait évidemment compté sur l'effet du contraste.

— Vous arrangez les fleurs à merveille, lui dit Evangéline. Je désire que vous me fassiez un bouquet tous les jours; je conserverai un vase pour le placer.

— Que vous êtes bizarre! dit Marie: est-ce que vous en avez besoin?

— Peu importe, maman. Aimeriez-vous autant que Topsy ne fît point ce que je lui recommande?

— Agissez à votre guise, ma chère. Topsy, vous entendez votre jeune maîtresse; conformez-vous à ses instructions.

Topsy fit la révérence et s'éloigna. Eva remarqua qu'une larme roulait dans son œil noir.

— Vous le voyez, maman, reprit-elle; je savais que la pauvre Topsy avait envie de faire quelque chose pour moi.

— Quelle erreur! elle se plaît à mal faire; elle cueille des fleurs parce qu'on le lui défend, voilà tout; mais si vous désirez qu'elle en cueille, je ne m'y oppose pas.

— Maman, je crois Topsy bien changée; elle essaye de se bien conduire.

— Il faudra qu'elle essaye longtemps avant de réussir, dit Marie en riant.

— Elle a eu tout le monde contre elle, vous le savez.

— Pas depuis qu'elle est ici; assurément on l'a sermonnée, réprimandée, corrigée, et elle a et aura toujours le caractère aussi mauvais qu'auparavant.

— Mais, maman, il est si différent d'être élevée comme je l'ai été, entourée d'amis, de soins, de conseils, ou délaissée et misérable, comme elle l'était avant de venir ici!

— C'est vrai, dit Marie en bâillant. Mon Dieu! comme il fait chaud!

— Maman, ne croyez-vous pas que Topsy pût devenir un ange si elle était chrétienne?

— Quelle idée ridicule! il faut être vous pour l'avoir.

— Dieu n'est-il pas son père comme le nôtre?

— C'est possible, dit Marie. Où est mon flacon d'odeurs?

— Quel dommage! se dit Eva en jetant les yeux sur le lac.

— De quoi parlez-vous?

— Je dis qu'il est dommage qu'une personne qui pourrait habiter un jour le ciel se dégrade, tombe, descende, et ne trouve pas une main pour la relever!

— Qu'y faire? il est inutile de se désoler, Eva. Il nous suffit de rendre grâce au ciel des avantages dont nous jouissons.

— C'est si triste de penser aux pauvres gens qui ne les ont point!

— Je ne me préoccupe point de cela, dit Marie.

— Maman, reprit Eva, je voudrais me faire couper les cheveux.

— Pourquoi?

— Pour en donner à mes amis, pendant que je suis à même de les leur offrir moi-même. Voulez-vous prier ma cousine de me rendre ce service?

Marie appela miss Ophélia, qui se trouvait dans l'autre chambre. A son entrée, l'enfant se souleva sur ses coussins, et secouant les boucles de sa blonde chevelure, elle dit avec enjouement:

— Allons, cousine, tondez la brebis.

— Qu'est-ce? dit Saint-Clare, qui venait apporter un fruit à sa fille.

— Papa, je prie ma cousine de me couper les cheveux; j'en ai trop; ils m'échauffent la tête; et puis, je désire en donner des mèches à mes amis.

Miss Ophélia s'arma de ses ciseaux.

— Prenez garde! ne les gâtez pas, s'écria Saint-Clare: coupez en dessous pour que cela ne paraisse pas. Je suis fier des cheveux de ma fille.

— O papa! dit tristement Evangéline.

— Oui, reprit Saint-Clare avec gaieté; et je veux les conserver beaux pour le jour où je vous mènerai à la plantation de votre oncle rendre visite à votre cousin Henrique.

— Je n'irai jamais là, mon père; je vais dans un pays meilleur. Oh! croyez-moi! ne voyez-vous pas que je m'affaiblis de jour en jour?

— Pourquoi tenez-vous à ce que je croie à un si cruel avenir?

— Parce que c'est la vérité. Si vous en étiez convaincu, papa, vous éprouveriez les mêmes sentiments que moi.

Saint-Clare se tut, et contempla d'un air sombre les longues boucles qui tombaient une à une de la tête de l'enfant sur ses genoux. Elle les ramassa et les roula autour de ses doigts amaigris, en jetant par intervalles un regard inquiet sur son père.

— Je pressentais la gravité de son mal, dit Marie: c'était là ce qui minait ma santé, ce qui doit bientôt me conduire au tombeau, quoique personne n'y fasse attention. Dans la suite, Saint-Clare, vous verrez que j'avais raison.

— Belle consolation! repartit sèchement Saint-Clare.

Marie se renversa sur un fauteuil, et se couvrit le visage avec son mouchoir de batiste.

Les yeux bleus d'Evangéline, où se peignait le calme d'une âme à moitié détachée de ses liens terrestres, erraient de son père à sa mère. Elle comprenait la différence qui existait entre eux. Elle fit signe à Saint-Clare d'approcher, et il vint s'asseoir auprès d'elle.

— Papa, mes forces s'en vont; il y a des choses que je voudrais dire, mais vous me fermez toujours la bouche. Consentez-vous à ce que je parle maintenant?

— Oui, mon enfant! répondit Saint-Clare se couvrant les yeux d'une main et tenant de l'autre celle de sa fille.

— Alors, je désire voir tous nos gens; j'ai à leur parler.

— Soit, dit Saint-Clare d'une voix sourde.

Miss Ophélia dépêcha un messager, et bientôt tous les domestiques furent réunis dans la chambre. Evangéline était étendue sur ses coussins; la teinte cramoisie de ses joues formait un douloureux contraste avec la blancheur de son teint. Ses grands yeux, pleins d'une animation spirituelle, se fixèrent tour à tour sur tous les personnages du groupe.

Les esclaves éprouvèrent une vive émotion. Cette figure éthérée, ces longues boucles de cheveux coupées, ce père qui détournait la face, cette mère qui sanglotait, leur offraient un spectacle propre à remuer profondément leur nature impressionnable. A mesure qu'ils entraient, ils échangeaient des regards d'intelligence, et secouaient tristement la tête. Un funèbre silence régnait parmi eux.

Eva se souleva. Tous la contemplaient avec anxiété; la plupart des femmes se cachaient le visage dans leur tablier.

— Mes chers amis, dit Eva, je vous aime tous, et je vous ai fait demander pour vous parler. Je vais me séparer de vous; dans quelques semaines, vous ne me verrez plus...

L'enfant fut interrompue par une explosion de lamentations et de gémissements qui étouffèrent entièrement sa voix. Elle attendit un moment, et reprit d'un ton ferme:

— Je désire que vous vous rappeliez toujours mes paroles. Vous négligez vos devoirs, vous ne pensez qu'à ce monde; je veux vous faire souvenir qu'il en est un autre, où je vais, et où vous pourrez un jour me suivre. Il vous appartient aussi bien qu'à moi; mais pour mériter d'y entrer, il faut vivre en chrétiens, prier, lire...

L'enfant s'arrêta, regarda tristement l'assemblée, et reprit:

— Hélas! j'oublie que vous ne savez pas lire!

Elle se cacha le visage dans les coussins; mais les sanglots étouffés de ceux auxquels elle s'adressait la rappelèrent à la tâche qu'elle avait entreprise.

— Il n'importe, ajouta-t-elle en souriant au milieu des pleurs; Dieu vous assistera, quand même vous ne sauriez pas lire! Faites de votre mieux, implorez le secours de votre père, et je pense que je vous verrai tous au ciel.

— Amen! murmurèrent Tom, Mammy et quelques autres, qui appartenaient à l'église méthodiste. Les plus jeunes et les plus indifférents sanglotaient pour la première fois, la tête inclinée sur les genoux.

— Je sais, reprit Eva, que vous avez tous de l'affection pour moi.

— Oui, oui, que Dieu vous garde! répondirent les assistants par un mouvement involontaire.

— Il n'y en a pas un de vous qui ne m'ait constamment témoigné de l'amitié, et je veux vous donner quelque chose que vous ne pourrez regarder sans vous souvenir de moi. Je vais vous donner à chacun une boucle de mes cheveux, et quand vous la regarderez, pensez que je vous ai aimés, que je suis allée au ciel, et que j'espère vous y voir tous.

Il est impossible de décrire la scène qui suivit. Les esclaves se groupèrent en pleurant autour de la malade, et prirent de ses mains ce qui leur semblait une dernière marque de son affection. Ils tombèrent à genoux, baisèrent le bas de sa robe, et les plus âgés, suivant la coutume des noirs, proférèrent des paroles de tendresse entremêlées de prières et de bénédictions.

A mesure que chacun recevait son présent, miss Ophélia, qui craignait l'effet de tant d'agitation, lui faisait signe de sortir de l'appartement, où il ne resta plus, à la fin, que Tom et Mammy.

— Père Tom, dit Eva, voici une belle boucle pour vous. Oh! je suis heureuse de penser que nous nous retrouverons un jour, ainsi que ma chère Mammy!

Eva passa les bras autour du cou de sa vieille bonne, qui lui dit en pleurant:

— O miss Eva, je ne sais vraiment comment je ferai pour vivre sans vous! Il me semblera que la maison est déserte.

Miss Ophélia mit doucement Tom et Mammy à la porte. Elle croyait tout le monde parti; mais, en se retournant, elle aperçut Topsy, qui s'essuyait les yeux.

— D'où sortez-vous? dit-elle brusquement.

— J'étais ici, répondit la négrillonne. O miss Eva, j'ai été méchante; mais ne me donnerez-vous pas aussi une boucle de vos cheveux?

— En voici une, pauvre Topsy; qu'elle vous rappelle que je vous ai aimée, et que j'ai cherché à vous rendre bonne.

— O miss Eva, j'essaye; mais c'est si difficile d'être bonne! Il me semble que j'aurai de la peine à m'y habituer.

— Dieu vous aidera.

Topsy sortit silencieusement, en cachant la précieuse boucle dans son sein.

Miss Ophélia ferma la porte. Elle avait été pendant cette scène en proie à de vives émotions; mais elle s'inquiétait surtout des conséquences qui pourraient en résulter pour sa jeune cousine.

Saint-Clare était resté dans la même attitude, la main sur les yeux.

— Papa! lui dit doucement Evangéline.

Il tressaillit subitement, mais il ne fit aucune réponse.

— Cher papa! reprit la jeune fille en lui posant la main sur le bras.

Il se leva avec emportement, et s'écria:

— Non, je ne saurais supporter cette douleur! Le Tout-Puissant m'accable de sa colère!

— N'est-il pas le maître? dit miss Ophélia.

— Peut-être; mais mon malheur n'en est pas moins affreux, reprit Saint-Clare d'un ton sec, avec amertume, et sans verser une seule larme.

— Papa, vous me brisez le cœur! dit Eva en se jetant dans ses bras; vous n'avez pas les sentiments qui conviennent à votre position.

La violente émotion de l'enfant changea le cours des idées du père.

— Calmez-vous, Eva, calmez-vous! dit-il. J'avais tort, je le reconnais. Je me résignerai; mais ne vous désolez pas.

Eva reposa bientôt, comme une colombe fatiguée, dans les bras de son père, qui employa les expressions les plus tendres pour la consoler.

Marie se leva, et rentra dans son appartement, où elle eut une attaque de nerfs.

— Vous ne m'avez pas donné une mèche de vos cheveux, Eva! dit Sainte-Clare en souriant tristement.

— Ils sont tous à vous, papa, ainsi qu'à ma mère, et vous donnerez à ma chère cousine tous ceux qu'elle voudra. Je ne les ai donnés moi-même à ces pauvres gens que parce qu'on pourrait les oublier quand je ne serai plus là, et aussi parce que j'espère que cela les aidera à se souvenir... Vous êtes chrétien, n'est-ce pas, mon père? ajouta Eva d'un air d'incertitude.

— Pourquoi me le demandez-vous?

— Je ne sais; vous êtes si bon, que je ne vois pas comment vous ne seriez pas chrétien.

— Qu'est-ce que c'est qu'être chrétien, Eva?

— C'est aimer le Christ par-dessus tout.

— Vous l'aimez par-dessus tout, Eva?

— Certainement.

— Vous ne l'avez jamais vu.

— Qu'importe? je crois en lui, et je le verrai dans quelques jours.

La figure de la jeune fille rayonna de joie. Saint-Clare ne dit plus rien; il avait vu jadis sa mère dans les mêmes dispositions d'esprit, mais aucune corde ne vibrait en lui pour y répondre.

A partir de ce jour, Evangéline déclina rapidement; on devait désormais renoncer à tout espoir. La jolie chambre à coucher était, de l'avis de tous, une chambre mortuaire. Miss Ophélia s'érigea en garde-malade, et mérita l'estime de tous par la manière dont elle remplit ses fonctions.

Elle avait la main exercée; elle entendait à merveille tout ce qui était relatif à la propreté et au bien-être. Toutes ses démarches étaient réglées, toutes ses idées lucides. Elle ne se troublait jamais, et se rappelait avec une rare exactitude les moindres recommandations du docteur. On avait ri parfois de ses manies, de ses susceptibilités, si contraires aux mœurs du Sud; mais on fut obligé de reconnaître que c'était la personne qu'il fallait dans cette douloureuse circonstance. Le père Tom était souvent auprès d'Eva. Elle était en proie à une irritation nerveuse, et elle éprouvait du soulagement quand on la portait. Le vieux noir se plaisait à la prendre dans ses bras; il la promenait dans la chambre ou sous la galerie de bambous; et lorsque soufflaient les brises fraîches de la mer, il allait avec elle sous les orangers du jardin, la déposait sur un banc, et lui chantait ses hymnes favorites. Saint-Clare la portait aussi, mais il se fatiguait vite, et Eva lui disait:

— Laissez faire Tom, il y trouve du plaisir. C'est tout ce qu'il peut faire à présent, et il désire s'utiliser.

— Et moi aussi, répondait son père.

— Oui, papa; mais vous pouvez me soigner nuit et jour, me faire la lecture, tandis que Tom n'a que ses bras et ses chansons. Et puis, il me porte plus aisément et sans se lasser.

Tom n'éprouvait pas seul le désir de s'utiliser. Tous les domestiques rivalisaient de zèle pour leur jeune maîtresse. Mammy aurait bien voulu lui rendre service, mais elle n'en trouvait pas l'occasion. Marie avait déclaré qu'elle était dans un état d'esprit qui ne lui permettait pas de reposer, et il était contraire à ses principes de laisser reposer les autres. Mammy était obligée de se lever vingt fois par nuit pour lui frictionner les pieds, pour lui mettre de l'eau fraîche sur le front, pour lui chercher son mouchoir de poche, pour fermer les rideaux parce qu'il faisait trop clair, ou les lever parce qu'il faisait trop sombre. Dans la journée, lorsque la vieille bonne voulait donner des soins à sa chère enfant, Marie trouvait moyen de l'occuper ailleurs.

— Il est de mon devoir, disait Marie, de veiller sur ma santé. Je suis si faible, et la maladie de ma fille me donne tant de tracas!

— En vérité! répondait Saint-Clare; je croyais que notre cousine vous dispensait de toute espèce de soins?

— Vous parlez bien comme un homme, Saint-Clare!..... Est-ce qu'une mère peut se dispenser d'assister son enfant à l'extrémité?.... Mais c'est toujours ainsi; on ne comprend pas ce que j'éprouve... Je ne saurais être insensible comme vous!

Saint-Clare souriait, car il pouvait encore sourire. Eva faisait ses adieux au monde avec une si douce résignation, qu'il était impossible de s'imaginer qu'elle allait mourir. Elle ne souffrait point, elle n'éprouvait qu'une faiblesse calme et sans secousse, qui augmentait insensiblement. Elle était si affectueuse, si confiante, si heureuse, qu'on ne pouvait résister à l'influence consolatrice de l'innocence et de la paix qu'elle répandait autour d'elle. Saint-Clare sentait un calme étrange s'emparer de lui. Ce n'était ni l'espérance, ni la résignation; ce calme était basé sur l'état présent d'Eva, et empêchait de songer à l'avenir. Il ressemblait à la mélancolie qu'on éprouve en automne à l'aspect des bois, lorsque les feuilles se teignent d'une rougeur maladive, et que les dernières fleurs naissent au bord des ruisseaux. Nous jouissons d'autant plus du spectacle de la nature, que nous savons qu'il va bientôt changer.

Tom était l'ami qui connaissait le mieux les rêveries et les pressentiments d'Eva. Elle lui révélait ce qu'elle n'aurait pas osé dire à son père. Elle lui communiquait les mystérieux avertissements qui frappent une âme au moment où les cordes de la vie commencent à se détendre. Au lieu de coucher dans sa chambre, Tom passait la nuit sous la galerie, prêt à se lever au moindre appel.

— Père Tom, lui dit miss Ophélia, quelle lubie vous a pris de coucher à la belle étoile comme un chien? Je supposais que vous aviez des habitudes régulières.

— Oui, dit Tom d'un ton mystérieux; mais, à présent...

— Eh bien?

— Ne parlez pas si haut, M. Saint-Clare pourrait nous entendre. Vous savez qu'il faut que quelqu'un veille pour attendre l'époux.

— Que voulez-vous dire?

— Vous vous rappelez les paroles de l'Ecriture : « Sur le minuit, on entendit un grand cri : Voici l'époux qui vient ! » C'est là ce que j'attends toutes les nuits, miss Phélia, et il ne faut pas que je m'éloigne.

— Père Tom, qui vous donne de telles idées?

— Miss Eva me l'a dit; le Seigneur lui envoie un message. Il faut que je sois là, miss Phélia, car lorsque cette sainte fille entrera dans le royaume des cieux on ouvrira la porte toute grande, et nous jetterons tous un coup d'œil dans le céleste séjour.

— Père Tom, miss Eva vous a-t-elle dit ce soir qu'elle était plus mal qu'à l'ordinaire?

— Non; elle m'a dit ce matin qu'elle touchait au terme : le son de la trompette résonne à son oreille.

Cette conversation avait lieu entre dix et onze heures du soir. Après avoir fait sa ronde et fermé la grande porte, miss Ophélia retrouva Tom étendu sous la galerie. Il n'était pas impressionnable, mais elle fut frappée de la gravité solennelle du vieux noir.

Cependant Eva avait montré dans la journée plus de gaieté que d'habitude; elle avait passé en revue ses bijoux et désigné les amis auxquels elle voulait les laisser. Elle parlait distinctement, et elle était d'une vivacité qu'on n'avait pas remarquée en elle depuis plusieurs semaines. Son père lui avait rendu visite, et la trouvant mieux que jamais, il avait dit à miss Ophélia :

— Cousine, nous arriverons peut-être à la sauver...

Mais l'époux vint à minuit, heure étrange et mystérieuse, où se déchire le voile qui sépare le présent incertain de l'éternel avenir. On entendit d'abord dans la chambre funèbre un bruit de pas précipités. C'étaient ceux de miss Ophélia, qui avait voulu veiller sa jeune malade, et dont l'œil expérimenté venait de reconnaître les symptômes d'une crise. La porte de la maison s'ouvrit, et Tom fut debout immédiatement.

— Allez chercher le docteur, Tom; ne perdez pas un moment!... dit miss Ophélia. Puis elle alla frapper à la porte de Saint-Clare.

— Mon cousin, je vous prie de venir!

Ces mots tombèrent sur le cœur du père comme les pelletées de terre sur un cercueil. Il se leva aussitôt et courut à Eva, qui dormait encore. Que vit-il, qui lui glaça tous les sens?... Vous ne sauriez le dire, vous qui avez remarqué la même expression sur le visage d'une personne bien-aimée? Vous ne sauriez définir cet aspect indicible, qui vous annonce avec certitude que vous allez la perdre. Toutefois, la figure d'Eva n'avait rien d'effrayant. Elle était empreinte d'une élévation presque sublime, indice d'une transformation spirituelle, aurore de l'immortalité. Saint-Clare et sa cousine contemplèrent l'enfant dans un si profond silence, que le mouvement de la pendule leur semblait trop bruyant. Au bout de quelques instants, Tom revint avec le docteur, qui jeta un coup d'œil sur la mourante, et ne fit d'abord aucune observation.

— Depuis quand est-elle dans cet état? demanda-t-il à miss Ophélia.

— Un peu après minuit, répondit miss Ophélia.

Réveillée par l'arrivée du docteur, Marie sortit à la hâte de la chambre voisine en criant : — Augustin! ma cousine! qu'y a-t-il?

— Silence! elle se meurt, dit Saint-Clare.

Mammy entendit ces paroles, et courut réveiller les domestiques. Toute la maison fut bientôt en rumeur; on vit des lumières, on entendit des pas; des groupes inquiets se formèrent sous la galerie et regardèrent à travers la porte vitrée. Saint-Clare était étranger à ce qui se passait autour de lui, il ne voyait que sa fille.

— Si seulement elle se réveillait pour nous parler encore une fois! dit-il; et se penchant vers elle, il murmura : — Eva! ma chère Eva!

Les grands yeux bleus de l'enfant s'ouvrirent, un sourire effleura son visage, et elle essaya de se lever.

— Me reconnaissez-vous, Eva?

— Mon père, dit l'enfant; et, par un dernier effort, elle lui passa les bras autour du cou, mais ils retombèrent. Au moment où Saint-Clare releva la tête, il vit un spasme d'agonie passer sur les traits de sa fille. Elle respirait péniblement et agitait ses petites mains.

— Oh! mon Dieu, c'est affreux! s'écria-t-il; et sans savoir qu'il faisait, il étreignit convulsivement la main de Tom. Tom la serra, et leva les yeux au ciel pour réclamer l'assistance qu'il avait coutume d'implorer.

— Priez pour que cette épreuve s'abrége! dit Saint-Clare : elle me déchire le cœur.

— C'est fini, mon cher maître, répondit Tom : regardez-la.

L'enfant gisait haletante sur son lit; ses grands yeux étaient fixes; ses douleurs terrestres avaient cessé; sa figure avait un éclat si mystérieux et si imposant, que les larmes se tarissaient à son aspect.

— Eva! dit doucement Saint-Clare.

Elle n'entendait pas.

— Eva, dites-nous ce que vous voyez.

Un sourire radieux illumina son visage; elle murmura : — Oh! la paix... la joie... l'amour!... puis elle poussa un soupir, et passa de la mort à la vie éternelle.

Adieu, chère enfant. Les portes du ciel se sont fermées sur toi; nous ne te reverrons plus! Malheur à ceux qui ont assisté à ton entrée dans un monde meilleur, et qui en reportant leurs regards ici-bas ne retrouveront plus qu'un jour terne et froid, dans cette vie terrestre que tu as quittée pour jamais!

CHAPITRE XXVII.

Regrets.

Les statuettes et les tableaux de la chambre d'Eva étaient recouverts de toile blanche; on n'y entendait que des murmures et des pas furtifs, et la lumière n'y pénétrait qu'à travers des volets. Le lit était entouré de draperies blanches. La jeune fille y reposait, revêtue de la simple robe blanche qu'elle avait coutume de porter pendant sa vie. Les reflets roses des rideaux coloraient d'une teinte chaude son visage glacé. Sa tête était inclinée comme si elle eût dormi; mais l'air d'extase et de calme répandu sur tous ses traits prouvait que

La porte s'ouvrit, et Topsy parut portant quelque chose sous son tablier. Rosa fit un geste brusque pour l'éloigner; mais la négresse n'en tint pas compte.

— Sortez, lui dit Rosa d'un ton décidé, vous n'avez pas affaire ici!

— Laissez-moi! j'ai apporté une si jolie fleur! c'est une rose thé; laissez-moi la mettre là.

— Sortez, répéta Rosa.

— Qu'elle reste! dit Saint-Clare en frappant du pied.

Rosa battit en retraite. Topsy déposa son offrande; puis, tout à coup, elle se jeta sur le parquet au pied du lit en poussant des gémissements. Miss Ophélia s'élança dans la chambre, et tâcha vainement d'imposer silence à la négresse.

— Ah! miss Eva! je voudrais être morte aussi!

A ce cri sauvage et perçant, le sang monta au visage blême de Saint-Clare, et de ses yeux s'échappèrent les premières larmes qu'il eût versées depuis la mort d'Evangéline.

— Levez-vous, enfant, dit miss Ophélia avec douceur; ne pleurez pas ainsi; miss Eva est au ciel.

— Mais je ne puis la voir, dit Topsy; je ne la verrai jamais! Et ses sanglots redoublèrent.

Les esclaves se groupèrent en pleurant autour de la malade...

ce n'était pas un sommeil passager, mais qu'elle goûtait le repos long et sacré que Dieu accorde à ses élus.

— Il n'y a pas eu de mort comme la tienne, chère Eva! elle n'a ni ombre, ni ténèbres; tu t'es éteinte comme l'étoile du matin devant l'aurore; tu as triomphé sans avoir combattu!

Telles étaient les pensées de Saint-Clare, qui, les bras croisés, contemplait cette dépouille inanimée. Avait-il toutefois des pensées? Depuis l'heure où il avait entendu dire : « Elle est morte! » il était comme enveloppé d'un épais brouillard. On lui avait adressé des questions, auxquelles il avait machinalement répondu. On lui avait demandé à quelle heure aurait lieu le convoi, et où il voulait qu'elle fût inhumée. Il avait répliqué d'un ton d'impatience que cela lui était indifférent.

Adolphe et Rosa avaient rangé la chambre; malgré leur légèreté, ils avaient de la sensibilité; et tandis que miss Ophélia présidait aux mesures générales de propreté, ils prirent soin de donner à la chambre mortuaire un cachet de douce poésie, et de lui enlever le caractère sinistre qu'on remarque trop souvent dans les cérémonies funèbres de la Nouvelle-Angleterre. On mit dans les vases des fleurs fraîches et odorantes; celui qui ornait la table du milieu reçut une seule rose mousseuse d'une éclatante blancheur. Les deux mulâtres, avec cette justesse de coup d'œil qui distingue leur race, drapèrent les plis des rideaux. Tandis que Saint-Clare méditait, la petite Rosa se glissa doucement dans la chambre, tenant à la main une corbeille de fleurs. Elle recula à l'aspect de son maître; mais voyant qu'il ne l'observait pas, elle s'approcha du lit. Saint-Clare la vit comme dans un rêve, semer des fleurs autour de la morte et lui mettre entre les mains un jasmin du Cap,

Il y eut un moment de silence.

— Elle disait qu'elle m'aimait, reprit Topsy. Oh! mon Dieu! il ne me reste plus personne.

— Hélas! c'est vrai, dit Saint-Clare; tâchez pourtant, cousine, de consoler cette pauvre fille.

— Je voudrais n'être jamais née! s'écria Topsy. Je ne vois pas pourquoi je suis venue au monde.

Miss Ophélia la releva doucement, mais avec fermeté, et l'emmena dans sa chambre.

— Ne vous désespérez pas, lui dit-elle, je puis vous aimer; quoique je ne ressemble pas à cette chère enfant, elle m'a communiqué un peu de ses qualités. Je vous aime, et j'essayerai de vous aider à devenir une bonne fille chrétienne.

Les paroles de miss Ophélia avaient moins d'éloquence que sa voix et moins encore que les larmes d'attendrissement qui tombaient sur ses joues. Dès ce moment elle acquit sur l'esprit de la négresse une influence qui ne se démentit jamais.

— O mon Éva, pensa Saint-Clare, que de bien tu as fait pendant ton court séjour en ce monde! Et moi, comment rendrai-je compte de mes longues années?

Des chuchotements et des bruits de pas se firent entendre de nouveau dans la chambre. Les habitants de la maison vinrent les uns après les autres regarder la morte. Le cercueil arriva, puis le corbillard. Des voitures s'arrêtèrent à la porte, et l'on fit asseoir des étrangers qui se présentèrent. Les pleureurs survinrent, vêtus de crêpes noirs; on lut des prières et des passages de l'Écriture; et pendant ce temps Saint-Clare vécut, marcha, se remua comme un homme qui avait versé toutes ses larmes. Il ne voyait que la tête blonde qui reposait dans le cercueil. Lorsqu'elle fut couverte du linceul et que la bière fut refermée, on descendit au jardin, au fond duquel était creusée la tombe, près du siége de gazon où Éva s'était si souvent assise à côté de Tom. Saint-Clare, les yeux hagards, se tenait près de la fosse. Il y vit descendre le cercueil ; il entendit vaguement ces mots solennels : « Je suis la résurrection et la vie ; celui qui croit en moi, quand même il serait mort, vivra toujours. » Quand les fossoyeurs rejetèrent la terre dans la fosse, le père désolé ne put se figurer que c'était Éva qu'on dérobait à ses regards.

Non ! ce n'était pas Éva, c'était le germe périssable de la forme immortelle et pure sous laquelle elle devait paraître au dernier jour !

Les assistants se retirèrent ; Marie fit fermer les jalousies de sa chambre, et s'étendit sur son lit, en proie à une insurmontable douleur, et réclamant à tout moment les soins de tous ses domestiques. Elle ne leur laissa pas le temps de pleurer. A quoi bon ? cette affliction était la sienne, et elle était pleinement convaincue que personne au monde ne pouvait l'éprouver au même degré.

— Saint-Clare n'a pas versé une larme, dit-elle ; il ne sympathisait pas avec sa fille ; on ne peut concevoir sa dureté de cœur ; il sait pourtant ce qu'elle a souffert !

malheureux d'avoir du sentiment. Que n'ai-je le caractère de Saint-Clare ! le sentiment me tue !

— Mais, madame, dit Mammy, M. Saint-Clare devient mince comme une latte. On assure qu'il ne mange plus. Je ne crois pas qu'il ait oublié miss Éva ; qui pourrait l'oublier, cette chère et bonne petite ?

— En tout cas, reprit Marie, il n'a pas de considération pour moi ; il ne m'a pas adressé une parole de sympathie, et pourtant il doit savoir qu'une mère a des afflictions inconnues au reste du monde.

— Le cœur apprécie sa propre amertume, dit miss Ophélia.

— C'est ce que j'ai toujours pensé. Personne ne peut deviner ce que j'éprouve ; Éva seule en avait conscience ; mais elle n'est plus !

Marie se remit à gémir ; c'était un de ces êtres malheureusement constitués, qui n'attachent de prix aux choses qu'après les avoir perdues. Elle cherchait des défauts à tout ce qu'elle possédait ; mais ce qu'elle n'avait plus devenait d'une valeur incalculable.

Pendant ces entretiens, une autre conversation avait lieu dans le cabinet de Saint-Clare. Tom, qui suivait toujours son maître avec inquiétude, l'y avait vu entrer quelques heures auparavant ; et après l'avoir vainement attendu, il avait pris la résolution de troubler sa

Elle respirait péniblement et agitait ses petites mains.

Tant de gens s'en rapportent à leurs yeux et à leurs oreilles, que la plupart des serviteurs s'imaginèrent que leur maîtresse était vraiment la plus malheureuse du logis. Pour les confirmer dans leur opinion, Marie eut des attaques de nerfs, envoya chercher le docteur, et déclara qu'elle était mourante. Il y eut force allées et venues ; on apporta des bouteilles d'eau chaude, on fit chauffer de la flanelle, et ce remue-ménage fit diversion.

Tom se sentait attiré vers son maître. Il le suivit dans ses promenades, et quand il le vit assis, calme et pâle, dans la chambre d'Éva, fixant des yeux secs sur la petite Bible de sa fille, il pensa qu'il y avait plus de douleur véritable dans cette morne attitude que dans les lamentations de Marie. Au bout de quelques jours, la famille Saint-Clare retourna à la Nouvelle-Orléans. Augustin ne pouvait rester en place ; il avait besoin de changer le cours de ses idées, de remplir le vide de son cœur. Il se jeta à corps perdu au milieu du tumulte de la grande ville. Les gens qui le rencontraient dans la rue ou au café n'apprenaient la perte qu'il avait faite que par le crêpe attaché à son chapeau. Il souriait, causait, lisait le journal, se mêlait à des discussions politiques ou s'occupait d'affaires. Qui pouvait deviner que cette gaieté factice cachait les tortures d'un cœur sombre et glacé comme un sépulcre ?

— Saint-Clare est bien singulier, dit Marie à miss Ophélia ; je croyais que s'il aimait quelque chose au monde, c'était notre chère petite Éva ; mais il a eu peu de peine à l'oublier. Je ne puis même obtenir de lui qu'il en parle. Je l'aurais cru plus sensible.

— Les eaux calmes sont souvent les plus profondes, dit miss Ophélia d'un ton sentencieux.

— C'est un proverbe insignifiant. Quand les gens ont du sentiment, ils le font voir ; ils ne peuvent s'en empêcher ; mais c'est très

solitude. Saint-Clare reposait sur un canapé, les yeux fixés sur la Bible d'Éva. En les levant il aperçut le nègre, qui s'avançait avec hésitation. Il fut frappé de l'expression de tendresse et de douleur de cette honnête figure. Il mit sa main sur celle de Tom, et y appuya son front.

— O Tom, mon ami, le monde est aussi vide qu'une coquille d'œuf !

— Je le sais, maître, je le sais ; mais pourquoi ne levez-vous pas les yeux vers le séjour qu'habite miss Éva ?

— Ah ! Tom ! je les lève, mais je n'y vois rien ; je voudrais le pouvoir. Tom poussa un profond soupir.

— Il semble donné aux enfants et aux pauvres gens comme nous de voir ce que nous ne pouvons voir, dit Saint-Clare. Comment cela se fait-il ?

Tom murmura : « Tu t'es caché aux hommes sages et prudents, et tu t'es révélé aux enfants. »

— Tom, je ne crois pas ; je ne saurais croire. J'ai contracté l'habitude du doute. Je voudrais croire à cette Bible, et je ne le puis.

— Mon cher maître, priez le Seigneur, et il fera cesser votre incrédulité.

— Sait-on rien de rien ? dit Saint-Clare dans une sorte de soliloque ; cette foi pure, cet amour ardent, n'étaient-ils qu'une des phases variables des sentiments humains qui reposent sur des chimères, et qui s'en vont avec le souffle de la vie ? N'y a-t-il plus d'Éva ? N'y a-t-il point de ciel, point de Sauveur ?

— Il en existe un, mon cher maître, je le sais, j'en suis sûr, s'écria Tom en tombant à genoux ; mon cher maître, croyez-le !

— Comment savez-vous qu'il y a un Sauveur, Tom ? Vous ne l'avez jamais vu ?

— Je le sens en mon cœur, maître ; je le sens maintenant. Quand j'ai été séparé de ma femme et de mes enfants, j'ai failli succomber ; il me semblait qu'il ne me restait plus rien ; alors le bon Dieu m'a soutenu et m'a dit : « Ne crains rien, Tom ! » Et il a rappelé la lumière et la joie dans l'âme d'un pauvre homme. Je suis heureux ; j'aime tout le monde ; je me soumets à la volonté du Seigneur ; je vais où il veut me mener. Je sais que cela ne vient pas de moi, être chétif et disposé à me plaindre ; cela vient du Seigneur, et je sais qu'il daignera agir pour votre salut, mon cher maître.

Tom parlait d'une voix entrecoupée. Saint-Clare lui serra la main, et appuya sa tête sur l'épaule du noir.

— Tom, vous m'aimez ? dit-il.

— Je donnerais ma vie pour vous voir chrétien.

— Pauvre insensé ! je ne suis pas digne de l'affection d'un cœur comme le vôtre.

— Je ne suis pas le seul à vous aimer ; Notre-Seigneur vous aime aussi.

— Comment le savez-vous ?

— Je le sens au fond de mon âme. O maître ! l'amour du Christ ne se comprend pas.

— C'est singulier ! dit Saint-Clare, que l'histoire d'un homme qui a vécu et qui est mort il y a dix-huit cents ans, puisse encore émouvoir les masses. Mais ce n'était pas un homme, ajouta-t-il brusquement, jamais homme n'a eu une autorité si grande et si durable. Oh ! que ne puis-je croire ce que ma mère m'a enseigné, et prier comme dans mon enfance !

— Vous plairait-il, mon maître, de me faire la lecture ? J'en suis privé depuis que miss Eva n'est plus.

Saint-Clare ouvrit le livre au chapitre XI de saint Jean, qui contient le récit de la résurrection de Lazare. Il lut à haute voix, s'interrompant seulement pour maîtriser les émotions qu'éveillaient en lui le pathétique de cette histoire. Tom l'écouta, les mains jointes, avec une expression de confiance et d'adoration.

— Tom, dit Saint-Clare, tout cela est vrai pour vous ?

— Il me semble que je le vois, répondit l'esclave.

— Je voudrais avoir vos yeux.

— Je prie Dieu de vous les donner.

— Mais, Tom, vous savez que j'ai beaucoup plus d'instruction que vous. Que diriez-vous si je vous avouais que je ne crois pas un mot de ce récit ?

— Ah ! maître ! dit Tom en joignant les mains avec un geste suppliant.

— Votre foi en serait-elle ébranlée ?

— En aucune façon.

— Pourtant je suis plus éclairé que vous.

— N'avez-vous pas lu que Dieu se cache aux hommes sages et se révèle aux enfants ? Mais sans doute vous ne parlez pas sérieusement, dit Tom avec anxiété.

— Non. Je ne suis pas complétement incrédule ; je pense qu'il y a des raisons pour croire, et cependant je ne crois pas.

— Si mon cher maître priait !

— Comment savez-vous que je ne prie pas ?

— Serait-il vrai ?

— Je le voudrais ; mais, quand je suis seul, il me semble que mes paroles ne peuvent s'adresser à personne. Allons, Tom, vous qui priez, montrez-moi comment on s'y prend.

Le cœur de Tom était plein ; ses émotions débordèrent en prières comme les eaux longtemps retenues par une digue. On sentait que, dans l'isolement même le plus absolu, il était sûr d'avoir un auditeur. Saint-Clare se laissa emporter par le courant de cette foi sincère, presque aux portes de ce ciel que le noir se représentait avec tant d'ardeur. Il lui semblait qu'il se rapprochait d'Eva.

— Merci, mon garçon, dit Saint-Clare quand Tom se releva, j'aime à vous entendre ; mais laissez-moi seul. Une autre fois nous nous expliquerons plus amplement.

Tom se retira en silence.

CHAPITRE XXVIII.

Réunion.

Plusieurs semaines s'écoulèrent, et les flots de la vie se refermèrent sur le frêle esquif qui avait disparu. Les besoins journaliers sont sans pitié pour nos douleurs ; ils reviennent impérieusement, ils suivent leur cours avec indifférence. Nous avons beau être tués moralement, il faut manger, boire, se coucher et se lever, interroger ou répondre. La réalité triomphe du sentiment ; les habitudes machinales de l'existence subsistent quand nous n'y prenons plus d'intérêt.

Saint-Clare avait mis tout son espoir en sa fille. C'était pour elle qu'il avait arrangé son habitation, et qu'il améliorait sans cesse ses domaines. Maintenant qu'elle n'était plus, il lui semblait qu'il n'avait à s'occuper de rien. A la vérité, il y a une autre vie, qui, une fois qu'on l'a comprise, donne une signification nouvelle aux chiffres du temps. Saint-Clare croyait souvent entendre une voix enfantine qui l'appelait vers les cieux ; il voyait une petite main lui indiquer la route ; mais le chagrin le plongeait dans une léthargie profonde. Il

était incapable de faire un pas ; il avait une de ces natures qui, par le seul instinct, conçoivent une idée plus nette de la religion que beaucoup de chrétiens voués strictement à toutes les pratiques de l'Église. La faculté d'apprécier les vérités morales est souvent accordée à des hommes qui semblent passer leur vie à les méconnaître. Moore, Byron et Gœthe ont souvent exprimé le véritable sentiment religieux avec une fidélité à laquelle n'auraient pu atteindre des individus religieux dont ils auraient dirigé toute la conduite. De la part de pareils esprits, le mépris de la foi est une trahison.

Saint-Clare n'avait jamais voulu s'astreindre aux obligations religieuses ; il comprenait si vivement les devoirs du christianisme qu'il reculait devant les exigences que sa conscience lui aurait imposées s'il avait résolu de pratiquer. Telle est l'inconséquence de la nature humaine, qu'elle aime mieux renoncer à une entreprise que de la commencer, et d'être exposée à la suspendre.

Toutefois, Saint-Clare était devenu un autre homme. Il lisait avec attention la petite Bible d'Eva ; il était mécontent de son passé et de son présent ; il se reprochait sa négligence à l'égard de ses esclaves ; et aussitôt après son retour à la Nouvelle-Orléans, il fit des démarches pour obtenir l'émancipation légale de Tom. Il s'attachait chaque jour davantage à ce fidèle serviteur, qui plus que tout autre lui rappelait Eva. Il le gardait constamment auprès de lui ; et quoiqu'il dissimulât d'ordinaire ses sentiments intimes, il pensait presque tout haut avec Tom. Il ne faut donc pas s'étonner du dévouement extraordinaire que celui-ci lui témoignait.

— Eh bien ! lui dit Saint-Clare le lendemain du jour où il accomplit les premières formalités de l'affranchissement, je vais faire de vous un homme libre. Vous pouvez plier bagage, et partir pour le Kentucky.

— Dieu soit loué ! s'écria Tom en levant les mains au ciel.

L'éclair de joie qui brilla sur son visage déconcerta Saint-Clare. Il lui était désagréable que Tom fût si disposé à le quitter.

— Je ne conçois pas vos transports, dit-il sèchement ; vous n'étiez pas trop mal traité ici.

— Ce qui me remplit d'aise, maître, c'est d'être libre !

— Mais, Tom, n'êtes-vous pas d'avis que vous êtes plus heureux ici que si vous étiez libre ?

— Non vraiment, monsieur Saint-Clare, répondit Tom avec énergie.

— Avec votre travail, vous n'auriez pas gagné de quoi être nourri et vêtu comme chez moi.

— Je le sais, monsieur Saint-Clare, vous êtes plein de bonté ; mais j'aime mieux avoir de pauvres habits, une pauvre maison, et les avoir à moi, que d'être bien logé chez un autre. Je crois que c'est naturel...

— Je le suppose, Tom ; ainsi donc, vous me quittez dans un mois, quand toutes les formalités voulues seront accomplies.

— Je resterai tant que monsieur aura besoin de moi, tant qu'il sera dans la peine, reprit Tom.

— Et jusqu'à quand serai-je dans la peine ? demanda Saint-Clare ; quand cette peine finira-t-elle ?

— Quand M. Saint-Clare sera chrétien.

— Et vous avez vraiment l'intention de rester jusqu'à cette époque ? dit Saint-Clare en souriant à demi. Oh ! Tom, je ne veux pas vous retenir trop longtemps, allez retrouver votre femme et vos enfants, et assurez-les de mon amitié.

— Je suis convaincu que ce jour viendra, dit Tom les larmes aux yeux ; le Seigneur vous réserve une mission.

— Une mission ? dit Saint-Clare : je serais curieux de connaître vos idées sur l'espèce de mission qu'il peut me réserver.

— Un pauvre malheureux comme moi a lui-même une mission du Seigneur ; et M. Saint-Clare, riche et savant, doit en avoir une bien plus importante.

— Vous paraissez croire, dit Saint-Clare en souriant, que le Seigneur a grand besoin qu'on travaille pour lui.

— Nous travaillons pour lui quand nous travaillons pour ses créatures.

— Excellente théologie, Tom ! elle vous sert mieux que celle de nos docteurs.

L'entretien fut interrompu par l'arrivée de quelques visites.

Marie Saint-Clare fut aussi sensible à la perte d'Eva qu'elle pouvait l'être. Comme elle avait le talent de rendre tout le monde malheureux autour d'elle quand elle souffrait, ses domestiques eurent plus d'une raison pour regretter leur jeune maîtresse, dont l'intercession les avait souvent préservés des exigences tyranniques de sa mère. La vieille Mammy surtout, que la présence de cet être charmant consolait d'une séparation cruelle, était presque réduite au désespoir. Elle se lamentait jour et nuit ; l'excès de son chagrin la rendait moins alerte, ce qui lui attirait un déluge d'invectives.

Miss Ophélia était inconsolable. L'exemple d'Eva avait exercé sur elle une influence durable : elle était plus douce, plus aimable ; elle vaquait à ses devoirs avec la même assiduité, mais c'était d'un air calme et modeste. Elle s'occupait activement de l'éducation de Topsy, pour laquelle elle n'éprouvait plus le moindre dégoût ; elle ne la regardait plus que comme une créature immortelle, que Dieu lui avait confiée pour être formée aux vertus. Topsy n'était pas devenue une sainte; mais la vie et la mort d'Eva avaient opéré en elle un notable changement. Son indifférence avait disparu; elle éprouvait le désir de bien faire. Ses efforts étaient irréguliers, souvent interrompus; mais elle les renouvelait avec courage.

Un jour que miss Ophélia avait fait demander Topsy, celle-ci, avant que de se mettre en marche, cacha précipitamment quelque chose dans son sein.

— Que faites-vous là? dit la petite Rosa, qui venait la chercher : vous avez volé quelque chose?

En même temps, elle la saisit rudement par le bras.

— Laissez-moi, miss Rosa, dit Topsy en se débattant, ce n'est pas votre affaire.

— Je vous ai vue cacher je ne sais quoi, je vous connais! s'écria Rosa; et elle essaya de s'emparer de l'objet en litige. Topsy furieuse combattit vaillamment pour défendre ses droits. Le tumulte amena miss Ophélia et Saint-Clare sur le champ de bataille.

— Elle a volé! dit Rosa.

— C'est faux! vociféra Topsy avec emportement.

— Donnez-moi ce que vous cachez, dit miss Ophélia d'un ton ferme. Topsy hésitait; mais, sur une seconde sommation, elle tira de son sein un paquet enveloppé dans le pied d'un de ses vieux bas. Ce paquet contenait un petit livre qu'Eva avait donné à Topsy, et qui se composait de versets de l'Ecriture adaptés à chaque jour de l'année; ce livre était enveloppé d'une bande de crêpe noir arraché aux tentures funéraires. Il y avait en outre dans le paquet un papier renfermant la boucle de cheveux remise à la négresse le jour mémorable où Eva lui avait fait ses adieux.

Saint-Clare fut ému. — Pourquoi, dit-il, avez-vous entouré votre livre de ce crêpe?

— Parce que... parce que... il venait de miss Eva. Oh! de grâce, ne me l'enlevez pas!

Puis se jetant brusquement à terre, Topsy mit son tablier sur sa tête, et poussa des cris lamentables. Il était à la fois touchant et comique de voir le vieux bas, le crêpe noir, le livre, la boucle blonde, et la désolation de Topsy. Saint-Clare sourit, mais il avait les larmes aux yeux en disant : — Allons, ne pleurez pas, vous aurez votre trésor. Puis rassemblant les divers objets, il les lui jeta sur les genoux, et entraîna miss Ophélia au salon.

— Vous finirez par tirer bon parti de cette petite, dit-il en faisant un geste avec son pouce par-dessus son épaule. Il faut tâcher d'en faire quelque chose.

— Elle s'est bien améliorée, répondit miss Ophélia, j'en espère beaucoup; mais, Augustin, ajouta-t-elle en lui mettant la main sur le bras, je vais vous adresser une question. Cette enfant est-elle à vous ou à moi?

— Je vous l'ai donnée, dit Augustin.

— Mais pas légalement; je désire qu'elle soit à moi légalement.

— Ah! ciel! que dira la société abolitionniste? On ordonnera un jour de jeûne général en expiation de ce péché si vous devenez propriétaire d'esclaves.

— Quelle folie! Je veux qu'elle soit à moi pour avoir le droit de l'emmener dans les Etats libres, et lui rendre la liberté, afin que mon œuvre ne soit pas détruite.

— Ah! cousine, quels projets subversifs! Je ne saurais les encourager.

— Ne plaisantons pas; raisonnons plutôt. Il est inutile que je m'efforce de convertir cette jeune fille pour l'abandonner à tous les hasards et à toutes les misères de la servitude. Si vous voulez réellement me l'abandonner, faites-m'en donation en bonne forme.

— Eh bien, j'y consens, repartit Saint-Clare; nous verrons. Et il déplia le journal pour le lire.

— Mais j'entends que ce soit fait de suite, dit miss Ophélia. Pourquoi tant de précipitation?

— Parce que le temps présent est le seul qu'on soit sûr d'avoir pour agir. Allons, voici du papier, des plumes et de l'encre, écrivez un acte.

Saint-Clare était ennemi de la contrainte et n'agissait qu'à son corps défendant. Aussi fut-il contrarié de l'insistance de miss Ophélia. — Ne pouviez-vous vous contenter de ma parole? A vous voir me presser ainsi, je suis tenté de croire que vous avez pris des leçons chez les juifs.

— Je veux être sûre de mon fait, dit miss Ophélia. Vous pouvez mourir, ou vous ruiner, et dans ce cas Topsy serait vendue aux enchères, en dépit de tous mes efforts.

— En vérité, vous êtes remplie de prévoyance. Ma foi! me trouvant entre les mains d'une Américaine du Nord, il m'est impossible de ne pas céder.

Saint-Clare, qui était versé dans les formalités de la procédure, écrivit rapidement une donation, signa son nom en lettres majuscules, et termina par un énorme paraphe! Voilà, miss Vermont, en lui présentant l'acte.

— Brave garçon, dit miss Ophélia en souriant; mais ne faut-il pas un témoin?

— En effet, reprit Saint-Clare. Marie, ajouta-t-il après avoir ou-

vert la porte de la chambre de sa femme, votre cousine désire avoir votre autographe, veuillez mettre votre nom au bas de ce papier.

— Qu'est-ce que c'est? dit Marie en parcourant l'acte des yeux. Que c'est ridicule! Je croyais ma cousine trop pieuse pour se permettre ces choses-là; mais enfin, puisqu'elle a envie de cette petite, je m'en débarrasse volontiers en sa faveur.

— Maintenant elle est à vous corps et âme, dit Saint-Clare.

— Elle n'est pas plus à moi qu'auparavant; personne, excepté Dieu, n'a le droit de me la donner; mais du moins je puis la protéger maintenant.

— Elle est à vous par une fiction de la loi, répondit Saint-Clare; et il rentra au salon.

Miss Ophélia, qui tenait rarement compagnie à Marie, le suivit, après avoir serré soigneusement la donation, et vint tricoter auprès de lui.

— Augustin, dit-elle tout à coup, avez-vous fait quelques dispositions en faveur de vos esclaves, dans la prévision de votre décès?

— Non, dit Saint-Clare poursuivant la lecture de son journal.

— Alors votre indulgence pour eux peut leur devenir funeste.

Saint-Clare y avait souvent réfléchi, toutefois il répondit négligemment :

— Mon intention est de m'en occuper.

— Quand?

— Un de ces jours.

— Mais si vous alliez mourir?

— Qu'avez-vous, cousine? reprit Saint-Clare mettant de côté son journal; trouvez-vous que j'aie des symptômes de fièvre jaune ou de choléra pour réclamer avec tant d'instance des dispositions testamentaires.

— Au milieu de la vie nous sommes près de la mort, dit miss Ophélia.

Saint-Clare se leva et s'avança vers la porte qui donnait sur le vestibule, afin de clore une conversation qui ne lui était pas agréable. Il répétait machinalement ce dernier mot : la mort! Appuyé sur le balcon, il suivit des yeux le jet d'eau qui montait et descendait en pluie d'argent; il aperçut comme à travers un vague brouillard les fleurs et les vases de la cour, et il répéta de nouveau ce mot si commun dans toutes les bouches, et pourtant si terrible : la mort!

— C'est étrange, se dit-il; le mot et la chose existent, et nous l'oublions toujours! Un homme est vivant, beau, plein d'ardeur et d'espérance; il ne demande qu'un seul jour, et le lendemain il est anéanti pour toujours.

La soirée était chaude et dorée; dans un coin de la cour, Tom étudiait sa Bible, suivant les mots du doigt les uns après les autres, et se les murmurant à lui-même. Saint-Clare alla sans affectation s'asseoir auprès de lui.

— Voulez-vous que je vous fasse la lecture, Tom?

— Je vous en serai reconnaissant, mon cher maître, vous vous en acquittez si bien. Saint-Clare prit le livre et lut des passages que Tom avait marqués par de fortes accolades.

« Alors, quand le Fils de l'homme viendra dans sa majesté, accompagné de tous ses anges, il s'assiéra sur le trône de sa gloire.

» Et toutes les nations étant assemblées devant lui, il séparera les unes d'avec les autres comme un berger sépare les brebis d'avec les boucs. »

Saint-Clare lut d'une voix animée ce fragment de l'Evangile jusqu'au dernier verset :

« Alors le roi dira à ceux qui seront à sa gauche : Retirez-vous de moi, maudits; allez au feu éternel, qui avait été préparé pour le diable et pour ses anges.

» Car j'ai eu faim, et vous ne m'avez pas donné à manger; j'ai eu soif, et vous ne m'avez pas donné à boire.

» J'ai eu besoin de logement, et vous ne m'avez pas logé; j'ai été sans habits, et vous ne m'avez pas revêtu; j'ai été malade, et vous ne m'avez pas visité.

» Alors ils lui répondront aussi : Seigneur, quand est-ce que nous vous avons vu avoir faim, ou avoir soif, ou sans logement, ou sans habits, ou malade, ou dans la prison; et que nous avons manqué à vous assister?

» Mais il leur répondit : Je vous dis en vérité, qu'autant de fois que vous avez manqué à rendre ces assistances à l'un de ces plus petits, vous avez manqué à me les rendre à moi-même. »

Saint-Clare parut frappé de ce dernier passage; il le relut plus lentement, comme s'il en eût médité les termes.

— Tom, dit-il, ces gens que nous voyons si rigoureusement traités auront vécu comme moi dans l'aisance, sans se demander si leurs frères avaient faim ou soif, s'ils étaient malades ou en prison.

Tom ne fit aucune réponse. Saint-Clare se leva, et se promena de long en large sous la galerie qui entourait la cour. Il était si absorbé dans ses pensées, que Tom l'avertit deux fois qu'on allait prendre le thé, que la cloche avait sonné, avant de parvenir à attirer son attention.

A table, Saint-Clare fut distrait et rêveur. Après le thé, il s'installa silencieusement au salon; Marie s'établit sur un canapé, sous une moustiquaire de soie, et fut bientôt plongée dans un profond sommeil; miss Ophélia prit son tricot; Saint-Clare se mit au piano, et joua un air doux et mélancolique, avec accompagnement de harpe éolienne. Il était livré à la rêverie, et on aurait dit qu'il conversait avec lui-même au moyen de la musique. Au bout de quelque temps, il tira d'un casier un vieux livre de musique dont les feuillets étaient jaunis par l'âge.

— Ce recueil, dit-il, appartenait à ma mère, et voici son écriture : venez voir. Elle a tiré ce morceau du *Requiem* de Mozart; elle le chantait souvent, et il me semble l'entendre encore.

Il donna quelques accords majestueux, et se mit à chanter le *Dies iræ* de l'Eglise latine. Tom, qui écoutait au dehors, osa s'avancer jusqu'à la porte du salon. Il ne comprenait point les paroles; mais la musique l'impressionnait fortement, lorsque Saint-Clare chantait les endroits pathétiques. Tom aurait été encore plus ému s'il eût connu le sens de ces mots :

Recordare, Jesu pie,
Quod sum causa tuæ viæ,
Ne me perdas illa die :
Quærens me sedisti lassus,
Redemisti crucem passus;
Tantus labor non sit cassus.

vous ne me laissez jamais le temps de la réflexion; vous m'enfermez dans le moment actuel, et c'est toujours un : A présent même, que vous avez sur les lèvres.

— A présent est à moi, demain ne m'appartient pas, dit miss Ophélia.

— Chère petite Eva! pauvre enfant! reprit Saint-Clare; elle m'a mis sur la voie d'une grande réforme!

C'était la première fois, depuis la mort d'Evangéline, qu'il parlait d'elle si longuement, et l'on voyait qu'en en parlant il s'efforçait de maîtriser la puissance de ses émotions.

— Voici, ajouta-t-il, comme je comprends le christianisme : un homme ne saurait en faire logiquement profession sans consacrer toutes ses facultés à combattre le monstrueux système d'iniquité sur lequel est basé notre ordre social. Il faut même qu'il soit prêt à sacrifier sa vie dans la lutte. Je ne pourrais être chrétien qu'à ce prix, quoique j'aie vu beaucoup de chrétiens éclairés qui s'abstiennent. L'apathie des hommes religieux, leur indifférence pour les maux de leurs frères m'ont, je l'avoue, rempli d'horreur, et ont puissamment contribué à me jeter dans le scepticisme.

— Pourquoi êtes-vous demeuré vous-même dans l'inaction?

— Parce que mes bonnes dispositions ne consistent qu'à m'étendre

Saint-Clare avait été blessé au côté d'un coup de couteau catalan qu'il s'efforçait d'arracher à l'un d'eux.

Saint-Clare donnait à ces vers un accent poétique et profond, car les voiles du passé s'étaient levés, et il croyait entendre la voix de sa mère qui guidait la sienne. L'instrument semblait animé comme le chanteur, et reproduisait avec une énergie pour ainsi dire sympathique les accords qu'avait inspirés à Mozart la perspective de ses funérailles.

Quand Saint-Clare eut fini de chanter, il appuya pendant quelques instants la tête sur sa main; puis il se mit à marcher dans le salon.

— Quelle sublime conception, dit-il, que celle du jugement dernier! C'est le redressement des torts de tous les siècles, la solution de tous les problèmes moraux par une infaillible sagesse. Quel admirable tableau!

— Il est terrible pour nous, dit miss Ophélia.

— Il devrait l'être pour moi, dit Saint-Clare s'arrêtant dans sa promenade. Je lisais ce soir à Tom le chapitre de saint Matthieu qui décrit le jugement dernier, et j'en ai été tout saisi. On suppose que ceux qui sont exclus du ciel ont commis des forfaits énormes; mais non; ils sont condamnés pour n'avoir pas fait le bien, comme s'ils étaient par cela même coupables de tous les crimes.

— Peut-être, dit miss Ophélia, qu'il est impossible de ne pas faire de mal quand on ne fait pas de bien.

— Que dira-t-on, reprit Saint-Clare avec émotion, de celui que ses penchants, son éducation, les besoins de la société ont vainement sollicité à de nobles entreprises, et qui, au lieu de mettre la main à l'œuvre, est resté neutre en présence des luttes et des misères de l'humanité?

— Mon avis est qu'il doit se repentir, et le plus tôt possible.

— Vous avez l'esprit pratique et vous allez droit au but, cousine; sur un sofa et à maudire un clergé qui ne se dévoue pas. Il est facile de s'apercevoir que les autres devraient affronter le martyre.

— Vous allez maintenant sortir de votre inaction?

— Dieu seul sait l'avenir! J'ai plus de courage qu'autrefois, parce que j'ai tout perdu, et celui qui n'a rien à perdre brave aisément tous les dangers.

— Et que comptez-vous faire?

— Mon devoir envers les pauvres et les faibles, tel que je le conçois. Je commencerai par mes esclaves, pour lesquels je n'ai rien fait encore; et plus tard, peut-être, je tenterai d'être utile à une classe d'hommes tout entière, de sauver mon pays de la position fausse et déshonorante dans laquelle il se trouve à l'égard de toutes les nations civilisées.

— Croyez-vous possible qu'une nation accorde jamais volontairement l'émancipation?

— Qui sait? répliqua Saint-Clare; nous touchons à une époque de grandes actions. L'héroïsme et le désintéressement vont se manifester sur la terre; déjà les nobles hongrois, au prix d'un immense sacrifice d'argent, ont affranchi des millions de serfs; peut-être se trouvera-t-il parmi nous des hommes généreux qui n'évalueront pas en dollars la justice et l'honneur.

— J'ai peine à le croire, dit miss Ophélia.

— Mais admettez que l'émancipation vienne demain. Qui fera l'éducation de ces millions d'hommes? qui leur apprendra à faire usage de leur liberté? Ils n'arriveront jamais à rien chez nous; nous sommes nous-mêmes trop indolents pour les rendre actifs, pour en faire des hommes. Ils iront dans le Nord, où le travail est à la mode. Mais vos philanthropes suffiront-ils à la tâche nouvelle qui leur sera imposée? Vous envoyez des millions de dollars aux missions étrangères; mais consentirez-vous à recevoir tant d'êtres ignorants dans vos villes et dans vos villages? consacrerez-vous votre temps, votre activité, votre argent, à ranger tant d'idolâtres sous l'étendard de la foi chrétienne? Si nous émancipons, vous chargez-vous d'instruire? Combien de familles de Vermont voudront-elles bien recueillir dans leur sein un nègre et une négresse, et chercher à les convertir? Si je fais d'Adolphe un commis ou un artisan, combien de négociants, d'entrepreneurs le prendront-ils à leur service? Si je veux mettre Jeanne et Rosa à l'école, y a-t-il dans les Etats du Nord beaucoup d'institutions qui daignent les admettre? Et pourtant elles sont aussi blanches que la plupart de nos compatriotes. Vous le voyez, cousine, il faut nous rendre justice : nous sommes dans une mauvaise position; nous sommes les oppresseurs déclarés des nègres; mais les barbares préjugés du Nord les oppriment avec une rigueur presque égale.

— Je le sais, répliqua miss Ophélia; j'avais moi-même contre eux une antipathie que j'ai cru devoir surmonter. J'y suis parvenue, et j'ai la conviction que bon nombre d'honnêtes habitants du Nord n'auraient pas de peine à m'imiter. Certes, ce serait un plus grand sacrifice de recevoir des païens chez nous que d'envoyer des missionnaires chez eux; mais je crois que nous en sommes capables.

— Vous, sans doute, dit Saint-Clare, il n'est rien que vous ne fassiez quand vous pensez que c'est votre devoir.

— Je n'ai pas de qualités exceptionnelles, dit miss Ophélia; d'autres agiraient comme moi s'ils envisageaient les choses de même. Quand je partirai, j'ai l'intention d'emmener Topsy. Mes concitoyens se récrieront d'abord; mais je crois pouvoir les amener à partager ma manière de voir. D'ailleurs, je sais qu'il y a dans les Etats du Nord des gens qui ont donné asile à des esclaves.

— Oui, mais ils sont en minorité; et si l'émancipation prenait ici de grandes proportions, vous seriez bien embarrassés.

Miss Ophélia ne répondit pas; il y eut un temps d'arrêt dans la conversation. Saint-Clare était rêveur et abattu.

— Je ne sais, dit-il, pourquoi j'ai tant pensé ce soir à ma mère? C'est une idée étrange; mais il me semble qu'elle est près de moi. Je me rappelle ce qu'elle avait coutume de dire. Il y a des instants où nous nous reportons vers le passé, et où nous l'évoquons avec une lucidité singulière.

Après avoir fait quelques tours dans le salon, Saint-Clare ajouta :

— Je vais descendre un moment pour apprendre les nouvelles du soir.

Il prit son chapeau et sortit. Tom, qui le guettait au passage, lui demanda s'il désirait qu'on l'accompagnât.

— Non, mon garçon; je serai de retour dans une heure.

Tom s'assit sous les arcades de la cour. Il admira la beauté du ciel éclairé par la lune, et écouta le murmure cadencé du jet d'eau. Il pensa avec joie qu'il serait bientôt libre, qu'il retournerait chez lui, et qu'il travaillerait pour racheter sa femme et ses enfants.

Il tâta avec orgueil les muscles de ses bras, en se disant qu'il en serait bientôt l'unique maître, et en calculant ce qu'ils pourraient lui rapporter. Il s'occupa ensuite de Saint-Clare, répéta la prière qu'il ne manquait jamais d'adresser au ciel pour lui : puis ses pensées se reportèrent sur Eva; il s'imagina voir sa figure radieuse et ses cheveux

blonds à travers la poussière liquide du jet d'eau. Cependant il s'endormit, et rêva qu'elle accourait vers lui en sautant, le regard animé, les joues colorées, et une guirlande de jasmin dans les cheveux. Tout à coup elle s'enleva de terre, ses joues pâlirent, un nimbe d'or entoura son front, et elle disparut. En ce moment on frappait rudement à la porte, et plusieurs voix se faisaient entendre au dehors.

Tom se réveilla en sursaut; il s'empressa d'ouvrir. Plusieurs hommes entrèrent, portant sur une civière un corps enveloppé d'un manteau. Les clartés de la lampe tombèrent en plein sur le visage du blessé; Tom poussa un cri de surprise et de désespoir, qui retentit sous les galeries, et les hommes s'avancèrent avec leur fardeau jusqu'à la porte du salon, où travaillait miss Ophélia.

Saint-Clare était entré dans un café pour lire le journal du soir. Une rixe s'était élevée entre deux hommes à moitié ivres; on avait essayé de les séparer, et Saint-Clare avait été blessé au côté d'un coup de couteau catalan qu'il s'efforçait d'arracher à l'un d'eux.

La maison se remplit de cris et de lamentations : les domestiques s'arrachaient les cheveux, se roulaient à terre; on courait au hasard. Marie eut une violente attaque de nerfs; Tom et miss Ophélia conservèrent seuls leur présence d'esprit. Par les soins de celle-ci, on prépara à la hâte un des lits de repos du salon, et on y déposa le blessé. Epuisé par la perte de son sang, il s'était évanoui; mais quand miss Ophélia lui eut fait prendre un cordial, il revint à lui, promena les yeux d'objet en objet, et finit par les arrêter sur le portrait de sa mère.

Le médecin arriva, examina la plaie, et l'on put juger à sa physionomie qu'il n'y avait aucun espoir. Néanmoins, avec le concours de Tom et de miss Ophélia, il appliqua un appareil à la blessure, au milieu des gemissements des domestiques, qui s'étaient réunis aux portes et aux fenêtres du vestibule.

— Il faut renvoyer ces gens-là, dit le docteur; le plus grand calme est indispensable.

Saint-Clare regarda fixement les malheureux que miss Ophélia et le docteur essayaient de congédier.

— Pauvres créatures! ditil; et son visage exprima les reproches que lui faisait sa conscience.

Adolphe refusa absolument de sortir. La terreur l'avait privé de toute présence d'esprit; il s'étendit sur le parquet, et rien au monde ne put le décider à se lever. Les autres domestiques cédèrent aux instances de miss Ophélia, comprenant que le salut de leur maître dépendait de leur obéissance.

Saint-Clare pouvait à peine parler; mais il était évident qu'il était tourmenté d'amères pensées. Au bout de quelques minutes, il mit sa main dans celle de Tom, qui était agenouillé près de lui, et la serra en disant :

— Tom! mon pauvre ami!

— Eh bien! maître?

— Je vais mourir, priez!

— Voudriez-vous un prêtre? dit le docteur.

Saint-Clare secoua vivement la tête, et répéta en s'adressant à Tom :

— Priez!

Tom pria avec ferveur pour l'âme qui s'en allait, et qui se manifestait tout entière dans le regard de ces grands yeux bleus. Quand il eut achevé, Saint-Clare les fixa sur lui sans rien dire, et les referma ensuite. Il saisit de nouveau la main de Tom, et la garda dans

Saint-Clare mit la main dans celle de Tom, qui était agenouillé auprès de lui.

la sienne, car le blanc et le nègre sont unis aux portes de l'éternité. Il murmura doucement, d'une voix éteinte :

> *Recordare, Jesu pie...*
> *Ne me perdas... illa die :*
> *Quærens me... sedisti lassus...*

Les paroles qu'il avait chantées le soir lui revenaient à l'esprit, comme une invocation à la miséricorde infinie. Ses lèvres s'entr'ouvrirent par intervalles pour les murmurer.

— Son esprit s'égare, dit le docteur.

— Non ! il retourne enfin dans sa patrie ! dit Saint-Clare avec énergie ! enfin ! enfin!...

L'effort qu'il avait fait épuisa ses forces. La pâleur de la mort couvrit ses traits ; mais on eût dit qu'un esprit consolateur y répandait en même temps une douce tranquillité, pareille à celle d'un enfant las qui s'endort.

Il resta immobile pendant quelques instants. On croyait que la main puissante s'était emparée de lui. Avant d'expirer, il ouvrit les yeux. Ils rayonnèrent de la joie qu'on éprouve en revoyant un ami. — Ma mère ! dit-il, et il mourut.

CHAPITRE XXIX.

La faiblesse sans appui.

Il n'y a point dans ce monde de détresse égale à celle des noirs auxquels la mort enlève un bon maître. Il reste à l'orphelin la protection de la loi ; il a une position et des droits reconnus, l'esclave n'en a pas. Ses besoins d'homme ne sont satisfaits qu'en vertu de la volonté souveraine de son maître ; et quand ce maître n'est plus, l'esclave reste sans appui. Ceux qui usent avec humanité de leur puissance irresponsable sont en très-petit nombre. C'est un fait constaté, et l'esclave le sait mieux que personne. Il comprend donc qu'il a dix chances contre une de tomber sous le joug d'un despote, et la perte d'un maître bienveillant lui cause naturellement de longs regrets.

Lorsque Saint-Clare eut rendu le dernier soupir, la terreur et la consternation s'emparèrent de tous ses serviteurs. Il avait été frappé si vite, à la fleur de l'âge ! Toute la maison retentit de sanglots et de cris de désespoir.

Marie, qui avait travaillé toute sa vie à affaiblir son système nerveux, tomba de syncope en syncope, et fut dans l'impossibilité d'adresser un dernier adieu à son époux. Miss Ophélia, douée d'une rare énergie, assista son cousin jusqu'au dernier moment, attentive à tout ce qui pouvait le soulager, et elle s'associa de tout son cœur aux ferventes prières que le pauvre esclave avait dites pour son maître expirant.

Quand on le déshabilla, on trouva sur lui un médaillon fermé par un ressort, et qui contenait d'un côté une boucle de cheveux noirs, de l'autre le portrait en miniature d'une femme. On replaça sur la poitrine inanimée ces tristes reliques des premiers rêves qui avaient fait battre avec tant de force un cœur désormais glacé.

Tom, dont toutes les pensées étaient tournées vers l'éternité, ne pensa pas un instant que ce coup affreux le condamnait à la servitude. Il était rassuré sur le compte de son maître ; car après avoir versé sa prière dans le sein de son Père céleste, il en avait reçu une réponse consolante ; car un vieil oracle a dit : « Celui qui demeure dans l'amour demeure en Dieu, et Dieu est en lui. » Plein d'espoir et de confiance, Tom était en paix.

La cérémonie funèbre fut célébrée avec son attirail de tentures noires ; la vie quotidienne reprit son cours, et chacun s'adressa cette question : — Que faire ? Marie y pensa, en examinant des échantillons de crêpe et d'alépine. Miss Ophélia songea à retourner dans l'État de Vermont, et les esclaves, qui connaissaient le caractère impitoyable de leur maîtresse, pensèrent à leur avenir avec terreur. Ils savaient que leur maître seul leur avait montré de l'indulgence, et que maintenant qu'il n'était plus, rien ne les garantirait plus des caprices tyranniques d'une femme aigrie par la douleur.

Environ quinze jours après l'inhumation, miss Ophélia, occupée dans sa chambre, entendit doucement frapper à la porte. Elle ouvrit, et vit Rosa, la jeune et jolie quarteronne dont nous avons déjà parlé, les cheveux en désordre et les yeux gonflés de pleurs.

— O miss Ophélia, dit-elle tombant à genoux, intercédez pour moi auprès de miss Marie ! elle veut me faire fouetter ; voyez !

Elle présenta à miss Ophélia un papier ; c'était un ordre écrit de la main délicate de Marie, enjoignant au directeur d'une maison de correction de faire donner au porteur quinze coups de fouet.

— Quelle faute avez-vous commise ? dit miss Ophélia.

— Vous savez que j'ai un mauvais caractère ; j'essayais une robe à miss Marie ; elle me donna un soufflet ; je lui dis une impertinence. Elle s'écria qu'elle saurait bien me réduire, et qu'elle m'apprendrait une fois pour toutes à ne pas tant lever la tête. Puis elle écrivit ce billet et me dit de le porter. Ah ! j'en mourrai !

Miss Ophélia réfléchit, tenant le billet à la main.

— Voyez-vous, reprit Rosa, ce n'est pas le fouet qui m'inquiète ; s'il fallait le recevoir de vos mains ou de celles de miss Marie, je me résignerais ; mais être envoyée à un homme, à un homme aussi affreux, quelle honte !

Miss Ophélia savait qu'il était d'usage, dans les États du Sud, d'envoyer des femmes et des jeunes filles aux maisons de correction et de les livrer à des hommes assez vils pour exercer le métier de bourreaux. Toutefois jusqu'alors elle n'en avait vu aucun exemple. Son honnêteté, sa pudeur féminine, ses sentiments d'indépendance et de dignité humaine, se révoltèrent contre cet abus de la force ; mais avec sa prudence habituelle, elle maîtrisa son indignation, et froissant le papier entre ses mains, elle se contenta de dire à Rosa : — Asseyez-vous là, mon enfant, je vais aller trouver votre maîtresse.

— C'est indigne ! c'est monstrueux ! se disait-elle à elle-même.

Elle trouva Marie assise sur une chaise longue ; Mammy lui arrangeait les cheveux, et inclinée devant elle, Jeanne lui réchauffait les pieds.

— Comment vous portez-vous aujourd'hui ? dit miss Ophélia.

Marie ferma les yeux et poussa un profond soupir avant de répondre : — Oh ! je ne sais, cousine ; je suis toujours dans le même état.

Et Marie s'essuya les yeux avec son mouchoir entouré d'une large bordure noire.

— Je viens, dit miss Ophélia avec la toux sèche, qui sert ordinairement de préface aux explications difficiles ; je viens vous entretenir de Rosa.

Marie ouvrit de grands yeux et une légère rougeur teinta ses joues blafardes.

— Qu'avez-vous à me dire pour elle ? demanda-t-elle avec aigreur.

— Elle est très-fâchée de sa faute.

— Vraiment ? elle sera bien plus fâchée encore avant peu. Il y a trop longtemps que je tolère son impudence ; je veux la réduire, la dompter !

— Mais ne pourriez-vous la punir d'une manière moins humiliante ?

— Si elle est humiliée, tant mieux ! c'est ce que je désire. Elle a toute sa vie fait la délicate ; fière de sa bonne mine, elle a pris des airs de dame. Je prétends lui donner une leçon qui rabattra son orgueil.

— Mais, cousine, si vous détruisez la pudeur et la délicatesse chez une jeune fille, vous l'aurez bien vite dépravée.

— La délicatesse ! dit Marie d'un air de pitié ; l'expression est bien choisie pour une pareille pécore ! Je lui apprendrai, que malgré tous ses grands airs, elle ne vaut pas mieux que la dernière des mendiantes. Elle ne prendra plus de grands airs avec moi.

— Vous répondrez devant Dieu de cette cruauté !

— En quoi suis-je cruelle, s'il vous plaît ? Je n'ai signé qu'un bon de quinze coups de fouet, et j'ai recommandé de ne pas les appliquer trop fort. Il n'y a là rien de cruel.

— Rien de cruel ! s'écria miss Ophélia. Je suis sûre qu'il n'y a pas de fille qui ne préférât la mort à ce supplice.

— Vous supposez que vos sentiments sont ceux de tout le monde ; mais ces créatures sont accoutumées au fouet. C'est le seul moyen de les soumettre. Laissez-leur singer les dames, faire les belles, affecter de grands airs, elles vous fouleront aux pieds. J'ai été jusqu'à ce jour victime de mes domestiques ; mais je vais commencer à prendre le dessus ; et elles iront toutes, les unes après les autres, à la maison de correction, si elles n'y prennent garde.

Jeanne courba la tête, car elle sentait que ces paroles lui étaient spécialement adressées.

Miss Ophélia eut un moment l'air d'avoir avalé une machine infernale qui était près d'éclater dans son sein. Pourtant, comprenant l'inutilité de la lutte, elle se tut, se recueillit, et alla annoncer à la pauvre Rosa l'inutilité de sa démarche.

La quarteronne, malgré ses supplications, fut bientôt emmenée à la maison de correction.

Quelques jours après, Tom rêvait sur le balcon, quand il fut abordé par Adolphe, qui depuis la mort de son maître était plongé dans un profond abattement. Le mulâtre savait qu'il avait toujours été l'objet de l'antipathie de Marie. Il s'en était médiocrement inquiété ; mais n'ayant plus de protecteur, et ne sachant quelle serait sa destinée, il vivait dans des transes perpétuelles.

Marie avait eu plusieurs conférences avec son homme d'affaires. Après avoir pris l'avis du frère du défunt, il avait été résolu qu'on vendrait les esclaves, que Marie garderait seulement ceux qui lui appartenaient en propre, et qu'elle retournerait à la plantation de son père.

— Savez-vous, Tom, que nous allons tous être vendus ? dit Adolphe.

— D'où le tenez-vous ?

— Je m'étais caché derrière les rideaux, pendant que madame délibérait avec son homme d'affaires. Dans quelques jours, nous serons tous mis en adjudication.

— Que la volonté de Dieu soit faite ! dit Tom en se croisant les bras.

— Nous ne retrouverons jamais un tel maître, dit Adolphe ; mais j'aime mieux être vendu que rester avec madame.

Tom s'éloigna le cœur gros. Il était comme le naufragé, qui aperçoit du haut d'une vague le clocher et les toits bien-aimés de son village natal, et qui ne les entrevoit que pour leur adresser un dernier adieu. Il devait renoncer à la liberté, à sa femme, à ses enfants. Il serra les bras avec force contre son sein, contint ses larmes, et tâcha de prier.

Le pauvre homme avait conçu un tel désir d'être libre qu'il ne pouvait l'arracher de son cœur, et plus il disait : — Que ta volonté soit faite ! plus il éprouvait de douleur. Il alla trouver miss Ophélia, qui depuis la mort d'Eva lui avait toujours témoigné une amitié et même une déférence marquées.

— Miss Phélia, dit-il, M. Saint-Clare m'avait promis ma liberté. Il avait commencé à s'en occuper ; et si vous aviez la bonté d'en parler à madame, elle croirait peut-être devoir terminer les formalités légales, conformément au vœu du défunt.

— Je ferai de mon mieux, répondit miss Ophélia ; mais si cela dépend de madame Saint-Clare, je n'ai pas grand espoir de réussir ; pourtant je tenterai l'aventure.

Cet incident avait lieu quelques jours après le supplice de Rosa et pendant que miss Ophélia faisait ses préparatifs de départ.

En réfléchissant sur le langage qu'elle avait tenu à Marie, elle pensa qu'elle avait peut-être été trop loin. Elle résolut de modérer son zèle, de se montrer aussi conciliante que possible. Prenant donc son tricot, elle se rendit dans la chambre de Marie, avec la détermination bien arrêtée de déployer toutes ses grâces, et de négocier l'affaire de Tom avec tout le talent diplomatique qu'elle possédait.

Marie était, comme d'habitude, étendue sur une chaise longue, le coude appuyé sur des coussins. Jeanne, qui venait de faire des emplettes, était devant elle des étoffes de deuil.

— Celle-ci me convient, dit Marie ; seulement je me demande si elle est strictement de deuil.

— Mais, madame, dit Jeanne avec volubilité, madame la générale Derbenuon portait précisément cette même étoffe, l'été dernier, après la mort du général ; cela sied si bien !

— Qu'en pensez-vous ? demanda Marie à miss Ophélia.

— C'est une affaire de mode, répondit l'habitante de Vermont ; vous êtes meilleur juge que moi.

— Le fait est, dit Marie, que je n'ai pas une seule robe qui m'aille ; et comme mon intention est de partir la semaine prochaine, il faut que je prenne une résolution.

— Quoi ! vous partez sitôt ?

— Oui ; j'ai reçu une lettre du frère de Saint-Clare. L'homme d'affaires et lui sont d'avis qu'on mette les esclaves et le mobilier aux enchères, et qu'on attende une occasion favorable pour vendre la maison.

— Précisément je voulais vous parler à ce sujet, dit miss Ophélia. Augustin a promis à Tom sa liberté, et entamé les démarches légales nécessaires pour l'obtenir. J'espère que vous emploierez votre influence pour arriver à une prompte solution.

— Je m'en garderai bien, s'écria Marie avec aigreur. Tom est un des esclaves qui se vendront le mieux. D'ailleurs, qu'a-t-il besoin de la liberté ? Il est beaucoup mieux comme il est.

— Mais il la désire avec ardeur, et son maître la lui a promise.

— Eh ! ils le désirent tous, parce que ce sont des mécontents qui désirent toujours ce qu'ils n'ont pas. En principe, je suis opposée à l'émancipation. Placez un nègre sous la tutelle d'un maître, et il se comporte assez convenablement ; mais rendez-le libre, et il devient paresseux, incapable, ivrogne ; il arrive au dernier degré de la dégradation. J'en ai vu cent fois l'expérience, la liberté n'est pas un bienfait.

— Mais Tom a tant de piété, de courage, d'ardeur au travail !

— Oh ! je le sais aussi bien que vous. J'ai eu des centaines de nègres tels que lui. Il ira bien tant qu'on le surveillera ; voilà tout.

— Mais considérez, dit miss Ophélia, que si vous le mettez en vente, il peut tomber entre les mains d'un mauvais maître.

— Oh ! cela ne signifie rien, s'écria Marie. Il n'arrive pas une fois sur cinquante qu'un bon serviteur rencontre un mauvais maître. La plupart des maîtres sont bons, quoi qu'on en dise. J'ai été élevée dans les États du Sud, et je n'ai pas connu un seul maître qui ne traitât bien ses esclaves, aussi bien qu'ils le méritaient. Je n'ai aucune inquiétude sous ce rapport.

— Soit, dit Ophélia avec énergie ; mais je sais qu'un des derniers vœux de votre mari était que Tom eût sa liberté ; c'était une des promesses qu'il avait faites à la chère petite Eva à son lit de mort, et je ne supposais pas que vous vous croiriez en droit de la mépriser.

À ces mots, Marie se couvrit la figure de son mouchoir bordé de noir, se mit à sangloter, et se servit de son flacon d'odeurs avec une véhémence inaccoutumée.

— Tout le monde est contre moi, s'écria-t-elle, personne n'a la moindre attention pour moi ! Quoi ! vous me rappelez le souvenir de mes peines !... Je ne m'y serais pas attendue de votre part. Mais on ne songe pas à mes tribulations ! J'avais une fille, et elle m'a été enlevée ! J'avais un mari qui me convenait, — et bien peu de gens me conviennent, — il m'a été enlevé ! Pouvez-vous avoir si peu d'égards pour moi, me traiter avec tant d'inhumanité !... J'aime à supposer que vos intentions sont bonnes ; mais que vous êtes imprudente !...

Et Marie se lamenta, demanda de l'air, pria Mammy d'ouvrir la fenêtre, d'aller lui chercher la bouteille d'eau-de-vie camphrée, de la délacer, et de lui baigner la tête.

Miss Ophélia s'esquiva au milieu du désordre que suscitèrent ces ordres divers. Elle reconnut qu'il était inutile d'insister, et que Marie lutterait toujours avantageusement contre elle avec le renfort d'attaques de nerfs dont elle disposait. La bonne dame revint cependant à la charge ; elle se permit de nouvelles allusions aux désirs exprimés par Saint-Clare et par Evangéline ; mais la veuve avait toujours une syncope à sa disposition. En conséquence, tout ce que put faire miss Ophélia, ce fut d'écrire de la part de Tom à madame Shelby, de lui conter les peines du pauvre noir, et de la supplier de venir à son aide.

Le lendemain, Tom, Adolphe, et une demi-douzaine d'autres esclaves, furent conduits au magasin d'esclaves, pour y attendre le bon plaisir du marchand, qui devait en composer un lot.

CHAPITRE XXX.

Le Magasin d'Esclaves.

Un magasin d'esclaves ! Quelques-uns de nos lecteurs se font peut-être une horrible idée d'un pareil lieu ; ils se figurent un repaire effroyable, une caverne sombre, *monstrum informe, ingens, cui lumen ademptum* ; mais, de nos jours, les hommes ont appris à faire le mal avec grâce, sans choquer les yeux de la bonne société. La propriété humaine se vend bien ; on a donc soin de lui donner préalablement bon coucher et bonne table, pour la présenter à la vente dans tout son éclat. Un magasin d'esclaves, à la Nouvelle-Orléans, est une maison qui ne diffère pas essentiellement des autres ; elle est proprement tenue ; on y voit étalés au dehors, sous une espèce d'auvent, des hommes et des femmes, qui sont en montre comme échantillon. Un commis, plein de prévenances, vous invite à entrer, et vous trouvez dans l'intérieur du local une multitude de maris, de femmes, de frères, de sœurs, de pères, de mères, de jeunes enfants, vendus par lots ou séparément, à la volonté de l'acquéreur. Ces âmes immortelles, rachetées par le sang et les douleurs du fils de Dieu, peuvent être vendues, louées, engagées, échangées, pour de l'argent ou des denrées coloniales, selon les vicissitudes du commerce et le caprice du chaland.

Deux jours après la conversation de Marie et de miss Ophélia, les esclaves dont madame Saint-Clare voulait se défaire furent installés chez M. Skedggs, qui tenait un dépôt dans une rue de la Nouvelle-Orléans. Ils avaient presque tous des malles bien garnies de linge et de vêtements. On les fit coucher dans une vaste salle où étaient réunis d'autres hommes de tous les âges et de toutes les nuances de noir. Au moment où de bruyants éclats de rire annonçaient que l'insouciante assemblée se divertissait.

— Voilà comme sont toujours mes gens, dit M. Skedggs. Continuez, mes enfants, continuez. C'est Sambo, à ce que je vois, qui cause tout ce tapage.

C'était en effet un nègre de haute taille, vif, d'une figure grotesque, et parlant avec volubilité, qui égayait ses compagnons par ses grossiers lazzis. Comme on se le figure aisément, Tom n'était pas d'humeur à prendre part à cette récréation. Il déposa sa malle aussi loin que possible du groupe et s'assit dessus, la face tournée du côté du mur.

Les marchands de chair humaine font des efforts consciencieux pour provoquer la gaieté de leurs noirs, afin de les empêcher de réfléchir. Depuis l'époque où l'esclave est vendu sur un marché du Nord jusqu'à celle où il arrive dans le Sud, on emploie tous les moyens imaginables pour le rendre insensible à sa condition. Le trafiquant compose sa bande dans la Virginie ou dans le Kentucky ; il la mène ensuite dans une ville dont l'air est salubre, souvent même aux eaux, afin de l'engraisser. Là, les nègres ont des vivres en abondance ; on entretient parmi eux un violon, et on les fait danser tous les jours. Quiconque refuse de se divertir parce qu'il pense trop à sa maison ou à sa famille, est noté comme un sujet dangereux, et en butte à tous les mauvais traitements que peuvent lui infliger des bourreaux endurcis. On exige de tous les noirs, surtout quand ils sont observés, qu'ils paraissent alertes et joyeux ; et ils s'y prêtent volontiers, soit dans l'espoir de trouver un bon maître, soit dans la crainte d'être torturés par celui qui les conduit, s'ils ne sont pas de défaite.

— Que faites-vous là, dit Sambo en s'avançant vers Tom quand M. Skedggs fut parti, vous réfléchissez ?

— Je vais être vendu demain aux enchères, répondit Tom avec tranquillité.

— Et celui-ci est de votre société ? ajouta Sambo en passant familièrement la main sur l'épaule d'Adolphe.

— Veuillez me laisser tranquille, dit Adolphe avec fierté.

— Ah ! mes amis, reprit Sambo en fixant le mulâtre, voici un modèle de nègre blanc ! Il est couvert d'odeurs ; il conviendrait à un marchand de tabac, et suffirait pour parfumer toute la boutique.

— Retirez-vous ! s'écria Adolphe furieux.

— Comme les nègres blancs sont chatouilleux ! reprit Sambo en imitant d'une façon grotesque les manières d'Adolphe. Si j'en juge à vos grâces, vous étiez dans une bonne famille ?

— Oui, dit Adolphe, j'avais un maître qui aurait pu vous acheter tous... J'appartenais à M. Saint-Clare.

— Ma foi, reprit Sambo en faisant une grimace dédaigneuse, votre maître doit s'estimer heureux de se débarrasser de vous. On aurait dû vous vendre avec un lot de vieilles casseroles et de pots fêlés.

Adolphe exaspéré se jeta sur son adversaire en jurant et en distribuant des coups à droite et à gauche : le reste de l'assemblée éclata de rire, et le tumulte attira M. Skedggs.

— Qu'est-ce, enfants ?... la paix ! dit-il en brandissant un long fouet.

Les nègres se dispersèrent en tous sens, à l'exception de Sambo, qui, en vertu de ses priviléges de bouffon autorisé, resta à sa place, enfonçant sa tête entre les épaules par un geste comique toutes les fois que le maître semblait le menacer.

— Ce n'est pas nous, maître ; nous sommes bien tranquilles ; ce sont les nouveaux venus qui nous ennuient.

Le maître tourna sa fureur sur Tom et Adolphe, leur donna quelques gourmades, et sortit après avoir commandé à tous en général de se bien conduire et de dormir.

Pendant que cette scène se passait dans le dortoir des hommes, nos lecteurs peuvent être curieux de jeter un coup d'œil sur la pièce correspondante, qui était destinée aux femmes. Elles étaient étendues sur le sol dans diverses attitudes. Il y en avait de toutes les nuances, depuis le jais jusqu'au blanc, et de tous les âges, depuis l'enfance jusqu'à la vieillesse. Ici, une jolie fille de dix ans, dont la mère avait été vendue la veille, se désolait de dormir sans sa compagne habituelle. Là, une négresse hors d'âge, dont les bras amaigris et les doigts calleux attestaient les longs travaux, attendait qu'on la vendît le lendemain comme article de rebut. Quarante ou cinquante autres gisaient çà et là, enveloppés de hardes ou de couvertures.

Dans un coin écarté sont deux femmes dont l'extérieur excite un intérêt tout particulier. L'une d'elles est une mulâtresse de quarante à cinquante ans, décemment vêtue, ayant les yeux doux et la physionomie prévenante. Elle est coiffée d'un turban

Miss Ophélia réfléchit, tenant le billet à la main.

fait avec un madras rouge de la plus belle qualité. Son costume, d'une étoffe choisie et bien ajusté, atteste que des mains attentives ont pris soin de sa toilette. Sa fille, âgée de quinze ans, est blottie auprès d'elle. Quoique plus blanche, l'enfant ressemble à sa mère. Ce sont les mêmes yeux noirs et pleins de douceur, avec des cils plus longs, et des cheveux bruns plus abondants. Elle est aussi proprement vêtue ; ses mains blanches et délicates n'ont point connu les travaux serviles. Ces deux femmes, qu'on nomme Suzanne et Emmeline, doivent être adjugées le lendemain, dans le même lot que les esclaves de Saint-Clare. Leur maître actuel est un ecclésiastique de New-York, qui touchera le prix de leur vente, et se présentera ensuite à l'autel.....

Suzanne et Emmeline avaient servi une aimable et pieuse dame de la Nouvelle-Orléans, qui les avait fait élever avec soin. On leur avait appris à lire et à écrire ; on leur avait enseigné les vérités de la religion, et leur sort avait été aussi heureux que possible. Mais le fils unique de leur protectrice avait l'administration des biens de sa mère ; il les avait compromis à force de négligence et de dépenses folles ; et

un des principaux créanciers, le chef de la maison de B... et compagnie, de New-York, avait chargé un homme d'affaires de la Nouvelle-Orléans d'opérer une saisie. Les deux femmes, et quelques esclaves employés sur une plantation, composaient presque exclusivement la valeur réalisable. L'homme d'affaires le manda à ses commettants de New-York. B..., qui habitait un État libre, éprouva quelques scrupules ; il ne se souciait pas de faire le commerce de chair humaine ; mais il avait trente mille dollars engagés, et c'était une somme trop considérable pour la sacrifier à un principe. Après avoir longuement délibéré et consulté ceux qu'il savait devoir être de son avis, B... écrivit à son agent de terminer l'affaire comme il l'entendrait.

Le lendemain du jour où cette lettre arriva à la Nouvelle-Orléans, Suzanne et Emmeline furent envoyées au dépôt. Nous les y distinguons à la clarté de la lune, dont les rayons pénètrent à travers la fenêtre grillée, et nous pouvons écouter leur conversation. Toutes deux pleurent, mais silencieusement, de peur d'être entendues l'une de l'autre.

— Ma mère, dit Emmeline en affectant du calme, appuyez votre tête sur mes genoux, et tâchez de dormir un peu.

— Je n'en ai pas le courage... C'est peut-être la dernière nuit que nous passions toutes deux !

— O mère, ne parlez pas ainsi !... Peut-être nous vendra-t-on ensemble... Qui sait ?

— Si cela arrivait souvent, je dirais comme vous, Emmeline ; mais je crains de vous perdre, et je ne vois que le danger.

— Mais, ma mère, l'homme d'affaires a dit que nous avions bonne façon, et qu'on nous vendrait bien.

Suzanne se rappela avec un serrement de cœur les paroles et les actions de l'homme d'affaires. Il avait regardé les mains d'Emmeline, soulevé les boucles de sa chevelure, et déclaré que c'était une marchandise de première qualité. Suzanne avait reçu une bonne éducation, l'idée qu'on vendrait sa fille pour la condamner à une existence d'ignominie lui inspirait autant d'horreur qu'à toute autre mère chrétienne ; mais elle n'avait point d'espoir, point d'appui.

— Mère, nous nous placerons avantageusement, soyez-en sûre, vous comme cuisinière, moi comme femme de chambre ou couturière. Evitons de montrer de l'abattement, disons ce que nous savons faire, et nous réussirons.

— Demain matin, dit Suzanne, je déferai la frisure de vos cheveux.

— Pourquoi, mère ? je ne serai plus aussi bien.

— Mais vous vous vendrez mieux.

— Je ne vois pas pourquoi.

— Des gens honorables vous achèteront plus volontiers si vous avez un air de décence et de simplicité, que si vous cherchez à paraître belle. Je connais mieux que vous leur manière de voir.

— Comme vous voudrez, mère ! dit Emmeline.

— Si nous sommes destinées à ne plus nous revoir, si je suis emmenée dans une plantation et vous ailleurs, souvenez-vous des leçons qu'on vous a données dans votre enfance. Emportez avec vous votre Bible et votre recueil d'hymnes. Si vous êtes fidèle au Seigneur, il vous sera fidèle aussi.

Ainsi parlait cette femme au désespoir. Elle savait que le premier venu, fût-il le plus vil et le plus brutal des hommes, deviendrait le propriétaire de sa fille, pour peu qu'il eût de l'argent. Comment alors l'enfant se conserverait-elle pure et sans tache ? En l'étreignant dans ses bras, elle désirait qu'Emmeline eût moins de charmes, moins d'instruction, moins de principes. C'étaient autant de circonstances aggravantes. Mais elle n'avait d'autre ressource que de prier. Bien des prières semblables sont parties de ces dépôts d'esclaves, et Dieu ne les a pas oubliées, comme un jour à venir le prouvera ; car il est écrit : « Si quelqu'un corrompt ces innocents, il vaudrait mieux pour lui qu'il eût une meule suspendue au cou, et qu'il fût précipité dans les profondeurs de la mer. »

Les rayons de la lune dessinaient sur les corps des esclaves endormies l'ombre allongée des barreaux de la fenêtre. La mère et la fille chantèrent ensemble un hymne sauvage et mélancolique, sorte de chant funèbre très-répandu parmi les noirs :

> On entendait gémir Marie ;
> Mais où donc est-elle à présent ?
> Dans la glorieuse patrie !
> De ses pleurs la source est tarie ;
> Elle a brisé son joug pesant.

Ces paroles, chantées par de douces voix avec l'accent du désespoir

nations foulant aux pieds des dalles de marbre. L'enceinte circulaire est garnie de tribunes, à l'usage des crieurs et des commissaires-priseurs. Quelques-uns de ces derniers sont déjà en place, et dans leur langage moitié anglais moitié français ils s'efforcent d'exciter les enchères des amateurs. Au pied d'une tribune encore inoccupée est un groupe, où nous reconnaissons Tom, Adolphe, quelques autres esclaves de Saint-Clare, Suzanne et Emmeline. Ils attendent leur tour avec anxiété. Divers spectateurs, qui ne sont pas encore décidés à acheter, circulent autour du groupe, l'examinent, et font des commentaires sur chacun avec autant de laisser aller que des jockeys qui discutent les qualités d'un cheval.

— Holà, Alfred ! qui vous ramène ici ? dit un jeune élégant en frappant sur l'épaule d'un jeune homme mis avec recherche, qui observe Adolphe à l'aide d'un lorgnon.

— J'ai besoin d'un valet de chambre ; on m'a dit qu'on mettait en vente le lot de Saint-Clare, et j'ai presque envie d'acheter son domestique.

— Je me garderais bien d'acheter les nègres de Saint-Clare ! Ils ont tous gâtés, insolents comme le diable !

— Peu m'importe, dit l'amateur ; si je m'en charge, je les aurai bientôt mis à la raison. Ils s'apercevront bientôt qu'ils n'ont plus à

Simon Legree procède à l'inspection du lot.

terrestre qui aspire après les célestes espérances, produisaient un effet pathétique dans la sombre enceinte du dépôt.

> D'ennuis notre âme est pénétrée ;
> Mais Paul et Silas, où sont-ils ?
> Tous deux ont obtenu l'entrée
> D'une bienheureuse contrée,
> Loin des dangers et des périls.

Chantez, pauvres femmes ! la nuit est courte, et le matin vous séparera pour toujours !

Le jour se lève ; tout le monde est en mouvement. L'honorable M. Skedggs va et vient avec une infatigable activité, car il faut qu'il assortisse un lot pour les enchères. Il surveille la toilette des esclaves ; il recommande à tous de faire bonne contenance et de se parer ; puis il les passe en revue une dernière fois avant de les envoyer à la bourse. Un rotin à la main, un cigare à la bouche, il inspecte avec soin sa marchandise.

— Qu'est-ce que cela ? s'écrie-t-il en s'arrêtant devant Emmeline : où sont les boucles de vos cheveux ?

La jeune fille hésite et regarde timidement sa mère, qui répond :

— Je lui ai dit hier au soir de les défaire ; une chevelure lisse a quelque chose de plus convenable.

— Fadaise ! dit M. Skedggs en brandissant son rotin : allez vous friser de votre mieux ; dépêchez-vous, et que votre mère vous aide. Vos papillotes vous feront valoir cent dollars de plus.

Sous un dôme magnifique se promènent des hommes de toutes les

faire à ce monsieur Saint-Clare. Ma foi, j'achèterai ce garçon ; sa tournure me plaît.

— Il vous ruinera ; c'est un prodigue, un extravagant !

— Il ne sera pas longtemps extravagant avec moi. Je l'enverrai de temps en temps à la Calebasse, où on le déshabillera de la tête aux pieds. Je vous dirai dans peu s'il n'a pas le sentiment de ses devoirs. Oh ! je le réformerai, vous verrez !

Cependant Tom cherche dans la foule celui qu'il estimerait heureux d'appeler son maître. Si vous vous trouviez jamais, monsieur, dans la nécessité de choisir entre deux cents personnes celle qui doit disposer absolument de votre sort, vous penseriez peut-être comme Tom, que bien peu sont faits pour vous inspirer assez de confiance. Tom a sous les yeux une multitude d'individus, les uns gros, les autres efflanqués, presque tous communs et grossiers. Ce sont des gens qui achètent des esclaves comme on achète des copeaux pour les mettre au feu ou dans un panier avec une égale indifférence. Tom voit beaucoup d'hommes de cette espèce, mais il ne trouve pas un Saint-Clare.

Au moment où la vente va commencer, un personnage trapu et musculeux se fraye un passage à travers la foule, avec l'activité d'un homme qui est tout à son affaire. Il s'approche des nègres et se met à les étudier en connaisseur. Dès que Tom l'a remarqué, il a conçu pour lui une horreur qui augmente quand il est à même de mieux l'examiner. La chemise de cet homme laisse sa poitrine à découvert. Il porte un pantalon râpé et moucheté de boue. Quoique de petite taille, il paraît de force herculéenne. Il a la tête ronde, de grands yeux gris clair ombragé d'épais sourcils jaunâtres, des cheveux roides comme des fils de laiton. Sa large bouche est dilatée par une chique dont il crache le suc avec une grande force d'expulsion. Ses grosses mains, velues, hâlées, sales et couvertes de taches de rousseur, sont garnies d'ongles longs et très-peu soignés. Cet homme procède sans façon à l'inspection du lot. Il saisit Tom à la mâchoire, lui ouvre la bouche pour lui examiner les dents, lui fait lever ses manches pour juger de la vigueur de ses muscles.

— Où avez-vous été élevé ? dit-il après avoir regardé le nègre dans tous les sens.

— Je suis du Kentucky, monsieur.

— Qu'y faisiez-vous ?

— Je gérais l'habitation de mon maître.

— Quelle blague ! dit l'amateur, et il continua sa route.

En passant devant Adolphe, il lance sur ses bottes bien cirées une décoction de jus de tabac, lâche une expression de mépris et s'éloigne. Il s'arrête encore devant Suzanne et Emmeline, attire à lui la jeune fille ; il lui passe ses mains crasseuses sur le cou et sur la poitrine, lui tâte les bras, lui regarde les dents, et la repousse vers sa mère, dont le visage exprime les souffrances qu'elle a éprouvées à chaque mouvement du hideux étranger.

Emmeline est effrayée et se met à pleurer.

— Taisez-vous, chipie ! dit le commissaire-priseur ; il ne s'agit pas de faire des grimaces ; la vente va commencer.

La vente commence ; Adolphe est adjugé pour une assez forte somme au jeune homme qui avait manifesté l'intention de l'acquérir. Les autres esclaves de Saint-Clare échoient à divers enchérisseurs.

— Ohé ! c'est à vous, là-bas ! entendez-vous ? dit le commissaire-priseur à Tom.

Tom monte sur le tréteau et promène les yeux autour de lui. La voix du crieur, qui vante ses qualités en français et en anglais, le feu roulant des enchères émises dans les deux langues, tout se confond à ses oreilles en un brouhaha confus. Le marteau retentit ; Tom entend la dernière syllabe du mot dollars prononcée par le commissaire-priseur. Son sort est fixé, il a un maître.

On fait descendre Tom de l'estrade ; le personnage à tête ronde, dont nous avons parlé, le pousse rudement par les épaules en disant d'une voix rauque : Restez là.

La vente se poursuit ; on continue à miser en français et en anglais. Le marteau retombe ; Suzanne est vendue. En descendant de l'estrade, elle regarde tristement sa fille qui lui tend les mains ; puis ses yeux se reportent avec désespoir sur celui qui vient de l'acheter. C'est un homme d'un âge mûr et d'une physionomie bienveillante.

— O maître, je vous en supplie, achetez ma fille !

— Je le voudrais, mais je crains de ne pas le pouvoir, répondit ce philanthrope contemplant avec intérêt la jeune fille, qui, placée sur l'estrade, regarde l'assistance d'un air effaré : le sang monte à ses joues habituellement pâles ; ses yeux ont un éclat fiévreux ; et sa mère se désole de la voir plus belle que jamais. Le commissaire-priseur comprend ses avantages ; il fait en anglais et en français mélangé l'éloge de la marchandise, et les enchères s'élèvent rapidement.

— Je ferai de mon mieux, dit le philanthrope ; et il s'avance pour enchérir. En quelques instants, le prix qu'il peut mettre à Emmeline est dépassé ; il se tait ; le commissaire-priseur s'anime, mais l'ardeur des concurrents se calme. Bientôt il n'en reste que deux, un vieux membre de l'aristocratie orléanaise et l'individu à tête ronde. Le vieillard soutient la lutte en mesurant des yeux son adversaire ; mais l'homme aux mains crasseuses a sur lui l'avantage de l'obstination et de l'argent. Le marteau tombe ; la jeune fille appartient à ce dernier. Que Dieu la protège !

Son maître est M. Legree, qui possède une plantation de coton sur la rivière Rouge. On la met dans le même lot que Tom et deux autres esclaves, et elle se retire en sanglotant.

Le philanthrope est contrarié ; mais pareille chose arrive tous les jours. On voit constamment à ces ventes des mères séparées de leurs filles ; c'est inévitable, etc., etc.

Et il s'éloigne, emmenant Suzanne d'un autre côté.

Deux jours après, l'homme d'affaires de la maison B. et compagnie, de New-York, envoyait leur argent. Au revers de cette traite, écrivons ces mots du grand caissier, auxquels tous devront rendre compte un jour : « Quand il fera une enquête sur le sang, il n'oubliera pas les cris des humbles. »

CHAPITRE XXXI.

La Traversée.

Tom était assis au fond d'un bateau qui remontait la rivière Rouge. Il avait des chaînes aux mains, des chaînes aux pieds, et des chaînes plus lourdes encore pesaient sur son cœur. Pour lui, le ciel était sombre, sans lune et sans étoiles. Ses rêves ont passé comme passent devant ses yeux les arbres du rivage. Adieu le Kentucky, le foyer domestique, Chloé, Moïse et Pierre ! Adieu la maison Saint-Clare avec toute sa magnificence, les cheveux blonds d'Eva et ses regards de sainte ! Adieu ce maître si beau, si fier, si railleur, si insouciant en apparence, et si réellement généreux ! Les heures de bonheur se sont envolées, et que reste-t-il à leur place ?

C'est là une des plaies les plus cruelles de la servitude. Le nègre, qui sympathise et s'assimile si aisément avec tout le monde, après s'être développé au sein d'une famille distinguée, peut tomber entre les mains du plus vulgaire des hommes ; de même qu'un meuble qui a décoré un magnifique salon peut, quand il est endommagé, être relégué dans une taverne. La comparaison est au désavantage de l'homme ; la chaise ou la table qu'on transporte d'une résidence princière dans un bouchon est un objet purement inerte, mais l'homme sent sa dégradation. C'est en vain qu'une fiction légale le place au rang des choses mobilières ; on ne saurait atteindre son âme, non plus que la provision qu'elle a faite de tourments, d'espérances, d'amour, de devoirs et d'appréhensions.

M. Simon Legree, maître de Tom, avait acheté huit esclaves à la Nouvelle-Orléans. Il les emmena, enchaînés deux à deux, jusqu'à l'endroit où stationnait le bateau à vapeur le Pirate, prêt à remonter la rivière Rouge. Après les avoir dûment embarqués, il les passa en revue ; et s'arrêtant devant Tom, qui avait été revêtu de ses plus beaux habits pour la vente, il s'exprima en ces termes :

— Levez-vous !

Tom se leva.

— Otez votre col.

Tom avait les mouvements embarrassés par ses fers. Simon Legree l'aida, enleva brutalement le col, et le mit dans sa poche. Il fureta ensuite dans la malle de Tom, qu'il avait déjà saccagée préalablement. Il y prit une vieille veste et un vieux pantalon que Tom endossait pour ses travaux d'écurie ; puis il ôta les menottes de l'esclave, et lui montrant un espace vide entre des ballots, il lui dit :

— Placez-vous là, et mettez ces hardes.

Tom obéit, et revint au bout de quelques instants.

— Otez vos bottes, dit Simon Legree.

Tom se conforma à cette injonction.

— Mettez ça, ajouta Legree en jetant à Tom une paire de gros souliers.

Dans cette métamorphose rapide, Tom n'avait pas oublié de conserver sa Bible chérie. Bien lui en prit, car M. Legree, après lui avoir remis ses menottes, visita tranquillement les poches des habits que le noir avait quittés. Il en tira un foulard, dont il s'empara. Il regarda avec mépris diverses bagatelles que Tom avait gardées parce qu'elles avaient amusé Eva, et les jeta à l'eau par-dessus son épaule. En visitant de nouveau les poches, il trouva le recueil d'hymnes méthodistes que Tom y avait oublié.

— Hom ! c'est quelque livre de piété sans doute. Est-ce que vous appartenez à l'Eglise ?

— Oui, maître, dit Tom d'un ton ferme.

— Eh bien, ça ne vous durera pas longtemps ; je ne veux pas chez moi de ces nègres qui braillent, qui chantent et qui prient. Rappelez-le-vous, je suis votre église à présent. Vous m'entendez ? vous aurez à m'obéir.

Il prononça ces mots en frappant du pied et en lançant au noir un regard de son œil gris.

Le noir garda le silence ; il y avait en lui quelque chose qui répondait : Non ! Une voix invisible lui murmura cette vieille prophétie qu'Evangéline lui avait lue souvent : « Ne crains rien, car je t'ai racheté ; je t'ai appelé de mon nom, tu es à moi. »

Simon Legree n'entendait aucune voix ; celle-là surtout devait toujours lui être inconnue. Il se contenta de regarder un moment la physionomie attristée de Tom, et emporta sur le gaillard d'avant la malle de l'esclave, où se trouvait une garde-robe bien montée. Il y fut environné d'individus qui se divertirent aux dépens des nègres prétentieux. Les habits et le linge furent vendus aux uns et aux autres, et l'on finit par mettre la malle vide en adjudication ; on trouva que la plaisanterie était d'autant meilleure que Tom suivait des yeux ses effets, qui se dispersaient. La vente de la malle couronna l'œuvre, et prêta à une infinité de saillies.

Cette petite affaire étant terminée, Simon retourna à sa propriété.

— Comme vous voyez, dit-il à Tom, je vous ai débarrassé d'un excès de bagages. Prenez grand soin de vos nouveaux vêtements ; il faut qu'ils vous durent, car vous n'en aurez pas d'autres avant longtemps.

Simon s'approcha ensuite d'Emmeline, qui était enchaînée à une autre femme :

— Eh bien, ma chère, dit-il en lui caressant le menton, êtes-vous de bonne humeur ?

Le regard d'effroi et d'aversion que lui lança la jeune fille n'échappa pas aux yeux de Simon, et il fronça le sourcil.

— Ne faites pas la mijaurée ! il faut avoir l'air aimable quand je vous parle, entendez-vous ? Et vous, vieille peau jaune, ajouta-t-il en poussant la compagne d'Emmeline, n'ayez pas cette mine piteuse ! il faut que vous soyez de bonne humeur. Vous tous, regardez-moi bien face à face !

Comme par une sorte de fascination, tous les yeux se dirigèrent vers les siens.

— Maintenant, dit-il en étalant des mains qui ressemblaient au marteau d'un forgeron, vous voyez ces poings ? ils sont durs comme du fer, et faits pour exterminer les nègres. Il n'y en a pas un seul que je ne sois capable d'abattre d'un seul coup. Je me dispense de nourrir des inspecteurs, je suis mon inspecteur moi-même, et rien ne m'échappe. Il faut emboîter le pas dès que je parle. Voilà comment on doit se conduire avec moi. N'attendez pas de moi la moindre douceur; je suis sans pitié.

Il avança le poing si près de la figure de Tom, que celui-ci cligna de l'œil et recula. Les femmes respiraient à peine, et toute la bande était plongée dans la stupeur. Cependant Simon tourna les talons et alla se rafraîchir à la buvette du bateau.

— Voilà comment je débute avec mes nègres, dit-il à un homme d'une tournure distinguée, qui avait entendu la précédente allocution; mon système est de frapper d'abord un grand coup, afin qu'ils sachent à quoi ils doivent s'attendre.

— Vraiment! dit l'étranger, le regardant avec la curiosité d'un naturaliste qui étudie quelque phénomène.

— Oui, c'est comme ça. Je ne suis pas de ces planteurs efféminés qui ont les mains blanches comme le lis, et qui se laissent tromper par des gérants. Tâtez mes articulations, voyez mes poings; j'ai la chair dure comme de la pierre, et j'exerce mes forces sur les nègres.

L'étranger posa la main sur les bras de Simon, et dit avec simplicité :

— Vos muscles sont durs en effet, et je suppose que la pratique a rendu votre cœur pareil.

— Je puis m'en flatter, reprit Simon en riant. Tout ce qu'il y avait de doux en moi a disparu; aussi personne ne me fait aller. Je ne me laisse point prendre aux jérémiades des noirs.

— Vous avez là un beau lot.

— C'est vrai, répondit Simon. Ce Tom est, m'a-t-on dit, un sujet rare; je l'ai payé cher; j'ai l'intention d'en faire un cocher ou un directeur de travaux. Son défaut est de vouloir être traité comme un nègre ne doit jamais l'être; mais cette idée lui passera. La femme jaune me paraît un peu maladive, mais je l'ai prise pour ce qu'elle vaut; elle peut durer un an ou deux. Je ne suis pas d'avis d'épargner les nègres; usez-les, et achetez-en d'autres, c'est moins embarrassant, et, au bout du compte, ça revient à meilleur marché.

Et Simon savoura à petits coups son verre d'eau-de-vie.

— Et combien durent-ils en général? demanda l'étranger.

— Je ne sais; c'est suivant leur constitution : les gaillards robustes vivent six ou sept ans, tandis qu'en deux ou trois ans les faibles sont au bout de leur rouleau. Dans le commencement, j'essayais de les conserver, je les droguais lorsqu'ils étaient malades; je leur donnais des draps et des couvertures; mais c'était inutile. J'avais beaucoup de peine, et je perdais mon argent. Maintenant, malades ou bien portants, il faut qu'ils marchent. Quand un nègre est mort, j'en achète un autre. C'est plus commode et moins cher.

L'étranger s'éloigna, et alla s'asseoir auprès d'un jeune homme qui avait écouté la conversation avec une indignation mal contenue.

— Je vous prie, lui dit-il, de ne pas considérer cet homme comme le type des planteurs du Sud.

— Dieu m'en garde! s'écria le jeune homme.

— C'est un vil misérable.

— Et pourtant vos lois lui permettent de disposer absolument du nombre d'êtres humains qu'il est à même d'acquérir; et tout misérable qu'il est, vous ne sauriez soutenir qu'il est le seul de son espèce.

— C'est vrai, repartit l'étranger; mais s'il est des planteurs barbares et brutaux, il en est d'autres pleins de bon sens et d'humanité.

—Je vous l'accorde, dit le jeune homme; mais, suivant moi, les maîtres humains sont responsables des excès commis par ces scélérats. Sans votre sanction, sans votre influence, tout le système ne durerait pas une heure de plus. S'il n'y avait que des maîtres comme celui-là, en montrant Legree, l'esclavage disparaîtrait. Ce sont vos sentiments généreux qui soutiennent et autorisent sa brutalité.

— Vous avez bonne opinion de moi, répliqua l'étranger en souriant; mais je vous conseille de ne pas parler si haut, car il y a à bord de ce bateau des gens qui pourraient n'être pas aussi tolérants que moi.

Le jeune homme sourit à son tour, et tous deux se mirent à faire une partie de trictrac. Pendant ce temps une autre conversation avait lieu entre Emmeline et la mulâtresse à laquelle elle était accouplée; naturellement elles échangeaient ensemble les détails de leurs aventures respectives.

— A qui étiez-vous? dit Emmeline.

— Mon maître s'appelait Ellis; il demeurait près de la levée. Vous avez peut-être vu sa maison?

— Était-il bon pour vous?

— Assez; mais il tomba malade et changea tout à coup de caractère. Pendant six mois il ne laissa reposer personne. Il trouvait des défauts à tous ses esclaves, il ne pouvait en souffrir un seul. Il me faisait veiller toutes les nuits, et m'ayant trouvée un matin endormie, il fut si furieux qu'il jura de me vendre au maître le plus dur qu'il pourrait trouver. Pourtant il m'avait promis ma liberté, quand il est mort.

— Aviez-vous des amis? demanda Emmeline.

— Mon mari est serrurier; mon maître le louait habituellement au dehors. On m'a emmenée si vite que je n'ai pas eu le temps de le voir. J'ai quatre enfants; oh mon Dieu!

La mulâtresse se couvrit la figure avec les mains.

Il est naturel à quiconque entend un triste récit de chercher dans sa tête quelques paroles de consolation.

Emmeline avait envie de dire quelque chose, mais elle ne trouva rien.

De quoi aurait-elle parlé? Toutes deux d'un commun accord évitaient de faire mention de l'homme horrible qui était devenu leur maître.

Les croyances religieuses nous soutiennent même aux jours les plus sombres. Membre de l'Église méthodiste, la mulâtresse était d'une piété peu éclairée, mais sincère. Emmeline avait été élevée avec plus d'intelligence, elle avait appris à lire et à écrire, et connaissait les textes sacrés. Et cependant n'est-ce pas une trop cruelle épreuve pour les plus fermes chrétiens que de se voir en apparence abandonnés de Dieu, et sous le joug d'une violence sans fin? A plus forte raison, une situation pareille n'est-elle pas de nature à ébranler la foi de pauvres et faibles femmes?

Le bateau, portant son fret de douleurs, remonta le cours fangeux de la rivière Rouge.

Des yeux attristés suivirent les sinuosités monotones d'une berge escarpée et rougeâtre. Enfin on s'arrêta devant une petite ville où Legree débarqua avec sa bande.

CHAPITRE XXXII.

Lieux sombres.

Tom et ses compagnons se mirent péniblement en marche derrière une charrette où se tenait leur maître, et au fond de laquelle il avait placé les deux femmes avec des bagages. La route qui menait à la plantation était déserte et sauvage. Tantôt elle était bordée de pins dans lesquels murmurait la plainte du vent; tantôt c'était une jetée en bois qui traversait d'immenses savanes. Du sol spongieux s'élançaient çà et là des cyprès chargés de mousses noirâtres; de hideux reptiles rampaient au milieu des souches renversées qui pourrissaient dans l'eau. C'était un chemin que se décidait difficilement à suivre le voyageur à cheval, libre et la poche bien garnie; mais l'aspect en paraissait cent fois plus triste et plus sauvage à l'homme condamné, que chaque pas éloignait des objets de son affection.

Simon seul semblait satisfait, et pour se réconforter, il avait de temps en temps recours à un flacon d'eau-de-vie qu'il portait dans sa poche.

— Enfants! dit-il en se retournant vers les noirs qui le suivaient, chantez-nous quelque chose, allons!

Les esclaves se regardèrent les uns les autres; le maître répéta :
— Allons donc ! en faisant claquer son fouet; et Tom commença son hymne méthodiste :

> Jérusalem, mon céleste séjour,
> Illuminé de splendeurs infinies,
> Ton nom m'est cher, je dois te voir un jour,
> Et mes douleurs alors seront finies,
> Jérusalem...

— Voulez-vous vous taire, vieux corbeau noir? hurla Legree. Avons-nous besoin de votre infernal méthodisme? Chantez donc quelque chose d'amusant!

Un autre esclave entonna une de ces chansons dépourvues de sens, qui sont en vogue parmi les nègres :

> Maître passait son chemin
> Hier sur la brune.
> Il m'a vu prendre un lapin.
> Voyez-vous la lune?
> Hi! hi! hi!
> Il a ri!
> Oh! oh! oh!
> Yo! yo! yo!

Toute la bande répéta le refrain à pleins poumons, avec une gaieté forcée; mais aucun soupir de désespoir n'aurait pu avoir une expression aussi douloureuse que les notes sauvages de ce chœur. On aurait dit que les captifs, contraints de taire leurs pensées, les enveloppaient de cette musique barbare, moyen étrange pour adresser leur prière à Dieu. Simon ne pénétra pas leurs secrètes intentions; il comprit seulement que ses nègres étaient de bonne humeur, et il en fut enchanté.

— Eh bien, ma petite amie, dit-il à Emmeline en lui mettant la main sur l'épaule, nous voilà presque chez nous.

Les emportements de Legree épouvantaient Emmeline; mais elle aurait mieux aimé être frappée que de sentir le contact de cette main caressante, et d'entendre ces doucereuses paroles. Elle frissonna involontairement, et se serra contre sa compagne, comme si celle-ci eût été sa mère.

— Vous n'avez pas de boucles d'oreilles? reprit Legree en lui pinçant l'oreille entre ses doigts calleux.

— Non, maître, dit Emmeline d'une voix tremblante.

— Eh bien! je vous en donnerai une paire quand nous serons à la maison, si vous êtes bonne enfant. Il ne faut pas avoir peur de moi; je n'ai pas l'intention de vous faire trop travailler; vous aurez du bon temps avec moi, et vous vivrez comme une dame; mais il faut être bonne fille.

Legree avait passablement bu, et il était arrivé à un degré d'ivresse qui le disposait à se montrer gracieux.

Cependant on était en vue de la plantation. Elle avait appartenu autrefois à un homme riche et plein de goût qui avait consacré des sommes importantes à l'embellissement des jardins. Il était mort insolvable, et sa propriété avait été achetée par Legree, qui songeait exclusivement à en tirer des revenus. Elle avait cet aspect de désolation que donne toujours l'abandon quand il succède à des soins assidus. A la place d'un gazon ras, orné de bouquets d'arbres, croissait une herbe touffue émaillée de tessons, de pots cassés, de paille de maïs et d'autres immondices. Aux arbustes d'ornement avaient succédé des poteaux destinés à attacher les chevaux. Çà et là, quelques branches de jasmin et de chèvrefeuille entouraient une colonne renversée. Les parterres avaient été envahis par les mauvaises herbes, au-dessus desquelles quelques plantes exotiques levaient mélancoliquement leurs têtes éplorées. Les châssis de la serre étaient défoncés; on voyait encore sur les planches moisies des pots à fleurs abandonnés où des bâtons garnis d'étiquettes disaient le nom de la plante morte.

La charrette roula sur une allée jadis sablée, entre des arbres de la Chine, dont la forme gracieuse et le feuillage toujours vert semblaient seuls avoir résisté à la destruction, pareils à ces nobles esprits dont l'énergie ne se laisse pas abattre par le malheur.

La maison avait été construite dans le goût méridional; elle était environnée de galeries soutenues par des pilastres de briques. Toute sa magnificence était évanouie. Les volets des fenêtres, quand elles en avaient, se balançaient sur un seul gond. Le sol était jonché de vieilles lattes, de paille, de débris de caisses et de tonneaux. Trois ou quatre chiens à l'air féroce, réveillés par le bruit des roues, arrivèrent en grondant, et ils auraient dévoré tout le convoi sans les efforts de quelques domestiques en baillons.

— Vous voyez ce qui vous attend, dit Legree en caressant les chiens avec une évidente satisfaction. Ces bonnes bêtes sont dressées à traquer les noirs, elles vous avaleraient en une bouchée. Ainsi ne cherchez pas à vous évader.

Un nègre déguenillé, coiffé d'un chapeau sans bords, était venu avec empressement offrir ses services à son maître.

— Eh bien, Sambo, dit celui-ci, tout va-t-il bien à la maison?

— A merveille, maître.

— Quimbo, dit Legree à un autre noir qui s'efforçait d'attirer son attention, vous vous êtes rappelé ce que j'ai dit?

— Je n'y ai pas manqué.

Ces deux individus étaient les deux principaux personnages de l'habitation. Legree les avait exercés à la cruauté avec autant de soin que ses bouledogues, qu'ils étaient parvenus à égaler. On a remarqué souvent que les régisseurs noirs étaient plus tyranniques et plus impitoyables que les blancs; mais il ne faut pas tirer de ce fait une conclusion défavorable à la race africaine; il prouve seulement qu'elle a été plus avilie et plus dégradée que la race blanche. Les esclaves noirs ressemblent à tous les opprimés de la terre, ils sont tyrans toutes les fois qu'ils en trouvent l'occasion.

Comme certains potentats dont parle l'histoire, Legree gouvernait par l'antagonisme des forces. Sambo et Quimbo se détestaient cordialement; tous les employés de la plantation se détestaient de même, et en les faisant agir les uns contre les autres, il était sûr d'être informé de tout ce qui se passait dans la place.

Il est impossible de se passer absolument de relations sociales. Legree tolérait qu'il existât entre ses deux satellites une certaine familiarité, qui n'était pas sans danger; car, au moindre signe du maître, l'un était toujours prêt à être, aux dépens de l'autre, le ministre de sa vengeance. Ces deux individus avaient de gros traits, de grands yeux farouches, une voix gutturale qui ressemblait au rugissement d'une bête fauve. Leurs vêtements en lambeaux étaient parfaitement en accord avec l'aspect général du lieu.

— Sambo, dit Legree, emmenez ces gens au quartier; voilà une femme que j'ai achetée pour vous. Vous savez que j'avais promis de vous en rapporter une. Et il poussa du côté de Sambo la mulâtresse qui avait accompagné Emmeline.

— O maître, j'ai laissé mon mari à la Nouvelle-Orléans.

— Eh bien! est-ce qu'il ne vous en faut pas un ici? Que venez-vous me chanter? Décampez!

Legree leva son fouet; puis se retournant vers Emmeline, il lui dit: — Allons, madame, entrez avec moi.

En ce moment une figure noire apparut à la fenêtre de la maison, et quand Legree ouvrit la porte une voix de femme irritée se fit entendre. Legree répondit d'un ton aigre: Taisez-vous! j'agirai avec vous tous comme il me plaira. Ces mots frappèrent Tom, qui avait suivi Emmeline avec intérêt; mais il n'eut pas le temps d'y réfléchir, car on se mettait en route pour le quartier.

Le quartier, situé à quelque distance de la maison, était une espèce de rue bordée de huttes grossièrement construites. Tom se sentit défaillir en les voyant. Il s'était flatté de l'espoir d'avoir une cabane simple, à la vérité, mais propre et tranquille, avec une planche pour déposer sa Bible, et un réduit pour se recueillir après les heures de travail. Il examina l'intérieur de plusieurs habitations; elles étaient entièrement nues, et n'avaient pour meubles qu'un monceau de paille étalé sur le sol.

— Où vais-je loger? dit Tom à Sambo.

— Je ne sais; je suppose qu'il y a encore de la place dans la hutte que voici. Il y a des tas de noirs dans chacune de ces masures, et je me demande comment on s'y prendra pour y en fourrer d'autres.

Le soir, à une heure avancée, les habitants du quartier, hommes et femmes, regagnèrent leur gîte à pas lents. Ils portaient des vêtements sales et déchirés; ils avaient l'air sombre, et semblaient peu disposés à faire bonne mine aux nouveaux venus. Les bruits qui partaient du hameau n'avaient rien d'attrayant. Des voix rauques et enrouées semblaient rivaliser d'aigreur avec les moulins à bras, où l'on broyait leur portion de maïs pour en faire des galettes, leur unique souper. Depuis la pointe du jour, ces esclaves étaient aux champs, sous le fouet des inspecteurs; car on était au plus fort de la récolte, et Legree, quoiqu'il ne voulût d'habitude s'en rapporter qu'à lui, ne négligeait aucun moyen pour obtenir de ses nègres tout le travail dont ils étaient capables. — Mais, dira quelque oisif, il n'est pas pénible d'éplucher du coton. — Vraiment! il n'est pas pénible non plus de recevoir une goutte d'eau sur la tête; et pourtant une des plus cruelles tortures de l'inquisition était de laisser tomber, à des intervalles déterminés, une goutte d'eau sur la tête du patient. Le travail le moins fatigant en soi-même devient insupportable quand on le poursuit sans cesse avec une invariable monotonie, sans possibilité de s'y soustraire.

Dans le troupeau qui défilait devant lui, le père Tom chercha vainement une physionomie prévenante. Les hommes étaient mornes, abrutis, les femmes débiles et découragées; souvent celles-ci n'avaient rien de leur sexe: elles étaient au niveau de leurs compagnons. Tous ces êtres humains, traités comme des bêtes, n'avaient plus que des instincts animaux. Leur maître n'en attendait, n'en désirait aucun effort vers le bien; ils ne vivaient que pour satisfaire et imiter un égoïsme effréné, qui sacrifiait la faiblesse à la force. Pendant toute la soirée, on entendait bruire des moulins; ils étaient en très-petit nombre comparativement à la masse des consommateurs. Les plus vigoureux travaillaient d'abord à moudre leur provision, et cédaient ensuite la place aux plus faibles et aux plus fatigués.

Sambo avait emmené avec lui la mulâtresse. Il jeta devant elle un sac de maïs en lui disant: — Comment vous nommez-vous?

— Je m'appelle Lucie.

— Eh bien! Lucie, vous êtes ma femme à présent. Il s'agit de moudre ce maïs et de me préparer à souper. Vous comprenez?

— Je ne suis pas votre femme, et je ne veux pas l'être! s'écria la mulâtresse animée du courage du désespoir.

— Vous voulez donc que je vous assomme? dit Sambo en faisant un geste menaçant.

— Vous pouvez me tuer; le plus tôt sera le mieux! Je voudrais être morte.

Quimbo travaillait au moulin, d'où il avait chassé plusieurs femmes qui attendaient un moment favorable pour moudre leur blé. Il entendit ce colloque et s'écria:

— Holà, Sambo! je dirai à votre maître que vous fatiguez inutilement ses femmes.

— Et moi, je lui dirai que vous ne les laissez pas approcher des moulins, vieux noir! Prenez votre rang.

Une journée de marche avait aiguisé l'appétit du père Tom; il était près de se trouver mal, faute de nourriture.

— Voilà pour vous, lui dit Quimbo en lui jetant un sac de maïs; ménagez-le, car vous n'en aurez pas davantage cette semaine.

Il était tard lorsque Tom put trouver une place aux moulins. Touché de l'accablement de deux femmes qui essayaient de moudre leur grain, il se chargea de leur besogne, réunit les derniers charbons d'un feu presque éteint, et fit cuire des galettes pour elles; puis il s'occupa de son souper. C'était une nouveauté dans ce séjour funèbre qu'un acte de charité, quelque insignifiant qu'il fût. Les deux femmes en furent touchées; une expression de reconnaissance rayonna sur leurs visages endurcis. Elles l'aidèrent à préparer son repas, et Tom s'assit avec elles auprès du feu; puis il prit sa Bible, car il avait besoin de consolation.

— Qu'est-ce que cela? dit l'une des femmes.

— Une Bible, répondit Tom.

— Bon Dieu! je n'en ai pas vu une seule depuis que j'ai quitté le Kentucky.

— Vous avez été élevée dans le Kentucky? reprit Tom avec intérêt.

— Oui, et bien élevée, je m'en vante. Je ne croyais pas être jamais réduite à cet excès de misère.

— Qu'est-ce que ce livre? dit l'autre femme.

— Mais, la Bible.

— Qu'est-ce que cela ? reprit-elle.

— Vous n'en avez jamais entendu parler ? reprit la première femme ; moi, quand j'étais dans le Kentucky, j'entendais parfois ma maîtresse en lire des passages. Mais ici, on n'entend que des jurons et de mauvais propos.

— Lisez-en un morceau, dit la seconde femme avec curiosité.

Tom lut : « Venez à moi, vous tous qui travaillez et qui êtes lourdement chargés, et je vous donnerai le repos. »

— Ce sont de bonnes paroles, reprit la seconde femme ; qui les a prononcées ?

— Le Seigneur.

— Je voudrais savoir où il est, dit la seconde femme, j'irais le trouver. Oh! j'ai grand besoin de me reposer ! Tout le corps me fait mal ; je tremble du matin au soir, et Sambo me bourre sans cesse, parce que je n'épluche pas assez vite. Le soir, il est souvent plus de minuit quand je parviens à souper ; et j'ai à peine fermé l'œil que j'entends le son du cor et qu'il faut se lever. Si je savais où est le Seigneur, j'irais lui conter ça.

Peu à peu ces paroles semblèrent se confondre dans une musique céleste. L'enfant leva les yeux et les fixa avec tendresse sur le noir, dont leurs rayons ardents ranimèrent le cœur ; puis, comme si elle se fût envolée avec les sons de l'harmonie divine, elle s'éleva sur des ailes brillantes d'où tombaient comme des étoiles des étincelles d'or. Tom se réveilla. Etait-ce un rêve ? Prenons-le pour tel ; mais ne peut-on pas croire que la jeune fille, qui avait consacré sa vie à consoler les malheureux, accomplissait encore cette mission après la mort ?

> Il est doux de penser qu'en des songes étranges,
> Lorsque sous les chagrins nous sommes affaissés,
> Errent autour de nous, sur les ailes des anges,
> Les purs esprits des trépassés.

CHAPITRE XXXIII.

Cassy.

Tom sut bientôt ce qu'il devait craindre ou espérer dans son nou-

Ces bonnes bêtes sont dressées à traquer les noirs ; elles vous avaleraient en une bouchée.

— Il est ici, il est partout, dit Tom.

— Allons donc! vous ne me ferez jamais croire ça. Je sais que le Seigneur n'est pas ici. Il ne faut pas nous dire de ces choses-là. Adieu, je vais me coucher et tâcher de dormir.

Les femmes entrèrent dans leurs cases, et Tom resta seul devant le feu, dont les dernières lueurs se reflétaient en rouge sur son visage.

La lune se levait dans un ciel empourpré. Calme et silencieuse, elle semblait avoir des yeux pour regarder le nègre solitaire qui était assis, les bras croisés, la Bible sur ses genoux.

Dieu est-il ici ?... Ah! comment est-il possible à des cœurs ignorants de garder leur foi inébranlable en face de tant d'infamies ? Le cœur de Tom était bouleversé. Le sentiment de ses griefs, la part de toutes ses espérances, la perspective d'un avenir de misères, tout l'accablait à la fois. Il était comme le marin qui va se noyer, et autour duquel les lames roulent des cadavres d'amis. Etait-il facile de croire dans ce séjour funèbre le grand mot d'ordre de la foi chrétienne, à savoir que Dieu est partout, et qu'il veille sur ceux qui l'implorent ?

Tom se leva découragé, et entra dans la case qui lui avait été indiquée. Le sol était déjà couvert de dormeurs, dont l'haleine viciait l'atmosphère. Tom hésita à entrer ; mais il était las, et l'abondante rosée de la nuit le glaçait. Il s'enveloppa dans un lambeau de couverture, s'étendit sur la paille et s'endormit. Il se revit dans ses rêves, assis sur un banc de jardin, au bord du lac Pontchartrain. Evangéline, les yeux gravement baissés, lui lisait ce verset : « Quand tu passeras au milieu des eaux, je serai avec toi, et les rivières ne t'inonderont pas. Quand tu passeras à travers le feu, tu ne seras pas brûlé, et les flammes ne s'attacheront pas sur toi ; car je suis le Seigneur ton Dieu, le saint d'Israël, ton Sauveur. »

veau genre de vie ; ouvrier habile, il réussissait dans toutes ses entreprises ; il était actif et fidèle par habitude et par principes. D'un caractère doux et pacifique, il crut pouvoir à force de zèle détourner de lui au moins une partie des misères de sa condition. Il avait le cœur ulcéré par les horreurs qui se commettaient sous ses yeux ; mais il résolut d'accomplir sa tâche avec patience, en se confiant au souverain Juge, et avec un vague espoir qu'une chance de salut s'offrirait à lui.

Legree prit bonne note des qualités de Tom ; il le classa parmi les esclaves de premier ordre ; et pourtant il éprouvait pour lui une aversion secrète, antipathie naturelle du mal pour le bien. Il avait remarqué que lorsqu'il brutalisait des faibles, Tom y faisait attention ; car l'opinion peut se manifester sans paroles, et celle d'un esclave même est susceptible de contrarier le maître. En diverses circonstances, Tom avait témoigné à ses compagnons d'infortune une commisération que Simon Legree voyait d'un œil jaloux. Il l'avait acheté dans l'intention d'en faire un gérant, auquel il pourrait confier ses affaires pendant de courtes absences ; et la première qualité requise pour ces fonctions était la dureté. Comme Tom ne lui opposait pas de résistance, il se flatta de pouvoir l'endurcir.

Un matin, au moment où les travailleurs allaient partir pour les champs, Tom aperçut avec surprise une femme qui lui était inconnue. Elle était grande et élancée ; elle avait un costume convenable, des mains et des pieds d'une délicatesse remarquable. A en juger par ses traits, elle pouvait avoir de trente-cinq à quarante ans. Sa physionomie était de celles qu'on n'oublie pas une fois qu'on les a vues ; elle révélait une suite d'aventures tristes et romanesques. Son front était élevé, et l'arc de ses sourcils admirablement dessiné. Son nez aquilin, sa bouche fine, les gracieux contours de sa tête et de son cou, attestaient qu'elle avait été d'une rare beauté. Mais son visage, sillonné de rides profondes, portait l'empreinte de longues souffrances. Elle avait le teint jaune et maladif, les joues amaigries, les traits anguleux. Ses yeux seuls avaient conservé tout leur éclat; ils étaient grands, du noir le plus foncé, couverts de longs cils. La courbe de ses lèvres flexibles, les lignes de sa figure, les mouvements de son corps, exprimaient l'orgueil et le défi; mais il y avait dans ses yeux un désespoir profond, inaltérable, qui contrastait avec l'arrogance de ses manières.

Quelle était cette femme? d'où venait-elle? Tom l'ignorait; il la voyait pour la première fois à la lueur grisâtre du matin, marchant fièrement à côté de lui. Néanmoins elle était connue du reste de la bande. On retournait la tête pour l'observer, et un murmure de satisfaction circulait dans cette foule en haillons.

— Je suis charmé qu'elle en soit réduite là.

— Ah! ah! missis, vous saurez comme on nous traite.

— Nous la verrons à l'ouvrage.

— D'ici à ce soir elle recevra quelques bons coups.

— Ma foi, je serai content qu'on la batte.

Sans faire attention à ces sarcasmes, la femme poursuivit sa route d'un air de dédain et de colère concentrée. Tom, qui avait vécu au milieu de gens distingués, devina qu'elle avait dû appartenir à une classe supérieure; mais comment était-elle tombée si bas? La femme ne lui adressa pas la parole, quoiqu'elle restât constamment auprès de lui pendant toute la route.

Tom s'était mis au travail; mais comme l'inconnue était à peu de distance de lui, il la regardait de temps en temps. Il reconnut qu'elle était douée d'une adresse manuelle qui lui rendait sa tâche assez facile. Elle épluchait le coton très-vite, en conservant un air dédaigneux, comme si elle eût méprisé ce travail et la condition dégradante où elle était placée.

Dans le courant de la journée, Tom travaillait auprès de la mulâtresse qui avait été acquise en même temps que lui. Elle était évidemment malade, elle tremblait, récitait tout bas des prières et semblait sur le point de s'évanouir. Tom s'approcha d'elle en silence, et lui mit dans son panier plusieurs poignées du coton qu'il avait récolté.

— Ne faites pas cela, dit Lucie étonnée; vous en seriez puni.

Précisément, Sambo était près de là. Il avait contre la mulâtresse des sujets particuliers de mécontentement. Il lui dit d'un ton brutal:

— Je vous y prends, Lucie, vous fraudez! et la frappant de son gros soulier de cuir de vache, il donna en même temps à Tom un coup de fouet sur la figure.

Tom reprit silencieusement sa tâche; mais les forces de la mulâtresse étaient épuisées, et elle s'évanouit.

— Je vais la faire revenir, dit Sambo avec un ricanement féroce. Je vais lui administrer quelque chose qui vaut mieux que du camphre.

Et prenant une épingle sur la manche de son habit, il la lui enfonça dans les chairs.

La femme poussa un cri de douleur, et se leva à demi.

— Levez-vous, brute, s'écria Sambo, et travaillez, ou nous nous reverrons.

Lucie éprouva un mouvement de surexcitation, et travailla avec une activité désespérée.

— Ne vous interrompez pas, reprit Sambo, ou je vous traiterai si bien ce soir, que vous souhaiterez être morte.

— C'est ce que je souhaite! s'écria-t-elle. O mon Dieu! que mon épreuve est longue! ô mon Dieu! pourquoi ne m'assistez-vous pas?

Bravant toutes les conséquences de son humanité, Tom s'approcha de nouveau, et mit du coton dans le panier de Lucie.

— Que faites-vous? dit-elle; vous ne savez pas à quoi vous vous exposez!

— Peu m'importe, dit Tom. Et il retourna à sa place.

Tout à coup l'étrangère dont nous avons esquissé le portrait, et qui avait été témoin de l'action de Tom, fixa sur lui ses grands yeux noirs; puis prenant une quantité de coton dans sa propre corbeille, elle la mit dans celle de Tom.

— Vous ne connaissez pas les habitudes de cette plantation, dit-elle; autrement vous n'auriez pas fait ce que vous avez fait. Quand vous serez ici depuis un mois, vous ne songerez plus à aider les autres.

— Dieu m'en garde, missis! dit Tom traitant sa compagne avec déférence.

— Dieu ne visite jamais ces parages, repartit l'inconnue avec amertume; puis elle reprit sa tâche avec une merveilleuse agilité, et un sourire de dédain effleura de nouveau ses lèvres. Mais Sambo l'avait aperçue, et il accourut, le fouet levé.

— Ah! vous fraudez aussi, dit-il à la femme d'un air de triomphe. Vous êtes sous mes ordres à présent, faites-y attention!

Un éclair brilla dans les yeux noirs de l'étrangère: les lèvres frémissantes et les narines dilatées, elle se dressa de toute sa hauteur, et fixa sur le commandeur un regard de rage et de mépris.

— Chien, dit-elle, touchez-moi, si vous l'osez! J'ai encore assez de pouvoir pour vous faire brûler vif ou déchirer par les dogues. Je n'ai qu'à dire un mot.

— Alors, pourquoi diable êtes-vous ici? reprit Sambo intimidé. Je ne veux pas vous faire de mal, miss Cassy.

— Tenez-vous à distance, dit la femme. Et Sambo, feignant d'être appelé à l'autre bout du champ pour une affaire urgente, se hâta de déguerpir.

La femme se remit à l'ouvrage, et travailla avec une vitesse presque magique. Avant la fin du jour, elle avait rempli son panier jusqu'au bord, et elle avait à plusieurs reprises donné à Tom des poignées de coton.

Quand il fit nuit close, les travailleurs, portant leurs paniers sur la tête, se rendirent à la file dans un bâtiment où le coton était pesé et emmagasiné. Legree se trouvait là, flanqué de ses deux acolytes.

— Ce Tom vous causera de l'embarras, disait Sambo. C'est lui qui a rempli le panier de Lucie : vous verrez qu'un de ces jours il persuadera aux noirs qu'ils sont maltraités, si maître ne le surveille pas.

— Le maudit noir! s'écria Legree : il aura sa leçon, n'est-ce pas, mes enfants?

Les deux nègres répondirent à cet appel par un horrible éclat de rire.

— Maître Legree est bien capable de la lui donner, dit Quimbo; à ce jeu, le diable n'est pas plus fort que lui.

— Le meilleur moyen de lui ôter ses mauvaises idées est de le charger de donner le fouet. Amenez-le-moi.

— Vous aurez de la peine à obtenir cela de lui, dit Sambo.

— Il faudra qu'il s'exécute, repartit Legree en roulant une chique dans sa bouche.

— Oh! poursuivit Sambo, voilà Lucie, la plus grande coquine de l'établissement.

— Prenez garde, Sambo! je commence à deviner pour quel motif vous détestez Lucie.

— Vous saurez, maître, qu'elle s'est révoltée contre vous, et qu'elle n'a pas voulu de moi, malgré vos ordres.

— Le fouet la fera obéir, dit Legree : seulement l'ouvrage presse, et il ne faut pas la mettre hors d'état de service. Elle est délicate; mais ces femmes délicates se laissent tuer à moitié plutôt que de céder.

— Je vous ferai observer que Lucie est vraiment insupportable. Elle ne fait rien, et c'est Tom qui a cueilli du coton pour elle.

— En ce cas, toute réflexion faite, il faut qu'il ait le plaisir de la battre. Ce sera pour lui un exercice salutaire; et puis, il la ménagera plus que vous ne feriez, mes diables!

— Ah! ah! ah! s'écrièrent en riant les deux misérables; et leurs accents diaboliques semblaient justifier l'épithète dont Legree les avait gratifiés.

— Mais, maître, Tom et miss Cassy ont rempli le panier de Lucie, et il est possible que le poids s'y trouve.

— Soyez tranquille; c'est moi qui me charge du pesage.

Les deux commandeurs recommencèrent leurs rires diaboliques.

— Ainsi, ajouta Legree, miss Cassy a fait sa journée?

— Elle épluche le coton avec l'habileté d'une légion de diables!

— Elle les a tous dans le corps, je crois, dit Legree; et, grommelant un juron brutal, il entra dans la salle du pesage.

Les travailleurs, accablés de fatigue, arrivèrent tour à tour dans la même salle, et présentèrent leurs paniers avec hésitation; Legree en nota le poids sur une ardoise, du un côté de laquelle était collée une liste de noms. Tom eut le bonheur de voir son panier pesé et approuvé; mais il n'était pas sans inquiétude sur le sort de celui de la femme qu'il avait protégée. Elle s'avança en chancelant, et remit son panier. Le poids y était, comme Legree s'en aperçut; mais il s'écria avec une feinte colère : — Paresseuse! le poids n'y est pas! Mettez-vous là, on va s'occuper de vous tout à l'heure.

La mulâtresse s'assit sur un banc en poussant un gémissement.

Celle qu'on avait appelée miss Cassy s'avança d'un air hautain, et présenta négligemment son panier; Legree lui lança un regard railleur : elle fixa les yeux sur lui, et lui adressa quelques mots en français. Personne ne les comprit, mais on vit la figure de Legree prendre une expression satanique. Il leva la main comme pour frapper, mais Cassy le regarda avec fierté, et lui tourna le dos.

— A vous, maintenant, dit Legree à Tom. Vous savez que je ne vous ai pas acheté pour faire une besogne ordinaire. J'ai l'intention de vous donner de l'avancement; j'ai l'intention de faire de vous un commandeur, un directeur de travaux. Vous allez débuter dès ce soir : emmenez cette femme et donnez-lui le fouet; vous en avez assez vu pour savoir comment vous y prendre.

— Je vous demande pardon, dit Tom; j'espère que maître ne me chargera pas de cela. Je n'y suis pas habitué, et je ne saurais m'y faire.

— Il y a bien d'autres choses que vous ignorez, et qu'il faudra vous apprendre, dit Legree; et, prenant une lanière de cuir, il en frappa Tom à la joue, puis il l'accabla d'une grêle de coups.

— Voilà! dit-il quand il s'arrêta pour reprendre haleine; me direz-vous encore que vous ne pouvez pas?

— Oui, maître, répondit Tom essuyant avec la main le sang qui ruisselait sur son visage. Je consens à travailler nuit et jour tant que j'aurai de force; mais vous me demandez une chose que je ne crois pas juste, et je ne le ferai jamais, jamais!

Tom avait la voix d'une douceur remarquable et un ton respectueux qui avait fait croire à Legree qu'il en viendrait facilement à bout. En entendant prononcer ces derniers mots, les assistants frissonnèrent, la pauvre mulâtresse joignit les mains, et tous les esclaves se regardèrent avec anxiété dans l'attente de l'orage qui allait éclater.

Legree était stupéfait.

— Quoi, misérable noir! s'écria-t-il, vous osez me dire que ce que je vous demande n'est pas juste! vous vous permettez d'avoir une opinion! Je mettrai un terme à cet abus. Que croyez-vous donc être, pour oser dire à votre maître ce qui est juste et ce qui ne l'est pas? Ainsi, vous prétendez qu'on a tort de fouetter cette femme?

— Je le pense, maître; elle est faible et malade, ce serait une cruauté; je n'ai jamais commis, et je ne veux pas commencer. Si vous voulez me tuer, tuez-moi; mais quant à lever la main sur quelqu'un, je n'y consentirai jamais... je mourrai d'abord.

Tom parlait d'une voix douce, mais avec une résolution qui était évidemment inébranlable. Legree tremblait de rage, ses yeux gris étincelaient, ses favoris eux-mêmes étaient hérissés; mais, comme ces bêtes féroces qui jouent avec leurs victimes avant de les dévorer, il contint l'envie de se livrer à des violences immédiates, et dit d'un ton de sarcasme :

— Voyez donc ce saint, qui est descendu parmi nous pour nous convertir!... Que sa piété est touchante! Mais, infâme coquin, qui vous croyez si religieux, n'avez-vous pas lu dans la Bible : « Serviteurs, obéissez à vos maîtres? » Ne suis-je pas votre maître? n'ai-je pas payé douze cents dollars, en espèces sonnantes, tout ce qu'il y a dans votre vieille carcasse noire? n'êtes-vous pas à moi, corps et âme? Il termina en donnant à Tom un coup de sa lourde botte... A cette question, l'esclave, malgré l'intensité de ses souffrances physiques, éprouva une joie intérieure; il se redressa, et levant vers le ciel son visage, où se mêlaient le sang et les larmes, il s'écria :

— Non, non, non! mon âme n'est pas à vous, maître; vous ne sauriez l'acheter. Elle a été achetée et payée par quelqu'un qui la tient en sa garde. Allez, allez, vous ne pouvez me faire de mal!

— Je ne le peux pas! s'écria Legree; nous verrons! Holà, Sambo! Quimbo! donnez à ce scélérat une telle volée qu'il ne s'en relève pas d'un mois!

Les deux nègres gigantesques qui s'emparèrent de Tom avec un empressement infernal personnifiaient à merveille les puissances des ténèbres; la pauvre mulâtresse jeta un cri de douleur, et tous les assistants se levèrent par un mouvement involontaire, pendant qu'on entraînait Tom, qui n'opposait aucune résistance.

CHAPITRE XXXIV.

Histoire de la Quarteronne.

C'était à une heure avancée de la nuit; Tom gisait tout sanglant dans une pièce abandonnée d'un magasin, au milieu de machines brisées, de balles de coton avarié, et d'autres objets de rebut. L'atmosphère humide fourmillait de milliers de moustiques, dont les piqûres irritaient les plaies du malheureux. Une soif ardente, la plus intolérable de toutes les tortures, mettait le comble à ses souffrances physiques.

— Bon Dieu, prenez-moi en pitié! donnez-moi la force et la victoire! disait le pauvre Tom en gémissant.

Des pas se firent entendre derrière lui, et la lueur d'une lanterne l'éblouit.

— Qui est là? Oh! par pitié, au nom du ciel, donnez-moi de l'eau!

Cassy, car c'était elle, déposa sa lanterne, versa dans une tasse de l'eau contenue dans une bouteille, souleva la tête du nègre, et lui donna à boire. Consumé par la fièvre, il vida successivement plusieurs tasses.

— Buvez tant que vous voudrez, dit-elle; je savais ce qu'il en serait; ce n'est pas la première fois que je suis sortie la nuit pour porter de l'eau à des gens comme vous.

— Merci, missis, dit Tom quand il eut étanché sa soif.

— Ne m'appelez pas missis; je ne suis qu'une misérable esclave, plus bas que vous n'êtes jamais descendu, reprit Cassy avec amertume.

Puis elle alla vers la porte, et apporta dans la chambre une petite paillasse, sur laquelle elle avait étendu des draps de toile imbibés d'eau fraîche.

— Mon pauvre garçon, dit-elle, essayez de vous mettre là-dessus.

Couvert de blessures et de contusions, Tom se traîna péniblement jusqu'à la paillasse; quand il y fut parvenu, l'application de ce linge mouillé sur ses blessures lui fit éprouver un soulagement sensible.

Cassy, dès longtemps habituée à secourir des victimes, connaissait quelques moyens curatifs; elle pansa les blessures de Tom, qui reprit un peu de forces.

— Voilà tout ce que je puis faire pour vous, dit-elle après lui avoir mis sous la tête, en guise d'oreiller, une balle de coton avarié.

Tom la remercia; elle s'assit à terre et releva les genoux, qu'elle étreignit avec les bras. Son chapeau était rejeté en arrière, et les boucles onduleuses de ses cheveux tombaient sur sa figure étrange et mélancolique. Elle regardait fixement devant elle, livrée à de sombres rêveries.

— Mon pauvre ami, dit-elle enfin, ce que vous avez tenté de faire est hors de saison. Vous êtes un brave garçon, vous avez le bon droit pour vous, mais c'est en vain ; toute résistance est inutile. Vous êtes entre les mains du diable ; il est le plus fort, et il faut céder.

Céder!... La faiblesse humaine et la douleur physique n'avaient-elles déjà pas donné le même conseil? Tom tressaillit; cette femme aux yeux hagards et à la voix plaintive, lui parut une incarnation vivante des tentations contre lesquelles il avait lutté.

— O Seigneur, Seigneur! s'écria-t-il, comment puis-je céder?

— N'invoquez pas le Seigneur! dit Cassy. Je crois qu'il n'y a pas de Dieu. S'il y en a un, il prend parti contre nous. Tout est contre nous, le ciel et la terre. Tout nous pousse en enfer... pourquoi n'y descendrions-nous pas?

Tom ferma les yeux, et frémit à cette profession d'athéisme.

— Vous ne savez point ce qui se passe ici, reprit Cassy; moi, je le sais. Il y a cinq ans que j'habite ce repaire, courbée sous le pied de Simon Legree, et je le hais à la mort. Vous êtes dans une plantation isolée, à dix milles de toute autre habitation, au milieu des savanes. Si on vous brûlait vif, si on vous coupait par morceaux, si on vous faisait mourir sous le fouet, pas un blanc ne serait là pour l'attester. On n'est protégé ici par aucune loi divine ou humaine, et le maître ne reculerait devant rien. Je vous ferais dresser les cheveux sur la tête en vous racontant ce que j'ai vu, ce que je sais. La résistance est superflue. N'ai-je pas été forcée de vivre avec lui?... N'étais-je pas une femme délicatement élevée?... Et lui... qu'est-il, juste ciel!... Pourtant, voilà cinq ans que je suis avec cet homme et que je maudis l'existence. Aujourd'hui, il amène ici une autre femme, une jeune fille de quinze ans, à laquelle une pieuse maîtresse a donné de l'éducation. Elle aime à lire les livres saints; elle a apporté une Bible ici, dans cet enfer!

Et Cassy rit d'un rire sauvage et douloureux, qui retentit avec un bruit surnaturel dans le vieux magasin en ruines.

Tom joignit les mains; il ne voyait qu'horreur et ténèbres.

— Jésus, s'écria-t-il, avez-vous complétement abandonné vos créatures? Secourez-moi, Seigneur, ou je vais périr!

— Vos misérables compagnons, poursuivit Cassy, valent-ils la peine qu'on souffre pour eux? Ils se tourneraient tous contre vous à la première occasion. Ils sont tous vils et cruels les uns à l'égard des autres; ne vous exposez pas pour eux.

— Comment sont-ils devenus cruels?... Si je renonce à mes habitudes d'honnêteté, je me ravalerai peu à peu au niveau de ces êtres abrutis. Non, non, missis; j'ai perdu ma femme, mes enfants, un maître bienveillant qui m'aurait affranchi s'il avait vécu huit jours de plus. J'ai tout perdu dans le monde; mais je ne puis perdre le ciel. Il m'est impossible d'être méchant!

— Mais, reprit Cassy, nous ne sommes pas responsables de nos fautes; les hommes qui nous poussent à les commettre auront seuls à en rendre compte.

— Sans doute, dit Tom; mais je ne m'occupe ni des conséquences, ni de la manière dont mon cœur s'endurcirait. Ce que je redoute, c'est de devenir pareil à Sambo!

Cassy jeta sur Tom un regard effaré; elle semblait frappée d'une idée nouvelle, et elle s'écria en sanglotant :

— Oui, vous avez raison... hélas! hélas!

Elle tomba à terre, comme écrasée par l'excès de ses tortures morales.

Il y eut un moment de silence; on n'entendait que le bruit de la respiration des deux interlocuteurs. Enfin Tom murmura d'une voix douce :

— De grâce, missis, calmez-vous!

Cassy se releva brusquement; son visage avait repris son expression habituelle de dédain et de mélancolie.

— Missis, reprit Tom, on a jeté ma veste dans ce coin; ma Bible est dans ma poche : voudriez-vous me la donner?

Cassy se prêta à ce désir. Tom ouvrit le livre à la page où sont racontées les dernières scènes de la Passion.

— Auriez-vous la complaisance de me lire ce passage?... Cela me rafraîchit mieux qu'un verre d'eau.

Cassy prit froidement le volume et lut à haute voix, avec un bonheur d'intonation qui lui était naturel, le touchant récit des angoisses du Sauveur. Par intervalles, sa voix s'affaiblissait; alors elle interrompait sa lecture, jusqu'à ce qu'elle eût comprimé son émotion. Quand elle arriva à ces sublimes paroles : « Pardonnez-leur, mon père, car ils ne savent ce qu'ils font! » elle jeta le livre, et, se voilant le visage de son épaisse chevelure, elle poussa des sanglots convulsifs.

Tom pleurait aussi.

— Ah! s'écria-t-il, si nous pouvions imiter cette divine résignation, nous qui avons tant à combattre! O Seigneur, assistez-nous!... Missis, ajouta-t-il après un moment de silence, je m'aperçois que vous m'êtes bien supérieure; mais il y a une chose que le pauvre Tom peut vous apprendre. Vous dites que le Seigneur s'est déclaré contre nous, parce qu'il nous laisse maltraiter et frapper; mais voyez ce que souffrit son propre fils. N'a-t-il pas toujours été pauvre? Quelqu'un de nous a-t-il jamais supporté autant d'humiliations? Le Seigneur ne nous a pas oubliés, j'en suis certain; et nous partageons sa gloire.

nous partagerons sa gloire ; l'Ecriture le dit : mais si nous le renions, il nous reniera aussi. Ne savez-vous pas que ses serviteurs furent assaillis à coups de pierres, qu'ils furent errants par le monde, sans pain, sans vêtements, persécutés et livrés aux supplices ? Nos épreuves ne nous autorisent pas à croire que Dieu s'est prononcé contre nous ; au contraire, il nous tendra la main si nous lui restons fidèles.

— Mais pourquoi nous met-il toujours dans des conditions à ne pouvoir éviter le péché ? dit Cassy.

— Je crois que nous pouvons l'éviter, dit Tom.

— Comment ? dit Cassy. Demain, si vous persévérez, ils recommenceront à vous malmener. Je les connais ; je les ai vus à l'œuvre. Ils vous roueront de coups, et vous feront plier.

— Seigneur, dit Tom, vous aurez pitié de mon âme !

— J'ai déjà entendu toutes ces prières, toutes ces lamentations, et il a toujours fallu céder. Emmeline est comme vous : elle résiste ; mais à quoi bon ? Il faut se rendre, ou être tué en détail.

— Eh bien, je mourrai, dit Tom. A force de prolonger mon supplice, il est impossible qu'ils ne me tuent pas ; c'est tout ce qu'ils peuvent faire. Je les brave, je suis résigné ; j'espère que le Seigneur soutiendra mes forces !

La femme ne répondit pas ; elle tenait les yeux baissés vers le sol.

— Peut-être réussit-on ainsi, se dit-elle ; mais pour ceux qui ont cédé, il n'y a plus aucun espoir, aucun !... Nous vivons dans la fange, nous nous inspirons de la répugnance à nous-mêmes. Nous souhaitons la mort, et nous n'avons pas le courage de nous la donner. Pas d'espoir !... pas d'espoir !... Cette jeune fille... elle a l'âge que j'avais..... Vous me voyez, ajouta-t-elle en s'adressant à Tom avec volubilité ; vous voyez ce que je suis ?... Eh bien, j'ai été élevée dans le luxe. Le premier souvenir que j'aie de mon enfance est celui de magnifiques salons où je me tenais, habillée comme une poupée, et où des visiteurs me comblaient d'éloges. Des fenêtres, on apercevait un grand jardin. J'y jouais à cache-cache sous des orangers, avec mes frères et mes sœurs. Je fus mise au couvent ; j'y appris la musique, le français, la broderie, je ne sais quoi ; et, à l'âge de quatorze ans, je sortis pour assister aux funérailles de mon père. Il mourut subitement, et quand on dressa son bilan, on découvrit qu'il y avait à peine de quoi payer les dettes. Les créanciers me comprirent dans l'inventaire de ses biens. Ma mère était esclave, et mon père avait eu toujours l'intention de m'affranchir ; mais il ne l'avait pas fait, et on me mit sur la liste fatale. Je connaissais ma condition, mais je ne m'en étais jamais préoccupée. On ne pouvait s'attendre à la mort d'un homme plein de santé : mon père se portait à merveille quatre heures avant son dernier soupir ; ce fut une des premières victimes du choléra à la Nouvelle-Orléans. Le lendemain de l'inhumation, sa femme retourna avec ses enfants légitimes à la plantation de son père. Il me sembla qu'on me traitait singulièrement ; mais je n'y fis pas grande attention. On avait laissé à la maison, pour arranger les affaires, un jeune avocat qui me témoignait beaucoup d'égards. Il m'amena un soir un jeune homme qui me sembla le plus beau que j'eusse vu de ma vie. Je n'oublierai jamais cette soirée. Je me promenai avec lui dans le jardin : j'étais isolée et chagrine ; il me parla avec bonté, me dit qu'il m'avait vue avant mon départ pour le couvent, qu'il m'aimait beaucoup, et qu'il voulait être mon protecteur. Bref, quoiqu'il ne me l'avouât pas, il m'avait payée deux mille dollars, et j'étais sa propriété. Je le suivis

— Non, maître, dit Tom, mon âme n'est pas à vous !

volontiers, car je l'aimais. Oh ! oui, je l'aimais, et je l'aimerai toujours !... Il était si beau, si noble !..... Il m'installa dans une superbe maison, avec des domestiques, des chevaux, des voitures, des toilettes, un somptueux mobilier. Il me donnait tout ce que l'argent peut procurer ; mais je n'y attachais aucun prix ; je ne voyais que lui. Je l'aimais plus que mon Dieu et plus que mon âme, et quand même je l'aurais tenté, il m'aurait été impossible de ne pas me conformer à ses vœux.

Je n'avais qu'un désir, celui d'être sa femme. Je pensais que, puisqu'il avait pour moi de l'estime et de la tendresse, il consentirait à m'épouser et à m'affranchir ; mais il me démontra que c'était impossible ; il ajouta que si nous étions fidèles l'un à l'autre, c'était un mariage devant Dieu. Si cela est vrai, n'étais-je pas sa femme ? N'étais-je pas fidèle ? Pendant sept ans je ne vécus que pour lui plaire. Il eut la fièvre jaune ; je passai auprès de lui vingt jours et vingt nuits ; moi seule je lui faisais prendre les médicaments, et il m'appelait son bon ange, et disait que je lui sauvais la vie.

Nous avions deux beaux enfants ; l'aîné était un garçon qu'on appelait Henri, c'était l'image de son père. Il avait les mêmes yeux, le même front entouré de cheveux bouclés et aussi la même intelligence. La petite Elisa me ressemblait ; leur père en était fier, ainsi que de moi, qu'il prétendait être la plus belle femme de la Louisiane. Il aimait à nous faire habiller magnifiquement, et à nous promener en calèche découverte pour entendre les observations que les passants faisaient sur notre compte. Il me répétait à satiété les compliments qu'on nous adressait. Oh ! c'était une époque de bonheur ! J'étais la plus heureuse des femmes ; mais les mauvais jours arrivèrent.

Le père de mes enfants avait un cousin nommé Butler, qui était son ami intime. Il avait pour lui la plus haute estime ; mais dès que je le vis, j'ignore pourquoi, je le redoutai. Il débauchait Henri, qui ne rentrait souvent qu'entre deux ou trois heures du matin, et auquel je n'osais rien dire, car il était dans un tel état que j'en avais peur. Butler l'entraîna dans des maisons de jeu ; puis il lui présenta une autre femme, et je m'aperçus bientôt que j'étais délaissée. Henri ne me le disait pas, mais je le voyais. Il contracta des dettes de jeu, et comme elles l'empêchaient de se marier avantageusement, le misérable Butler offrit de l'en délivrer en m'achetant, mes enfants et moi.

Henri y consentit ! Il me dit un jour qu'il avait affaire à la campagne, qu'il s'absentait pour quelques semaines ; il me parla avec plus d'affection qu'à l'ordinaire, me promit qu'il s'empresserait de revenir ; mais il ne m'abusa pas. Je comprenais toute l'étendue de mon malheur ; j'étais comme pétrifiée, incapable de parler, de verser une larme. Il m'embrassa et embrassa les enfants à plusieurs reprises et partit. Je le vis monter à cheval, et le suivis des yeux jusqu'à ce qu'il eut disparu ; puis je tombai inanimée sur le parquet.

Butler vint prendre possession de moi, il me montra des papiers qui prouvaient qu'il m'avait achetée avec mes enfants. Je le maudis, et lui dis que je mourrais plutôt que de vivre avec lui.

— Comme vous voudrez, dit-il ; mais si vous n'êtes pas raisonnable, je vendrai les deux enfants, et vous ne les reverrez jamais.

Il ajouta qu'il avait pensé à m'avoir dès le premier jour qu'il m'avait vue ; qu'il avait détourné Henri, et lui avait fait contracter des dettes afin de le décider à me vendre ; qu'il avait facilité ses relations avec une autre femme ; enfin qu'il ne se laisserait pas rebuter par des larmes et par des grimaces.

Je cédai, car j'avais les mains liées. Toutes les fois que je lui résistais, il parlait de vendre mes enfants. Oh! quelle existence! être poursuivie par le souvenir d'un amour qui faisait mon malheur, et passer mes jours avec un homme que je haïssais! J'avais aimé à faire la lecture à Henri, à chanter ou valser avec lui; mais toute distraction m'était odieuse avec mon tyran, et pourtant je craignais de lui refuser ce qu'il me demandait. Butler était dur et impérieux envers les enfants. Elisa était timide; mais le petit Henri avait la hardiesse et la fierté de son père. Butler le trouvait toujours en faute, et je vivais dans des transes continuelles. J'essayai de rendre l'enfant respectueux, mais toutes mes rémontrances furent inutiles. Enfin, Butler vendit les deux enfants! Il me mena un jour à la promenade, et quand nous revînmes la maison était déserte. Il me dit qu'il les avait vendus, et me montra l'argent, le prix de leur sang!

Tout m'abandonnait; je ne croyais plus au bien; je maudissais Dieu et les hommes, et je crois que, pendant quelque temps, mon maître eut vraiment peur de moi. Il me dit que les enfants étaient vendus, mais qu'il dépendait de lui de me les rendre, et que si je me conduisais mal, ils en souffriraient. Je me soumis; je me montrai plus calme; mais un jour, en passant devant la maison de correction, je vis des groupes rassemblés à la porte, et j'entendis une voix d'enfant. Tout à coup mon fils se débarrassa des mains de deux hommes qui le retenaient, et vint se jeter dans mes bras. Ils le poursuivirent en jurant, et l'un d'eux, dont je n'oublierai jamais la figure, me dit qu'il n'entendait pas le lâcher; qu'il voulait l'emmener à la Calebasse et lui donner une leçon. J'essayai de plaider sa cause; on me répondit par des rires dédaigneux; le pauvre enfant se cramponnait à moi et répétait:—Ma mère! ma mère! On me l'arracha, en déchirant le pan de ma robe, auquel il s'était accroché. Il y avait là un homme qui semblait me plaindre; je lui offris de l'argent s'il voulait s'employer pour moi; il secoua la tête en répondant que l'enfant, s'il fallait en croire son maître, était rebelle et impertinent, et qu'il était nécessaire de le dompter.

Je courus à la maison; à chaque pas il me semblait que j'entendais les cris de mon fils. J'entrai au salon, où je trouvai Butler. Je le suppliai d'intervenir.

nommé Stuart parut avoir quelque sentiment pour moi. Il devina que j'avais été tristement éprouvée, vint me voir seul à plusieurs reprises, et obtint de moi le récit de mes malheurs. Il m'acheta, et me promit de faire son possible pour retrouver mes enfants. Il se rendit à l'hôtel où mon Henri était esclave; mais on l'avait vendu à un planteur de la rivière de la Perle, et c'est la dernière fois que j'en ai entendu parler. Ma fille était entre les mains d'une vieille femme qui refusa obstinément de la vendre, quoique le capitaine lui offrît une somme considérable. Butler avait découvert que c'était pour moi qu'on voulait racheter Elisa, et il m'écrivit un mot pour me dire que je ne l'aurais jamais.

Le capitaine Stuart était plein d'égards pour moi; il avait une magnifique plantation, où il m'emmena. Au bout d'un an il me naquit un fils. Oh! cet enfant...comme je l'aimais!.. Mais j'avais pris la ferme résolution de ne plus élever d'enfants. Quand il eut quinze jours, je le pris dans mes bras, je l'embrassai, je le baignai de larmes; puis je lui donnai du laudanum, et je le tins sur mon sein jusqu'à ce qu'il s'endormit dans la mort. Comme je le pleurai! Qui aurait jamais cru que ce n'était point par erreur que je lui avais donné du laudanum? mais c'est une de ces choses dont je suis contente à présent. Du moins il est exempt de peines. Que pouvais-je lui donner de mieux que la mort, à ce pauvre enfant?...

Le capitaine Stuart fut emporté par le choléra. Tous ceux qui désiraient vivre étaient frappés; et moi, qui appelais la mort, je vivais! Je fus vendue; je passai de main en main; mes charmes se flétrirent; mon visage se rida; enfin ce misérable m'acheta, m'amena dans ce repaire, et me voici!

Cassy avait raconté ses aventures avec une éloquence passionnée, tantôt s'adressant à Tom, tantôt se parlant à elle-même. Fasciné par ce récit, Tom oublia un moment la douleur de ses blessures; et, se soulevant sur le coude, il la suivit des yeux pendant qu'elle se promenait à grands pas dans la chambre en laissant flotter au hasard les longues tresses de ses cheveux noirs.

—Vous m'avez dit, reprit-elle, qu'il y avait un Dieu, et qu'il voyait tout; puisse-t-il en être ainsi! Les sœurs qui m'ont élevée me parlaient d'un jour de jugement; ce sera peut-être aussi le jour de la vengeance! On ne sait pas ce que nous souffrons, ce que souffrent nos enfants; on s'en inquiète peu; et pourtant, en me promenant dans les rues, il m'a semblé parfois que j'avais assez de haine au cœur pour anéantir toute la ville; j'aurais voulu voir les maisons s'écrouler, quand même elles m'eussent ensevelie sous leurs décombres! Oui, au jour du jugement, je comparaîtrai devant Dieu; je viendrai déposer contre ceux qui m'ont perdue, qui ont perdu mes enfants! Quand j'étais jeune fille, j'avais de la religion, je priais; maintenant le démon s'est emparé de moi et me pousse toujours en avant. Un jour ou l'autre je ferai un malheur!

Elle prononça ces mots en serrant les poings, et un délire sauvage se peignit dans ses yeux noirs :

—Oui, je l'enverrai dans l'enfer, dont il n'est pas loin, dût-on me brûler vive!

Un long éclat de rire retentit dans la chambre déserte, et se termina par un sanglot convulsif. En proie à un accès de frénésie, Cassy se roula sur le sol. Au bout de quelques instants, elle se leva lentement, et parut revenir à elle.

—Bah! répliqua-t-il en riant, l'enfant n'a que ce qu'il mérite; il faut le réduire, et le plus tôt sera le mieux. Qu'attendez-vous de moi?

Il me sembla en ce moment que quelque chose craquait dans ma tête; j'avais le vertige, j'étais furieuse. Je me rappelle avoir aperçu sur la table un grand couteau de chasse, l'avoir saisi et m'être précipitée sur Butler; puis tout devint confus, et je ne sais plus ce qui se passa.

Quand je revins à moi, j'étais dans une chambre sous la garde d'une vieille négresse. Un médecin venait me rendre visite, et l'on me prodiguait des soins empressés. Butler était parti, et m'avait laissée dans cette maison pour être vendue, et c'était pourquoi on m'accordait tant d'attention. Je ne désirais pas revenir à la santé; mais malgré moi je repris mes forces, et je fus en état de me lever. On me parait tous les jours; des messieurs venaient au logis fumer leur cigare, me regardaient, m'adressaient des questions, et me marchandaient. J'étais si sombre et si taciturne que personne ne voulait de moi. On me menaça du fouet si je n'étais pas plus gaie, et si je ne faisais aucun effort pour me rendre agréable. Enfin un capitaine

— Peut-on faire encore quelque chose pour vous? dit-elle en s'approchant de Tom ; voulez-vous encore de l'eau ?

Elle avait, en disant ces mots, un ton de douceur et de compassion qui contrastait avec celui qu'elle avait eu précédemment.

Tom but et la regarda fixement :

— Oh! missis, que n'allez-vous à celui qui est la source de tout bien ?

— Où est-il? qui est-il? dit Cassy.

— Celui dont parle le livre que vous m'avez lu.

— J'ai vu son image au-dessus de l'autel quand j'étais jeune fille; mais il n'est pas ici; il n'y a ici que le péché et le désespoir.

Cassy mit la main sur sa poitrine, comme pour soulever un poids qui l'étouffait. Tom avait envie de lui parler encore, mais elle lui imposa silence d'un geste impérieux :

— Ne vous fatiguez pas, mon pauvre ami; tâchez de dormir.

Et après avoir placé l'eau à sa portée, Cassy quitta le magasin.

CHAPITRE XXXV.

Les Gages de tendresse.

Le salon de Simon Legree était une vaste pièce avec une large cheminée; le riche papier dont elle avait été tendue avait perdu ses couleurs éclatantes et se détachait par lambeaux des murs dégradés. Ce séjour avait l'odeur malsaine qui résulte de l'humidité et de la moisissure, et qu'on remarque souvent dans les vieilles maisons fermées. Le papier était souillé de taches de bière et de vin, ou de chiffres faits à la craie. Dans le foyer brûlait un feu de charbon; car, quoiqu'il ne fît pas froid, les soirées semblaient toujours humides et glaciales dans cette grande chambre. D'ailleurs, il fallait que Legree allumât ses cigares et fît chauffer de l'eau pour ses grogs. Les lueurs qui partaient de l'âtre éclairaient un amas confus de selles, de brides, de harnais, de pardessus et de vêtements divers étalés çà et là dans la chambre. Les chiens dont nous avons parlé s'étaient établis au milieu de cet amas informe d'objets de toutes sortes.

Legree était occupé à se faire du punch, et versait dans son verre l'eau que contenait une bouilloire ébréchée.

— Malédiction sur ce Sambo ! se disait-il ; faut-il qu'il me brouille avec mes nouveaux esclaves ! Ce Tom est incapable de travailler d'ici à huit jours, et nous sommes au moment de la récolte.

— C'est de votre faute, dit une voix qui partait de derrière sa chaise.

C'était Cassy, qui était entrée pendant son soliloque.

— Oh! vous voilà, diablesse! vous êtes de retour?

— Oui, répondit-elle froidement; mais je prétends agir comme il me plaira.

— N'y comptez pas, vieille rosse; je vous tiendrai parole. Comportez-vous bien, ou restez au quartier et travaillez avec les autres.

— J'aimerais mieux mille fois vivre dans le plus sale trou du quartier que d'être sous votre joug.

— Vous êtes pourtant forcée de le subir, répondit Legree en ricanant. Asseyez-vous donc là, ma chère, et parlons raison.

— Simon Legree, prenez garde, dit la femme, dont les yeux étincelèrent d'une lueur sinistre. Vous avez peur de moi, et vous avez raison. Mais, je vous le répète, tenez-vous sur vos gardes, car le diable me tente.

— Je n'en doute pas, dit Legree en la repoussant d'un air inquiet. Au fait, Cassy, pourquoi ne serions-nous pas bien ensemble? pourquoi ne me traiteriez-vous pas amicalement comme d'habitude ?

— Comme d'habitude ! dit-elle avec avec amertume. Puis, elle s'arrêta brusquement, dans l'impossibilité d'exprimer les émotions qui l'assiégeaient.

Cassy avait toujours eu sur Legree l'influence qu'une femme énergique et passionnée exerce sur l'homme le plus brutal. Elle était devenue de jour en jour plus irritable, et ses emportements prenaient parfois le caractère de la folie. Ces dispositions la rendaient redoutable à Legree, qui, comme tous les hommes ignorants et grossiers, avait pour les fous une horreur superstitieuse. Quand Legree avait amené Emmeline à la maison, un sentiment de dignité féminine s'était réveillé dans le cœur de Cassy. Elle avait pris le parti de la jeune fille, et avait eu avec son maître une vive discussion. Legree en fureur avait juré que, si elle ne s'apaisait pas, elle irait travailler aux champs. Cassy avait fièrement déclaré qu'elle s'y rendrait de son plein gré, et, comme nous l'avons vu, elle avait épluché du coton toute la journée pour prouver combien elle était au-dessus des menaces.

Legree avait été depuis le matin en proie à une agitation secrète, car Cassy avait acquis sur lui un empire dont il ne pouvait s'affranchir. Quand elle avait mis son panier dans la balance, il s'était attendu à quelque concession; mais elle l'avait accueilli avec mépris. L'indigne traitement qu'on avait fait subir au pauvre Tom l'avait irritée davantage, et elle ne rentrait qu'avec l'intention de reprocher à Legree sa brutalité.

— Je désire, lui dit-il, que vous vous conduisiez convenablement.

— C'est bien à vous de parler ! Qu'avez-vous fait ? vous n'avez pas

eu assez de bon sens pour épargner un de vos meilleurs esclaves au moment où l'ouvrage presse!

— J'ai eu tort, j'en conviens, de laisser s'allumer cette querelle; mais quand Tom m'a résisté ouvertement, j'ai dû le soumettre.

— Je suis sûre que vous ne le soumettrez pas.

— Je ne le soumettrai pas! s'écria Legree avec emportement. Je voudrais bien voir qu'il me résistât! ce serait le premier de sa race. Je lui casserai les os, mais il cédera.

En ce moment la porte s'ouvrit, et Sambo parut un papier à la main.

— Que voulez-vous, maraud? dit Legree. Qu'est-ce que c'est que cela ?

— C'est une amulette, maître.

— Vous dites ?...

— C'est quelque chose que les nègres se procurent auprès des sorcières. Ils portent cela sur eux pour ne pas sentir la douleur quand on les fouette. Tom avait ce paquet attaché au cou avec un cordon noir.

Comme la plupart des hommes cruels, Legree était superstitieux. Il prit le papier, et le déplia avec inquiétude; il en sortit un dollar d'argent et une mèche de cheveux blonds, qui, comme si elle eût été animée, s'enroula autour des doigts de Legree.

— Damnation ! s'écria-t-il en frappant du pied ; d'où vient cette mèche? Qu'on la fasse disparaître! qu'on la brûle! Pourquoi me l'avoir apportée ?

A ces mots, il la jeta dans le brasier, et, ramassant le dollar d'argent, il le lança par la fenêtre. Cassy, qui se préparait à sortir, s'arrêta stupéfaite, et Sambo demeura la bouche béante.

— Ne m'apportez plus de ces choses diaboliques ! reprit Legree en montrant le poing à l'esclave, qui battit précipitamment en retraite. Quand il se fut éloigné, son maître parut honteux de ses alarmes; il s'étendit sur sa chaise, et savoura lentement son verre de punch. Cassy profita du moment où il ne l'observait pas pour s'éclipser et pour aller secourir le pauvre Tom, comme nous l'avons déjà raconté.

Qu'avait donc Legree? d'où venait qu'une simple mèche de cheveux blonds intimidait cet homme insensible? Pour répondre à cette question, nous sommes obligés de remonter le fil de son histoire.

Cet homme sans Dieu, malgré son endurcissement, a été bercé sur le sein d'une bonne mère, qui lui chantait des hymnes pieuses; son front brûlant a été baigné des eaux saintes du baptême dans sa première enfance; une femme à cheveux blonds le tenait et le faisait prier aux sons de la cloche du dimanche.

Ses parents habitaient la Nouvelle-Angleterre. Sa mère l'avait élevé avec un infatigable amour; mais Simon avait suivi les traces d'un père qu'elle avait en vain tenté de transformer. Impétueux, tyrannique et indiscipliné, l'enfant n'avait écouté ni les conseils ni les reproches; et il quitta de bonne heure la maison paternelle pour aller chercher fortune sur mer. Il ne reparut qu'une seule fois; sa mère, qui avait besoin d'aimer, et qui n'avait à aimer que lui, profita de l'occasion pour le conjurer ardemment de renoncer à une vie de désordres. Ce fut un jour de grâce pour Simon Legree; les bons anges l'appelèrent: il se laissa presque convaincre, et la miséricorde divine lui tendit les bras. Il y eut en lui un combat; mais le mal remporta la victoire, et il résista de toute la force de sa grossière nature aux impulsions de sa conscience. Il reprit le cours de ses débauches. Un jour, il repoussa brutalement sa mère à genoux devant lui pour le supplier encore; la laissa sur le sol sans connaissance, et retourna à son vaisseau. Legree avait oublié sa mère quand une nuit, au milieu d'une orgie, on lui mit une lettre dans la main. Il l'ouvrit, et il en sortit une longue mèche de cheveux qui s'entortilla autour de ses doigts. Cette lettre lui annonçait que sa mère était morte en lui pardonnant.

Le mal engendre une sorte de fantasmagorie qui transforme en spectres effroyables les choses les plus douces et les plus saintes. L'image pâle d'une mère affectionnée, son pardon et ses bénédictions produisirent sur le cœur de Legree l'effet d'une condamnation terrible, et lui firent penser au jour du jugement et du céleste courroux. Il brûla la lettre et les cheveux; et quand il les vit siffler et pétiller dans les flammes, il frémit à l'idée des feux éternels. Il essaya de boire, de se divertir, de chasser des souvenirs importuns; mais souvent dans la nuit profonde, à l'heure où un calme solennel force l'âme du méchant à s'entretenir avec elle-même, il avait vu sa mère à son chevet; il avait senti cette mèche de cheveux s'enlacer doucement autour de ses doigts. Alors une sueur froide lui couvrait la face, et il se levait avec effroi. Vous qui vous étonnez de voir que Dieu est amour, et que Dieu est un feu dévorant, ne voyez-vous pas que pour l'âme endurcie au mal, l'amour parfait est une épouvantable torture, un arrêt fatal, le dernier saut du désespoir?

— Le diable l'emporte ! se dit Legree en buvant un verre de punch : où a-t-il pu prendre ça? Cela ressemblait absolument à... Je croyais avoir chassé ce souvenir. Il est donc bien difficile d'oublier. Je suis seul, je vais appeler Emmeline; elle me déteste, la guenon! Je m'en fiche! je la ferai venir.

Legree s'avança dans le vestibule au pied d'un escalier jadis magnifique; mais le passage était encombré de caisses et d'une immonde litière ; les marches dépourvues de tapis semblaient, dans les ténèbres, monter sans fin vers un lieu inconnu. Les pâles clartés de la lune pénétraient par le vitrage cintré, dont les débris surmontaient la porte. L'air était froid et malsain comme celui d'un caveau.

Legree s'arrêta au pied de l'escalier, et entendit chanter une voix qui, dans cette vieille maison, lui sembla étrange et fantastique, peut-être parce qu'il avait déjà les nerfs agités. Elle chantait avec expression une hymne répandue parmi les esclaves :

> Que de deuil, de douleurs, lorsque, pour nous juger,
> Sur son trône éclatant le Christ viendra siéger !

— Maudite folle ! dit Legree ; il faudra que je l'étrangle... Emmeline ! Emmeline !...

Mais il eut beau appeler, un écho moqueur répéta seul les sons de sa voix rauque, et la douce voix continua à chanter :

> Peu nombreux seront les élus ;
> Le jugement sera sévère ;
> Et, séparé d'avec sa mère,
> Le fils ne la reverra plus.

Le refrain, répété avec plus d'éclat, fit vibrer les salles désertes :

> Que de deuil, de douleurs, lorsque, pour nous juger,
> Sur son trône éclatant le Christ viendra siéger !

Legree s'arrêta. Il aurait eu honte de l'avouer, mais de larges gouttes de sueur perlaient sur son front, et son cœur palpitait avec violence. Il crut même entrevoir quelque chose de blanc qui se levait et passait devant lui, et il se demanda avec terreur si ce n'était pas l'ombre de sa mère.

Il retourna d'un pas chancelant au salon, et se jetant sur une chaise : — C'en est fait, dit-il, je laisserai désormais ce garçon tranquille. Qu'avais-je besoin de son maudit papier ? En vérité, je crois que je suis ensorcelé. Depuis ce moment, je ne fais que frissonner. Où ai-je mis cette mèche ? Je ne l'ai pas, je l'ai brûlée, je m'en souviens. Il serait plaisant que les cheveux pussent se détacher seuls de la tête des morts.

Ah ! Legree, cette tresse d'or était charmée ! Elle évoquait en toi des remords que tu combattais vainement, et sa magique influence devait peut-être ralentir tes fureurs !

Legree siffla ses chiens et leur cria : — Réveillez-vous, là-bas, et tenez-moi compagnie !

Mais les chiens entr'ouvrirent leurs yeux appesantis, et les refermèrent presque aussitôt.

— Je veux chasser ces horribles idées, se dit Legree ; je m'en vais faire venir Sambo et Quimbo.

Et, mettant son chapeau, il s'avança sous la galerie extérieure ; puis il souffla dans la trompe dont il se servait ordinairement pour appeler ses deux noirs commandeurs.

Legree avait l'habitude, quand il était de bonne humeur, d'admettre ses deux satellites dans son salon. Après les avoir réconfortés par quelques verres de whiskey, il les faisait chanter, danser ou lutter, suivant le caprice du moment.

Vers deux heures du matin, lorsque Cassy revint de sa visite d'humanité, elle entendit sortir du salon des cris sauvages, des chants étranges, mêlés à des aboiements et autres indices d'un tumulte général. Elle jeta un coup d'œil dans la salle ; le maître et les esclaves, dans un état d'ivresse furieuse, chantaient, hurlaient, renversaient les chaises, et se faisaient les uns aux autres des grimaces affreuses et grotesques. A ce spectacle, les yeux de Cassy prirent une expression farouche. Serait-ce un crime, se demanda-t-elle, de délivrer la terre d'un pareil scélérat ?

Elle s'éloigna précipitamment, monta l'escalier, et frappa à la porte d'Emmeline.

CHAPITRE XXXVI.

Emmeline et Cassy.

Cassy trouva Emmeline, pâle de terreur, assise dans le coin le plus reculé de la chambre. Elle tressaillit en entendant quelqu'un ; mais reconnaissant Cassy, elle s'élança à sa rencontre.

— C'est vous ! dit-elle ; je suis charmée de vous voir. J'avais peur que ce fût... Oh ! vous ne savez pas quel bruit affreux on a fait en bas toute la nuit.

— Je devrais le savoir, reprit Cassy ; je l'ai entendu assez souvent.

— Dites-moi, Cassy, ne peut-on sortir de ce lieu ? Peu m'importe où j'irai ; dans les savanes, au milieu des serpents ; partout où l'on voudra, pourvu que ce ne soit pas ici.

— Nous n'avons d'asile que la tombe.

— Avez-vous jamais essayé de fuir ?

— J'en ai vu d'autres essayer, mais ils n'ont pas réussi.

— Je consens à vivre dans les savanes, à ronger l'écorce des arbres. Je n'ai pas peur des serpents ; j'aimerais mieux en avoir un à mes côtés que cet homme.

— Beaucoup de gens sont de votre avis, répondit Cassy ; mais on

ne peut rester dans les savanes ; on y est traqué par les chiens, et ensuite...

— Que ferait-il ?

— Que ne ferait-il pas ? repartit Cassy. Il a appris son métier chez les pirates des Antilles. Vous ne dormiriez plus si je vous racontais ce que j'ai vu, si je vous répétais des choses qu'il me présentait parfois comme de bonnes plaisanteries. J'ai souvent entendu des cris qui m'ont poursuivie pendant des semaines entières. Vous pouvez voir, près du quartier, un arbre noirci par la fumée, au pied duquel la terre est couverte de cendres grises. Demandez au premier venu des esclaves ce qui s'est passé là, et vous verrez s'il osera répondre.

— O mon Dieu ! qu'est-ce donc ?

— Je ne vous le dirai pas, je ne puis y penser sans frémir ; mais Dieu sait ce qui arrivera demain si le pauvre Tom persévère.

— C'est affreux ! s'écria Emmeline en pâlissant. O Cassy ! conseillez-moi !

— Faites comme moi ; maudissez votre maître, et résistez-lui tant que vous le pourrez.

— Il a voulu me faire boire de l'eau-de-vie, et je la déteste !

— Il fallait boire. Je la détestais aussi, et maintenant je ne puis m'en passer. On a besoin de se consoler ; on est moins triste quand on a bu.

— Ma mère m'a enjoint de ne jamais goûter de liqueurs spiritueuses.

— Votre mère ! s'écria Cassy. A quoi servent les recommandations des mères ? Vous avez été achetée et payée, et votre âme appartient à celui qui vous a acquise. Voilà le fait. Buvez de l'eau-de-vie, buvez tout ce que vous pourrez, et vos douleurs seront moins intolérables.

— O Cassy ! plaignez-moi !

— Est-ce que je ne vous plains pas ? N'ai-je pas une fille ? Dieu sait où elle est, et quel est son maître aujourd'hui ! Elle suit sans doute la route qu'a suivie sa mère et que ses enfants suivront après elle. C'est une malédiction sans fin !

— Je voudrais n'être jamais venue au monde, dit Emmeline en se tordant les mains.

— J'ai formé autrefois le même vœu. Je me tuerais si j'en avais le courage, dit Cassy en fixant ses yeux dans l'ombre avec ce désespoir calme qui était l'expression habituelle de sa physionomie.

— C'est un crime de se tuer, dit Emmeline.

— Je ne vois pas pourquoi ; nous commettons tous les jours des crimes qui valent bien celui-là : mais, lorsque j'étais au couvent, les sœurs m'ont dit des choses qui font que je crains la mort. Si c'était notre fin dernière, alors...

Emmeline se détourna et se cacha le visage avec les mains.

Pendant ce temps Legree s'était endormi. Il n'était pas adonné à l'ivrognerie ; sa constitution forte était capable de supporter les plus grands excès ; mais une prudence instinctive l'empêchait de céder à ses penchants au point de perdre la raison ; cette nuit, toutefois, dans ses fiévreux efforts pour bannir les remords qui l'assiégeaient, il avait bu plus que de coutume ; aussi, quand il eut congédié ses compagnons d'orgie, il tomba lourdement sur un lit de repos.

Comment le méchant ose-t-il pénétrer dans ces domaines mystérieux du sommeil, dans cette région des ombres que de vagues limites semblent séparer à peine de l'éternité ? Legree rêva. Une figure voilée s'approcha de lui, et posa sur ses épaules des mains douces et froides. Il crut la reconnaître et frémit. Puis il lui sembla qu'une mèche de cheveux s'enlaçait autour de ses doigts, montait doucement jusqu'à son cou et le serrait avec force. Il ne pouvait plus respirer ; il entendait autour de lui des murmures qui le glaçaient d'horreur. Ensuite il se trouva sur le bord d'un épouvantable abîme ; Cassy l'y poussait en riant, et des mains noires s'allongeaient pour le recevoir ou pour le précipiter dans le gouffre. L'ombre solennelle écarta son voile, c'était sa mère. Elle détournait les yeux, et il tomba du haut du précipice au milieu des éclats de rire des démons.

Et Legree se réveilla.

Les roses clartés de l'aurore pénétrèrent dans la salle. L'étoile du matin, comme un œil céleste, rayonna sur le coupable du haut du firmament empourpré. Que de fraîcheur et de charmes à la naissance du jour ! elle semble dire à l'insensé : — Regarde ! tu as encore une chance, aspire à la gloire immortelle.

Legree n'entendit pas cette voix. Quand il se réveilla, il commença par jurer et blasphémer. Que lui faisaient les merveilles du matin ? Que lui importait la pureté de l'étoile que le fils de Dieu a choisie pour emblème ? Pareil à la bête, il voyait sans comprendre. Il se leva en chancelant et se versa un verre d'eau-de-vie, dont il but la moitié.

— Quelle mauvaise nuit j'ai passée ! dit-il à Cassy, qui venait d'entrer.

— Vous en verrez bien d'autres, répondit-elle sèchement.

— Que voulez-vous dire, coquine ?

— Vous le saurez plus tard, répliqua-t-elle sur le même ton. En ce moment, Simon, j'ai un conseil à vous donner.

— En vérité ?

— Je suis d'avis, ajouta Cassy d'un ton ferme, que vous laissiez Tom tranquille.

— Est-ce que ça vous regarde ?

— Au fait, je ne sais pourquoi je m'en mêle. Si vous payez un homme douze cents dollars pour le mettre hors d'état de service pendant la récolte, c'est votre affaire et non la mienne. J'ai fait ce que j'ai pu pour lui.

— Vous avez eu tort de vous en occuper.

— Je vous ai économisé quelques mille dollars en prenant soin de vos esclaves à diverses reprises, et voilà comme vous m'en remerciez ! Si votre récolte est faible, vous perdrez vos paris, et vous payerez ; voilà tout !

Legree, comme beaucoup d'autres planteurs, avait l'ambition d'obtenir la récolte la plus abondante de la saison. Il avait parié avec plusieurs habitants de la ville la plus proche qu'il apporterait au marché plus de coton que ses collègues. Cassy, avec le tact d'une femme, avait touché la seule corde qu'elle pût faire vibrer.

— Eh bien, dit Legree, j'oublierai ce qu'il a fait ; mais il faudra qu'il me demande pardon et qu'il me promette de se mieux conduire.

— Il s'y refusera.

— Vous croyez ?

— J'en suis sûre.

— Je voudrais bien savoir pourquoi, madame ! s'écria dédaigneusement Legree.

— Il a eu raison, il le sait, et il ne voudra pas convenir qu'il a eu tort.

— Ça m'est bien égal ; il dira ce que je voudrai, ou sinon...

— En ce cas, vous l'empêcherez de travailler en ce moment de presse, et vous perdrez vos paris sur les cotons.

— Mais il cédera. Est-ce que je ne connais pas les nègres ? Il sera plus humble qu'un chien.

— Non, Simon, vous ne le connaissez pas ; vous le tuerez avant d'en obtenir une rétractation.

— Eh bien, je verrai. Où est-il ?

— Dans la salle basse du grand magasin.

Quoique Legree se fût exprimé avec tant de résolution, il éprouvait une défiance qui n'était pas ordinaire chez lui. Ses rêves de la nuit dernière, et les insinuations de Cassy, l'avaient ébranlé. Il prit le parti d'avoir avec Tom une entrevue sans témoins, et d'ajourner sa vengeance à un moment plus favorable, s'il ne parvenait pas à le dompter par les menaces.

Les clartés de l'aube illuminaient le vieux magasin, et Tom croyait entendre ces paroles solennelles : « Je suis le rejeton de David, la lumière et l'étoile du matin. »

Les avertissements de Cassy, loin de décourager l'esclave, lui avaient donné de nouvelles forces. Il ne savait pas si son dernier jour était proche, mais il le désirait. Il pensait qu'avant le coucher du soleil il pouvait être appelé à voir les splendeurs qu'il avait souvent rêvées : les couronnes, les palmes, les harpes mélodieuses, les bienheureux en robes blanches, le trône éternel, l'arc-en-ciel toujours rutilant. Il entendit donc sans trembler la voix de son persécuteur.

— Eh bien, mon garçon, dit Legree en le poussant du pied, comment vous trouvez-vous ? Ne vous avais-je pas prévenu que je vous apprendrais à vivre ? La leçon vous convient-elle ? Etes-vous aussi crâne qu'hier au soir, et aussi disposé à nous débiter un sermon ?

Tom ne répondit rien.

— Levez-vous, bête brute ! dit Legree lui donnant un nouveau coup de pied.

Faible et couvert de plaies, Tom fit de pénibles efforts pour se mettre sur ses pieds, et Legree éclata de rire.

— Vous n'êtes pas très-vif ce matin, Tom ; vous vous êtes peut-être enrhumé hier au soir.

Tom était parvenu à se lever et regardait son maître d'un œil impassible.

— Tiens, vous voilà debout ! reprit Legree en le toisant de la tête aux pieds. Je crois que vous n'en avez pas eu assez. Allons, Tom, mettez-vous à genoux, et demandez-moi pardon de vos fautes.

Tom ne bougea pas.

— A genoux ! s'écria Legree en le frappant de son fouet.

— C'est impossible, répondit Tom ; j'ai fait ce que je croyais devoir faire, et je recommencerais à l'occasion : quoi qu'il arrive, je ne commettrai jamais d'acte cruel.

— Vous ne savez pas ce qui peut vous arriver, maître Tom ; vous croyez en être quitte pour le fouet, mais je vous déclare que ce n'est rien, rien du tout. Que diriez-vous si on vous attachait à un arbre, et si l'on vous faisait rôtir à petit feu ?

— Maître, répondit Tom en joignant les mains, je sais ce dont vous êtes capable ; mais tout ce que vous pouvez faire, c'est de tuer le corps, et il me restera l'éternité !

Ce mot, qui ranimait les forces du noir, produisit sur le maître l'effet de la morsure d'un scorpion. Legree grinça des dents ; mais la rage qui le suffoquait lui coupa la parole ; et Tom, comme un homme délivré d'un enchantement, continua d'une voix ferme :

— Maître Legree, puisque vous m'avez acheté, je serai pour vous un serviteur fidèle. Je vous consacrerai tout mon temps, toutes mes forces ; mais je ne livrerai pas mon âme à un homme. Je mettrai les commandements de Dieu avant tout, vous pouvez y compter. Je ne crains pas la mort, je l'attends. Fouettez-moi, faites-moi mourir de faim, brûlez-moi, vous ne réussirez qu'à m'envoyer plus tôt où je veux aller.

— Mais auparavant, s'écria Legree en fureur, je vous forcerai à vous rendre.

— Non, maître, je serai secouru.

— Par qui ?

— Par le Dieu tout-puissant.

— Misérable ! s'écrie Legree en renversant Tom d'un coup de poing.

En ce moment, une main se posa sur l'épaule de Legree. Il se retourna ; c'était celle de Cassy. Cet attouchement doux et froid lui rappela son cauchemar de la nuit. Son cerveau se peupla de fantômes, et il sentit renaître la terreur dont il avait été saisi pendant ses rêves.

— Etes-vous fou ? dit Cassy en français ; laissez-le en repos. Je me charge de le soigner et de le mettre en état de retourner aux champs. Ne vous avais-je pas averti qu'il résisterait ?

On prétend que l'alligator et le rhinocéros, quoique revêtus d'une cuirasse à l'épreuve de la balle, ont une partie du corps vulnérable. Chez les réprouvés sans foi ni loi, le point sensible est la terreur superstitieuse.

Legree résolut de temporiser.

— Faites comme vous voudrez, dit-il à Cassy. Et vous, Tom, je vous épargne à présent, parce que l'ouvrage presse et que j'ai besoin de tout mon monde ; mais je n'oublie jamais : j'ai un compte à régler avec vous, et vous finirez par me payer aux dépens de votre vieille peau noire.

En disant ces mots il sortit.

— Vous aurez aussi un compte à régler, dit Cassy en le suivant des yeux. Eh bien ! mon pauvre ami, comment vous trouvez-vous ?

— Le bon Dieu a envoyé son ange et a fermé pour cette fois la gueule du lion.

— Oui, dit Cassy, pour cette fois ; mais à présent que vous vous êtes attiré sa colère, il ne vous lâchera pas ; il s'attachera à vous ; il vous sucera le sang goutte à goutte. Je connais l'homme !

CHAPITRE XXXVII.

Liberté.

Laissons un moment Tom entre les mains de ses persécuteurs, pour suivre la fortune de Georges et de sa femme, que nous avons laissés chez des amis, dans une ferme située au bord de la grande route.

Au moment où nous avons quitté Tom Loker, il s'agitait en gémissant sur un lit d'une blancheur immaculée, et la mère Dorcas, qui l'assistait, le trouvait aussi peu traitable qu'un bison malade.

Figurez-vous une grande femme pleine de dignité. Un bonnet de mousseline claire couvre ses cheveux argentés, qui se séparent audessus d'un front large. Ses yeux gris expriment la réflexion. Un fichu de crêpe lisse est croisé sur sa poitrine. Quand elle rôde dans la chambre, on entend le doux frôlement de sa robe de soie brune.

— Mille diables ! dit Tom Loker en écartant les draps.

— Ami, dit la mère Dorcas, je te prie de ne pas te servir de pareilles expressions ; et elle rarrange tranquillement le lit.

— Je tâcherai de m'en empêcher ; mais il fait si chaud, qu'on ne peut s'empêcher de jurer.

La mère Dorcas ôte un couvre-pied, replace les draps, et les borde de manière à donner à Tom Loker l'air d'une chrysalide.

— Ami, lui dit-elle durant cette opération, tu devrais t'abstenir de blasphémer, et veiller sur ta conduite.

— Pourquoi ça ? dit le chasseur de nègres ; c'est la dernière chose dont je me suis jamais occupé... Au diable tout ce linge !

Et en se débattant il met dans le lit un effrayant désordre.

— Cet homme et cette femme sont ici, reprend-il après un moment de silence.

— Oui, répond Dorcas.

— Ils feraient mieux de se rendre de suite de l'autre côté du lac.

— C'est ce qu'ils feront probablement bientôt, dit la mère Dorcas en tricotant.

— Écoutez, dit Tom, nous avons à Sandusky des correspondants qui nous gardent des bateaux. Je veux bien vous le dire maintenant, je désire qu'ils s'évadent pour dépiter ce gredin de Marks que le diable emporte !

— Tu oublies mes recommandations, dit Dorcas.

— Quand les bouteilles sont trop bouchées, elles éclatent ! répond Tom Loker. Quant à la femme, dites-lui bien qu'on a envoyé son signalement à Sandusky, et qu'elle doit se déguiser.

— Nous y aviserons, reprend la mère Dorcas avec sa tranquillité caractéristique.

Comme notre intention est de prendre ici congé de Tom Loker, nous ajouterons qu'il passa trois semaines chez les quakers, et qu'un rhumatisme aigu augmenta ses douleurs. En sortant de son lit, il était un peu plus sage et plus réfléchi qu'autrefois. Renonçant à la poursuite des esclaves, il s'établit dans une colonie qui se formait, et s'exerça avec succès à tendre des piéges aux loups, aux ours et autres habitants des forêts. Il s'acquit en ce genre une réputation méritée. Il parlait toujours des quakers avec le plus grand respect. — Ce sont de braves gens, disait-il. Ils ont voulu me convertir, mais ils n'y ont pas complétement réussi. Par exemple, ils s'entendent a soigner un malade, et font des gâteaux superbes.

Sur l'avis de Tom Loker, on jugea prudent de séparer les fugitifs. Jim et sa mère partirent en avant; et deux jours après, Georges, Elisa et leur enfant furent conduits secrètement à Sandusky et logés chez des amis, en attendant le moment de s'embarquer sur le lac Erié.

La nuit se passa vite, et l'étoile de la liberté se leva pour eux.

Liberté! mot électrique! en quoi consiste-t-elle? n'est-ce qu'un nom, une figure de rhétorique? D'où vient, Américains, que votre cœur palpite à ce mot pour lequel vos pères ont versé leur sang, à ce mot pour lequel vos mères, plus courageuses encore, consentaient à voir mourir leurs nobles fils? Ce qui est cher à tout un peuple ne doit-il pas être également cher à un homme? Qu'est-ce que la liberté d'une nation, sinon celle des individus qui la composent? Qu'est-ce que la liberté pour Georges Harris, que voilà devant nous, les bras croisés sur sa large poitrine, les yeux étincelants, les joues colorées par le sang africain? Aux yeux de vos pères, la liberté était le droit de constituer une nationalité. Pour Georges, c'est le droit d'être homme, de n'être pas assimilé à un animal, d'appeler sa femme celle qu'il a choisie, et de la protéger contre la violence; c'est le droit d'élever son enfant, d'avoir un foyer domestique, une religion, un caractère indépendant de la volonté d'autrui.

Toutes ces pensées fermentaient dans l'esprit de Georges tandis que, la tête appuyée sur sa main, il regardait sa femme, qui travaillait au costume d'homme sous lequel elle devait s'échapper.

— N'est-ce pas dommage? dit-elle en secouant les longues tresses de ses cheveux noirs. Je suis condamnée à sacrifier ma plus belle parure.

Georges sourit tristement sans répondre.

Elisa se mit devant une glace, et les ciseaux tranchèrent unc à une les tresses de sa chevelure soyeuse.

— C'est fait, dit-elle en prenant une brosse; il ne s'agit plus que d'arranger ma coiffure. Ne suis-je pas un joli garçon?

Et elle se présenta à son mari en riant et rougissant tout à la fois.

— Vous serez toujours jolie, n'importe comment, dit Georges.

— Pourquoi êtes-vous si rêveur? reprit Elisa mettant un genou en terre devant lui. Nous ne sommes qu'à vingt-quatre heures du Canada. Un jour et une nuit de traversée sur le lac, et nous arriverons.

— Ah! Elisa, s'écria Georges, c'est précisément là ce qui m'inquiète! nous approchons du but, nous le voyons presque : si nous allions ne pas l'atteindre!

— Ne craignez rien, le bon Dieu ne nous aurait pas conduits jusqu'ici s'il n'entrait pas dans ses desseins de nous faire franchir tous les obstacles. Je sens qu'il est avec nous.

— Vous êtes bénie, Elisa, répondit Georges en lui serrant convulsivement la main, mais ce bonheur nous est-il réservé? touchons-nous réellement au terme de nos longues souffrances? serons-nous libres?

— J'en suis certaine, dit Elisa avec enthousiasme : Dieu va nous tirer aujourd'hui même de la servitude.

— Je tâche de vous croire, dit Georges en se levant brusquement. Allons, mettons-nous en route! Mais en vérité, ajouta-t-il en la tenant à la longueur de son bras, vous êtes un joli petit garçon. Ces petits cheveux frisés vous vont à merveille. Mettez votre chapeau... là un peu sur le côté. Je ne vous ai jamais vue si charmante. Mais la voiture devrait arriver. Je me demande si madame Smith s'est occupée du costume de l'enfant.

Une dame d'un âge mûr et d'un extérieur respectable entra en ce moment, tenant à la main le petit Henri revêtu d'habits de fille.

— Quelle jolie fille il fait! dit Elisa : nous l'appellerons Henriette, n'est-ce pas un nom bien trouvé?

L'enfant regarda gravement sa mère travestie, observa un profond silence, et soupira par intervalles.

— Ne reconnaissez-vous pas votre maman? dit Elisa en lui tendant les mains. Henri se rapprocha timidement de la vieille dame.

— Allons, Elisa, dit Georges, pourquoi vouloir le caresser, quand vous savez qu'il ne doit pas venir avec vous?

— J'ai tort, dit Elisa; mais puis-je me retenir... Où est mon manteau? Georges, comment les hommes mettent-ils leur manteau?

— Comme cela, répondit son mari; et il le lui drapa sur les épaules.

— Maintenant, reprit Elisa, je dois appuyer le pied en marchant, faire de grandes enjambées, et prendre un air tapageur.

— Ne vous exercez pas; vous êtes un jeune homme modeste; il vous est facile de rester dans votre rôle.

— Et ces gants! miséricorde! mes mains s'y perdent!

— Je vous conseille de ne pas les quitter, votre petite patte effilée vous trahirait... Madame Smith, vous vous rappelez bien que vous êtes la tante de cet enfant?

— Il paraît, dit madame Smith, qu'on a signalé à tous les capitaines de paquebot : Un homme, une femme et un petit garçon.

— Eh bien, dit Georges, si nous rencontrons ces gens-là, nous en donnerons des nouvelles.

Madame Smith guida ses amis vers la demeure hospitalière d'un bon missionnaire.

Une voiture de louage s'arrêta à la porte, et l'honnête famille qui avait reçu les fugitifs vint à la porte leur faire ses adieux. Leur déguisement avait été choisi d'après l'inspiration de Tom Loker. Madame Smith retournait par bonheur, au Canada, qu'elle habitait. Elle avait consenti à passer pour la tante d'Henri; et afin de se l'attacher, elle le gardait chez elle depuis deux jours. Des soins assidus, du candi et des gâteaux de mil lui avaient concilié l'affection de l'enfant. La voiture s'arrêta sur le quai. Elisa donna galamment le bras à madame Smith pour entrer dans le bateau. Georges les suivit sur la planche, et s'occupa de faire enregistrer les bagages. Il était dans le bureau du capitaine, quand il entendit deux hommes qui causaient à côté de lui.

— J'ai examiné tous ceux qui sont venus à bord, disait l'un, et je suis sûr que vos gens ne sont pas dans ce bateau.

Celui qui parlait était le commis du paquebot; l'autre était Marks, qui, avec sa rare persévérance, avait poursuivi sa proie jusqu'à Sandusky : quærens quos devoraret.

— Il est difficile, dit Marks , de distinguer la femme d'avec une blanche. L'homme est un mulâtre très-clair. Il a à la lettre H marquée au feu sur la main droite.

Georges prenait en ce moment les billets, et on lui rendait sa monnaie. Ses mains tremblèrent un peu ; mais se retournant froidement, il regarda Marks avec indifférence, et se dirigea tranquillement vers une autre partie du bateau où Elisa l'attendait.

Madame Smith avec le petit Henri s'était réfugiée dans la cabine des dames , où la beauté de la prétendue petite fille lui méritait les compliments des passagères.

Lorsque la cloche tinta pour la dernière fois, Georges eut la satisfaction de voir Marks retourner au rivage , et il poussa un long soupir pour soulager sa poitrine lorsque le bateau eut mis entre eux une distance infranchissable.

La journée était magnifique. Les vagues bleues du lac Erié étincelaient au soleil ; une brise fraîche soufflait du rivage , et le paquebot avançait rapidement. Mais que de mystère il y a dans le cœur humain ! En se promenant avec calme sur le pont, avec son timide compagnon, Georges était en proie à des angoisses qui le dévoraient. Le bonheur dont il approchait lui semblait trop grand pour être réel, et il appréhendait qu'on vînt le lui ravir. Cependant les heures s'écoulèrent, et enfin on aperçut les côtes du Canada , ces côtes qui ont le magique pouvoir de briser les liens de l'esclavage. On approchait de la petite ville de Amherstburg, située à l'extrémité occidentale du lac Erié. Georges prit le bras de sa femme. Sa respiration devint pénible ; ses yeux se couvrirent d'un brouillard ; il serra silencieusement une petite main qui trembla dans la sienne. La cloche retentit, le bateau s'arrêta.

Sans trop savoir ce qu'il faisait, Georges prit ses bagages, réunit son monde , et débarqua. Les fugitifs restèrent calmes jusqu'à ce que la foule se fût écoulée ; puis le mari et la femme s'embrassèrent en pleurant, et tenant dans leurs bras leur enfant étonné, ils s'agenouillèrent et élevèrent leur cœur à Dieu.

> On eût dit qu'ils passaient de la mort à la vie,
> Du funèbre suaire à la robe des cieux ;
> Que, par les passions si longtemps poursuivie,
> Aux chaînes du péché leur âme enfin ravie
> Trouvait loin de ce monde un accueil gracieux.
>
> C'était l'heure suprême où la mort conjurée
> De l'enfer en grondant regagne le chemin ;
> Où, pour nous recevoir dans l'enceinte sacrée,
> Dieu tourne la clef d'or dans sa puissante main ;
> Où le pardon nous dit : « Ton âme est délivrée ! »

Madame Smith guida ses amis à la demeure hospitalière d'un bon missionnaire que la charité chrétienne avait placé là pour recueillir les proscrits qui viennent continuellement chercher asile sur ce rivage.

Qui peut exprimer les douceurs de ce premier jour de liberté ? N'avons-nous pas, outre nos cinq sens, un sens d'un ordre supérieur, celui de la liberté ? Respirer, parler, aller et venir avec une complète indépendance ! Comment peindre le paisible repos de l'homme libre, protégé par des lois qui lui assurent les droits que Dieu a donnés à l'homme ? Avec quelle tendresse Elisa contemplait son enfant endormi, que le souvenir de mille dangers lui rendait plus cher ! Les deux époux ne possédaient pas un acre de terre, pas une cabane pour s'abriter ; ils avaient dépensé jusqu'à leur dernier dollar. Ils n'avaient rien de plus que les oiseaux de l'air, que les fleurs des champs, et pourtant ils étaient au comble de la joie.

O vous qui enlevez la liberté à l'homme, comment répondrez-vous à Dieu quand il vous en demandera compte ?

CHAPITRE XXXVIII.

La Victoire.

Il y a des moments dans le cours de l'existence où on trouve plus facile de mourir que de vivre. Le martyr qui affronte une mort cruelle est soutenu même par la torture. Sa ferveur, vivement surexcitée, le rend capable de supporter des supplices dont chacun lui fait faire un pas de plus vers l'éternelle délivrance. Mais languir dans la dégradation , subir le joug d'une abrutissante servitude, perdre graduellement la faculté de sentir, c'est la plus cruelle épreuve qu'un homme puisse subir.

Lorsque Tom était en face de son bourreau, et croyait sa dernière heure venue, il montrait une inébranlable fermeté. L'image du ciel, auquel il touchait presque, lui donnait la force d'affronter les plus grands tourments ; mais lorsque Legree n'était pas là, et que l'excitation du moment avait disparu, l'esclave sentait la douleur de ses blessures et comprenait toute la misère de sa position désespérée. Longtemps avant qu'il guérît, Legree le renvoya aux champs, où le malheureux fut en butte à tous les mauvais traitements que peut suggérer la méchanceté humaine. Quiconque a souffert doit savoir quelle irritation en résulte. Tom ne s'étonnait plus de l'humeur sombre et hargneuse de ses compagnons. Il trouvait même qu'il était difficile de se préserver de l'influence d'une vie de misère. Il s'était flatté d'employer ses loisirs à lire la Bible ; mais, au plus fort de la récolte, Legree n'hésita pas à faire travailler ses ouvriers le dimanche comme les autres jours. Pourquoi ne l'aurait-il pas fait ? Il obtint par là une quantité de coton plus considérable ; il gagna ses paris ; et s'il tua quelques esclaves, il eut de quoi les remplacer avantageusement. D'abord, à son retour des champs, Tom pouvait lire à la lueur du feu quelques versets de sa Bible ; mais après sa flagellation, il revenait si fatigué que la tête lui tournait et que sa vue se troublait quand il essayait de lire. Il était forcé d'aller se coucher avec ses camarades. La foi qui l'avait soutenu jusqu'alors cédait la place à des accès de doute. Les ténèbres se faisaient dans son âme ; il méditait sans cesse un des plus sombres problèmes de la vie : des âmes opprimées, le mal triomphant, et Dieu silencieux.

Plusieurs mois se passèrent ; Tom pensa à la lettre que miss Ophélia avait écrite à ses amis du Kentucky, et priait Dieu de lui envoyer la délivrance. Il était chaque jour aux aguets, dans la vague espérance de voir arriver un messager chargé de le racheter ; mais comme personne ne venait, il fut accablé de la douloureuse idée qu'il était inutile de servir Dieu, et que Dieu l'avait oublié. Il voyait quelquefois Cassy, et lorsqu'il avait affaire à la maison, il apercevait la malheureuse Emmeline ; mais il entretenait peu de relations avec elle : au reste, il n'avait le temps d'avoir de relations avec personne.

Un soir, dans un abattement complet, il était assis devant quelques brandons qui servaient à faire cuire sa chétive pitance ; il jeta des broussailles sur le feu, s'efforça d'obtenir un peu de lumière, et tira de sa poche sa Bible tout usée. Là se trouvaient les paroles des patriarches et des prophètes, des poëtes et des sages. Leur langage avait-il perdu sa puissance, ou bien ses sens fatigués refusaient-ils d'y répondre ? Il ne put lire, et remit en soupirant sa Bible dans sa poche. Un éclat de rire le fit frissonner : il leva les yeux, Legree était en face de lui.

— Eh bien, mon vieux, il paraît que vous avez assez de la religion : je savais bien que je finirais par vous guérir de cette maladie.

Cette raillerie était plus cruelle que la faim , le froid , le dénument. Tom garda le silence.

— Vous étiez fou , poursuivit Legree , car j'avais de bonnes intentions à votre égard ; vous auriez pu être plus heureux que Sambo et Quimbo. Au lieu d'être battu tous les jours, vous auriez distribué des coups, et de temps en temps on vous aurait régalé d'un verre de punch pour vous réchauffer. Ne trouvez-vous pas qu'il vaut mieux revenir à la raison ? Jetez au feu cet amas de rêveries, et entrez dans mon église.

— Dieu m'en préserve ! s'écria Tom avec impétuosité.

— Vous voyez que le Seigneur ne vous assiste pas ; s'il existait , il ne vous aurait pas laissé tomber entre mes griffes. Votre religion n'est qu'un assemblage de mensonges ; vous ferez mieux de vous attacher à moi ; je suis quelqu'un, et je peux faire quelque chose.

— Maître, dit Tom, que le Seigneur m'assiste ou ne m'assiste pas, je m'attache à lui, et je croirai en lui jusqu'à mon dernier soupir.

— Votre folie augmente , dit Legree en le poussant dédaigneusement du pied. N'importe, je la ferai passer, vous verrez !

Et Legree s'éloigna.

Lorsque l'âme est accablée, il y a un moment où elle concentre son fardeau, et les plus cruelles angoisses précèdent souvent une réaction qui nous rend à la joie et au courage. Ce fut ce que Tom éprouva. Les sarcasmes de l'athée avaient accru son désespoir, et c'était d'une main faible et engourdie qu'il se cramponnait au rocher de la foi ; il était comme anéanti ; mais soudain les objets devinrent confus autour de lui, et il aperçut dans une vision une figure couronnée d'épines, meurtrie et ensanglantée. Une majestueuse patience régnait sur ses traits ; son regard était plein de douceur. En proie à une vive émotion, Tom s'agenouilla et tendit les mains : alors la vision changea, les épines acérées devinrent des rayons de lumière ; la glorieuse figure prit un inconcevable éclat, et s'inclina vers l'esclave d'un air de compassion. Il entendit une voix qui disait : « Celui qui est accablé s'assiéra avec moi sur mon trône ; car moi aussi je fus accablé, et je suis assis sur le trône de mon Père. »

Tom demeura longtemps dans un état de stupeur dont il ne calcula pas la durée. Quand il revint à lui, le feu était éteint ; l'abondante rosée de la nuit avait mouillé les vêtements du vieux noir, mais la crise de son âme était passée ; il était désormais insensible à la dégradation, aux souffrances, aux privations, et prêt à offrir sa vie en holocauste. Il était sincèrement détaché de toutes les espérances terrestres ; il leva les yeux vers les étoiles, types angéliques des êtres qui veillent sur l'homme, et il fit entendre dans la solitude de la nuit les paroles d'une hymne qu'il avait souvent chantée dans des jours plus heureux, mais jamais avec plus de ferveur :

> La terre se fondra comme un monceau de neige ;
> Le soleil cessera de mesurer les jours ;
> Mais à mes yeux charmés le Dieu qui me protége
>   Se révélera pour toujours.
>
> Quand ma chair périssable aura rejoint la terre,
> Dans un séjour de paix je serai transporté,
> Et je soulèverai les voiles de mystère
>   Qui cachent l'immortalité !

Aux pieds du Créateur, près des saintes phalanges,
Les siècles par milliers iront sur moi glissant ;
Et je n'aurai, mon Dieu ! pour chanter tes louanges,
Pas moins de jours qu'en commençant.

Ceux qui ont étudié les mœurs religieuses des esclaves ont dû entendre plusieurs fois des récits tels que celui que nous venons de faire. L'auteur de ce livre a lui-même recueilli de la bouche des noirs des narrations de ce genre. La psychologie nous parle d'un état moral où l'âme est si fortement impressionnée que les images qu'elle évoque prennent une forme, et que l'imagination force les sens intérieurs. Peut-on apprécier jusqu'à quel point l'Être suprême daigne se servir de ces facultés humaines ? sait-on de quelle manière il juge convenable de relever les âmes désolées ? Si les pauvres esclaves croient que Jésus-Christ leur est apparu, qui pourrait les démentir ? n'a-t-il pas dit que sa mission dans tous les siècles était de ranimer les cœurs brisés et de délivrer les opprimés ?

Quand le point du jour ramena l'heure du travail, au milieu de ces misérables qui grelottaient, il y avait un homme qui marchait d'un pas ferme ; car il s'appuyait sur une foi inébranlable. Essayez maintenant toutes vos forces, Legree ! les humiliations et les tourments ne seront pour lui que des moyens d'arriver plus promptement à la couronne immortelle.

A partir de ce moment, Tom vécut dans une atmosphère de paix. Son cœur était un temple où le Seigneur était toujours présent ; ces alternatives de crainte qui l'avaient si longtemps déchiré étaient complétement absorbées par de plus hautes aspirations. Le reste de son voyage sur la terre lui paraissait facile à accomplir, tant il se sentait près de l'éternelle félicité.

Tout le monde remarqua le changement qui s'était opéré en lui ; l'enjouement lui était revenu, et aucune injure ne pouvait le faire sortir de sa quiétude.

— Que diable peut avoir Tom ? dit Legree à Sambo ; il y a quelque temps il nous faisait la moue, et à présent il est vif comme un criquet.

— Je ne sais, maître ; peut-être qu'il songe à s'évader.

— Je voudrais bien voir ça ! dit Legree avec un rire féroce ; et vous, Sambo ?

— Vous le devinez sans peine, dit le hideux gnome en riant à l'imitation de son maître. Quel plaisir de le voir se vautrer dans la boue, s'embarrasser dans les broussailles, et se battre contre les chiens ! J'ai failli crever de rire le jour où l'on attrapa Molly ; nos chiens l'avaient mise en lambeaux au moment où j'accourus pour m'en emparer. Elle en porte encore les marques.

— Elle les portera toujours, dit Legree. Mais veillez au grain, Sambo ; et si Tom veut nous faire quelque farce, donnez-lui un croc-en-jambes.

— Comptez sur moi, maître, dit Sambo. J'attraperai le lapin. Hi ! hi !

Pendant cet entretien, Legree se disposait à monter à cheval pour se rendre à la ville voisine. Le soir, à son retour, il crut à propos de se détourner de sa route pour aller voir si l'on était tranquille au quartier.

C'était par un magnifique clair de lune, et l'ombre des arbres de Chine se dessinait sur l'herbe dans les moindres détails. L'atmosphère avait cette transparence, ce calme pur qu'on ose à peine troubler. Legree était à peu de distance du quartier, quand il entendit des chants : ils étaient rares dans ce lieu, et le maître s'arrêta pour écouter. Une voix de ténor chantait :

Lorsque je vois en lettres saintes
Mes titres écrits dans les cieux,
De mon cœur je bannis les craintes,
Je sèche les pleurs de mes yeux.

Oui, que le monde se déchaîne !
Que l'avenir soit menaçant !
Des démons je brave la haine,
Je me ris du monde impuissant.

Que les malheurs, comme un déluge,
Pleuvent sur moi de tout côté !
Pourvu que je trouve un refuge
En ton sein, Dieu de liberté !

— Voilà donc ses idées ! se dit Legree. Que je déteste ces chants méthodistes ! Holà ! Tom, pourquoi vous permettez-vous d'être encore levé quand vous devriez être au lit ? Fermez votre bec noir, et rentrez !

— Oui, maître, dit Tom avec empressement.

La pieuse tranquillité de Tom irrita Legree au dernier point ; il courut à lui, et lui laboura la tête et les épaules.

— Voilà, coquin, dit-il ; nous verrons si vous vous trouverez bien après cela.

Mais les coups ne tombaient que sur l'homme physique, et non plus sur le cœur comme auparavant. Tom était parfaitement docile ; et pourtant Legree ne put se dissimuler qu'il n'avait point d'empire sur son esclave.

Au moment où Tom entra dans sa case, il passa dans l'esprit du tyran un de ces éclairs que la conscience fait luire parfois dans les âmes les plus assombries. Il comprit bien que c'était Dieu qui s'élevait entre lui et sa victime, et il blasphéma. La soumission de cet homme qui bravait les menaces et les coups éveilla dans le cœur du bourreau une voix pareille à celle du démon chassé par le divin Maître. Elle disait : « Qu'avons-nous à démêler avec toi, Jésus de Nazareth ? Es-tu venu nous tourmenter avant le temps ? »

Tom était rempli de sympathie pour ses malheureux associés, et il était consumé du désir de leur faire partager la paix intérieure dont il jouissait. Les occasions étaient rares ; mais à l'aller et au retour des champs, ou même pendant les travaux, il trouvait moyen de tendre la main à ces êtres découragés. D'abord, ils le comprirent difficilement ; mais le jour se fit par degrés dans leur esprit. Cet homme étrange secourait tout le monde et ne demandait d'assistance à personne. Il attendait que tous fussent rassasiés pour apaiser sa faim, il prenait la plus faible ration ; il était toujours prêt à la partager avec ceux qui en avaient besoin. Dans les nuits fraîches, il abandonnait sa couverture déchirée à quelque femme qui avait le frisson de la fièvre. Aux champs, il remplissait les paniers des plus faibles, au risque terrible de n'avoir pas lui-même la mesure voulue. Quoique persécuté sans relâche, jamais il ne proférait un seul mot contre leur tyran. Cet homme si admirable de résignation finit par acquérir sur les autres esclaves une puissance singulière. Lorsque la récolte fut presque finie et qu'on leur laissa le dimanche, ils vinrent en grand nombre se grouper autour de lui pour l'entendre parler du Sauveur. Ils auraient bien voulu se réunir pour prier et pour chanter ; mais Legree ne le souffrait pas. Leurs tentatives excitèrent souvent sa colère, et ils furent obligés de se communiquer secrètement la bonne nouvelle. Quelle joie naïve éprouvaient ces parias, pour lesquels la vie était un triste voyage vers l'inconnu, en apprenant qu'il existait un Rédempteur miséricordieux et une céleste demeure ! Les missionnaires affirment que, de tous les habitants de la terre, les Africains ont reçu l'Évangile avec le plus de docilité. La confiance et la foi absolue sont naturelles chez eux ; il est arrivé souvent qu'un germe de vérité, jeté au hasard parmi les ignorants, a produit des fruits dont l'abondance confondait les esprits plus éclairés.

La mulâtresse, dont le chagrin avait étouffé la piété, se sentit ranimer par les exhortations que l'humble apôtre lui glissait à l'oreille en marchant à ses côtés. Cassy elle-même, dont la tête était à moitié dérangée, fut calmée par l'influence de Tom.

Réduite au désespoir par le malheur, Cassy avait souvent pensé à se venger de l'oppresseur, tant pour son propre compte que pour celui des esclaves qu'elle avait vu torturer.

Une nuit, lorsque tous ceux qui partageaient la case de Tom étaient plongés dans le sommeil, il aperçut avec étonnement la figure de Cassy au trou qui servait de fenêtre. Elle lui faisait signe de sortir.

Tom se leva ; il était entre une heure et deux heures du matin. A la clarté de la lune, il remarqua que les yeux noirs de Cassy avaient un éclat sinistre et tout particulier.

— Venez, père Tom, dit-elle en lui serrant la main comme dans un ressort d'acier ; j'ai quelque chose à vous dire.

— De quoi est-il question, miss Cassy ? dit Tom avec une vague inquiétude.

— Voudriez-vous être libre ?

— Je le serai quand mon heure aura sonné ?

— Vous pouvez l'être cette nuit, reprit Cassy avec énergie. Suivez-moi !

— Tom hésita.

— Allons ! murmura-t-elle en fixant sur lui ses yeux ardents. Il est profondément endormi. J'ai versé dans son eau-de-vie de quoi prolonger son sommeil ; j'aurais voulu en avoir davantage, je n'aurais pas eu besoin de vous..... Mais, venez !.... La porte de derrière n'est pas fermée au verrou : j'ai mis une hache à côté. Sa chambre est ouverte ; je vous montrerai le chemin. J'aurais frappé moi-même, mais j'ai le bras trop faible... Allons !

— Non, pour tous les trésors du monde !... répondit Tom en reculant.

— Mais songez à ces pauvres esclaves !... Nous pouvons les délivrer tous, nous réfugier dans les savanes, y trouver une île, et nous y établir. Je sais que cela s'est déjà fait. Toute existence est préférable à celle-ci.

— Non ! répéta le noir d'un ton ferme ; le crime ne produit jamais le bien. Je me couperais plutôt la main droite !

— Eh bien ! je m'en charge ! dit Cassy.

Tom lui barra le passage.

— Ah ! miss Cassy, au nom de celui qui a souffert pour nous, ne commettez pas ce forfait, duquel il ne résulterait que des malheurs ! Nous devons souffrir, et attendre que l'heure de cet homme soit venue...

— Attendre !... dit Cassy. N'ai-je pas attendu ? Ne m'a-t-il pas fait assez souffrir ? N'a-t-il pas assez tourmenté des centaines de misérables ? N'êtes-vous pas couvert des plaies qu'il vous a faites ? Je suis appelée à vous venger ; son heure est venue, et j'aurai son sang !

— Non ! non ! s'écria Tom en lui prenant les mains, qu'elle crispait avec une violence spasmodique. Le Seigneur n'a jamais répandu d'autre sang que le sien, et il l'a versé pour ses bourreaux. Imitons-le, et aimons nos ennemis.

— Aimer de pareils ennemis, dit Cassy avec un regard farouche, est-ce dans la nature ?

— Non ; mais Dieu nous en donne la force, et c'est là la victoire. Quand nous pouvons aimer tous nos frères et prier pour tous, le combat est fini, la victoire est gagnée !

Et le noir leva au ciel ses yeux pleins de larmes. Son ardente piété, la douceur de sa voix, furent pour la pauvre femme comme une rosée rafraîchissante. Le feu sinistre de ses yeux s'éteignit, elle baissa la tête, et les muscles de ses mains se détendirent.

— Ne vous ai-je pas averti, dit-elle, que le mauvais esprit me poursuivait ? Ah ! père Tom, que ne puis-je prier !... Je n'ai pas prié une seule fois depuis que mes enfants ont été vendus ! vous devez avoir raison dans ce que vous dites ; mais, quand j'essaye de prier, je ne puis que haïr et maudire.

— Pauvre femme ! reprit Tom ; le démon veut s'emparer de vous, et vous cribler comme du froment !... Je prie pour vous... Oh ! miss Cassy, tournez-vous vers le Seigneur, qui console tous les affligés !

Cassy gardait le silence, et de grosses larmes tombaient de ses yeux baissés.

— Miss Cassy, dit Tom avec hésitation, si vous pouviez sortir d'ici avec Emmeline, je vous le conseillerais, pourvu qu'il fût possible de le faire sans effusion de sang...

— Viendriez-vous avec nous, père Tom ?

— Non. Il fut un temps où j'y aurais consenti ; mais j'ai une mission à remplir au milieu de mes pauvres camarades, et je porterai ma croix jusqu'à la fin. Votre situation est différente, vous êtes en proie à d'horribles tentations, et il vaut mieux partir, si vous le pouvez.

— Où irais-je ?... Il n'y a pas d'oiseau qui ne se loge quelque part. Les serpents et les alligators ont eux-mêmes une retraite sûre : mais il n'y a pour nous d'asile que la tombe. Les chiens nous chasseraient dans les marécages, et nous découvriraient. Hommes et choses sont contre nous. Les animaux même s'emploieraient à nous chasser..... Où irions-nous ?

Tom réfléchit un moment ; puis il dit :

— J'ai encore confiance dans celui qui a sauvé Daniel de la fosse aux lions, qui a sauvé les enfants de la fournaise ardente, qui a marché sur les flots, et ordonné aux vents de se calmer. Tentez l'aventure, et je prierai pour vous de toutes mes forces.

Par quelle étrange loi de l'esprit une idée longtemps méprisée se présente-t-elle tout à coup sous un nouvel aspect, comme une pierre jugée inutile, et qui se trouve être un diamant ?

Cassy avait souvent médité bien des plans d'évasion, et les avait successivement rejetés ; mais en ce moment elle conçut un plan si simple et si praticable, qu'elle s'en promit le succès.

— Père Tom, j'essayerai, dit-elle brusquement.

— Allez donc, et que Dieu vous assiste !

CHAPITRE XXXIX.

Le Stratagème.

Le grenier de la maison de Legree était comme la plupart des greniers, un lieu désolé, poudreux, tendu de toiles d'araignées et encombré d'objets de rebut. La famille opulente qui avait habité la maison aux jours de sa splendeur avait un mobilier considérable. Elle en avait emporté une partie ; le reste moisissait dans des chambres désertes, ou était relégué dans les combles. La petite fenêtre qui éclairait ces derniers ne laissait pénétrer qu'un jour douteux à travers ses vitres ternies. On apercevait vaguement dans la pénombre de grands fauteuils antiques et des tables poudreuses qui avaient connu de meilleurs jours. Somme toute, c'était un lieu lugubre et fatal ; et les nègres superstitieux en exagéraient les terreurs. Quelques années auparavant, une négresse qui avait encouru le déplaisir de Legree avait été enfermée là pendant plusieurs semaines. Nous ne dirons point ce qui s'y passa ; les nègres se le répétaient à voix basse ; mais un jour on vit descendre le cadavre de l'infortunée. Depuis, on prétendit qu'on entendait dans le vieux grenier un bruit de coups violents, accompagné de jurons, de blasphèmes, de plaintes et de gémissements. Legree apprit par hasard les légendes qui circulaient ; il entra dans une colère terrible, et jura que le premier qui parlerait du grenier aurait occasion d'en faire la connaissance, car il y serait enchaîné pendant huit jours. Cet avis fit taire les bavards sans diminuer en rien le crédit qu'on accordait à cette histoire. Peu à peu, on prit l'habitude d'éviter l'escalier qui menait au grenier, et même le corridor qui menait à l'escalier. La légende tombait en désuétude, lorsque Cassy eut l'idée d'en profiter pour éveiller les craintes superstitieuses de Legree et pour arriver à s'affranchir.

La chambre à coucher de Cassy était située immédiatement au-dessous du grenier. Sans consulter son maître, elle prit sur elle de faire enlever ostensiblement ses meubles, qu'on transporta dans une pièce très-éloignée. Les domestiques qui furent mandés à cet effet procédaient en désordre à l'opération, lorsque Legree revint de la promenade.

— Holà, Cassy ! s'écria-t-il, de quel côté souffle donc le vent ?

— Je prends une autre chambre, dit Cassy d'un air sombre.

— Et pourquoi, je vous prie ?

— C'est mon idée.

— Mais enfin, d'où vous vient-elle ?

— Je veux pouvoir dormir de temps en temps.

Les épines acérées se changèrent en rayons de lumière.

— Eh bien ! qui vous en empêche ?

— Je vous le dirais bien, mais vous ne me croiriez pas.

— Parlez, mâtine !

— Ce n'est rien, et je crois que cela ne vous inquiéterait pas ; mais on entend toute la nuit, depuis minuit jusqu'au matin, des gens qui gémissent et qui se roulent sur le plancher.

— Vraiment ! dit Legree en s'efforçant de rire ; qu'est-ce que ça peut être ?

Cassy le regarda avec une expression qui le fit frémir. — Vous devez savoir, dit-elle, à quoi vous en tenir là-dessus. C'est à vous à me dire ce que ça peut être ; est-ce que vous ne le savez pas ?

Legree leva sa cravache en jurant ; mais Cassy l'évita, franchit le seuil de sa chambre, et se retourna pour dire à son maître : — Si vous voulez être éclairé sur ce qui se passe, vous n'avez qu'à coucher dans cette chambre, je vous le conseille.

Elle s'enferma brusquement.

Legree tempêta à la porte, qu'il menaça d'enfoncer ; mais après réflexion il se retira au salon. Cassy devina qu'elle avait frappé juste, et dès ce moment elle employa son adresse à compléter son œuvre. Elle planta dans les lucarnes de la toiture de vieux goulots de bouteilles où le vent s'engouffrait avec un son plaintif, et qui, dans les bourrasques, produisaient de véritables cris. Les esclaves crédules les entendirent, et se rappelèrent l'histoire de revenants qu'ils commençaient à oublier. Une terreur superstitieuse s'empara de toute la maison; et quoique personne n'osât communiquer ses alarmes à Legree, il ne put se dérober à une influence en quelque sorte épidémique.

Les athées sont généralement superstitieux. Le chrétien est rassuré par sa confiance dans une puissance protectrice qui remplit l'inconnu d'ordre et de lumières; mais pour celui qui nie Dieu, le monde des esprits est réellement, suivant l'expression du poëte hébreu, une terre de ténèbres, et l'ombre de la mort. Comme il n'admet point de coordination supérieure, les clartés mêmes sont obscures à ses yeux. Son imagination craintive peuple le ciel et la terre de vagues fantômes.

Les relations de Legree avec Tom avaient un moment réveillé sa conscience, dont il avait bien vite étouffé la voix. Toutefois il avait éprouvé une commotion morale qui le prédisposait à croire aux manifestations d'une puissance mystérieuse.

Cassy avait sur lui un empire étrange. Il la tenait sous sa dépendance absolue, et pourtant elle le dominait, car il est impossible à l'homme le plus grossier d'être en rapports constants avec une femme énergique sans que le caractère de cet homme subisse une modification. A son arrivée à la maison, Cassy, comme nous l'avons dit, était pleine de distinction et de délicatesse. Son maître l'avait avilie, pervertie; mais comme les passions s'étaient développées en elle à mesure qu'elle se dégradait, elle le maîtrisait jusqu'à un certain point, et il la craignait tout en la tyrannisant.

L'influence de Cassy était devenue plus réelle et plus importune depuis qu'une folie partielle avait donné à son langage une tournure bizarre et une étrange incohérence.

Deux jours après le changement de chambre, Legree était assis dans le vieux salon, près d'un feu de bois qui jetait sur les murs des lueurs incertaines. C'était une de ces nuits d'orage qui éveillent mille bruits fantasques dans les vieilles maisons lézardées. Les fenêtres craquaient; les volets battaient; le vent sifflait dans la cheminée, en balayant les cendres et la fumée, comme s'il eût poussé devant lui des légions d'esprits. Legree réglait des comptes et lisait des journaux; Cassy, installée dans un coin, fixait un regard morne sur le feu. Pendant une partie de la soirée, elle avait lu un vieux livre qu'elle avait déposé sur la table. Legree le prit et se mit à le parcourir; c'était un de ces recueils d'histoires de meurtres sanglants et d'apparitions, qui, grossièrement imprimés et accompagnés de méchantes gravures, exercent cependant une étrange fascination sur celui qui commence à les lire.

Legree poussa des exclamations de dédain; néanmoins il feuilleta le volume, et ce ne fut qu'après avoir lu quelques pages qu'il le rejeta en jurant.

— Vous ne croyez pas aux fantômes, Cassy? dit-il en prenant les pincettes pour arranger le feu; j'aurais supposé que vous aviez assez de bon sens pour ne vous pas laisser effrayer par des bruits.

— Que vous importe ce que je crois? repartit Cassy d'un air sombre.

— Quand j'étais en mer, on me contait des histoires épouvantables; mais ces absurdités ne me faisaient pas peur; les bruits de là-haut viennent du vent et des rats: les rats font un tapage infernal, je les ai souvent entendus dans la cale d'un vaisseau; quant au vent, on le connaît.

Cassy savait que ses regards troublaient Legree; aussi, sans faire de réponse, elle fixa sur lui, du fond de son coin obscur, des yeux où s'allumaient d'étranges clartés.

— Parlez donc, femme! Est-ce que vous n'êtes pas de mon avis?

— Les rats peuvent-ils descendre l'escalier, ouvrir une porte que vous avez fermée au verrou et contre laquelle vous avez mis une chaise? Peuvent-ils marcher droit à votre lit, et mettre la main sur vous comme ceci?

Elle termina en posant sa main glacée sur celle de Legree, qui recula en jurant.

— Femme, que voulez-vous dire? est-ce que cela vous est arrivé?

— Non sans doute, vous l'ai-je dit? reprit Cassy avec un sourire ironique.

— Mais, avez-vous vu?... allons, Cassy, expliquez-vous.

— Couchez là-haut, si vous voulez savoir à quoi vous en tenir.

— Cela venait-il du grenier, Cassy?

— Qu'entendez-vous par *Cela?*

— Mais, ce dont vous avez parlé...

— Je n'ai parlé de rien.

Legree, inquiet, se promena de long en large dans le salon.

— J'examinerai ce qui en est; j'irai là-haut cette nuit même, et je prendrai mes pistolets.

— Vous me ferez plaisir. Allez coucher dans mon ancienne chambre, et tenez-vous prêt à faire feu.

— Tonnerre! s'écria Legree en frappant du pied avec emportement.

— Ne jurez pas, sait-on qui peut vous entendre? Ecoutez! Qu'est-ce que cela?

— Quoi? dit Legree en tressaillant.

Une vieille horloge hollandaise, placée dans un coin de la chambre, sonna lentement minuit. Par un motif indéterminé, Legree demeura immobile sans prononcer une seule parole; il était saisi d'une vague épouvante, tandis que Cassy, le contemplant d'un air railleur, comptait les coups du marteau.

— Minuit, nous allons voir, dit-elle en ouvrant la porte du corridor et en prêtant l'oreille, écoutez! quel est ce bruit?

— C'est le vent, n'entendez-vous pas comme il souffle?

— Simon, venez ici, murmura Cassy; et le prenant par la main, elle le conduisit au pied de l'escalier. Savez-vous ce que c'est que cela?

Un cri sauvage partit du grenier. Les genoux de Legree s'entre-choquèrent; et il devint blême de terreur.

— Si vous preniez vos pistolets? dit Cassy avec une expression de sarcasme qui glaça le sang de Legree. Il est temps d'examiner ce dont il s'agit. J'aurais du plaisir à vous voir monter là-haut. Il y a du monde.

— Je n'irai pas!

— Pourquoi? Ce ne sont que des spectres! Marchez donc!

Et montant quelques marches de l'escalier, Cassy se retourna en riant pour voir s'il la suivait.

— Je crois que vous êtes le diable, dit Legree. Descendez, descendez, vieille sorcière! vous ne monterez pas!

Mais Cassy continua sa route. Il l'entendit ouvrir la porte du corridor qui menait au grenier. Une bouffée de vent en descendit; elle éteignit la chandelle qu'il tenait à la main, et en même temps d'effroyables cris retentirent à son oreille. Il se sauva éperdu dans le salon, où Cassy le rejoignit pâle, calme, froide comme un esprit vengeur, et ayant toujours dans les yeux les mêmes lueurs sinistres.

— J'espère que vous êtes content, dit-elle.

Venez! il y a là une hache!

— Que le diable vous emporte !

— Pourquoi ? Je suis montée tout bonnement pour fermer les portes. Mais, Simon, que s'est-il donc passé dans ce grenier ?

— Rien qui vous regarde.

— Fort bien ; mais je ne me soucie pas de coucher au-dessous.

Prévoyant que le vent s'élèverait ce soir-là, Cassy avait ouvert la fenêtre du grenier. Dès qu'elle était entrée dans le couloir, la bise s'était engouffrée, et avait éteint la chandelle que tenait Legree.

Ce récit peut donner idée des tours que Cassy jouait à son maître. A la fin, il aurait plutôt mis la tête dans la gueule d'un lion que de visiter ce grenier. La nuit, quand tout le monde dormait, Cassy y transportait des provisions suffisantes pour la faire vivre avec sa compagne pendant quelque temps. Elle y transféra aussi la plus grande partie des hardes d'Emmeline et des siennes ; et quand toutes ses dispositions furent prises, elle attendit une occasion favorable pour mettre son plan à exécution.

En cajolant Legree, en profitant de ses moments de bonne humeur, elle le décida à l'emmener avec lui jusqu'à la ville voisine, située sur les bords de la rivière Rouge. Avec une mémoire presque surnaturelle, elle remarqua les moindres détours de la route, et calcula le temps qu'il fallait pour accomplir le voyage.

Tout était prêt pour le coup d'État final. Legree s'était rendu dans une ferme des environs. Depuis plusieurs jours Cassy se montrait avec lui d'une gracieuseté inusitée ; elle s'était prêtée à toutes ses fantaisies ; et ils semblaient être dans les meilleurs termes. Suivons Cassy dans la chambre d'Emmeline, et nous les trouverons toutes les deux occupées à faire leurs paquets.

— Nous en avons assez, dit Cassy ; maintenant mettez votre chapeau et partons, voici l'heure !

— Mais on va nous voir.

— C'est ce que je désire, dit froidement Cassy. Ne savez-vous pas qu'il faut nécessairement qu'on nous donne la chasse ? Voici mon projet : Nous sortons par la porte de derrière, et nous courons au quartier. Sambo ou Quimbo nous aperçoit et nous poursuit. Nous entrons dans la savane pendant qu'on donne l'alarme et qu'on détache les chiens. On court de tous côtés, on se précipite, comme c'est l'ordinaire ; nous nous jetons dans le marécage, et en marchant dans l'eau, nous atteignons l'extrémité de l'anse qui se trouve en face de la porte de derrière. Les chiens sont en défaut, car vous savez que l'eau ne conserve pas la piste. Tout le monde sort de la maison pour courir après nous ; alors nous rentrons, et nous nous installons au grenier, où j'ai fait un bon lit dans une des grandes caisses. Nous aurons quelque temps à rester dans cette retraite ; car Simon mettra le ciel et la terre à nos trousses. Il réunira les commandeurs des autres plantations, et organisera une grande chasse. Il fouillera la savane dans toute son étendue, car il se vante d'avoir toujours repris ses esclaves marrons. Nous le laisserons donc chasser tant qu'il voudra.

— Que votre plan est bien conçu ! s'écria Emmeline ; vous seule étiez capable de l'inventer.

La physionomie de Cassy n'exprimait aucune satisfaction ; on n'y voyait que la fermeté du désespoir.

— Allons, dit-elle en tendant la main à Emmeline.

Les deux fugitives se glissèrent sans bruit hors de la maison, et longèrent le quartier. La lune, qui montrait à l'horizon son croissant argenté, empêchait les ténèbres d'être complètes. Comme Cassy l'avait prévu, au moment où elles atteignaient les marécages qui entouraient la plantation, on lui cria de s'arrêter : ce n'était pas Sambo, c'était Legree qui poursuivait les fugitives en les accablant d'imprécations. A sa voix, Emmeline se sentit défaillir, et, se cramponnant au bras de sa compagne, elle s'écria :

— Ah ! Cassy, je m'évanouis !

— Ranimez-vous, ou je vous tue, dit Cassy ; et elle fit luire la lame d'un stylet devant les yeux de la jeune fille.

Cette diversion produisit son effet. Emmeline parvint à suivre Cassy dans la savane, et elles s'engagèrent dans un sombre labyrinthe de vase, d'arbustes et de flaques d'eau, où Legree dut renoncer à les poursuivre sans renfort.

— Je les tiens ! dit-il en ricanant. Elles se sont fourrées dans un piège, les coquines ! Qu'elles y restent ; nous les rattraperons.

Il rentra au quartier au moment où les travailleurs revenaient des champs, et s'écria :

— Holà, Sambo ! Quimbo ! arrivez tous ! Il y a deux marronnes dans la savane ; cinq dollars à qui les prendra ! Détachez les chiens, Tigre, Furi, et tous les autres.

La nouvelle excita une vive sensation. La plupart des noirs offrirent avec empressement leurs services, soit dans l'espoir d'une récompense, soit par un effet de cette obséquiosité rampante qui est un des plus tristes résultats de l'esclavage. Les uns coururent d'un côté, les autres d'un autre. Quelques-uns se procurèrent des torches de résine, ou découplèrent les chiens, dont les rauques aboiements augmentèrent le tumulte qui régnait dans l'habitation.

— Maître, dit Sambo, auquel Legree avait apporté une carabine, si nous les trouvons, faudra-t-il tirer dessus ?

— Vous pourrez tirer sur Cassy si vous voulez ; il est temps qu'elle aille rejoindre le diable, auquel elle appartient ; mais ménagez la fille... Alerte, enfants ! cinq dollars à qui s'en emparera ! et un verre d'eau-de-vie à chacun de vous !

Toute la bande, éclairée par des torches, et poussant des cris sauvages, s'élança vers la savane. Les domestiques de la maison s'y joignirent, et elle était, par conséquent, complétement déserte lorsque Emmeline et Cassy rentrèrent par la porte de derrière. Les hurlements de ceux qui les poursuivaient ébranlaient l'atmosphère ; et des fenêtres du salon elles virent la troupe furieuse se disperser sur la lisière de la savane.

— Voyez ! dit Emmeline, la chasse commence. Voyez comme ces lumières circulent ! Entendez-vous les chiens ? Si nous étions là, nous serions perdues. De grâce, cachons-nous vite.

— Il est inutile de nous presser, dit froidement Cassy ; toute la maison est à la chasse, c'est le divertissement de la soirée ; nous monterons tout à l'heure. En attendant, je vais prendre de quoi payer notre voyage.

Elle prit une clef dans la poche d'un habit que Legree venait de quitter précipitamment, ouvrit un bureau, et s'empara d'un paquet de billets de banque.

— Oh ! laissez cela ! dit Emmeline.

— Pourquoi ? Voulez-vous que nous mourions de faim dans les savanes, ou que nous puissions arriver dans un État libre ? L'argent est utile, jeune fille.

Elle mit les billets dans son sein.

— Mais... c'est voler ! murmura Emmeline éperdue.

— Voler ! dit Cassy avec un rire de mépris, on ne demande pas de compte à ceux qui nous volent le corps et l'âme. Chacun de ces billets est extorqué à de pauvres travailleurs exténués, qui ne sortiront de ce monde que pour aller au diable. Je voudrais bien que Simon m'accusât de vol !... Mais montons dans notre grenier. Je me suis procuré un paquet de chandelles et des livres pour passer le temps. Vous pouvez être sûre qu'on n'ira pas vous chercher là-haut ; et si l'on y venait, je n'aurais qu'à faire le revenant.

Quand Emmeline arriva dans le grenier, elle vit une caisse immense, qui avait servi jadis à transporter de gros meubles, renversée sur le côté, de sorte que l'ouverture faisait face à la charpente du toit. Cassy alluma une lampe ; les deux femmes se glissèrent le long de l'angle formé par la réunion de la toiture avec le plancher, et s'établirent dans leur domicile. Il était garni de matelas et d'oreillers. Il y avait dans une caisse voisine une abondante provision de comestibles, des chandelles, ainsi que tous les effets nécessaires à leur voyage ; Cassy les avait divisés en paquets d'une petitesse surprenante.

Cassy fixa la lampe à un crochet qu'elle avait fixé tout exprès dans la paroi de la caisse.

— Nous voilà chez nous, dit-elle ; comment trouvez-vous notre logement ?

— Êtes-vous sûre qu'on ne viendra pas nous y chercher ?

— Je voudrais bien que Simon Legree s'y frottât, il s'estimerait heureux d'en sortir au plus vite ! Quant aux esclaves, ils se feraient tous fusiller plutôt que de montrer leur nez ici.

Un peu rassurée, Emmeline s'étendit sur un matelas.

— Cassy, dit-elle naïvement, quelle était votre intention quand vous m'avez menacée de me tuer ?

— Je voulais vous empêcher de vous évanouir, et j'aurais mis ma menace à exécution. Je vous le dis, Emmeline, quoi qu'il arrive, pas de défaillance ! Si je ne vous avais pas arrêtée, nous tombions entre les mains de ce misérable.

Emmeline frissonna.

Toutes deux demeurèrent quelque temps en silence. Cassy se mit à lire un ouvrage français ; Emmeline s'assoupit, accablée de fatigue. Elle fut réveillée en sursaut par de bruyantes clameurs, des pas de chevaux et des aboiements de chiens ; elle ne put retenir un léger cri.

— C'est la chasse qui revient, dit froidement Cassy. N'ayez pas peur. Regardez par cette lucarne. Les voyez-vous tous là-bas ? Simon y renonce pour cette nuit. Comme son cheval est couvert de boue ! Les chiens aussi ont l'oreille basse. Ah ! mon brave homme, c'est une chasse qu'il faudra recommencer plusieurs fois ; le gibier n'est pas où vous le cherchez.

— Ah ! ne parlez pas ! s'ils vous entendaient ?

— S'ils m'entendaient, je me charge de les mettre en fuite. Il n'y a pas de danger ; nous pouvons faire tout le bruit qu'il nous plaira, ce sera même d'un bon effet.

Enfin le silence de la nuit régna dans l'habitation. Legree se coucha en maudissant sa mauvaise chance et en méditant une vengeance éclatante.

CHAPITRE XL.

Le Martyr.

Le plus long voyage a son terme, la plus sombre nuit est suivie du matin. Le temps inexorable travaille sans relâche à changer le jour du méchant en éternelle nuit, et la nuit du juste en jour éternel.

Nous avons erré avec notre ami Tom dans la vallée de la servitude. Elle nous a offert d'abord des sites riants, où il était doux de vivre; puis nous avons assisté à une cruelle séparation. Nous nous sommes arrêtés avec lui dans une île enchantée, où des mains généreuses cachaient ses chaînes sous des fleurs. Enfin nous l'avons suivi dans un séjour où se sont éteints les derniers rayons de l'espérance terrestre. Nous avons vu comment, au milieu d'épaisses ténèbres, il avait entrevu les splendeurs invisibles du ciel. L'étoile du matin s'était levée pour lui, et de célestes lueurs lui annonçaient que les portes du jour allaient enfin s'ouvrir.

L'évasion d'Emmeline et de Cassy avait exaspéré Legree, et sa fureur devait nécessairement retomber sur le vieux noir sans défense. Quand il avait annoncé la fâcheuse nouvelle aux hôtes du quartier, Tom avait levé les mains; ses yeux s'étaient animés d'une lueur soudaine, et sa joie secrète n'avait pas échappé au regard scrutateur du maître. Voyant qu'il ne prenait point place dans les rangs des chasseurs, Legree avait pensé à l'y contraindre; mais il savait par expérience que l'esclave était inflexible quand on lui commandait un acte d'inhumanité. Il n'avait donc pas voulu soulever une discussion qui aurait fait gagner du temps aux fugitives.

Tom était donc resté au quartier avec quelques esclaves qui devaient à lui seul leur instruction religieuse, et ils avaient prié ensemble pour le salut d'Emmeline et de Cassy.

Lorsque Legree revint confus et désappointé, toute la haine qu'il fomentait depuis longtemps contre son esclave prit un caractère de rage et de monomanie. Cet homme ne le bravait-il pas, avec une résolution inébranlable, depuis son arrivée dans la plantation? N'y avait-il pas en lui un esprit dont les manifestations, quoique muettes, brûlaient Legree comme des flammes infernales?

— Je le déteste! s'écria Legree s'asseyant sur le bord de son lit avant de se coucher. N'est-il pas à moi? Ne puis-je faire de lui tout ce que je voudrai? Qui m'en empêche, je me le demande?

Et il serra les poings comme s'il eût voulu broyer quelque chose qu'il aurait eu entre les mains.

Mais Tom était un sujet fidèle et précieux; cette considération arrêtait Legree, quoique les qualités de son esclave contribuassent à augmenter sa haine.

Le lendemain, il résolut de ne rien dire encore, de rassembler les planteurs des environs avec des chiens et des fusils, de cerner la savane et d'entreprendre une chasse en règle. S'il réussissait, il contiendrait sa rage; sinon, il manderait Tom devant lui, et alors... A l'idée des tortures qu'il lui ferait subir, il grinçait des dents, et son sang bouillonnait.

On dit que l'intérêt du maître est une garantie suffisante pour l'esclave; mais un homme emporté vendrait volontiers son âme au diable pour atteindre son but : pourquoi aurait-il plus de souci du corps de son frère?

Au point du jour, Cassy s'avança vers la lucarne pour faire une reconnaissance.

— La chasse va recommencer, dit-elle.

En effet, des chiens étrangers, tenus en laisse par des nègres, se débattaient en aboyant, et quelques cavaliers caracolaient devant la maison. Deux d'entre eux étaient commandeurs sur des plantations voisines. Legree avait fait connaissance des autres à la taverne de la ville, et ils se joignaient à la chasse en amateurs. Leur hôte leur distribuait à profusion de l'eau-de-vie, ainsi qu'aux noirs qui avaient été détachés des plantations d'alentour. Il importait de faire de toute expédition semblable un jour de fête pour les esclaves.

Cassy appliqua une oreille à la lucarne; et comme le vent du matin soufflait directement du côté de la maison, elle put saisir une partie de la conversation. Elle entendit les chasseurs se partager le terrain, discuter les mérites respectifs de leurs chiens, régler le feu, et convenir de ce qu'on ferait en cas de capture.

Un air de sarcasme se répandit sur le visage austère et sombre de Cassy; elle quitta la lucarne, joignit les mains et s'écria en levant les yeux au ciel : — O Dieu tout-puissant! nous sommes tous pécheurs; mais qu'avons-nous fait plus que le reste du monde pour être traitées ainsi?

En prononçant ces mots, sa voix avait une terrible énergie.

— Sans vous, jeune fille, ajouta-t-elle en regardant Emmeline, je descendrais, et je remercierais celui de ces hommes qui voudrait me tuer. A quoi me servira ma liberté? Qu'on me rende mes enfants! qu'on me rende la condition à laquelle j'étais habituée?

Emmeline, dans sa simplicité enfantine, fut effrayée de l'humeur sombre de Cassy. Ne sachant que répondre, elle lui prit la main par un mouvement doux et caressant.

— Pauvre Cassy! dit-elle, n'ayez point ces idées. Si le Seigneur nous donne la liberté, peut-être vous rendra-t-il aussi votre fille; en tout cas, je serai une fille tendre pour vous. Je sais que je ne reverrai jamais ma pauvre vieille mère! Je vous aimerai, Cassy, que vous m'aimiez ou non!

Désarmée par ces paroles de tendresse, Cassy s'assit auprès de la jeune fille. Elle lui passa un bras autour du cou, et lui caressa doucement les cheveux. Emmeline s'étonna de la beauté qu'avaient les yeux de sa compagne, maintenant que des larmes en tempéraient l'éclat.

— O Emmeline, dit Cassy, j'ai souffert pour mes enfants, et je ne vis que pour les revoir. Là, là, ajouta-t-elle en se frappant la poitrine, tout est désolé, tout est vide; mais si Dieu me rendait mes enfants, je pourrais prier.

— Vous devez avoir confiance en lui, dit Emmeline; c'est notre père.

— Sa main s'appesantit sur nous, il s'est détourné de nous dans sa colère.

— Non, Cassy, il sera bon pour nous, espérons en lui. Je n'ai jamais perdu l'espérance.

. . . .

La chasse avait été longue, animée et sans résultat. Cassy fut transportée de joie quand elle vit Legree, las et découragé, descendre tristement de cheval.

— Maintenant, dit-il en s'asseyant dans le salon, amenez-moi Tom à l'instant même! ce vieux coquin doit être l'âme de cette affaire; je lui en arracherai le secret, ou je saurai pourquoi.

Sambo et Quimbo, quoique animés d'une haine mutuelle l'un contre l'autre, s'entendaient pour détester Tom cordialement. Legree leur avait dit autrefois qu'il l'avait acheté pour le remplacer en son absence en qualité de gérant, et ils avaient conçu pour le nouveau venu une aversion qui avait augmenté, chez ces hommes vils, à mesure qu'ils l'avaient vu encourir le mécontentement de leur maître. Quimbo s'empressa donc d'exécuter les ordres qui lui étaient donnés.

Tom eut des pressentiments quand il apprit qu'on le demandait. Il connaissait le plan d'évasion des fugitives et leur retraite actuelle. Il savait que Legree était un scélérat déterminé; mais il tenait d'une puissance suprême la force de braver la mort plutôt que de trahir des femmes sans défense.

Il déposa à terre son panier rempli de coton, et s'écria :

— Seigneur, je mets mon âme entre tes mains; tu m'as racheté, Seigneur de vérité!

Puis il se livra sans résistance aux mains de Quimbo, qui l'entraîna brutalement.

— Bien, bien, dit le noir géant, on va solder votre compte; notre maître est en arrière avec vous; il ne s'agit pas de flâner; vous verrez ce qu'il en coûte pour aider les négresses à s'enfuir.

Pas un mot de cette sauvage apostrophe ne parvint aux oreilles de Tom. Une voix d'en haut lui disait : « Ne crains rien; tuer ton corps, c'est tout ce qu'ils peuvent faire. » Ces paroles faisaient vibrer les nerfs et les os du pauvre homme, comme s'il eût été touché par le doigt de Dieu; et il se sentait une énergie surhumaine. Chemin faisant, les arbres, les buissons, les huttes de ses compagnons d'infortune, lui passèrent confusement sous les yeux, comme un paysage passe devant le voyageur qu'emporte un char rapide. Le cœur lui battait; il entrevoyait enfin un asile; l'heure de la délivrance lui semblait proche.

Legree le saisit au collet; et les dents serrées, dans un paroxysme de rage :

— Savez-vous, Tom, s'écria-t-il, que j'ai résolu de vous tuer?

— Cela ne m'étonne pas, maître, répliqua Tom avec calme.

— J'ai... résolu... de... vous tuer, reprit Legree en accentuant ses paroles, si vous ne me dites pas ce que vous savez sur le compte de ces femmes.

Tom garda le silence.

— M'entendez-vous? s'écria Legree rugissant comme un lion irrité; parlez!

— Je n'ai rien à dire, maître, répondit Tom avec lenteur.

— Osez-vous bien me soutenir, vieux chrétien noir, que vous ne savez rien?

Tom continua à se taire.

— Parlez! hurla Legree en le frappant avec fureur; savez-vous quelque chose?

— Oui, maître, mais je ne puis rien dire; je suis prêt à mourir.

Legree respira avec effort; contenant sa fureur, il saisit Tom par le bras, approcha son visage du sien, et lui dit d'une voix terrible :

— Écoutez, Tom, parce que je vous ai épargné une première fois, vous croyez que mes menaces sont vaines; mais, cette fois, ma résolution est bien arrêtée, j'ai calculé la dépense. Vous avez toujours lutté contre moi; je vous dompterai, ou je vous tuerai!! C'est l'un ou l'autre. J'épuiserai goutte à goutte tout le sang de vos veines, jusqu'à ce que vous me cédiez.

— Maître, répondit Tom en le regardant en face, si vous étiez malade ou mourant, et qu'il me fût possible de vous sauver, je vous livrerais tout mon sang. S'il fallait le verser pour sauver votre âme, je vous le donnerais volontiers comme le Seigneur me l'a donné!! O maître, ne chargez pas votre âme de ce crime!! Il vous fera plus de mal qu'à moi! Quoi que vous fassiez, mes peines cesseront bientôt; les vôtres n'auront pas de fin, si vous ne vous repentez pas!!

Ces mots firent l'effet que produirait une musique céleste au milieu du tumulte intermittent de l'ouragan déchaîné. Il y eut un temps d'arrêt; Legree contemplait Tom d'un air effaré; ses deux satellites étaient pétrifiés; le silence était si profond qu'on entendait la vieille horloge compter les derniers instants de miséricorde et d'épreuve accordés au cœur endurci du planteur.

Ils furent courts ; son irrésolution, son incertitude ne durèrent pas une minute ; et l'esprit du mal s'empara de lui avec plus de puissance. Ecumant de rage, le planteur se jeta sur Tom et le terrássa.

. . . .

Les scènes de cruauté nous révoltent. Ce que l'homme n'a pas la force de faire, il n'a pas la force de l'entendre. Ce que les esclaves, nos frères et chrétiens comme nous, doivent souffrir ne saurait nous être répété, même en secret, sans nous jeter dans une vive agitation, et pourtant, Amérique, leur supplice se prolonge à l'ombre de tes lois ! O Christ ! ton Église le voit presque en silence !

Mais il y eut autrefois un homme-Dieu qui transforma un instrument de torture, de honte, de dégradation, en symbole de gloire, d'honneur et de vie immortelle. Là où est son esprit, les flétrissures, les insultes, les coups ne peuvent que rendre plus glorieuse la dernière lutte du chrétien.

Avait-il été seul, durant cette longue nuit, dans le vieux magasin, celui dont l'âme aimante et courageuse avait supporté tant d'horribles traitements ? Non : il avait eu Dieu pour témoin et pour protecteur.

Au moment où Legree se rua sur lui, Tom eut plus que jamais besoin de l'assistance divine. Son maître, aveuglé par une volonté despotique, le pressait de trahir l'innocence. Tom aurait pu mettre un terme à ses tourments par une lâcheté ; mais il demeura inébranlable ; il savait qu'en sauvant les autres, il devait renoncer à se sauver lui-même ; et les plus cruelles douleurs ne purent lui arracher que des paroles de pieuse confiance.

— Il est presque mort, maître, dit Sambo touché malgré lui de la patience de la victime.

— Qu'on lui en donne jusqu'à ce qu'il cède ! vociféra Legree : frappez ! frappez ! J'aurai tout son sang, à moins qu'il ne fasse des révélations.

Tom ouvrit les yeux et les fixa sur son maître : — Pauvre misérable ! dit-il, voilà tout ce que vous pouvez faire ! Je vous pardonne du fond de mon âme !

Et il perdit connaissance.

— Sur ma parole, dit Legree s'approchant pour l'examiner, je crois qu'il est mort. Ma foi oui. Eh bien ! il a bouche close enfin ; c'est une consolation !

Oui, Legree ; mais qui étouffera la voix de ton âme, de cette âme que le repentir même ne pourrait sauver, et où brûle déjà un feu qui ne s'éteindra jamais ?

Cependant Tom n'avait pas encore rendu le dernier soupir. Ses prières, ses admirables paroles avaient impressionné les noirs abrutis qui avaient été les instruments de son supplice. Dès que Legree se fut retiré, ils le transportèrent hors du salon ; et, dans leur ignorance, ils cherchèrent à le rappeler à la vie, comme si c'eût été une faveur pour lui.

— Il est certain, dit Sambo, que nous avons commis une grande infamie ! Mais j'espère que c'est notre maître qui en répondra, et pas nous.

Ils lavèrent les blessures de l'agonisant. Ils firent avec du coton avarié un lit grossier, sur lequel ils l'étendirent. L'un d'eux, se glissant dans la maison, demanda un verre d'eau-de-vie à Legree, sous prétexte qu'il était fatigué. Il rapporta le liquide, et le versa dans la bouche de Tom.

— O Tom ! dit Quimbo nous avons été bien cruels envers vous !

— Je vous pardonne de tout mon cœur, dit Tom d'une voix faible.

— O Tom ! s'écria Sambo, dites-nous ce que c'est que Jésus-Christ, qui a été près de vous pendant toute cette nuit ? Qui est-il ?

Cette question ranima le mourant. Il résuma en quelques phrases énergiques la vie et la mort du Sauveur. Il dit qu'il était présent partout, et que sa miséricorde était infinie.

Ils pleuraient, ces deux hommes farouches !

— Comment se fait-il que je n'aie jamais entendu parler de l'Evangile ? dit Sambo. Mais j'y crois ; je ne puis m'en empêcher. Que Jésus-Christ ait pitié de nous !

— Pauvres créatures ! dit Tom : j'accepterais sans murmure l'agonie, si je pouvais vous ramener au Christ ! O Seigneur ! donnez-moi encore ces deux âmes !

Cette prière fut exaucée.

CHAPITRE XLI.

Le jeune Maître.

Deux jours après, un jeune homme traversait en voiture l'avenue bordée d'arbres de Chine, et, jetant précipitamment les rênes sur le cou des chevaux, il demanda le propriétaire de la plantation.

C'était Georges Shelby ; et, pour savoir comment il se trouvait là, il faut remonter le cours de notre histoire.

La lettre de miss Ophélia à madame Shelby, avant d'arriver à sa destination, avait été malheureusement retenue pendant deux mois dans un bureau de poste éloigné. Quand elle parvint, Tom était déjà perdu au milieu des savanes lointaines de la rivière Rouge.

Madame Shelby apprit avec un profond intérêt le sort du vieux noir ; mais il lui était impossible d'agir immédiatement en sa faveur : M. Shelby était malade, il avait une fièvre chaude qui lui donnait le délire. Georges, qui était devenu un beau jeune homme, administrait seul les biens de son père. Miss Ophélia avait eu la précaution de donner le nom de l'homme d'affaires qui était chargé de la liquidation de la succession Saint-Clare ; et tout ce qu'on pouvait faire, c'était de lui adresser une lettre pour lui demander des renseignements. La mort subite de M. Shelby multiplia les embarras de sa famille ; plein de confiance dans sa femme, il l'avait nommée son exécutrice testamentaire. Elle se

Une vieille horloge hollandaise sonna lentement minuit.

trouvait ainsi à la tête d'une fortune considérable, mais grevée par un lourd passif. Avec l'énergie qui la caractérisait, elle entreprit de débrouiller les affaires compliquées du défunt, d'examiner les comptes, de payer les dettes, enfin de mettre de l'ordre dans ce chaos. Pendant qu'elle s'en occupait avec le concours actif de son fils, elle reçut une lettre de l'homme d'affaires de la famille Saint-Clare. Il disait qu'il ne savait rien ; qu'il avait seulement reçu le prix de la vente de Tom, qui avait été adjugé aux enchères.

Cette réponse ne satisfit pas les Shelby : environ six mois après, Georges, obligé de descendre le Mississipi pour aller terminer une affaire, résolut de se rendre à la Nouvelle-Orléans, et d'y faire lui-même des recherches. Elles furent longtemps infructueuses ; mais enfin il rencontra par hasard un individu qui lui révéla le sort de Tom. Georges se munit d'une somme importante, et remonta la rivière Rouge en bateau à vapeur, avec la résolution de découvrir et de racheter son ami.

On l'introduisit dans la maison, et il trouva au salon Legree, qui le reçut d'un air maussade, mais avec les égards dus à un étranger.

— J'ai appris, dit le jeune homme, que vous aviez acheté à la Nouvelle-Orléans un noir portant le nom de Tom. C'était un des serviteurs de mon père, et je viens voir s'il ne serait pas possible de le racheter.

Le front de Legree s'assombrit.

— Oui, s'écria-t-il avec emportement, j'ai acheté cet homme, et j'ai fait là un diable de marché; c'est l'animal le plus rebelle et le plus insolent que j'aie jamais vu! Grâce à lui, tous mes nègres sont disposés à s'évader, et il a déjà favorisé la fuite de deux femmes qui valaient au moins mille dollars la pièce. Il en est convenu, et quand je lui ai ordonné de me dire où elles étaient, il a osé me répondre qu'il le savait, mais qu'il ne me le dirait pas. Il a persisté quoique je lui aie administré la plus belle volée que j'aie jamais administrée à un noir. Je crois qu'il est en train d'essayer de mourir, mais je ne sais s'il y réussira.

— Où est-il? s'écria Georges avec impétuosité; je veux le voir!

Le rouge était monté au visage du jeune homme, ses yeux dardaient des flammes; mais il jugea prudent de se contenir.

— Il est dans le vieux magasin, dit un négrillon.

Legree donna un coup de pied à l'enfant; mais Georges, sans ajouter une parole, courut au lieu indiqué.

Tom était là depuis la nuit fatale; il ne souffrait pas, car les coups

D'honorables pleurs tombèrent des yeux du jeune homme pendant qu'il s'inclinait vers son ami.

— O père Tom! ranimez-vous, parlez-moi, regardez-moi! Je suis Georges, votre petit Georges; ne me reconnaissez-vous pas?

— Monsieur Georges! dit Tom d'une voix faible; et il ouvrit des yeux hagards.

Peu à peu ses idées s'éclaircirent; ses yeux brillèrent, sa physionomie s'anima; il joignit les mains, et des larmes coulèrent le long de ses joues.

— Dieu soit loué! c'est tout ce que je désirais, on ne m'avait donc pas oublié... Cela me fait du bien... Mon cœur se réchauffe, — et maintenant je mourrai content.

— Vous ne mourrez pas, s'écria Georges Shelby; je viens pour vous acheter et vous remmener à la maison.

— Monsieur Georges, vous arrivez trop tard. Le Seigneur m'a acheté, et lui aussi va m'emmener à la maison; j'ai hâte d'y arriver. Le ciel est encore préférable au Kentucky.

— Vivez! j'ai le cœur brisé quand je songe à ce que vous avez souffert, quand je vous vois gisant dans ce vieux magasin, mon pauvre ami!

Leur hôte leur distribua de l'eau-de-vie à profusion.

qu'il avait reçus avaient engourdi tous les nerfs susceptibles de transmettre la douleur. Il restait plongé presque constamment dans une espèce de léthargie; mais telle était la force de sa constitution, que son âme prisonnière avait peine à se dégager des liens matériels. Quelques-uns de ses compagnons, à la faveur de la nuit, et prenant sur leurs heures de repos, venaient lui rendre ces soins affectueux dont il avait été toujours si prodigue. Ces pauvres gens n'avaient à lui donner qu'un verre d'eau froide, mais ils l'offraient de bon cœur; leurs larmes étaient tombées sur son visage presque inanimé, larmes de repentir et de regret. Ils avaient adressé pour lui des prières à un Sauveur dont ils ne connaissaient guère que le nom, mais que les ignorants eux-mêmes n'implorent jamais en vain lorsqu'ils ont la foi.

Cassy était sortie de sa retraite, et en rôdant çà et là dans les ténèbres elle avait entendu parler du sacrifice que Tom avait consommé pour elle et pour Emmeline. Au risque d'être découverte, elle s'était glissée auprès du moribond, et, touchée des paroles qu'il avait eu la force de prononcer, elle avait prié avec lui.

Lorsque Georges entra dans le vieux magasin, la tête lui tourna, et il fut sur le point de se trouver mal.

— Est-il possible? s'écria-t-il en s'agenouillant près du grabat; père Tom! mon pauvre vieil ami!

Cette voix parut faire impression sur le mourant; il remua doucement la tête, sourit, et murmura ces vers d'une hymne:

> Que du Seigneur la bonté soit bénie,
> Car il transforme en moelleux oreiller
> Le lit funèbre où plane l'agonie,
> Où l'on s'endort pour ne plus s'éveiller!

— Ne me plaignez pas, dit Tom d'un ton solennel; j'ai été malheureux, mais c'est fini. Ah! monsieur Georges, le ciel est venu, j'ai remporté la victoire, le Seigneur me l'a donnée; gloire à son nom!

Frappé de l'énergie avec laquelle l'agonisant prononçait ces phrases entrecoupées, Georges garda le silence. Tom lui saisit la main, et ajouta: — Gardez-vous de dire à Chloé dans quel état vous m'avez trouvé; cela lui serait trop pénible, à cette pauvre femme. Dites-lui seulement que vous m'avez vu près de partir pour un monde meilleur, et que je ne pouvais plus rester ici-bas. Dites-lui que Dieu m'a soutenu partout et toujours, et m'a rendu ma tâche facile... Et mes pauvres garçons, et ma petite fille... Ils m'ont coûté bien des larmes! Recommandez-leur de suivre mon exemple. Assurez de mon amitié mon maître et ma bonne maîtresse, et tous les gens de l'habitation... Je les aime tous; j'aime tous mes frères... Oh! monsieur Georges, ce que c'est que d'être chrétien!

En ce moment Legree vint rôder à la porte du vieux magasin, y jeta un coup d'œil et s'éloigna avec une indifférence affectée.

— Vieux scélérat! s'écria Georges avec indignation. Je pense avec bonheur qu'il ira un jour en enfer.

— Gardez-vous de ces idées, dit Tom en serrant la main de son jeune maître. C'est un pauvre malheureux; s'il voulait s'amender, le Seigneur lui pardonnerait peut-être encore; mais je crains qu'il ne se repente jamais.

— Je le souhaite, je ne voudrais pas le voir au paradis.

— De grâce, monsieur Georges, ne parlez pas ainsi. Il ne m'a vraiment pas fait de mal; il m'a seulement ouvert les portes du royaume des cieux.

La force surnaturelle que la joie de cette entrevue avait donnée au mourant l'abandonna tout à coup. Il ferma les yeux, et l'on put remarquer sur ses traits cette transformation sublime et mystérieuse qui précède les derniers moments. Sa large poitrine se soulevait et s'affaissait péniblement ; et de ses cavités profondes sortait une respiration entrecoupée. L'expression de sa physionomie était celle d'un triomphateur !

— Qui nous enlèvera jamais l'amour du Christ ? murmura-t-il d'une voix affaiblie ; et il s'endormit en souriant.

Georges le contempla avec vénération. Il lui semblait que ce lieu était désormais sacré. Après avoir fermé respectueusement les yeux de son ami, il n'eut qu'une seule pensée, celle que le mourant avait exprimée :

— Ce que c'est que d'être chrétien !

En se levant il aperçut Legree derrière lui. Cette scène d'agonie avait éveillé dans l'âme du jeune homme d'ardentes émotions. Il avait pour Legree une horreur profonde, et sa première pensée fut de partir et d'éviter autant que possible d'avoir des rapports avec lui.

Il fixa sur Legree des yeux pénétrants, et lui dit en lui montrant le cadavre : — Vous avez eu de lui tout ce que vous pouviez avoir. Combien voulez-vous que je vous paye son corps ? J'ai l'intention de l'emporter et de lui faire donner la sépulture.

— Je ne vends pas les nègres morts ; vous pouvez l'enterrer comme vous voudrez.

— Enfants ! cria Georges d'un ton impérieux à quelques noirs qui regardaient le mort, enlevez-le, portez-le dans ma voiture, et procurez-moi une bêche.

Un des noirs courut chercher la bêche, et deux autres aidèrent Georges à transporter le corps dans la voiture. Legree ne s'opposa pas à l'exécution de ces ordres ; il continuait à feindre l'indifférence et sifflait un air entre ses dents. Il suivit Georges sans que celui-ci daignât lui adresser la parole.

On ôta le banc de la voiture pour faire place au cadavre, qui fut déposé sur un manteau que Georges étendit avec soin. Il se retourna ensuite vers Legree et lui dit avec un calme forcé :

— Je ne vous ai pas encore exprimé ce que je pense de ce crime atroce. Le moment n'est pas encore venu. Mais le sang de l'innocent crie vengeance : je ferai connaître ce meurtre, je vous dénoncerai au premier magistrat qui se trouvera sur ma route.

— A votre aise ! dit Legree en faisant claquer ses doigts, je suis curieux de savoir comment vous vous y prendrez. Où sont vos témoins ? quelles preuves produirez-vous ?

Georges comprit la force de ce défi. Il n'y avait pas un blanc sur la plantation ; et devant toutes les cours du Sud, la déposition d'un homme de couleur est comptée pour rien. Il crut un moment que les cieux allaient répondre à son appel quand il demandait justice ; mais ils étaient muets.

— Après tout, dit Legree, voilà bien du bruit pour un nègre mort !

Ce mot fut comme une étincelle jetée dans un magasin à poudre. La prudence n'a jamais été la vertu cardinale d'un enfant du Kentucky. Georges indigné frappa Legree au visage, et le renversa. Debout sur le misérable terrassé qu'il rouait de coups, il ressemblait assez exactement à son glorieux homonyme vainqueur du dragon.

Il y a des hommes qui gagnent décidément à être battus. Ils conçoivent immédiatement un profond respect, pour celui qui leur fait mordre la poussière. Legree était de ce nombre ; il était aussi lâche que cruel, il laissa donc s'éloigner la voiture, sans oser protester contre le traitement dont il avait été victime.

Georges avait remarqué au delà des limites de la plantation, un monticule sablonneux ombragé de quelques arbres.

Ce fut là qu'on creusa la fosse.

— Maître, faut-il enlever le manteau ? dirent les noirs quand la tombe fut prête.

— Non ! non ! enterrez-le avec lui. C'est tout ce que je puis vous donner, pauvre Tom, et vous l'aurez.

Les hommes déposèrent le corps dans la fosse, le recouvrirent en silence et mirent dessus du gazon vert.

— Vous pouvez partir, enfants, dit Georges en glissant une pièce de monnaie dans la main de chacun d'eux ; mais les nègres semblaient hésiter.

— Maître, achetez-nous, dit l'un d'eux.

— Nous vous servirons si fidèlement ! ajouta l'autre.

— La vie est rude ici, reprit le premier. Maître, achetez-nous, s'il vous plaît.

— C'est impossible, répondit Georges avec embarras et leur faisant signe de s'éloigner.

Les deux noirs désolés se retirèrent en silence. Georges s'agenouilla sur le tombeau de son ami.

— Dieu éternel, s'écria-t-il, je te prends à témoin qu'à partir de cette heure, je ferai tous mes efforts pour délivrer mon pays natal du fléau de l'esclavage !

Aucun monument n'indique la dernière demeure de notre ami, mais il n'en a pas besoin. Dieu sait où le pauvre Tom repose, et le noir opprimé se relèvera immortel pour participer à la gloire des élus. Ne le plaignez pas, sa vie et sa mort ne sont pas faites pour inspirer la pitié. Ce ne sont pas les richesses et la puissance qui sont précieuses aux yeux du Seigneur, c'est l'amour, l'abnégation et le dévouement. Heureux sont les hommes qui sont appelés à porter la croix sur ses traces ! C'est pour eux que sont écrites ces paroles de l'Évangile : « Bienheureux ceux qui pleurent, car ils seront consolés. »

CHAPITRE XLII.

Histoire de Revenants.

Par des raisons faciles à concevoir, des récits d'apparitions se propageaient parmi les domestiques de Legree : qu'on avait entendu des pas, qu'on avait vu un spectre descendre l'escalier du grenier et rôder dans la maison. C'était en vain qu'on avait fermé la porte du corridor du dernier étage, le fantôme avait une double clef dans sa poche, ou bien il profitait du privilége accordé de temps immémorial aux fantômes, celui de passer par le trou de la serrure, et il continuait ses promenades avec une liberté vraiment alarmante.

On n'était pas d'avis sur la configuration du revenant, car les nègres et même les blancs ont coutume, dès qu'ils aperçoivent un être fantastique, de fermer les yeux, ou de se couvrir la tête de serviettes, de tabliers, enfin du premier voile qui leur tombe sous la main. On sait que lorsque les yeux corporels sont ainsi placés en dehors de la question, les yeux spirituels agissent avec une rare perspicacité. Aussi il circulait une multitude de portraits en pied du fantôme, tous certifiés véritables, quoiqu'ils fussent loin de se ressembler. Seulement on s'accordait à dire que, suivant l'habitude invétérée des ombres, le revenant portait un linceul blanc. Les noirs de Legree n'étaient pas versés dans l'histoire ancienne ; ils ignoraient que Shakspeare avait décrit ce costume en racontant comment « les morts, revêtus d'un linceul, erraient dans les rues de Rome. » La conformité de l'opinion des noirs avec celle du grand écrivain est un fait curieux de pneumatologie que nous recommandons à l'attention des savants.

Quoi qu'il en soit, aux heures ordinairement choisies par les ombres, une grande figure, drapée dans un drap blanc, errait dans l'habitation de Legree, elle ouvrait toutes les portes, disparaissait par intervalles, remontait l'escalier qui conduisait au grenier fatal, et le lendemain on ne trouvait rien de dérangé dans la maison. On prit les soins les plus minutieux pour cacher au maître ce qui se passait, néanmoins il en fut averti. Il se mit à boire plus que de coutume, et affecta de porter la tête haute ; mais il eut de mauvais rêves.

Le lendemain de l'inhumation de Tom, il se rendit à la ville voisine pour prendre part à une orgie. Il en revint à une heure avancée, ferma sa porte, ôta la clef et se mit au lit.

Un méchant homme a beau étouffer ses remords, son âme est pour lui une hôtesse incommode. Qui peut comprendre les doutes et les terreurs dont il est assiégé ? Il ferme sa porte pour se garantir des esprits ; mais il a en lui un esprit dont il ne peut faire taire la voix, et dont les secrets avertissements retentissent comme les sons de la trompette du jugement.

Legree avait mis une chaise contre sa porte après l'avoir fermée. Il avait placé sa lampe au chevet de son lit, à côté de ses pistolets. Il avait examiné les espagnolettes et les serrures des croisées, et juré qu'il défiait le diable et toute sa séquelle. Il dormit profondément, car il était accablé de fatigue ; mais au bout de quelques heures, il eut l'appréhension vague qu'une ombre terrible s'avançait vers lui. Il crut reconnaître le linceul de sa mère sur les épaules de Cassy qui le lui montrait. Il entendit un bruit confus de soupirs et de gémissements. Cependant il sentait qu'il était endormi, et faisait des efforts pour se réveiller. Il y réussit à moitié ; il était convaincu qu'on était entré dans sa chambre, que la porte était ouverte, mais il lui était impossible de bouger.

Enfin il se retourna tout d'une pièce ; la porte était ouverte, et une main éteignait sa lampe !

La lune était voilée par des nuées. A ses faibles clartés, qu'interceptait la brume, Legree vit passer une figure blanche revêtue d'un costume étrange dont il entendit le frôlement. Une main froide toucha la sienne ; une voix murmura trois fois : — Venez ! venez ! venez ! Pendant qu'il suait de terreur, l'ombre s'évanouit. Il sauta à bas de son lit et courut à la porte ; elle était fermée à double tour.

Et il perdit connaissance.

A partir de ce moment, Legree s'adonna à l'ivrognerie ; au lieu de se ménager comme autrefois, il but outre mesure, sans s'inquiéter des conséquences. On apprit bientôt qu'il était mourant. Ses excès étaient punis par la combustion spontanée, cette maladie terrible qui semble anticiper en ce monde sur les supplices de l'enfer. Rien ne fut plus affreux que son agonie ; il se tordait convulsivement, et parlait d'apparitions dont l'idée seule glaçait le sang de ceux qui l'entendaient. A son chevet se tenait une figure blanche, sévère, inexorable, qui disait : — Venez ! venez ! venez !

Par une singulière coïncidence, le lendemain du jour où le fantôme était entré dans la chambre de Legree, la porte de la maison se trouva ouverte, et des nègres virent deux ombres se glisser le long de l'avenue en se dirigeant vers la grande route.

Le soleil allait se lever quand Emmeline et Cassy s'arrêtèrent sous un bouquet d'arbres, à peu de distance de la ville. Cassy portait le costume des créoles espagnoles. Elle était en noir; elle avait sur la tête un petit chapeau noir, et sur le visage un voile épais richement brodé. Il avait été convenu que pendant l'évasion elle jouerait le rôle d'une créole, et qu'Emmeline passerait pour sa domestique. Lancée de bonne heure dans la haute société, Cassy avait un langage et des manières qui justifiaient la qualité qu'elle avait prise. Il lui restait encore, d'une garde-robe autrefois magnifique, assez d'ajustements et de bijoux pour la mettre en état de soutenir son personnage.

Elle s'arrêta dans une maison du faubourg où elle avait remarqué qu'il y avait des malles à vendre. Elle en acheta une, et pria le marchand de la lui faire apporter. En conséquence, elle entra à l'auberge en femme de distinction, suivie d'un domestique qui voiturait la malle dans une brouette, et d'Emmeline, qui portait des paquets et un sac de nuit.

La première personne que Cassy rencontra dans l'auberge ce fut Georges Shelby, qui s'y reposait en attendant le bateau à vapeur.

Cassy avait remarqué le jeune homme par la lucarne du grenier; elle l'avait vu enlever le corps de Tom, et avait suivi avec une joie secrète les péripéties de sa rencontre avec Legree. En errant dans le quartier, sous son déguisement d'ombre, elle avait recueilli des renseignements sur lui et sur ses relations avec Tom. Elle se sentit plus d'assurance en le retrouvant.

L'adresse de Cassy, son attitude, sa bourse bien garnie, prévinrent tous les soupçons. Il est rare qu'on ouvre une enquête sur les gens qui payent bien, et Cassy l'avait prévu quand elle s'était munie d'argent.

Vers le soir, le bateau à vapeur arriva. Georges Shelby conduisit Cassy à bord avec la politesse innée chez un Kentuckien, et il s'employa pour qu'elle eût une bonne cabine. Sous prétexte d'une indisposition, Cassy garda le lit pendant tout le temps qu'on descendit la Rivière-Rouge, et sa domestique Zélie demeura assidûment auprès d'elle.

Le bateau entra dans le Mississipi. Georges Shelby ayant appris que l'étrangère remontait comme lui le fleuve, lui proposa de s'embarquer sur le même bateau que lui. Il compatissait aux douleurs de la malade, et désirait faire son possible pour la soulager.

Voilà donc nos voyageurs installés sur le bon steamer *le Cincinnati*, qui remonte le fleuve à toute vapeur.

Cassy se trouvait beaucoup mieux. Elle se promenait sur le pont, paraissait à table, et était citée par les passagers comme une dame qui devait avoir été d'une beauté supérieure.

Du premier moment que Georges l'avait vue, il avait été frappé d'une de ces ressemblances indéfinies que chacun de nous a pu remarquer sans pouvoir s'en rendre un compte exact. Il ne pouvait s'empêcher de la regarder continuellement. A table, à la porte de sa cabine, elle remarquait que le jeune homme fixait les yeux sur elle, et les détournait aussitôt qu'elle se montrait importunée de cette observation prolongée.

Cassy s'inquiéta; s'imaginant que Georges Shelby avait des soupçons, elle résolut de se confier entièrement à lui, et lui raconta son histoire. Georges était disposé à sympathiser avec tous ceux qui s'étaient échappés de la plantation de Legree, lieu funèbre dont le souvenir lui était pénible. Avec le courage irréfléchi de son âge, il promit à la quarteronne de s'employer énergiquement pour la protéger.

La cabine voisine de celle de Cassy était occupée par une Française nommée madame de Thoux, qu'accompagnait une jolie petite fille d'environ douze ans. Cette dame ayant appris que Georges Shelby était du Kentucky, parut disposée à cultiver sa connaissance. Elle fut secondée dans ses projets par sa fille, dont les grâces naïves étaient une distraction agréable pour un passager condamné à quinze jours de bateau à vapeur.

Georges Shelby s'installait souvent sur une chaise à la porte de la chambre de madame de Thoux, et Cassy avait occasion de les entendre causer.

Madame de Thoux faisait mille questions sur le Kentucky, où elle avait, disait-elle, passé son enfance. Georges découvrit, à sa grande surprise, qu'elle avait dû demeurer dans le voisinage de la maison Shelby. La dame semblait se rappeler à merveille les hommes et les choses du pays.

— Connaissez-vous, dit un jour madame de Thoux, un individu nommé Harris?

— Il y a un vieillard de ce nom qui demeure à peu de distance de notre habitation; mais nous n'avons jamais eu beaucoup de rapports ensemble.

— Il possède un grand nombre d'esclaves, n'est-ce pas? ajouta madame de Thoux avec une émotion qu'elle s'efforçait en vain de dissimuler.

— En effet, répondit Georges Shelby non sans étonnement.

— Avez-vous entendu dire qu'il avait un mulâtre nommé Georges?

— Oui, certes: Georges Harris. Je le connais bien; il a épousé la femme de chambre de ma mère, et s'est enfui au Canada.

— Dieu soit loué! s'écria madame de Thoux.

De plus en plus surpris, Georges Shelby avait envie d'interroger la dame; mais il n'osa.

Madame de Thoux appuya son front sur sa main, et fondit en larmes.

— C'est mon frère! dit-elle.

— Votre frère, madame?

— Oui, répondit madame de Thoux en levant fièrement la tête et en essuyant ses larmes; monsieur Shelby, Georges Harris est mon frère!

— Je suis stupéfait! dit Georges; et il recula sa chaise pour mieux regarder madame de Thoux.

— Quand j'étais jeune, reprit-elle, je fus conduite dans les Etats du Sud pour y être vendue. Je fus achetée par un homme généreux, qui m'emmena aux Antilles, m'affranchit, et m'épousa. Il y a peu de temps qu'il est mort, et je venais dans le Kentucky pour chercher et racheter mon frère.

— Je l'ai entendu parler de sa sœur Emilie, qui fut vendue dans le Sud...

— C'est moi. Veuillez me donner quelques détails sur...

— C'est un beau jeune homme. Quoique la malédiction de l'esclavage ait pesé sur lui, il a fait preuve de probité et d'intelligence. Je suis à même de le savoir, puisqu'il a pris femme dans ma maison.

— Quel genre de femme?... demanda madame de Thoux avec anxiété.

— Un trésor!... une jeune fille belle, douce, intelligente, très-pieuse. Ma mère l'avait élevée comme son propre enfant. La femme de Georges sait lire et écrire, coudre, broder, et elle chante à ravir.

— Etait-elle née chez vous?

— Non; mon père l'avait achetée dans une des excursions qu'il fit à la Nouvelle-Orléans, et l'avait amenée pour en faire présent à ma mère. Elle avait alors huit ou neuf ans. Mon père ne voulut jamais avouer le prix qu'il en avait donné; mais l'autre jour, en furetant dans ses papiers, nous avons découvert le contrat de vente. Il avait payé pour l'avoir une somme extravagante, sans doute à cause de sa rare beauté.

Georges Shelby tournait le dos à Cassy, et ne s'apercevait pas de l'intérêt avec lequel elle suivait ces détails. Tout à coup elle lui toucha le bras; elle était pâle d'émotion.

— Savez-vous, dit-elle, le nom des gens auxquels il l'avait achetée?

— Ce fut, je crois, un nommé Butler qui la vendit, et un certain Simmons qui négocia l'affaire; du moins, ces noms sont au bas du contrat.

— O mon Dieu! dit Cassy; et elle tomba évanouie sur le plancher de la cabine.

Georges Shelby et madame de Thoux se levèrent précipitamment. Ils étaient loin de deviner la cause de l'évanouissement de Cassy, mais ils montrèrent l'agitation ordinaire en pareille circonstance. Georges, dans l'ardeur de son humanité, renversa une cruche et cassa deux verres. Plusieurs dames, apprenant qu'une de leurs compagnes de voyage se trouvait mal, encombrèrent la porte de la cabine, et interceptèrent l'air autant que possible. En somme, tout se passa comme on devait s'y attendre.

Pauvre Cassy!... Quand elle eut repris ses sens, elle se tourna du côté du mur, et sanglota comme un enfant. Mères, vous pourriez dire peut-être à qui elle pensait; peut-être aussi ne le pourriez-vous pas. Elle se disait que Dieu se montrait enfin miséricordieux, et qu'elle était sûre de revoir sa fille. En effet, quelques mois plus tard... Mais n'anticipons pas sur les événements.

CHAPITRE XLIII.

Georges et sa Famille.

Le reste de notre histoire sera bientôt raconté. Intéressé par cet incident romanesque, Georges Shelby remit à Cassy le contrat de vente d'Elisa. La date et les noms correspondaient parfaitement avec les faits qui étaient à la connaissance personnelle de la mère. Il ne lui restait aucun doute sur l'identité de sa fille; il s'agissait maintenant de retrouver la trace des fugitifs.

Madame de Thoux et Cassy, réunies par l'analogie de leurs destinées, se rendirent immédiatement au Canada, et visitèrent les stations où sont accueillis les nombreux fugitifs qui passent la frontière. Elles trouvèrent à Amherstburg le missionnaire chez lequel Georges et Elisa avaient été reçus à leur arrivée, et, grâce à ses indications, elles purent trouver les traces de la famille jusqu'à Montréal.

Les deux époux étaient libres depuis cinq ans. Georges, constamment occupé chez un mécanicien, gagnait de quoi soutenir honorablement sa famille, qui s'était augmentée d'une fille.

Henri, jeune garçon vif et bien découplé, avait été mis dans une excellente institution, et faisait de rapides progrès.

Le digne pasteur de la station d'Amherstburg fut tellement ému des récits des deux dames, qu'il consentit à les accompagner à Montréal pour faciliter leurs recherches. Madame de Thoux se chargea de tous les frais du voyage.

Transportons-nous maintenant dans une jolie maison des faubourgs de Montréal. Le soir est venu; un bon feu pétille dans l'âtre; une table couverte d'une nappe blanche va bientôt recevoir un service à thé. Dans un coin de la chambre est une autre table couverte de serge verte, garnie d'un pupitre, de plumes et de papier, surmontée d'un corps de bibliothèque. C'est là où Georges travaille; il a conservé ce désir de s'instruire qui dans son enfance lui a fait apprendre à la dérobée la lecture et l'écriture. Malgré les fatigues d'un travail continu, en ce moment il est assis devant son pupitre et prend des notes.

— Allons, lui dit Elisa, vous avez été dehors toute la journée; laissez là votre livre, et causons pendant que je prépare le thé.

La petite fille seconde les efforts de sa mère en essayant d'arracher le livre des mains de son père et de s'installer sur ses genoux.

— Il faut se rendre à vous, petite enchanteresse! dit Georges cédant comme doit toujours céder un homme en pareille circonstance.

— C'est bien, dit Elisa.

Elisa a pris un peu plus d'embonpoint; ses cheveux sont plus sévèrement arrangés; elle paraît un peu plus âgée; mais le contentement règne sur sa physionomie.

— Henri, dit Georges en frappant sur la tête de son fils, êtes-vous venu à bout de votre addition?

Henri n'a plus sa longue chevelure; mais il a conservé son air fier,

teur, profitant d'un moment de calme, débite le discours par lequel il se proposait de commencer ses exercices. Il produit tant d'effet, que ses auditeurs répandent des larmes; genre de succès propre à satisfaire tous les orateurs, anciens ou modernes.

On se met à genoux; le brave homme prie, car il existe des sentiments si tumultueux, qu'on ne les apaise qu'en les versant dans le sein du Tout-Puissant. Quand on se relève, les membres de cette famille, qui vient de s'augmenter à l'improviste, s'embrassent les uns les autres, pleins de confiance dans Celui qui les a réunis après tant de dangers.

Les notes d'un missionnaire employé à recueillir les réfugiés contiennent des vérités plus étranges que des fictions. Comment en serait-il autrement quand le régime de la servitude disperse des familles à tous les vents, comme les feuilles d'automne? Le Canada, lieu d'asile, de même que le port éternel, les voit souvent se réunir après de longues années pendant lesquelles elles se sont crues divisées à jamais. Rien ne saurait peindre l'accueil touchant et empressé que reçoit chaque évadé nouveau; on espère obtenir de lui des éclaircissements sur le sort d'une mère, d'une sœur, d'un père ou d'un enfant, qu'on a perdus de vue dans les ténèbres de l'esclavage.

Frappez! frappez! J'aurai tout son sang.

ses cils soyeux, ses yeux pétillants, qui s'animent au moment où il répond :

— Je l'ai terminée entièrement, mon père, et personne ne m'a aidé.

— Je vous en félicite. Travaillez avec ardeur; vous possédez des avantages dont votre père a été privé.

En ce moment on frappe à la porte; Elisa va ouvrir. Elle s'écrie joyeusement : — Tiens, c'est vous?

Son mari se lève pour aller au-devant du bon pasteur d'Amherstburg. Elisa invite à s'asseoir les deux femmes qui se présentent avec lui.

L'honnête ecclésiastique a combiné un programme dont il doit diriger l'exécution. Chemin faisant, il a recommandé avec instance à ses compagnes de se conformer exactement à ses instructions. Il leur fait signe de s'asseoir, tire son mouchoir de poche, et va commencer un discours préliminaire; mais quelle est sa consternation quand, au mépris du plan adopté, madame de Thoux se jette au cou de Georges, et lui dit sans précautions oratoires :

— O Georges! ne me reconnaissez-vous pas? je suis votre sœur Emilie!

Cassy est plus calme; on peut espérer qu'elle ne se trahira pas. Mais la petite Elisa paraît; elle a exactement la même figure, les cheveux, la conformation physique que sa mère avait à son âge... C'est sous ses traits que Cassy a vu sa fille pour la dernière fois.

L'enfant regarde l'étrangère avec curiosité; Cassy la prend dans ses bras, la presse contre son cœur, et lui dit :

— Chère amie, je suis votre mère!

Elle croit réellement revoir sa fille.

Il devient assez difficile de rétablir l'ordre; mais enfin le bon pas-

Il s'accomplit souvent parmi les proscrits des actes d'héroïsme supérieurs à ceux que peut créer l'imagination des romanciers; car on voit les hommes qui ont conquis la liberté braver la torture et la mort pour aller chercher sur la terre qu'ils ont quittée une femme, une mère ou une sœur.

Un jeune homme dont un missionnaire nous a conté l'histoire, deux fois repris et cruellement châtié, est parvenu à s'évader une troisième fois, et, dans une lettre que nous avons eue sous les yeux, il annonce à ses amis qu'il va retourner encore sur ses pas, afin de délivrer sa sœur. Mon cher monsieur, cet homme est-il un héros ou un criminel? N'en feriez-vous pas autant pour votre sœur, et pouvez-vous le blâmer?

Mais revenons à nos amis, que nous avons laissés occupés à se remettre d'une joie trop vive et trop subite. En ce moment, ils soupent ensemble, et paraissent en bonne intelligence; seulement Cassy, qui tient la petite Elisa sur ses genoux, la serre parfois d'une manière dont l'enfant s'étonne. Cassy refuse aussi de se laisser fourrer du gâteau dans la bouche au gré des caprices de sa petite-fille; elle allègue qu'elle est rassasiée, et qu'elle peut se passer de gâteau.

Au bout de quelques jours, il s'est opéré chez Cassy un tel changement que nos lecteurs ne la reconnaîtraient plus : son visage morne et hagard a pris une expression de douce confiance; elle fait plus intimement partie de la famille; elle conçoit pour les enfants une affection qui manquait à son cœur. On dirait que sa tendresse se porte plus naturellement sur la petite Elisa que sur sa propre fille, car l'enfant est le portrait fidèle de celle qu'elle avait perdue. C'est par l'entremise de la seconde Elisa que Cassy se rapproche de la femme de Georges, dont la piété solide, soutenue par une pratique constante, ramène le calme dans l'esprit de sa mère, ébranlé par tant de cruelles vicissitudes. Grâce à cette influence salutaire, Cassy revient à la raison et à la foi.

Madame de Thoux met son frère au courant de ses affaires. La mort de son époux l'a laissée maîtresse d'une fortune considérable, qu'elle offre généreusement de partager avec lui. Lorsqu'elle demande à Georges ce qu'elle peut faire pour lui, il répond : — Donnez-moi de l'éducation, Émilie; voilà ce que j'ai toujours désiré; je me charge du reste.

Il est décidé, après mûre délibération, que toute la famille ira passer quelques années en France, et toute la famille s'embarque.

Emmeline était du voyage; ses charmes séduisirent le premier lieutenant du bâtiment, et il l'épousa en arrivant au port.

Georges passa quatre ans dans une institution française, où il travailla assidûment à compléter son éducation. Les troubles politiques qui éclatèrent en France déterminèrent la famille à retourner au Canada. .

Pour qu'on puisse juger des sentiments et des opinions de Georges, nous reproduirons une lettre qu'il adressait à un de ses amis :

« Mon cher ami,

» Je suis assez embarrassé de mon avenir; à la vérité, comme vous me l'avez dit, je puis être admis parmi les blancs de ce pays. Il serait difficile de reconnaître à la couleur mon origine métisse et celle de ma famille; mais, à vrai dire, je ne me soucie pas de me lancer dans la société européenne.

» Mes sympathies sont pour la race d'où ma mère est sortie, et non pour celle de mon père. Je n'avais pas plus de valeur à ses yeux qu'un beau chien; pour ma mère, j'étais un enfant; et quoique je ne l'aie jamais revue après la vente cruelle qui nous a séparés, je suis convaincu qu'elle m'a toujours aimé tendrement. Quand je pense à tout ce qu'elle a souffert, à mes propres infortunes, aux luttes héroïques de ma femme, je n'éprouve aucun désir de m'identifier avec les blancs. C'est avec la race africaine que je sympathise, et j'aimerais mieux avoir le teint plus foncé que de ressembler à un créole.

» Le désir de mon âme est de constituer une nationalité africaine. Je voudrais un peuple qui eût une existence à part; et où le trouver? Haïti n'en offre point les éléments : les habitants de cette contrée ont eu pour éducateurs

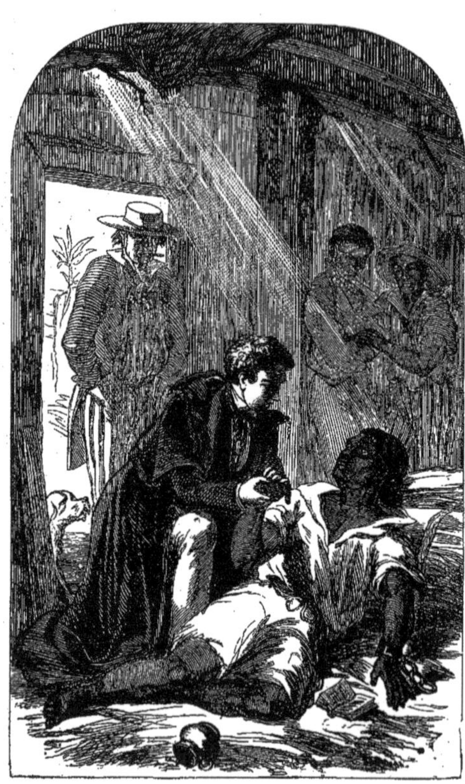

— Monsieur Georges, vous arrivez trop tard, le Seigneur m'a acheté.

une population usée, efféminée; et il faudra des siècles pour la relever.

» Où donc chercher? Je vois sur les côtes d'Afrique une république formée d'un petit nombre d'hommes qui ne doivent qu'à eux seuls leur instruction, et qui se sont élevés par leur propre énergie au-dessus de l'esclavage. Cette république a passé par un état préparatoire de faiblesse, et elle s'est fait enfin reconnaître, à la face du monde, par la France et par l'Angleterre. C'est là que je veux aller pour y acquérir le titre de citoyen.

» Je sais que vous êtes prêt à me condamner; mais d'abord écoutez-moi. Pendant mon séjour en France, j'ai suivi avec intérêt l'histoire de mes frères d'Amérique; j'ai assisté de loin à la lutte entre les abolitionistes et les partisans des colons; et j'ai eu des idées qui ne me seraient jamais venues si j'avais pris part au combat.

Nos oppresseurs ont excipé contre nous de la république de Libéria, dont ils ont tracé des portraits infidèles; ils s'en sont servis comme d'un épouvantail pour retarder notre émancipation. Mais n'y a-t-il pas un Dieu dont les desseins passent avant ceux de l'homme? Ne peut-il pas, malgré tous les obstacles, fonder pour nous une nation?

» A notre époque, une nation se crée en un jour; elle trouve résolu le grand problème d'une civilisation complète et d'une vie républicaine. Elle n'a rien à découvrir : il lui suffit d'appliquer. Unissons nos forces, et nous verrons le parti que nous pourrons tirer de cet établissement nouveau. Un magnifique continent, l'Afrique, s'ouvre à nous et à nos enfants; notre nation répandra autour d'elle la civilisation et le christianisme. Nous fonderons sur le sol africain de puissantes républiques, qui, se propageant avec la rapidité des plantes tropicales, se développeront pour les siècles à venir.

» Direz-vous que j'abandonne mes frères opprimés? Je crois que non. Si je les oublie une heure, un seul instant de ma vie, que Dieu me le pardonne! Mais que puis-je faire pour eux? Puis-je rompre leurs chaînes? non. Les efforts d'un individu sont stériles; mais que je fasse partie d'un peuple qui aura voix délibérante au conseil des nations, et alors nous pourrons parler. Une nation a le droit de demander, de discuter, d'exiger, de plaider la cause de la race qu'elle représente. Un individu n'a pas ce droit.

» Si l'Europe, comme je l'espère, devient jamais une grande fédération de peuples libres; si les inégalités sociales, si injustes et si tyranniques, disparaissent pour toujours; s'ils nous reconnaissent, à l'exemple de la France et de l'Angleterre, alors nous nous présenterons au congrès des peuples, et nous ferons valoir les droits de notre race souffrante et asservie. En ce cas, il est impossible que l'Amérique, ce pays libre et éclairé, ne s'empresse pas d'effacer de son blason cette barre de bâtardise qui la déshonore, et qui est une flétrissure pour elle comme pour les opprimés.

» Mais vous me direz que nous avons le droit de nous fondre dans la république américaine, aussi bien que les Allemands, les Suédois, les Irlandais. Je vous l'accorde. Nous devrions être à même de nous élever par notre valeur individuelle, sans aucune considération de caste ni de couleur. Ceux qui nous contestent ce droit mentent aux principes d'égalité qu'ils professent. Aux Etats-Unis surtout, il serait logique que nous eussions non-seulement les mêmes droits que les autres citoyens, mais encore des avantages spéciaux, puisque nous avons de longues misères à réparer. Pourtant je n'attends rien de l'Amérique. Je veux une patrie qui soit à moi. Je pense que la race africaine a des qualités particulières, supérieures peut-être à celles des Anglo-Saxons, et qui peuvent se manifester, grâce aux lumières de la civilisation.

» La race anglo-saxonne a joué un grand rôle dans le monde à une époque de lutte et d'incertitude. Sa mission était en harmonie avec son énergique inflexibilité; mais, comme chrétien, j'aspire à une ère nouvelle. Je crois que nous y arriverons; et l'agitation convulsive des nations n'est, suivant moi, que le pénible enfantement d'une époque de paix et de fraternité universelles.

» Le développement de l'Afrique doit être essentiellement chrétien. Ses habitants ne sont pas nés pour la domination, mais ils sont doux, magnanimes et miséricordieux. Longtemps victimes de l'injustice et de l'oppression, ils ont besoin de se pénétrer de cette doctrine sublime d'amour et de résignation qui peut seule leur assurer la victoire, et qu'ils sont appelés à répandre sur le continent africain.

» Je l'avouerai, j'ai parfois des moments de défaillance; mais j'ai dans ma femme un soutien. Elle me prêche l'Evangile avec éloquence; elle me montre ma mission, et me fait oublier que j'ai du sang saxon dans les veines. Patriote et chrétien, je vais dans mon pays de prédilection, en Afrique; et je lui ai appliqué parfois ces paroles du prophète : « Tu as été abandonné et détesté, de sorte que le monde » se détournait de toi; mais je te donnerai une supériorité qui fera la » joie de plusieurs générations. »

» Vous m'appellerez enthousiaste, vous direz que je n'ai pas réfléchi aux conséquences de mon entreprise; mais soyez persuadé que j'ai tout calculé. J'espère trouver à Libéria non pas un Elysée romanesque, mais un champ à cultiver. Je travaillerai des deux mains jusqu'à la mort en triomphant des obstacles et du découragement. C'est dans ce but que je pars, et je suis sûr de ne pas éprouver de désappointements.

» Quoi que vous pensiez de ma résolution, ne me retirez pas votre confiance, et croyez que toutes mes actions seront toujours dictées par le dévouement que je porte à mes frères.

» GEORGES HARRIS. »

Quelques semaines après avoir écrit cette lettre, Georges, accompagné de sa femme, de ses enfants, de sa sœur et de sa belle-mère, s'embarqua pour l'Afrique. Si nous ne nous abusons pas, il y fera parler de lui.

Nous avons peu de chose à dire des autres personnages de notre histoire. Nous consacrerons à Georges Shelby un chapitre d'adieux. Parlons sommairement de miss Ophélia.

Quand elle revint à Vermont avec Topsy, les personnes de sa famille trouvèrent qu'elle y introduisait un nouvel élément au moins inutile; mais ses efforts consciencieux avaient été si efficaces que son élève se concilia promptement la faveur de tous. Parvenue à l'adolescence, Topsy demanda à être baptisée. Elle montra tant de piété, de zèle et d'intelligence, qu'on la jugea digne d'être envoyée en qualité de missionnaire dans une des stations d'Afrique. Nous avons appris qu'elle employait à instruire les enfants l'activité infatigable et l'esprit ingénieux qui l'avaient caractérisée dans ses jeunes années.

Pour la satisfaction de quelques mères, nous ajouterons que des recherches dirigées par madame de Thoux ont amené récemment la découverte du fils de Cassy. Ce jeune homme, doué d'une rare énergie, s'était évadé quelques années avant sa mère, et il avait été recueilli par les amis que les opprimés trouvent dans le nord de l'Amérique. Il doit rejoindre bientôt sa famille en Afrique.

CHAPITRE XLIV,

Le Libérateur.

Georges Shelby n'avait écrit qu'un mot à sa mère pour annoncer le jour de son arrivée. Depuis la mort de son vieil ami, il n'avait plus le courage d'écrire. Il avait essayé plusieurs fois, et il avait été aussitôt comme suffoqué par le douloureux souvenir des leçons d'écriture qu'il avait données au père Tom. Il finissait toujours par déchirer la lettre commencée, s'essuyer les yeux, et sortir pour se calmer.

Toute la maison fut en rumeur le jour où l'on attendait Georges Shelby. Sa mère s'établit au salon, qu'un feu de bois de chêne préservait de l'air piquant d'une dernière soirée d'automne. La table fut garnie de riche vaisselle et de verres de cristal, sous la direction de notre vieille amie Chloé. Vêtue d'une robe neuve de calicot, coiffée d'un énorme turban roide d'empois, ayant devant elle un tablier blanc, elle mit le couvert avec un soin minutieux. Son visage lustré rayonnait de plaisir, et elle prolongea autant que possible l'arrangement de la table, afin d'avoir un prétexte pour causer avec sa maîtresse.

— Comme il va se trouver bien! dit-elle. Je choisis pour lui la place qu'il affectionne auprès du feu. M. Georges a toujours été frileux. Eh bien, que m'apportez-vous là? N'avais-je pas recommandé à Sally d'avendre la plus belle théière, celle que M. Georges a donnée en étrenne à madame, à Noël dernier?... Madame a-t-elle des nouvelles de Georges?

— Oui, Chloé; mais il ne m'a écrit qu'une ligne, pour m'apprendre qu'il arrive ce soir.

— Ne parle-t-il pas de mon vieil homme?

— Non, il ne me parle de rien. Il se réserve de me donner des explications quand il sera de retour.

— Voilà bien M. Georges! toujours plus disposé à parler qu'à écrire! Au fait, je ne sais pas comment les blancs s'y prennent pour écrire tant de choses! C'est si pénible d'écrire!

Madame Shelby sourit.

— Je m'imagine que mon vieil homme ne reconnaîtra pas les enfants et sa petite. Polly est si développée, si gentille! Elle est à la maison, et surveille la cuisson d'un gâteau de maïs. Il est accommodé tout à fait au goût de mon pauvre vieux, et sur le modèle de celui

que je lui ai servi le jour de son départ. Bonté divine! dans quel état j'étais ce jour-là!

A cette allusion, madame Shelby soupira et se sentit le cœur gros : elle était inquiète depuis qu'elle avait reçu la lettre de son fils, dont le silence lui paraissait de sinistre augure.

— Madame a-t-elle les billets? demanda Chloé.

— Oui, Chloé.

— Je tiens à montrer à mon vieux les billets mêmes que m'a donnés M. Jones, le pâtissier de Louisville. Chloé, m'a-t-il dit, je voudrais pouvoir vous retenir. Merci, maître, ai-je répondu; mais mon vieux mari va revenir à la maison, et maîtresse ne peut plus se passer de moi. Voilà quelles ont été mes propres paroles. C'était un excellent homme que ce M. Jones.

Chloé avait exigé obstinément que l'on conservât, pour les montrer à son mari, comme témoignage de ses talents, les billets de banque avec lesquels on lui avait payé ses gages. Madame Shelby s'était prêtée volontiers à cette fantaisie.

— Mon vieux ne reconnaîtra point Polly! Savez-vous qu'il y a cinq ans qu'on me l'a enlevé? C'était une bambine alors; elle pouvait à peine marcher. Vous rappelez-vous comme il craignait de la voir tomber?

Le roulement d'une voiture se fit entendre. La mère Chloé courut à la fenêtre.

— Voilà monsieur Georges!

Madame Shelby s'élança à la rencontre de son fils, qu'elle serra dans ses bras. La mère Chloé, les yeux fixes, avait l'air de chercher quelqu'un dans les ténèbres.

Georges s'avança vers elle et lui serra la main.

— O pauvre mère Chloé! s'écria-t-il, j'aurais donné toute ma fortune pour vous le ramener; mais il est parti pour un monde meilleur!

Madame Shelby poussa un cri de douleur; mais Chloé ne dit rien. On entra dans la salle à manger. Les billets, dont Chloé était si fière, étaient encore étalés sur la table; elle les ramassa et les présenta d'une main tremblante à sa maîtresse.

— Prenez-les, dit-elle, je ne veux plus les revoir, ni en entendre parler. Ce que j'avais prévu est arrivé, on l'a vendu, et assassiné dans ces vieilles plantations du Sud!

Chloé allait sortir. Madame Shelby la suivit doucement, lui prit les mains, la fit asseoir et se plaça à ses côtés.

— Ma pauvre, ma bonne Chloé! s'écria-t-elle.

Chloé appuya la tête sur l'épaule de sa maîtresse, et dit en sanglotant : — O madame! excusez-moi... mon cœur se brise... voilà tout!

— Je comprends votre douleur, Chloé! je ne puis y porter remède; mais adressez-vous à Dieu, il guérit les plaies du cœur.

Pendant un moment tous pleurèrent en silence; puis Georges Shelby raconta avec une éloquente simplicité le glorieux martyre de Tom, dont il répéta les dernières paroles.

Un mois après, tous les esclaves de l'habitation se réunissaient pour entendre une communication que leur jeune maître avait à leur faire. A leur grande surprise, il parut avec une liasse de papiers à la main; c'étaient des lettres d'affranchissement qu'il distribua, au milieu des larmes et des acclamations des assistants. Plusieurs d'entre eux le supplièrent toutefois de ne pas les renvoyer, et voulurent lui rendre l'acte qui les émancipait.

— Nous ne désirons pas plus de liberté que nous en avons. Nous avons tout ce qu'il nous faut. Nous ne voulons pas quitter notre vieille résidence, et notre maîtresse, et notre jeune maître.

— Mes bons amis, dit Georges Shelby dès qu'il put obtenir le silence, il n'est pas nécessaire que vous me quittiez : la culture de ce domaine exige les mêmes travaux qu'auparavant, nous avons toujours les mêmes besoins; mais vous êtes libres désormais. Je vous payerai vos salaires suivant un tarif qui sera convenu entre nous; et dans le cas où je viendrais à m'endetter, à mourir, vous n'aurez pas à craindre d'être dispersés ou vendus. Je compte m'employer à vous apprendre comment il faut user des droits nouveaux que je vous donne. J'espère que vous voudrez bien écouter mes leçons et vous conduire en honnêtes gens. Maintenant, mes amis, remerciez Dieu du bienfait de la liberté!

Un vieux nègre patriarcal, qui avait blanchi sur l'habitation et qui était devenu aveugle, leva vers le ciel ses mains tremblantes en disant : Rendons grâces au Seigneur!

Tous s'agenouillèrent, et jamais plus touchant *Te Deum* ne monta vers la voûte céleste, quoiqu'il y manquât le son de l'orgue et des cloches.

Un autre noir entonna une hymne méthodiste dont le refrain était :

> Du jubilé voici l'heure!
> Dieu nous comble de bontés.
> Rentrez dans votre demeure,
> Pécheurs qu'il a rachetés!

Après ces chants, la foule environna Georges Shelby pour lui adresser des congratulations.

— Encore un mot, dit-il aux affranchis. Vous vous souvenez tous du bon vieux père Tom?

Georges Shelby, après leur avoir fait un récit succinct de la mort de leur ami, leur transmit les dernières paroles qu'il avait prononcées ; puis il ajouta :

— C'est sur sa tombe, mes amis, que j'ai résolu, devant Dieu, que je n'aurais plus d'esclaves ; que je ne ferais courir à personne le risque d'être séparé de ses amis, et de mourir comme lui sur une plantation lointaine. Ainsi, quand vous vous féliciterez de votre liberté, pensez que vous la devez à ce brave homme, et prouvez-lui votre reconnaissance en traitant avec égards sa femme et ses enfants. Songez à votre affranchissement toutes les fois que vous verrez la case du père Tom ; qu'elle vous rappelle qu'il vous a laissé un exemple à suivre, et que vous devez tâcher d'être honnêtes, fidèles et chrétiens comme lui.

CHAPITRE XLV.
Un dernier mot.

On nous a demandé souvent si cette histoire était réelle, et c'est à cette question que nous allons répondre d'une manière générale.

Les incidents variés dont se compose l'ensemble de cette narration sont de la plus grande authenticité. Nous en avons été témoin, ou nous en devons la connaissance à des amis personnels. Les caractères que nous avons esquissés sont peints d'après nature ; nous avons entendu ou l'on nous a rapporté la plupart des paroles que nous leur attribuons.

Au moral et au physique, Elisa est un portrait. La piété, la probité, la fidélité incorruptible du père Tom, ont, à notre connaissance, plus d'un modèle. Certaines scènes, qui semblent romanesques, se sont passées presque sous nos yeux. C'est un fait bien connu que celui d'une mère traversant la rivière d'Ohio sur la glace. Un frère de l'auteur, receveur dans une maison de commerce de la Nouvelle-Orléans, lui a raconté la mort de la vieille Prue (chapitre XIX). C'est de lui que nous tenons également des détails sur le planteur Legree, dont il avait visité l'habitation. Il nous écrivait à ce sujet : « Cet homme m'a fait tâter son poing, qui était comme une barre de fer ou un marteau de forge, en me disant que les callosités qu'on y remarquait provenaient de ce qu'il avait abattu bien des nègres. Lorsque je sortis de chez lui, je respirai plus librement, il me semblait que je m'échappais de la caverne d'un ogre. »

Des témoins oculaires attestèrent encore que l'on compte de trop nombreux exemples de morts tragiques pareilles à celle de Tom. Qu'on se rappelle que dans tous les États du Sud c'est un principe de jurisprudence qu'aucun homme de couleur n'est admis à déposer contre un blanc, et on reconnaîtra sans peine que ces horreurs peuvent se commettre partout où il y a un homme dans le cœur duquel les passions l'emportent sur l'intérêt, et un esclave qui a assez de courage ou de principes pour lui résister. La seule protection de la vie de l'esclave est le caractère du maître. Des faits révoltants, sur lesquels l'esprit n'ose s'arrêter, parviennent quelquefois aux oreilles du public, et les commentaires dont ils sont l'objet sont souvent plus hideux que le fait en lui-même. « Il est possible, dit-on, que ces choses-là arrivent de temps en temps, mais ce sont des exceptions. »

Si les lois de la Nouvelle-Angleterre permettaient à un maître de torturer de temps en temps un apprenti jusqu'à la mort, sans être passible d'aucune peine, montrerait-on la même impassibilité ? dirait-on : « Ces cas sont rares ; ce sont des exceptions ? » Ces iniquités sont inhérentes au système de l'esclavage ; il ne saurait exister sans elles.

Les événements qui ont suivi les aventures de la Perle ont donné du retentissement à la vente publique de jeunes et belles mulâtresses. Nous extrayons le passage suivant du plaidoyer de l'avocat Horace Mann, qui a parlé dans cette affaire :

« Au nombre des soixante-six personnes qui, en mil huit cent quarante-huit, tentèrent de s'évader du district de Colombie, à bord du schooner la Perle, il y avait plusieurs jeunes filles douées de ces charmes tout particuliers que prisent tant les connaisseurs. Une d'elles était Élisabeth Russell. Elle tomba entre les mains d'un marchand d'esclaves, et fut destinée à être vendue à la Nouvelle-Orléans. Tous ceux qui la virent furent touchés de son sort. Ils offrirent de la racheter pour la somme de huit cents dollars ; mais son maître fut inexorable. Elle était en route pour la Nouvelle-Orléans, quand, à moitié chemin, Dieu eut pitié d'elle et permit qu'elle mourût. Elle était accompagnée de deux jeunes filles du nom d'Edmundson. Au moment où elles partaient pour le même marché, leur sœur aînée supplia leur maître d'épargner ses victimes. Il se moqua d'elle en lui disant qu'elles auraient de belles robes et de beaux meubles. — Oui, répondit-elle, c'est bon dans cette vie, mais que deviendront-elles dans l'autre ? Elles furent envoyées à la Nouvelle-Orléans, et rachetées plus tard au prix d'une énorme rançon. »

N'est-il pas évident, d'après cela, que l'histoire d'Emmeline et de Cassy n'est pas imaginaire ?

La justice nous oblige de dire que les hommes de la nature de Saint-Clare ne sont pas des héros de roman. L'anecdote suivante en fournira la preuve. Il y a quelques années, un jeune homme du Sud était à Cincinnati avec un esclave favori nommé Nathan. Cet esclave profita de ce qu'il était dans un État libre pour s'affranchir et se mettre

sous la protection d'un quaker connu pour se mêler d'affaires semblables. Le propriétaire fut indigné. Il avait toujours traité Nathan avec indulgence ; il comptait sur son affection, et il supposait qu'on avait dû employer des manœuvres pour le pousser à la révolte. Il se présenta en fureur chez le quaker ; mais, plein de candeur et de franchise, il se laissa facilement désarmer par des raisonnements. Il dit au quaker que si son esclave voulait lui dire en face qu'il désirait être libre, il l'affranchirait immédiatement. L'entrevue eut lieu, et le jeune homme demanda à Nathan s'il avait sujet de se plaindre.

— Non, maître, dit Nathan ; vous avez toujours été bon pour moi.

— Alors, pourquoi vouloir me quitter ?

— Maître peut mourir, et, dans ce cas, que deviendrais-je ?..... Je préférerais être libre.

Après un moment de réflexion, le jeune homme répondit :

— Nathan, si j'étais à votre place, je penserais absolument comme vous.

Il fit rédiger aussitôt l'acte d'affranchissement, remit au quaker une somme destinée à pourvoir aux premiers besoins de l'esclave, et écrivit à celui-ci une lettre affectueuse, que nous avons eue entre les mains.

Nous espérons avoir rendu hommage à la générosité, à la grandeur d'âme, à l'humanité qui caractérisent un assez grand nombre d'habitants du Sud : leurs qualités nous empêchent de désespérer de l'espèce humaine.

Pendant longtemps, nous avions évité de nous occuper de l'esclavage ; nous pensions que c'était un sujet trop pénible, que d'ailleurs le progrès des lumières mettrait promptement un terme à ce fléau. Mais nous lûmes avec étonnement, avec consternation, l'acte législatif de 1850 par lequel un peuple chrétien recommande, comme un devoir imposé à tous les bons citoyens, la dénonciation des esclaves fugitifs. Des hommes honorables, bienveillants, habitant les États libres du Nord, examinèrent jusqu'à quel point ce devoir nouveau se conciliait avec l'esprit de l'Évangile. Nous nous dîmes alors : « Ces gens-là ne savent pas ce que c'est que l'esclavage ; » et dès lors nous eûmes le désir d'en retracer les horreurs sous une forme dramatique. Nous avons essayé de le montrer sous son aspect le plus favorable, puis sous son aspect le plus hideux. Peut-être avons-nous réussi quand il s'est agi de le peindre dans son beau ; mais que ne resterait-il pas à dire si l'on voulait compléter le tableau à l'autre point de vue ?

C'est à vous que j'en appelle, habitants du Sud, qui, résistant à de funestes influences, avez conservé intacte la noblesse de votre caractère. N'avez-vous pas dans le secret de vos âmes, dans vos conversations intimes, compris que l'esclavage entraînait des misères pires que celles que nous avons signalées ? En saurait-il être autrement ? L'homme est-il une créature faite pour être investie d'une puissance absolue ? Votre jurisprudence, en repoussant la déposition d'un esclave, ne fait-elle pas de tout propriétaire un despote sans responsabilité ? Ne voit-on pas clairement ce qui doit résulter de cette théorie dans l'application ? S'il y a, comme nous en convenons, un sentiment public parmi vous, hommes d'honneur, hommes équitables, n'existe-t-il pas une autre espèce de sentiment public parmi les êtres vils et cruels ? Ces derniers, en vertu de la loi, ne peuvent-ils pas posséder autant d'esclaves que les meilleurs et les plus purs d'entre vous ? Les esprits élevés, justes, compatissants, sont-ils en majorité dans aucun pays ?

Les lois américaines regardent maintenant la traite des noirs comme un acte de piraterie. Mais une traite non moins régulièrement organisée que celle qui s'exerçait jadis sur la côte d'Afrique est une conséquence véritable de l'esclavage aux États-Unis.

Nous n'avons donné qu'une idée imparfaite des douleurs qui déchirent en ce moment même des milliers de créatures humaines. On a vu des mères, poussées au meurtre de leurs enfants, chercher ensuite dans la mort un refuge contre des misères qu'elles redoutaient plus que la mort. On ne peut rien écrire, rien dire, rien concevoir d'aussi tragique, d'aussi épouvantable que les scènes qui se passent à chaque instant dans notre patrie, à l'ombre des lois américaines, à l'ombre de la croix du Christ.

Et maintenant, hommes et femmes d'Amérique, vous appartient-il d'être indifférents à la question ? Fermiers du Massachusetts, du New-Hampshire, du Vermont, du Connecticut, qui lisez ce livre auprès du feu pendant les soirées d'hiver ; braves armateurs et marins du Maine ; généreux habitants de l'État de New-York, cultivateurs de l'Ohio, répondez ! Devez-vous encourager et protéger l'esclavage ? et vous, mères américaines, vous dont vos enfants font la joie ; vous qui guidez leurs premiers pas dans le monde avec une si touchante sollicitude, et qui priez Dieu pour eux, plaignez les mères qui ont des sentiments pareils aux vôtres, sans avoir le droit légal d'élever et de protéger leurs fils bien-aimés. Je vous en conjure, mères américaines, par les souffrances de vos fils malades, par ces yeux qui se sont éteints et dont vous n'oublierez jamais les derniers regards, par ce berceau vide et si rempli de douleur, plaignez les mères auxquelles la traite américaine arrache sans cesse leurs enfants ! et dites-moi si l'esclavage est une institution qu'il faille défendre ou tolérer ?

Vous prétendez que les habitants des États libres n'ont pas à s'en mêler? Plût au ciel que cela fût vrai ! Mais ce n'est pas vrai. Les habitants des Etats libres ont participé au développement d'un odieux système, et ils sont d'autant plus coupables devant Dieu qu'ils n'ont pas, comme les gens du Sud, l'excuse de l'éducation ou des mœurs.

Si les mères des Etats libres avaient eu jadis les sentiments qu'elles auraient dû avoir, les fils des Etats libres n'auraient pas coopéré à l'entretien de l'esclavage en Amérique ; les fils des Etats libres ne se seraient pas montrés proverbialement les plus cruels des maîtres ; les fils des Etats libres, dans leurs opérations commerciales, n'auraient pas accepté des corps et des âmes d'hommes comme équivalant à de l'argent. Il y a une multitude d'esclaves qui sont possédés temporairement et recouvrés par des négociants des villes du Nord. Le crime de l'esclavage doit-il donc retomber exclusivement sur le Sud ?

Les hommes du Nord, les chrétiens du Nord, ont autre chose à faire qu'à déclamer contre leurs frères du Sud ; ils ont à poursuivre le mal au milieu d'eux-mêmes.

Mais quelle est l'autorité d'un individu ? Tout individu en est juge. Une atmosphère d'influence sympathique environne tout être humain ; et celui qui a une opinion saine, vigoureuse, sur les grands intérêts de l'humanité, rend des services continuels. Faites donc attention au parti que vous adopterez dans la question de la servitude. Etes-vous d'accord avec les préceptes du Christ? Vous laisserez-vous corrompre par les sophismes et la politique mondaine?

Chrétiens du Nord, vous avez encore une autre autorité que celle de vos paroles ou de vos actions. Vous pouvez prier! Croyez-vous à la prière, ou ne la considérez-vous que comme une vague tradition apostolique? Vous priez pour les païens des contrées lointaines, priez aussi pour les païens qui sont parmi vous. Priez pour ces chrétiens désolés dont l'éducation religieuse dépend des chances du commerce, et qui sont presque toujours dans l'impossibilité de rester fidèles à la morale, à moins que Dieu ne leur accorde le courage et la grâce du martyre.

Il y a plus. De pauvres fugitifs, débris de familles dispersées, miraculeusement échappés de leurs chaînes, se réfugient dans nos Etats libres du Nord. La plupart du temps, leurs facultés morales et intellectuelles ont été altérées par un système qui bouleverse toutes les notions du juste et de l'injuste. Ils viennent chercher parmi nous un asile, de l'éducation, de l'instruction, des lumières. Que faites-vous pour ces infortunés, ô chrétiens? Ne devez-vous pas quelque réparation à la race africaine, pour les sévices dont les Américains l'ont accablée? Les portes de vos temples et de vos écoles lui seront-elles fermées? Les Etats se lèveront-ils pour l'en chasser? L'Eglise du Christ verra-t-elle en silence les outrages dont on abreuve des malheureux sans secours? Repoussera-t-elle la main suppliante qu'ils lui tendent? Applaudira-t-elle à la barbarie qui voudrait les chasser hors de nos frontières? S'il en était ainsi, notre patrie aurait raison de trembler, en se rappelant que le sort des nations est entre les mains d'un Dieu rémunérateur.

Vous dites : « Nous n'avons pas besoin d'eux ici; qu'ils partent pour l'Afrique ! » Que la Providence leur y ait ménagé un refuge, c'est un fait grand et digne de remarque. Mais ce n'est pas une raison pour que l'Eglise du Christ refuse à ces proscrits un concours qu'il est de son devoir de leur donner.

Si l'on peuplait Libéria d'une race ignorante, sans expérience, à moitié barbare, à peine échappée à la servitude, on prolongerait indéfiniment cette période de rudes labeurs que doit traverser tout établissement nouveau. Que l'Eglise accueille ces parias avec l'esprit

du Christ; qu'ils profitent des bienfaits d'une société républicaine, et quand ils seront parvenus à un certain degré de maturité intellectuelle, qu'on les envoie dans la colonie où ils pourront mettre en pratique les leçons qu'ils ont reçues en Amérique.

Quelques hommes du Nord ont suivi cette méthode, et il en est résulté que d'anciens esclaves ont acquis rapidement de l'instruction, de la fortune, de la réputation. Ils ont fait preuve de talents remarquables, eu égard aux circonstances. Ils se sont signalés par des traits de probité, de sentiment, par des efforts héroïques en faveur de leurs frères restés en servitude. Ils ont étonné par leurs vertus quiconque a réfléchi aux influences funestes qu'ils avaient subies dans leurs jeunes années.

L'auteur de ce livre a vécu pendant plusieurs années sur la limite des Etats à esclaves, et elle a eu mainte occasion d'observer des hommes qui s'étaient affranchis de leur joug. Quelques-uns ont servi sa famille, et, à défaut d'écoles publiques, elle les faisait élever dans une institution particulière avec ses propres enfants. Le témoignage des missionnaires qui recueillent les fugitifs au Canada coïncide avec sa propre expérience ; et elle a conçu l'idée la plus formelle de la capacité des noirs.

Le premier vœu de l'esclave émancipé est en général de recevoir de l'éducation. Ils sont prêts à tous les sacrifices pour procurer de l'instruction à leurs enfants. Les observations de l'auteur et les renseignements fournis par les instituteurs tendent à établir que les noirs apprennent vite et sont doués d'une intelligence remarquable. Cette opinion est confirmée par les résultats obtenus dans les écoles qu'ont fondées de généreux citoyens de Cincinnati.

Voici une note que nous transmet le professeur C.-E. Stowe, du séminaire de Lane (Etat de l'Ohio), sur les esclaves émancipés résidant actuellement à Cincinnati. Elle est propre à démontrer que la race noire peut arriver à quelque chose, même sans assistance et sans encouragement.

Nous ne donnons que les initiales des noms :

« B., ébéniste, habite cette ville depuis vingt ans, s'est racheté pour la somme de dix mille dollars, qu'il avait gagnée par son industrie; anabaptiste.

» C., noir complet, enlevé sur la côte d'Afrique, vendu à la Nouvelle-Orléans. Quinze ans de résidence; s'est racheté pour six cents dollars, cultivateur; possède plusieurs fermes dans l'Etat d'Indiana; presbytérien; a mis de côté de quinze à vingt mille dollars.

» K., noir complet, possède trente mille dollars; quarante ans; libre depuis trois ans; a payé huit cents dollars pour racheter sa famille; anabaptiste; a reçu de son maître un legs qu'il a fait fructifier.

» G., noir complet, marchand de charbon; trente ans; possède dix-huit mille dollars; s'est racheté deux fois, ayant été trompé la première, pour seize cents dollars; a gagné ce qu'il possède par son industrie; louait à son maître la jouissance de son temps, quand il était esclave, et travaillait pour son propre compte : bel homme, bonnes manières.

» W., trois quarts noir, perruquier, du Kentucky; libre depuis dix-neuf ans, s'est racheté, ainsi que sa famille, pour trois mille dollars; possède vingt mille dollars qu'il a gagnés par son industrie; diacre de l'église baptiste.

Q. D. Trois quarts noir ; blanchisseur ; du Kentucky, libre depuis neuf ans ; s'est racheté avec sa famille pour quinze cents dollars; est mort récemment, à l'âge de soixante ans; possédait six mille dollars. »

Le professeur Stowe ajoute : « A l'exception de G., tout ces individus me sont personnellement connus. »

L'auteur se rappelle une vieille femme de couleur, qui était employée chez son père en qualité de blanchisseuse. La fille de cette femme avait épousé un esclave. C'était une jeune femme d'une activité remarquable ; à force d'économiser et de s'imposer des privations, elle mit de côté neuf cents dollars pour la rançon de son mari. Il manquait encore cent dollars sur la somme assignée quand elle mourut. L'argent ne lui fut jamais restitué.

Il serait facile d'ajouter à ces faits des milliers d'anecdotes, qui attestent le dévouement, la patience, la probité et l'énergie que déploie l'esclave en liberté.

Et qu'on réfléchisse que ces hommes sont parvenus à s'assurer une honnête aisance et une position sociale, dans les circonstances les plus désavantageuses. Aux termes de la loi de l'Ohio, l'homme de couleur n'est pas électeur ; et ce n'est que depuis cinq ans qu'on lui a accordé le droit de déposer contre un blanc. Ce n'est pas seulement dans l'Etat d'Ohio qu'on trouve des hommes tels que ceux dont nous parlons. Dans tous les Etats de l'Union, nous voyons des individus, naguère plongés dans les ténèbres de l'esclavage, faire seuls leur éducation avec une énergie qu'on ne saurait trop admirer, et conquérir une place honorable dans la société. Pennington, parmi les ecclésiastiques, Douglas et Ward, parmi les libraires, nous offrent des exemples bien connus.

Si cette race persécutée est capable de triompher de tant d'obstacles, que ne ferait-elle pas sous le patronage de l'Eglise revenue au véritable esprit chrétien !

Nous sommes dans un siècle où les peuples s'agitent convulsivement ; une puissante secrète soulève le monde, la terre tremble. L'Amérique est-elle en sûreté ? Toute nation qui tolère en son sein de grandes iniquités porte en elle les éléments de cette convulsion dernière.

Pourquoi cette influence puissante et mystérieuse à laquelle toutes les contrées sont soumises ? D'ou vient que dans toutes les langues s'élèvent des réclamations en faveur de la liberté et de l'égalité ?

O Eglise du Christ, comprends les signes des temps ! Cette influence n'est-elle pas l'esprit de Celui dont le règne est encore à venir, et dont la volonté sera faite en la terre comme au ciel ?

Mais qui peut l'empêcher de s'accomplir ? « Car ce jour brûlera comme une fournaise, et le Christ apparaîtra pour déposer contre ceux qui arrachent au pauvre son salaire, qui oppriment la veuve et l'orphelin, et qui ôtent à l'étranger ses droits, et il mettra en pièces l'oppresseur. »

Ces paroles ne sont-elles pas redoutables pour une nation qui porte en elle une aussi criante injustice ? Chrétiens ! toutes les fois que vous criez pour que le règne de Dieu arrive, oubliez-vous que les prophètes associent, par un raprochement terrible, le jour de la vengeance à celui de la rédemption ? Un jour de répit nous est encore accordé : le Nord et le Sud ont été coupables devant Dieu, et l'Eglise chrétienne aura à rendre un compte sévère. Ce n'est par en se concertant pour la protection de l'iniquité, en créant un capital commun de barbarie, que les Etats-Unis peuvent se sauver : c'est par le repentir, la justice, la miséricorde. La loi physique en vertu de laquelle une meule tombe au fond de l'Océan n'est pas plus certaine que cette loi plus forte, en vertu de laquelle l'injustice et la cruauté attirent sur les nations le courroux du Dieu tout-puissant.

NOTE DU TRADUCTEUR.

Toutes les fois qu'un nouveau nom se produit, qu'un auteur ignoré se révèle avec éclat, tous ceux qui ont admiré son œuvre éprouvent naturellement le désir de le connaître, de savoir quelle fut son origine, comment se forma son talent, comment s'écoulèrent les premières années d'une existence dont l'obscurité se dissipe si soudainement. C'est à ce désir que nous allons répondre, en empruntant aux journaux américains et anglais quelques détails biographiques sur madame Henriette Beecher Stowe.

Son père, le docteur Lydman Beecher, n'eut pas moins de douze enfants. Henriette s'associa avec sa sœur Catherine pour tenir une école à Cincinnati ; et toutes deux, jeunes encore, débutèrent dans la littérature. Catherine publia un *Essai sur l'économie domestique*, un *Discours sur l'éducation*, une nouvelle : *la Vérité plus étrange que la fiction*. Henriette envoya aux revues des nouvelles qu'elle réunit ensuite en volume sous le titre de *Fleurs de mai*. Elle fit aussi paraître un livre semi-théologique : *Les quatre manières d'observer le sabbat*.

Mariée à M. Stowe, professeur de théologie, Henriette Beecher suivit son époux et son pere dans la vallée du Mississipi, où ils fondèrent une institution. Ils ne tardèrent pas à s'attirer des ennemis par leurs prédications contre l'esclavage. Une multitude ameutée menaça même d'incendier leur établissement. Témoin de ces persécutions, vivement impressionnée par le sort des noirs, madame Stowe prit la plume et écrivit l'*Uncle Tom's Cabin*. La vogue de ce livre fut telle, que les droits d'auteur s'élevèrent, pour les deux premiers mois seulement, à la somme de cent mille francs, que l'auteur versa généreusement dans la caisse de la société pour l'abolition de l'esclavage.

Madame Stowe est mère de cinq enfants, et non moins recommandable par ses vertus privées que par ses talents. Ses biographes ne nous disent point son âge : c'est souvent, quand il s'agit d'une dame, la particularité la moins facile à constater.

Après avoir donné sur l'auteur ces renseignements sommaires, nous devons remercier nos confrères de la presse périodique de la bienveillance avec laquelle ils ont bien voulu accueillir notre travail. Nous avons tâché d'y répondre, et de justifier la faveur du public, en revoyant avec le plus grand soin nos éditions successives.

On nous a reproché de ne pas avoir traduit le titre de l'ouvrage américain, *Uncle Tom's Cabin*, par *la Case de l'Oncle Tom*. Cette traduction serait littérale, mais elle manquerait d'exactitude, et donnerait à penser que le héros est un oncle entouré de ses neveux. Il n'en est pas ainsi. Certaines personnes âgées, d'un caractère honorable, sont traitées d'*oncles* ou de *tantes* en Amérique, comme elles le seraient de *pères* ou de *mères* en France. On dit l'*oncle Tom*, la *tante Dorcas*, comme nous disons le père Antoine, la mère Jeanne. Nous trouvons dans le livre même de madame Stowe la preuve concluante de notre assertion. Dans le chapitre xxviii, Cassy, qui est à moitié Française, appelle Tom, à plusieurs reprises, *father Tom* (père Tom). Nous nous conformons donc strictement aux véritables intentions de l'auteur.

M. John Lemoine, en tête de l'article des *Débats* que nous avons reproduit, a intitulé le roman de madame Stowe : *la Cabane du PÈRE TOM*. Cette autorité tranche la question, car M. John Lemoine, né à Londres, connaît à fond la valeur des termes de sa langue maternelle, ce qui ne l'empêche pas de s'être acquis, comme publiciste français, une réputation méritée.

MM. J. Janin, Lireux, Louis Huart, T. Delord, Ed. Thierry, Caraguel ont employé dans leurs feuilletons le titre de *Père Tom*. Enfin, la voix populaire nous a donné raison, en appelant *Père Tom* le bœuf gras de 1853.

On trouvera ci-après trois opuscules remarquables, que nous aurions placés en tête de notre traduction s'ils nous avaient été communiqués plus tôt.

Dans le premier, madame H. B. Stowe rend compte, avec une éloquente simplicité, des motifs qui l'ont animée.

Dans le second, l'illustre auteur de *Valentine*, d'*André*, de *Mauprat*, de *Consuelo*, de *la Petite Fadette*, et de tant d'autres romans célèbres, juge, avec la sagacité d'un esprit supérieur et le chaleureux élan d'une âme généreuse, une femme dont il lui était si facile de comprendre les nobles intentions.

La notice écrite par le comte de Carlisle, pour une édition anglaise, nous fait connaître la sensation que l'ouvrage de madame Stowe a excitée en Angleterre, et les observations diverses auxquelles il a donné lieu.

PRÉFACE DE L'AUTEUR.

Les scènes de cette histoire, comme le titre l'indique, se passent surtout entre les individus d'une race inconnue jusqu'alors aux sociétés policées : race exotique, dont les ancêtres, nés sous le soleil des tropiques, ont apporté en Amérique et transmis à leurs descendants un caractère essentiellement différent de celui des Anglo-Saxons. C'est ce qui fait qu'elle a été longtemps méconnue, mal comprise, dédaignée ; mais l'aurore de jours meilleurs commence à poindre. La littérature, la poésie, les beaux-arts, se mettent par degrés à l'unisson de la maîtresse corde du christianisme : « Bonne volonté aux hommes. »

Le poëte, le peintre, l'artiste, s'attachent maintenant à étudier et à faire ressortir les plus doux et les plus universels des sentiments humains. A la faveur de la fiction, ils exercent une influence salutaire, favorable au développement des grands principes de la fraternité chrétienne.

Partout la bienveillance étend la main ; elle découvre les abus, redresse les torts, soulage les misères, appelle l'attention du monde sur les faibles qu'on tyrannise, sur les humbles qu'on oublie.

Dans ce mouvement général, on se souvient enfin de la malheureuse Afrique, de l'Afrique qui, dans le vague crépuscule des premiers temps, fraya la route de la civilisation, mais qui, depuis des siècles, sanglante et chargée de chaines, implore en vain la compassion des chrétiens qui la foulent aux pieds.

Mais le cœur des conquérants, des maîtres inflexibles, incline enfin vers la miséricorde. Les nations ont senti qu'il valait mieux protéger les faibles que de les opprimer, et, Dieu merci! la traite des noirs a disparu de la surface de la terre.

Le but de ce livre est d'inspirer de l'intérêt pour les hommes d'origine africaine qui vivent au milieu de nous; d'exposer aux yeux leurs souffrances; de les montrer victimes d'un système si fatalement injuste et cruel, qu'il détruit les bons effets des tentatives faites en leur faveur par leurs plus zélés défenseurs.

En entreprenant cette tâche, l'auteur déclare avec une sincérité parfaite qu'elle n'a point d'animosité contre ceux qui se trouvent exposés, souvent malgré eux, aux embarras qu'entraîne la possession des esclaves. Des hommes qui ne distinguent pas la noblesse du cœur et de l'esprit ont eu souvent à souffrir des conséquences légales de cette possession; et ils savent mieux que personne qu'un ouvrage comme celui-ci ne dépeint pas la moitié des maux de l'esclavage, ne révèle qu'une faible partie d'un ensemble inénarrable.

Dans les États du Nord, nos tableaux passeront peut-être pour des caricatures; dans les États du Sud, des témoins oculaires en certifieront l'exactitude. L'auteur se réserve de dire quelle connaissance elle a personnellement des incidents de son récit.

Chaque âge a vu le terme de bien des douleurs, de bien des injustices; nous pouvons donc concevoir la consolante espérance qu'un jour viendra où des livres tels que le nôtre n'auront de mérite que comme documents sur un ordre de choses qui aura depuis longtemps cessé.

Quand un peuple éclairé aura transporté sur les côtes d'Afrique les lois, la langue, la littérature qu'il nous empruntera, puissent les scènes de la maison de servitude être pour lui comme le souvenir de l'Égypte pour le peuple hébreu, et le porter du moins à rendre grâce à Celui qui l'aura racheté.

Car, tandis que les grands politiques discutent, et que les hommes sont ballottés en sens divers par les courants des intérêts et des passions, la grande cause de la liberté humaine est entre les mains d'un seul, dont il est écrit :

« Il ne faiblira pas, il ne se découragera point avant d'avoir assis son jugement sur la terre.

» Il délivrera les malheureux qui gémissent, les pauvres, et ceux qui n'ont point d'appui.

» Il rachètera leurs âmes de la ruse et de la violence, et leur sang sera précieux à ses yeux. »

Henriette Beecher Stowe.

HENRIETTE BEECHER STOWE,

PAR

GEORGE SAND.

Parler d'un livre le lendemain même de son apparition, c'est sans doute contraire à l'usage; mais ici c'est l'hommage le plus désintéressé qui puisse être rendu, puisque le succès immense acquis à la publication n'a plus besoin d'être constaté.

Ce livre est dans toutes les mains, dans tous les journaux. Il aura, il a déjà des éditions dans tous les formats. On le dévore, on le couvre de larmes. Il n'est déjà plus permis aux personnes qui savent lire de ne l'avoir pas lu, et on regrette qu'il y ait tant de gens condamnés à ne le lire jamais : ilotes par la misère, esclaves par l'ignorance, pour lesquels les lois politiques ont été impuissantes jusqu'à ce jour à résoudre le double problème du pain de l'âme et du pain du corps.

Ce n'est donc pas, ce ne peut pas être une réclame officieuse que de revenir sur le livre de madame Stowe. Nous le répétons, c'est un hommage, et jamais œuvre généreuse et pure n'en mérita un plus tendre et plus spontané. Elle est loin d'ici; nous ne la connaissons pas, celle qui a fait pénétrer dans nos cœurs des émotions si tristes et pourtant si douces. Remercions-la d'autant plus! Que la voix attendrie des femmes, que la voix généreuse des hommes et celle des enfants, si adorablement glorifiés dans ce livre, et celle des opprimés de ce monde-ci, traversent les mers, et aillent lui dire qu'elle est estimée, qu'elle est aimée!

Si le meilleur éloge qu'on puisse faire de l'auteur, c'est de l'aimer, le plus vrai qu'on puisse faire du livre, c'est d'en aimer les défauts. Il ne faut pas les passer sous silence, il ne faut pas en éluder la discussion, et il ne faut pas vous en inquiéter, vous qu'on raille de pleurer naïvement sur le sort des victimes au récit des événements simples et vrais.

Ces défauts-là n'existent que relativement à des conventions d'art qui n'ont jamais été, qui ne seront jamais absolues. Si les juges, épris de ce que l'on appelle la *facture*, trouvent des longueurs, des redites, de l'inhabileté dans ce livre, regardez bien, pour vous rassurer sur votre propre jugement, si leurs yeux sont parfaitement secs quand vous leur en lirez un chapitre pris au hasard.

Ils vous rappelleront bientôt ce sénateur de l'Ohio qui soutient à sa petite femme qu'il a fort bien fait de voter la loi de refus d'asile et de protection aux fugitifs, et qui tout aussitôt en prend deux dans sa carriole, et les conduit lui-même, en pleine nuit, dans des chemins affreux, où il se met plusieurs fois dans la boue jusqu'à la ceinture pour pousser à la roue et les empêcher de verser. Cet épisode charmant de l'*Uncle Tom* (hors d'œuvre si vous voulez) peint, on ne peut mieux, la situation de la plupart des hommes placés entre l'usage, le préjugé et leur propre cœur, bien autrement naïf et généreux que leurs institutions et leurs coutumes.

C'est l'histoire attendrissante et plaisante à la fois du grand nombre des critiques indépendants. Que ce soit en fait de questions sociales ou de questions littéraires, ceux qui prétendent juger froidement et au point de vue de la règle pure sont bien souvent aux prises avec l'émotion intérieure, et parfois ils en sont vaincus sans vouloir l'avouer. J'ai toujours été frappé et charmé de l'anecdote de Voltaire raillant et méprisant les fables de la Fontaine, prenant le livre et disant : « Attendez, vous allez voir! la première venue! » Il en lit une :

« Celle-là est passable; mais vous allez voir comme celle-ci est stupide! »

Il passe à une seconde. Il se trouve qu'elle est assez jolie. Une troisième le désarme encore. Enfin, las de chercher, il jette le volume en s'écriant avec un dépit ingénu : « *Ce n'est qu'un ramassis de chefs-d'œuvre.* » Les grands esprits peuvent être bilieux et vindicatifs; mais dès qu'ils réfléchissent, il leur est impossible d'être injustes et insensibles.

Il en faut dire autant, proportion gardée, de tous les gens d'esprit qui font profession de juger avec l'esprit. Si leur esprit est de bon aloi, leur cœur ne résistera jamais à un sentiment vrai. Voilà pourquoi ce livre, mal fait selon les règles du roman moderne en France, passionne tout le monde et triomphe de toutes les critiques, de toutes les discussions qu'il soulève dans les familles.

Car il est essentiellement domestique et *familial*, ce bon livre aux longues causeries, aux détails minutieux, aux portraits soigneusement étudiés. Les mères de famille, les jeunes personnes, les enfants, les serviteurs, peuvent le lire et le comprendre, et les hommes, même les hommes supérieurs, ne peuvent pas le dédaigner. Nous ne dirons pas que c'est à cause des immenses qualités qui en rachètent les défauts; nous disons que c'est aussi à cause de ces prétendus défauts.

On a longtemps lutté en France contre les prolixités d'exposition de Walter Scott, on s'est récrié ensuite contre celles de Balzac, et, tout bien considéré, on s'est aperçu que dans la peinture des mœurs et des caractères il n'y avait jamais trop, quand chaque coup de pinceau était à sa place et concourait à l'effet général. Ce n'est pas que la sobriété et la rapidité ne soient aussi des qualités éminentes; mais apprenons donc à aimer toutes les manières quand elles sont bonnes et quand elles portent le cachet d'une *maestria* savante ou instinctive.

Madame Stowe est tout instinct. C'est pour cela qu'elle paraît d'abord n'avoir pas de talent.

Elle n'a pas de talent! — Qu'est-ce que le talent? — Rien, sans doute, devant le génie; mais a-t-elle du génie? Je ne sais pas si elle a du talent comme on l'entend dans le monde lettré, mais elle a du génie comme l'humanité sent le besoin d'en avoir : elle a le génie du bien. Ce n'est peut-être pas un homme de lettres; mais savez-vous ce que c'est? c'est une sainte, pas davantage.

Oui, une sainte! Trois fois sainte est l'âme qui aime, bénit et console ainsi les martyrs! Pur, pénétrant et profond est l'esprit qui sonde ainsi les replis de l'être humain! Grand, généreux et vaste est le cœur qui embrasse de sa pitié, de son amour, de son respect toute une race couchée dans le sang et la fange, sous le fouet des bourreaux, sous la malédiction des impies.

Il faut bien qu'il en soit ainsi, il faut bien que nous valions mieux que nous ne le savons nous-mêmes; il faut bien que, malgré nous, nous sentions que le génie c'est le cœur, que la puissance c'est la foi, que le talent c'est la sincérité, et que, finalement, le succès c'est la sympathie, puisque ce livre-là nous bouleverse, nous serre la gorge, nous navre l'esprit et nous laisse un étrange sentiment de tendresse et d'admiration pour la figure d'un pauvre nègre lacéré de coups, étendu dans la poussière, et râlant sous un bangar son dernier souffle exhalé vers Dieu.

En fait d'art, d'ailleurs, il n'y a qu'une règle, qu'une loi, montrer et émouvoir. Où trouverons-nous des créations plus complètes, des types plus vivants, des situations plus touchantes et même plus originales que dans l'*Uncle Tom*? Ces douces relations de l'esclave avec l'enfant du maître signalent un état de choses inconnu chez nous: la protestation du maître lui-même contre l'esclavage durant toute la phase de sa vie où son âme appartient à Dieu seul. La société s'en empare ensuite, la loi chasse Dieu, l'intérêt dépose la conscience. En prenant l'âge d'homme, l'enfant cesse d'être homme; il devient *maître*: Dieu meurt dans son sein.

Quelle main expérimentée a jamais tracé un type plus saisissant et plus attachant que Saint-Clare, cette nature d'élite, aimante, noble, généreuse, mais trop douce et trop nonchalante pour être grande? N'est-ce pas l'homme en général, l'homme avec ses qualités innées, ses bons élans et ses déplorables imprévoyances, ce charmant *maître* qui aime, qui est aimé, qui pense, qui raisonne, et qui ne conclut et n'agit jamais? Il dépense en un jour des trésors d'indulgence, de raison, de justice et de bonté; il meurt sans avoir rien sauvé. Sa vie précieuse à tous se résume dans un mot: aspirer et regretter. Il n'a pas su vouloir. Hélas! est-ce qu'il n'y a pas un peu de cela chez les meilleurs et les plus forts des hommes!

La vie et la mort d'un enfant, la vie et la mort d'un nègre, voilà tout le livre. Ce nègre et cet enfant, ce sont deux saints pour le ciel. L'amitié qui les unit, le respect de ces deux perfections l'une pour l'autre, c'est tout l'amour, toute la passion du drame. Je ne suis pas quel autre génie que celui de la sainteté même eût pu répandre sur cette affection et sur cette situation un charme si puissant et si soutenu.

L'enfant lisant la Bible sur les genoux de l'esclave, rêvant à ses cantiques en jouant au milieu de sa maturité exceptionnelle, le parant de fleurs comme une poupée, puis le saluant comme une chose sacrée, et passant de la familiarité tendre à la tendre vénération; puis dépérissant d'un mal mystérieux qui n'est autre que le déchirement de la pitié dans un être trop pur et trop divin pour accepter la *loi*; mourant enfin dans les bras de l'esclave, en l'appelant après elle dans le sein de Dieu; tout cela est si neuf et si beau, qu'on se demande, en y pensant bien, si le succès est à la hauteur de l'œuvre.

Les enfants sont les véritables héros de madame Stowe. Son âme, la plus maternelle qui fut jamais, a conçu tous ces petits êtres dans un rayon de la grâce. Georges Shelby, le petit Harry, le cousin d'Eva, le marmot regretté de la petite femme du sénateur, et Topsy, la pauvre, diabolique et excellente Topsy, ceux qu'on voit et ceux même qu'on ne voit pas dans ce roman, mais dont il est dit seulement trois mots par leurs mères désolées, c'est un monde de petits anges blancs et noirs, où toute femme reconnaît l'objet de son amour, la source de ses joies ou de ses larmes. En prenant une forme dans l'esprit de madame Stowe, ces enfants, sans cesser d'être des enfants, prennent aussi des proportions idéales, et arrivent à nous intéresser plus que tous les personnages des romans d'amour.

Les femmes y sont jugées et dessinées aussi de main de maître, non pas seulement les mères, qui y sont sublimes, mais celles qui ne sont mères ni de cœur ni de fait, et dont l'infirmité est traitée avec indulgence ou avec rigueur. A côté de la méthodique miss Ophélia, qui finit par s'apercevoir que le devoir ne sert à rien sans l'affection, Marie Saint-Clare est un portrait d'une vérité effrayante.

On frissonne en songeant qu'elle existe, cette lionne américaine qui n'est qu'une lâche panthère, qu'elle est partout, que chacun de nous l'a rencontrée, qu'il la voit peut-être non loin de lui; car il n'a manqué à cette femme charmante que des esclaves à faire torturer pour qu'elle se révélât complète à travers ses vapeurs et ses maux de nerfs.

Les saints ont aussi leur griffe: c'est celle du lion. Elle respecte la chair humaine, mais elle s'enfonce dans la conscience, et un peu d'ardente indignation, un peu de terrible moquerie ne messied pas à cette bonne Harriett Stowe, à cette femme si douce, si humaine, si religieuse, et si pleine de l'onction évangélique. Oui, c'est une femme bien bonne; mais ce n'est pas ce que nous appelons dérisoirement une bonne femme: c'est un cœur fort, courageux, et qui, en bénissant les malheureux, en caressant les fidèles, en attiçant les faibles, secoue les irrésolus, et ne craint pas de lier au poteau les pécheurs endurcis pour montrer leur laideur au monde.

Elle est dans le vrai sens de la lettre sacrée. Son christianisme fervent chante le martyre, mais il ne permet pas à l'homme d'en perpétuer le droit et la coutume. Il réprouve cette étrange interprétation de l'Evangile qui tolère l'iniquité des bourreaux pour se réjouir de les voir peupler le calendrier de victimes. Elle en appelle à Dieu même, elle menace en son nom. Elle nous montre la loi d'un côté, l'homme et Dieu de l'autre.

Qu'on ne dise donc pas que, puisqu'elle exhorte à tout souffrir, elle accepte le droit de ceux qui font souffrir. Lisez cette belle page où elle vous montre Georges, l'esclave blanc, embrassant pour la première fois le rivage d'une terre libre et pressant contre son cœur la femme et l'enfant qui sont enfin à lui! Quelle belle page que celle-là, quelle large palpitation, quelle protestation triomphante du droit éternel et inaliénable de l'homme sur la terre: la liberté!

Honneur et respect à vous, madame Stowe!... Un jour ou l'autre, votre récompense, qui est marquée aux archives du ciel, sera aussi de ce monde.

━━━━━━━━━━◦◦◦◦◦━━━━━━━━━━

EXAMEN CRITIQUE,

PAR

LE COMTE DE CARLISLE.

On m'a prié de mettre quelques lignes de préface en tête de ce livre remarquable, *la Case du père Tom*. Je me suis senti flatté d'une semblable requête; et pourtant, j'aurais probablement refusé de m'y rendre s'il s'était agi d'un autre livre ou d'un autre sujet.

Occupons-nous d'abord du livre.

Le mérite de cet ouvrage d'imagination, qui, fondé toutefois sur l'état actuel de la société, reproduit des faits et des caractères contemporains, a été reconnu par un nombre presque inouï de lecteurs. Sous ce rapport, son apparition a fait époque dans l'histoire littéraire aussi bien que dans l'histoire morale de nos jours. L'énonciation du chiffre de ses lecteurs ne donnerait pourtant qu'une idée incomplète de l'impression extraordinaire qu'il a produite sur l'esprit public. Il y a peu de sociétés où il n'ait pas fourni pendant quelque temps le principal sujet de la conversation. J'ai été à même de constater qu'il avait arraché des larmes aux hommes les plus haut placés dans l'échelle sociale, comme aux laborieux mineurs, aux artisans illettrés. J'ai su qu'il avait causé d'aussi vives émotions dans les châteaux que dans les humbles chaumières.

Il serait facile mais entièrement inutile de s'étendre sur les qualités qui ont valu à l'ouvrage de madame H. Beecher Stowe tant de vogue, tant d'admiration. La variété des caractères, l'habileté consommée avec laquelle ils sont tracés, la délicatesse de la touche, la gaieté et le pathétique, rappellent aux lecteurs des livres favoris, sans qu'on puisse accuser l'auteur d'imitation servile. Ne retrouve-t-on pas Charles Dickens dans la peinture de l'intérieur des Shelby, de la mère Chloé, et surtout d'Eva, la jeune fille rêveuse aux yeux bleus? L'entretien du sénateur de l'Ohio avec sa femme, les plaintes où Saint-Clare se révèle tout entier, n'ont-ils pas une analogie frappante avec les admirables pages de miss Austen? Je crois que Topsy peut prétendre aux honneurs d'une originalité complète. Mais les grâces enjouées, les dons brillants de l'écrivain, ne sont rien comparativement à la puissante moralité de son œuvre. L'éternelle vérité, qui s'y répand avec une force irrésistible, en fait oublier les ornements secondaires. Ainsi en se portant sur la grande chute du Niagara, qui tombe en nappe retentissante, les yeux remarquent à peine l'écume argentée dont elle se voile, l'arc-en-ciel dont elle se couronne.

Je ne suis pas non plus tenté de développer un point sur lequel j'ai adressé à l'auteur de respectueuses remontrances, en la remerciant de l'exemplaire qu'elle avait eu la bonté de m'envoyer. Il m'a semblé qu'en parlant de la condition générale des pauvres en Angleterre, elle montrait peu de connaissance des faits, et par conséquent peu de justice. L'exagération dans laquelle elle est tombée n'a point d'importance pour nous, qui savons à quoi nous en tenir; nous ne pouvons nous dissimuler que nous avons beaucoup à faire, et il n'y a pas d'inconvénient à ce qu'on nous représente l'état des choses sous des couleurs plus sombres que celles de la réalité. Mais il importe que les propriétaires d'esclaves ne se rassurent pas à l'idée que les ouvriers industriels ou agricoles d'Angleterre sont, pour la misère et l'abrutissement, au niveau des esclaves d'une rizière de la Caroline ou d'une sucrerie de la Louisiane. Cette assimilation a été victorieusement réfutée par un homme distingué de mes amis, M. Helps, dans un article du *Fraser's Magazine*, et j'ai lieu de croire que madame Beecher Stowe a reconnu son erreur avec la franchise et la candeur qu'on pouvait attendre d'elle. Je suis convaincu que le principal motif qui l'a guidée, c'est le désir de ne laisser aucun argument plausible aux avocats de l'esclavage. Elle convient en outre qu'elle a été naturellement influencée par les tableaux que lui présentaient quelques-uns des écrivains et des orateurs les plus populaires de notre pays.

Comme on devait s'y attendre, les acclamations qui ont accueilli la *Case du Père Tom* ont été bruyantes en Angleterre, mais sans être complétement unanimes. Les organes les plus éclairés de l'opinion publique lui ont rendu justice; mais les pages que le principal d'entre eux lui a consacrées m'ont semblé empreintes d'une aigreur, d'une jalousie et d'une malveillance que n'auraient pas désavouées les partisans de la servitude. J'en ai éprouvé un regret que je ne saurais dissimuler; ce qui m'a consolé, c'est que l'article critique n'a pas été publié dans la partie du journal où ont paru récemment de judicieuses réflexions sur la situation politique de l'Europe. Il est donc à présumer qu'il n'émane pas de la même plume que ces réflexions, modèles de composition littéraire, et inspirées par le plus pur esprit de liberté.

Le système de dénigrement adopté contre le *Père Tom* consiste à le taxer d'exagération, sans en méconnaître le mérite. Certes, la nature humaine produit malheureusement peu de types comme celui du héros, et j'espère qu'en revanche elle nous offre peu de caractères aussi odieux que celui de Legree. Mais prenez cette nature humaine telle que nous l'observons autour de nous, telle que nous la sentons dans nos cœurs; mettons-la en contact avec les codes et les lois des Etats à esclaves; après l'avoir imbue des maximes et des habitudes d'une société basée sur l'esclavage, transportons-la, loin de tous les yeux, dans une plantation isolée, où elle puisse se développer sans frein, sans contrôle; et nous n'aurons pas besoin d'avoir recours aux rêves de l'imagination pour prévoir ce qui arrivera.

A l'appui de ce que j'avance, qu'on me permette de citer une anecdote vulgaire, mais concluante, que je choisis entre une multitude du même genre. Je me trouvais à bord d'un paquebot américain : le capitaine était un homme dont le caractère ne déshonorait ni son pays ni sa profession; un jour, il donna à la compagnie quelques détails sur ses premières années. Il était né dans l'une des Carolines, qu'il avait quittée de bonne heure pour aller faire ses études à New-York.

— Ce fut pour moi, dit-il, un changement bien désagréable, au sortir de la maison paternelle, où j'avais la facilité de faire fouetter les esclaves toutes les fois qu'il m'en prenait envie.

Ces mots ne soulevèrent point la moindre observation parmi mes compagnons de voyage; mais quelque temps après j'en parlai à un américain du Sud, qui avait l'âme assez bienveillante et les idées assez modifiées par de fréquents voyages en Europe pour comprendre l'impression qu'un pareil langage avait dû produire sur moi. Il m'assura que je ne devais pas juger ses compatriotes d'après le capitaine. Et pourtant je demande comment ils ne lui ressembleraient pas, dans un pays où les enfants sont livrés à tous leurs caprices, les parents faibles, et les droits du maître sans limites? Pour montrer les abus de l'esclavage, il n'est pas nécessaire de vous retracer des scènes de meurtre, de mutilation, d'inceste et de passions brutales; il suffit de montrer un enfant abandonné à lui-même et un esclave à ses côtés.

En émettant mon avis sur l'ouvrage, je sens que j'ai dit par avance presque tout ce que les bornes de cette préface me permettent de dire sur le sujet. Ce sujet est l'esclavage, et c'est incontestablement le problème le plus difficile qui mérite en ce moment l'attention du genre humain. Je ne veux point cacher mon ardente sympathie pour ses victimes et ses adversaires.

Les abolitionnistes des Etats-Unis ont peut-être commis des erreurs que je ne suis pas à même d'apprécier; mais en tenant compte de leurs imprudences, de leurs fautes, de l'intolérance qui s'associe parfois aux plus généreux efforts et aux plus saintes causes, j'ai la conviction ferme et calme qu'ils soutiennent une lutte sans égale dans les fastes de l'héroïsme ancien ou moderne.

Je ne saurais parler légèrement d'héroïsme en m'adressant au pays de Washington ou à celui de Wellington, ces deux hommes sont salués avec juste raison par leurs concitoyens respectifs comme les pères de la patrie; ils se sont illustrés sur les champs de bataille; ils ont acquis non moins de gloire en témoignant une déférence inaltérable pour les lois et les constitutions nationales; mais, quels que soient leurs hauts faits, la cause que chacun d'eux a défendue vaut-elle, aux yeux de la toute-puissante Providence, celle que soutiennent les abolitionnistes? ne sont-ils pas dépassés en dévouement par ces chrétiens chevaleresques, qui, s'inquiétant peu de lois passagères, travaillent sans relâche à soustraire l'esclave fugitif à ses persécuteurs, à faire respecter la sainteté de son asile, à lui garantir une part de liberté?

Après avoir sans hésitation fait des vœux pour le succès des ennemis de l'esclavage en Amérique, je ne veux pas quitter la plume sans conseiller à mes compatriotes d'être justes envers ceux qui le soutiennent. Nous ne devons pas oublier que c'est nous qui l'avons introduit aux colonies, et qui l'avons consolidé, malgré leur indifférence ou leur opposition.

Depuis le commencement de ce siècle, les idées ont marché; l'abolition de la traite et de l'esclavage en Angleterre, la loi sur les esclaves fugitifs aux Etats-Unis, peuvent nous laver jusqu'à un certain point d'une accusation de complicité. Mais, pour arriver à ces actes libérateurs, il nous a fallu plusieurs années de lutte, de désappointement, d'efforts réitérés. Nous ne devons donc point perdre de vue que les difficultés qu'il a été si pénible de surmonter sont multipliées à l'infini dans un pays où l'esclavage n'est plus, comme autrefois, relégué au milieu d'îles isolées et de lointaines colonies. On doit réfléchir qu'il s'étend aujourd'hui sur un continent immense, qu'il y court les rues, qu'il règne dans les marchés, qu'il s'établit dans les maisons, qu'il triomphe même dans le sanctuaire même de la Constitution. Ainsi les plus fougueux adversaires de l'esclavage en Angleterre ne sauraient se dissimuler que, même s'ils étaient un moment investis de l'autorité absolue, ils seraient embarrassés de prescrire ou d'appliquer des remèdes à un fléau tout-puissant.

En supposant que nous ayons la sagesse de donner des conseils ou le droit d'adresser des reproches à nos anciennes colonies, il importe de ne pas compromettre par notre attitude la cause que nous avons à cœur, de ne pas nuire à la race opprimée pour laquelle je sais que quelques-uns de nous sacrifieraient volontiers leur existence. Dieu me garde de souhaiter que l'on étouffe dans ma patrie la libre expression de la pensée, que l'on comprime l'indignation qu'excitent tous les exemples d'injustice et de tyrannie, soit en face des despotes européens, soit pour complaire aux propriétaires d'esclaves d'Amérique! Mais nous ne pouvons mieux seconder les patrons de l'esclavage qu'en les mettant à même de défendre leur nationalité insultée. J'ai vu les plus fervents abolitionnistes prendre feu tout à coup toutes les fois qu'ils croyaient leur patrie calomniée ou critiquée injustement. Le parti antiservile aux Etats-Unis a des droits à nos sympathies, à notre admiration; l'intervention personnelle des étrangers dans ses tentatives ne ferait, j'en suis convaincu, que les contrarier, et annihiler l'influence légitime que nous pouvons exercer comme nation. Que la seule arme de guerre, dans cette grande querelle, soit la conscience universelle; que les seuls cris de triomphe, pour les avantages que nous remporterons, soient des actions de grâces rendues aux cieux.

Mon but est d'assigner de larges limites aux élans d'un zèle généreux; mais je demande en même temps qu'on s'adresse au cœur des Américains, qu'on le remue dans ses plus profonds replis. Il faut leur faire comprendre la sensation toujours croissante que la question excite dans la famille humaine; il faut leur démontrer que ce mouvement ne se ralentira pas, qu'il ne s'arrêtera qu'après avoir, de manière ou d'autre, produit ses derniers résultats. C'est aux Américains à sonder le terrain, à poser les fondements, à aplanir les obstacles; puissent-ils être assez heureux pour achever avec calme ce magnifique édifice, pour asseoir la liberté d'une race sans secousse, sans violence, sans effusion de sang, sans rien de ce qui pourrait forcer la liberté même à détourner les yeux! Tâchons seulement de les convaincre que l'état actuel ne peut durer toujours.

Il y a dix ans que j'ai visité l'Union, et il me semble que depuis cette époque la grande cause de la liberté a fait de notables progrès. J'en trouve la preuve dans la présentation d'un candidat abolitionniste lors de la dernière élection d'un président; dans la nomination de mon estimable ami, Charles Sumner, aux fonctions de sénateur pour l'Etat éminemment industriel du Massachussetts. Lorsque nous jouissions ensemble du beau soleil de Boston, lorsque nous nous promenions pendant l'été sur les flancs dorés de Bunker's Hill, il ne présumait guère que sa tranquille et modeste carrière aboutirait à un aussi brillant avenir.

Tandis que j'écrivais ces lignes, j'ai reçu le dernier discours qu'il a prononcé au congrès sur les motifs de la loi relative aux esclaves fugitifs. La solidité de ses arguments, la mâle énergie de son éloquence, me prouvent à quel point ses facultés se sont développées sous l'inspiration de la sainte cause dont il a fait désormais la sienne. Après avoir lu un discours comme celui de Charles Sumner, ou un livre comme celui de madame Stowe, en tête duquel j'ai osé mettre cette préface rédigée à la hâte, je ne saurais mieux exprimer mes sentiments qu'en empruntant la citation suivante à un de nos auteurs dramatiques :

Soutiens les défenseurs de notre liberté,
Garde-les de la honte et de l'adversité,
Dieu rémunérateur! dans leur tâche exemplaire,
Abrite-les toujours de ton bras tutélaire!
Eh quoi! les malheureux, du ciel abandonnés,
A croupir dans les fers seraient-ils condamnés?
Leurs voix dans le désert seraient-elles perdues,
Et vers le Tout-Puissant leurs mains en vain tendues?
Non, non, persévérez, nobles cœurs, qui voulez
A leur foyer natal rendre les exilés!
Au joug du despotisme arrachez des victimes
Qu'on priva trop longtemps de leurs droits légitimes!
Les prières des saints vous rendront grands et forts,
Et l'ange des combats servira vos efforts!

CARLISLE.

Castle-Howard, 9 octobre 1852.

PARIS. — Impr. LACOUR ET Cⁱᵉ, rue Soufflot, 16